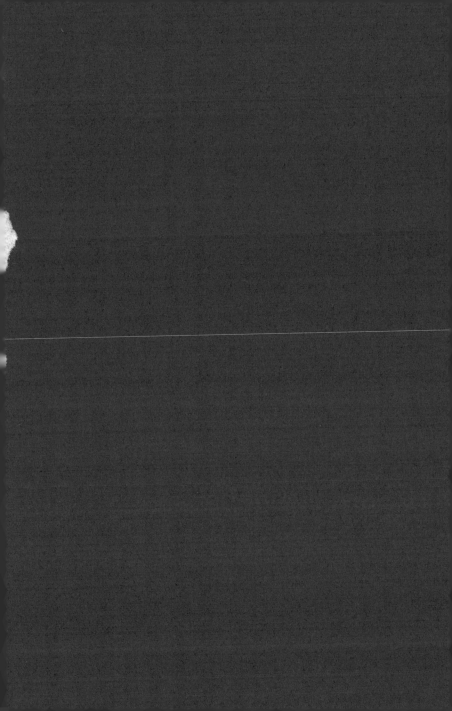

紫禁城の月

大清相国　清の宰相 陳廷敬 上

王躍文＝著
東紫苑
泉京鹿＝訳

魁星とは、大亀に乗って天を先駆ける神様の星。
学問や文運の神様として科挙試験の受験生の守り神となり、
多くの受験生が合格祈願に魁星神を訪れた。

メディア総合
研究所

まえがき

王躍文

この度、小説『大清相国』の日本語版が出版されることとなり、大変嬉しく思っています。

この小説で描いているのは、三百年以上前の清代の康熙王朝の物語で、文淵閣大学士まで務めた陳廷敬が主人公です。清の朝廷は明の制度を引き継ぎ、「相（宰相）」という官職を設けてはいないというのに、なぜこの小説のタイトルを『大清相国』にしたかといえば、それは中国人の古《いにしえ》よりの伝統として、明、清代を通じて内閣大学士を宰相と見なしてきたことにあります。清代の昭《しょう》槤《れん》による『嘯亭《しょうてい》雑録 聖祖の鰲拝《オボイ》逮捕』には、「碁を打つことを口実に、索額図相国《ソンゴトゥしょうこく》を召し、画策した」と記されています。康熙帝による鰲拝逮捕の協力者である索額図は、人々から「相国」と呼ばれていたのです。康熙帝が陳廷敬に下賜した詩に曰く、「陳廷敬には、房玄齢と姚崇のような賢相の風格があり、同時に李白や杜甫のような文才がある。宮錦で作った袍子（長い上着）に身を包み、太平の盛世の宰相になんとふさわしいことか」。陳廷敬は太平の世の宰相に相応しく、盛唐時代の才気溢れる大詩人にも匹敵する、と皇帝は讃えているのです。

康熙年間は六十一年の長きに渡り、その歴史の功績は煌々と長い歳月を照らすものです。康熙年間から乾隆年間にかけての清朝全盛期の最初の皇帝として、康熙帝はその朝廷に多くの文臣、武将を集めました。しかし、権力の中枢で高い地位についたことのある大臣の中でも、陳廷敬のように終生、無事に生きおおせた人は稀であり、その多くは「風なくとも三尺の浪立つ」宦海の荒波に呑み込まれて舵取りを誤り、転覆しています。文学作品の題材としての陳廷敬は、その政治人生の中で、「待つ（等）」「耐える（忍）」「穏健に行動する（穏）」ことができ、時には「無情に決断する（狠）」こともできました。また「人臣を極めながらも控え目に立ち振る舞う（陰）」こともできたのです。いわゆる「等、忍、稳、狠、陰」の五字の宝刀は、陳廷敬がその類まれなる人生の境遇下で守ってきた座右の銘です。正統な中国文化では、権謀を蔑み、これを「術」として否定してきました。儒家の伝統は、「道」を貴び「術」を軽んじるものです。陳廷敬のこの五文字の座右の銘には「道」も「術」もあり、その長い官僚としての経験の中で悟るに至った政治における智慧といえるものです。陳廷敬は、国を開いた王朝の始祖でもなければ、不朽の英雄豪傑でもありませんが、皇帝の身辺で、智力に富み、欠かすことのできない、皇帝を支える臣下だったのです。

陳廷敬は幼い頃より神童の誉れ高く、八歳で詩を作り、十四歳で科挙の最初の試験に合格して「秀才」と呼ばれる身となりました。二十一歳の年、陳廷敬は「進士」に及第しています。以後、半世紀を超える長きにわたって朝廷に仕えました。吏部、戸部、刑部、工部の四部の尚書、ならびに左都御史、翰林院掌院学士、経筵講官を歴任し、最高職位として文淵閣大学士まで登りつめました。経筵講官とはすなわち帝師ですが、その職につく者は、学問に優れ、人品方正なる者でなければなりません。陳廷敬が経筵講官に任じられたのは三十七歳、康熙帝二十一歳の時でした。康熙帝はこの師を高く評価し、「日々の進講、朕の心を啓発し、甚だ益あり」と陳廷敬を賞賛しています。

晩年には、康熙帝から「卿は長者なり、完全無欠の人と称するにふさわしい」と評価されています。私は次の言葉でこの康熙帝の心中の「全人」ぶりを表現しました。

「古より清廉なる官は苛酷なる人が多いが、陳廷敬は清廉ながらその心には思いやりがあり寛大である。有能な官は、独善的であることが多いが、陳廷敬は有能ながら、善に従うこと流れるが如くであり、他人の良い意見を進んで受け入れる。好《よ》き官は凡庸なことが多いが、陳廷敬は好き官ながら、精力的かつ有能であった。徳官は懦弱《だじゃく》であることが多いが、陳廷敬は徳官ながら、辣腕を振るった」――私の評価は、すべてこの先賢の功績を根拠としています。

陳廷敬の故郷は山西省の南部、今日の晋城ですが、清代には沢州府と呼ばれていました。沢州の陳家は、明末清初にはすでに豪商としてその存在感を示し、炭鉱の採掘、鉄器の鋳造を手がけてきました。陳家の鉄鍋と鋤の刃は、遠くは日本や東南アジア諸国にも輸出されていたといいます。二、三百年前の長崎の埠頭には、きっと陳廷敬の家の鉄器製品が山積みにされていたことでしょう。

清朝時代の年中行事や日常生活を紹介した書籍に『清俗紀聞《しんぞくきぶん》』があります。江戸時代、寛政年間の長崎奉行であった中川忠英の編纂によるものですが、出版時期は陳廷敬の頃より時代はやや下るものの、この書に掲載されている当時の中国の東南沿海地域における民間生活の風習及び日常の百態は、康熙年間とそう変わらないものだったのではないでしょうか。古の時の流れは、緩やかなものだからです。

『大清相国』の執筆にあたり、私は『清俗紀聞』を含む、直接は関連性のない書物も多く読み、意識的に三百年あまり前の息使いを感じるよう心がけました。『清俗紀聞』にはたくさんの挿絵もあり、建築、衣服、用具、玩物などのあらゆる事物が掲載され、礼儀作法の所作、行事、日常生活などを含む当時の中国の官と民の生活の情景も描かれています。文字描写も極めて詳細かつ正確なもので、例えば「家庭賀拝」の項目には、「官僚及び庶民は、元旦にはいずれも身なりを整え、天地に礼拝する。庶民が天地を礼拝するのは、古来よりの伝統であり、天地の恩に感謝の念を伝えるためであった。その後、家祠で神と先祖に参拝する」、「元旦試毫とは、赤い紙に吉祥な句を書くことをいう」「元旦には精進料理を食べる者が多く、一年の初めは必ず慎重にすべしという意味が込められている」と掲載されています。これを見ると、当時の日本の奉行が、中国の民間生活の詳細に注目していた様子を垣間見ることができます。編纂者がこのように中国人の生活を詳細に記録していたことは、その序を記した大学頭の林衡《はやしたいら》（林述斎のこと）に強い危機感を抱かせました。当時の日本の武士とその子弟らのことを憂慮したのでしょう。

「清からやって来た船舶の作りに感嘆し、清の地の人々の生活様式を手本とし、優雅な流行の最先端とみなすのは、まことに嘆かわしいものである。かかる酔狂な風潮が本書により助長され、浮ついた風紀に拍車がかかりはしないか。それは作者の意図するところではない」

史実において陳廷敬は晩年、耳の病を理由に故郷へ帰ることを願い出ていることから、私は小説の中で耳が遠くなったことを装って辞職したというフィクションで描きました。古の賢哲《けんてつ》は功をなせば自ら身を退くことを選ぶ者が多く、地位に固執する者は禍を招き、往々にして身を誤るものでありました。陳廷敬は辞職を願い出た後も、再び皇帝から朝政の執務につくよう呼び戻されますが、あくまでも『康熙字典』総撰官のみを務め、孤独に耐えながらその編纂に没頭しました。

この字典は、中国古代辞書の集大成であり、収蔵する漢字の数量は、古代中国語辞典の筆頭となるものです。

陳廷敬は一六三九年、明の崇禎十二年に生まれ、一七一二年、清の康熙五十一年に没しています。昔の中国における男性の寿命の計算方法では、陳廷敬の享年は七十四歳となります。孔子曰く、「仁者は寿（いのちなが）し」。また杜甫の詩には「人生七十、古来稀なり」ともいいます。陳廷敬はこの時代、天の加護を受けた仁徳高く、長寿の人だったといえるでしょう。

清の〝賢帝〟康熙帝を支え、十七世紀を生き抜いた陳廷敬の人生を、日本の読者の皆様に少しでも知っていただければ幸いです。

二〇一六年九月吉日

目次

主要な登場人物

陳廷敬とその官僚仲間

漢人官僚

陳廷敬《ちんていけい》　山西省陽城の豪商の息子。頭脳明晰。清廉で直言を辞さないためさまざまな権力闘争に巻き込まれる。

衛向書《えいこうしょ》　翰林院掌院学士《かんりんいんしょういんがくし》（翰林院の長官）、左都御史《さとぎょし》などを歴任。陳廷敬の恩師。

張汧《ちょうけん》　山西省高平の出身で、陳廷敬の同郷の兄貴分でありかつ友人。

高士奇《こうしき》　科挙出身者ではないが、書の腕前は官僚仲間でも随一。

徐乾学《じょけんがく》　科挙出身で優秀かつ有能な官僚。

張鵬翮《ちょうほうかく》　御史《ぎょし》（監察官）から河道総督などを歴任。正義感の強い清廉の人。

満州人官僚

索額図《ソンゴトゥ》　清朝建国功臣である有力皇族の末裔。御前侍衛《ごぜんじえい》から領侍衛内大臣《りょうじえいないだいじん》などを歴任。

明珠《ミンジュ》　満州族官僚の中で最も学識が高いと一目置かれる存在。御前侍衛《ごぜんじえい》から吏部尚書《りぶしょうしょ》などを歴任。

索尼《ソニン》　索額図《ソンゴトゥ》の父。清朝建国功臣である有力皇族の末裔。

鰲拝《オボイ》　補臣大臣、領侍衛内大臣《りょうじえいないだいじん》などを歴任。清朝建国功臣である有力皇族の末裔。

李家の人々

李老先生《りろうせんせい》　李祖望《りそぼう》、明朝時代の遺臣。清朝には出仕せず市井の人として静かに暮らす。

月媛《ユエユエン》　李老先生の娘。明るく活発で、高い教育を受けた知的な女性。

豫朋《よほう》　陳廷敬の第三子・息子。姓は陳。

壮履《そうり》　陳廷敬の第四子・息子。姓は陳。

珍児《チェンア》　姓は楊《よう》。山東省徳州陵県の楊家庄村出身。男装の麗人で度胸のある女性。

大順《ターシュン》　陳廷敬に幼い頃より付き従う従者で、機転がよくきく。

主要な登場人物

翠屏《ツイピン》 もとは淑賢《シューシエン》の下女。後に京師の李家に遣わされ月媛《ユエユエン》付きの下女になる。

馬明《ばめい》、劉景《りゅうけい》 武術の心得があり、行動派。陳廷敬に山西省時代より付き従う従者。

大桂《タークイ》、田媽《でんばあや》 李老先生《ろうせんせい》の管家《しつじ》と李家の台所を預かるその女房。田媽《でんばあや》は母親かわりになって月媛《ユエユエン》を育てる。

山西の実家の人々

陳老人 陳廷敬の父・陳昌期《ちんしょうき》。山西省陽城県の金物工房を営む豪商・陳家の当主。

陳夫人 陳廷敬の母・陳張氏。

淑賢《シューシエン》 陳廷敬の第一夫人。舅姑《きゅうこ》に仕えて山西の本家を守り、京師で働く夫とは別居を余儀なくされる。

謙吉《チエンジー》 陳廷敬の第一子・息子。山西の実家で育つ。姓は陳。

家瑶《ジャーヤオ》 陳廷敬の第二子・娘。山西の実家で育ち、後に張汧《ちょうけん》の息子・張祖彦《そげん》と結婚。姓は陳。

陳廷統《ちんていとう》 陳廷敬の弟。優秀な兄の足を引っ張ってしまうことが多い。

陳三金《ちんさんきん》 山西陳家の管家《しつじ》。

皇帝とその近臣

順治帝《じゅんちてい》 清朝の第三代皇帝世祖。

康熙帝《こうきてい》 清朝の第四代皇帝世祖。八歳で即位、六十年に渡り在位する。

張善徳《ちょうぜんとく》 康熙帝の御前宦官。心優しい良心の人。

傻子《シャーズ》 満州語で「阿呆」の意だが、本名は達哈塔《ダハダ》。康熙帝の信頼厚い直属の御前侍衛《ごぜんじえい》。

市井の重要人物

傅山《ふさん》 反清復明を狙う道士。読書人の間で名声の高い知識人であるが陳廷敬を反清運動に誘う。

祖沢深《そたくしん》 名占い師。京師の中央官界に広い人脈を持つ。

上巻登場人物

呉道一《ごどういつ》	山西省の巡撫。巡撫は一省の軍政と民政の長官。
張公明《ちょうこうめい》	郷試の主試験官。礼部侍郎《れいぶじろう》。中央からの派遣官僚。
向承聖《こうしょうせい》	山西省郷試の副試験官。
李振鄴《りしんぎょう》	今回の会試総裁《かいしそうさい》(主任試験官)。礼部尚書《れいぶしょうしょ》(長官)。
呉雲鵬《ごうんほう》	今回の会試試験官の一人。礼部主事《れいぶしゅじ》(四番目の地位)。
向秉道《こうへいどう》	順天府《じゅんてんふ》(首都、京師《きょうし》を管轄する地方行政機関)の府尹《ふいん》(知事)で、その後、文華殿大学士、刑部尚書に昇進。
劉坤一《りゅうこんいつ》	詹事府《せんじふ》の詹事《せんじ》。高士奇《こうしき》の上司に当たる。
李謹《りきん》	河南商丘《かなんしょうきゅう》出身の挙人。快活林客桟《かいかつりんきゃくさん》に宿泊する読書人仲間。
博果鉾《ボゴド》	庄親王《しょうしんのう》。ホンタイジの玄孫で有力皇族の一人。哈格図《ハゴトゥ》は息子。
朱啓《しゅけい》	先祖伝来の屋敷を俞子易《ゆしい》に乗っ取られ、直訴する。
俞子易《ゆしい》	高士奇《こうしき》と同郷の悪徳商人。
周如海《しゅうじょかい》	康熙帝お付きの宦官。
倭赫《ウオホ》	康熙帝お付きの侍衛。

上巻登場人物

鄺小毛《こうしょうもう》	兪子易《ゆしい》の雇った管事《しつじ》。
袁用才《えんようさい》	向秉道《こうへいどう》の後任として順天府《じゅんてんふ》の府尹《ふいん》になる。
張英《ちょうえい》	翰林院侍講学士《かんりんいんじこうがくし》。
富倫《フリン》	山東省の巡撫《じゅんぶ》。母親は康熙帝の乳母。康熙帝とは乳兄弟として育つ。
孔尚達《こうしょうたつ》	富倫《フリン》の幕僚《ばくりょう》（私設秘書、顧問）。
朱仁《しゅじん》	山東省徳州の地主。食糧などを扱う商家の主人。
李疤子《リーバーズ》	楊家庄村《ようかしょうむら》のならず者。
戴孟雄《たいもうゆう》	山西省陽曲知県。寄付を積んで知県の地位を買った。
楊乃文《ようだいぶん》	戴孟雄《たいもうゆう》の銭糧担当の幕僚（私設参謀）。
李家声《りかせい》	山西省陽曲の地主。「聖諭十六条」の石碑に刻んだ龍亭を自費で建設。
向啓《こうけい》	陽曲の県丞《けんじょう》（県の副官）。
薩穆哈《サムハ》	戸部尚書。
範承運《はんしょううん》	兵部尚書。

陳廷敬家族関係図

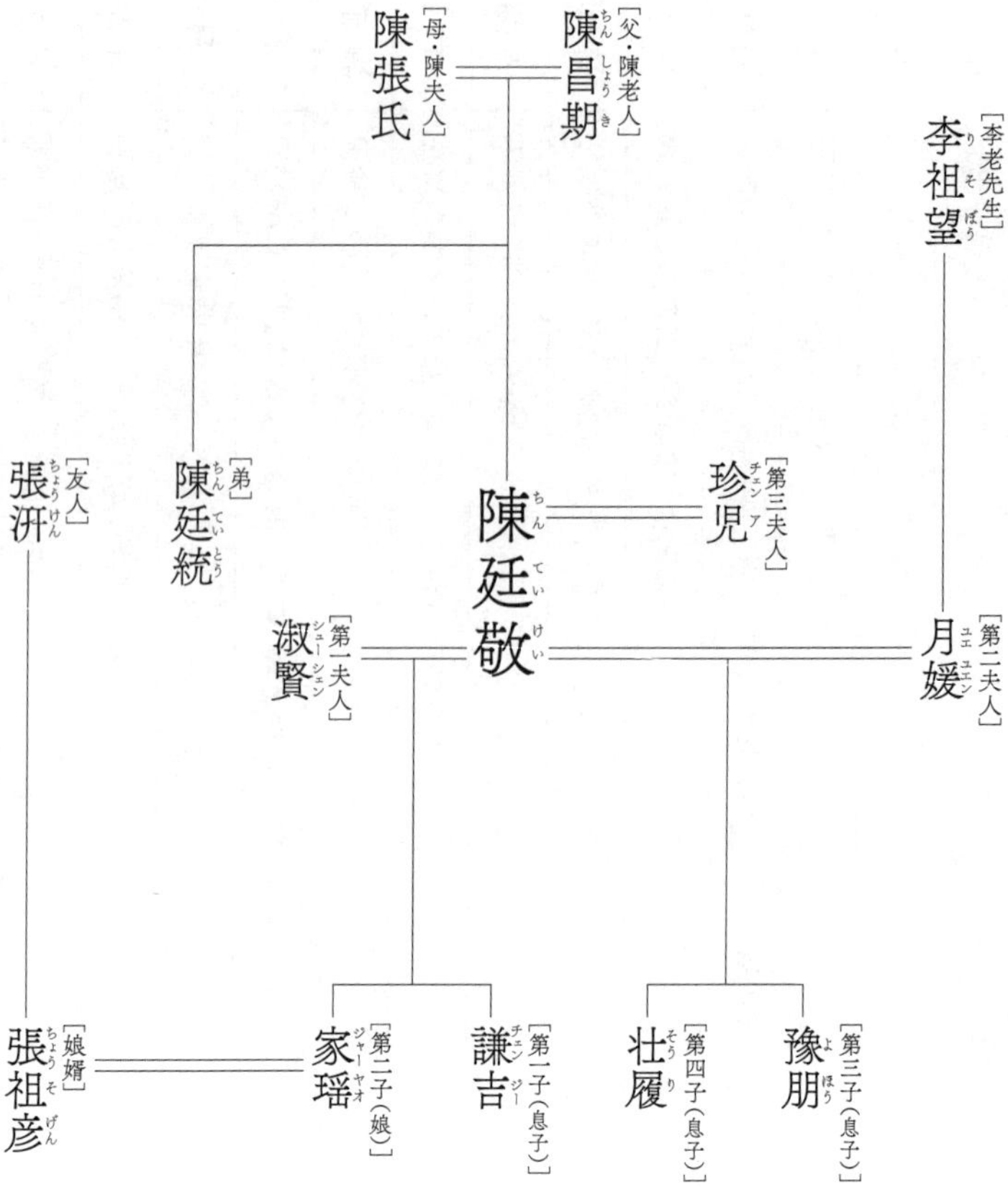

［父・陳老人］陳《ちん》昌《しょう》期《き》
［母・陳夫人］陳張氏
［李老先生］李《り》祖《そ》望《ぼう》
［友人］張《ちょう》汧《けん》
［弟］陳《ちん》廷《てい》統《とう》
陳《ちん》廷《てい》敬《けい》
［第三夫人］珍児《チェンア》
［第一夫人］淑賢《シューシェン》
［第二夫人］月媛《ユエユエン》
［娘婿］張《ちょう》祖《そ》彦《げん》
［第二子（娘）］家瑶《ジャーヤオ》
［第一子（息子）］謙吉《チェンジー》
［第四子（息子）］壮《そう》履《り》
［第三子（息子）］豫《よ》朋《ほう》

清王朝の世系略譜

［　］内は在位期間

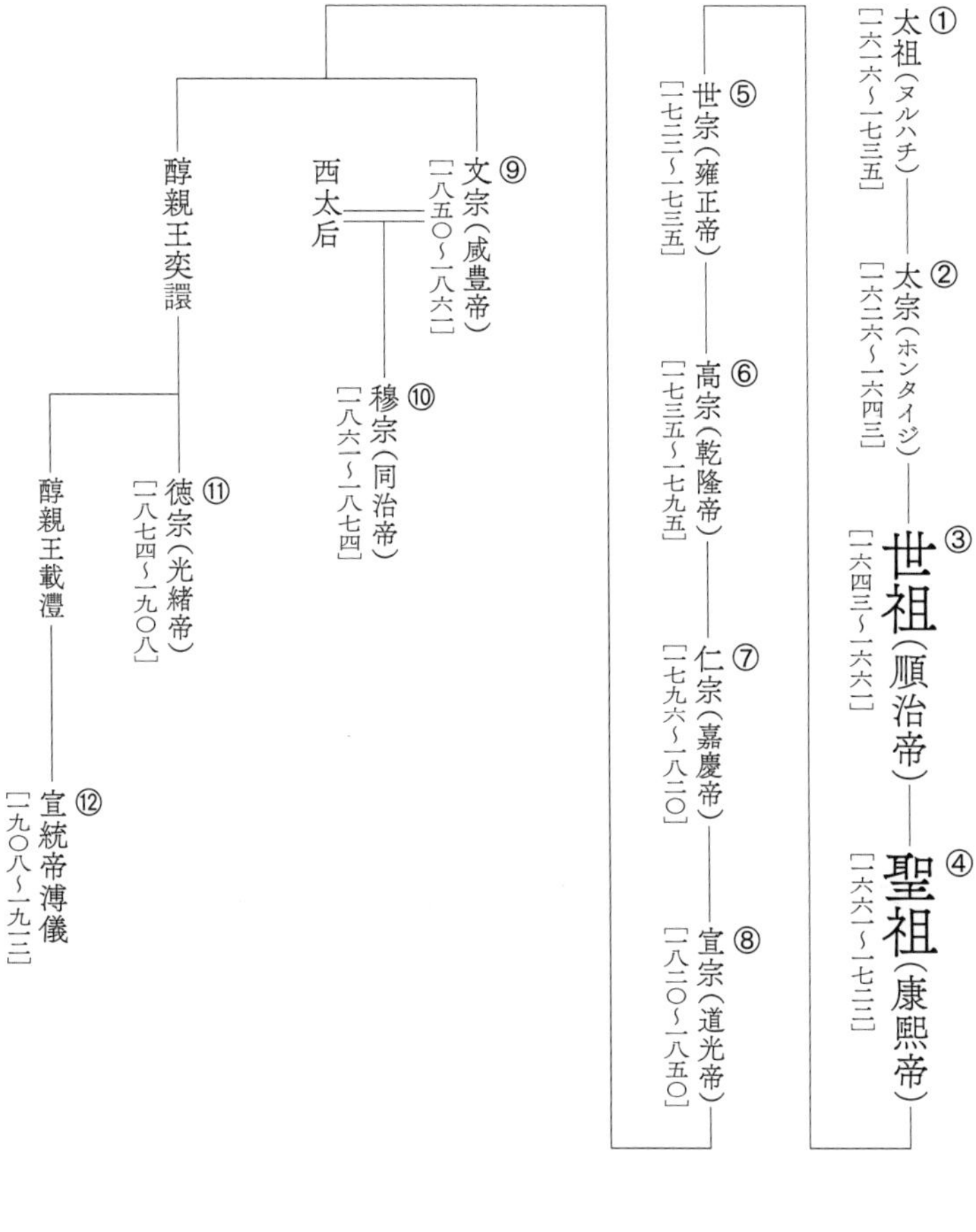
①太祖（ヌルハチ）［一六一六〜一七三五］
②太宗（ホンタイジ）［一六二六〜一六四三］
③世祖（順治帝）［一六四三〜一六六一］
④聖祖（康熙帝）［一六六一〜一七二二］
⑤世宗（雍正帝）［一七二二〜一七三五］
⑥高宗（乾隆帝）［一七三五〜一七九五］
⑦仁宗（嘉慶帝）［一七九六〜一八二〇］
⑧宣宗（道光帝）［一八二〇〜一八五〇］
⑨文宗（咸豊帝）［一八五〇〜一八六一］
西太后
⑩穆宗（同治帝）［一八六一〜一八七四］
醇親王奕譞
⑪徳宗（光緒帝）［一八七四〜一九〇八］
醇親王載灃
⑫宣統帝溥儀［一九〇八〜一九一二］

清朝康熙帝時代の版図

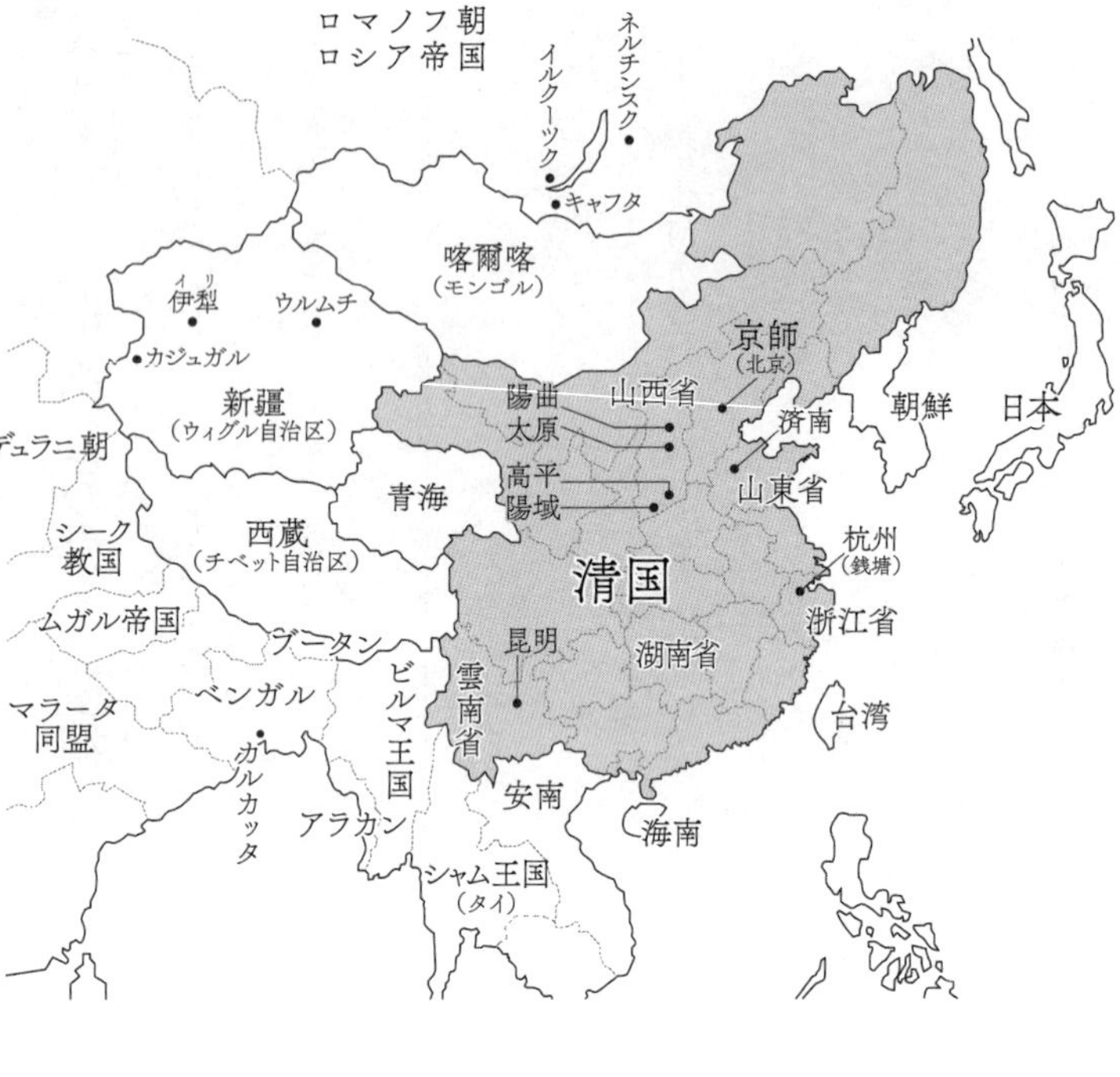
ロマノフ朝
ロシア帝国
イルクーツク
ネルチンスク
キャフタ
喀爾喀
（モンゴル）
伊犂《イリ》
ウルムチ
カジュガル
新疆
（ウィグル自治区）
デュラニ朝
京師
（北京）
陽曲
太原
山西省
済南
高平
陽域
山東省
朝鮮
日本
青海
西蔵
（チベット自治区）
シーク
教国
清国
杭州
（銭塘）
浙江省
ムガル帝国
ブータン
昆明
湖南省
雲南省
ビルマ王国
ベンガル
マラータ
同盟
カルカッタ
台湾
安南
海南
アラカン
シャム王国
（タイ）

紫禁城概略図

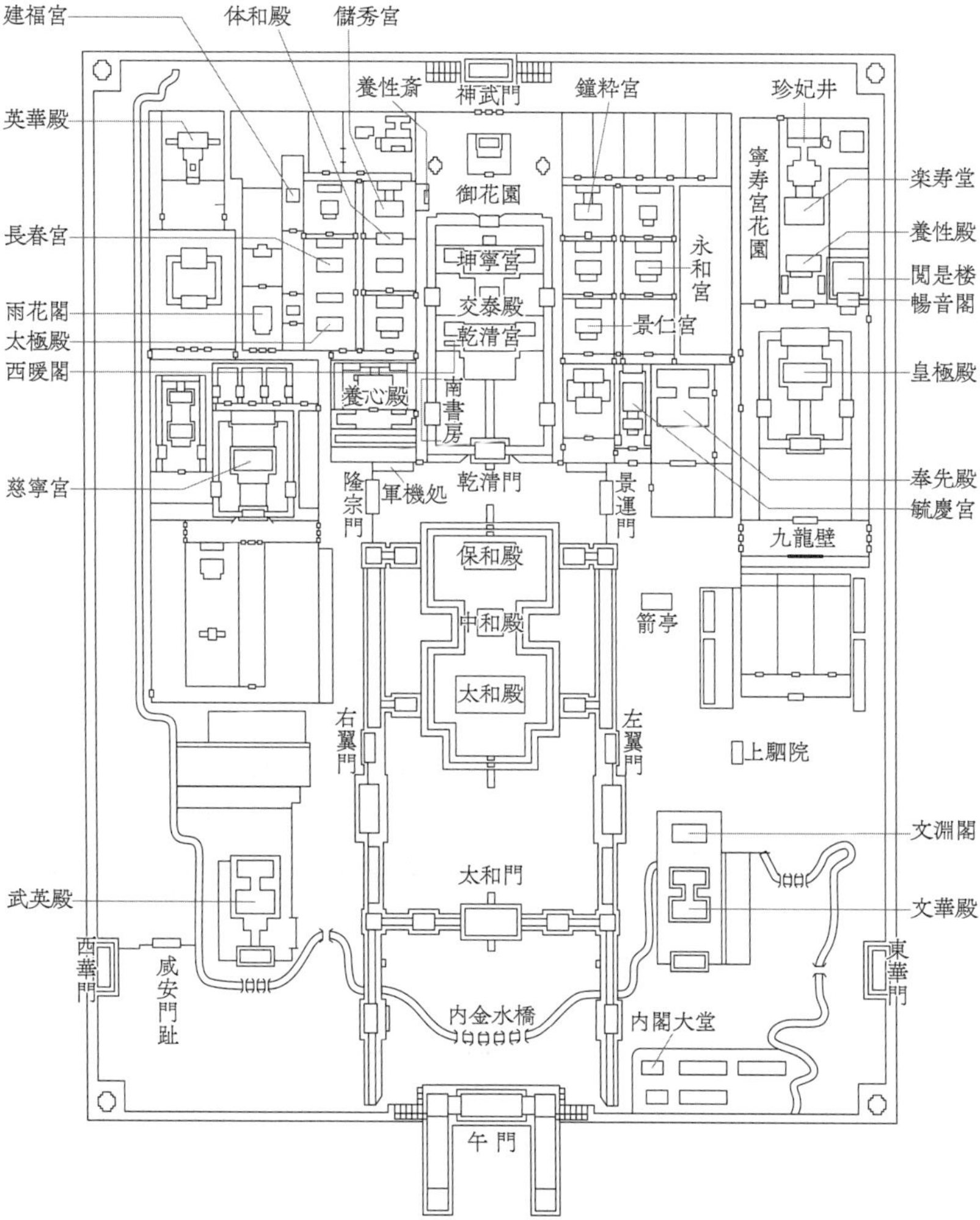
建福宮
体和殿
儲秀宮
養性斎
神武門
鐘粋宮
珍妃井
英華殿
御花園
寧寿宮花園
楽寿堂
長春宮
坤寧宮
永和宮
養性殿
閲是楼
暢音閣
雨花閣
交泰殿
景仁宮
太極殿
乾清宮
西暖閣
皇極殿
養心殿
南書房
乾清門
奉先殿
慈寧宮
隆宗門
軍機処
景運門
毓慶宮
九龍壁
保和殿
箭亭
中和殿
太和殿
右翼門
左翼門
上駟院
文淵閣
太和門
武英殿
文華殿
西華門
咸安門趾
東華門
内金水橋
内閣大堂
午門

紫禁城と暢春園の位置関係略図

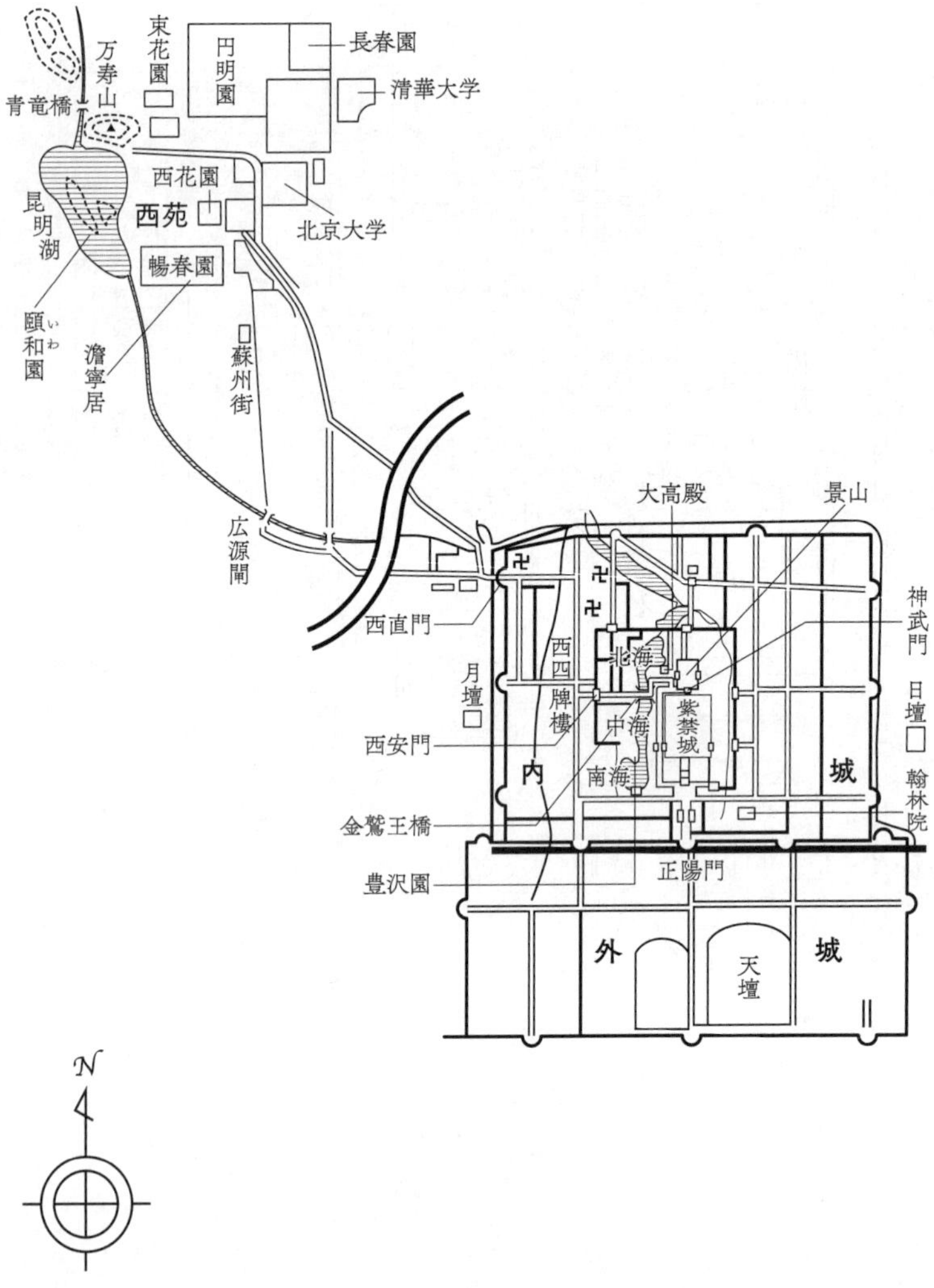

清代の主要な科挙試験一覧表

	学校試 童試 国立学校 入試試験			科挙試 本試験				高級官人 登用試験	
試験名	県試(州試)	府試	院試	郷試 本試験の第一関門	挙人覆試	会試 科挙の中核試験	殿試 高級官人への道	朝考 就職試験	散館考試 翰林院の卒業試験
得られる学位・資格	府試の受験資格	院試の受験資格	歳試、科試の受験資格 生員	挙人覆試の受験資格 挙人	会試の受験資格	会試覆試の受験資格 貢士	朝考の受験資格 進士	散館考試、受験資格 庶吉士の官 成績1等の者	翰林院の編修 成績1等の者
受験生の呼称	童生			挙子	挙人	挙人	貢士 進士と呼ぶことも	進士 状元、榜眼、探花は例外	庶吉士の官 朝考成績1等
試験管・最高責任者	知県	知府	各省の学政 皇帝か中央から各省へ派遣	正考官 中央から派遣された特別な官吏 中央政府 特派官員	天子に任命された 数人の閲巻大臣	礼部尚書	皇帝・天子 採点者は読巻大臣	翰林院官	天子に任命された 監試大臣 閲巻大臣
実施場所	各県の県学に付属する考棚	各府(府城)の考棚	府学、県学など各府、各学校の試院にて	北京、省府、首府(各政府所在地)の貢院にて	北京の貢院	北京の貢院 (礼部)	紫禁城 保和殿	紫禁城 保和殿	紫禁城 保和殿
実施時期	毎年旧暦の2月	毎年旧暦の4月	3年間に2回	3年間に1回 子、卯、午、酉の年毎に実施 旧暦の8月	北京近郊者 郷試の年の9月 一般 郷試の翌年2月15日	郷試の翌年3月	郷試の翌年4月21日	郷試の翌年4月28日頃	次回の殿試の直前 3年後の4月18日頃
試験回数・日数	5回 約20日間	3回 約12-15日間	4回 約10日間	3回 約10日間 1回につき2泊3日	1回 1日間	3回 約10日間 1回につき2泊3日	1回 1日間 日没まで	1回 1日間	1回 1日間

科挙試実施年度

(3年毎に実施)
十二支↓ 実施試験名↓
子《ね》 郷試
丑《うし》 会試・殿試
寅《とら》
卯《う》 郷試
辰《たつ》 会試・殿試
巳《み》
午《うま》 郷試
未《ひつじ》 会試・殿試
申《さる》
酉《とり》 郷試
戌《いぬ》 会試・殿試
亥《い》

※日付は旧暦で表記。

※科挙試験は、『郷試・会試・殿試』の3つの主要な試験と、それに付属する3つの予備試験『科試・挙人覆試・会試覆試』から構成される。

※『朝考・散館考試』は、科挙の合格者である進士の将来を左右する重要な試験。

清朝官僚制度略表

級別	中央	地方	軍隊	専業技術人員
正一品	太保		大将軍	太師
	大学士			太傅
従一品	少保		提督	少師
	太子太保		正都統	少傅
	六部及び中央各院首長			太子太師
	督察院左都御史			太子太傅
	督察院右都御史			
正二品	太子少保	総督	総兵	太子少師
	六部及び中央各院副首長	河道総督		太子少傅
		漕運総督		
従二品	内閣学士	省巡撫	協都統	翰林院掌院学士
			副将	
正三品	督察院左副都御史	按察使司按察使	正参領	
	督察院右副都御史		参将	
従三品		塩運司運使	参将	
			遊撃	
正四品	代理寺小卿	糧道	佐領	
従四品	内閣侍読学士	知府	佐領	翰林院侍読学士
正五品			正軍校	太医院院使
従五品	各部、府副理事官	道監察御史	守備	
正六品	各部院主事		副軍校	
	代理寺左右寺丞			
従六品				翰林院修撰
正七品	各部院七品筆帖式《ビテシ》	知県	協軍校	太医院御医
従七品				
正八品		県丞		
従八品			上士	
正九品			中士	
従九品		司獄	下士	
		吏目		

※六部とは、吏部、戸部、礼部、兵部、刑部、工部のこと

清朝官職制度略表

品階/機関	内閣	六部	都察院	翰林院	詹事府	順天府	欽天監	侍衛所
正一品	大学士	尚書						領侍衛内大臣
従一品	協弁大学士		左都御史					内大臣
正二品								
従二品	内閣学士	左右侍郎		掌院学士				散秩大臣
正三品			左副都御史		詹事	府尹		一等侍衛
従三品								
正四品					少詹事	府丞		二等侍衛
従四品	内閣侍読学士			侍読学士				
				侍講学士				
正五品		郎中	給事中		左右庶子	治中	監正	三等侍衛
従五品		員外郎	掌印監察御史	侍読	洗馬			四等侍衛
			監察御史	侍講				
正六品		堂主事	経歴	主事	左右中允	通判	左右監副	藍翎侍衛
		主事	都事				漢春夏中秋冬五官正	親軍校
			兵馬司指揮					主事
従六品				修撰	左右賛善		満州蒙古五官正	
							漢軍秋官正	
正七品	内閣典籍		兵馬司副指揮	編修		教授		
	内閣中書							
従七品				検討	主簿	経歴	霊台郎	
正八品		司務					主簿	
従八品				典簿		訓導	典簿	署親軍校
							挈壺正	
正九品							司書	
							監候	
従九品				待詔		照磨	典籍	
				満州孔目		司獄	博士	
							司晨	

※六部については共通の官職のみ記載

一

清の順治十四年（一六五七年）秋、太原《たいげん》（現在の山西省の省都）の町中は普段よりも賑わっていた。それは直前に丁酉《ていゆう》の郷試《きょうし》（各省で三年ごとに行われた科挙の試験）が終わり、読書人（士大夫。また、学者や知識人のこと）たちの多くは帰郷せず、合格発表を今か今かと首を長くして待ちつつ、太原城内にとどまっていたからである。その間は聖賢《せいけん》の書も放り出し、心ゆくまで気ままに日々を過ごしていた。妓楼、酒場、茶坊は読書人らであふれ返り、優雅にふんぞり返って羽根の扇子をはためかせ、風流そのものだった。晋祠《しんし》（太原郊外の道教寺院）に参拝する者もあれば、龍山（太原郊外の石窟群）に登る者もあり、各地の僧侶や道家を訪ね歩き、酒を酌み交わしては、互いに詩を唱和し、この世の春を謳歌していた。

文廟《ぶんびょう》（孔子廟。学問の守護神）の正門から東に半里ほどの地に、青雲客桟という宿があり、一人の読書人が宿泊していた。名は陳敬《ちんけい》、山西沢州《さんせいたくしゅう》の人、年のころは二十歳過ぎ。たいして外出もせず、宿の裏庭で終日本を読んだり琴を弾いたり、一人で気ままに過ごした。陳敬は仲尼《ちゅうじ》琴《きん》（男性が好んで弾いた仲尼式古琴）を常にその手から離さなかった。裏庭には天に届かんばかりの槐《えんじゅ》の古木があった。毎朝、陳敬に従う使用人の大順《ターシュン》は仲尼琴を抱えて出てくると、何よりも先にその槐の古木下にある石の机の上に置いた。陳敬は身支度を終えた上、庭で書籍を朗読している。宿の主人も早起きだったが、まず陳敬の朗読の声が聞こえていたかと思うと、じきに琴の音が響き渡るのが常だった。主人には解せなかった。ほかの士子らは郷試が終わると、まるで臼《うす》を挽き終わった驢《ろ》馬《ば》のごとく、あちこち走り回っているではないか。外で酒を飲む者、闘鶏に心を奪われる者、妓楼を冷やかしにいく者――、町は読書人であふれ返っていた。ところがこの陳家の若君だけが宿から出ず、日がな一日論語や詩経を唱えていたかと思うと、風流に音楽を奏でているのであった。

大順はまだ弱冠十三歳、遊びたい盛りである。毎朝、朝食後に若君が書籍を朗読し、琴を奏で始めると、宿を抜け出して街をほっつき歩いた。人だかりを見ると引き寄せられ、こちらの闘鶏、あちらの講談、向こうの喧嘩——、すべてに首を突っ込まないと気が済まなかった。夢中になるうちに時間を忘れ、不意にもうこんな時間だと気付くと、ようやく飛ぶようにして宿に戻った。大順は若君のお咎《とが》めがないとわかれば、その日に自分が耳にしたこと、目にしたことを洗いざらい話して聞かせた。

この日、大順は外出したかと思うと、ほどなくして息を切らせて宿に飛ぶように駆け戻り、礼儀もわきまえずに叫んだ。

「坊ちゃま、合格です、合格しました。坊ちゃまは受かったんですよ！」

琴の音が止み、陳敬が振り返って尋ねた。

「何位だい？」

「何位？　数えていません」

大順が頭をなでながら答えると、陳敬が咄嗟《とっさ》に立ち上がった。

「数えていない？　では、一位ではないのだな」

「坊ちゃま、挙人に合格しただけで素晴らしいじゃないですか。全員が一位になれるものでもなし」

陳敬は再び腰を下ろすと、しばらくうつむいていた。

順治八年に童子試《どうじし》（科挙の初級試験）を受け、潞安州学《ろあんしゅうがく》に入学した時には、首位で合格したことを思い出していたのである。その年、陳敬は弱冠十四歳。父とともに受験したが、父は受からなかった。陳敬は幼少より父に読み書きの薫陶を受けてきたが、いざ受験すると、父が子に及ばなかったのであった。父は面目をなくしたものの、それを好んで美談として周囲に語った。ほどなくして陳敬の名は三晋（山西省全域）にあまねく広がり、人々の知るところとなった。

大順はまるで自分が過ちを犯したかのように萎縮し、それ以上余計なことは言わず、恭しくそばに控えていた。大順は十歳から若君に仕え、若君が無駄口を嫌うと心得ていたが、機嫌を損ねたのかどうかも判然としなかった。しかし若君への畏怖の念から、言葉にも立ち振る舞いにも気を使った。

陳敬はふと立ち上がると、何も言い残さず出ていってしまった。大順は慌てて琴を部屋に戻し、陳敬に追いつくとうつむいてその後に従った。

文廟の外の八字壁（八の字に左右に広がった壁）が、掲示場となっていた。すでに人だかりができており、ひどく騒がしかった。掲示の下には刀を携えた兵士が二人、まるで二体の泥菩薩像のように、ぼんやり目を見開いて立っている。前方に進むと、落第した士子らが不平をぶちまけていた。試験官が袖の下を受け取り、木偶《でく》の坊《ぼう》でも合格する世の中、文廟は財神廟に成り下がった——と言い合っている。士子らが袖をまくり、拳を振り上げながら、試験官に会わせろと喚いている。陳敬は彼らと面識があるわけではなく、声を掛ける心理的余裕もなく、ただ一心に掲示の初めから終わりまでを目で追い、自分の名前を探した。ようやく見つけた。——二十八位である。視線を移してもう一度首位を見ると、解元《かいげん》(郷試の主席合格者)の名は朱錫貴《しゅしゃくき》とあった。

「朱錫貴? かねてから存じ上げているご高名ではないか」

とわざと声に出してみた。今年受験した朱錫貴なる者が、「貴」の字の上の部分を「虫」と書き間違えた話は、士子らの間では有名な話だった。皆、陰で「朱錫虫《しゅしゃくちゅう》」と呼んでいたのである。この笑い話は早々に士子たちの間で広がり、誰もがこの朱なる者を歯牙にもかけず、冗談のつもりで受けにきたのだろうと言い合った。ところがその朱が首席で合格したというのだ。その時、いかにも金持ちの御曹司ふうの若者が馬でやってきて、掲示に目を向けると、得意げに首をもたげて周囲を見回してから、陳敬をちらりと見やって言った。

「私が朱錫貴、郷試の首席、解元だ。皆、お気を悪くされるぬよう」

陳敬はその姿を見上げて尋ねた。

「貴殿があの自分の名前すら書けなかった朱錫貴か?」

陳敬が続けるのを待たずに、誰かが話を継いだ。

「朱錫虫が郷試の首席、解元とは、われら山西人、なんと誇らしいことか!」

陳敬がフンと鼻を鳴らして言った。

「ずいぶんと肥えた虫だな」

朱錫貴は特に怒りもせず、笑いながら尋ねた。

「貴殿は?」

陳敬は拱手《きょうしゅ》(胸の前で両手を組み合わせて敬意を表する所作)をして言った。

「手前は沢州(現在の山西省晋城市)の陳敬」

朱錫貴が再び冷ややかに笑って言った。

「陳敬? ちょっと見てみるからお待ちくだされ。はっ、これではかろうじて落第を免れただけではないか。そのくせこの解元様の目の前で大胆にも口を開くとは」

陳敬が憤然として答えた。

「朱錫虫、貴様こそなんとツラの皮の厚いことか！」

朱錫貴が大笑いした。

「俺様は今や、朱錫虫から朱錫龍になったのさ」

「朱錫虫、おまえごときでも挙人になれるなら、もはや天下に読書人などいないも同じ」

朱錫貴が突然、凶悪な顔つきになった。

「陳敬、解元を侮辱しようというのか？　今日は俺様が規律というものを教えてやる」

朱錫貴が鞭を振り上げて打ち下ろそうとした。大順は咄嗟《とっさ》に朱錫貴の体を引っ張って馬から引きずりおろした。大順は小柄ながら動作は敏捷だった。朱錫貴も不意のことで防げず、結局は馬から落ちてしまい、わあわあと騒ぎ立てた。鬱憤を晴らさんとばかりに、士子らが混乱に乗じて朱錫貴をわっと取り囲んだ。朱錫貴にも従者がいたが、多勢に無勢、ただ人だかりの外をおろおろとするのみであった。掲示のそばにいたあの泥菩薩像二体がたちまち駆け付け、喧嘩の仲裁に入ろうとしたが、近づけない。気のきく大順は、混乱を見て陳敬を少しずつゆっくりと外に引きずり出した。

突然、音がしたかと思うと、掲示にマクワウリが投げつけられていた。このウリがきっかけとなって、石ころ、土くれが雨あられの如く掲示に向かって投げつけられた。ほどなくして掲示の字は一文字も見えなくなってしまった。石つぶてが一つ、弾き返されて陳敬の肩に当たった。大順は慌てて陳敬の体を引っ張って外側に向かった。

「坊ちゃま、帰りましょう。頭をつぶされないように気を付けて」

考えれば考えるほど腹立たしく、陳敬は宿に戻ると大順に荷物をまとめるように命じ、今から家に帰ると言う。

「荷物を片付けるのは構いませんが、出発するならやはり明日にしましょう。馬車を雇わなくてはなりませんから」

大順が慌ててなだめたが、陳敬は抑えようのない怒りの中で脳裏に試験官らの姿を思い浮かべていた。試験前、試験官らは全員京師からやってきた。輿《こし》の覆いを開いて街を練り歩き、士子らが道を挟むようにして出迎えた。それが伝統であり、その様子は荘厳そのものだった。場をわきまえない読書人らが数人、こともあろうに進み出て書状を差し出したが、試験官に一喝されて退いた。皆がそれを見て、試験官は清廉だ、取り入る隙がないと口々に言い合った。ところがふたを開けて見たら、この体たらくではないか。

しばらくして突然、外が騒がしくなったかと思うと、宿の主人がぼやきに来た。

「今どきの読書人はまったく話にならん。まったくけしからん！」

陳敬はその理由を尋ねることもせず、通りに走り出た。なんと読書人らが孔子の聖像を担ぎ、通りを練り歩いているではないか。さらにその聖像がまとっているのは、富を司る財神の舞台衣装だった。

「これからは孔聖人をあがめず、財神のみをあがめるぞ！　勉学など何の役に立つ！　金さえあれば、挙人など朝飯前だ」

読書人たちはそう叫びながら、しきりに拳を振り上げている。道の両側は野次馬で埋め尽くされ、皆目を丸くしてあっけにとられている。

その中の一人の老人が泣きながら叫んだ。

「罰当たりなことを。こんなでたらめは断じていかん。きっと天罰が下るぞ」

陳敬も、これは子供のいたずらでは済まされぬと感じていた。そこで顔見知りの者を引き寄せると、小声で説得した。

「ただでは済まぬぞ。役人にでも捕まったら、打ち首になるぞ！」

「読書人は功名《こうみょう》（科挙に合格して得た栄誉と官職）こそが命。功名も取れなかった今、死んだも同然だ。首など惜しくもない。とにもかくにも君は合格したのだから、邪魔だてするな！」

説得が無駄と知ると、陳敬は読書人たちの後ろからついて行き、知人を見つけては忠告した。陳敬は集団を追いつつ、戻ることを忘れた。まるで憑《と》りつかれたかのように、頭が真っ白になり、熱を帯びた。読書人たちは孔子の聖像を担いで街をぐるりと回ると、再び文廟に戻った。孔子像は文廟の明倫堂《めいりんどう》から担ぎ出され、また帰ってきた。孔子像はもとの場所に戻されたものの、財神の舞台衣装を着せられ、ひどく滑稽に見えた。誰かが小銭を掴んで、聖像に向かって投げた。

突然、文廟の外に猛々しい怒号が響き渡った。振り返ると、下級役人、兵士が数十人、長い棍棒を手に飛び込んできた。役人も兵士も相手構わず手当たり次第に棒を振り下ろし、地面にねじ伏せてそのまま縛り上げた。世間知らずの読書人たちがかかる修羅場に慣れているはずもなく、皆、恐怖のあまり顔からさっと血の気が引いた。目端のきく者はさっさと逃げおおせたが、でしゃばって殴られ、無残に怪我した者もいた。他人事と思いこんでいる陳敬は、そこに突っ立ったままで動かなかった。しかし相手はお構いなく、陳敬も含めて逃げずにその場にいた七人全員を縛り上げた。

役人たちは山西巡撫《さんせいじゅんぶ》（省の軍政、民政を司る地方長官。撫台ともいう）の呉道一《ごどういつ》に命じられて来ていた。昼食後、衙門《がもん》（役所）裏庭のぶどう棚の下でうたた寝をしていたところ、突然、読書人どもが孔子像を担ぎ出して街で騒いでいる、舞台で使われる財神の衣装まで孔子像に着せているとの知らせを受けたのである。呉道一はうたた寝を起こされて、ひどく不機嫌そうに事情を聞くと、ただ「捕まえろ」とのみ命じた。さらに大声で怒鳴った。

「試験官にも衙門に出頭するように伝えて、事情を説明させよ」

呉道一はひとしきり罵った後、着替えて簽押房《せんおうぼう》（執務室）に入った。しばらくすると、衙役《がえき》（役所の下働きや下級役人）が名簿を運んできた。

「撫台《ぶだい》（巡撫職に対する敬称）閣下、これが捕らえた者たち、全部で七名です。そのうち、この陳敬だけは合格していますが、そのほかは皆不合格でした」

呉道一は名簿にざっと目を通すと言った。

「あの沢州の神童、陳敬か？　あやつがなぜ騒ぎなど起こす」

この時、また衙役が入ってきて言った。

「試験官の張大人《ちょうたいじん》がお目にかかりたいと応接間でお待ちです」

呉道一は情け容赦なく、相手に聞こえるのも構わず言った。

「応接間で待つとな？　迎えに行くのを待っているのか？　簽押房《せんおうぼう》まで来させるがよい」

衙役が返事をして出ていき、間もなく主任試験官の張《ちょう》公明《こうめい》と副試験官の向承聖《こうしょうせい》が簽押房《せんおうぼう》に入ってきた。ただならぬ事件が起きたという自覚は全員にあるようで、一様に顔色が優れず、社交辞令を交わす余裕もない。

呉道一は誰に目を向けるでもなく、うつむいたまま冷めた顔で尋ねた。

「説明していただきましょうか。これは一体どういうことですか」

張公明は向承聖をちらりと見て、先に話をさせようとしたが、向承聖が知らぬ顔のため、仕方なく張公明が口を開いた。

「陛下の命を仰せつかり、優れた士の採用のため、我々は規律通りに厳格に進め、いささかも私情にとらわれたことなどございませぬ。賄賂を受け取ったなど、まったくの誹謗中傷にございます。あの不合格となった読書人たちは、無学無能で騒ぐしか能がないのでございます」

向承聖もようやくこれに調子を合わせて言った。

「張大人の仰る通りです。あの不合格者たちは、府学を無秩序に混乱させただけでなく、財神菩薩の衣装を孔子像に着せたのでございます」

呉道一は向承聖の言葉を遮って怒鳴った。

「お二人は陛下より欽定《きんてい》を受けた試験官として、京師から派遣されてきた身。朝廷の追及あらば、私は官職を失うが、お二人は首を失うのですぞ！」

張公明は腐っても礼部侍郎《れいぶじろう》（礼部の副大臣。礼部は、中央政府機関である六部《りくぶ》の一つ。礼節や儀式を取り扱う機関）の身である。忠義を振りかざすこの呉道一の粗暴な顔つきに我慢できなくなったのか、思わず口を開いた。

「撫台閣下、われら天に誓っていささかも嘘偽りはございませぬ。仮にあれば、自然と国法によって裁かれることでしょう。しかし今回の事件は、この山西で起こったのでございます。あなた様も責任逃れをすることはできませぬぞ。我々に癇癪《かんしゃく》を起こされても何の意味もありませぬ。我々は蔓《つる》につながれたバッタのごとく、互いにかばい合ってしかるべきではありませぬか！」

呉道一は天を仰いでため息をつき、首を振りながら言った。

「まったくろくでもないことになりましたな。わかりました。とにかく急いで奏文をしたため、経緯を朝廷に上奏いたしましょう。まずは読書人どもに騒ぎの次第を問いただし、供述を取ってから詳しいことを上奏するのです。隠そうにも隠しきれるものではありませぬぞ」

ことは急を要する。書吏に代筆させる暇もなく、三人は簽押房《せんおうぼう》に籠り、ああでもないこうでもないといいながら、草案を作り上げた。呉道一は奏文を眺めながらもまだ安心できずに言った。

「張大人、あなたは皇帝のおそばで文官としてお仕えする身。文章についてはやはりあなたによくよくご覧いただき、より適切なものにしていただきたい」

張公明は謙遜の言葉を口にしつつも、手を伸ばして原稿を受け取り、繰り返し検討した。三人が一文字一文字まで納得できるものとなってから、ようやく正式に清書した。

奏文はまだ道中だったが、呉道一は朝廷の意向を待たず、まず陳敬らを連れてこさせて何度か取り調べをした後、朱錫貴を拘束した。呉道一は早急に手を打つことで、自分の身を守ろうとしたのである。朱錫貴は罪を認めはしなかったが、呉道一は、贈賄は間違いないと踏んでいた。張公明も向承聖もおおいに関係しているはずだが、朝廷の指示が来ぬうちは、処分することもできない。その点、朱錫貴なら拘束しても差し支えはなく、あとは自供を待つのみである。

朱錫貴の愚昧ぶりにはつける薬なく、取り調べでは一言も白状しなかったものの、牢に入れられたとたん、大きなことを言い始めた。

「ふん。袖の下がなんぼのもんだ。追及されたら、たかだかこんな挙人の身分ごとき放棄するだけのこと。わが朱家の良田の広さ、車馬の数、その栄華富貴はむさぼり尽くせぬわ！　その点、おまえらはどうだ？　府学で騒ぎ、孔子様を侮辱したかどで、斬首になればいい！」

およそ十日後、件《くだん》の奏文を受け取った順治帝《じゅんちてい》は、直ちに索尼《ソニン》、鰲拝《オボイ》ら数人の大臣を召した。その日、索尼と鰲拝は、ちょうど誘い合わせて拝謁に向かうところだったが、二人が乾清宮《けんせいきゅう》外に着くと、担当の宦官はしきりに口をとがらせるだけでいっこうに謁見の呼び声を上げようとしない。突然、ものの割れる音が響き渡り、順治帝が湯飲みを地面に叩きつけたのだと知れた。すでに大臣数名が殿外に控えていたが、皆何も聞こえなかったようにかしこまったままである。鰲拝も視線を上げて索尼の方を見やったが、索尼はただ項垂れて地面の金磚《きんせん》（堅く焼き締めたレンガ）を見つめていた。

乾清宮では、宦官が猫のように腰をかがめ、そろそろと片付けをしていた。順治帝は誰の顔も見たくないとばかりに「出ていけ！」と繰り返し叫び、宦官は床に散らばった陶器の破片を素早く片付けると、お辞儀をして飛ぶように退出した。内廷宦官の呉良輔《ごりょうほ》が意を決したように、

「陛下、索尼殿、鰲拝殿などの大臣たちが、外に控えております」

と奏上したが、順治帝は怒鳴り返した。

「朕は会いとうないぞ！　江南の科挙会場で士子たちが試験官を殴り、府学が大騒ぎになったと一昨日、上奏があったな。昨日もまた山西の試験場で孔子像が財神の服を着せられたというではないか！　さて、今日はどこの事件だ？」

大臣たちを呼んだのは陛下です、と答える勇気は、呉良輔にはなかった。

「皆様、陛下の諭旨を仰ぎにお越しです。山西の科挙事件の処理について……」

順治帝は冷ややかに不気味な笑いを浮かべた。

「朕にはわかっておる。銀はあやつらが懐に入れ、人殺しは朕にやらせるというわけだな」

「天下の者皆、陛下のご聖明、慈しみ深さを存じ上げております」

順治帝は呉良輔を指さして言った。

「聖明で慈しみ深いとな。朕は人を殺《あや》めるのだ。孔子を冒瀆した者、銀を贈った者、銀を受け取った者、銀を贈って合格した者、一人残らず殺めるのだぞ。やつらの両親、妻、兄弟、それからこんな不肖の学生を教えた教師も、そろって寧古塔《ニングーター》（現在の黒竜江省牡丹江市寧安、辺境の重要な軍事拠点）に送って流罪に処せ！」

五日後、順治帝の諭示は山西の巡撫《じゅんぶ》公衙（役所）に届いた。呉道一は聖諭を賜り、まずは張公明と向承聖に届けた。

さらに五日が過ぎると、三人の欽差《きんさ》（勅使）が山西に到着し、事件を調べながら、再び考巻《とうあん》の見直しを進めた。順治帝はこの事態に激怒してはいたが、読書人の苦労を思うと哀れになり、山西の今年の科挙試験を無駄にしてはならぬと、考巻《とうあん》を新たに謄写《とうしゃ》（筆跡がわからないように他人が書き写すこと）させて封をし、ことごとく再審査することにしたのであった。欽差の中の一人である衛向書《えいこうしょ》大人は、翰林院掌院学士《かんりんいんしょういんがくし》（翰林院の長官）、ちょうど山西の出身者でもあった。採点官からある策論《さくろん》（政策を論じ

た解答案)が送られてきた。策論は文章の風格が素晴らしいことは言うまでもなく、学識の深さ、道理の奥深さ、識見の巧妙たるや、感服するばかりだった。衛向書は再三読み返して手を叩き、尋常ならざる名文、逸材なりとしきりに褒めた。

伏せていた名前が開かれると、その受験生とは、果して陳敬であった。三つの答案に採点官全員がすべて丸をつけていた。衛向書は早くから「陳敬、末恐ろし」との評判は聞いていたが、噂に違わぬ実力であった。考巻《とうあん》から判断すれば、解元(郷試の首位者)は間違いなくこの陳敬であろう。

衛向書は期待以上の結果に大喜びしたものの、直ちに不安になった。陳敬は論争の渦中にあり、聖諭に従えば死罪である。聖諭に逆らう危険を冒して、陳敬を解元に指名する勇気は誰にもない。衛向書は内心、忸怩たる思いで繰り返し陳敬の策論を読み返した。この若者は志高く、科挙に合格して宮仕えをすることになれば、必ずや輔弼《ほひつ》(皇帝の国政補佐)の良臣となるだろうと確信していた。同行のほかの採点官たちも衛向書の思いに気付いたが、よい案も思い浮かばない。衛向書は深くその才を惜しみ、序列を急がず、方策を考えるべく秘かに決意を固めた。

偶然にもこの日、陳敬の家の菅家《しつじ》である陳三金《ちんさんきん》が大順を連れて陳情に上がり、本営の外で門番と押し問答を始めた。衛向書は陳敬の家の者と聞き、慌てて下の者に命じて中に招き入れた。

陳敬が捕らえられた日、大順《ターシュン》は昼夜を駆けて沢州の家に戻っていた。陳家では官府(役所)から合格の吉報が届いてまだ二刻《ふたとき》も経っておらず、子供から大人まで家中皆が喜びに湧き立っているその時に、大順が突然駆けこんできて坊ちゃまが投獄されたと知らされた。

陳家の老太爺《おおだんな》は事情を聞くと、直ちに陳三金に太原に行くよう命じ、いくらかかろうと若旦那の安全無事を守るよう言い含めた。大順も陳三金とともに太原に戻り、陳家の老太爺《おおだんな》の言いつけ通りどこにも行かず、牢の外を見守りながら情報を探った。陳三金はあちこち奔走して骨を折り、散々無駄金を使った挙げ句、一カ月過ぎてもいかなるお役人様の家の門もくぐることができなかった。巡撫の役所の門番は理不尽な老人で毎回、金はそのまま受け取るくせに中に知らせようとはせず、この件は誰にもどうにもできぬ、皇帝様のお言いつけだ、どれだけの首が落ちるかわからん、巡撫に会ったところで無駄だ、と言うのみだった。陳三金は次第に恐ろしくなってきたが、かといってそのまま戻る勇気はなく、ただ太原にとどまってあちこち人づてに頼み続けるしかなかった。この日は、京師（都。現在の北京）から清廉な高官がやってきたと聞き、大順を連れて足を運んだのであった。

陳三金は衛向書に会うと、無言でその場に跪いた。大順は幼く、高官に会ったこともなく、礼儀もわきまえず、恐れも知らぬため、懸命に訴えた。

「うちの坊ちゃまは、最初からあの読書人たちと一緒ではなかったんだ。後から騒ぎを見に行っただけで、騒ぎを起こすどころか知人を見つけては戻るよう説得していたくらいなのに！　なぜついて行くようなことになったのか、訳がわからない。文廟に戻った時、官府の人が来て、皆逃げたのに、うちの坊ちゃまはまぬけにもそこに突っ立ったまま動かないもんだから、あれよあれよという間に捕まってしまったんだ」

陳三金が礼儀をわきまえぬと大順を叱ろうとしたが、衛向書が手を振ってそれを制した。

「おまえさんは陳敬についていたのだな？　もっと詳しく話してみなさい」

大順は合格発表の日、自分が遊びに出た時に発表を見て、戻って陳敬に報告し、陳敬が腹を立てて故郷に帰ると言い出した後、外の騒ぎを聞きつけて出ていき、士子らを説得していたかを逐一、衛向書に話して聞かせた。

衛向書は熱心に聞きながら、何度も質問を繰り返し、陳敬が口にした言葉の一つ一つについても尋ねた。質問が終わると、衛向書はおおかた、事情を理解し、直ちに陳三金を呼んだ。

「巡撫大人のところには？」

「巡撫衙門には何度も足を運びましたが、巡撫大人はどうしても会ってくれません」

「陳敬のこの事件は、すでに陛下が諭旨を下されている。巡撫大人とともに陛下に奏上せぬことには解決せぬ。今日の午の刻（正午頃）前に、必ず巡撫衙門の呉大人にお目にかかるよう」

陳三金は困り果てたように言った。

「どうしてもお目にかかれないのですよ！」

衛向書は意味深長に笑いながら言った。

「菩薩を拝むには真心が必要だ。会えない官僚などいないのだよ」

陳三金は衛向書の言葉を理解したように慌てて銀票《ぎんぴょう》（約束手形。清の時代、銀行的業務の発達によって、信用証券が一層普及した）を取り出した。

「わかりました。これからすぐに巡撫衛門に行って参ります」

衛向書はその銀票を推し返して、笑いながら言った。

「私が調査に来たのは、まさにこのことなのだ。私はいいから、早く巡撫衛門に行きなさい」

陳三金は衛大人の前では話を理解したつもりだったが、出てくると再び困惑した。俗に『贈れぬ金なく、金を受け取らぬ官なし』というではないか。誰もがそう信じている。ところが衛大人は金を受け取らず、人に金を贈れと暗示してもいるようだった。衛向書の言葉を反芻しているうち、瞬く間に巡撫衛門に着いた。

門番の老人はすでに何度も心付けを受け取っていたこともあり、今回、陳三金が歯を食いしばってさらに大金を渡すと、ようやく中に伝えてくれた。呉道一は陳敬の家の者が陳情にきていることはとうに知っていたが、会おうとしないだけであった。今回も同様に顔を出すことを渋り、腹をたてて言った。

「まったくお笑い草ではないか！　田舎のお大尽の番頭が撫台大人に会いたいとな？」

門番は答えて言った。

「老爺様《だんな》、お会いになった方がよろしいのではないかと存じます」

「俺様が、何故にやつに会わなくてはならぬ」

「陳敬の番頭の陳三金によれば、陳家には百年続く家業があるそうです。さらに明代には進士を輩出し、とっくに田舎のお大尽ではありません。今や挙人も輩出したではないですか」

「その挙人の首が落とされかねないというわけだな！よし、会おうではないか」

礼儀知らずが揉め事のもとにならぬよう、大順は外で待たせたまま、陳三金は自分だけ門番の後について行った。散々待たせてから、呉道一が蒲扇《がまおうぎ》を手に揺らしながら出てくると、門番が陳三金を指して紹介した。

「撫台大人、こちらが陳敬の家の番頭、陳三金です」

陳三金は慌てて跪いてお辞儀をすると、

「撫台大人にお目にかかります。当家の主人が……」

と話し始めたが、呉道一はうんざりしたように陳三金の話を遮った。

「わかっておる。言わずともよい。おまえが言いたいことはわかっておる。私に会って金を贈り、陳敬の首をつなぎたい、そうだな？」

「撫台大人、わが陳家にご裁量を！」

と陳三金は泣きついたが、呉道一は冷ややかに言った。

「陛下がすでに陳家をご裁量されておるわ！　府学で騒ぎ、孔子様を侮辱、すなわち死罪なり！」

陳三金は叩頭して拳を合わせながら言った。

「撫台大人、わが主人にかわって頓首いたします！」

呉道一が鼻を鳴らした。

「頓首で首がつながるか？」

そう言い終わると、しきりに蒲扇《がまおうぎ》を揺らすだけで突き放した。

陳三金は銀票を取り出して机の上に置いた。

「撫台大人、われらが坊ちゃまの命が助かりさえすれば、陳家は未来永劫にあなた様の家にお仕えいたします！」

「大胆不敵な！　おまえはこの私の立場をなんだと思っているのだ。不義の財を一文手にすれば、私の人品は一文もなくなるのだぞ。門番、お客様をお送りせよ」

呉道一が激怒したが、門番がとりなした。

「老爺《だんな》様、陳家も気の毒ではありませんか。挙人に合格したのに、打ち首にされてしまうなんて」

陳三金がさらにもう一枚、銀票を取り出した。

「撫台大人、どうかおとりなしください！」

呉道一は銀票に目を向けることもなく、半分目を閉じて言った。

「門番よ、聞こえなかったか？」

そこで門番が言った。

「陳三金、もう行きなさい。うちの老爺《だんな》様の機嫌を損ねてくださるな」

陳三金はさらにもう一枚、銀票を取り出したが、口を開かぬうちに呉道一が机に向かって蒲扇《がまおうぎ》を音を立てて振り落とし、うまい具合に三枚の銀票を覆い隠した。

「門番、追い出せ！」

たちまち衙役《がえき》が二人駆け寄り、陳三金を担いで引きずり出した。

昼過ぎになり、衛向書は轎に乗って巡撫衛門を訪れた。呉道一はのんびりと居間で酒を飲んでいたが、衛向書の来訪を門番から知らされると、慌てて迎えに出た。居間に衛向書を案内してから、呉道一は酒と料理の追加を命じた。何杯か飲み交わした後、衛向書が切り出した。

「撫台大人、張公明と向承聖は我々二人とも取り調べましたが、二人に賄賂を贈ったのは朱錫貴ら九人でしたな。不合格になった読書人が町で騒ぎを起こしたのも、無理からぬことで」

呉道一は衛向書に向かって盃を差しつつ答えた。

「衛大人、陛下の厳命ですぞ。あの読書人どもは孔子様を侮辱し、府学で騒ぎを起こした故、皆斬首すべし、と」

衛向書も盃を掲げ、呉道一に返杯して言った。

「騒ぎを起こした者の中に陳敬という者がおりますが、彼自身は合格しており、賄賂も渡しておりませぬ」

呉道一は頷いた。

「心得ていますよ。かつて沢州の神童と呼ばれていましたから。なんだって騒ぎに近づいたのか。合格したのに、自ら死を求めるようなまねを！」

衛向書は内心焦りもせず悠然と構えていたが、口ではひどく焦った様子で言った。

「撫台大人、今一度お考えくだされ。この陳敬を殺してはなりませぬ」

「死罪を犯したのですぞ。勅諭もここにあります。殺してはならぬ、とはいかに？」

「撫台大人、急いでお会いしに来たのは、まさにそのためです。回答用紙を再確認したところ、陳敬は三場（三つの試験）の結果、試験官全員が丸をつけています。郷試の首席ですよ」

呉道一はひどく驚いた。

「陳敬こそが解元だと仰るのですか？」

「その通りです！　撫台大人、解元を殺してしまったら、天下に申し開きができませぬぞ！」

呉道一は盃を手の中で回しながら、しばらく唸っていたが、

「では、彼を解元にしなければよいのです！」

と言い放った。衛向書はまさか呉道一がそんなことを言い出すとは思いもよらなかったが、体面もあり、こう答えた。

「陳敬を解元にせずともよいのですが、私が見る限り、

詩文ともに素晴らしく、特にその見識の高さは、必ずや国家の重責を担う人物となるでありましょう。このような人材をわれらの手で損なうようなことがあれば、上は朝廷に、下は民に申し訳が立ちませぬ」

「衛大人の人材を愛する心、私もおおいに敬服していますが、まさか聖諭に背くおつもりでしょうか？　私にはそのような勇気はありませぬぞ」

呉道一自らがこの陳敬の件を取り調べている以上、冤罪と断じると、呉道一の面子をつぶすことを衛向書は慮って言った。

「撫台大人、陳敬は若さ故《ゆえ》に道理をわきまえず、無実の罪を訴えぬのも分別もつかぬ故《ゆえ》でしょう」

呉道一は衛向書の言葉の中に含みを感じて尋ねた。

「無実の罪を訴えぬ、とはいかに？」

そこで衛向書は、大順から聞いたあらましを詳しく話して聞かせた。

「陳敬はもともとほかの連中の騒ぎを止めようとしていたところを巻き込まれ、無実の罪で捕らえられてしまったというわけです。やましいところがないからこそ、立ったまま動かなかったのでしょう。だからこそ逃げなかったのではありませぬか」

呉道一は合点が行ったとばかりにゆっくりと微笑んだ。

「陳家の者が衛大人に頼みこんできたのですね？」

衛向書は呉道一の推察を汲んだが、弁解するつもりもなく、逆に尋ねた。

「陳家の者は撫台大人のところにも頼みこんできたのではありませぬか？」

呉道一が大きな声を上げて笑いながら言った。

「だとすれば、私も衛大人とご一緒に、あらためて陳敬の件を調べなくてはなりませぬな」

翌日、陳敬は撫巡衛門の応接間に連れてこられ、再び尋問を受けた。衛向書には確信があった。あの日の顛末《てんまつ》に沿って尋問すれば、陳敬は有罪にならずに済む、と。それどころか彼はほかの者を止めようとしていたのだから、逆に功を立てたことになる。呉道一は金を受け取っている上、衛向書も同じ穴の貉《むじな》と思い込んでいるため、事態を複雑にするようなことは特にしなかった。

しかし陳敬の名は、すでに陛下の手中にあり、彼自身が罪を認め、許しを乞わなければ報告もできなかった。

ところが陳敬は強情で、他人の説得のために、群衆に巻き込まれた故、悔いるべき罪などないと主張して譲らなかった。さらに試験官の収賄は周知の事実、読書人の怒りにも理由がある、釈放するなら全員を釈放すべし、と言い張った。陳敬が罪を認めず、公式の文書も作ることができない以上、陛下にも申し開きが立たない。これにはさすがの衛向書も狼狽し、手をこまねいた。

陳敬は牢に戻された。騒ぎを起こしたほかの読書人六人の中には、合格したものもいれば、不合格になったものもいた。彼らは正義を重んじる陳敬に感激しつつも、まずは己《おのれ》が助かるのが先、ほかのことはそれからだ、と説得した。しかし陳敬は、皆で生死をともにせん、と言って聞かず、罪を認める供述を一文字たりとも何も書こうとはしなかった。

ところが数日後、巡撫衛門の門番が突然、陳三金を訪ねてきて、早く陳敬を牢に迎えに行けと言う。陳敬は困惑したまま牢から出され、初めて自分が解元になったことを知った。また壁の告示を見て、朱錫貴と騒ぎを起こしたあの六人の読書人たちが、十把《じっぱ》一絡《ひとから》げにして皆死罪に問われたということも知った。さらに町の人の噂では、試験官二人が京師に連行されていったという。

この牢獄騒ぎの後、陳敬は人が変わったように、家に帰っても日がな一日鬱々として愉しまなかった。母と妻の淑賢《シューシエン》が懸命に慰めても、憂鬱が晴れることはなかった。近隣の人々が皆、祝いに駆け付けたが、しぶしぶ対応するだけで、人のいない時には深いため息ばかりついていた。ほかの者が首を切られたのに、なぜ自分だけは生きて出てこられたのか、いまだに納得が行かなかった。命拾いしたことを喜ぶ気にはなれず、死罪に問われた読書人たちを思って、心を痛めた。そのうち朱錫貴だけは冤罪ではなく、試験官たちも冤罪ではなかったが。春闈《しゅんい》(会試。郷試に及第した挙人が都で受ける第二の試験。合格すると貢士となる)が目前に迫っていたが、陳敬はぐずぐずといつまでも都へ出発しようとはしなかった。陳家の老太爺《おおだんな》がいくら怒鳴りつけても、陳敬は驢馬のように強情であった。そんな状態のため、陳家では誰も大声で話すこともできないでいた。

ある日、衛向書大人の使いが手紙を届けに来た。実は衛向書は公務で山西に戻り、ついでに帰省して太原に二カ月あまり逗留していたのである。毎日のように読書人たちが挨拶に訪ねてきたが、話の中で陳敬が今回の災難ですっかりふさぎ込み、科挙への情熱を失くし、来年の春闈《しゅんい》にも行かぬつもりらしいと耳にしたのであった。そこで衛大人は慌てて手紙を書き、沢州の陳家に届けさせたという次第である。衛大人は手紙の中で陳敬の策論と文才をほめたたえ、優れた壮大な抱負をもってすれば、今後上位で合格し、必ずや陛下を補佐し国を安んじ、世を正し民を救う逸材になるに違いないと述べた。しかし若気の至りのままに将来を台無しにするようであれば不忠不孝であると説得した。陳敬は自らを恥じた。衛大人が、陳敬を功名や官職を追い求める輩と見なしていないことからも、まことに得難い知己である。これまで両親がいくらなだめ、叱りつけても一切聞く耳を持たなかったが、衛生大人に叱られてようやく目が覚めた。陳敬は深く恥じ入り、恭しく両親の前に跪くと、試験を受けるために速やかに京へ出立すると請け合った。

二

無為に時を過ごすうち、瞬く間に春節《しゅんせつ》も過ぎていったが、ついに陳敬が受験のために出発する日が来た。外では、家の者たちが慌ただしく驢馬車《ろばしゃ》に箱や荷物を詰め込んでいる。陳夫人が大順《ターシュン》に「外ではくれぐれも気を付けるように、陳敬は自分のことを構わないから」と何度も繰り返し諭すのだった。大順はしきりに頷き、口の中で相槌を打ち続けた。そこに淑賢が突然吐き気を催し、懐から手ぬぐいを取り出すと、さっとその手で口を塞いだ。姑はそれを見てぱっと表情を輝かせ、嫁を近くに呼び寄せた。

「もしや、できましたか?」

淑賢はうつむいたまま、顔をほんのり赤らめている。姑がさらに聞き募った。

「敬児《ジンアル》(陳敬の愛称)は、知っているの?」

淑賢は首を振ったが、頬の紅潮はなかなか引いていかない様子である。

「敬児はまったく鈍いこと……。それにしても、まだ出て来ないのですか」

と陳夫人が笑って言うと、淑賢は少し躊躇していたが、様子を見てくると言って家の中に入っていった。

陳敬は書斎で本の整理をしているところだった。三歳の息子謙吉《ジェンジー》がその後ろで荷物を引っ掻きまわしている。

「むやみに触ってはいけないよ。せっかく整理したばかりなのだから」

陳敬が声を上げても、謙吉は
「父さん。僕も一緒に試験に行くよ」

と繰り返したが、陳敬はただ笑うだけだった。

「おまえには、まだ二十年早い」

そこに淑賢が入って来たのを見て、謙吉が「媽媽《マーマ》」と叫んでその胸に飛び込んでいった。陳敬は淑賢をちらりと見やったが、言葉少なにただ「急かしてくれるな。もう行く」とだけ言った。

淑賢が口ごもりながら、やっとのことで口にした。

「あの……。私、授かったみたいです……」

陳敬はうつむいたまま本の整理を続け、手を止めることはなかった。淑賢は入り口に恥ずかしそうに佇《たたず》んだままである。はっ、と陳敬は何かを感じたかのように妻を振り返った。

「淑賢。今、なんと?」

しかし淑賢は黙って答えず、下を向いたまますっと身を翻して出ていってしまった。

陳敬は荷造りを終えると、父とともにお堂に出向き、祭壇に香を焚き祭酒《さいしゅ》を捧げて祖先を供養した後、ようやく家を出て車に乗り込んだ。父は車の轅《ながえ》を手でなでつつ、

「敬児、京に入ってからは、何事も用心が肝要だぞ」

と再度言った。母の顔はすでに涙で濡れそぼっていた。

「太原《たいげん》の郷試《きょうし》では危うく命まで取られるところでした。敬児、母は安心できませぬ」

陳敬が口を開くのを待たず、父がさらにたたみかけた。

「勉学のみに集中し、受験のことだけ考えよ。余計なことは一言たりとも口にしてはならぬ。もう太原の時のようにはならぬよう。出る杭は打たれることを忘れるな」

「父上母上。ご安心ください」

大地は氷と雪に覆われ、驢馬車の歩みはのろのろと捗《はかど》らなかったが、陳敬は急ぐふうでもなく、車中に本を広げて復習に余念がなかった。ひと月あまりも進むと、河

北との境界までたどり着いた。そこに突然、書生ふうの人物が書物を入れた嚢《のう》を肩にからげてやってきたが、ひどく困憊《こんぱい》しているようだった。驢馬車の歩みがさらに遅くなったため、大順が道を譲るよう鋭い声を上げた。その声を聞いた陳敬は簾《すだれ》を上げて書生の様子をうかがい、大順に車を止めるよう命じた。どこかで見たことがある人だと懸命に思いを凝らしていたが、はたと思い至ると、慌てて車から降り、手の拳《こぶし》を合わせてお辞儀をした。

「こちらの兄台《けいだい》(先輩の意)殿。もしや高平《こうへい》の挙人《きょじん》、張汧《ちょうけん》学兄《がくけい》殿ではありませんか?」

張汧は立ち止まると、訝《いぶか》しげに尋ねた。

「そちらはどなたかな」

実は十年前に張汧が郷試を主席で合格した時、陳敬はまだ十一歳だったが、父に連れられて高平の張家を訪ねたことがあったのである。陳敬は笑みを浮かべて名乗った。

「学弟《がくてい》、沢州《たくしゅう》の陳敬と申します。幼い頃、家父《かふ》に連れられて学兄殿のお宅を訪ねたことがありました。先ほどは家の者が無礼を働き、大変失礼いたしました」

張汧はおおいに喜んだ。

「なんとこのたびの郷試の解元《かいげん》殿でしたか! あなたの英雄豪気《えいゆうごうき》は、三晋《さんしん》の津々浦々まで響き渡っていますよ」

「ご兄弟、道中を一緒にいかがでしょう? 一路、教えを請えるというものです。さあ。車にお乗りください」

張汧は慌てて手を振った。

「いやいや。ご厚意はありがたいが、やはり私は徒歩で…」

陳敬は会話をしながら、もう張汧の書嚢《しょのう》を奪いに行っていた。

「さあさあ。兄台殿、遠慮はご無用!」

大順はさらに有無を言わせぬ迫力で張汧の荷物を受け取ると、車に載せた。

「先生。さあ車にどうぞ。うちの公子《こうし》は一路、書物を読んでばかりで話し相手もおらず、口のきき方も忘れかけるほど鬱々《うつうつ》していたところでした。先生が道連れになってくだされば、話し相手ができ、喜ばしいことです!」

こうなると、張汧も陳敬に従うほかなく、驢馬車に乗り込んだ。

「陳賢弟《けんてい》。それにしても今頃京師に向かわれるとは、またどういうことですか」

「春闈《しゅんい》までまだ二月《ふたつき》あまりあります。これから道中あと一月《ひとつき》ほどかかりますが、遅過ぎるとでも？」

「愚兄《ぐけい》の私は、恥かしながら三度も受験して及第できなかった身。それでも科挙の内部事情にならし、少しは詳しいと思う。裕福な家庭の子弟は皆、秋闈《しゅうい》（郷試《きょうし》。地方で行われる挙人を決める科挙の選抜試験。合格し、挙人になると、翌年の春に首都で行われる会試《かいし》すなわち春闈《しゅんい》に参加することができる）が終わるとすぐに入京して、そのまま試験に備えるものです」

「そんなに早く入京してどうするのですか。本当に復習に集中したいのなら、自宅の方が静かでいいに決まっています。京師に着いたら、きっと周りの華やかさに心かき乱されるでしょうからね」

「賢弟殿《けんていどの》はご存じない。勉強のためではありませんよ。付け届けにあちこち奔走するためですよ」

陳敬はため息をついた。

「それは私ももちろん心得ていますが、太原会場の事件の血痕《けっこん》も乾かぬ今、まだ自らの命をかける勇気のある人がいるのでしょうか」

「今回の科挙事件に対する朝廷の処罰は確かにやや厳しいものがありましたね。多数の人間を死罪に処した上、巡撫《じゅんぶ》の呉道一《ごどういつ》も免職にされ、戴罪聴差《たいざいちょうさ》（有罪のまま次の任命を待つ）ですからね。まったく功名の二文字の前には死をも恐れぬ人が天下にはなんと多いことか」

陳敬は今回の郷試を経て当然その言葉の重みを実感していたが、それでも口ではこう言った。

「すべての功名が金で買ったものとは信じませんよ。兄《けい》台殿《だいどの》はかつて郷試の魁首《かいしゅ》（首席）となられ、三晋の後学《こうがく》の鑑《かがみ》でした。今回の会試で兄台殿は、必ずや蟾宮《つき》の桂《かつら》を折り（進士となる）、皇榜《こうぼう》（科挙合格発表の公示）に登られることでしょう」

張汧は苦笑して首を振り、天を仰いで嘆息するのみだった。

京師に到着すると、そのまま山西会館（山西出身者が有志で運営する集会所。宿泊、食事ができる）に直行した。聞くと、会館はとうに満室だという。会館の管事《しつじ》は年配者だったが、ひどく申し訳なさそうに言った。

「なんと解元殿《かいげんどの》お二人であられましたか！　陳解元殿は来ないのではないか、とここに滞在している挙人らが毎日、あなたの噂をしていたところでしたよ」

大順は幼いながらも、仕事も受け答えもなかなかそつがない。管事《しつじ》にまとわりついて、なんとか助けてくれと追いすがった。管事《しつじ》はそれを無下《むげ》にもできないものの、広間しか空いていない、そこに泊まるのはいくらなんでも無茶だと言うのみであった。

　仕方なく三人は会館を後にすると、順天府《じゅんてんふ》（首都、京師を管轄する行政単位であり行政機関）の貢院《こういん》（科挙の試験会場）付近で客桟《きゃくさん》（旅館）を探した。たて続けに何軒かまわったが、すべて満室。貢院に近い宿が満室なのは、京入りして受験に備える挙人らが皆宿泊しているせいだった。辺りが次第に暗くなってきた頃、前方の「快活林客桟《かいかつりんきゃくさん》（「快活林」は、『水滸伝』に登場する豪傑らの活躍の舞台）」という看板が目に入ると、陳敬が笑った。

「どうやら水滸の梁山泊まで来てしまったようですね。ここにも居場所がなければ、野宿するしかなさそうです」

　ちょうどこの時、扉が音を立てて開き、満面の笑みを浮かべた丁稚《でっち》が三人を出迎えた。

「これはこれは、お三方。もしやお宿をお探しでしょうか」

　三人は頷き、後について客桟に入っていった。宿の主人がいそいそと出てきて声を掛け、丁稚に荷物を運ぶよう命じた。

「毎回、春闈の頃になると、裕福なお家の子弟の皆さんが早々にいらっしゃいます。会館に宿泊できる人はあちらに泊まりますが、そうでなければなるべく東の方に泊まろうとしますね。貢院に近いですから」

　宿の主人と雑談をしていると、物憂げな表情の人物がのそりと入ってきた。宿の主人がさっと笑みを浮かべて迎えた。

「高公子《こうし》。お帰りなさいませ」

　高公子と呼ばれたその人物は、鼻の中で「ああ」とくぐもった声を出し、視線も上げずに項垂れたまま奥に入っていった。

　宿の主人は振り返ると、再び陳敬らに声を掛けた。

「お三方、まずはゆっくりとお茶でも召し上がってから旅の埃を落とされては。何かお召し上がりになりたいものがあれば、なんなりとお申し付けください」

　茶が運ばれてくると、宿の主人は中の方を見やってから声を落として言った。

「先ほどの高公子は、銭塘《せんとう》（現在の浙江《せっこう》省杭州《こうしゅう》付近）のご出身で高士奇殿《こうしき》と申されるのですが、受験のために京入りされる時は毎回、当客桟に滞在されます。もう四回目になりますよ。ご実家も裕福ではないようで毎日、白雲観《はくうんかん》(北京最大の道教寺院)の前で屋台を出して占いをされているのです。それがなければ、うちにも泊まれないのでしょう。拝見していると、来られるたびに憔悴していかれるようで、これではどうも今年も不合格になってしまうのではないかと」

陳敬は張汧の顔が、さっと紅潮したのを見て言った。

「ご主人。それは少しお口が過ぎますよ」

宿の主人は慌てて口を抑えて言った。

「これは余計なことを申しました。失敬、失敬」

陳敬と張汧は元来気が合うこともあり、寝床を並べ合ってからも話を続け、夜が白む頃にようやく眠りについた。翌朝早く、陳敬が身支度を済ませて部屋から出ると、誰かが大声で本を朗読していた。陳敬は相手に近づいて声を掛けた。

「こちらの学兄殿《がくけいどの》、お名前は?」

その人物は本を置くと、恭しく名乗った。

「姓は李、名は一文字、謹《きん》、河南商丘《かなんしょうきゅう》の者です」

陳敬も手の拳を合わせた。

「私は陳敬です。山西沢州《たくしゅう》の者です」

次の瞬間、李謹《りきん》が目を見開いた。

「これはこれは。陳敬学兄殿でしたか! ご本人の到着前から、名声の方が先に届いていましたよ。先に京師入りした山西の挙人らが噂していました。去年、貴地《きち》での郷試では、いくつもの首が地に落ちたことも。貴殿は落第者らのために理を説き、剣先《けんさき》から命拾いして生還されたと皆が言っていました。敬服の至りに存じます」

陳敬は慌てて首を振った。

「李学兄殿にそのように言われるなど、お恥ずかしい限りです。もうその話はよしましょう。ところで貴殿の器《うつわ》、甚《はなは》だ非凡であると見ました。きっと上位で及第されることでしょう。先にお祝い申し上げたい」

しかし李謹は、ため息をもってこれに応えた。

「貴殿はご存じない。状元《じょうげん》、榜眼《ぼうがん》、探花《たんか》(科挙の一位から三位まで)にはもうとっくに買い手がついていることを。ここで物言わぬ書物を読んでいても、何の役にも立ちませぬ」

この時、張汧もやってきて言葉を継いだ。

「わが家は私の勉学のために家財を使い果たしてしまいました故《ゆえ》、もはや付け届けのお金など残ってはおりませぬ。運を試すしかないのです」

李謹が再びため息をついた。

「まったくだ。今回及第できなければ、乞食をしながら故郷まで帰るしかない」

三人がそんな話をしていると突然、どかんと荷物が地面に投げ出された。投げたのは宿の主人である。顔を怒らせて李謹に向かって叫んだ。

「李公子。私を恨まないでくださいよ。もう義理は尽くしてきましたからね。ただ飯《めし》はずっとお出ししてきましたけれど、そのうえでただ泊まりとはあんまりでございましょう？　もう十日もお宿代をいただいておりませんから、出ていってもらうしかありません」

李謹がさっと恥じらいの表情を浮かべた。

「ご主人。もう数日待っていただけませんか。どうかお慈悲を」

宿の主人は情け容赦なく、余計な口はきかずにひたすら外に追い立てて行く。陳敬が見るに見かねて声を掛けた。

「ご主人。こちらの李兄《りけい》の食事と宿代は私のところにつけておいてください」

李謹が慌てて荷物を拾い上げながら言った。

「陳兄《ちんけい》。それはいけません。自分でなんとかしますから」

陳敬は李謹の言葉を遮《さえぎ》った。

「李兄。遠慮はご無用。ならば、お貸ししたということにしましょう」

すると、宿の主人はまるで人が変わったように陳敬に向かって満面の笑みで頷き、いそいそと李謹の荷物を中に運び込んでいった。

陳敬は張汧とともに、山西の郷賢《きょうけん》(同郷の有力者)方への表敬訪問に出かけるため、李謹と別れて宿を出た。衛《えい》向書大人《こうしょたいじん》からの手紙には、在京《ざいきょう》の山西の同郷者の紹介までされていたのである。陳敬に対し、入京後には暇を見つけて先輩方に挨拶に行くよう書かれてあった。何かあった時には、助けにもなってくれるだろうから、と。折よく道中、張汧に出会ったこともあり、ともに尋ねて行くことにしたのである。二人は門生帖子《もんせいじょうし》(門下生自薦の口上書)を用意し、まずは衛向書大人のお宅を訪ねた。しかし衛大人《たいじん》が半月前に京に戻った後、皇帝に春闈の試験官に指名され、今やすでに鎖院《さいん》（不正防止のため試験官を監禁すること）されていることを、そこで初めて知った。衛大人は陳敬の訪問を想定し、盛大にもてなすように、しかし付け届けを受け取ってはならぬと家の者に命じていた。詳しく聞くと、この後表敬訪問しようとしていた郷賢《きょうけん》の先生方はおおかた、同様にすでに会試のために鎖院されていることが判明した。ただ李祖望《りそぼう》先生だけは、旧明朝時代の挙人であるものの、今は官職にないためご在宅に違いないということだった。そこで二人は衛家《えいけ》を後にすると、李祖望宅に向かった。

衛大人の手紙に書かれた住所をもとに、あちこちで道を尋ねながら探すと、李祖望先生のお宅は、なんと快活林客桟のごく近所であった。李家の敷地を囲む塀は高く、門楼《もんろう》のそばには梅の古木が枝を茂らせて斜めに突き出ていた。陳敬が門を叩くと、中年の男が首を出して用向きを尋ねた。衛向書大人の紹介で引見を求める山西の同郷の者だと告げると、男は慌てて二人を中へ案内した。男は大桂《タークイ》、李老先生《ろうせんせい》の管家《しつじ》だという。二人は蕭壁《しょうへき》（門の向かいにある目隠し用の壁）の向こうへ回り込んだ。見上げると、正面の部屋の扉の上にかかる古い扁額《へんがく》が目に入った。「世代功勲《せだいこうくん》（代々、功績華々《こうせきはなばな》し）」の四文字には、なんと明の嘉靖帝《かせいてい》の御名《ぎょめい》が入っている。衛大人の手紙にはそこまでは書かれていなかったが、陳敬は内心、李家は旧明朝ではきっと名家だったに違いない、と思いを巡らせていた。

大桂は二人を応接間に案内して座らせてから、衛向書の手紙を持って奥に入っていった。しばらくすると、李老先生が手の拳を合わせながら出て来て、挨拶をした。

大桂の女房の田媽《でんばあや》が茶を運んでくると、李祖望が二人に茶を勧めた。

「聞きましたよ。山西の去年の科挙試験会場の事件では、陳敬殿が危うく命を落としかけたが、幸いにも衛大人が間に立って口をきいてくれたとか。衛大人は誠実かつ才を愛するお人。在京《ざいきょう》の山西の読書人は皆、敬愛していますよ」

「衛大人は、先生の学問とご徳望を賞賛しておられました。京に入った暁には、ぜひお訪ねするようにと言われておりました」

陳敬がそういうと、張汧も続けた。

「先生のご指導をよろしく賜りたく存じます」

しかし李祖望はただ首を振って笑うだけである。

「いやいや。とんでもない。もはや老いぼれです。衛大人とは、ともに崇禎《すうてい》(明代最後の年号)十五年に挙人に及第し、先祖はともに旧明朝からの旧家、代々宮仕えしてきた家です。先父から、後裔はただ勉学に励み、教養を身に着けて礼節を知れば仕官する必要はないと言われております。ですから清王朝になってからは仕官しておりませぬ。ああ。もう前王朝の昔のことです。この話はやめましょう」

陳敬はひどく名残惜しそうに言った。

「江山《てんか》の主《ぬしかわ》易れば、故《かこ》を変革し、新しきを鼎《ささえ》るが、実《まこと》にすなわち天道の輪廻《りんね》なり。万物蒼生《ばんぶつそうせい》、天に順《じゅん》じ、自らの命《いのち》を守るよりほかなし。私の大それた言葉をお許しいただけるなら、先生が巷《ちまた》にお隠れあるとは、朝廷が賢臣《けんしん》を一人失うということです」

李祖望はその言葉を聞いて悪い気はしなかったが、ただ、大笑いすると言った。

「老夫《ろうふ》はお二人がおおいに躍進され、蒼生《そうせい》に福《ふく》を造《つく》らんことを願うのみ。私は前王朝の逸民《いつみん》として過ごすだけで結構」

そんな話をしていると、「父上」としきりに大声で叫びながら一人の少女が駆け入って来た。見知らぬ来客を目にすると、少女はたちまち顔を赤らめ、その場に立ち尽した。李老先生が笑って言った。

「月媛《ユエユエン》。さあ早くお兄さん二人にご挨拶をしなさい。こちらは張汧《ちょうけん》兄さん。そちらが陳敬《ちんけい》兄さん。二人とも科挙の試験を受けに来られた挙人、山西の同郷の人だ」

少女は挨拶をすると、なおもその場に立ち尽くしていた。李老先生がさらに続けた。

「うちの娘です。月媛といい、十一歳になりましたが、どうもしつけが行き届かず、お恥ずかしい限りです」

月媛が笑って言った。

「父上はお客様が見えるたびに私のことをしつけがなっていないというの。書の上達を見てもらいたかっただけなのに」

月媛は手を後ろに回していたが、その手にはしたためたばかりの書を持っていたのだった。李老先生が笑って言った。

「私は見ないことにするよ。二人の挙人のお兄さんに見てもらいなさい」

やはり恥ずかしいのか、月媛はその場に立ったまま、口を抑えて笑うだけで前に進み出ようとしない。そこで陳敬が立ち上がって言った。

「どれ。私が妹妹《メイメイ》の書を見せてもらおうかな」

陳敬は月媛の書を受け取ると、なかなかのものだと何度も褒めた。張汧も身を寄せて覗き込んだが、やはり口を極めて褒めそやした。李老先生が笑った。

「もうそれ以上褒めないでやってください。これ以上つけ上がっては困りますからね。うちのこの娘は、幼い頃から纏足《てんそく》をどうしても我慢できずに放り出し、針仕事を教えようにも言うことを聞かなかったのですが、勉強と字を書くことだけは好きでした。生憎にも女子に生まれましたが、そうでなければ、状元にも挑《いど》めたのに」

月媛がいたずらっぽく答えた。

「大きくなったら、私もかの『女駙馬《にょふば》（古典劇の一つ。駙馬《ふば》は皇帝の婿。女性が男装して科挙を受けて状元になり、公主の婿に指名される話）』に倣《なら》って状元を狙いにいくわ。父上のために公主《こうしゅ》様を嫁にもらって帰って来るの」

李老先生が怖い顔をして諫《いさ》めた。

「ますます口のきき方がなっておらぬ。さあ。もう奥に入りなさい。今はお兄さんたちと話をしているのだから」

この時を見計らって田媽《でんばあや》が入って来ると、月媛の手を引いて奥に促《うなが》した。田媽《でんばあや》が口元をほころばせながら言った。

「さあさあ。奥に戻りますよ。お嬢様が知らない方をお相手にこんなにたくさんおしゃべりするのを、ばあやは初めて耳にしましたよ」

月媛が奥に入って行くと、李老先生はしきりに首を振り、笑いながら言った。

「老夫《ろうふ》の膝下にはあの娘しかいないもので、小さい頃から甘やかして育て、いたずら小僧のようになってしまいました。あれの母親は早くに逝《い》ってしまったもので婦女《ふじょ》道《どう》をしつける者がなく、お二人にはお恥ずかしいところをお見せしました……。勉学と書道だけは、少しは見込みがあるようなのですがね」

陳敬が答えた。

「それはやはり先生のご薫陶《くんとう》が素晴らしいからにほかなりませぬ。将来、妹妹《メイメイ》の才覚と教養は素晴らしいものになるでしょう」

三

　ある日、暇に飽かせて陳敬、張汧《ちょうけん》、李謹《りきん》の三人は茶館を訪れ、四方山話《よもやまばなし》に花を咲かせた。李謹は陳敬の気前のよさを思うと、いまだに気が収まらなかった。

「陳兄殿の男気《おとこぎ》、生涯忘れ難し。今生今世《こんじょうこんせ》、この身が陽《ひ》の目を見ることあらば、必ず厚く礼をする」

「兄台殿《けいだいどの》。そのような仰りようは無用です」

　そこに突然、後ろから誰かが割り込んできて、軽い調子で声を掛けた。

「お三方。科挙の受験のために上京されたと見受けましたが？」

　振り返ってみると、あばた面の男がそこに立っていた。

「それがどうした」

　張汧が答えると、あばた面が言った。

「ここにおられるお三方が、間違いなく着実に状元になれる宝物をこの私めが持っておりますぞ」

「それでは明らかに道理が通らないではないか。状元になれるのは一人しかいない。何故に我々三人ともなれると言う」

　と陳敬が笑うと、李謹がじろりと相手を一瞥した。

「おおかたどうせ『大題文庫』『小題文庫』『文料大成』『串《かん》珠書《じゅしょ》』（当時、流布していた科挙試験の参考書）の類《たぐい》だろ」

　あばた面は李謹を見やった。

「さすが。こちらの御仁は見識をお持ちでいらっしゃる。きっと科挙の常連でしょう」

　李謹はその言葉に狼狽し、怒りをあらわにした。張汧は李謹の気持ちを察し、慌てて自嘲を込めてあばた面をからかった。

「もし、こちらの兄弟よ。少しはお世辞も言えないのか。私は三度の試験にも及第しなかった身故《ゆえ》、心中の火で炙《あぶ》られるようだが、『科挙の常連』はないだろう」

　あばた面がうすら笑った。

「どうも口下手でいけませんな。ここにある宝物のどれ一つとっても、まさに鯉《こい》が竜門《りゅうもん》を登る――。登竜門をくぐれるというもの。次はもう来る必要はありませんよ」

　あばた面はそう言いながら、懐中から小さな冊子を出した。

「これは『経芸五美《きょうげいごび》』と言います。中に書かれている字は小さく、いささか年配の方なら判別することもできないでしょう。ほら。米一粒で五文字も覆うことができますよ」

「頼むよ。こちらの御仁。われら兄弟三人とも目はよくないのだ。そんな小さな字は判別できぬ。ほかを当たってくれ」

と陳敬が笑って言うと、あばた面がさらに言いかぶせた。

「まあまあ。そう慌てなさるな。ここによいものがあります」

そう言いながら、懐中から丸い硯《すずり》を取り出したので、張汧がそれを受け取った。

「ただの硯ではないか」

この時、突然外から怒鳴り声が聞こえたかと思うと、あばた面は慌てて机の上の『経芸五美』を懐にしまったが、硯をしまう余裕はなかった。あばた面が外に出ようとしたところへ、屈強な武人が二人入ってきて、そこに仁王立ちになった。周囲をにらみ付けるその様子は、相手を震え上がらせるには十分であった。あばた面は後ろめたいものを抱えているため、その場に立ち尽くしてがたがた震え出した。武人二人はともに旗人《きじん》（八旗《はっき》の所属者。満州族などの支配階級）の出で立ちをしており、一人は屈強、もう一人は背が高く痩せていた。二人は言葉を発することもなく、屈強な男の方が悠然と手を上げると、外から忽然《こつぜん》と十数人の帯刀した兵士がなだれ込んできて、どっとあばた面に群がり、これを縛り上げてしまった。あばた面は「何かの誤解だ」と絶叫していたが、そのまま兵士らに連行されていった。武人二人は言葉を発しないまま席を見つけて座った。店主は二人をただ者ではないと見て、慌てて細心の注意でお茶を淹れると、身をかがめて退いた。

張汧の両手がわずかながら震えていた。あの硯がその手のすぐそばに置いてあったのだ。陳敬が軽く声を掛けた。

「兄台殿《けいだいどの》。慌てることはありません。くれぐれもその硯に触らないように」

屈強な武人の方が湯飲みを取り上げながら、冷ややかな目つきで辺りをにらみ付けていた。茶を口に含もうとしたその瞬間、こちらの机の上にある硯を目にし、真っすぐこちらに向かって歩いてきた。張汧が手の拳を合わせて声を掛けたが、武人はそれを無視し、硯を取り上げた。しばらく手の中で弄んでいたが、何も異常なところが見つからなかったのか、硯を置くともとの机に戻った。男二人はただ湯飲みの茶を何度かすすっただけで、何か話をするわけでもなく、しばらくすると銅貨を数枚投げ捨て、去っていった。

丁稚《でっち》が茶の湯を足しに来たので、李謹が尋ねた。

「丁稚さん、あの傲慢な連中は誰だい」

「手前にもわかりませぬ。恐らく宮中から来られたのではないでしょうか。最近は一日中この一帯でうろうろしていますよ。後生ですからこの硯、皆さんお触りにならないでください。禍のもとですから」

「そのようなこと、信じるものか」

張汧はそう言ったかと思うと、硯を懐の中に押し込んだ。丁稚が笑って言った

「この時期、誰もが挙人の皆さんの懐からお金を稼いでいますよ。試験官は賄賂を受け取り、先ほどのあのあばた面なんかは、『大題文庫』とかいうものを売っていたのでしょう？　そして我々のような客桟《きゃくさん》、飯館《めしや》、茶館《さかん》も皆さんからお金を稼ごうとしています。商売、すべて商売ですよ」

陳敬が懐から銅貨を出して机の上に置いた。

「ここはどうも面倒な場所のようですから。もう行きましょう」

三人は街に出てぶらぶらしていたが、やがて陳敬が言った。

「張兄殿《ちょうけいどの》。あの硯はもう捨ててください。禍のもとですよ」

「そうですよ。我々三人は皆、良心を持った受験者でしょう」

と李謹も同調したが、張汧は笑って答えた。

「わかっていますよ。わかっています。ただ持ち帰って、詳しく見てみたかっただけです。一体どういうものなのか」

帰り道、三人は白雲観《はくうんかん》の前までやってきた。観《かん》（道教寺院）の門前には、字を代筆する屋台が出ていたが、そこで代筆をしていたのは、なんと高士奇《こうしき》であった。その後ろには、ぼろぼろになった幡《のぼり》に「売字《ばいじ》」の二文字が大きく

書かれており、下行には小さな字で「書簡、訴状、対聯《ついれん》の代筆」とある。

「あれは銭塘《せんとう》の挙人の高士奇殿《こうしきどの》ではないのか？」

と陳敬がつぶやくと、李謹がさらりと答えた。

「賢弟殿《けんていどの》はご存じないのですね。挙人なんてとんでもない。長年及第できないただの老童生《どうせい》(科挙を受験し続けているが、万年不合格の人。年齢に関係なく童生という)でしかありませんよ。どうもおかしな人だ。毎回、春闈《しゅんい》の頃になると京師にやってきて、挙人らとともに過ごし、他人が受験に行くのを、指をくわえて眺め、また他人が進士に及第して『打馬游街《だまゆうがい》(進士合格者が馬に跨《また》り、親族知人らに囲まれて街中を練り歩くこと)』するのを、指をくわえて見ているのですから」

張汧が長いため息をついた。

「天下の読書人ら、哀れなり」

李謹がさらに続けた。

「さらに気の毒なのは、挙人らとつるもうとしても、相手にされないことだ。まったく知識人の中には……」

と言ったところで張汧が言い出した。

「代筆をしているのなら、見に行こう」

しかし陳敬が二人を引き戻して言った。

「やはりやめておきましょう。あちらもきまりが悪いでしょうから」

だが張汧はあくまでも主張した。

「別にいいではないか。同じ宿に泊まっているのです。これも縁というもの」

高士奇はうつむいて何か書き物をしているところだったが、李謹が前に進み出て手の拳を合わせ、声を掛けた。

「これは銭塘の学兄殿《がくけいどの》、高士奇先生でしたか」

高士奇は猛然と頭を上げると、一瞬、ばつの悪そうな表情をかすかに浮かべたが、すぐにその表情を隠すと、悠然と答えた。

「おや。これは李挙人でしたか。士奇は京師に遊学し、手元不如意で宿の主人から追い出されそうになっているものでね。こちらのご学兄のお二人は？」

陳敬と張汧は、ともに出身と名を名乗ると、礼儀正しく挨拶した。高士奇が笑って言った。

「挙人殿《きょじんどの》のお二方にお初にお目にかかります。こちらの陳学兄殿は、御年《おんとし》二十歳にもなられていないのでは？まさに『年少《としわか》くして志《こころざし》得る』ですね。士奇、虚《いたず》らに年を取り、まったくお恥ずかしい限りです」

「高先生、ご謙遜には及びませぬ。こんなに見事な書を書かれるのですから」

陳敬が褒めたものの、高士奇はため息をついた。

「字がきれいなだけでは、何の役にも立ちませぬ」

「『字、是文人《これぶんじん》の衣冠《いかん》なり』というではありませぬか。科挙の試験でも字が美しくないと、答案の文章も試験官の目には、途端に色褪《あ》せて見えるということですよ」

と張汧が言ったが、高士奇は首を振ってため息をついた。

「まったくお恥ずかしい限りです。この士奇の字がきれいだと褒めてくださる方は確かにおられるのですが、字をうまく書けても、実際のところいくらの飯の種にもなりませぬ」

この時、陳敬の後ろで突然声がした。

「いや。今日から高先生の書は、お金に変わりますよ。しかも、ざくざくとね」

陳敬らが振り返ってみると、ただならぬ風体《ふうてい》の異形の人が頷きつつ、にこにこと微笑んでいた。高士奇は一目でその人品の非凡なるを見て取り、慌てて手の拳を合わせて尋ねた。

「こちらのお方、どちらの仙君《せんくん》でしょう？　どうかご指導をお願いいたします」

その人も手の拳を合わせると、言った。

「祖沢深《そたくしん》と申す。一介の布衣《ほい》です。自然の神秘は緻密なるもの精微《せいび》なるもの故《ゆえ》、密室で授けるのがふさわしいかと。先生、よろしければ私について参られよ」

高士奇は茫然と立ち尽くしたまま、しばらく黙りこんでいた。祖沢深は大笑いした。

「高先生。失礼ながら、懐に一文もおありではないようですな。これからの進退をご提案するのに、お代はいただきませぬ。それでもご不満か」

高士奇は、いずれにしても進退窮まった身。もはや失うものは何もない、というところまで思いが至ると、慌てて丁寧に手の拳を合わせて長々と首を垂れた。

「祖先生、私の一拝《いちはい》をお受けください」

しかし、祖沢深は手を激しく振りながらこう言うのみであった。

「いやいや。恐れ多い。将来は私が拝する立場になりましょう」

祖沢深はそう言い終えると、ひらりと身を翻して立ち去った。高士奇は慌てて荷物を片付けると、陳敬三人らにそそくさと別れの挨拶をし、祖沢深の後ろ姿を追った。周囲を取り囲んでいた野次馬らは何が起こったのか合点が行かないまま、

「あの字《じ》売りの先生は仙人様に出くわしたらしい」

と噂し合った。

陳敬は張汧のかの硯のことを思い、心が休まらなかった。ある日、張汧が外出したのを見計らい、陳敬はこっそりとその部屋に入り、硯を上に下にと眺め回した。すると案の定、ふたに仕掛けが施してあり、ひねると開いて中からごく小さな冊子が出て来た。中を広げてみると、まさに『経芸五美』であり、書かれた文字は、蟻《あり》のように小さかった。今どきの悪巧みはここまで精巧なのかと陳敬は嘆息せずにはいられなかった。再三躊躇《ちゅうちょ》した挙げ句、『経芸五美』をそのまま元に戻した。

しかし部屋に戻ると、後悔の念が先に立った。『経芸五美』をこっそり取り出して破り捨てるべきだった、張汧《ちょうけん》が試験会場で問題を起こしたらどうするのかと悔やまれた。

数日後、陳敬と李謹が復習に余念がないところへ、張汧が扉を荒々しく開け、世にも奇妙なことを告げた。まず張汧は謎めいた表情を浮かべ、問いかけるように言った。

「皆、数日前に高士奇を連れて帰ったあの祖沢深殿を覚えているか」

「それがどうした」

と李謹が尋ねた。

「あの方は、なんと京師の名占い師と言われているそうだ。物事の本質を途端に言い当てる力があるという。高士奇は一目で富貴《ふうき》の相と判断されたわけだが、高士奇がどこに行ったか知っているか？　もう詹事府《せんじふ》（明清代、皇帝家族に関わる事務を司る機関）に雇われたそうだよ」

李謹がぎょっとして問いただした。

「それは本当か？」

「信じぬなら、外に出て見てみるといい。快活林客桟に泊っている挙人らのほとんどが、相を見てもらおうと祖沢深のもとに殺到している」

「命《めい》とか相《そう》というものを私はこれまで一度も信じたこと

はない。いわゆる『子《し》、怪力乱神《かいりょくらんしん》を語《かた》らず（孔子は超能力や幽霊の類を信じなかった）』ですよ」

　と陳敬が首を振って言うと、張汧が笑って答えた。

「賢弟《けんてい》よ。孔子先生は『鬼神《きしん》を敬《うやま》い、而《しか》して之《これ》を遠《とお》ざく』ともいわれているぞ。遠ざけるとはいえ、あくまでも敬《うやま》うことを先におかれているではないか。我々も占ってもらいに行こう」

　陳敬が突然、思い出したように言った。

「張兄殿。あの硯はやはり捨てた方がいい」

「詳しく見てみたのだが、ただの普通の硯でしたよ。ちょうど私の硯が欠けて壊れていたので、試験会場にはあれを持って入ろうと思う。さあ。祖沢深の家を尋ねよう」

「二人で行ってきてください。私は少し復習をしたいので」

　と陳敬は答えたが、興味本位で行ってみたい気持ちになっていた李謹も陳敬を促した。

「勉強も半日一日に大きな違いはない。ちょっと冷やかしに行ってこようではないか」

　陳敬もそれ以上固辞《こじ》することは憚《はばか》られたので、仕方なくついて行くことにした。なるほど祖沢深の名は、京師では広く知られているようで、何気なく道を聞いただけで簡単にその邸宅を訪ね当てることができた。門の前までたどり着いたところ、ちょうど祖沢深が客人を見送りに出て来るところに出くわした。陳敬はその客人をどこかで見たことがあるような気がした。客人は目つき鋭くこちらを電光石火で一瞥《いちべつ》して値踏みしたかと思うと、大股で去っていった。祖沢深は客人の後ろ姿に向かって、再三頷いて微笑みを絶やさず、恭しく接した。客人が塀の角を曲がり、人影が見えなくなってから、祖沢深はようやく三人の客人に気付き、笑いかけた。

「三人の挙人方、確か白雲観の前でお会いしましたね」

　張汧はおおいに驚いた様子だった。

「祖先生、よく覚えておいでで」

　祖沢深の方は淡々としており、中で茶でもどうかと三人に勧めた。正門から入り、蕭壁《しょうへき》を曲がると、喧噪が聞こえてきた。広間では、相を見てもらおうという挙人らですでに埋め尽くされており、祖沢深が入ってきたのを見て、皆立ち上がって敬意を表した。

「挙人の皆様にご贔屓《ひいき》にしていただき、まことにありがたいことではございますが、本日はいっぺんに多くの方がお越しくださった故《ゆえ》、これでは拝見しようがありませぬ。そこで本日は相は見ず、皆さんと雑談いたしましょう」

と祖沢深が声を掛けると、張汧が尋ねた。

「銭塘《せんとう》の高士奇殿《こうしきどの》が、祖先生に富貴《ふうき》の相《そう》と見定められてから即刻《そっこく》その効果が現れ、今や入朝《にゅうちょう》して出仕《しゅっし》される身とか？」

「高先生は高貴なる人に出会われ、すでに内廷に出仕、詹事府《せんじふ》に勤められている。陛下のために専門にお仕えするお仕事ですよ」

と祖沢深が笑って答えると、誰かがさらに尋ねた。

「詹事府とは、何をするところですか？」

「陛下の起居《ききょ》にお仕えする専門の機関です。車、馬、聖《せい》駕《が》などはすべて詹事府の管轄です」

すると、さらに誰かが尋ねた。

「詹事府の下には、『経歴司《けいれきし》』という御料馬《ごりょうば》を洗う専門の機関があると聞きました。かの高殿《こうどの》というのは、まさか弼馬温《ひつばおん》（『西遊記』の中で孫悟空が天宮で任命された架空の官職。馬の世話係）になったのではないでしょうね？」

皆がどっと沸き立ち、大きな笑い声があがった。「洗《シー》馬《マー》」が陛下のために御料馬を洗うのなら、「司馬《スーマー》」（宋代以前までは重要な武官職）は何をするのだなどと言って、やんやとはやしたてた。

「皆さん、冗談が過ぎますな。挙人の皆様は高潔な抱負をお持ちですから、詹事府なんて、と馬鹿にされているのでしょう。しかし、詹事というのも正三品の官ですよ」

挙人らは皆ため息をついた。誰かが言う。

「うちの地元では県衙《けんが》（県知事）、七品の県官でさえ、そうそう簡単に拝めるものではない。やっとのことでお顔を拝めるかと思ったら、銅鑼《どら》を叩いて道を開けさせられますよ――。その大仰なことと言ったら、芝居がかった威風堂々たる様だ。庶民は皆、『息子を生むなら県知事の太爺《だんな》にすべし』という。それでこそご先祖様に顔向けができる、と。それでもたかが七品です。それがあちらは朝廷の馬洗いの親分でも正三品だなんて」

「祖先生。かの銭塘の老童生殿《ろうどうせいどの》は、いかなる高貴なるお方にお会いしたのでしょう」

と張汧が問うと、祖沢深はわざと意味深に言った。

「皆様、先ほどお送りしたあの客人をご覧になりましたか。あの方こそ現職の御前侍衛《ごぜんじえい》（皇帝の身辺警備隊。満州族の上級貴族の子弟で固められる)、陛下のおそばで飛ぶ鳥を落とす勢いの、索額図大人《ソンゴトゥたいじん》です。索額図大人が高士奇殿を一目で見初められ、朝廷にそのまま連れていかれ、出仕できるよう手を回されたのです」

それを聞いて陳敬は、先ほど去った客人は数日前に茶館で見かけたあの武人だったことにようやく合点が行ったのであった。挙人らはおおいにどよめき、祖沢深にぜひ相《そう》を見てほしいと言って譲らなかった。しかし祖沢深はやんわりとそれを断った。

「皆様のような前途有望な挙人の方々とは、ぜひ今後ともお付き合い願いたいものです。しかし今日は茶を飲み、雑談するにとどめておきましょう。相は拝見せずにおきます」

「祖先生。もはや茶の味などわかりませぬ。皆、自分の将来を知りたいと必死なのです。教えてください。銭塘の高士奇は、何をもって索大人《ソたいじん》に相《そう》を見初められ、白雲観《はくうんかん》の前で書を切り売りして糊口《ここう》をしのぐ貧しい書生から、一気に皇宮《こうぐう》に足を踏み入れることができたのか」

そう張汧が問うと、祖沢深は大笑いした。

「蟾宮《つき》で桂《かつら》を折ることができる(進士となる)なら、終南《しゅうなん》にも捷径《ちかみち》あり(科挙以外で仕官を実現すること。唐の盧藏用《ろぞうよう》という人物が仕官のために終南山に隠遁して名声を得、その目的を果たした)ですよ。人にはそれぞれに天命というものがある。今日、皆さんの相は見ませんが、一言だけ言っておきましょう。大体ざっと拝見したところ、皆さんは勉強して科挙に賭ける道しかなさそうですな。それに対し、高士奇は科挙を受けなくても、位人臣《くらいじんしん》を極めることができる相でございます」

張汧を始めとした挙人らは、口をあんぐりと開けたまま、羨ましがることしきりだった。しかし李謹だけはやや憮然《ぶぜん》とした様子で、その顔は次第に赤く充血していった。

陳敬は一言も発言しなかった。高士奇がいかに出世するかには思いも及ばなかったが、祖沢深の言葉を鵜呑《うの》みにはせず、これには別のからくりがあるに違いない、ただ世間にわからぬだけと内心思いを巡らせていた。

祖沢深の家から出ると、李謹はひどく思いつめた様子で言った。

「客桟に戻る気がしないので、一人で外を歩いてくる」

李謹は辺りが暗くなってからようやく客桟に戻ってきた。応接間では挙人らがわやわやと集まり、科挙での贈賄《ぞうわい》について議論していた。李謹はしばらく聞いていたが、不意に叫んだ。

「国朝の天下になってまだ二十年にもならぬというのに、科挙の風紀のかかる腐敗ぶり。天下の読書人の心を引き裂いてくれたわ。こんな天下が、長く続くはずがない！」

「それなのにわれらはここで指をくわえて会試《かいし》（科挙の最終試験。これに合格すると進士になれる）の開催を待つのみ。聞いたところでは状元《じょうげん》、榜眼《ぼうがん》、探花《たんか》はもうとっくに決まっているというではないか。状元は銀二万両、榜眼は銀一万両、探花は銀八千両だ」

誰かが応じたので、「もう馬鹿馬鹿しくなった、明日荷物をまとめて家に帰る、もう受験などせぬ」と言い出す者まであった。

「実をいうと、贈賄の主を私は知っている。明日、順天府には告訴に行こうと思う。骨のあるやつは明日、私と一緒に示威《じい》に行こうではないか」

そう李謹が言うので、挙人らが皆、寄ってきて尋ねた。

「今の話は本当か」

「下手をしたら、首が飛ぶ話だ。でたらめなど誰が言えるか」

李謹が言うと、頭に血の上った数人が、明日一緒に順天府に行くと応じた。

皆が派手に罵声を上げておおいに溜飲を下げているところに、身なりを一新した高士奇が、簾《すだれ》を掲《かか》げて颯爽《さっそう》と宿に入ってきた。それを目敏《めざと》く見つけた輩《やから》が、さっと駆け寄って行き、

「こ、これは……高大人《こうたいじん》ではないですか」

と持ち上げた。高士奇はおおいに得意げだったが、口では謙遜して言った。

「まだ陛下の御前でお勤めを始めたばかりで、大人など と呼ばれる立場ではありませぬ。兄弟と呼んでくれればそれで結構」

「兄弟呼ばわりはよくないでしょう。そうだ。お情けをかけてくださらぬか。高兄殿《こうけいどの》は鴻運《こううん》（思いがけぬ幸運）に乗って、今やご出世された身。我々兄弟のことをお忘れなきよう。『同じ船でともに渡るは、五百年の修《おさ》む所（仏教用語。前世で五百年功徳を積まぬと同じ船に乗る縁もできないという意味）』というではありませぬか。一つ屋根の下

でこれほど長く暮らした仲。縁はさらに深いというものです」

高士奇が笑って言った。

「縁、確かに縁がありますね。では皆さん、お話をお続けください。私は宿の主人殿と勘定を済ませた後、荷造りがありますので」

高士奇を以前はまともに相手にもしなかった宿の連中が、今や下にも置かぬ様子なのを見て、李謹は内心興ざめし、さっと身を翻して立ち去った。

張汧は部屋で書物を広げて復習をしていたが、突然誰かが扉を叩く音がした。扉に駆け寄って開けると、入ってきたのはなんと高士奇その人で、満面に笑みを浮かべている。張汧は手の拳を合わせた。

「これはこれは、高先生。あっという間に雲の上の人になられて、これからはどうお呼びすればよいのでしょう」

「他人行儀はよしてください。縁ある仲ではありませぬか。兄弟と呼び合いましょう」

と高士奇が笑いかけるので、張汧が慌てて答えた。

「では高兄殿。おかけください」

高士奇は言われるままに腰を下ろすと言った。

「張兄殿《ちょうけいどの》。ご友人のあの李挙人《りきょじん》ですが、外でむやみに騒ぎ立てて、あれでは命に関わる禍が身に降りかかりましょう」

張汧は首を振った。

「やれやれ。私も陳敬も諫《いさ》めてはいるのですがね。何を言っても聞き入れてくれないのです」

「陳敬殿といえば、年少《としわか》くして老成されている。大きな器《うつわ》となられるでしょう」

「高兄殿。今日はどういうご用向きでしょう。今やお上のご用を仰せつかるお立場でいらっしゃるのに」

「あの日は慌てて出かけたものですから、荷物もまだすべてこの宿に置いたままだったのでね。そこで、今日は取りに来たわけです。張兄殿。私は縁というものを信じています。私たち二人が出会ったのは、それこそ縁でしょう」

張汧は内心、甚《はなは》だ感激して言った。

「高兄殿を識《し》るは、三生《さんしょう》の幸せ」

ひとしきり雑談をした後で、高士奇がおもむろに切り出した。

「今回のあなたの受験について、もしかしたら私にお手伝いできることがあるかもしれませぬ」

張汧の目が一瞬、きらりと光った。内心は半信半疑ながらも、ひたすら手の拳を合わせた。

「なんと、そのようなことが。それならぜひ高兄殿《こうけいどの》にお願いしたい」

高士奇が声をひそめて言った。

「実を言いますと、詹事府《せんじふ》に入ってすぐに偶然にも陛下が各部院(行政機関)から人を引き抜いて行う科挙の回答原稿の誊録《けんろく》(書き写し。筆跡で受験生の身元がわからないよう、試験官が不正をしないようにする措置)の担当に、私が選ばれたのです。さらに、これまた偶然にも主任試験官の李振鄴《りしんぎょう》大人に目をかけていただきました。偶然にも李《り》大人《たいじん》と私は、銭塘の同郷の仲なのですよ」

「それは礼部尚書《れいぶしょうしょ》(儀式を司る礼部の大臣)の李振鄴大人のことですか」

「そうです。李大人が今回の主任試験官なのです。合格の是非《ぜひ》は、李大人の鶴の一声で決まると言ってもいいでしょう」

張汧は再び深くおじきをして言った。

「私の前途は、高兄殿の身にお預けしました」

しかし高士奇はしきりに首を振って言った。

「いえいえ。とんでもない。私ごときにそんな力はありませぬ。前途を託すなら、李大人でしょう。李大人は有能な人材を愛さるお方。私のできることは、その間に入って口をきくことくらいです」

数日前までにうらぶれた貧しく地位の低い人物であった高士奇が、突然そんな神通力のような力を持っているとはにわかに信じ難く、張汧は用心深く尋ねた。

「それは……。可能なことなのでしょうか」

「張兄殿《ちょうけいどの》の才をもってすれば、皇榜《こうぼう》に名を連ねるのは、何の問題もないかと思います。しかし昨今の世情《せじょう》を考えると、他人が付け届けに奔走している中、こちらがそれをしないというのであれば、どのような結果になるかは、保証いたしかねます」

張汧は目まぐるしく思いを巡らせていたが、やはり恐ろしくなって言った。

「高兄殿のご引薦《いんせん》、まことに感激に耐えませぬ。ただこれは……打ち首になる罪に当たるようなことではありませぬか」

しかし高士奇は軽い調子で言った。

「確かにその通りですね。去年の秋闈《しゅうい》の事件で殺された者の数は数えきれず。その血痕すらまだ乾いておりませぬ。今回、陛下からも厳しい諭旨《ゆし》が出されていますね。京師各地に見張りをつけよ、と。贈賄《ぞうわい》した挙人がすでに数人逮捕されているとも聞きました。ですが、私はただ師門《しもん》を紹介するだけですから、賄賂という言い方は成立しないでしょう」

一方、机に向かっていた陳敬であったが、外が喧々囂々の騒がしさなのを耳にして、何度か様子を見に出ていきたい衝動に駆られつつも、ぐっと踏みとどまっていた。李謹の声が次第に大きくなったため、部屋に戻るよう説得したかった。しかしようやく陳敬が広間に出てみた時には、李謹の姿はもはやそこにはなかった。そこで陳敬は張汧の部屋に向かった。

張汧の部屋の入り口まで来たところで、中から声が聞こえた。

「高兄殿とは、やはりまだ萍《うきくさ》と水の相逢《あいあ》う（根のない浮き草と流れ続ける水とが出会う。旅人同士が偶然出会うこと）が如くの浅《あさ》き縁。こんなにお目をかけていただきますと、少し不安になってしまいます」

「張兄殿。つまるところ私を信用できないということですね。読書作文《どくしょさくぶん》に関しては、あなたにはかないませぬ。しかし世間の事情については、あなたも私にはかなわないでしょう。張兄殿のような秀才は将来『天子の門生《もんせい》』とは言いますが、大臣らも皆を自分の門下に引き入れたいと願っています。正直に申しますと、この私もあなたの将来性に賭けているのです」

「つまり高兄殿は、李大人の命を受けて来られたということですか？」

「いえいえ。それは違います。李大人はお金を重視する人ではありませんから。先ほども言いましたように、ただ師門《しもん》にご案内するだけのことです」

「わかりました。しかし当家は貧しくあまり多くの額は出せません」

「李大人が愛でるのは人材であり、お金ではありませぬ。この師門を認めるか否かです。しかしお寺に線香をあげに行くにも線香代くらいは出さなければならぬものではありませぬか？　師のところに門生帖子《もんせいじょうし》（門下生自薦の口上書）を投じるにも、付け届けは必要でしょうね。それは世間の人情というものです」

「ご兄弟のそのようなご忠告のおかげで、目から鱗が落ちたような気持ちです。手元には二十両の銀票（信用証券）しかありませぬ。一路、歯を食いしばって手を付けずに持っていたものです」

張汧がそう言うと、高士奇は応じた。

「それなら、その二十両を出してください」

陳敬がそのまま立ち去ろうとした途端、自分のことが話題になった。

「お三方の中で本当にお金を持っているのは、陳敬殿と見受けましたが」

高士奇の問いかけに、張汧が答えた。

「高兄殿《こうけいどの》。陳敬のところには行かないでやってください。去年の太原秋闈《たいげんしゅうい》事件で危うく命を落としかけた人間ですから、こういうことには懲りているのです」

高士奇が笑って言った。

「ただ聞いてみただけですよ。陳敬殿のもとをお訪ねしたりはいたしませぬ。李謹のもとを訪ねることもないでしょう。しかし、この件は二人には知られてはなりませぬぞ。あなたと私の命に関わりますし、陳敬殿の命にも関わることですから。私は明後日から鎖院されて出てこられませんが、安心して受験してください。では、これにて失礼」

陳敬は慌てて立ち去ったが突然、高士奇が中で声をひそめて言った。

「壁に耳あり！」

部屋に帰って扉を閉める音を高士奇に聞かれてはまずいと思った陳敬は、広間の方に向かい、そのままさっと客桟の外に出ていくしかなかった。

外は真っ暗闇である。地面に積もった雪を踏み締める音が響き渡った。店先にかかった灯籠《とうろう》が風になびき、道をゆく人の影もまばらである。陳敬は当《あ》て所《ど》もなく通りをさまよいながら、心は千々に乱れていた。

突然目の前に白雲観が現れた。観の玄関は堅く閉じられ、薄暗く気味が悪い。陳敬はにわかに恐ろしくなり、さっと身を翻《ひるがえ》してもと来た道を戻り始めた。

この時、観の扉のきしむ音がして突然開いたかと思うと、中から人が二人出てきて、話し声がした。

「馬挙人、ご安心ください。お礼をいただいたからには、間違いはありませぬ。くれぐれも焦って早まることのなきよう。もう李大人のお宅を訪ねてはなりませぬぞ」

それに答えた相手が、馬挙人と呼ばれた人に違いなかった。

「心得ました」

まったく今日はなんという日だ。とにかくその場を離れようと思ったが、馬挙人とやらとかち合い、またもや禍が身に降りかかるのはまっぴらごめんだと、陳敬は慌てて腰をかがめて物陰に姿を隠した。観の扉が再び音を立てて閉まると、馬挙人が得意げに鼻歌を歌いながら、道端で立ち小便をし始めた。陳敬はそのまま隠れ続けているしかなく、寸分《すんぶん》たりとも身動きできずにいた。馬挙人は腰を震わせて小便を終えると、再び鼻歌を歌いながら去っていった。それでもすぐに出てその場を去ることは憚られ、馬挙人が遠く離れてからようやく立ち上がった。立ち去ろうとした瞬間、再び観の人が収賄《しゅうわい》の話をしているのが聞こえてきた。

「状元だけでも、もはや李大人は五人に約束されたぞ。しかし指名できる状元は一人だけ……」

陳敬は驚きのあまり息もできないまま、そっとその場を離れようとした。ところが間の悪いことに何かにぶつかって物音を立て、観の中の人たちにそれを聞かれてしまった。中から叫び声がした。

「外に誰がいるぞ。早く見に行け！」

これはおおいにまずいことになったと陳敬は悟り、飛ぶように逃げ出した。走り出してからしばらくすると、突然、身を翻して逆走し始めた。快活林客桟の方に行くと、先ほどの馬挙人に出くわすと思い至ったからである。後ろから地面を蹴って走ってくる足音は追っ手に違いなかった。陳敬は振り返りもせず、必死で小さな胡同《フートン》（横町）の奥深くまで走り込んでいった。遥か遠くに怒鳴り声が聞こえるのは、白雲観の者たちに違いなかった。胡同の中をあちこちに逃げ回っていると、じきに方向感覚が失われた。ふと前方の門楼のそばの樹木が目に入り、どうも見たことがある風景だと思った次の瞬間、李老先生のお宅の門だと気付いた。陳敬は礼儀もわきまえず、激しく門を叩いた。後方の怒鳴り声はますます近づいてきており、焦りで冷や汗が滝のように流れた。あきらめて立ち去ろうとしたその瞬間、門が開いた。門を開けたのは大桂《タークイ》だったが、こちらを判別できずにいるようである。その間に陳敬はさっと中に身を滑り込ませ、電光石火の勢いで門を閉めると、大桂《タークイ》の口を手で押さえた。その瞬間、外で複数の足音が去って行くのが聞こえた。

その足音が遥かに遠ざかってから陳敬はようやく大桂を放し、荒い息のまま言った。

「大哥《おにいさん》、中に入れてください。殺されそうなのです」

大桂は相手が陳敬だと気付いたものの、驚きのあまりに口を開けたまま、何も答えられずにいた。李老先生が外での物音を聞きつけて声を掛けた。

「大桂、どうしたのだ」

大桂はそれに答えず、そのまま陳敬を広間に連れていった。李老先生はぎょっと驚いて尋ねた。

「一体どうなされた」

陳敬は事実をそのまま伝えるには、内心躊躇《ためら》いがあったため、ただ曖昧に説明するにとどめた。

「私も『丈二《のっぽ》の和尚《ぼうさん》の頭脳《あたま》は摸《さぐ》れぬ（訳がわからない）』のです。今日は一日中、書物の復習をしていたのですが、少し頭がふらふらしてきたので風に当たろうと、夜、外に出てきました。するといつの間にか白雲観の前まで来ており、突然、中から人が出てきて私を殺すと言うのです。私は地理にも詳しくないので、胡同《フートン》の奥深くに駆け入ることしかできず、いつのまにかここに来ていました。幸いにも大桂が門を開けてくれたので命拾いしました。さもなければ、犬死にしているところでした」

李老先生は聞き終わると、疑いの表情もあらわに陳敬を凝視した。しばらく沈黙した後で、ようやく口を開いた。

「まったく不思議なこともあるものですね。普通に暮らしていて、なぜ命をつけ狙われるのでしょう。以前に誰かに恨みを持たれるようなことでもなさいましたか」

陳敬はそれでも曖昧に答えるのみだった。

「うちは代々勤勉に商いをし、教養の精進に励んできた家です。恨みなど持たれる由縁《ゆえん》はありません。もし世代を超えた復讐だとしても、わざわざ京師まで出向いて私を殺す理由もないでしょう。悪運は強いのか、何も考えずにやみくもに逃げてきた先が、幸いにも先生のお宅の前でした。おかげで助かりました。犯人らはおおかたもう遠ざかったでしょうから、私はこれで失礼いたします。また日をあらためてお礼にうかがわせてください」

李老先生は内心、そんな偶然が世の中のどこにあるのかと思いつつも、この場で論破するのも憚《はばか》られ、敢えて声を掛けた。

「陳賢甥《ちんけんせい》。もしむさ苦しさを気になさらぬなら、今晩はひとまずうちに泊まり、夜が明けてから客桟に帰りなさい」

そこに突然、月媛《ユエユエン》が加勢した。

「私が陳大哥《ちんにいさん》のための床の準備をしてくるわ」

実は月媛はとうに奥より出てきており、すぐそばで一字一句漏らさず聞いていたのだった。しかし李老先生は言った。

「月媛。まだ寝ていなかったのか。おまえに何の準備ができるというのだ。田媽《でんばあや》がやってくれるから」

田媽《でんばあや》はそう聞くと、部屋の片づけをしに奥に下がっていった。ちょうどその時、外で門を激しく叩く音がした。

李老先生は陳敬が本当に追われていたのだとようやく納得した。

「慌てることはない。あなたは部屋の中にいなさい。私が出ましょう」

大桂が手に棍棒を持ち、李老先生の後ろについて門を開けにいった。門が開くと、そこには屈強な男が三人。いかにも凶暴な面構えで、李老先生は門の前に立ちはだかった。

「夜中に気勢を上げて何事ですか」

「順天府《じゅんてんふ》の者だ。逃亡犯を追っている」

と男の一人が答えた。李老先生は相手を値踏みするように頭の天辺《てっぺん》から足のつま先まで眺め回すと、官差《かんさ》の制服を着ているわけではないのを見て、言った。

「さて。本当に順天府の者なのかどうか。老夫《ろうふ》の見たところ民家を荒らし回る強盗のようにしか見えぬが」

相手が凄んだ。

「おまえは何者だ。俺たちに説教するとは見上げた根性だ」

李老先生は冷笑して言った。

「おまえたちが本当に順天府の者なら、老夫が明日、順天府に出向いて直接、向秉道《こうへいどう》に説教することにしよう」

さっきからいきり立っていた男が、目を見開いた。

「順天府府尹《じゅんてんふふいん》(知事)の名を軽々しく呼び捨てにしていいと思っているのか?」

李老先生は再び冷ややかに笑いながら言った。

「老夫《ろうふ》がその昔、挙人に及第《きゅうだい》した時、向秉道はまだ一介の童生《どうせい》(科挙に合格していない受験生)でしかなかった」

大桂《タークイ》が横から加勢した。

「おまえたち。ここが誰の邸宅かわかって押しかけてきているのか。お宅の向秉道《こうへいどう》もうちの老爺《だんな》には一目置かねばならぬのだぞ」

三人は相手の迫力にのまれ、次第に不安になってきたようであった。捨て台詞を吐くと、そのまま去っていった。

応接間に戻ると、李老先生は陳敬に向かって言った。

「賢甥殿《けんせい》。どうやら面倒が降りかかっていますな。それにしても順天府の官差があなたを捕まえてどうするというのか」

顛末《てんまつ》を心得ていた陳敬は言った。

「私を追ってきたのは、明らかに悪党ども。順天府の者ではありませぬ。先ほど門を叩いたのが私を追ってきた連中なら、官差のふりをしたに決まっています」

李老先生はなおも合点が行かず、どうも胡散臭《うさんくさ》い話だと内心は思っていた。陳敬はそんな李老先生の思いを察して言った。

「先生。悪党どもはもう戻っては来ないでしょうから、やはり客桟に帰ることにします」

しかし夜も更けている。李老先生はそのことを慮《おもんぱか》り、どうしてもこのまま帰すわけには行かないと主張した。

「では、恐れながら仰せに従います」

陳敬はそう答えると、李家で一夜を過ごしたのだった。

翌朝起床すると、陳敬はすぐに別れの挨拶をしに行ったが、李老先生はそれを引き止め、さらに田媽《でんばあや》に街に出て早く食材を買ってくるよう命じた。月媛も早くから起きており、その買い物が陳敬をもてなすためと知ると、田媽《でんばあや》にまとわりついて自分も一緒に買い物に行くと言って聞かなかった。田媽《でんばあや》は月媛を振り払うこともできず、主人の意思も汲み取り、月媛を連れて外に出ていった。

二人が快活林客桟《かいかつりんきゃくさん》の前を通ると、入り口に人だかりができていた。月媛はなぜか恐ろしくなり、そっと田媽《でんばあや》に尋ねた。

「あの人たちは何をしているの？　もしかして陳大哥《ちんにいさん》のことを言っているのではないのかしら？」

田媽《でんばあや》は月媛にそこにじっとしているように言ってから、一人で様子を見に行った。壁に告示が出されていたが、田媽《でんばあや》は文字が読めないので、周りの人たちが口々に言い合っている話に聞き耳を立てるしかなかった。それによると、ある山西《さんせい》出身の挙人が試験官に賄賂を贈り、それをある河南《かなん》出身の挙人が告訴しようとしたので、その山西の挙人が河南の挙人を殺したのだという。山西の挙人は人を殺した後、逃亡中だという様子が聞き取れた。

田媽《でんばあや》はそれを聞くと、魂も吹き飛ばんばかりに驚いた。その山西の挙人というのは、まさか陳敬なのではないかと内心思っているところへ、誰かが言った。

「陳敬は殺人をするような凶悪犯には見えないけどな」

ああ！　やはり陳敬のことだったのか、と田媽《でんばあや》は駆け戻り、月媛の手を引いて急ぎ足でその場を離れようとした。月媛が不思議そうに尋ねた。

「田媽《でんばあや》。お買い物には行かないの？」

田媽《でんばあや》はそれには答えず、ただ月媛の手を引いて道を急ごうとした。しかし月媛の強情な気性が、そうはさせじと踏ん張った。田媽《でんばあや》の手を振り払うと、客桟の入り口に駆けて行き、結局自分の目でその告示を見たのである。

次の瞬間、月媛の顔から血の気が引き、鉄のように真っ青になった。告示で指名手配にされていた殺人の凶悪犯は、なんと陳敬その人であった。似顔絵まで出ているではないか。殺された河南の挙人というのは、李謹という名前だという。

田媽《でんばあや》は月媛を連れて家に戻ると、焦って激しく門を叩いた。大桂が門を開け、妻を叱責しようとしたが、籠が空っぽなのを見て、慌てて尋ねた。

「一体何があったのだ？」

田媽《でんばあや》は何も答えず、月媛の手を引いて中に入った。月媛は陳敬に見《まみ》える勇気がなく、母屋を避けて奥にある二つ目の中庭からそそくさと自分の閨房《けいぼう》（嫁入り前の娘の部屋、通常は家の最も奥にある）に隠れた。田媽《でんばあや》が応接間に出向くと、ちょうど主人と陳敬が雑談を交わしていた。

李老先生は田媽《でんばあや》の様子がおかしいのを見て声を掛けた。

「田媽《でんばあや》、何を思いつめた顔をしている」

「老爺《だんな》様。少しお話があります」

李老先生は田媽《でんばあや》について中庭まで出た。田媽《でんばあや》が客桟前に貼り出された告示について話すと、老人は雷に打たれたかのような衝撃を受けた。衛大人《えいたいじん》が強く推挙した人が、なんと試験官に贈賄をした挙げ句、殺人を犯すような悪人であるなどとは夢にも思わなかったからである。

主人が恐れおののいているのを見て、田媽《でんばあや》は耳打ちした。

「老爺様《だんな》。ひとまずは知らないふりをしてあの方を足止めしてください。私がこっそり通報してきますから」

田媽《でんばあや》はそう言って出ていこうとしたが、出口まで行かないうちに、李老先生が手招きして呼び止めた。月媛は閨房《けいぼう》に隠れていたが、外で父親がひそひそ話をしているので、窓のそばにへばりつくようにして盗み見していた。李老先生は中庭をしきりに行ったり来たりしながら言った。

「田媽《でんばあや》、ちょっと待ちなさい。少し考えさせてくれ」

李老先生は、どうも辻褄が合わないと感じていた。陳敬がもし本当に凶悪犯なら、法に則って逮捕し、順天府の審理に引き渡すべきである。それなら、昨晩なぜ彼は殺されそうになったのか。彼を追ってきた連中は、なぜあんなにこそこそしていたのか。しかし田媽《でんばあや》はさらに言い募った。

「ですが快活林客桟《かいかつりんきゃくさん》には告示が貼られて、似顔絵まであったのですよ。泊まっていた挙人らは皆、官府に連行されて尋問を受けていると言っていました」

それでも李老先生は、

「慌てるでない。老夫《わし》が決めるから」

と答えるのみであった。応接間に戻ると、李老先生は思い切って陳敬に尋ねた。

「賢甥殿《けんせいどの》。李謹《りきん》という河南の挙人をご存じか」

陳敬は訝《いぶか》しく思いつつも聞き返した。

「知っていますよ。先生も李謹殿をご存じですか」

「今、李謹殿がどこにいるか、知っていますか」

「私と同じで快活林客桟に滞在していますよ」

「昨夜、殺されたそうです」

陳敬はあまりの驚きに、手に持っていた湯飲みを床に落とした。

「ええ？　そんな馬鹿な」

田媽《でんばあや》が目を見開いて言った。

「とぼけなさんな。あなたが殺したんでしょう！」

陳敬が慌てて答えた。

「田媽《でんばあや》、人命に関わる大事なこと。ご冗談はいけませんよ」

「冗談ですって？　外に出て見てみるといいわ。あちこちにあなたの指名手配の張り紙が出ていますよ」

陳敬は驚き焦ったが、ようやく答えた。

「李謹殿は家が貧しくて客桟の宿代も払えず、宿の主人が追い出そうとしたのを私が宿代を払ってあげたくらいです。知り合って間もないとはいえ、意気投合した仲でした。そんな私が、なぜ彼を殺さなければならないのでしょう」

　李老先生が尋ねた。

「試験官に賄賂を贈ったことがありますか」

「そのような下品なことをどうしてしなければならないのでしょう。もし私がそのような人間であれば、昨年投獄されるような憂き目にあってはいませんよ」

　李老先生はあれこれ思いを巡らせていたが、首を振ると、ため息をついた。

「わかりました。ここは官府《かんふ》ではない以上、私が尋問しても意味はありませぬ。あなたが山西の同郷であることを思えば、通報するに忍びない。さあ。もう行きなさい。好きにするがいい」

　陳敬は李老先生に深々とお辞儀をした。

「陳敬、これにて失礼いたします。無実の罪を晴らすことができた暁に、またあらためてお礼にうかがいます」

　陳敬が出ていこうとしたその瞬間、李老先生が突然叫ぶように言った。

「待ちなさい、賢甥殿。ここから出ていって山西の実家に逃げ帰るつもりですか。それとも官府に自首するつもりですか」

「このまま順天府に直行しますよ！　お天道様《てんとうさま》のもと、通らない道理などあるものですか」

「賢甥殿。もし本当にあなたが殺したのなら、ここから出ていって逃亡しようが、自首しようが老夫《わし》は干渉せぬ。しかし、もし殺していないのなら、出ていかぬほうがよい」

　田媽《でんばあや》は頭に血が上って叫んだ。

「老爺様《だんなさま》！」

　大桂《タークイ》はすでに木の棍棒を握っており、やはり横から加勢した。

「老爺様《だんなさま》。断じて引き止めてはなりませぬ」

「天に誓ってもいい。本当に私は殺しておりませぬ。それでも順天府には出頭します。官府しか私の潔白を証明してくれるところはありませんから」

「殺していないのなら、出頭すれば恐らく今年の科挙は受験できないでしょう。たとえ本当に無実で有罪にはならなくとも、半年や一年は無駄にするでしょうから」

陳敬は恐れを抱きつつも、ごく単純にしか考えていなかった。官府に出頭して事実を述べるまで、と。しかし李老先生がそういうのを聞くと、焦り出した。

「先生。私はどうすればよいのでしょう」

「私も何かよい案を思いついたわけではない。ただ天下にこんな偶然があるものかと思うだけだ。あなたが一晩帰ってこなかったその晩に、その李挙人とやらが殺されるなど。しかもあなたは自分を殺そうとしていた連中が何者なのか知らないという」

陳敬はただ項垂《うなだ》れてため息をつき、何から話をしていいのか考えあぐねていた。李老先生は陳敬のその様子を見て尋ねた。

「賢甥殿《けんせいどの》。何か隠していることがあるのだね？」

ことがここまで至ったからには、陳敬も事実をすべて話すしかなく、天を仰いで嘆息し、事情を説明した。

「ああ。まったく！　快活林《かいかつりん》客桟で聞いてはいけないことを聞いてしまいました。身を隠すために出てきたら、今度は思いがけず白雲観でまたしても聞いてはいけないことを聞いてしまったのです。先生。考えてもみてください。こんな話を聞かれたと知れたら、命を狙われぬ方がおかしいでしょう。昨夜、事実を打ち明けられずにいたのは、先生を巻き込みたくなかったからです。このようなことを知ってもろくなことはありませぬ故《ゆえ》」

李老先生はそれでも疑惑が解けなかった。

「ではほかの李挙人は、なぜ殺されたのでしょう」

「察するに、李謹殿《りきんどの》を殺した人間が、私を殺そうとした人間なのではないでしょうか。李謹は一日中、科挙の贈賄《ぞうわい》を告発してやると叫んでおり、いくら止めても聞きませんでした。それが禍を引き寄せたのでしょう。昨夜、私を殺そうとした連中は当初、話を聞いていたのが誰なのかを知っていたわけではなかったのでしょう。たまたま私が夜、宿に帰ってこなかったことで、あれは私だったのではないかと自然と見当がつき、李謹を殺した後に都合よく罪を転嫁したのだと思います」

四

索尼《ソニン》と鰲拝《オボイ》は、順治帝《じゅんちてい》に謁見するために慌てて宮中に向かっていた。道中、索尼は不安気に言った。

「鰲拝大人《オボイたいじん》、こんな時間に陛下を煩わせるのは、どうかと思うのですが」

「挙人が挙人を殺したのだ。ことは科挙試験の賄賂にも関係している。すぐに陛下に申し上げぬことで後になって罪に問われたら、その罪は一体誰がかぶるのですか」

道中、二人はそんな話をしつつ、戦々恐々としながら乾清宮《けんせいきゅう》に入った。実は奏文はとうに緊急の扱いで届けられていたのである。

「直ちに索尼と鰲拝の拝謁を許す」

と許した順治帝だが案の定、火がついたように怒っており、二人を見るとたちまち怒鳴りつけた。

「犯人がまだ捕まらず、真相もはっきりしないまま、事件を科挙の賄賂と関連づけて街中に告示を貼りまくるとは、そなたたちはただの阿呆《あほう》か！」

「殺された挙人の李謹と同じ宿に泊まっていた挙人らが申すには、李謹は日ごろから試験官に賄賂を贈ったやつを告発してやると息巻いていたそうです。李謹が殺されたまさにその晩、挙人の陳敬が逃亡したのです。皆、陳敬は家が裕福だから莫大な裏金を積んだのだと話しています」

鰲拝が慌てて奏上したが、順治帝は怒鳴り返した。

「その金を誰に贈ったのだ？　そなたか？　それともそなたか？」

「かかる大胆不敵なこと、滅相もございません」

索尼と鰲拝は慌てて跪いて罪の許しを請い、しきりに繰り返すのみである。順治帝がさらに怒鳴った。

「去年の秋闈《しゅうい》では、南北ともに科挙に絡んだ事件が起き、朝廷の面子は丸つぶれであった。またもや天下の人々が、今年の春闈《しゅんい》の賄賂は史上最大規模と遍《あまね》く話題にする始末ではないか。だから朕《ちん》は調べよと命じたものを、一人の影すら出てこないとは何事だ！　次に殺人事件が起きるや、『風を見て是雨《これあめ》』と早合点し、『鑿《ほぞ》を穿《うが》ってこじつける』が如く、自分の都合のいいように強引に理屈をこじつけて波《なみ》を推《お》すように加勢しただけではないか！　庶民にどれだけ朝廷を悪しざまに言わせれば気が済むのか。白黒もはっきりさせず、よくもあんな大勢の挙人たちを逮捕してくれたな」

実は順天府《じゅんてんふ》は取り調べのため、快活林《かいかつりん》客桟に宿泊していた挙人らを全員連行したのであった。鰲拝《オボイ》が叩頭《こうとう》した。

「連行したのは順天府ですが、向秉道《こうへいどう》は確かに私に確認を取った故《ゆえ》、私の早計にございました。どうか陛下、罪をお裁きください」

「ひとまず覚えておこう。すべてがはっきりしてから、まとめてけじめをつけようぞ」

順治帝が憎らしげに言った。すると索尼《ソニン》も恐れ入った様子で申し出た。

「私にも罪がございます！」

順治帝はじろりと索尼《ソニン》を一瞥してから言った。

「そなたに功があるなどと言った覚えはないわ！」

もはやこれ以上の余計な発言は憚られ、索尼と鰲拝は地面に跪き、項垂《うなだ》れて次の言葉を待った。

「拘束した挙人らをさっさと釈放せよ。試験に差し障りがあってはならぬ。よくよく安撫《あんぶ》するように。天下の読書人からの支持を失ってはならぬぞ。街中《まちじゅう》に貼ってあるあの山西の挙人の指名手配の告示はさっさと剥がせ。その上で秘密裏《ひみつり》に探り、秘かに逮捕せよ」

「遵旨《じゅんし》（御意）！」

鰲拝が答えると、順治帝がさらに言った。

「忘れるな。生きたまま、だ。……あの挙人は、なんという名だったか？」

「陳敬でございます」

索尼が答えた。

「よく覚えておくがよい。陳敬を勝手に殺した者は、収賄罪と断定して処分する」

「遵旨！」

鰲拝は順治帝の言葉に合点が行ったわけではなかったが、そう答えて退出した。

乾清宮を出ると、鰲拝が小声で尋ねた。

「索尼大人《ソニンたいじん》、なぜ陛下は陳敬を勝手に殺した者は、収賄罪と断定して処分すると仰せになったのか」

「先ほど陛下の前でわかったようなことを仰っていたではありませんか。大変聖明《せいめい》であられる陛下は、陳敬がもし賄賂に関わりがあるのなら、内部事情を知っている人間に違いないとお気付きになったのです。そんな陳敬に生きていてもらいたくない者がいるのではないか、と」

索尼が説明すると、鰲拝はようやくすべてを悟ったかのように頷いた。


北風が渦状に雪の粉を空に舞い上げる中、高士奇《こうしき》は通りを歩きつつ、両手を袖の中に押し込んだ。ふらりと足を踏み入れたのは、さまざまな色の銅や鉄の道具が並ぶ店であった。高士奇はその中から精致な造りの銅の手炉《しゅろ》(懐炉)を見つけ、手に取って眺め回した。店主が声を掛けてきた。

「こちらの公子殿《こうしどの》。これは名店名匠《めいてんめいしょう》のもの。なかなかお目が高い」

「いくらですか」

「二百文でございます」

「二百文？　それは高過ぎるな」

「公子殿。後生《ごしょう》ですから。物をよくご覧ください」

高士奇はそれ以上値切るでもなく銅銭を数えると、音を立てて台の上に置いて言った。

「買いましょう」

店主は高士奇の金離れのよさを見て、良家の御曹司と思ったのか、途端に満面の笑みを浮かべた。

「公子殿、少しお待ちあれ。ちょうど火のついた炭《すみ》がございます。真っ赤《まっか》に燃えさかっているところです。今すぐお持ちしますから」

高士奇は店を出ると手に手炉を抱えて頭を大きく反《そ》り返らせた。道行く人々はそれを見て眉を顰《ひそ》めた。

「若いのに手炉を手慰みにするとはね。田舎者だねぇ」

「金持ちのお坊ちゃんは、弱過ぎて風にも耐えられないんだよ」

高士奇の耳にそんな他人のひそひそ話は入らず、人々が自分の銅の手炉を羨んでいると勝手に納得し、ますます得意になった。

次に高士奇は仕立て屋に入った。生地を選んで台の上に置くと、その最高級の生地を見て裁縫師の店主は、下にも置かぬ歓待ぶりで迎えた。高士奇は両手を広げ、縫い子が寸法を測るに任せていたが、しきりに繰り返した。

「ご主人。きれいに仕上げてくれるようお願いしますよ。人に笑われぬようなものを！」

「お言葉ですな。うちは数百年続く老舗《しにせ》でございます。ご存じないわけではないはず」

「いや。それは知りませんでした」

店主が笑って続けた。

「うちに服を仕立てにお越しになるのは皆、名家の方々ばかり。公子殿《こうしどの》、ご冗談を仰ってはいけませんな」

しかし高士奇は正直に打ち明けた。

「ご主人、あまり持ち上げないでください。私はこんないい服を仕立てるのは初めてのことなのです。実は、数日前までは一文なしでしたから」

店主はぎょっとして高士奇を凝視したが、すぐに笑いかけた。

「公子殿はもしや科挙のために上京なさいましたか。一目で富貴の相とわかりますよ」

高士奇はからからと大笑いして言った。

「いかにも」

店主が慌ててさらに持ち上げた。

「俗にいうではないですか。『十年の寒窓《かんそう》、好凄涼《なんとわびし》や。一日《あるひ》高中《たかくうか》れば、人中《じんちゅう》の龍鳳《りゅうほう》なり』と」

その言葉に、高士奇はおおいに気をよくして言った。

「ご主人の縁起のよい言葉、感謝いたしますよ。お手数ですが、少し急いでいただけますか。数日後には着用したいのです」

「数日徹夜をしてでも、こちらの状元郎《じょうげんのきみ》の服を仕上げなくてはなりませぬな」

自分がもはや状元とは一生無縁であることを高士奇はとうに心得てはいたが、その言葉はおおいに心地よく響いた。

高士奇が仕立て屋を出ると、不意に前方から官差が誰かを連行してくるのに出くわした。はっとして見やると、その中に張汧《ちょうけん》の姿もあったので、高士奇は慌てて胡同《フートン》の角に身を隠した。実は、張汧は快活林《かいかつりん》客桟に宿泊していた挙人らとともに順天府に尋問に連行され、聖諭《せいゆ》を受けて釈放されるところだったのである。数日前に自分は間もなく鎖院されると言った手前、まだ通りをぶらぶらしているところを張汧に見られるのはきまりが悪かった。

貢院《こういん》(科挙の試験場)に入るのは、まだ数日後のことであり、あの日、張汧の前で期日が差し迫っているように言ったのは、ただのはったりにすぎなかった。

高士奇は張汧らが通り過ぎたのを見届け、ようやく胡《フー》同《トン》の中から出てきた。さらに進むと、衙役たちが壁に貼られた告示を破り捨てていた。それはまさに陳敬の指名手配に関する告示だった。事件については高士奇も聞き及んでおり、まさか陳敬がこんなことをしでかすとは、と思っていたところだった。

道端を行く人が衙役に声を掛けた。

「どうした？　犯人が捕まったのか？」

「そんなこと知るもんか。お上に貼れと言われれば貼り、破り捨てろと言われればそうするまでのことよ」

高士奇が張汧から金を受け取ったあの夜、外に人の気配を感じた。それが陳敬のように思えて不安で仕方がなかったが、その後陳敬が殺人を犯したと聞き、いくらか気持ちが軽くなっていた。

年端も行かぬ大順《ターシュン》は、若君が行方不明となってから、哀れにも毎日宿で泣き暮らしていた。若君が殺人を犯したと聞き、余計に恐れおののいた。陳敬が人命に関わる事件を起こすなど断じて信じないと公言して憚らなかった張汧も、陳敬の行方のくらまし方があまりにも常軌を逸していたとは感じていた。張汧は大順を慰めた。

「お宅の若君は、遅かれ早かれきっと帰ってくるはずだから」

それが、まさか数日の間に快活林客桟に宿泊していた挙人ら全員が官府に逮捕されるとは思ってもみなかった。幸いにも陳敬が多めに宿代を前払いしていたおかげで、宿の主人が大順を追い出すことはなかった。張汧は、快活林客桟に帰ってくると、まず一番に大順の姿を探した。

五

御前侍衛《ごぜんじえい》の索額図《ソンゴトゥ》と明珠《ミンジュ》が数人の供を引き連れ、一見所在なげに胡同《フートン》をぶらぶらと歩いていた。全員が庶民の出で立ちである。李祖望《りそぼう》家の付近まで来ると、地保《じほ》（地域の治安維持要員）を呼んだ。

「朝廷の欽犯《きんはん》（勅令逮捕状の出た犯罪人）はこの辺りに隠れている可能性が高い。普段以上に目を光らせて出入りする客の行き先、年回り、性別、素性をすべて密かに記憶し、速やかに報告するように」

と索額図が命じた。対象は誰なのか、地保もそれ以上問うことは憚られたが、出動した人数の物々しさを見て、並みの人物ではないらしいと心得、居ずまいを正した。

「心得ました」

ちょうどそこに大桂《タークイ》が外から帰ってきたが、胡同《フートン》の途中で何者かが地保と立ち話をしているのを見てもたいして気にもかけなかった。それより戻って急いで知らせなければならないことがあったのだ。門をくぐると、すぐに報告した。

「老爺様《だんな》、妙なことになっていますよ！」

李老先生が慌てて聞き返した。

「一体どうしたのだ？」

「街に貼ってあった陳挙人の指名手配の告示が、すべて破り捨てられていました」

それを聞いて、陳敬が喜びの表情を浮かべた。

「それは本当ですか？」

「この目で見たのですから、間違いありません」

大桂が言うと、李老先生がさらに尋ねた。

「真犯人が捕まったのではないのだろうか？」

「きっと真犯人が捕まったに違いありません。乾坤《てんち》の朗々《ろうろう》たる明るさを前に、白黒があべこべになるなど、あり得ない話ですよ」

と陳敬も言い、李老先生は長い安堵のため息をついた。

「それが本当なら、まことにめでたい」

陳敬は李老先生に深く頭を下げた。

「本当によかった。では、今からすぐに快活林客桟に帰ろうと思います。李老先生は命の恩人です」

「賢甥殿《けんせいどの》。くれぐれもそのような物言いはご無用に。

皇榜《こうぼう》にお名前が載るのを静かに待っていますよ」

月媛《ユエユエン》が名残惜しそうに言った。

「陳大哥《ちんにいさん》。もう行ってしまうのね」

李老先生は娘を見やって笑った。

「月媛。陳大哥《ちんにいさん》の功名が何よりも大事だ。お引き止めしては悪いぞ」

外では、明珠と索額図が李家の入り口まであと少しというところに迫っていた。二人は歩きながら陳敬の事件について話をしていた。

「どうもおかしいではないか。巷では怪しい流言が飛び交い、頭甲進士《とうこうしんし》（科挙の上位三人）の及第でさえもう売却済みと噂されている。しかし、どんなに調べてもその影さえ掴めないというのはどういうことだ？　去年の秋闈《しゅうい》の後、あれだけの死者を出したのに、まだ賄賂を贈ろうという肝っ玉の据わった人間などいるのだろうか？　誰かがデマを流しているということはないのか？」

と索額図が言うと、明珠《ミンジュ》が首を振った。

「いや。俺はそうは思わない。このたびの春闈《しゅんい》の件、一旦ことが明るみに出たが最後、恐らく血の海になるだろう。『風なくして波起こらず』。この言葉に嘘はないぞ」

「もし本当に事件が黒なら、陳敬を捕まえさえすれば、真相が明るみに出るという予感がする」

と索額図が言うと、明珠が応じた。

「陳敬は命ある限り、平穏無事には過ごせないだろうよ」。

索額図にはその意味がわからず、聞き返した。

「明兄《ミンけい》、それはどういう意味だ？」

「陳敬の友人からこっそり話を聞いたのだが、陳敬はどうも殺人犯ではなさそうだ。もし本当に殺したのなら、当然打ち首。それならそれで後腐れなくていいだろう。しかし気の毒なことに、たとえ人を殺していなかったとしても、ろくな末路が待ってはいないということだ」

「どうもまだ意味がわからないぞ」

「考えてもみろ。陳敬が殺していないのなら、なぜ影も形もない？　恐らく誰かに殺されそうになり、隠れているに違いない」

「つまり、陳敬が科挙の贈賄について何か知っているということか？」

「陳敬が内情を知っているのなら、真相は遅かれ早かれそこから明るみに出るだろう。事実をしゃべったが最後、天下の読書人からは感謝されるだろうが、朝廷の官僚たちは許さぬだろう」

「どうもますますわからなくなってきたぞ」

索額図《ソンゴトゥ》はまだ首をかしげている。明珠《ミンジュ》が笑った。

「真相が白日のもとに晒《さら》されれば、多くの首が地に落ちることになる。官界の人脈は複雑。一つの首に八個十個の別の首がつながっているものだ。陛下にそんなに殺させるわけにはいかぬだろう。だからたとえ進士に及第しても、陳敬には官界ではいばらの道が待っていると言ったのだ」

そこまで聞いて、索額図はようやく合点が行った。

「なるほど。それはそうだ。陳敬とやら。まったくかわいそうに」

話をしているうちに明珠が突然その場で立ち止まり、周りをきょろきょろと見回した。

「索兄《ソけい》。匂わないか。何やら不思議な香りがするぞ」

索額図が鼻を鳴らして言った。

「確かに。いい匂いだ。梅の花のようだが」

「確かに梅の花だ！　あちらから漂ってくるようだ。行ってみよう」

李家の門前まで来ると、明珠が見上げた。冬梅《とうばい》の枝が壁の外にせり出しているのを見て、明珠が言った。

「この家だ。ちょっと中を覗いてみようではないか」

「よし。では、俺が門を叩いてみよう」

ちょうど門を開けて陳敬を送り出そうとしているところへ、外から物音が聞こえてきたので、李老先生はさっと警戒心を働かせた。

「誰だ？」

索額図が外から応じた。

「通りすがりの者です」

通りすがりの者と聞いてますます怪しく思った李老先生は、陳敬に目配せして中に入るように示し、もう一度声を掛けた。

「何かご用か」

「いえ。ただ外から見てお宅の梅の花があまりにも見事なもので、少し見せていただきたいと思ったのですが、よろしいでしょうか」

明珠のその言葉を聞いて、李老先生は後ろを振り返り、陳敬がすでに部屋の中に入ったことを確認してから言った。

「ええ。いいでしょう。どうぞお入りください」

門を開け、手の拳を合わせて客を出迎えた。

索額図と明珠は礼儀正しく挨拶をすると、中に入った。

李老先生はその後ろにさらに数人が控えているのを見て、内心ぎくりとしたが、それを悟られないよう何食わぬ顔を装った。

「いやいや、申し訳ない。私は梅の花に目がないものですから」

と明珠が言うと、李老先生も笑って答えた。

「いえいえ。お安いご用です。まことに雅《みやび》な先生であられるようですな」

明珠は振り返って李家の邸宅にざっと視線を流した。正屋《おもや》の正面に明の嘉靖帝《かせいてい》から賜《たまわ》った『世代功勲《せだいこうくん》』の扁額《へんがく》がかかっているのを目にすると、慌てて手の拳を合わせた。

「これはこれは、由緒正しき名家であられましたか。失礼いたしました」

李老先生も笑って応じた。

「先祖は確かに名誉を賜ったことがありましたが、私の代は不肖《ふしょう》で没落いたしました」

陳敬は広間に駆け入ると、窓の格子に這い上がって外を一望した。索額図が目に入ると、恐怖で一気に顔から血の気が失せた。恐れの理由ははっきりしなかったが、陛下の身辺《しんぺん》に仕えるこの侍衛《じえい》がなぜ理由もなしにこんなところへやって来たのか、とぼんやりと考えを巡らせた。

そこへ月媛《ユエユエン》がやって来たので、陳敬はそっと手招きすると、小声で言った。

「月媛妹妹《ユエユエンメイメイ》。あの人たちは悪い人かもしれないから、くれぐれも部屋の中に入れないでくれ」

月媛はこくりと頷くと、外に出ていった。

「あの、お二人は……」

李老先生が尋ねようとすると、その言葉が終わらないかのうちに、明珠がそれを遮るように言った。

「商売人です。商売人」

李老先生は手の拳を合わせて応じた。

「おお。ご商売ですか。発財《ファーツアイ》、発財《ファーツアイ》(商売繁盛あれ)!」。

明珠は梅の花を観賞しつつ言った。

「これまでにも京師城内の梅の花をあちこち見てきましたが、こちらのお宅のような清らかな香りは、めったにない得難きものです」

「この梅の木は、旧明朝《きゅうみんちょう》の永楽帝《えいらくてい》からわが先祖に褒美《ほうび》として賜《たまわ》ったものです。すでに樹齢二百年にはなるでしょう」

　それを聞いて、明珠《ミンジュ》がさらに褒めた。

「なるほど、道理で不思議な魅力があるわけですね。『壁の角《すみ》の梅が数枝《すうえだ》、寒さに諍《あらが》って独《ひと》り咲き、遥かに雪にあらずと知るや、暗《ひそ》かに香り来たる（宋の時代に活躍した王安石の詩『梅花』）』ですね……」

　李老先生は笑ってそれに応じた。

「風流なお方だ」

　索額図《ソンゴトゥ》にそういう雅《みやび》な心はない。

「お宅のお屋敷は、何か由緒正しき由縁《ゆえん》がありそうですね。中を拝見させていただいてもよろしいですか」

　李老先生が答えに窮《きゅう》しているところへ、月媛《ユエユエン》が青花《そめつけ》の瓷瓶《かびん》を抱えて索額図の行く手に立ちはだかりながら、父親にねだった。

「父上。梅の花を折って、花瓶《かびん》に入れてください！」

　李老先生がしかりつけた。

「まったくこの子は。こんなに美しく咲く梅の花を折ろうなどとは、かわいそうだと思わないのか」。

　月媛はそれでも食い下がって言った。

「父上。昨日、約束したでしょう？　嘘はいけないわ」

　はて、昨日梅の花を折る約束などしただろうかと心中訝《いぶか》しく思いつつも、娘の聡明さを知る李老先生は、直ちに何かを企んでいるのだと心得た。

「父のもとに客人がいらっしゃるのを見てわからぬか」

　月媛は索額図に顔を傾けて笑いかけ、ねだるように言った。

「ねえねえ。大哥《おにいさん》。届かないから、取ってちょうだい」

　索額図は戸惑い、明珠に助けを求めた。李老先生はよそ者二人を部屋に入れたくない思いが先立ち、こう言った。

「こうしましょう。お二人が梅の花を気に入ってくださったのなら、いっそのこといくらかお持ち帰りください」

「いや、それはいけません」

　と索額図は答えたが、月媛が索額図を服の袖を引っ張って外に連れ出そうとねだった。

「大哥《おにいさん》。お願い、お願い。いらないなんていわないで。私の分までなくなってしまうじゃない。お願いだから折って、ねえ折って」

　索額図は仕方なく梅の木の下まで行き、月媛のために梅の花を手折《たお》ってやった。月媛はわざと大騒ぎして、「この枝がいい」と言ったかと思うと、「あら、この枝はあまり気に入らないわ」と言ってみせた。散々付き合わされてから、索額図はぱんと手を払い、それを打ち止めの意思表示とした。

李老先生はそこから数本の枝を拾い上げ、明珠に贈った。明珠は礼をいい、梅の枝を受け取った。月媛がこの騒ぎを繰り広げた後には、明珠と索額図もそれ以上長居することは憚られ、暇乞いをした。

明珠と索額図が立ち去ると、月媛は得意げに笑い出した。陳敬が広間から出てきて言った。

「月媛妹妹《ユエユエンメイメイ》、助かったよ」

そこで李老先生もようやく合点が行った。

「この鬼霊精《おてんばむすめ》！　ほかの方法もあっただろう。私の梅の花を滅茶苦茶にしてくれおって」

「陳大哥《ちんにいさん》があの二人がもしかしたら悪い人だというから、慌ててしまったの。こうでもしなかったら、ほかにどうすればよかったのよ」

李老先生は笑ったが、すぐに表情を固くして言った。

「あの二人、どうも様子がおかしかったな」

「李老先生はご存じないと思いますが、先ほど部屋の中に入りたいと言ったあの人は、御前侍衛《ごぜんじえい》の索額図殿です。梅の花の鑑賞だけに集中していたもう一人も、やはり陛下のおそばに仕える方です。ただお名前は知らないのですが」

まさかそんな層の人までが関わっているとは、思いもよらず、李老先生は陳敬に尋ねた。

「そのような方々とどのようにお知り合いになられたのか」

「以前に偶然のご縁で」

陳敬は言い、あの日茶館で二人を見かけ、その後さらに祖沢深《そたくしん》宅で索額図を見かけたことを細かく話して聞かせた。月媛が恐ろしげに言った。

「まさか陳大哥《ちんにいさん》がうちに隠れていることを知っているということ？」

「いや。そうとも限らないだろう。ただ殺人の真犯人はまだ捕まっておらず、密かに調べているのではないかとは思う。賢甥殿《けんせいどの》、これはどうやらまだここから出ていくことはまかりならぬようですぞ」

そう言われて陳敬は仕方なく部屋に戻り、呆けたように座り込んだ。李老先生はそっとしてあげた方がいいのかもしれないとも思ったが、陳敬の心中の衝撃の大きさを慮り、再び話をしに行った。陳敬は突然、哀切を覚えた。

「私はいかなる悪い星のもとに生まれたのでしょう。昨年の秋闈《しゅうい》では、試験官の汚職が猖獗《しょうけつ》していることに不満を抱き、落第した士子《しし》による府学《ふがく》（地方の官営学校）の騒ぎに巻き込まれ、すんでのところで首が地面に転がり落ちるところでした。新たに合格した挙人らは、翌日には皆、巡撫衙門《じゅんぶがもん》の鹿鳴宴《ろくめいえん》に招待されたのに、私は牢屋の中で過ごしました。今度は上京して春闈《しゅんい》に備えるに当たり、もう余計なことに首を突っ込むまいと肝に銘じてきたのに、凶事の方からわざわざ訪ねてくるとは」

「賢甥殿《けんせいどの》。落胆には及びませぬ。ひとまずここで安心して試験に備え、外の情勢の変化を静観するといいでしょう。その間に真犯人が捕まるかもしれない」

李老先生はそう言って慰めたが、陳敬はなおもため息をついた。

「真犯人を捕らえる側が真犯人なら、どうすればいいのでしょう」

李老先生はしばらくじっと考えていたが、やはり諦《あきら》めのため息をついた。

「もしそうなら面倒なことになりますな。『文武芸《ぶんぶげい》、学《まな》び成《お》せて、帝王家《ていおうけ》に貨於《ほう》ず（元曲『馬陵道』の冒頭の有名な一句）』といいますが、己《おのれ》の学問で国家に尽くすことが読書人《どくしょじん》の本分《ほんぶん》です。しかし、官界は命運をかけた真剣勝負の場。科挙はその官界に踏み出す第一歩です」

陳敬は心が千々に乱れ、ただため息をつくばかりのだった。李老先生がさらに続けた。

「本当は、しばらくは伏せておこうと思っていましたが、どうやら黙っていたところで無益のようだから、やはり申し上げておきましょう」

陳敬はぎくりとして尋ねた。

「何でしょう」

「田媽《でんばあや》が先ほど、この辺りの界隈を担当する地保《じほ》が、各家の親戚の出入りなどをあちこちで聞きまわり、欽犯《きんはん》を調べていると言っていました。恐らく探しているのはあなたのことでしょう」

「つまり、私がここにいては先生にご迷惑がかかるということですね。やはり早めにここを離れるのがよいかと思います」

そう言い終わると陳敬は立ち去ろうとしたが、李老先生がそれを止めた。

「賢甥殿。くれぐれもそのような物言いはご無用。あなたの無実は私が信じています。迷惑でなどありませぬ。ただどうも妙な展開ですから、こちらもよくよく対策を立てねばなりませぬ」

陳敬は感激して言葉に詰まった。

「今の私には訴えようにもその先がなく、手をこまねいているだけでいかなる策も思いつきませぬ」

それに大順《ターシュン》のことも陳敬は気にかかっていた。しかし張汧が世話をしてくれているに違いないと思い直し、ようやくいくらか気持ちが落ち着いた。

李老先生は誠意を込めて陳敬を引き止めて言った。

「賢甥殿。一つ言っておきたいことがあります」

「李先生、ご指導をお願いします」

「この老身《ろうしん》、終生《しゅうせい》仕官はしなかったが、いたずらに年を重ね、おかげで見聞は広がりました。そんな私の言葉ですから、信じていただかなくては。もし春闈《しゅんい》に本当に不正があったのなら、遅かれ早かれ明るみに出ることでしょう。しかしこの事件について、あなたの口からは決して何もしゃべってはなりませぬ。くれぐれもお忘れなきよう。いかなる状況になっても歯を食いしばって誰か悪者に追われて殺されそうになったから、逃げて身を隠しただけだ、というその一点張りで通すことです」

「それは、何故に……」

李老先生は続けた。

「官界は蒼海《おおうなばら》の如《ごと》し。風なくとも三尺《さんじゃく》の波立つ。その怖さをわかっておられるか。不正ができる立場にいるのは、誰ですか。高官大官《こうかんだいかん》ではありませぬか。あの日の夜、白雲観《はくうんかん》の人の言う李大人なるは、今年の会試《かいし》主官、まさに李振鄴《りしんぎょう》、——李大人でしょう。朝廷の『李大人』は一人だけではないでしょうが、李振鄴ではないと言いきれますか。たとえあなたが今回、進士に及第しても、まだ一介の小卒《しょうそつ》にすぎぬ身。どうすることができましょう？だから何も口にしないのが一番だと言っているのです」

聞き終わると、陳敬は気持ちがどっと重くなるのを感じたが、きっぱりと答えた。

「陳敬、心得ました」

六

　科挙の最後の試験である会試《かいし》の日が目前に迫っていたが、殺人の真犯人も捕まらず、陳敬《ちんけい》の影も形も見当たらなかった。しかし李謹《りきん》を殺したのは陳敬に違いない、とますます多くの人が信じるようになっていた。

　試験開始の当日、索額図《ソンゴトゥ》が朝早く出かけようとすると、阿瑪《アマ》（満州語で父の意）の索尼《ソニン》が呼び止めた。

「索額図。科挙事件の取り調べだが、おまえがそんなに力を入れることはない」

　索額図が訝《いぶか》しげに聞き返した。

「阿瑪《アマ》。それはどういう意味ですか。陛下は阿瑪《アマ》と鰲拝《オボイ》おじさんに科挙事件を調べるようにと、さらに私と明珠《ミンジュ》に影でそっと協力するようお命じになられたではありませぬか。陛下にご恩をいただいている身としては、尽力しないわけにはまいりませぬ」

　すると索尼が怒鳴った。

「この大馬鹿者が。この事件がそんなに単純なものと思っているのか。一旦明るみに出たが最後、皇族と朝廷の重臣らに類が及ぶことになる。そうなればわが身だって危ういのだぞ！」

「しかし陛下は日々の件のためにやきもきされています」

「陛下、陛下と馬鹿の一つ覚えのように言うな。陛下だって皇族と大臣らのことを考慮しないわけにはいかぬのだ」

　索額図が首をかしげた。

「つまり阿瑪は、この事件は迷宮入りさせた方がいいと言うのですか」

　索尼が指で索額図の額をつんとつついた。

「おまえというやつは。もっとここを使って考えろ」

　さらにその腹をつついて諭した。

「そして、ここを使ってさもわかったかのように答えるのだ。何もかも本当のことを言ってどうする」

　索額図はそれでも合点が行かなかったが、仕方なく答えた。

「承知いたしました」

「おまえは、何事もやることが荒っぽ過ぎる。何かというとすぐに手や足が出る。少しは明珠を見習え！　阿瑪《アマ》はもう年だ。これからわが一族が朝廷で地位を築いていけるかどうかは、すべておまえにかかっているのだぞ」

阿瑪《アマ》との話が終わると、索額図は急いで宮中に駆け付けた。その日は会試の最初の試験の日であり、皇帝陛下からどんな緊急の命令が飛び出すかは天のみぞ知る、であった。乾清宮《けんせいきゅう》に駆け付けると案の定、順治帝がお忍びで貢院《こういん》を見に行くと言い出した。索額図は明珠ら侍衛《じえい》数人とともに全員、庶民の装束《しょうぞく》に着替え、順治帝のお供をして順天府《じゅんてんふ》の貢院《こういん》に向かった。順治帝は貢院の中には入らず、ただ遠くから眺めていた。受験生の挙人らを家から送ってきた家族の者たちもおり、皆が離れたところにたたずみ、見守っていた。

貢院の周囲は帯刀した兵士が取り囲み、殺気が四方に満ち満ちていた。挙人らは手に考籃《こうらん》（受験道具を入れた籠《かご》）を下げて列を成し、順番に官差から身体検査を受けていた。考籃の中には筆《ふで》、墨《すみ》、紙《かみ》、硯《すずり》のいわゆる「四宝」を入れ、外には木炭の小さな包みを下げる。筆は筆筒《ふでつつ》の中が空か、中に紙が入っていないかを確認する。木炭は一本につき三寸の長さと決められていたが、これも不正を防ぐためである。先頭に立って身体検査に当たっている試験官は、礼部主事《れいぶしゅじ》（教育や外交を司る礼部で四番目の地位）の呉雲鵬《ごうんほう》である。受験生らは自分の順番が回ってくると、考籃を置いて両手を高く上げた。官差が考籃の中を細かく検査した上、頭の天辺《てっぺん》から足のつま先に至るまで一通り体を触って調べ、靴も脱いで中身の検査を受ける。それを屈辱的と感じる者もおり、皮肉を呟《つぶや》いた。

「皆、手を上げよ、と。これぞまさに『挙人』というわけだ」

それを聞いて、ほかの挙人らがどっと笑ってはやしたてた。呉雲鵬がすぐさま一喝した。

「何がおかしい！　無礼者！」

たちまち皆おとなしくなり、一人また一人と手を上げて通り過ぎていった。

中にはその場の緊迫感に耐えられず、両手を上げた途端、失禁して穿き物を濡らす者も出てきた。ほかの挙人らがそれを見てまたやんやとはやしたてた。すると直ちに兵士が二人駆け寄ってきたかと思うと、粗相をした挙人に向かって鞭を振り上げ、罵った。

「聖地への冒瀆《ぼうとく》。この罪をどうしてくれよう！」

かの挙人は鞭打たれて地面を転がり回っていたかと思

うと、やがて引っ立てられていった。

張汧《ちょうけん》は列に並んでゆっくりと前へ進んでいたが、ふと振り返ると陳敬の姿が目に飛び込んできた。一瞬自らの目を疑った。陳敬は李老先生に書き置きをし、一大決心で貢院にやって来たのだった。この数日悶々と考えていたが、何もやましいことはない、大勢の挙人らと朝廷の官僚らがいる中、お天道様《てんとさま》のもとで自分をどうにかできるものでもないと高をくくったのである。官府が堂々と逮捕しにくればよいが、真犯人が裏で陰謀を進める方が恐ろしいということに思い至った結果でもあった。それでも恐ろしくないはずはなく、ただうつむいてゆっくりと前へ進む陳敬には、張汧の姿は目に入らなかった。

これには李老先生の方が慌てた。朝起きて陳挙人のお姿が見えないという大桂《タークイ》の言葉を聞き、さらに机の上の書き置きが目に入った。

「これは大変なことになった。陳敬殿が危ない」

月媛《ユエユエン》も起きてきて事情を知ると、「なんとかして」と泣いて父にすがった。とはいえ何か思いつくはずもなく、とにかく貢院に向かうことにした。月媛もついて行くと言って聞かず、父娘二人で貢院の外までやって来た。

武器を手にした物々しい警備の陣容に月媛は恐れを成した。李老先生は月媛の手をきつく握りしめ、くれぐれもむやみに大声を上げてはならぬと言い含めた。順治帝が明珠《ミンジュ》らに取り囲まれて警護され、やはり人の群れの中に紛《まぎ》れており、李老先生からもごく近い距離にいたが、その正体に気付く者はなかった。

張汧も体を検査される順番となり、考籃を置いて両手を高く上げた。呉雲鵬が名簿を見ながら張汧の名前を呼び上げると、考籃の中身の検査が始まった。呉雲鵬は何度もかの硯《すずり》を取り上げては調べており、張汧の心臓ははちきれんばかりに高鳴った。どうにか検査は無事過ぎたようだったが、張汧の服はすでに汗で濡れそぼっていた。呉雲鵬が「もうよい、行け」と声を掛け、張汧は急いで考籃を整えると、中に入っていった。

ついに陳敬の順番が回ってきた。考籃を置いて両手を上げた。呉雲鵬がつぶやくように「陳敬」と呼んだ。自分の名前を聞いた途端に心臓が高鳴り始めたが、陳敬はわざと顔を背けて前を通り過ぎた。呉雲鵬は何も気付かないようでただ手元にある考籃の中身を調べ、陳敬の体を検査した。何も異常が見つからないと、呉雲鵬は「行ってよし」と声を掛けた。陳敬はできるだけゆっくりと歩き、悠々と通り過ぎた。この時、呉雲鵬が突然、はっと気が付いたように振り返った。

「陳敬だって？　早く捕まえろ！」

あっという間に官差らが駆け寄ってきて、陳敬を地面に押し倒して押さえつけた。陳敬はため息をついた。恐れる気持ちはなかったが、今年の科挙はもはやこれまでかと観念した。

「待った！」

陳敬が連行されようとしたその時、突然鋭い声がかかった。明珠が飛び込み、官差の手を制した。呉雲鵬は明珠が何者か知らないながらも、ただ者ではないと直感した。あっという間に十数人がその場に押し寄せ、たちまち一筋の道が開けられたかと思うと、順治帝が手を後ろに組んでこちらに向かってきた。

「陛下。これが捕らえようとしていた山西の挙人、陳敬でございます」

明珠がそっと奏上したが、順治帝はそれには答えず、ただじっと陳敬を凝視した。陳敬が口を開く間もなく、呉雲鵬はすでに跪《ひざまず》いており、叩頭した。

「陛下のご来臨とは知らず、臣《しん》の罪、万死に値いたします！」

するとその場にいた全員が一斉に跪《ひざまず》き、「万歳」の声が高らかに響き渡った。李振鄴《りしんぎょう》、衛向書《えいこうしょ》ら八人の試験官も知らせを受け、やはり慌てて貢院の中から駆け出て皇帝を出迎えた。

陳敬は、すべての人々が一人残らず跪《ひざまず》くのを見て、ようやくはっと我に返り、慌てて跪《ひざまず》いて口上を述べた。

「山西の学子《がくし》陳敬、陛下に叩見《こうけん》いたします」

順治帝はそれに答えず、ただ黙って陳敬を見つめた。

「陛下。陳敬は凶悪事件を抱える身。それをのこのこと受験にやって来るとは、まったく大胆不敵でございます」

李振鄴が訴えたため、陳敬が答えた。

「そのような大胆な心などありませぬ。私が試験を受けにきたのは無実、潔白だからです。突然殺人の疑いをかけられ、まるで五里の雲霧の中に突き落とされたが如くでございました」

しかし李振鄴がさらに続けた。

「謹んで申し上げます。去年山西の秋闈《しゅうい》の後に府学で騒ぎを起こし、孔子を侮辱した挙人らの中にも陳敬がいました。陛下の恩典を受け、文章経済《けいざい》（政策への提案）が優れていたことに鑑み、その罪を裁かれなかっただけのこと。まさか悪どさに拍車がかかり、恩を仇で返して京師に着くなり挙人の李謹《りきん》を殺すなどとは、誰が想像したでしょうか」

「なぜ私が李謹を殺さないといけないのでしょう？　李謹は家が貧しく、客桟への支払いにもこと欠き、宿の主人が追い出そうとしていましたが、その学問の素養、忠実かつ正直な人柄を見て、私がかわりに払ったくらいです」

陳敬が反論したが、李振鄴《りしんぎょう》はさらに続けた。

「陛下。陳敬の罪は、まさに実家が金持ちだということにあります。試験官への贈賄を試みたことを李謹に知られ、李謹が告発すると声高に叫んだために手を下したのです」

この時、衛向書《えいこうしょ》が奏上した。

「陛下。陳敬が本件のために殺人を犯した可能性は、おおいにあると思われ、臣《しん》もそのように推測いたします。しかし実際の証拠がありませぬ。臆測のみの判断はいかがなものかと思われます」

李振鄴がじろりと衛向書をにらみ付けた。

「衛向書殿は、陳敬の山西の同郷のご出身。今のお言葉は一見公正なように聞こえて、実際には擁護するものにほかなりませぬ。殺された日、李謹は贈収賄の主を知っている、翌日には順天府に告訴に行くと息巻いていたのを快活林客桟《かいかつりんきゃくさん》に宿泊する挙人が全員耳にしています。まさにその日の夜、李謹は殺され、陳敬は逃げて身を隠したのです。このすべてがただの偶然だとでもいうのでしょうか？」

衛向書は反論せず、李振鄴の言うに任せていた。陳敬は衛向書大人と聞いて、そちらを見上げずにはいられなかった。しかし衛向書は頭を下げて跪《ひざまず》いたまま、じっと一点だけを見つめている。

順治帝は一言も発しないままじっと耳を傾けていたが、この時点でようやく口を開いた。

「もういいだろう。ここは刑部《けいぶ》の裁きの場ではない。科挙の賄賂、朕は憎んでも憎みきれぬ。そなたら読書人が国の柱とならんことを願っておるのだ。賄賂によって功《こう》名《みょう》を得、この科挙を商売の場としか思わぬ者どもは、たとえ将来官界に入ったとしても堂々と搾取を行い、蒼生《そうせい》を害し、禍は社稷《しゃしょく》にまで及ぶことだろう。科挙で贈収賄を行った者に対して朕の方法はただ一つ、死刑に処するのみ」

順治帝は振り返って下を向き、陳敬に尋ねた。

「おまえは死を恐れぬのか」

陳敬は下を向いたまま答えた。

「無実の罪で殺されるのなら、恐れても無益です」

「陳敬め、大胆にも程がある！　陛下にかかる口のききよう」

と李振鄴が口を挟んだ。陳敬の言葉には順治帝も少しむっとして、憮然《ぶぜん》としている。

一時、その場はしんと静まり返り、誰も口を開く者はなかった。沈黙が長く続いた後、順治帝が突然、諭示《ゆし》を下した。

「陳敬を釈放せよ」

李振鄴はぽかんと口を開けたまま茫然自失の体《てい》だったが、次の瞬間には激しく声を上げた。順治帝はその声を無視して陳敬だけに話しかけた。

「そなたの力試しを許そう。いかほどの実力か、とくと見ようではないか」

陳敬はぱっと喜びの表情を浮かべ、叩頭した。

「陛下の恩典《おんてん》に感謝いたします！」

順治帝はさらに索額図《ソンゴトゥ》に命じた。

「陳敬が貢院から出てきたら、とりあえずは順天府の大牢《たいろう》に投じるように」

索額図は「遵旨《じゅんし》」と応じると、己への寵を感じ、得意げに明珠《ミンジュ》をちらりと見やった。

陳敬は恩謝の口上を述べた後、立ち上がって考籃を提げ、貢院の方向に歩いていった。順治帝が陳敬を見やって笑い出した。

「まったく悠々たるものよ。ほかの者は何の罪《とが》なくとも朕に見《まみ》えればぶるぶる震えるものを。皆も起き上がるがよい」

跪《ひざまず》いていた大小の官僚と挙人らも皆、恩謝の口上を述べて立ち上がり、お辞儀をしたままの姿勢でその場に控えた。

遠いところで見ていた李老先生と月媛《ユエユエン》は、もう魂も吹き飛ばんばかりに肝をつぶしていたが、今度は陳敬が釈放されたのを見て、何が起きたのか皆目見当もつかなかった。それでも本人が無事なのを確認でき、ようやく安堵したのだった。しかし先刻まですぐ後ろに立っていたのが、なんと今上皇帝《きんじょうこうてい》その人であったとは夢にも思わぬことであった。李老先生は月媛《ユエユエン》に声を掛けて帰ろうとしたが月媛は、

「もう少し見ていたいの、陛下がまた中から出てこられるわ」

とねだった。

順治帝は貢院の中に入ると、あちこちを見て回った。李振鄴はなおも納得いかずに再び奏上した。

「もちろん陛下のご明断であられますが、臣《しん》が思うに、あの陳敬はやはり……」

順治帝は李振鄴が言い終わるのを待たず、その言葉を遮った。

「殺されるとわかっていて、のこのこ出てくる阿呆《あほう》が天下のどこにいる？　陳敬が本当に殺人を犯したのなら、もうとうにジャワ国（現在のインドネシア）にまで逃げおおせていることだろう」

「悪人というのは、まぐれの幸運を願うもので、危険を承知で出てくる者もおります」

と李振鄴はなおも言い募ったが、順治帝は何やら奇怪に感じ、あらためて李振鄴をじっと見つめた。

「李振鄴。これまでそなたを老成した、身の程をわきまえた者と思って見てきた。しかし今日はどうも様子がおかしいな」

「し、臣は、ただ士《し》を取《と》る大典《たいてん》である科挙のためを思ってのことです」

しかし順治帝の心に湧き上がった疑念は、もはや消えることはなかった。

「李振鄴。そなたらはもう何日も前から鎖院されているはず。外の事情をなぜそんなによく知っている」

李振鄴は恐れおののきつつも、答えた。

「挙人が殺されるとは、天下の一大事でございます。風も少しは貢院の中にも吹いてくるものです」

順治帝が怒鳴った。

「取士大典《しゅしたいてん》こそが、天下の一大事だろう。貢院が守るべきは、この四文字。つまり『絶対隔離』だ！」

そこで李振鄴はようやく、どうやら余計なことを口にしてしまったことを悟り、慌てて言った。

「臣《しん》ら、外とはいかなる連絡も取ってはおりませぬ」

順治帝が頷《うなず》いた。

「そなたらはただ取士大典《しゅしたいてん》のことだけ考えておればよい。貢院外で天が落ちようが、そなたらには関係のないことだ」

順治帝は貢院の巡視を終えると、宮中へ帰っていった。李振鄴ら試験官は整然と貢院の門の外に跪《ひざまず》いていたが、順治帝の聖駕《せいが》が遠くなってからようやく起き上がった。

聖駕がいくらも進まぬうち、順治帝は突然明珠《ミンジュ》を近くに召して命じた。

「明珠。おまえはよく気が付くやつだ。ここしばらくは朕に仕えずともよい。あちこちに目を光らせて、どんな小さな動きも見落とさぬようにせよ。さあ行け」

明珠は叩拝《こうはい》し、退《さ》がった。そうは言われてもどこから手をつけてよいかもわからなかったが、振り返ると貢院の外をまだ人々が取り囲んでいたので、その人ごみの中に入っていった。

順治帝を見送ると、貢院の外に集まっていた野次馬も、会場へ見送りに来た受験生の家族も、三々五々と散り始めた。李老先生が月媛の手を取ってその場を離れようとした瞬間、どこか見覚えのある面々が目にとまった。はて誰であったかと思い出す前に、その数人が互いに目配せし、慌ただしく去っていった。後ろ姿はちょうど三人だったが、次の瞬間、李老先生は、はたと思い出した。あの日の深夜、陳敬を殺そうと追ってきた連中ではないか。

「ここに長居は無用のようだ」

とつぶやき、李老先生は月媛の手を引いてその場を離れようとしたが、数歩も踏み出さぬうちに「老先生」と呼ぶ声がした。見上げると、それは先日家に梅の花を見に来たかの人であった。すでに相手の素性は心得ていたものの、まだ名前までは知らない。

李老先生は頷いて笑いかけると、素知らぬ顔で尋ねた。

「貴公にも受験生がおられますか」

明珠も笑ってそれに答えた。

「いえいえ、そういうわけではないのですが。少し物見遊山に参りました。老先生のお宅からも中に入られた方がおられるのでしょうか？」

「いや。わが家からは誰も応試《おうし》してはおりませぬ。やはり野次馬根性です」

李老先生はそう言って、手の拳を合わせて挨拶をすると、その場から立ち去った。

七

李振鄴《りしんぎょう》が呉雲鵬《ごうんほう》を呼び寄せて指示した。

「あの山西の挙人陳敬《ちんけい》は、欽犯《きんはん》だ。少し気を付けて見張るように」

衛向書《えいこうしょ》は横で聞きながら、李振鄴が厚意から言っているようには思えず、聞きとがめた。

「李大人《りたいじん》。陛下のご意思は、陳敬に思う存分実力を発揮させよとのことだったと存じますが」

「いつ私が邪魔だてをすると申しました？　ただ気を付けて見るようにと言ったまでのこと」

と李振鄴は笑って答えると、さらに呉雲鵬に言い含めた。

「線香が一本燃え終わるごとに、陳敬を見に行くように。また何か騒ぎを起こされぬよう、くれぐれも細心の注意を払うのを忘れてはならぬ」

「そんなに頻繁に邪魔だてをされたら、試験に集中できますか」

と衛向書は思わず抗議したが、李振鄴は笑って答えた。

「わかっておりますよ。何しろ陳敬は、衛大人《えいたいじん》の山西《さんせい》の同郷ですからね」

ついに衛向書も堪忍袋の緒が切れた。

「李大人。少しお言葉が過ぎはしませぬか。同郷がどうしたというのでしょう。李大人の同郷の方は受験されていないとでも」

そう言い放つと、ばさりと袖《そで》を翻《ひるがえ》して去っていった。

陳敬は、考棚《こうほう》（受験生ごとに与えられた仕切り部屋）の中で試験問題に読み入ってから、まずはしばらく目を閉じていたが、おもむろに筆を取り上げ、筆を紙に下ろそうとした。そこに突然、呉雲鵬の鋭い怒鳴り声が響いた。

「陳敬！　おまえは凶悪事件を抱える身、おとなしくしていろ！　これ以上ふてえことやらかしやがったら、考《こう》棚《ほう》を出る前にそのちっぽけな命をもらうからな！」

陳敬はぎょっとして、思わず手が震えた。そのために墨が一滴考巻《とうあん》に落ちてしまった。

ああ。これでもうおしまいだ。考巻《とうあん》を汚せば、無効解答とされる運命か……。

陳敬は一瞬頭に血が上り、目の前が真っ暗になった。

どれくらいの時間が経ったか、ようやく気を取り直し、墨痕をどうにか誤魔化《ごまか》すことができればなんとかなるかもしれない、と考え直した。

一方、張汧《ちょうけん》は解答を書きながら、突然ある文章の出典を調べたくなり、辺りをきょろきょろ見回すと、そっとあの硯《すずり》を取り上げた。仕掛けをねじって開けようとしたその瞬間、それを鋭く一喝する声が聞こえた。なんと呉雲鵬が張汧の挙動不審を見咎《みとが》めたのだ。張汧は茫然とその場で固まってしまった。その様子を見て、呉雲鵬は余計に訝《いぶか》しみ、手を伸ばして硯《すずり》を持ち上げると、裏に表にひっくり返してこれを調べ始めた。しばらくすると、ついにふたに仕掛けがしてあるのを発見し、ゆっくりとそれをねじ開けた。

張汧の思考は完全に停止した。これで本当にもう自分の人生は終わった、最初から陳敬の言うことを聞いていればよかった、などと思いを巡らせつつ、泣きそうになっているところへ、ぽんと硯《すずり》を放り出された。

「まあ中には何も入っていなかったが、不正をするものには違いない。今度からは気を付けろ」

呉雲鵬の言葉を聞き、張汧は、あっと声を上げそうになった。硯《すずり》のふたについている隠し箱の中を見ると、確かに中身は空っぽである。先祖のご加護かと目を疑った。口の中でぶつぶつと先祖への感謝の言葉を唱えながら、あまりの驚きになかなか立ち直ることができないほどであった。

午後、陳敬が解答の執筆に没頭していると、誰かが外から乱暴に窓を叩いた。その振動で考籃がぼとりと地面に落ちた。陳敬は顔を上げて窓を見たが、そこには誰もいない。かがんで筆《ふで》、墨《すみ》、紙《かみ》、硯《すずり》を拾い上げようとすると、外から突然、呉雲鵬の怒鳴り声が聞こえた。

「陳敬、何をしている」

陳敬は顔を上げて答えた。

「大人《たいじん》にお答えいたします。考籃が地面に落ちました」

「考籃が地面に落ちた？　何かよからぬことを企んでいるのではないだろうな」

「中にお入りになって、ご自分でお確かめくださって結構です」

呉雲鵬は扉を推して入ってくると、あちこちをひっくり返しつつ陳敬に罵声を浴びせ続けた。呉雲鵬は陳敬の考巻《とうあん》を取り上げると、思わずうんうんと頷きながらつぶやいた。

「おや。なかなかいい字を書くではないか」

「大人《たいじん》のお褒めのお言葉、痛み入ります」

呉雲鵬は冷笑した。

「ふん。字がきれいなだけで及第できるとは限らないからな。もう少しまともな置き方をせよ」

しばらくすると、呉雲鵬はまた陳敬の考棚《こうぼう》を叩きにきた。陳敬はもう驚かず、落ち着いて外を見やった。

「陳敬。何を取りすましている。何か悪巧みをしておるのだろう」

「もう何度もお調べにお入りになったではありませんか。それでも信用できないのなら、どうぞもう一度お入りになってご捜索ください」

呉雲鵬はかっとなって怒鳴った。

「何を！　これ以上、ふざけたことをいうと、見張りをずっとつけたまま離れさせぬようにするぞ」

そこにちょうど通りかかった衛向書は、呉雲鵬をたしなめずにはいられなかった。

「かような嫌がらせをして何になるというのです」

しかし、呉雲鵬は背後に控える揺るぎない大樹の陰に依《よ》る身。ふんぞり返ってみせた。

「衛大人《えいたいじん》。下官《げかん》は命《めい》を奉《ほう》じて任務を遂行しているまでのこと。李大人《りたいじん》と衛大人はともに試験官主任であられますが、李大人は同時に会試総裁《かいしそうさい》でもあられます。下官《げかん》もつらい立場にあるのです。一体、李大人のご命に従えばよいのか。それとも衛大人のいうことを聞けばよいのか」

衛向書は言葉に詰まると、憤慨してその場を立ち去っていった。

三次まである試験がついに終わった。その間、陳敬だけが貢院《こういん》を離れることを許されず、毎回考巻《とうあん》を提出した後も中にとどまっていなければならなかった。ほかの人たちは皆、木炭を持参してきていたが、陳敬は文房四宝のほかは何もなく、中は凍え死にそうなほどの寒さであった。幸いまだ年も若く、どうにか持ち堪《こた》えられたが、そうでなければもはや命さえも落としかねないほどであった。

第三次試験も終わろうかというその日、李振鄴はそっと呉雲鵬に尋ねた。

「陳敬は、おとなしくしているか？」

呉雲鵬は笑って答えた。

「李大人のお言いつけ通り、お香一本が焚き終わる時間ごとに見に行っております」

「考巻《とうあん》の出来栄《できば》えは、どんな具合だ？」

「文章を詳しく読んではいませんが、字はなかなか見事、まったく敬服いたしました」

「ここまでキリキリときつく見張られながら、悠々と考《とう》巻《あん》を書き進めるとは、確かになかなかの人物かもしれぬな」

「同じ読書人でも、試験会場に来ただけで失禁する者もいれば、刃《やいば》を首に突き付けられながら平然としている者もいるとは」

李振鄴は辺りをきょろきょろ見回して誰もいないのを確認すると、手招きして呉雲鵬を近くに呼び寄せ、ひそひそと何事かを耳打ちした。呉雲鵬は怖気《おじけ》付いて真っ青になり、小さな声で抗《あらが》った。

「し、しかしそれは打ち首ものですぞ！」

「あなたに責任はない。天が落ちてきても、私が支える」

李振鄴が笑ってそう言うので、呉雲鵬は言われた通りにするしかなかった。

「李大人の思し召し通りに」


呉雲鵬は、陳敬の考棚《こうぼう》に行くと、宣言した。

「陳敬。時間だ」

「ちょうど考巻《とうあん》を提出しようと思っていたところです」

「考巻《とうあん》を提出する？　よしわかった。外には枷《くびかせ》に鐐《あしかせ》が待っているからな」

呉雲鵬は考巻《とうあん》を受け取ると、突然笑い出した。

「まったく残念なことだ。文章も素晴らしく、字も見事だが、用紙に汚れがある。つまり、すべては水の泡ということだ」

呉雲鵬はそう言うと、考巻《とうあん》を陳敬の鼻先に突き付けた。確かに考巻《とうあん》には何ヶ所も汚れがあった。陳敬は茫然とし、呂律《ろれつ》もうまく回らない。

「ど、どうして……そんな馬鹿な。な、なぜ私を陥《おとしい》れようとする！」

呉雲鵬が大声で一喝した。

「無礼者！」

陳敬がさらに抗弁しようとしていたところに、索額図《ソンゴトゥ》がすでに人を連れてこちらに向かって来ていた。陳敬は呉雲鵬に向かって大声で叫んだ。

「これは罠《わな》だ！　罠だ！」

しかし陳敬の肩と頭にはすでに有無を言わさず枷《くびかせ》と鎖《くさり》がかけられていた。

「ぎゃあぎゃあ騒ぐな。無実の罪かどうかは、裁きの場ではっきりさせてくれよう」

と索額図《ソンゴトゥ》が罵った。衛向書は陳敬が連行されるのを見て、慌てて前に進み出た。

「一介の書生を、重枷《じゅうかせ》で扱う必要がありますか」

そこに李振鄴も駆け付けた。

「陳敬は欽犯《きんはん》ですよ。律《りつ》に則《のっと》り、枷《くびかせ》をつけてしかるべし」

「索額図、どちらのお言葉をお聞きすればよいものか」

と索額図が往生して言うので、李振鄴が笑いかけた。

「陳敬は衛大人の山西の同郷ですから、衛大人のお顔をつぶしてはいけませぬ。枷《くびかせ》を取り外しましょう」

索額図は部下に命じ、陳敬の枷《くびかせ》と鎖《くさり》を取り外させた。陳敬は内心おおいに感激していたが、衛向書はまるで陳敬の姿など目に入らぬかのように、李振鄴に顔を向けて言った。

「李大人。私はただ堂々と公心《こうしん》を説いているだけのこと。同郷の誼《よしみ》など、一切ありませぬ」

しかし李振鄴は薄笑いを浮かべると、それには何も答えなかった。

外で待っていた李老先生と月媛《ユエユエン》は、貢院《こういん》から出てきた陳敬のその姿を見て肝をつぶした。陳敬の後ろからは何人もの官差がぞろぞろと続き、木枷《きかせ》を手にしている者まていたからである。先頭には索額図が立っていた。貢院の外にはいつものように人だかりができており、明珠《ミンジュ》がその中に紛れて身を隠し、月媛父娘の動向を仔細にうかがっていた。陳敬はこの家の者たちと深い関係にあるようだとにらんでいたのである。

索額図は部下を率い、陳敬を順天府《じゅんてんふ》に連行しようとしていた。ところが人気《ひとけ》の少ないところに差し掛かった途端、思いがけず突然、覆面《ふくめん》をした影が四つ、さっと飛び出してきたかと思うと、陳敬の手を掴んで走り出した。不意を突かれ、索額図の動きが停止している間にさらに覆面をした影が三つ現れると、刃《やいば》を躍らせて陳敬に躍りかかった。索額図はさっと刀《かたな》を引き抜くと、その刃《やいば》を受けて陳敬を庇《かば》った。覆面三人が陳敬に襲いかかり、別の覆面四人が陳敬を奪おうとし、索額図らは陳敬を守ろうとする。三つの勢力が入り乱れての混戦となり、錯綜した乱闘状態に発展した。

「陳大哥《ちんにいさん》。私について来て！」

陳敬の耳に、その声が飛び込んできた。

声の主は月媛。混乱に乗じて飛び出し、陳敬の手を取って小さな胡同《フートン》の奥に向かって走った。三つの勢力は陳敬が逃げ出したのを見て、戦いをやめて身を翻してその後を追った。途中まで追ってきたかと思うと、再び互いに乱闘を始めた。陳敬と月媛はその隙に乗じて全力で逃げ、あっという間に二人の姿は見えなくなった。

追手のうち先頭を走っていた覆面四人がある胡同《フートン》の入り口まで来ると、明珠が不意に姿を現した。

「もう追うな。あとは残りの二つの勢力をここで釘づけにし、頃合いを見計らって抜け出せ」

そう命じたかと思うと、再び慌ただしく身を隠した。残りの二つの勢力が追いつくると、またしても三勢力の乱闘が始まった。

索額図は陳敬の姿がとうに見えなくなったのを知ると、天を仰いで地団太《じだんだ》を踏んだ。

「陛下にどう申し開きすればよいのだ！」

まだ幼い月媛は、じきに走れなくなった。陳敬は「月媛《ユエユエン》妹妹《メイメイ》」とその名を呼んで励ましたが、月媛はただ首を振るだけで。息が上がって口をきくこともできない。しばらくしてから、陳敬はさらに言った。

「月媛妹妹《ユエユエンメイメイ》。お宅にうかがうわけにはいかない。なんとか自分で隠れる場所を探すよ。さあ早く家に帰りなさい」

しかし月媛は聞かない。

「京師の中にはもうどこにもあなたの隠れる場所なんてないわ。父上が陳大哥《ちんにいさん》を欽犯《きんはん》だと言っていたわ！　つべこべ言わずに私について来て！」

月媛は道に詳しく、陳敬を連れてあちこち迂回しながらも、あっという間に家の前に出た。大桂《タークイ》が門を開けたものの、小声で止めた。

「お嬢様。中にお入りになってはなりませぬ」

しかし月媛は有無を言わさず大門を力づくで押し開けると、邸内に駆け入った。二人は照壁《しょうへき》(目隠し用の壁)の向こう側に走り込んだが、次の瞬間、茫然と立ち尽くした。なんとそこには明珠が待ち構えていたのであった。

月媛は恐怖で真っ青になったが、この時、ちょうど李老先生も帰ってきた。先刻は月媛が瞬く間に走り出したが、年のせいで追いかけて止めることもかなわなかった。心配で気が気ではなかったが、その姿を道行く人たちに尋ねつつ、ようやく家まで戻ってきたところだった。まさか陳敬と月媛《ユエユエン》が二人ともすでに戻っており、さらに家の中に皇帝の身辺の人までいるとは、想像だにしないことだった。

これはまずいことになった、と李老先生は嫌な予感がしたが、口を開く間もなく明珠《ミンジュ》の方から笑いかけてきた。

「おや。これは山西の挙人の陳敬殿《ちんけいどの》ではありませぬか」

陳敬は愕然《がくぜん》として固まっていたが、なんとか気持ちを落ち着かせ、口上を述べた。

「陳敬、侍衛大人《じえいたいじん》にお目にかかります」

明珠は穏やかな表情を浮かべた。

「おや。私の素性もご存じとは。この明珠、御前《ごぜん》に行走《こうそう》(専門の官職を置かない業務)はしておりますが、陛下のおそばにお仕えする一介《いっかい》の平侍衛《ひらじえい》にすぎません。大人《たいじん》呼ばわりなどとんでもないこと」

「私を逮捕しに来られたのですね」

と陳敬が尋ねたが、明珠はぶんぶんと手を振る。

「いやいや。そういう意味ではありません。あなたと私とはただの顔見知りの仲。先日、こちらの梅の花を見せていただきにうかがい、今日もたまたま時間ができたので、またこちらのご主人のもとにうかがっただけのことです」

李老先生は、誰もが芝居の筋書きに合わせて演技をしていることを心得ており、調子を合わせて言った。

「それはそれは嬉しきこと。外は寒いですから、中に入って話をしましょう」

明珠は李老先生について部屋の中に入りつつ、陳敬に尋ねる。

「確か陛下の諭旨《ゆし》では、貢院から出た後、ひとまずは順天府《じゅんてんふ》に拘置《こうち》と聞きましたが。何故にこちらへ来られたのか」

「それが私にもわからないのですよ」

陳敬の言葉に、明珠はわざと驚いた振りをしてみせた。

「それはなんとも奇なること!」

月媛は事情がわからず、さっと切り返した。

「きっとあなたが何か企んだのね。最初に覆面をした人が数人、陳大哥《ちんにいさん》を奪って逃げようとして、それからまた別の覆面の人が何人か飛び出してきて大哥《にいさん》を殺そうとするから、衙門《がもん》の人たちが両方の勢力に対抗しないといけなくなったのよ。それで三つの勢力が犬同士のかみ付き合いのように乱闘することになったというのに！」

明珠はとぼけて、ひどく驚いてみせた。

「おや。そんなことがありましたか」

部屋の中で互いに白を切り、雲を掴むように演技を続けていたその時、索額図《ソンゴトゥ》が部下を率いて、胡同《フートン》の中を捜索しながら、すでに李家の門の外まで来ていた。部下が上を見上げると、門楼《もんろう》の横から突き出している古い梅の木が目に入った。

「索大人《ソたいじん》。ここは先日、梅の鑑賞に訪れたあの家ではありませんか？」

索額図も頷いた。

「ここは捜索しなくてもよいでしょう？」

「いや。捜索する！　どこも見逃すことは許さん。京師をすべてひっくり返してでも、陳敬を探し出すのだ」

応接間で陳敬が明珠に試験会場の中であったことを話していると突然、猛然と門を叩く音がした。

「誰ですか。こんな野蛮な叩き方をするのは」

明珠が尋ねると、李老先生が答えた。

「きっと官差ですよ。こんな無礼なやり方、ほかの誰にできるでしょう」

「官差ですと？　陳敬殿。あなたはひとまず隠れて。私が応対しましょう」

と明珠が言った。大桂《タークイ》が門を開けると、索額図が部下を引き連れ、勢いよくなだれ込んで来た。すると、なんとそこには明珠が立っているではないか。

「明兄《ミンけい》。なぜここにおられる」

と索額図が尋ねると、明珠は微笑んだ。

「陛下は索兄《ソけい》に事情調査をお命じになったのと同じように、私にも秘密裏に事情を探るようにお命じになった。それぞれの任務を果たしているというわけですよ。あなたもここに来られるとは、はて」

索額図が逆に明珠に尋ねた。

「明兄は何故にこちらに？」

「梅の花を鑑賞しに参ったのです。陛下は、索兄に陳敬を連行し、順天府に連れていくように命じられたのでは？　それがこんなところにいらっしゃるとは、果たしてどういう風の吹き回しか。索兄がこういった風流な趣味をお持ちでないのは、わかっておりますよ」

索額図はいたたまれなくなり、踵《きびす》を返した。

「その話は後で詳しくいたそう。では、これにて！」

明珠《ミンジュ》は笑って見送った。

「索兄《ソけい》、お気を付けて。今回の科挙事件の捜査では、索兄は筆頭の功労ですよ」

明珠は索額図《ソンゴトゥ》を送り出すと、応接間に戻った。

「明珠大人《ミンジュたいじん》。なぜ私を順天府に連行させないのですか?」

明珠は陳敬の問いにはすぐに答えず、湯飲みを持ち上げると、悠々と何度か口に運んでから、ようやく答えた。

「あなたを救いたいのです」

陳敬にはその言葉がにわかには信じ難く、飛び出さんばかりに目を見開き、やっとのことで答えた。

「しかし私を順天府に連行せよというのは、陛下のご意思なのですよ!」

明珠が笑った。

「まあ。そのことはよろしい。この明珠、あなたをひとかどの人材だと心得ている。十二歳で童子試《どうじし》(子供対象の科挙の模擬試験)に応試し、州学《しゅうがく》で一番の成績を収め、去年の山西の秋闈《しゅうい》でも一番に、高らかに解元《かいげん》になられた。あなたの能力を持ってすれば、誰にも賄賂を贈る必要などないでしょう」

明珠がそういうのを聞いて、陳敬はようやく少し信用する気になった。

「明珠大人のお褒めの言葉に感謝いたします」

「今回の科挙事件を秘密裏に調べるよう、陛下の命を受けています。あなたの履歴は、どんな小さなことに至るまでも調べ上げましたよ」

と明珠が言うと、李老先生も口添えした。

「私と陳敬は同郷の出身ながら初対面でしたが、おおいに縁を感じます。二人で毎日、古今東西のさまざまなことについて話をしたところ、その古典の素養、才能、知識、学識、人品、抱負すべてについて、敬服に値いたします」

「陛下の御前でのかかる堂々たる話しぶり。器大《うつわだい》なる人物かなと確信しておりました」

と明珠が話すのを聞いて陳敬も言った。

「明珠大人にお褒めいただき、恐縮至極です」

しかし再びしきりに首を振ってため息をついた。

「ああ。それもすべて無駄になりました。今日提出した考巻《とうあん》を、試験官に故意に汚されてしまいました。きっと別冊に入れられるでしょう」

「ほお。それは本当ですか。もし事実なら、私にお任せあれ。あなたは無罪と私はにらんでいます。恐らく陛下も有罪とは信じておられないでしょう」

明珠が言うのを聞くと、陳敬は直ちに立ち上がり、明珠に長く手の拳を合わせて拝した。

「明大人《ミンたいじん》、どうか私をお救いください」

しかし明珠は首を振った。

「いや。それはやはりご自分でなんとかされぬことには」

陳敬と李老先生は互いに顔を見合わせたが、明珠の深意を測りかねた。

「一言お聞きしたい。陳敬が無罪だとご存じなら、なぜ逮捕しようとしたり、その身柄を奪おうとしたり、殺そうとしたりする輩が現れるのでしょう」

李老先生が質問を投げかけると、明珠は謎めいた表情を浮かべて言った。

「それは陳敬に聞くべきではないでしょうか」

陳敬は、自分を順天府に連行しようとしたのが索額図であり、殺そうとしたのが白雲観のあの三人に違いないことは、秘かに心得ていた。しかし道中その身柄を奪おうとしたのが誰なのかについては、測りかねた。また真相を自分の口から話してはならないと李老先生に口止めされたことも思い出した。

「そ、それは私に聞かれましても……」

明珠は陳敬をしばらく凝視していたが、何か隠しているとにらんだ。

「本当のことを話していただかねば、真相は明るみに出ませぬ。それでは陛下もあなたを救うことはできませぬ。李謹が殺されたあの夜、あなたはちょうど逃げて隠れていた。このことは世間中に知れ渡っていますから、殺されても無実の罪は誰も晴らしはてくれぬでしょう」

陳敬は項垂《うなだ》れてため息をつき、ただじっと押し黙っていた。明珠の聡明さを持ってすれば、とうに十中八九のところ、見当はついていたのだが。

「もうおおかたの見当はついています。命を狙われるのは、あなたが秘密を知るため、きっと科挙試験の賄賂に関わることだろう、と。かかる大胆不敵な連中。相次いで二度も命を奪わんとする理由は、一つには、黒幕が相当の高位の者たる所以《ゆえん》でしょう。もう一つには、その秘密が逆に相手の命も奪いかねないほど重要なため」

陳敬は内心、明珠の明察に舌を巻いていた。

「明珠大人の仰ることを聞いていると、ますます混乱してきました」

と答えるにとどめた。それを聞いて明珠《ミンジュ》は手を打って大笑いした。

「いやいや。あなたは混乱などしていない。よくわかっているはずです。ですが、どなたかの采配のない限り、あなたのような若造の読書人が、かかるこなれた切り返しをできるとは思えませんね」

明珠はそういうと、李老先生を一瞥《いちべつ》した。陳敬は李老先生の方を見やりつつ、なおも、

「私は本当に何も知らないのですよ」

と言った。

「心得ておりますよ。進んで供述すれば、他人の恨みを買い、将来官界で身の置き所がなくなるとお思いなのでしょう。しかし真相をお話しいただいたところで、私もあなたの口から聞いたとは言えませんから」

陳敬は李老先生を見やりつつ、躊躇する様子を見せた後、その理由を尋ねた。

明珠は即答せず、ゆっくりと茶を一口すすると穏やかに言葉を続けた。

「なぜかって？　あなたがここにいることを黙っていること自体、すでに君主を欺《あざむ》く大罪に当たるからですよ。もちろんその疑いをかけられたくなければ、今からでもすぐにあなたを順天府に連れていけばいいだけのこと。しかし考えても見られよ。あなたをたとえ大牢の中に入れたところで、その命を奪うことはいつでもできます。この科挙事件が解決しない限り、悪人を殺さない限り、あなたは一日も枕を高くして眠ることはできぬでしょう」

月媛《ユエユエン》が突然、横から口を挟んだ。

「さっきからずっと陳大哥《ちんにいさん》を救いたいと言っているけど、道中で陳大哥《ちんにいさん》の身柄を押えて連れていこうとしたのは、あなたなの？」

明珠は月媛の方を見やると、笑い出した。

「老先生、お嬢さんは将来きっと男子顔負けの才媛になられるでしょう」

かの覆面の四人はまさに明珠の手下であった。陳敬が順天府の大牢に入れられれば、悪人に殺されると踏み、危険を冒してでも救い出そうとしたのだった。

李老先生は先刻まで月媛がそこにいることをたいして気にしてもいなかったが、慌てて田媽《でんばあや》を呼ぶと、別室に

連れて出ていかせた上、振り返って陳敬に言った。

「どうやら明珠大人《ミンジュたいじん》は、寛大で信頼に足るお方のようだ。本気で人材を愛でておられる。お話しして聞いていただきなさい」

そこで陳敬はようやくあの夜、白雲観の外で誰かが賄賂を受け取るのを立ち聞きしてしまったこと、追われて殺されそうになった経緯、逃げた経緯を詳しく話して聞かせた。ただ張汧《ちょうけん》が高士奇《こうしき》に賄賂を託したことは隠して言わずにおいた。あくまでも同郷の誼《よしみ》を慮《おもんぱか》ったのである。明珠は聞き終わると、立ち上がって別れの挨拶をした。

「わかりました。これからすぐに陛下に密稟《みつりん》(皇帝に秘密裏に報告すること)に参ります。陳敬殿。あなたはきっと高らかに皇榜《こうぼう》(科挙合格掲示板)に名を連ねることでしょう。私からの吉報を待っていてください」

明珠は言ったが、陳敬は長いため息をついた。

「いえ……。受からないのではないかと心配しています」

「考巻《とうあん》ですか？　私に任せてください。但し、ここを一歩も離れてはなりませぬぞ！」

明珠は、諄々《じゅんじゅん》と諭してから挨拶をして帰っていった。


索額図《ソンゴトゥ》は戦々恐々としつつ、宮中に戻った。順治帝の姿を見ると、ただ跪《ひざまず》いたまま震えが止まらなかった。順治帝は陳敬が逃げたと聞くと、当然のことながら激怒して「索額図。この役立たず！」と罵った。

「白昼堂々と、二組も覆面をした連中がどこからか湧いて出てきて、片方は陳敬を殺そうとし、もう片方は陳敬の身柄を奪おうとするのです。陳敬の命を守らねばならぬわ、悪人と戦わねばならぬわで、どうにも防ぎきれませんでした」

索額図は泣きながら釈明したが、順治帝は怒鳴った。

「京師中を三尺掘り返し、すべて篩《ふるい》にかけてでも陳敬を探し出すのだ。さもなければ、おまえは死罪だ！」

索額図は跪いたまま数歩後ずさりしてからようやく立ち上がった。

索額図が中で命《めい》を受けている間、明珠がすでに外で控えていた。索額図が意気消沈して這々の体で出てくると、直ちに明珠を呼び入れる声が響いた。

明珠がもう陳敬の居所を突き止めたと知ると、順治帝は怒鳴った。

「明珠。そなたはどういう小細工を使った？　なぜもっと早く奏上に来ない。怒りで朕《ちん》の肺は、すんでのところで破裂するかと思ったぞ！」

　明珠《ミンジュ》は自らの罪を認めつつも、やや話を変えて奏上した。手下を使って陳敬の身柄を奪いに行ったことは隠したのである。何はともあれ陳敬の居場所がわかったことで順治帝の怒りも収まった。

「では聞くが、なぜ陳敬を順天府に連行しない？」

「恐れながらあまりにも危険が大きい、万が一のことがあってはならぬと思った次第です。あらゆる怪事が、陳敬の身に起きています。李謹が殺された晩、彼は何者かに追われて殺されかけました。今日、索額図《ソンゴトゥ》が順天府に連行しようとしたところ、また覆面の集団に殺されそうになりました。考巻《とうあん》も試験監督に故意に汚されたそうです。無効考巻《とうあん》にされるかもしれません」

「試験監督の礼部主事《れいぶしゅじ》である呉雲鵬《ごうんほう》が、お香一本が燃え尽きる時間ごとに陳敬の邪魔をしに行ったという密奏を朕《ちん》も受けている。最近、そのことが頭から離れない。陳敬が李謹を殺した犯人ではないのかもしれぬ。あの夜陳敬が姿を隠し、帰らなかったのにも、何か隠された事情があるのではないのか」

　明珠は自分も同意見だとは言い出せず、ただ陛下はご聖明《せいめい》であられると答えた。

「陛下に申し上げます。私の見たところ、陳敬はなかなかの人物かと思われます。この科挙事件を告発した人物として世間に知られれば、これからは針のむしろでしょう。この事件の解明には、あの試験監督を逮捕しさえすれば、あとは芋づる式に自然と真相が明るみに出ることと思われます」

「それは朕のためか、それとも陳敬のためか」

「もし陳敬が本当に逸材なら、陳敬を救うことが、陛下のために貴重な人材を生かすことにもなります。自分が話したと他言せぬよう何度も強調して、陳敬はようやく真相を打ち明けてくれました。ただ、陛下に隠し立てはできませぬ故」

　順治帝は下を向いたまましきりに考え込んでいた。

「ということは、この読書人は、なかなか計算高いということか」

「なかなかの人物かと思います。学識、人品、抱負ともに非凡かと」

「世渡りがうま過ぎるか、老成し過ぎているか、どちらかだな。よく覚えておこうぞ」

「陛下に申し上げます。もう一言言わせてください」。

順治帝が頷いたので、明珠はさらに続けた。

「索額図に引き続き陳敬の行方を捜査させてはいかがでしょうか。この事件の当事者たちは、陳敬の行方がわからない限り、一日も枕を高くして寝ることはできないでしょう。そうなれば、自然と動きが出てくるものです」

順治帝は明珠をじっと凝視した。

「おまえと索額図は、長年朕《ちん》の左右に付き従ってきた。おまえたちのことはおおいに信頼しているが、索額図はそそっかしくてやることが荒っぽい。おまえは確かに思考が緻密で着実に仕事をこなす。おまえが先に陳敬を見つけていたと知ったら、索額図は深く恨まぬか、それが朕には心配だ」

「ただ務めを果たしたい一心からのこと。されば索額図も根に持つことはないかと……」

順治帝は突然、陳敬が身を隠している場所が気になって尋ねた。

「どういう家に匿われている」

「李家といいます。明朝の旧臣です」

順治帝は少し考えていたが、「かの明朝の挙人か？」と尋ねた。

「まさにかの人物です。老先生は李祖望《りそぼう》と仰います。山西の出身で、明代には名家だったようです」

順治帝は深く頷いた。

「やはりそうだったか。衛向書《えいこうしょ》と同じ年に科挙に合格し、その後は応試していない者だな。衛向書が朕に何度も推挙したが、李祖望はどうしても出仕に同意しない。明の旧臣であっても謀叛《むほん》の心さえなければ皆、礼遇せよとの先皇の諭旨があるのだが」

「李老先生は風流かつ優雅なお方です。深い教養を備え、誠実な人柄で異心があるようには見えませぬ」

順治帝は長くため息をつき、明珠に諄々《じゅんじゅん》と説いた。

「すでに索尼《ソニン》と鰲拜《オボイ》に今回の科挙事件の調査を命じてある。おまえは御前侍衛《ごぜんじえい》としての規律に従い、政治に干渉してはならぬ。ただ耳目《じもく》となり、二人の指示に従え。まずは礼部主事の呉雲鵬を逮捕することにしよう。その背後に誰がいるのか、洗い出してくれようぞ」

明珠が命《めい》を承ると、順治帝は退がるように命じたが、突然また呼び止めた。

「忘れるな。陳敬はあの若さでかかる老成ぶり。将来は能臣《のうしん》たらねば、必ずや奸臣《かんしん》にならんことを」

明珠《ミンジュ》は言い知れぬ恐怖を覚えつつ、「明珠、心得ました」と答えた。

順治帝は明珠をじろりとにらみ、冷たく言い放った。

「おまえのことも言っているのだ」

明珠は慌てて伏して跪き、全身を震わせて、

「命《いのち》にかけても陛下への忠誠を誓います！」

と答えるだけで精一杯であった。

八

考巻《とうあん》は貢院《こういん》ですべて密封し、箱の中に入れて文華殿《ぶんかでん》に移された。考巻《とうあん》はここで筆跡がわからぬようにすべて誊《けん》録《ろく》（書き写し）される。考巻《とうあん》を閲覧する役目の閲巻大臣《えっかんだいじん》らは、すでに全員文華殿に到着しており、誊録《とうろく》が終われば、優れた文章に丸や点をつける圏点《けんてん》の作業を行い、文章の優劣を決める。考巻《とうあん》の回収、管理、密封、誊録《とうろく》の一連の作業は、すべて呉雲鵬《ごうんほう》ら数人の主事《しゅじ》が担当し、その下で高士奇《こうしき》ら考巻《とうあん》の書き写しをする序写人《じょしゃにん》（書き写し係）らが恭《うやうや》しく下働きに徹していた。衛向書は密かに留意していたが、なんと陳敬の考巻《とうあん》が見当たらない。

「下官が思いますに、選考漏れとなった挙人の考巻《とうあん》も密封して誊録《けんろく》し、優れたものを選び出すことに、悔いなきよう陛下に上奏すべきと存じます」

と衛向書は提案したが、大臣らは「此挙《このきょ》、例制《せんれい》に違《たが》えたり、まことに不適切」と口々に言い合った。その時、李振鄴《りしんぎょう》が言った。

「皆さんはご存じない。私には衛大人のお気持ち、よくわかりますよ」

この際、事実関係をはっきりさせようと衛向書が言った。

「李大人。かかる含みのあるお言葉はご無用。はっきりと仰っていただいて結構」

李振鄴が笑って言った。

「そうですか。では、はっきり申しましょう。皆さん。山西の挙人、陳敬は凶悪事件の疑いをかけられつつも、陛下が格別な寛恕《かんじょ》を賜り、例外的に応試《おうし》をお許しになりました。しかし陳敬は密かにこれを恨みに思い、わざと考《とう》巻《あん》を汚《よご》して損《そん》じ、士《し》を得るための神聖な大典を辱《はずかしめ》る行動に出ました。試験監督の呉雲鵬は先例に則《のっと》り、その考《とう》巻《あん》を中から外しました。しかし衛大人が片時も忘れることができないのが、この同郷の陳敬なのです」

試験官らは、衛向書の方を見やってしきりに首を振り、口々に言い合った。

「これは、なんとも衛大人らしからぬこと」

それに対し、衛向書も反論した。

「下官の潔白、日《ひ》にも月《つき》にも照らしていただいて結構！」

李振鄴がなおも衛向書と言い争おうとしているところへ、索尼《ソニン》が明珠ら侍衛《じえい》数人を率いて入ってきた。殿内の臣工《しんこう》（大臣や官吏）らは、聖諭《せいゆ》が下ったかと思い、宣旨《せんじ》（皇帝の言葉を伝える文書の読み上げ）を待つことなく、すでに膝を曲げかけていた。

案の定、索尼が宣旨《せんじ》を読み上げた。

「陛下の口諭《こうゆ》（皇帝の口頭での命令）を申し渡す。礼部《れいぶ》主《しゅ》事《じ》呉雲鵬《ごうんほう》、貢院《こういん》での所為《おこない》、心に懐《いだ》くこと軌《みち》にあらず。すなわち、刑部《けいぶ》に引き渡して罪を議《ぎ》するものとす」

たちまち殿内には、人々が跪《ひざまず》く衣擦れの音が響き渡った。呉雲鵬が顔面蒼白になって李振鄴の方を見やったが、李振鄴は呉雲鵬と目を合わせようとせず、ただひたすらうつむき跪《ひざまず》くのみ。侍衛二人がそのまま呉雲鵬の身柄を拘束した。続けて索尼の声が響き渡った。

「陛下からさらにご指示があった。呉雲鵬は妄言をほしいままにし、故意に挙子《きょじん》に難癖をつけて困らせた。失格となった挙人の考巻《とうあん》の中には、真《しん》の才《さい》、実《まこと》の学《がく》の柱石《ちゅうせき》たるものも含まれる恐れがある故、失格となったすべての挙人の考巻《とうあん》を密封して謄録《とうろく》した後、再び人材を広く、慎重に選ぶべし、とのご命令だ」

李振鄴は慌てて手の拳を合わせた。

「陛下、ご聖明なり。臣《しん》ら、遵旨《じゅんし》いたします」

索尼《ソニン》は李振鄴《りしんぎょう》を見やると、ふっと冷笑した。

「それからもう一つ、陛下の口諭《こうゆ》を申し渡す。礼部尚書《れいぶしょうしょ》の李振鄴、会試総裁《かいしそうさい》の身にありながら、呉雲鵬らに妄言をほしいままにさせ、おおいに法度《ほうど》を失った。李振鄴の会試総裁の職を解く。自宅に戻り沙汰を待つよう。代りに翰林院掌院学士《かんりんいんしょういんがくし》の衛向書《えいこうしょ》を会試総裁に命ず」

衛向書は地面に伏すように跪き、応えた。

「微臣《びしん》、恐れ多くも領旨《りょうし》(命令を受ける)いたします」

李振鄴はわなわなと全身を震わせ、滝のように大量の汗を滴《したた》らせた。索尼は聖諭《せいゆ》を読み終えると、ようやく笑顔になって言った。

「各大人《かくたいじん》の皆さん、お立ちください」

臣工《しんこう》らは聖恩《せいおん》に感謝すると、装束《しょうぞく》の埃《ほこり》を払いつつ起き上がったが、李振鄴だけはそのまま硬直して地面に茫然と座り込んだまま起き上がることができなかった。明珠《ミンジュ》が尋ねた。

「李大人、なぜまだ跪いたままでおいでか」

李振鄴はやっとのことで口を開いた。

「臣の罪、万死に値します！」

「陛下はまだ罪を定められておりませぬ故、自宅で沙汰を待たれよ」

索尼がそう言うと、李振鄴はわなわなと震えつつもようやく這い上がり、索尼と明珠に向けて、しきりに手の拳を合わせた。

李振鄴は自宅に戻ると、まるで死人のように床《とこ》に伏したまま起き上がることができなかった。その枕元に管家《しつじ》が寄り、小声で囁いた。

「老爺《だんな》様、あの者たちが参りました」

その言葉を聞くと、李振鄴はがばっと起き上がり、すぐに応接間へ向かった。そこにいたのは、白雲観のあの三人である。この時は家の外からやって来たが実は三人はこの家の下僕であった。

「呉雲鵬が捕まった。わしのやり方が甘かったのが悪かったらしい。もうこれ以上、おまえたちを巻き込むわけにはいかん」

李振鄴が声を掛けると、下僕の一人が答えた。

「老爺《だんな》様のこれまでの数々のご恩を忘れるはずがございませぬ。一言声をお掛けくだされば、命を差し出せと言われてもまったく惜しいとは思いませぬ」

李振鄴が首を振った。

「馬鹿なことをいうものではない。早く京師を離れるのだ。なるべく遠くに高飛びするがよい。ここに少しだが金を用意してある。外で数年ほど暮らしていくには十分な額だ。少し経ってほとぼりが冷めたらまた呼び戻すから、安心しなさい。わしの背後には皇族、貝勒《ベイレ》(貴族の称号の一つ)、大臣らがいるのだ。倒そうと思って簡単に倒されるようなものではない」

管家《しつじ》がすでに盆をもってそばに控えており、そこには三枚の赤い封筒、四杯の盃《さかずき》が置かれていた。管家《しつじ》は赤い封筒を三人に渡すと、酒の盃を李振鄴の手に渡した。三人の屈強な男たちは、それぞれに酒を手に取ると、手の拳を合わせて李振鄴に向けて捧げた。

「事が急を要する故、おまえたちを丁重に見送ってやることはできぬ。この酒を飲み干したら、辺りが暗くなるのを待って、夜の闇に紛れて旅立つよう」

李振鄴のその言葉に続いて、そろって盃を飲み干すと、三人の男たちは男泣きに泣きながら、口々に言い合った。

「時を経て許されるなら、再び老爺様《だんな》のために尽くしたいものです」

李振鄴は三人を目で見送ると、再び部屋に戻って横になった。絶体絶命の中で眠れるはずもなく、ひたすら全身がだるく体に力が入らなかった。ただ先刻飲んだあの一杯の酒のおかげで、普段あまり酒を飲めぬこともあり、いつしか徐々に意識が薄れたかと思うと、やがて深い眠りに落ちていった。


どれくらいの時間が経ったのか、突然誰かに揺り起こされた。李振鄴が目を開くと、管家《しつじ》が正体もなく泣きそぼっている。

「老爺様《だんな》を捕らえに宮廷から人が来ております」

李振鄴が寝台から転がり落ちるように部屋を飛び出すと、索尼が明珠らを率いて待っていた。

「陛下の口諭《こうゆ》を申し渡す。礼部尚書、李振鄴。朝廷の大典《たいてん》たる会試を主持《しゅじ》するに昂然《こうぜん》と天恩《てんおん》に背負《そむ》き、その所為汚穢《けがらわし》く、悪《にく》む可《べ》き至極《きわみ》なり。すなわち、李振鄴を捕らえ、刑部《けいぶ》に引き渡し、罪を議《ぎ》する」

李振鄴は天を仰いで泣き叫んだ。

「陛下。臣《しん》は、無実でございます!」

「李大人《りたいじん》。無実の罪かどうかはおのずと法により裁かれる故《ゆえ》、かかるご失態はご無用のこと。李邸《りてい》の財産はすべて差し押さえて封印、老若男女とも一切その場を離れることまかりならぬ」

索尼《ソニン》がそう命じると、侍衛《じえい》らが素早く各部屋を見回りに行った。李家の邸宅では、たちまち上から下まで号泣の大合唱に包まれた。半時辰《じしん》（一時間）が過ぎた頃、肝をつぶさんばかりに驚いた侍衛の一人が飛んできて、大声で叫んだ。

「索大人《ソたいじん》。後院《おく》の薪《まき》置き場から死体三体を発見しました」

その瞬間、李振鄴は白目をむいて椅子の中に倒れ込み、昏倒した。それは李振鄴が管家《しつじ》に命じ、酒の中に薬を入れて下僕三人を毒殺したもので、夜の闇に紛れてその死体は焼いてしまい証拠を隠滅するつもりであった。まさかかくも早く朝廷から逮捕の役人が訪れるとは思ってもみなかったのである。明珠《ミンジュ》はとうに見当がついており、索尼の耳元でひそひそと何かを呟くと、命じた。

「屋敷の上から下までをすべて封鎖し、全員捕らえるように」

順治帝は、索尼と鰲拝《オボイ》にともに事件の取り調べに当たるよう命じていたが、二時辰（四時間）も経たぬうちに、李振鄴はすべてを白状した。李振鄴が早くも罪を認めたと知り、順治帝は夜中にもかかわらず、索尼と鰲拝を宮廷に呼び出した。

「李振鄴の供述は曖昧です。ただこのままでは連座する人間の数があまりに多過ぎます。どうか陛下のご聖裁《せいさい》をお願いいたします」

と索尼が報告し奏文《そうぶん》を差し出した。すでに宦官がそばに控えており、それを受け取ると順治帝のもとに届けた。順治帝は椅子にもたれて目を閉じ、奏文の中身を見ることなく尋ねた。

「どういう連中が関わっているのだ」

しかし索尼は気後れして口ごもり、鰲拝の方を見やった。

「李振鄴自身が大胆不敵にも賄賂を受け取っていただけでなく、李振鄴に声をかけ、その懐に紙切れを押し込んだ連中の中には皇族、貝勒《ベイレ》も数人おりました。その間を上下左右に奔走して口をきいたのは、現役の部や院の大臣、ひいては王府の管家《しつじ》、部や院の筆帖式《ビテシ》（満州人の下級事務職）で合計十数人ほどいました。そのほかにも贈賄した貢生《こうせい》(国子監の学生。挙人以下の資格。一定額の寄付をすれば資格が買える)が二十数人ほどいました。河南の挙人である李謹《りきん》も李振鄴の家の者に殺されたようです」

鰲拝の報告を順治帝は黙って聞いていたが、突然、怒声を張り上げたかと思うと慟哭し、悲憤を込めて叫んだ。

「皇族、貝勒《ベイレ》は皆、朕の伯父、叔父、兄弟たちだ。皆、血を分けた家族ではないか。大臣どもも、朕は普段から面倒も見、褒美もよく与えている。この天下は皆のもの。福臨《フリン》(順治帝の名前)一人のものではない。あれらには血も涙もないのか!」

順治帝は泣き叫んでいたかと思うと突然、両手で胸元を抑え、夥《おびただ》しい鮮血を吐いた。索尼と鰲拝は驚愕のあまり肝をつぶし、ただ叩頭を繰り返すばかりである。

「陛下お気をお鎮めくださいますよう。ご龍体《りゅうたい》に障《さわ》ります」

明珠がそばに控えていたので、直ちに太医《たいい》を呼びに行くように宦官に指示した。しかし順治帝は手を振り、それを制した。

「太医を呼ぶには及ばぬ。そんな簡単に朕は死にはせぬ」

順治帝は奏文を受け取ると、読み進むほどに両手がわなわなと震え出し、強い口調で言った。

「皆、悪さは漢人から学んだのだ。満人《まんじん》の誇りは刀《かたな》と弓《ゆみ》だったではないか。かつては賄賂など存在しなかったのに、いつしかこんな悪習を覚えるとは。中原の主《ぬし》となって二十年も経たぬうちに、漢人のよいところは学ばず、有象無象《うぞうむぞう》の悪いことばかり、皆見事に学んだというわけか。調べるのだ。すべての真相をはっきりさせるまで。殺すにしても、真相をはっきりさせてからだ」

京師は蜂の巣をつついたような大騒ぎとなった。どこもかしこも、科挙事件の取り調べの話題で持ちきりである。快活林《かいかつりん》の読書人らはお祭り騒ぎとなり、口々に言い合った。

「ついに天下に正義が示された。たとえ及第できなくても、おおいに溜飲が下がったぞ」

張汧《ちょうけん》だけが針のむしろに座らされたように、自らの不祥事が明るみに出ぬかと戦々恐々としていた。試験会場に持ち込んだかの硯。天に知られ地に知られつつもなんとか隠しおおせたが、李振鄴が捕まった今となっては、高士奇に託した贈賄が露見せぬかということだけが気がかりだった。山西に帰ろうとも考えたが、手元には旅費すらも残っておらず、やむを得ず祖沢深《そたくしん》の家に匿《かくま》ってもらおうと考えた。そこで大順《ターシュン》を宿の主人に託し、数日ほど出かけるとだけ言い置いて出てきた。宿の主人が関心を示すのは、宿泊代のみ。特にそれ以上聞きとがめる風でもなかった。

祖沢深の邸宅前までやって来ると、張汧はひとしきり躊躇《ちゅうちょ》していたが、ようやく意を決したように門を叩いた。門番は骨相見《こっそうみ》に来た客の一人と思い、中に通した。祖沢深は張汧がやって来たのを見ると、おおいに歓迎した。

「おやおや、これは張汧兄《ちょうけんけい》でしたか。皇榜《こうぼう》(国事《こくじ》公布の触書《ふれがき》)の発表が間近故《ゆえ》、祝いの言葉を用意していたところでしたよ」

張汧は顔を赤く染めた。

「これはお恥ずかしい。実は折り入ってお願いがあり、勇気を振り絞って祖兄《そけい》のところにお邪魔しました」

「張汧兄。そのような物言いはいけません。あなたは水から姿を現さんとする若き龍なのですよ。今後は私の方がいろいろとご指導を賜《たまわ》る立場です。さあさあ。仰ってください。私でお役に立つことならなんなりと」

「実は少し手元不如意でして、客桟《きゃくさん》に泊まるお金がなくなってしまいました」

祖沢深は甚《はなは》だ豪快に笑った。

「なんと、どんな大仰な大事件かと思いきや。兄弟。間違っても『借』の文字など口になさらぬよう。いくら必要なのかだけ仰ってください」

「借金など恐れ多いことです。もしご迷惑でなければ、貴邸に数日ほど泊めていただけないでしょうか。食事の時に一人分の茶碗と箸を増やしていただければ、それで十分です」

祖沢深が手を打って笑った。

「もちろんですとも。こちらも望むところです。さあさあ。中へお入りください」

部屋に入り座って落ち着くと、祖沢深は探るように尋ねた。

「張汧兄。何か気がかりがおありのようにお見受けするが」

張汧は内心ぎくりとして、祖沢深はやはり隅におけぬと見破られんことを恐れつつも慌てて否定した。

「いやいやとんでもない。ただこんなことをお願いするのは、いかにも唐突で恥じ入っていたところです。祖兄は名占い師ではないですか。あなたに隠しおおせることがあるでしょうか」

しかし、祖沢深は何やら含みのある口ぶりで答えた。

「仰りたくないのなら、それ以上は追及しないことにしましょう」

張汧は余計に慌てたが、唯々諾々《いいだくだく》と相手に同調するのみだった。そうこう話しているうちに、否応なしに今回の科挙事件が話題になり、祖沢深が言った。

「恐らくまた血の雨が降ることになるでしょう」

張汧はそれ以上、話を進めないためにさらりと言った。

「科挙で不正を犯せば、罪を贖《あがな》うまでのことでしょう」

「そうはいいますが、道理はそんなに簡単なものではありませぬ」

「祖先生、どういう意味でしょうか」

「つまり、李振鄴が欲に目がくらんだことには間違いありませんが、その核心は官界にあります。賄賂を受け取るのは、門下生を取るようなもの。李振鄴は礼部尚書、すなわち朝廷の重臣ですから、その門下に投じることができるのなら少しくらいのお金を出すことなどたいしたことではないのです。しかも、さらに功名《こうみょう》も得ることができるのですから」

張汧は内心おおいに恥じ入ったが、口では同調して言った。

「まったくですね。その手の読書人は少なくありませぬ」

「李振鄴の方にも、きっと止むに止まれぬ事情もあったのだと思いますよ。王公大臣らが面倒を見てやってくれ、と押し付けてきた相手をむやみに袖にすることはできないでしょう。礼部尚書の官帽《かんぼう》は、名義上はもちろん陛下から授かったものですが、実際には皇族大臣らが集団で授けてくれたものというべきでしょう。陛下一人だけの機嫌を取っていたのでは、ことが立ち行かないというもの」

「祖先生はさすが読みが深い。まったく頭が下がります」

祖沢深は大笑いした。

「いやいやとんでもない。この京師で朝廷のことを語れば、誰でも分厚い本一冊分くらいの持論はあることでしょう」

張汧はふと暗い気持ちにならずにはいられなかった。

「こうして官界に入る前から内部の血なまぐさい匂いを嗅いでしまった。将来実際にその渦中に身を置けば一体どうなることやら」

祖沢深が笑った。

「張汧兄《ちょうけんけい》、それは本末転倒ですよ。読書人の十年の苦節はいつか見事に及第して一族を盛り立てて名をあげるためではありませんか。官の要《かなめ》は立ち回り。李振鄴は礼部尚書のような旨《うま》みの多い地位にいながら、立ち回りがよろしくなかったということです。門下生は取るわ、金はもらうわでは、ひっくり返らぬ船などあるはずがありません。天下には袖の下を受け取らぬ官など一人もおりませんが、受け取り方の上手下手には違いがあるのです」

張汧は祖沢深と四方山話《よもやまばなし》をしつつも、心中はやはり針のむしろだった。

この日、太和殿外の丹陛《たんぺい》(宮殿前の階段)には早くから香が焚かれ、侍衛や宦官らが大勢控えていた。順治帝が殿中で衛向書《えいこうしょ》らの閲巻《えつかん》大臣を謁見していたのである。試験官《しけんかん》らは朝早くから控え、順治帝が龍椅《りゅうい》に座って落ち着くのを待ってから、衛向書が前に進み出て跪《ひざまず》き、奏上した。

「陛下、おめでとうございます。臣《しん》らは旨《みことのり》を奉り、天下の挙人に試験を行い、ここに読巻《どくかん》を終了、合計百八十五人の貢士《こうし》(会試合格者の称号)を及第させました」

衛向書は口あたりのよい言葉をしきりに並べつつも、内心はおおいに気を揉んでいた。科挙の不祥事件のために、順治帝はこのところ特に機嫌が悪く、途中から会試総裁の職を引き継いだ身としては、至らぬ点がありはしないかと常に不安だった。ところが、この日の順治帝はおおいに機嫌がいいようであった。

「歴代の皇帝は、殿試《でんし》の上から十名までの考巻《とうあん》しか読まず、会試考巻《とうあん》に目を通した先例はないという。しかし今回は慣例を破り、まずは会試の上から十名の文章を読みたいと思う。李振鄴らのせいで朕はおおいに不安にさせられたからのう」

「会試の三試験分の考巻《とうあん》となると、量があまりにも多うございます。陛下自らが一つ一つご覧になられる必要はないかと存じましたので、ここに会試の上位から十名分、第三回目の試験の『時務策(時事問題に関する政治提案を書いた文章)』のみご用意いたしました」

衛向書はそう言いながら、両手で高々と考巻《とうあん》を捧げ持った。考巻《とうあん》を受け取った宦官が用心深く順治帝の前に置いた。順治帝は首位の会元《かいげん》の考巻《とうあん》を開いて数行読むと、龍顔《りゅうがん》をおおいにほころばせた。

「素晴らしい文章ではないか。さあさあ。この会元の名を朕に教えよ」

順治帝はそう言いながら密封を外すよう命じたが、それを衛向書が止めた。

「天下の英才《えいさい》を御《ぎょ》されたこと、お慶《よろこ》び申し上げます。しかしやはりすべての考巻《とうあん》をご覧になった後で開封されるのがよろしいかと存じます。万一にも臣《しん》らの推薦した順序が不当な恐れもあります故《ゆえ》」

大臣らも「衛向書殿の申す通り」と口々に言うので、順治帝も皆の意見に従わぬわけにいかなかった。

「わかった。それならすべて読み終わってからにしよう。ここ最近は腹を立ててばかりでほとほと神経をすり減らしたわい。今日はようやくめでたいことがあり、悩みを和らげてくれたというもの。そういえば、序写班《じょしゃはん》の中にかかる見事な字を書く者がいるものだな。これは誰の字だ？」

「陛下にお答え申し上げます。この考巻《とうあん》を写したのは、高士奇《こうしき》と申す者です。最近、詹事府《せんじふ》に出仕するようになったばかりでまだ功名《こうみょう》はありません」

と衛向書が答えると、順治帝はおおいに興味をそそられたようだった。

「高士奇？　この会元の文章にこの見事な字を組み合わせたら、完璧だ。見事な書に高き学問を合わせたら、申し分ない」

索額図《ソンゴトゥ》は詹事府の詹事である劉坤一《りゅうこんいつ》にちらりと目を向け、何か一言《ひとこと》口添えをしてはくれぬかと期待した。索額図は祖沢深の顔相見《がんそうみ》の目を深く信じており、しきりと親密に行き来していた。索額図にはひどく腕白で手に負えない息子がおり、家庭教師を何人も変えてきたが、ことごとく匙《さじ》を投げられた。そこで誰か適任者はおらぬものかと縁故で探した結果、祖沢深ならば息子を手なずけることができるかと託したのでる。祖沢深は普段から暇な時に街をぶらぶらと歩き回っては人材を物色していた。実はすでに何日も前から密かに高士奇に目をとめていた。優れた能力を持ちながら、科挙に何度も落第して失意にある高士奇を見て、索額図が子供のための先生を探していると聞き、推薦したのである。ところが高士奇にも索《ソン》額図《ゴトゥ》の息子を手なずけることはできず、この件は沙汰やみとなった。それでも索額図は高士奇が寒苦《かんく》の出であることを不憫に思い、また、祖沢深が将来必ず飛躍する人材と見立てた言葉を聞き入れ、どこかに働き口を見つけてやるよう劉坤一《りゅうこんいつ》に頼んだのであった。ちょうど貢院《こういん》の序写班《じょしゃはん》で欠員が出たこともあり、劉坤一は高士奇の見事な書を見て、これを推薦したのである。

しかし劉坤一は用心深く、高士奇の人となりをよく知らぬうちに後押しするような口添えは憚っていた。

ところが順治帝の方から聞いてきた。

「劉坤一。高士奇はそなたの詹事府の者だったな。これまでそなたから特に聞いたことはなかったが？」

「高士奇は新しく詹事府に出仕したばかりで、まだその人となりをよく知らぬものですから、多くを語るべきではありませぬかと。今後はこの高士奇に気を配りたいと思います。ですが、会元《かいげん》といえばその出自によっては、本人の書も一流かもしれませぬ」

せっかくの話の流れなのに、劉坤一が耳に心地いい口添えをしようとしないことに索額図は内心腹を立て、こうなったら自分が、と思いきって発言した。

「陛下にお答えいたします。この高士奇のことは私も知っております。なかなか学問もできる人物ですが、試験には弱いようです」

順治帝が笑って言った。

「それはどういう意味だ。朕のもとにいる臣工らには、科挙出身の者が多いが、まさか試験ができるだけだとでも言いたいのか？」

索額図は慌てて跪いた。

「失言いたしました。この索額図の罪でございます」

順治帝はそれでも笑いながら言った。

「おまえを責めているわけではない。今日は嬉しいのだ。しかしこの高士奇の字、なかなか気に入ったぞ」

順治帝の何気ない言葉に、索額図はまるで千載一遇の天機を得たように感じた。高士奇は出世するに違いないと言った祖沢深の言葉は、本当かもしれぬと思い、これ以後、前にも増して祖沢深の相見《そうみ》の目を深く信じるようになった。また高士奇のことも、密かに一層助けるようになった。

順治帝が考巻《とうあん》の閲読を始めると、大臣らは皆、退がっていった。二時辰（四時間）ほど経ち、順治帝が臣工らに中に入るよう命じた。衛向書は順治帝の明るい表情を見て、それまで拭い去ることのできなかった胸のうちの不安をようやく掻き消すことができた。

「天下の好《よ》き文章、すべてここにあり」

衛向書が笑って応じた。

「陛下。天下の俊才《しゅんさい》、すべてここにあり、でございますよ」

順治帝は衛向書を見やって頷くと、直ちに命じた。

「衛向書の言う通りだ。朕の卓上にいるのは、天下の俊才たちである。よし。では、早急に杏榜《しんぼう》（会試及第者の発表掲示）を発することにしよう。貢士《こうし》らが首を長くして待っていることだろう。さあ。封を開けるのだ」

衛向書は身をかがめたまま、前に進み出て、まずは順治帝が点をつけた会元の考巻《とうあん》から開けることにした。密封を開けると、出てきたのはなんと陳敬の名ではないか。後方に立っている臣工らにその名が見えないうちに、順治帝が大声を上げた。

「やはり陳敬であったか！　ほお。やはり陳敬であったとは！　あの日、朕が貢院《こういん》に自ら行くと言い出さなかったら、大事な人材を失うところであった」

衛向書は身をかがめて退がると、大臣らとともに跪《ひざまず》き、高らかに祝いの言葉を述べた。

「臣《しん》らより陛下にお祝い申し上げます。乾坤《てんち》は浩蕩《ひろく》、士子《しし》の心《こころ》、ここに帰《き》す」

順治帝は大笑いすると、何度も大声で言った。

「早く陳敬に伝えるのだ！　朕は今すぐにでもこの陳敬に会いたい」

そこで大臣らはようやく互いに顔を見合わせ、それから索額図の方を仰ぎ見た。索額図は顔から滝のように汗を流しつつ、恐る恐る答えた。

「陛下。陳敬はいまだ行方が知れませぬ」

すると、順治帝は微笑んで明珠《ミンジュ》に命じた。

「明珠。陳敬を連れてきなさい」

明珠が命《めい》を受けて立ち去ると、索額図は狐につままれたように茫然とその場に取り残された。

長安街外にある龍亭《りゅうてい》[1]は、見物客で押すな押すなの大騒ぎとなっていた。というのも、礼部が電光石火の勢いで杏榜《しんぼう》を貼り出したからである。先頭には、堂々と陳敬の名が書かれていた。しばらくすると、誰かが下の方にもう一人「陳敬」の名を見つけた。

「今年はおかしな年だ。二人も陳敬が合格しているぞ」

と皆が口々に言い合った。大桂《タークイ》と田媽《でんばあや》がちょうど街に買い物に出ており、人々がしきりに騒いでいるのを耳にした。

「発表されたぞ。偶然にも今年は二人も陳敬が及第している。しかも陳敬のうちの一人は一番だ」

田媽《でんばあや》は大桂の手を引いて言った。

「長安街まで自分の目で確かめに行きましょう」

「それなら、まずは帰って報告しよう。どちらにしても陳公子《ちんこうし》が受かったことはわかったのだから」

と大桂は主張した。街中《まちなか》でちょうど二人の陳敬の話をしている人たちがいたので、田媽《でんばあや》が声を掛けた。

「お兄さん。今、陳敬が受かったと言いました?」

相手は田媽《でんばあや》の姿を眺め回してから答えた。

「そうさ。二人の陳敬が及第したんだ！　あなたは陳敬の母親か？　それなら、おめでとう。もし一番の陳敬の母親なら、さらに福ありだな」

大桂は老妻の手を引いて急かした。

「早く帰って報告しなくては」

「一番はきっとうちの家にいるあの人に違いない」

「見るからにいかにも状元《じょうげん》という相《かお》をしているではないか」

二人は道中そんなことを言い合いながら帰ってきた。

家に着くと、田媽《でんばあや》は大桂が口を挟むのを許さなかった。

「陳公子、状元及第おめでとうございます」

とまずは祝いの言葉を述べてから、街中で聞いた話をそのまま詳しく話して聞かせた。

陳敬はその場に立ち尽くしたまま、茫然自失の体だったが、李老先生はすぐに手を打った。

「これは奇なり。二人の陳敬が及第した？　こんなことは前代未聞だ」

陳敬は顔にいくらか喜びの表情を浮かべたが、少し考えてからまたため息をついた。

「一番は私のはずがありませぬ。試験監督が故意に嫌がらせをして、何度も邪魔をしに来ました。考巻《とうあん》を書き終わることができただけでも御の字です。ましてや一番など、あり得ないこと。三甲同進士《さんこうどうしんし》（上から三組目に属する進士の称号）になれれば、それだけでも上等です」

しかし田媽《でんばあや》は納得しない。

「状元は陳公子だと思いますよ。あなたの福のある相《かお》を見てそう思います。逃げようったって無駄よ」

　李老先生が笑って言った。

「田媽《でんばあや》。あなたの言葉にあやかって、陳公子が一番に及第するよう祈りたいものだ。しかし、今回一番になっても状元とは限らぬ。殿試を受けてから皇帝のおやじ様が自ら点をつけて初めて状元となるというものであるのだからね」

　田媽《でんばあや》は目を白黒させた。

「そんなこと、知りませんでしたよ。張り紙がされて、一番に書かれているのが状元かと思うじゃないの！」

　月媛《ユエユエン》は大人たちの話を聞いて、嬉しくて仕方がなかった。

　そんな話をしているうちに、門を叩く音がした。大桂が走って門を開けに行った。間もなくその後ろについて入って来たのは、案の定明珠《ミンジュ》であり、後ろにも数人の供を連れていた。陳敬は内心ぎくりとしたが、明珠はこちらに笑いかけてから読み上げた。

「新科の会元《かいげん》陳敬、謹んで旨《みことのり》を拝せよ」

　皆茫然としたまま、木偶《でく》の坊《ぼう》のように立ちすくみ、明珠の方を見やった。明珠はもう一度笑うと、大声で言った。

「新科の会元陳敬、謹んで旨《みことのり》を拝せよ！」

　そこで陳敬はようやくはっと我に返って問いかけた。

「そ、それは本当ですか？」

　明珠が大笑いした。

「聖旨《せいし》を偽造するなど、そんな勇気のある者がどこにいる？　芝居の舞台の上での話でもあるまいし」

　陳敬はようやく跪《ひざまず》くべきなのだと悟り、李老先生も慌てて跪《ひざまず》くと、傍らの月媛にも跪《ひざまず》くよう命じた。大桂と田《でん》媽《ばあや》はこの場面を目のあたりにしたとたん、どこかに雲隠れし、とうに姿が見えなくなっていた。

　明珠が読み上げた。

「陛下の口諭を申しわたす。新科の会元陳敬に覲見《きんけん》を伝える！」

　陳敬が旨《みことのり》を承り恩に謝すると、明珠は今すぐに宮廷に出向くよう急かした。陳敬は明珠に手の拳を合わせ言った。

「陳敬の今日あるは、明大人《ミンたいじん》のお引き回しのおかげ。ありがとうございました」

明珠に礼を言い終わると、次には李老先生の前に進み出て、身をかがめて跪くと、拝して言った。

「これまでのご恩、感激至極に存じます」

月媛《ユエユエン》は事情がわからないながらも陳敬の方を向いてひたすらにこにこしていた。李老先生が慌てて陳敬を抱き起こし、宮廷に出向くことが先だと諭した。

陳敬が明珠《ミンジュ》に従って宮廷に出向くことを月媛はおおいに喜んだ。

「父上。陳大哥《ちんにいさん》は本当にすごいわ。首が飛ぶかもしれないのに試験を受けに行き、その上妨害まで受けたのに一番を取るなんて。自分でも信じてなかったじゃない」

この時になって田媽《でんばあや》がようやく部屋の中から出てきて言った。

「老爺様《だんなさま》、おめでとうございます。なんと状元様がわが家に空から降って来たなんて！」

李老先生は大笑いした。

「田媽《でんばあや》。さっきも言っただろう。陳敬はまだ状元になったわけではないと」

しかし田媽《でんばあや》は聞く耳を持たない。

「陛下が急いで呼び出しておいて、状元でないわけがありませんよ。まあ、見ててご覧なさい」

明珠ら侍衛《じえい》数人は陳敬を連れ、順治帝を待たせてはならぬと馬に鞭を当て続けて飛ぶように駆けていった。

瞬く間に午門《ごもん》の外に着くと、馬を降りて小走りに宮中に入った。陳敬は宮中の様子を観察する余裕もなく、ただうつむいて明珠の後ろにぴたりと続いた。小走りでしばらく進んだ後、明珠が突然歩調を落とした。

「陳兄《ちんけい》、もうすぐ太和殿《たいわでん》です。陛下があの中でお待ちです。少しゆっくり歩いて呼吸を整えましょう」

そう言われて陳敬はようやく前を見上げたが、目の前にそびえる太和殿の、あまりの荘厳なる姿に息をのんだ。心臓の鼓動が高鳴ったが、慌てて気を取り直して呼吸を整え、泰然と登っていった。太和殿前の丹陛《たんへい》まで登ると、宦官がすり足で駆け寄り明珠に頷いて会釈し、陳敬を先導していった。

宦官の独特の発声を耳にして、陳敬はたちまち周囲の虚空の如き静けさを感じた。宮中の儀礼は明珠に道中あらかた教えられた。陳敬は身をかがめて前に進み出ると、三跪九叩頭《さんききゅうこうとう》（三回跪《ひざまず》くごとに三回頭を地面に打ち付けて叩頭《こうとう》する儀礼）の大礼《たいれい》を行ってから、口上を述べた。

「臣《しん》、陳敬、陛下にお目にかかります。陛下の千秋万歳、謹んで祝い申し上げます」

順治帝が大笑いした。

「宮中の儀礼までも、習わずしてすべて抜かりなきとは。田舎で芝居でも見て覚えたか」

順治帝の稀《まれ》に見るほどの上機嫌な様子を見た大臣たちは、大臣としての体裁も忘れ、思わずこぞって盗み笑いをした。当の陳敬は、おおいに恐れ入って、大真面目に答えた。

「臣の言葉は、心から出たものでございます。陛下を愛戴敬仰《あいたいけいぎょう》する心は誰に教わる必要もございません」

順治帝はさらに機嫌よさそうに応じた。

「いいだろう。年少《わか》くしてその老成ぶり。人まさにその名の如し。『敬』の字とはよく言ったものだ」

衛向書が前に進み出て言った。

「陛下に申し上げます。このたび奇なるは、二人の陳敬がともに貢士に及第したことです。もう一人の陳敬は、順天府の出身、貢士百二十番目の及第でした」

「そんなことがあったのか。よきかな。『敬』が増えるとは、国朝の福なり。国朝が遵奉《じゅんぽう》するのは、『敬天法祖《けいてんほうそ》（天《てん》を敬《うやま》い、祖《そ》を法《まつ》る）』だからな」

順治帝はおおいに喜んでそう応じたが、しばらく考え込んでいたかと思うと、こう言った。

「今後、二人の陳敬がともに朝廷の官となっては紛らわしい。朕が『廷』の字を賜おう。『陳廷敬《ちんていけい》』と名乗るのはどうだ」

陳敬は慌てて叩頭して恩を謝し、礼を述べた。

「臣、陛下から名を賜いましたこと、謹んで感謝いたします。廷敬《ていけい》、今生今世、朝廷に忠誠を誓い、『敬』の字に恥じぬよう、励む所存にございます」

陳敬はこれ以後、陳廷敬と名乗ることになった。大臣らが若者を見やり、しきりに頷いている。順治帝は陳敬に身を起こすように命じた後、さらに臣工らに向かって読書人を礼遇する言葉をかけると、聖駕に乗って乾清宮《けんせいきゅう》へと戻っていった。明珠と索額図《ソンゴトゥ》が聖駕を奉《ほう》じ、付き従った。

陳敬は太和殿を出ると、衛向書大人に礼を言いたいと思ったが、その姿はすでになかった。というのも衛向書は、皆の前で陳敬とあまり親しい様子を見せて人に陰口を叩かれるようなことがあっては逆に陳敬のためにならぬ、と気を使い、途中で抜け出してこっそり翰林院《かんりんいん》に戻っていたのだった。

聖駕に付き従い、乾清宮《けんせいきゅう》に到着すると、索額図《ソンゴトゥ》は折をみて明珠《ミンジュ》に尋ねた。

「なぜ陳敬の行方を知っておられた」

明珠が笑ってかわした。

「陳廷敬と呼ぶべきでしょう」

索額図は内心舌打ちしたい気持ちだったが、表立って悪態をつくわけにもいかない。

「ええ。陳廷敬でしたね。明珠兄《ミンジュけい》、どうにもひどいことをやってくださいましたね」

そう恨み言を言ってみたが、明珠はなおも微笑んだままである。

「索兄《ソけい》、それはお言葉ですね。陛下はあなたに表から調べるように、私には裏からこっそり探るように命じられた。それぞれが与えられた任務を遂行したまでのこと。ご自身の表では調べがつかず、私の裏調査で探し当てることができた。それを責められても……」

「しかし、それならそれで一言言ってくれればよいものを。陳廷敬をあなたに隠されたまま、私は旨《みことのり》を受けてあちこち探し回り、夜はろくに眠れず、昼は食事もろくに喉を通らぬという体たらく。普段は陛下にお仕えする当直が楽しみで仕方ないものを、ここしばらくは陛下に合わせる顔もなく、おっかなびっくりの日々を送っていたのですからね」

明珠は索額図の肩をぽんぽんと叩くと、親しげに言った。

「兄弟よ。私はただ陛下に命じられた通りにしたまでのこと。そこはわかっていただきたい。私も止むに止まれぬ立場にあったのですよ」

索額図がさらにたたみかけた。

「それなら、李振鄴の案件は陳廷敬が供述したのでしょう」

明珠はしきりに頭を振り、謎めいた表情で言った。

「いやあ。尋問したのは私ではありませぬ。それはわかりませぬなあ」

それを聞いて索額図は、明珠はすべてを知っていながら隠し、何も話してはくれぬものとあきらめた。

〈訳者注〉

1　史実では康熙年間に創建。

九

祖沢深《そたくしん》は外で杏榜《しんぼう》を確認すると、直ちに家に戻って張汧《ちょうけん》に吉報を知らせた。このところ張汧は祖家《そけ》に引きこもったまま読書や書き物をして日々を過ごしており、一歩も外に出ようとはしなかった。そのため外界の事情は一切わからなかったが、内心おおいに気がかりだった。この日、自分が合格したと知り、八十九番目とはいえ、ついにこれまでの努力が身を結んだかと思うと、自らの天命を認識するに至ったのである。

祖沢深が故意に大仰に尋ねた。

「張汧兄《ちょうけんけい》。頭名《しゅい》の会元《かいげん》は、誰だと思いますか」

張汧はじっと考えていたが、首を振った。

「皆目見当がつきませぬ」

「ご同郷の陳敬殿《ちんけいどの》でしたよ」

と祖沢深が笑って告げると、張汧は目を見開いた。

「なんと。陳敬でしたか」

「さらに奇妙なことがありましたよ。杏榜《しんぼう》が貼り出されてから一時辰《じしん》(二時間)もしないうちに、また礼部の人間がやって来て、榜《ぼう》(貼り紙)に書かれていた陳敬の名を『陳廷敬』に変えていきました。これがどういうことだかわかりますか」

張汧はすっかり混乱して尋ねた。

「祖兄《そけい》。からかわないでください。まさか、最初の名前が間違っていたとでもいうのですか」

そこで祖沢深はようやく詳しく教えた。

「陳敬には、どうやら運のつきが回ってきたようですよ。陛下より名前に『廷《てい》』の字を賜《たま》わったのです。今年の榜《ぼう》には、同名の陳敬が二人書かれていたものだから」

張汧は長く息を吐き出すと、ため息をついた。

「陳敬、陳廷敬《ちんていけい》——。まったくたいしたものだ。よし。街に出て確かめなくては」

張汧はそう言ったかと思うと、直ちに東長安街《ひがしちょうあんがい》に飛び出していった。杏榜《しんぼう》の前は押すな押すなの人だかり、合格した者は喜び勇み、落第した者は意気消沈していた。張汧も榜《ぼう》の前にしばらく立ち尽くしていたが、やがて城中が今や陳廷敬の話題で持ちきりになっていることを知った。

「数日前まで朝廷があちこちで血眼になって捕まえようとしていたのに、今度はなんと会元《かいげん》に及第し、天恩《てんおん》を受けて名を賜《たま》う幸せに預かるとは」

「これから行われる殿試《でんし》で、陛下はきっと陳廷敬を状元《じょうげん》に指名されるに違いない」

「世の中というのは、本当にわからないもんだ」

と人々がしきりに言い合っている。

張汧は自分の名前を眺めつつ、心密かにご先祖様や両親の名を唱え、この親不孝者も十数年の苦節、無駄に終わらず、と呼びかけた。

突然辺りが騒がしくなったかと思うと、捕吏《ほり》が数人やって来た。捕吏頭《ほりがしら》があちこち何か聞きまわっていたが、一人を呼び止めて尋ねた。

「名はなんという」

相手は笑いながら答えた。

「え。俺に聞いているのか。おまえ、文字が読めるか。榜《ぼう》を見上げてみろ。会試二十一番目の合格。馬高《ばこう》だ！」

捕吏頭が凶暴な顔つきになって怒鳴った。

「俺が捕まえようとしていたのが、その馬高だ！」

馬高と名乗った男が、一喝した。

「おまえ、命は惜しくないのか。貢士《こうし》を捕まえようとは何事。俺様は殿試の後、最低でも進士出身になるのだぞ！」

捕吏頭が「ふん」と鼻を鳴らした。

「榜《ぼう》に名のある逮捕すべき人間は、まだまだたくさんいるのだ。相手がたとえこの後に状元に選ばれようが、同じように捕らえるまでのこと。連れていけ！」

捕吏が二人がかりで馬高をひねり上げ、縄でくくり上げた。それはあの晩、陳廷敬が白雲観の前で出くわした馬挙人《ばきょじん》、鼻歌を歌いながら道端で立ち小便をしていたあの人物であった。贈った賄賂は無駄になったものの、自力で及第していた。ところが賄賂の件を李振鄴《りしんぎょう》が白状したために、結局お縄となったのである。

一部始終を見ていた張汧は恐怖で顔が真っ青になり、慌ててその場を離れた。実は今回の科挙の不祥事件の調査はまだ終わってはおらず、いつ何時《なんどき》、誰の名が供述されるのかわからない状況にあったのだ。張汧はこれ以上祖家《そけ》のお世話になるのは心苦しく、快活林《かいかつりん》に戻ろうと考えていたのだが、今の場面を目の当たりにした後では、再びおとなしく祖沢深宅《そたくしん》に戻るしかなかった。大順《ターシュン》の面倒を見なかったと陳廷敬に恨まれぬか内心気がかりではあったが、自らの命も保証できない状況では、もはやそんなことに構っていられなかった。

陳廷敬は宮中から退くと、そのまま快活林客桟に直行し、大順を探しに行った。ここに宿泊する客の中にも合格した貢士《こうし》が数人おり、陳廷敬が会元になったことはとうに知れ渡っていたので、皆が祝いの言葉を述べに駆け寄ってきた。ましてや宿の主人は口を極めて褒めちぎり、とろけんばかりである。

「陳大人《ちんたいじん》の富貴《ふうき》の相《そう》をあたしはとうに見抜いておりましたよ。身辺につけている書童《しょどう》(知識人の身の回りの世話をする小僧)でさえも賢く、お行儀がようございますからね」

としきりに褒めそやした。陳廷敬は皆に礼を言ってから、宿の主人に告げた。

「今日戻ってきたのは、その大順を連れ帰るためです」

「陳大人、まあまずはお座りになって。あたしがこれからすぐに呼んできますから」

宿の主人がそう応じると、陳廷敬は微笑みながら言った。

「自分はまだ一介の書生でしかありません、大人《たいじん》などと呼ばれるのはとんでもない」

しかし宿の主人はどうしても聞かない。

「今やここに宿泊しているのは、皆大人様ですよ。大人様以外は皆、とっくに荷物をまとめて出ていきましたからね」

宿の主人は話が終わると大順を呼びに行ったが、しばらくして慌てて駆け戻ってきた。

「陳大人。あちこちくまなく探し回ったのですが、大順の姿が見えないのは、一体どういうことでしょう」

これはどうもまずいことになったと内心不安になりつつ、陳廷敬は尋ねた。

「それなら、私の同郷の張汧殿がどこにいるかをご存じか」

宿の主人はまるで自分が何か間違いを犯したかのように、項垂《うなだ》れて答えた。

「張大人は、大順をあたしに託し、少し用事があるから数日留守にすると言い置いてとうに出ていかれたきり、まだ戻っておられません」

陳廷敬は内心おおいに狼狽し、張汧の不義理を心の中で責めつつもそれを口に出して言うことは憚られた。

「陳大人《ちんたいじん》、何も心配することはありませんよ。大順《ターシュン》は目端のきく子ですから、きっとどこかに遊びに行っているのでしょう、辺りが暗くなる前に戻ってきますよ」

宿の主人はそう言って慰めた。そんな話をしているうちに、大順が音も立てずに静かに客桟に戻ってきた。ふと顔を上げ、陳廷敬の姿が目に入ったかと思うと、あんぐりと口を開け、そのまま大声を上げて泣きだした。駆け寄って大順を抱き締めた陳廷敬は、不覚にも目頭が熱くなった。考えてみれば自分もようやく命の危険をくぐり抜けたばかりである。

大順は若君が会元《かいげん》に選ばれたと聞き、街に飛び出して自分の目で皇榜《こうぼう》を確かめに行っていたのである。張汧とはちょうど入れ違いで、会わずじまいであった。

陳廷敬が大順を連れて李家に戻った頃には、すでに辺りは暗くなっていた。大順が幼いながらも八方手を尽くして主人を探し回り、涙も枯れ果てるほどだったことを李家の人々は皆心得ており、「なんと忠義な子だろう」と感心した。

陳廷敬が順治帝の謁見の様子を詳しく話すと、月媛《ユエユエン》が尋ねた。

「陳大哥《ちんにいさん》、陛下はどんなお姿をされているの？　大哥《にいさん》が貢院《こういん》に行ったあの日、陛下が父上のおそばに立っておられたそうだけど、私は見てなかったから」

陳廷敬は笑って答えた。

「実は、私も拝見していないのだよ」

月媛が首をかしげる。

「大哥《にいさん》、私をからかっているのね。陛下にお会いしたのでしょう。なぜお姿を拝見していないなんていうの」

「陛下と知りつつ正面からじっと見つめるなど、できるわけがないだろう」

月媛はそれでも合点が行かない。

「陛下は大哥《にいさん》と年回りが同じくらいだって父上が言っていたわ。なぜじっと見つめてはいけないの」

それを聞いて、皆がどっと笑った。

その日は一晩中、順治帝の話題で持ちきりである。

「天子《てんし》が会元を謁見されるなど、歴代王朝にも例はない。そのうえ名まで賜《たま》うとは、天《てん》にも届かんばかりの恩典《おんてん》というもの」

李老先生が言うと、月媛が尋ねた。

「ということは、殿試の後、陛下はきっと陳大哥《ちんにいさん》を状元《じょうげん》に指名されるに違いないということね？」

「私に言わせると、この状元は月媛お嬢様が街中《まちなか》から拾ってきたものですよ」

田媽《でんばあや》が笑って言ったが、その言葉のあまりの唐突さに、李老先生はやや眉をひそめた。しかし客人の前では口調も穏やかに尋ねた。

「それは、どういう意味だね」

田媽《でんばあや》の答えを待たずに、陳廷敬が笑って話を継いだ。

「本当に月媛妹妹《ユエユエンメイメイ》には感謝しなくては。あの日、三組の勢力が寄ってたかって私を捕まえようとするわ、殺そうとするわというところを妹妹《メイメイ》が連れて逃げてくれなければ、東西南北の見当が皆目つかない私では、とっくに切り刻まれて、成仏もできぬ仏《ほとけ》になっていたことでしょう。月媛妹妹はまさに私の命の恩人です」

李老先生も田媽《でんばあや》の言葉の意味を理解し、笑い出した。

「普段からこの子のおてんばには手を焼いてきたものだ。ちっとも娘らしくなく、田媽《でんばあや》が外に買い物に行く時も、いつも服の裾《すそ》を握ってついて行くのだから(この当時、良家の令嬢は外出しないのがたしなみとされた)。しかし今回は胡同《フートン》の地理に詳しいということが、まさに幸いしたというわけだな」

月媛はおおいに得意げな様子である。最短距離、かくれんぼのできる角、門前の石獅子《せきしし》が洒落ている家、猛犬注意の家……。月媛はすべて心得ていた。

その日は楽しい団らんの時を過ごし、皆で暖炉を囲んで話し込み、夜も更けてからようやく解散した。

陳廷敬は大順にこっそりと張汧の話をあれこれと尋ねた。陳廷敬は何事も鷹揚《おうよう》に考える質《たち》であり、張汧なりの止むに止まれぬ事情があったに違いないと思い直し、それ以上心の中で責めるのをやめた。張汧が高士奇に託して賄賂を渡したことは心得ており、李振鄴の事件が未解決の今、気がかりなのはいたし方ないと思った。張汧が快活林客桟から姿を消したのは、おおかたそのためだろうとも想像していた。

殿試《でんし》の当日になり、陳廷敬は太和殿《たいわでん》前でようやく張汧に会うことができた。張汧はまずは陳廷敬に祝福の言葉をかけてから、懐中の最後の一文まで使い果たしたがために宿の主人に大順の世話を託し、自分は別の友人のもとに身を寄せるしかなかった事情を説明した。陳廷敬もそれ以上は深くは考えず、逆に張汧の無事を喜んだ。この日、太和殿の外は水も漏らさぬばかりの厳重かつ物々しい警備で固められ、辺りは帯刀した兵士らで埋め尽くされた。貢士《こうし》らは朝服《ちょうふく》（官僚が重要な式典の時に着る正装）を身につけ、早くから殿外《でんがい》に控えていた。

張汧はもちろん陳廷敬の快挙を喜んだ。

「あなたは解元《かいげん》（郷試の首席）になった後に、次には会元《かいげん》（会試の首席）に選ばれました。今度はきっと状元《じょうげん》（殿試の首席）になるに違いないと皆言っていますよ」

陳廷敬は首を振って笑った。

「もし本当に兄台殿《けいたいどの》の縁起のよい言葉にあやかることができれば、それはご先祖様のご加護というもの。しかし連続して三元《さんげん》（郷試、会試、殿試のすべての首席）に選ばれるは古来より稀《まれ》。兄弟殿《きょうだいどの》。贅沢は望めませぬ」

そんな話をしているうちに、糾儀官《きゅうぎかん》（式典の儀礼を執り行う官）がやって来たので、貢士らは話をやめて静かになった。

太和殿に入ると、殿内《でんない》にはすでに座席が整然と用意されており、卓上には試巻《しかん》（試験用紙）が置かれていた。貢士らは順番に座ると皆呼吸を整え、むやみにきょろきょろと見回すことは憚られた。王公大臣らは定員通り会場に到着、各試験官らとともに、列ごとに四方に整列し、厳粛な面もちで整然と直立している。陳廷敬はこれまでの一連の騒ぎを経験した後では、もはや場にのまれて緊張することもなくなっていた。仔細に試験問題を読み込むと、長い間目を閉じていたが、頭の中でおおかた文章が練り上げられると、おもむろに泰然《たいぜん》として筆を取った。

殿試《でんし》は、日が暮れる直前まで続き、貢士らは用心深く試巻《しかん》を練り上げ提出すると、袖の中に手を入れ、いかにも手持ち無沙汰という風情で出てくるのだった。宮殿《きゅうでん》を出た後でもむやみにしゃべったりせず、午門《ごもん》を出てからようやく皆、互いに労《ねぎら》いの言葉をかけ、祝いの言葉を口にし合うのだった。張汧はこれまでの陳廷敬の行方を知る由もなかったが、この時になってようやくそれを尋ねる機会ができた。陳廷敬は思うところがあり、詳しくは語らず、簡単な説明にとどめた。

「夜間に外を歩いていたら思いもかけず悪人に出くわし、たまたま李老先生のお宅に逃げ込むことになりました。ところが偶然にもその晩、李謹《りきん》が殺されたために犯人と誤解され、身を隠すほかなくなってしまったのです」

それを聞いて、張汧は言った。

「世にも奇妙なこともあるものだ、それこそ講談が書けるではないか」

すでに時間も遅く、二人は挨拶をして別れた。陳廷敬はそのまま李家に戻ったが、張汧はこの時にはすでに山西会館に落ち着いていた。

殿試の閲巻《えつかん》はまたたく間に終わり、朝廷では吉日を選び、順治帝自ら甲第《こうだい》（科挙の首位、状元と同義語。広く進士を指す場合もある）に点をつけた。衛向書ら閲巻大臣《えつかんだいじん》は、首位十名を選んだ原案を決定すると、考巻《とうあん》を太和殿に送り、順治帝に進呈した。考巻《とうあん》は規則に則り、開封されないまま、各巻の上に推薦の甲第《こうだい》を示す黄色の印が貼られていた。順治帝は西暖閣《せいだんかく》（宮殿の西北の部屋）で考巻《とうあん》に目を通したが、王公大臣らはその間、外の大殿《だいでん》（宮殿の北正面の大広間）で静かに控えていた。

午《うま》の刻《こく》（正午）近くになり、突然宦官が出てきて旨《みことのり》を伝えた。

「各大人《かくたいじん》の皆様、頭甲《とうこう》（一甲）、二甲《にこう》（合格者を上から三組に分けた中の二組目）の考巻《とうあん》十冊を陛下が読み終えられました。中で封を開けてください」

衛向書らが身をかがめて入ると、順治帝が爽《さわ》やかな表情を浮かべている。

「この考巻《とうあん》十冊を読み終わり、国朝にいかに優れた人材があふれ、士子《しし》の忠心《ちゅうしん》めでたきことか、朕は深く感じることができた。天下の読書人を朕が用いれば、国朝の山河は、常《とこ》しえに安泰であろう。皆が推薦した甲第の順位をすべて許可しよう。衛向書、そなたが封を開けてくれ」

衛向書は恩に謝して前に進み出ると、まずは首位の考巻《とうあん》を取り上げ、ゆっくりと封を開けた。その瞬間、衛向書は瞠目した。なんと首位はまたもや陳廷敬ではないか。順治帝が驚き、感嘆の声を上げた。

「またあの者か！　陳廷敬！　各臣工《かくしんこう》の皆の者。朕も内心、状元はあの者ではないかと思っていた。朕に私心《ししん》があれば、封を開けて陳廷敬とわかった上で決めることもできた。しかし朕は天を信じたかった。これは天意である！」

王公大臣《おうこうだいじん》らは皆、手の拳を合わせて口上を述べた。

「陛下におかれましては、国家の重責を担う、主柱となる人材を得られましたこと、お慶《よろこ》び申し上げます」

しかし衛向書だけはじっと押し黙ったまま一言も発し

ない。その顔色は深刻に重苦しく、密かにため息もついている。順治帝が衛向書の異変に気付き、声を掛けた。

「衛向書。なぜ黙っている」

衛向書はしばらく口ごもっていたが、やがて意を決したように口を開いた。

「恐れながら、臣には懸念がございます」

「いかなる懸念だ。申してみよ」

「陳廷敬は山西の郷試《きょうし》では解元《かいげん》、それだけでもすでに身にあまる大きな栄誉を得ました。次にはさらに会元《かいげん》の身分で陛下に謁見を賜り、これまた身にあまる恩寵《おんちょう》でございます。陛下の金口玉牙《きんこうぎょくが》（皇帝が一旦《いったん》口にしたことは撤回がないこと）で名を賜《たま》わったことも身にあまる恩寵です。ここで陛下がさらに状元《じょうげん》に指名なされたら、いやまして身にあまる恩寵です。天恩《てんおん》があまりにも大き過ぎるは、本人にとって決してよいことではないと臣《しん》は恐れる次第でございます。『木《き》、林《もり》より秀《ひいで》たれば、風《かぜ》必ずやこれを摧《たお》さん（三国時代、魏の李康『運命論』より、出る杭は打たれるの意）』とも申します」

順治帝はしばらく物思いに耽《ふけ》るように黙っていたが、再び口を開いた。

「あの者を状元に指名して何か悪いことがあるとは朕には思えぬ。真《しん》に国家の重責を担う者あれば将来、朕が用いるのを誰が止め得ようぞ。しかしそなたの憂慮を聞き、かつて自ら口にした一言を思い出したわ。明珠《ミンジュ》、まだ覚えているか」

明珠がかしこまりつつも進み出ると、跪いて言った。

「陛下が明珠に対しても仰った言葉でもあると記憶しておりますが、私の口から申し上げるのは憚られます……」

順治帝は明珠の方を見やると、言った。

「おまえが言いたくないと言うなら、それでもよい。朕もおまえの口から言わせたくはない。とにかくよく覚えておくがよい。常に自らを戒めよ、と」

王公大臣らは狐につままれたようにただ互いに顔を見合わせるばかりだった。それは順治帝が以前、

「陳廷敬の年少《としわか》くしてかかる老成ぶり、いずれ官界で出世して能臣《のうしん》とならなければ、必ずや奸臣《かんしん》となるだろう」

と言った言葉であった。順治帝のその言葉は明珠自身に聞かせるためのものであっただけに、明珠がそれを人々に堂々と聞かせたいと思うわけがなかった。

この日、殿試《でんし》の結果が貼り出されると、新たに合格し

た進士らは、まず太和殿の外で整列して控えた。王公《おうこう》大臣《だいじん》、文武百官《ぶんぶひゃっかん》はそれぞれ両側に並び、朝賀《ちょうが》に参列した。今年の状元は、陳廷敬以外にないと全員が心得ており、皆がそっと視線を投げかけている。陳廷敬は皆の視線を感じて何かこそばゆいような、顔中を蚊にかまれたようないたたまれない気持ちになった。

間もなく朝典楽《ちょうてんがく》が厳《おごそ》かに鳴り始め、進士らは呼吸を整えてじっと前方に目を凝らした。衛向書がゆっくりとした足取りで殿前《でんぜん》の丹陛《たんぺい》を登って来ると、鴻臚寺《こうろじ》（儀式を司る機関）の官僚が皇榜《こうぼう》を掲《かか》げ持ち、ぴたりとその後ろに続く。進士らは首を伸ばして皇榜《こうぼう》に目を凝らし、順位を見ようとした。しかしその日に限って太陽がまぶしく天空を照らし、皇榜《こうぼう》がきらきらと反射して、文字の判別は困難を極めた。

朝典楽《ちょうてんがく》の演奏が流れる中、衛向書が高らかに唱臚《しょうろ》（科挙の順位を読み上げること）した。

「順治十五年四月二十一吉日、天下の貢士を策試《さくし》するに、第一甲《だいいちこう》（首位の組。状元、榜眼、探花の三人のみ）には、『進士及第《しんしきゅうだい》』を賜《たま》う。第一位、孫承恩《そんしょうおん》」

進士らがざわついた。孫承恩とは一体誰なのか？ 陳廷敬も自らの耳を疑った。突然直射日光が目に刺さるような痛みを覚えた。進士らはやや騒然としたが、すぐに静かになった。朝廷の儀礼では誰も大声で話をしてはならぬ、左右をきょろきょろ見回してはならぬ、と教えられていたからだ。しかし陳廷敬はすべての人が自分を嘲笑っているように思え、顔が真っ赤に火照るのをどうすることもできなかった。衛向書が引き続き誰の名前を読み上げたのか、陳廷敬にはほとんど耳に入らなかった。自分の名前が呼ばれて、陳廷敬は初めてはっと我に返った。それは『二甲の首位に及第し、「進士出身」を賜った』という宣言であった。

唱臚《しょうろ》が終わると、午門《ごもん》の御道《ぎょどう》が大きく開かれた。鴻臚寺《こうろじ》の官僚が金科《きんか》（皇帝直々の指名）の皇榜《こうぼう》を掲《かか》げ持ち、皇榜《こうぼう》の上には黄色い傘《かさ》が捧げ持たれた。衛向書が新たに合格した進士らを率い、金榜《きんぼう》の後ろに従って午門《ごもん》の御道《ぎょどう》を通り過ぎると、そのまま紫禁城《しきんじょう》を出て長安街《ちょうあんがい》に繰り出した。衛向書のすぐ後ろには状元《じょうげん》、榜眼《ぼうがん》、探花《たんか》が順番に続いた。沿道は物見高い見物客で押すな押すなの大騒ぎ。李老先生も月媛《ユエユエン》と大順《ターシュン》を連れて、早くから街頭で待っていた。月媛が陳廷敬に向かって思い切り手を振ったが、陳廷敬の目には入らなかった。李老先生は陳廷敬が四番目に進むのを見て、選ばれたのは二甲《にこう》だと知った。

皇榜《こうぼう》を掲《かか》げた行列が長安街《ちょうあんがい》の東端の龍亭《りゅうてい》まで到着すると、順天府尹《じゅんてんふいん》の向秉道《こうへいどう》が恭しく待機していた。皇榜《こうぼう》がかけられるのを待って、向秉道は先例に従い、孫承恩《そんしょうおん》に赤い花の飾りをつけた。さらに状元《じょうげん》、榜眼《ぼうがん》、探花《たんか》に敬意を表し、それぞれに酒を一杯ずつ掲《かか》げた。それぞれが酒を飲み干して儀礼が終わると、大きな白馬が牽《ひ》いてこられた。向秉道が自ら状元を支えて馬に乗せると、これを導いて街中を練り歩いた。新たに合格した進士らは、その後ようやく手の拳を合わせてしきりに会釈を繰り返しながら白馬の後ろに従い、もと来た道を戻っていった。

進士らが去ると、民衆は金榜《きんぼう》の前にどっと群がり、見上げた。月媛《ユエユエン》はそこで初めて陳大哥《ちんにいさん》が状元ではないと知り、表情を変えて父親の服の袖を引っ張ると、問い詰めるように尋ねた。

「父上、これはどういうことなの？　街中では皆、陳大哥《ちんにいさん》が状元だと言っていたのに」

しかし李老先生はすでに十分満足しており、笑って答えた。

「お馬鹿さん。状元を誰にするかは、陛下の胸先三寸。街の人たちがどう言おうと、何の役にも立たないのだよ。月媛。陳大哥《ちんにいさん》は二甲の首位《しゅい》に選ばれたのだから、十分に人中《じんちゅう》の龍鳳《りゅうほう》（傑出した人物）なのだよ」

大順《ターシュン》の顔にも自然と笑みがこぼれた。

「山西の老太爺《おおだんな》様、老太太《おくさま》が知ったら、どんなにお喜びになることか」

月媛はさらに行列の後をついて行こうとしたが、李老先生が止めた。

「さあ。もう帰ろう。陳大哥《ちんにいさん》は今、忙しいのだよ。今日は同郷の仲間が会館でご馳走してくれるというし、明日はまた太和殿で陛下にご恩を謝し、礼部の鹿鳴宴《ろくめいえん》の接待、文廟《ぶんびょう》への大礼《たいれい》の行事があり、さらに大成門《たいせいもん》（文廟の最も重要な門）の外で進士碑《しんしひ》への名前の揮毫《きごう》もしなくてはならないのだ」

そう言われると、月媛も父親について戻るしかなく、道中しきりに感心していた。

「進士になるって、そんなに忙しい思いをしなくてはならないのね」

十

山西では今年八人の進士を輩出し、同郷の者同士が集まって会館で設けられた華々しい宴席は、賑やかな雰囲気に包まれた。京師に住む山西出身の名の通った名士《めいし》は皆祝いに駆け付けたが、衛向書《えいこうしょ》と李祖望《りそぼう》のみ諸用を理由にやって来なかった。世間との関わりが希薄となってすでに久しい李祖望は、とうの昔にこのような華やかな行事に顔を出さなくなっていたため、その欠席を気にする者は誰もいなかった。しかし衛向書が来ないことは、人々の臆測を掻き立てずにはいられなかった。衛向書は今年、会試総裁《かいしそうさい》に任命された上、山西から多くの進士が出たことを人々にとやかく言われるのを恐れていた。それならいっそのこと社交の場には顔を出すまい、と決めたのである。それにもかかわらず、機密事項であった順治帝の状元指名にまつわる経緯がいつしか外に漏れるとは、予想だにしていなかった。酒の席で内情を暴露する者がおり、同郷の者たちは皆、衛向書は耄碌《もうろく》した、陳廷敬の手に入るはずだった状元をみすみす逃がしてしまうとはと口々に言い合った。

　そんな話を耳にして、真偽の程は定かではないにしても、陳廷敬自身も内心おおいに不満を抱かずにはいられなかった。夜遅く李家に戻ると、酒が入っていたこともあって思わず恨み言をこぼした。李老先生は衛向書と親交も篤《あつ》く、衛大人《えいたいじん》が断じて故意に人を陥れるような人物でないことをよく心得ていた。最初は陳廷敬の愚痴を聞き流していたが、やがて慰めるように言った。

「『穴空《あなあ》いてこそ風来《かぜき》たる（火のないところに煙立たず）』とは言うが、真偽はさておき、状元であるかどうかはさほど重要なことではない。功名《こうみょう》さえ得られれば官途の道は開けるのだから。功建《こうた》て業立《なりわいた》つか否かは、すべて本人次第」

　李老先生はそう言いつつも内心、陳廷敬はまだ二十一歳、若くして状元に選ばれるのは決してよいことではないと感じていた。官《かん》とは忍耐で上に登るもの。ある一定の年齢に達しない限り、どれだけ超人的能力があろうとも意味を成さない。若くして得意になれば衆目を集めやすいものである。何の落ち度がなくとも、鵜《う》の目鷹《たか》の目で粗探しされることになろう。しかしそう露骨に口にするのは憚《はばか》られ、自分の胸の内だけにしまっておくことにした。今後何かのきっかけがあれば、徐々に話すこともあろうと考えたからである。

床《とこ》に入ったものの、陳廷敬はわずかにまどろんだだけで夜が明ける前に起き出した。朝早くから午門《ごもん》の外で待機せねばならなかったのである。この日は新たに合格した進士らが出仕して皇帝陛下の恩に謝《しゃ》す日である。李老先生も朝早くから起きていた。前日には田媽《でんばあや》に少し食べ物を用意しておくように頼んでいた。社交の場ではさまざまなご馳走が出るが、それは見た目に華やかなだけで下手をすればかえって空腹を抱えて帰る羽目になることを心得ていたのである。陳廷敬が李家に滞在している間に、家の者はとうにその存在を家族同然と思うようになっていたが、本人には常にやはりどこか遠慮があった。当分はあちこちへの挨拶回りが続くことを考え、しばらくは会館に滞在する、と李老先生に切り出した。李老先生は当然これを引き止めたが、陳廷敬はここから挨拶回りに出かけるのはやはり不便が多いと感じ、数日したらまた戻ると言うのみであった。

陳廷敬は李老先生に別れを告げると、大順《ターシュン》を連れて李家を出た。大順には先に会館で待つように言い、自分は慌《あわただ》しく午門《ごもん》へ向かった。午門の外はすでに人々でごった返しており、今回の科挙に合格した進士らほぼ全員がそろっていた。朝見《ちょうけん》に参内《さんだい》する官僚らも皆そろっており、午門前《ごもんまえ》には多くの轎《かご》がとまり、その行燈が煌々《こうこう》と辺《あた》りを照らしていた。

四月の京師の早朝はまだ底冷えが厳しく、立ち続ける時間が長くなると、陳廷敬は体が凍《こご》えて震え出した。進士らは皆、京師の官界の表舞台に立つのは初めてのため、粗相《そそう》があってはならぬと直立不動のまま控えていたが、次第に芯から体が冷えてくるのだった。

夜が明けてからようやく礼部《れいぶ》の官僚が進士らを宮中に導き入れた。その日の天子への叩頭《こうとう》、謝恩《しゃおん》、玉音の拝聴、鹿鳴宴《ろくめいえん》の参加、文廟《ぶんびょう》への参拝と名の揮毫《きごう》。一連の行事にはすべて案内人がいた。それぞれの儀礼に従い、かしこまりつつも用心深くこなし、粗相があってはならぬと皆、気持ちを引き締めた。よくよく見ると、一挙一動がまるで舞台での台詞回《せりふまわ》しや芝居の動作のように思えるのだった。

あちこちへの挨拶周りに明け暮れるうちに、瞬く間に十数日が過ぎた。それがようやく一段落したところで礼部から三カ月の里帰りの休暇の許可が出たこともあり、この日、陳廷敬は別れの挨拶のために李家に戻った。正門から入ると、屋根に緑の毛織物を張った大きな轎《かご》がとまっているではないか。家の者に尋ねて初めて衛《えい》向書大人《こうしょたいじん》が来ていることを知った。ところが中に入っても、応接間には誰もいない。大桂《タークイ》に尋ねようとしたところへ、月媛《ユエユエン》が奥から出てきた。その目は真っ赤に腫れており、たったいままで泣いていた様子である。

殿試の発表があった日、李老先生は朝早くから街に出て寒風《かんぷう》に長く吹かれたために、その晩やや調子を崩したことがあった。その時はそれほど気にはかけなかった。翌日陳廷敬が皇帝陛下への謝恩に出仕するというので、ご老人はまた早起きをしたため、陳廷敬が出かけた後、そのまま伏《ふ》せて起き上がれなくなってしまったのである。病床に伏せることすでに十数日が過ぎていた。

陳廷敬が月媛とともに奥に入ると、ちょうど李老先生が衛向書と小声で何か話をしているところだった。陳廷敬が入ってくるのを見ると、二人は口をつぐみ、座って茶を飲むよう勧めた。陳廷敬は初めて衛大人とこのように面と向かって見《まみ》えることになったのだが、李老先生の病床の前では、あまり大仰《おおぎょう》な挨拶も憚られた。陳廷敬は李老先生の病のことが気にかかり、医者の言葉、薬について詳しく尋ねた。李老先生の声は弱々しかったが、数日寝ていれば治るから大丈夫、と言うのみであった。衛向書は陳廷敬の方に時々ちらちらと視線を投げかけていた。陳廷敬が訝《いぶか》しく感じていたところ、衛向書が口を開いた。

「廷敬《ていけい》、月媛を連れて少し外に行っていなさい。後で事情を説明するから」

陳廷敬はその事情とやらを推し量る由《よし》もなかったが、言われた通りに月媛を連れて出た。月媛はいつものお転婆《てんば》ぶりがすっかり息を潜めて口数も少なく、今にも泣き出しそうな様子である。

「月媛、お父上の病気は、本当のところどうなのだ」

「衛《えい》伯父様が宮中《きゅうちゅう》から太医様《たいいさま》を連れてきてくださって、太医様の処方された薬を飲んでもう七、八日になるけど、よくなる様子がないの」

その答えに陳廷敬はひどく心配になったが、月媛《ユエユエン》を慰めて言った。

「月媛妹妹《ユエユエンメイメイ》、宮中《きゅうちゅう》の太医様《たいいさま》が見てくれたのなら間違いないから大丈夫だ」

そう言いながらも、衛大人から後で事情を説明すると言われたことが気にかかり、そのことに思いを巡らせていた。陛下が陳廷敬を状元に指名しようとしたが、衛大人がそれを押しとどめたと噂になっているが、本当かもしれぬ、衛大人はそのことを説明してくれようとしているのではないか、などと考えたりしていた。

陳廷敬は李家で浅からぬ日々を過ごしてきたが、奥の庭園に行ったことは一度もなかった。手持ち無沙汰になったこともあり、月媛とともに散策することにした。すると奥にはさらに中庭を囲んだ屋敷群が三組も続いているではないか。しかし奥の部屋はすべてぴっちりと扉が閉じられ、窓には蜘蛛《くも》の巣がかかっている。

「哥哥《にいさん》、これ以上奥に行くのはやめましょう。私は怖くて一度もこの奥には行ったことがないの。もう何年も誰も住んでいないのよ。西の端には庭園もあるけど、そこにも行ったことはないわ」

「どうして行ったことがないのだね」

と陳廷敬が尋ねた。

「そりゃあ怖いからよ！　こんなに大きなお屋敷に私と父上、それに大桂《タークイ》と田媽《でんばあや》しかいないのよ。家の外の方がずっと怖くないくらい。外には人がいるもの」

陳廷敬は李家《りけ》の過去の栄華を目の当たりにし、それが今やほとんど使用人もいないことを思うと、月媛妹妹《ユエユエンメイメイ》が不憫に思えてきた。

「月媛妹妹《ユエユエンメイメイ》。もう怖がらなくていい。これからは哥哥《にいさん》が遊びに連れていってあげよう」

二人がそんな会話をしながら表の方に戻ってくると、田媽《でんばあや》が伝えた。

「陳公子《ちんこうし》。衛大人が、お話があると仰っていますよ」

突然、心臓の鼓動が高鳴った。衛大人が状元《じょうげん》の指名のことを言い出したら、自分はどう答えればいいのか。状元を望まない読書人などいるだろうか。しかし衛大人は恩人でもある。その衛大人が状元への道を断ち切ったのだとしたら、衛大人にどう接すればよいのか……。

衛大人《えいたいじん》は応接間に座って待っていた。陳廷敬が月媛を連れてやって来たのを見ると、田媽《でんばあや》を呼んで告げた。

「月媛を連れていきなさい。廷敬と二人きりで話がしたい」

田媽《でんばあや》が月媛を連れて出ていった。月媛はまるで何か重大事を予感するかのように、何度も陳廷敬の方を振り返った。その眼差《まなざ》しが胸に突き刺さった。

陳廷敬が恐る恐る腰を下ろすと、衛大人は単刀直入に切り出した。

「廷敬。李老先生がわざわざ私を呼んだのは、あなたに大事《だいじ》を託すことを頼むためだ」

一体いかなる大事《だいじ》なのか、陳廷敬には想像もつかなかった。

「衛大人、仰ってください」

衛向書は深呼吸をすると、胸に重い石を載せられたかのように、低い声で切り出した。

「李老先生は、月媛をあなたに託したいと仰っている」

陳廷敬はあまりにも唐突な話に戸惑い、聞き返した。

「李老先生はまだぴんぴんしておられます。少し風邪をひかれただけで、なぜそのような話になるのでしょうか……」

衛向書は黙って陳廷敬を凝視していたが、さらに言葉を重ねた。

「どうも意味がわかっていないようだね。李老先生はあなたに将来、婿になってほしいと言っておられるのだよ」

これには陳廷敬もおおいに驚いた。

「衛大人。ご存じかと思いますが、私にはもうとうに妻がいるのですよ」

「ええ。それはわかっています。李老先生もわかっています。李家は旧明朝《きゅうみんちょう》時代には名家でした。人も多く家は栄えて裕福でしたが、今は零落しています。李老先生は世間にも稀《まれ》に見る欲のないお方。富貴栄華《ふうきえいが》を浮草のように見て、家名を継ぐ者のことも真剣に考えなかったようなお方です。そうでなければご夫人を亡くされた後、とうに後妻を娶《めと》られていたでしょうからね。しかし今やご自分の体が次第に弱っていくのを実感され、月媛が今後、身寄りもない境遇になることを心配し気にかけておられます。あなたが妻帯者であると百も承知の上で、それでも娘と縁組させたいというのは、進士であるあなたの将来性に目をつけたわけではありません。また大切な娘を託すのでありながら、正妻でないということを問題としないのも、ともに過ごしたこれまでの日々の中で、あなたを信頼に値《あたい》する人物と見込んだからです」

それを聞いて、陳廷敬は不覚にも涙が出た。

「李老先生のかかる信頼、私はもちろん感泣至極です。ただ月媛妹妹《ユエユエンメイメイ》は聡明《そうめい》で利発、立派な家柄のお嬢様でもあり、そのような名分に甘んじさせることなど、どうしてできましょう。李家より私が受けた恩は山の如く重《おも》いものです。たとえ李老先生に本当に万一のことがあろうとも、私は月媛をきっと立派にお育て申し上げます。本当の妹のように、いずれは誰かよき人を見つけて差し上げればよいこと。つらい思いをさせるなど、とんでもないことです」

そんな話をしているところへ、李老先生が戸《と》の框《かまち》で体を支えながら、部屋から出てきた。陳廷敬は慌ててその体を支えに駆け寄った。

「先生、横になっておられなければ」

李老先生は腰を下ろすと、乱れた呼吸を整えてからようやく口を開いた。

「廷敬。『好漢《こうかん》、病《やまい》の苦しみを恐れる』ですな。私はこの年まで誰かに頼みごとなどしたことはありませんでした。先ほどの言葉、私も中で聞いていましたが、もし私に何かあれば、月媛を引き取っていただきたい。娘が成人するのを待って妻としてもらうか、あるいはほかの誰かよき人と縁組させてやるか、それはあなたにお任せする」

陳廷敬は、膝を落としてその場に跪《ひざまず》いて涙を流した。

「李先生。御身に問題など起こるはずがありませぬ。あなたは私の命の恩人、月媛妹妹《ユエユエンメイメイ》も私の命の恩人です。そのようなことはくれぐれも口にされぬよう。しかし、もし本当に御身に何かあれば、私が責任を持って妹妹《メイメイ》を立派に養育いたします」

衛向書は二人のやり取りをしばらくじっと聞いていたが、二人の言葉が尽きたところでようやく口を開いた。

「それでは話になっていないではないか。廷敬。李老先生を安心させたいのなら、この縁談を引き受けなさい。この老いぼれの私が証人になるとしよう」

陳廷敬はしばらくじっと考えていたが、やがて首を縦に振って言った。

「廷敬、命に従います。このことを事前に両親に報告できないことだけが気がかりですが。月媛妹妹《ユエユエンメイメイ》のことはもちろん大切にします。ただ彼女が不憫でなりません」

李老先生は、安堵のため息をつき、わずかに笑みを浮かべた。

「あなたが引き受けてくれるというのなら、一安心だ」

衛向書がさらに言った。

「話はまとまりましたが、口だけで証文なしではいけません。婚約の誓いを立て、互いに八字庚帖《はちじこうじょう》（結婚の際に交わす男女の生年月日時間、名前や本籍などを書いた釣書《つりがき》）を交換しましょう」

李老先生が頷《うなず》いて陳廷敬の方を見やると、陳廷敬も答えた。

「すべてお二人に従います」


こうして陳廷敬は慌ただしく山西に戻ることはせず、そのまま李老先生の床前で薬を煎《せん》じ、茶を運びして過ごした。月媛はまだ幼いため事情がわからず、ある時陳廷敬が「お義父上」と呼んだのを聞きとめ、興味深そうに尋ねた。

「どうして哥哥《にいさん》が父上のことを『お義父上』と呼ぶの？」

陳廷敬はぱっと顔を赤らめて答えに窮したが、李老先生が笑って答えた。

「お馬鹿さん。おまえがこの人を哥哥《にいさん》と呼び、哥哥《にいさん》がおまえを妹妹《メイメイ》と呼ぶのだから、おまえがお父さんと呼ぶ私を、哥哥《にいさん》が父さんと呼んでも不思議はないだろう？」

月媛には今後徐々に説明すればよいと李老先生は考えていた。こういう時に月媛の母親が生きていたらどれだけよかったか。娘にこういう話を聞かせるのは、やはり母親の方が都合がよいのに、とふと思ったりしていた。

田媽《でんばあや》が横で笑いながら言った。

「これからは、うちでも掟《しきたり》を変えないといけませんね。陳公子《ちんこうし》のことを老爺《だんな》様と呼び、老爺《だんな》様のことは、老太爺《おおだんな》様と呼ばなければ」

月媛はますます混乱したが、「なんだか早口言葉のようで面白い」と天真爛漫に思うのみだった。

吉事があったせいか、李老先生の病は日に日に回復していった。月媛も徐々にことの次第を理解し、まるである日突然大人になったかのように、陳廷敬の姿を見るとぱっと顔を赤らめてどこかへ姿を隠すようになった。李老先生は自分のことはいいからそろそろ山西に帰るようにと幾度となく促したが、陳廷敬はそれでも李老先生の体のことが気がかりで、

「もう少し経ってから出発しても遅くはありません」

と答えるのが常だった。事情を知った同郷の張汧も一人急いで戻ることはせず、会館で待っていた。ともに出発し、ともに戻ってこようと約束したからである。

　李老先生は床から起き上がり、食事も取れるようになると、早く里帰りするよう陳廷敬を急かした。そこで陳廷敬はようやく張汧と連絡を取り、日を選んで出発することを決めた。


　ある日、二人が衛大人《えいたいじん》への別れの挨拶のため翰林院《かんりんいん》に出かけた際、午門《ごもん》の外で偶然、明珠《ミンジュ》にばったりと出くわした。明珠は遥か遠くから声を掛けてきた。

「おや。これはなんという偶然。こんなところで進士のお二人に出くわすとは」

　陳廷敬は手の拳を合わせて挨拶した。

「明珠大人《ミンジュたいじん》にお目にかかります」

　張汧も手の拳を合わせて礼に従い、深々と挨拶して明珠に視線を投げかけたが、見覚えのない顔であった。そこでようやく陳廷敬は二人が互いに面識のないことに気付き、紹介した。

「こちらは御前侍衛《ごぜんじえい》の明珠大人。こちらは今回合格された進士の張汧殿《ちょうけんどの》です」

　張汧が微笑んだ。

「張汧、一介の同進士《どうしんし》（一番低い組である「三甲」の進士）でしかありませぬが」

　それを聞いて、明珠が答えた。

「張兄《ちょうけい》、ご謙遜はご無用。わかりましたよ。お二人は山《さん》西《せい》の同郷同士。先日までともに快活林客桟《かいかつりんきゃくさん》に滞在されていた間柄ですな」

　陳廷敬が笑って答えた。

「明珠大人は、何もかもお見通しですね。さすが御前《ごぜん》に行走《こうそう》（専門官職のない機関への勤務）されている方は違いますね」

　明珠は陳廷敬の言葉に含みを感じたが、それを気にとめる風でもなく、笑って答えた。

「最近、陛下に鑾儀衛《らんぎえい》（皇帝皇后の乗り物、行列を管理する機関）の治儀正（鑾儀衛《らんぎえい》の中間管理職。正五品武官）を授かりましてね。索額図《ソンゴトゥ》も三等侍衛《さんとうじえい》に昇格しましたよ」

　陳廷敬は慌てて祝いの言葉を述べた。

「それはそれは、おめでとうございます。今や五品《ごひん》の大員《たいいん》になられたのですね。それなら『大人《たいじん》』とお呼びしてももうご謙遜されることはないでしょう？」

そういうと、三人は大笑いした。

明珠は手の拳を合わせると、踵《きびす》を返して宮中に向かって去っていった。が、数歩歩いたところで、ふと振り返って再び声を掛けた。

「兄弟お二人。お二人の滞在されていたあの快活林客桟はまったく風水の名地ですな。今後上京して受験する挙人は、皆これまでのように会館に泊まることを縁起《えんぎ》よしとしなくなるかもしれませんよ」

「それはどういう意味でしょうか」

陳廷敬が尋ねると、明珠が笑って答えた。

「指折り数えた人がいるのですよ。快活林客桟だけで五人も進士を輩出した上、高士奇の老童生《ろうどうせい》さえその風水の七光りを浴びたわけですからね」

「高士奇殿《こうしきどの》といえば、ある方に相《そう》を見初められ、間もなく詹事府《せんじふ》に出仕されたのを我々はこの目で見ています」

張汧が笑ってそう言うと、明珠が答えた。

「祖沢深殿《そたくしんどの》のことですね。あの方はもともと、国子監《こくしかん》の監生《かんせい》（国子監の学生。官僚になるには、科挙に合格するか監生になる必要がある。但し、一定額の寄付をすれば監生の資格がもらえた）だったのですが、二回受験しても科挙に合格できず、陰陽《おんみょう》五行や八卦《はっけ》が得意だったこともあり、占術や易の生業を始めたと聞きました。奇なるは、その占いが悉《ことごと》く当たることです。京師でたちまち有名になり、頻繁に王公大臣《おうこうだいじん》の家に出入りするようになりました。高士奇もまさにあの方が見極《みきわ》めたというわけですね。今や詹事府《せんじふ》に出仕するだけでなく、索額図の阿瑪《アマ》である索尼《ソニン》大人《たいじん》が推薦して国子監へ入学させるそうです。監生という名分があれば、科挙に合格しなくても、将来は官僚としてもはや官職に困ることはないでしょう」

陳廷敬と張汧は目を皿のように大きく見開いた。人にはそれぞれ運命があるものだと感嘆することしきりであった。

「さらに不思議なこともありますよ」

明珠はそこまで言ったところでふと言葉をとめた。

「もう時間も時間ですから、宮中に急がなくては。また今度、あらためてゆっくり話をいたしましょう」

と言葉を断ち切った。順治帝が高士奇の書を褒めたことがあった。皇帝が一旦《いったん》口にしたことであり、もはや撤回されることのない言葉となることから、高士奇の運は一気にさらに上向くかもしれぬと言おうと思ったのであった。しかし、高士奇は索額図《ソンゴトゥ》が推薦した者であることをふと思い出したのである。索額図とは表面上は穏便《おんびん》に接しつつも内心反目する現状を思うと、明珠は高士奇を褒《ほ》めてやる気にはならなかったのだ。

十一

陳廷敬《ちんていけい》の出発の日、李老先生、大桂《タークイ》、田媽《でんばあや》が門の外で見送ったが、そこに月媛《ユエユエン》の姿はなかった。
「月媛も恥じらいを覚える年頃になったのね。どこかに隠れてしまったわ」
と田媽《でんばあや》が言った。月媛が出てこなかったのは、部屋に引きこもっていたからであった。しかし家の門が閉まる音を聞くと、心とは裏腹に月媛の胸は高鳴り、はらはらと涙がこぼれ落ちた。涙の説明がつかず、まさか陳廷敬を山西の家に帰したくないためだとは自分でも気付かずにいた。

陳廷敬が会館に張汧を迎えに行き、二人は連れ立って出発した。野は春爛漫、沿道には花が咲き乱れて風がやさしく顔をなで、蝶や蜂が舞い踊っていた。

二人はまさに得意の絶頂にあった。道中互いに兄弟と呼び合い、思う存分酒《さけ》を呷《あお》って歌を歌い、詩で応酬しつつ驢馬車《ろばしゃ》は旅路を進んだ。ある日、張汧は車外の景色を見て陳廷敬を誘った。

「廷敬兄《ていけいけい》。山は高く森は茂り、あたかも画の如き景勝ではありませんか。降りて少し歩きませんか」

二人は車から降りてしばらく歩き、大順《ターシュン》が車を御《ぎょ》しながらゆっくりとその後ろをついて行った。

「廷敬兄。後世に戯曲書きがいて、我々が上京受験したこの道中記を脚本にしたら、さぞ面白いものができると思うな」

張汧が得意げに言ったが、陳廷敬はため息をついた。

「人生は所詮、芝居に如《し》かず。本当に芝居の中の出来事なら、どれだけ気が楽なことか。化粧を施せばたちまち帝王や将軍の相《そう》になり、化粧を落として一般庶民に戻れるとしたら。芝居の外で芝居の中を想《おも》わず、千古《せんこ》の歓《よろこ》びも悲《かな》しみも忘却《ぼうきゃく》の彼方《かなた》――でいいのでしょうが、実際には血も通い、肉もついた一人の男子漢《おとこ》。しかもいくらか聖賢《せいけん》の書《しょ》も読んでいる身。頭の中はお家《いえ》とお国《くに》と天下のことでいっぱいですからね」

張汧もやや深刻な表情になった。

「確かに十年の苦節は、まさにお家とお国と天下に恩返しするためですからね。しかし、そこにはあまりにも深い闇《やみ》と不条理がある。例えばあなたの状元《じょうげん》指名の件を見てもそうです。陛下はもともとあなたを指名されたのに、同郷の衛大人《えいたいじん》が攪乱したというのですから」

陳廷敬が慌てて言った。

「張汧兄《ちょうけんけい》。もうその話はなしにしましょう。たとえ事実であったとしても本来は機密事項です。あちこちに話が伝わり、ことが大きくなってはいけません」

「世間中が噂していますよ。山西の実家にもすでに伝わっているかもしれん」

張汧は言ったが、陳廷敬はなおも弁護した。

「他人が言うのは勝手です。去年の太原の秋闈《しゅうい》以来、わが身には公沙汰になる揉め事が絶えず、刃《やいば》の上を転がるが如《ごと》き状態が続きました。ああ。本当に怖くなってきましたよ」

「廷敬兄。お互いにまだ官途《かんと》の敷居《しきい》を跨《また》いだばかりの身。もう萎縮ですか」

「そういうわけではないのですが、『君子、大畏《おおいなるおそれ》あるべし』[1]というではありませんか。大事を成す者、必ず敬畏《うやまいおそれ》あるべし――。いわゆる『大《あまり》に畏《おそ》れ無《な》き者《もの》は流《なが》る』とは、命知らずでしかないということですよ」

張汧は確かに一理あると感心し、手の拳を合わせた。

「廷敬《ていけい》殿。さすがのご高見《こうけん》。今回の会試を経験してから、あなたはまるで別人のようだ」

「張汧兄《ちょうけんけい》。大げさですよ。しかし確かに月媛《ユエユエン》の家に匿《かくま》われていた間、岳父大人殿《がくふたいじんどの》から毎日、古今東西のさまざま話を聞いて大変いい勉強になりました。老先生は御身は巷に隠棲しつつも、天下の大事《だいじ》に通暁しておられますから」

陳廷敬が笑うと、張汧が答えた。

「李老伯《りおじさん》は一流の人ながら、功名利禄《こうみょうりろく》にあまりに無関心なことだけが惜しまれる」

張汧には胸につかえつつも、切り出しあぐねていたことを口にした。

「廷敬兄《ていけいけい》。言わずともすでにご存じと思うが、試験の前、高士奇《こうしき》が尋ねてきて李振鄴《りしんぎょう》に口をきいてやる、と言われました。一瞬魔がさして、不覚にもその話に乗ってしまいました。その後、李振鄴の事件が露見して賄賂を贈った挙人らが皆逮捕されていく過程では、戦々恐々として生きた心地もしませんでしたよ。ああ、こうして打ち明けると、すっと気持ちが楽になりました。打ち明けなければ、あなたに会うたびにやましい思いをするところでした」

陳廷敬は、まるで何も知らなかったかのように言った。

「そんなことがあったとは。ただあの硯《すずり》で間違いが起きないかと心配はしていましたが」

張汧は顔を赤らめて答えた。

「廷敬兄。不思議なことがあったのです。実はあの硯《すずり》を呉雲鵬《ごうんほう》に発見されて中を開けられたのですが、そこにあるはずの『経芸五美《きょうげいごび》』が入っていませんでした。私はあまりの恐怖にほとんど失神せんばかりでしたが、心臓に悪い思いをしましたよ。確かに入っていたのに……。まさかご先祖様が助けてくれたのでしょうか」

「そうでしたか。それは世にも不思議なことがあるものですね。何も起こらなかったのは幸いでした。張汧兄、いらぬことに頭を使われるな、実力で受験して合格できると言ったではないですか。あの硯《すずり》を持っていかなければ、やましい思いなく晴れやかに試験に臨み、さらに順位も上がっていたと思いますよ」

陳廷敬はとぼけてそんなふうに答えた。張汧にそれ以上やましい思いをさせないためでもあった。最終的に自分は不正を働かなかったのだと思うと、張汧は確かに気持ちが軽くなった。陳廷敬は決して口にしなかったが、硯《すずり》の中にあった『経芸五美《きょうげいごび》』を秘かに取り去ったのは陳廷敬であった。それでも張汧にきまりの悪い思いをさせぬため、知らぬ振りを続けた。

しかし張汧は贈賄のことがまだ気にかかっていた。

「どうも納得がいかない。李振鄴が白状していないのか、それとも高士奇が金を失敬したのか……」

陳廷敬は、高士奇が間で失敬したに決まっていると思ったが、それを口に出しては言わず、ただ張汧を慰めるにとどめた。

「張汧兄。絶体絶命の危機を脱したのは、誠の幸い。これ以上あれこれ詮索する必要はありませぬ」

しかし張汧は断固として言った。

「今度会ったら、絶対に高士奇を問い詰めてやる！」

陳廷敬は慌てて止めた。

「それは絶対にいけませぬ」

張汧は金《かね》が惜しくて仕方がない。

「本当にネコババされたのなら、納得がいかぬ」

「たとえ本当にそうでも、ここはぐっと耐えるしかないですよ」

しかし張汧はなおも言い募った。

「あなたにも煮えたぎる血があるはず。太原で府学《ふがく》を挙げての騒動を起こしたほどの人なのだから」

陳廷敬は長いため息をついた。

「これまでの紆余曲折を経験してこなければ、張兄《ちょうけい》に付き添い、本当に高士奇に詰め寄ったかもしれません。でも今度は私が説得する番です。この件はなかったことにして、胸にしまっておきましょう」

張汧は陳廷敬をじっと見つめていたが、何度も頭を振った。陳廷敬は謎めいた微笑みを浮かべて言った。

「これだけは覚えておいてください。士奇兄《しきけい》は、助けてくれたのだと」

張汧は、むっとした表情になった。

「どういうことですか。むしろ感謝しろとでも」

陳廷敬はそれでもにやにやと笑うだけである。

「とにかく感謝ですよ。何はともあれ、彼には感謝しないと」

「なんだか含みがありますね」

「つまり高士奇が貪欲だったおかげで、逆に命拾いさせてもらったということですよ。張汧兄《ちょうけんけい》、過ぎ去ったことはもう水に流しましょう。今回の合格は自分の実力だった、賄賂も贈っていないし、不正もしていない。それだけを信じればいいのです」

そう言われて張汧は、首を振って長いため息をつき言った。

「廷敬兄《ていけいけい》。まったくあなたより十数歳も無駄に年を食っているというのに、私はと言えば……。自分のやったことを思うと、穴があったら入りたいほど恥ずかしい」

張汧は過去三回も受験に失敗し、気持ちも萎縮して親に顔向けできぬと不安を抱くあまりに血迷ってしまったのだろうと陳廷敬は見ていた。


山西の陳老人のもとにはすでに吉報が届いており、家には行燈が煌々《こうこう》と掲《かか》げられ、色とりどりの彩綢《さいとう》（飾り暖簾《のれん》）が張り渡され、あとは陳廷敬本人の帰りを待つばかりとなっていた。また今や廷敬《ていけい》という名になったことも、とうに伝わってきており、「陛下は素晴らしい名前を賜《たま》われた」と家族で口々に言い合っていた。逆算して陳廷敬が到着する日も間近になると、日に三遍、三十里の向こうまで馬を走らせて様子を探るよう使いを出した。

この日、下僕《げぼく》が馬を駆けに駆けて持ち帰った知らせは、陳廷敬の驢馬車《ろばしゃ》がすでにわずか十里先まで来ているというものであった。それを聞いて陳老人が大喜びしているところへ、管家《しつじ》の陳三金が慌てて部屋に入ってきて報告した。

「老太爺《おおだんな》様、外に赤い装束の道人《どうじん》（道教の出家人）が来ています。なんだか不穏な様相です。大少爺《おおわかだんな》様（陳廷敬のこと）に会わせろというのですが」

陳老人は訝《いぶか》しげに問い返した。

「はて。道人とは」

「ひどく傲慢で無礼な道人です。何度聞いても、とにかく傅山《ふさん》が来たと言えとしか言わないのです」

陳老人は傅山と聞き、驚いて色を失った。

「傅山？　断じて廷敬をその道人に会わせてはならぬ！」

陳夫人は夫のかかる取り乱しぶりを見て不思議に思い、尋ねた。

「老爺《だんな》様、傅山とはどなたですか」

陳老人が低い声で答えた。

「反清復明《はんしんふくみん》を狙う義士《ぎし》だ。廷敬があの者と行き来があるなどと朝廷に知られれば、冗談では済まされぬ。廷敬がもう目の前まで来ている。さあ、早くその者を追い払え」

しかし陳三金《ちんさんきん》は困ったような表情を浮かべて答える。

「どうも一筋縄にはいきそうにない雰囲気で……」

陳老人が仕方なく答えた。

「わしが会おう」


傅山は五十歳前後、赤い道衣《どうい》を身にまとい、飄逸《ひょういつ》なること仙人《せんにん》の如し。陳家《ちんけ》のある中道庄村《ちゅうどうしょうむら》の入り口で碑文《ひぶん》に見入っているところであった。陳老人はそれを見るとやや躊躇しつつも、前に進み出て話しかけた。

「もしやこちらは傅青主《ふせいしゅ》(傅山の字《あざな》)、傅山先生《ふさんせんせい》であられますか。私は陳昌期《ちんしょうき》と申す」

すると傅山が振り返って笑いかけた。

「これはこれは。魚山《ぎょざん》(陳昌期の号《ごう》)先生でしたか。お邪魔いたして恐縮」

陳老人は顔には微笑みを浮かべつつも、語気は冷たくも熱くもなく、淡々と問いかけた。

「傅先生《ふせんせい》、いかなるご用向きでしょうか」

と問いかけた。傅山は朗らかな声を上げて笑った。

「令公子《ごしそく》が進士に合格されたと聞き、特別に祝いに駆け付けました」

陳老人は今にも息子が到着するのではないかと気が気ではなかった。とにかく早く傅山を追い返したい腹があり、

「それはそれは、わざわざありがとうございます。ただ陳家と傅先生とは普段から特に行き来のない仲。うちの廷敬に何のご用でしょうか」

と尋ねた。傅山はまた大笑いした。

「わかりましたぞ。魚山先生《ぎょざんせんせい》は、私が令公子に迷惑をかけるのではないかとご心配なのですな」

陳老人は遠まわしに応じた。

「傅山先生は義《ぎ》の勢《いきお》い天に迫り、書画詩文《しょがしぶん》、医師としての徳《とく》、医術の名声も天下に轟いておられます。他人に迷惑をかける方ではないと堅く信じております」

傅山は陳老人の含みを感じ取り、答えた。

「なるほど。魚山先生はこの傅山を家の中に入れたくないのですな」

ここまではっきり言われては、陳老人もそれ以上は回りくどい言い方をやめた。

「偽《いつわ》りを申すのは心苦しい故《ゆえ》、はっきりと事実をお伝えするよりほかにありますまい。うちの廷敬は今や朝廷の人間。傅山先生《ふさんせんせい》とは異なる道を歩んでおります。俗に『道《みち》異《こと》なれば、相与《たが》いに謀《はから》ず』と申します」

傅山は真面目な顔で答えた。

「さすが魚山先生《ぎょざんせんせい》は痛快なお方だ。道《みち》の話を出されたので、私は清朝朝廷の道について論じたい。満人《まんじん》の天偷《てんぬす》み日換《ひか》え、社稷《しゃしょく》を滅ぼし私《わたくし》すること、いずこに道あらんや。馬を走らせ土地を囲み、民田《みんでん》占領したること（満州人が清初、馬に縄をつけて奔らせて土地を取り囲み、漢人から土地を強奪したことを指す）、いずこに道あらんや。髪《かみ》とどめれば頭《あたま》とどめず、頭《あたま》とどめれば髪《かみ》とどめず（弁髪の強要）、いずこに道あらんや。民を盗みて奴《ぬひ》と為《な》し、人妻《ひとづま》女を欺《あざむ》き、殺戮《さつりく》に忌むこと無《な》し、またいずこに道あらんや」

この時、遥か遠くから陳廷敬の驢馬車《ろばしゃ》が姿を現した。

陳老人は焦って叫んだ。

「傅山先生。道の何たるかをあなたと議論している暇はありませぬ。とにかくうちの廷敬には会えないとだけお伝えします。三金《さんきん》！　傅山先生は天下に名声を轟かせる節義《せつぎ》の名士《めいし》であられる。くれぐれも失礼のないように」

陳三金《ちんさんきん》は陳老人の意を合点し、直ちに大声で人を呼んだ。瞬く間に十数人の下僕が飛んできて人の壁のように傅山を取り囲み、壁の隅にまで追い込んだ。

一方、陳家《ちんけ》では老いも若きも数十人が総出で中道庄村《ちゅうどうしょうむら》の入り口まで出て陳廷敬を出迎えた。家の者が荷物を受け取りに先に駆け付けた。また陳廷敬は、「数日滞在してから故郷の高平《こうへい》に帰られたし」と張汧を自宅に招待していた。陳廷敬はまず両親に跪拝《きはい》（跪いて額を地面につける挨拶）し、それから身を起こして張汧を紹介した。一家皆が再会をおおいに喜び合った。

この時、人壁《ひとかべ》の中から豪快な笑い声が上がり、高らかに吟じる声が響き渡った。

一灯続日月　一つの燈火が昼と夜をつなぎ
不寐照煩悩　眠れぬまま煩悩を照らす
不生不死間　生きもせず死にもせぬようなこの世で
如何為懐抱　いったい何を心のうちに抱けようか

陳老人は心臓がとまりそうになった。張汧に傅山がここにいると知られぬかと恐れたが、張汧の方はすぐに傅山の詩と気付いた。士林《しりん》では長年流布し、名声高き詩だったからである。

「日月」を合わせると「明《みん》」――。詩中の「一灯《いっとう》、日月続《ひびつづ》き」とは、暗に大明《だいみん》の国土を復活させよと述べているのであった。今の世で口に出してはならぬ言葉と張汧も心得ているため、聞こえない振りをした。陳老人は内心恐れてただ一言言った。

「狂人じゃ。気にせんでよい」

陳廷敬はまだその声の主がいかなる人物か知る由もなかったが、口に出せぬ事情を察しつつも、ここでは知らぬ振りをして張汧《ちょうけん》を促した。

「張汧兄《ちょうけんけい》。さあ。中に入りましょう」

すると今度は、傅山が人壁《ひとかべ》の中から叫んだ。

「先祖を忘れ、賊《ぞく》を父《ちち》と認めるは、狂人よりも悲しむべきことではないか。陳公子《ちんこうし》は去年の秋闈《しゅうい》、太原《たいげん》の府学《ふがく》であのような騒ぎを起こすなどまだ男児気《おとこぎ》ありと思われた。しかし狗皇帝《いぬこうてい》に『廷《てい》』の字をもらって感涙し、死《し》を誓《ちか》いて忠《ちゅう》を尽くそうなどとは。悲《かな》しむべし、嘆《なげ》くべし」

張汧はそれでも聞こえない振りをしたが、陳廷敬の方がいたたまれなくなり、笑い出した。

「張汧兄。初めてお越しくださったのに、かかる興ざめなことに出くわすとは、まことに申し訳ない」

そして振り返ると、父親に向かって言った。

「父さん。この方を丁重にお通しください。後でお会いしようと思います。どちらの神仙《せんにん》でいらっしゃるのか、とくと拝見しなくては」

陳老人はそれを聞いて、気色ばんだ。

「だからただの狂人だと言っているではないか。三金、追い返しなさい」

陳廷敬が慌てて言った。

「父さん。断じて乱暴はなりませぬ。三金。この方にご無礼のないようにお願いするよ」

陳廷敬は張汧を応接間に招き入れると、家の者が茶を運んできた。ひとしきり雑談をしてから陳廷敬は言った。

「張汧兄。ひとまずは旅の垢を落として少しお休みください。後でまたお話に上がりますから」

張汧が笑って答えた。

「どうかお構いなく。ご家族とは数カ月ぶりの再会でしょう。積もる話もあるでしょうから」

家の者が張汧を案内して去ると、陳老人が慌てて言った。

「廷敬《ていけい》。来客は傅山《ふさん》だ。おまえは会ってはならぬぞ」

「朱衣道人《しゅいどうじん》（傅山の号《ごう》）の傅青主《ふせいしゅ》殿であることは、とうに見当がついていましたよ。傅山先生の学識と人品を私は常々より尊敬申し上げています。家まで訪ねて来られたお方に、会ってはならない理由があるのですか」

陳老人は苛立って地団太《じだんだ》を踏んだ。

「廷敬、何を寝ぼけたことを言っている！　傅山は数年前、道人らとともに謀反《むほん》を起こそうとしたが、事前に計画が漏れて逮捕され、数年間牢獄につながれていたのだ。証拠不十分で官府からは釈放されたが、いまだに各地の義士《ぎし》を組織している。朝廷が常に監視する相手なのだぞ」

「傅山先生の学識の高さと造詣の深さは言うまでもありませんが、先生の忠義心を私は尊敬しているのです」

陳老人は焦れったいやら怒りたいやら……。しかし家に客人がいることを思うと、大声で叱責することもできず、低い声でこう言った。

「廷敬。自分が何を言っているのかわかっているのか。傅山の忠義心を尊敬することは、清朝に尽くす自らを否定するに等しい。わが陳家は現朝廷に忠誠を誓っているのだぞ。ご先祖様からは学問に励み、朝廷にお仕えするよう教えられてきた。つまりはご先祖様に背いていることにもなる」

陳廷敬は項垂《うなだ》れて答えた。

「父上。口答えするわけではありませんが、『小人《しょうにん》は沆瀣《かすみ》を一気《すいこむ》（考えの狭い者同士が意気投合するたとえ）が、君子《くんし》はかえって各々の道を行くべし』と思うだけです。私が傅山先生の気節に信服することが私自身の品格《ひんかく》や志向《しこう》を辱《はずかし》めているとは思いませぬ」

この時、陳三金が入ってきて言った。

「老太爺《おおだんな》様にご報告申し上げます。あの道人がどうしても去ろうとしないので、こちらも無理やり追い払うしかありませんでした。押し問答をしているうちに結局は手を出してしまいましたが、なんとか追い払いました」

陳廷敬が慌てて尋ねた。

「お怪我をさせてしまったというのか」

「手が出れば、無傷で済まないのはいたし方のないこと。それもかなりの痛手《いたで》かと思われます……」

陳廷敬はがばっと立ち上がった。

「なんということをしてくれたのだ！」

そう叫んだかと思うと、気を揉んでいる父親にも構わず、外に飛び出していこうとした。陳老人が声を押し殺してそれを制した。

「廷敬！　自分の将来を顧《かえり》みないのは勝手だが、陳家《ちんけ》数百人の命とお家のことは、考える必要がないというのか」

陳家の老夫人は横に座って一言も発しないでいたが、ここへきて不安が募ったのか、涙ながらに言った。

「なんてことなの。廷敬が進士に合格できたのは、本来なら比類なき吉事《きちじ》のはずなのに、面倒が一つまた一つと降りかかるとは」

廷敬の妻である淑賢《シューシエン》は姑の横に立ち、何も言わずに控えていたが、やはり姑と同様に心が乱れて涙した。

それでも陳廷敬は馬を牽《ひ》いて家を飛び出したかと思うと、中道庄村《ちゅうどうしょうむら》の中を矢のように駆け抜けていった。下僕《げぼく》の一人とすれ違ったので、陳廷敬は馬の手綱を引いて尋ねた。

「赤い装束の道人殿《どの》はどちらに行かれた？」

下僕《げぼく》が指さして答えた。

「北の方へ向かっていきました」

馬を鉄砲玉のように飛ばして陳廷敬が追いつくと、傅山は目を閉じて木の下に座っていた。陳廷敬は慌てて馬から降りて挨拶した。

「不肖、陳廷敬、傅山先生にお詫びを申し上げます。家の者が先生にお怪我を負わせてしまいましたか」

傅山はなおも目を閉じたままである。

「そんなに簡単にやられると思うか。この筋骨《きんこつ》、鍛えていなければ、とうに官府の棍棒のもとに殺されていたわ」

「この廷敬、幼き頃より先生の義名《ぎめい》を耳に育ちました。清朝の政権確立後も先生は決して帰順せず、剃髪《ていはつ》にも甘んじず、頭髪をなびかせて山に入り[2]、道人となられました。先生の詩文は広く流布していますので、手に入るものはすべて拝読して参りました。一文字一文字が甘露の如く、余韻が口に満ちました。ましてや先生の医術に対する造詣は深く、壺《ひょうたん》を懸《か》け（医師開業の印《しるし》として軒先《のきさき》に瓢箪《ひょうたん》をかけた故事より）世《よ》を済《すく》われ、数えきれぬほどの人々を救ってこられたお方ですから」

すると傅山は突然目を見開き、陳廷敬の言葉を遮った。

「いや！　壺《ひょうたん》を懸《か》けたところで世は済えぬ！　世を済うためには天下の豪傑を集め、わが漢人の天下に復せねばならぬ！」

「廷敬が思いますに、天下（世の中、社会）とは、天の下にいる万人にとっての天下であるかと。種族には胡《えびす》と漢《かん》の区別はなく、上には天を支え、下には地を踏み固め、日輪を仰ぐことと自他の分け隔てはないものと存じます。統治者が天道《てんどう》を敷き、人心《じんしん》に順《じゅん》じ、万民を福《ふく》するなら、天下の人々は自然と心服するものであると私は考えます」

傅山《ふさん》はしきりに首を振って言った。

「陳公子《ちんこうし》、血迷われたな！『わが族類《ぞくるい》に非ざれば、その心、必ずや異なる！（『春秋左伝』より）』」

陳廷敬は始終《しじゅう》立ったままで恭《うやうや》しい姿勢を崩さなかったが、言葉は卑屈にも傲慢にもならない。

「傅山先生《ふさんせんせい》のお言葉は先祖の遺訓《いくん》であるとはいえ、廷敬は同意しかねます。今人《いまびと》が古《いにしえ》を尊ぶ際、まず統一を成し遂げた秦《しん》と国力の盛《さか》んだった唐《とう》を挙げましょう。秦人《しんじん》が中原《ちゅうげん》に主《ぬし》として入京する前、函谷関《かくこくかん》の外を逡巡《はいかい》すること三百年。[3] 漢人《かんじん》、之《これ》を視《み》ること虎狼《ころう》の如《ごと》し、でした。その後、秦の始皇帝《しこうてい》が鋼の戈《ほこ》に鉄《てつ》の馬《うま》で天下を席巻、国土を統一した途端、漢人でこれを正統《せいとう》として敬わぬ者は一人もいなくなりました。次に大唐《だいとう》についても述べましょう。当世の読書人で崇拝せぬ者は一人もいませんが、唐の皇室《こうしつ》李氏の本姓《ほんせい》は大野《だいや》、すなわち鮮卑人《せんぴじん》、——漢人ではありませぬ。それから北魏《ほくぎ》の孝文帝《こうぶんてい》ですが、漢制《かんせい》に変更し、五胡《ごこ》（魏晋南北朝時代の匈奴、鮮卑、羯《けつ》、氐《てい》、羌《きょう》の非漢民族）をすべて漢《かん》に帰《き》しました。今日《こんにち》の漢姓《かんせい》の多くは、実をいえば当時の胡人《えびす》なのです。古人《こじん》でさえこのような度量があるものを、今日のわれらがなぜ満人《まんじん》を受け入れることができないのでしょうか」

傅山は怒りで目を見開いた。

「ふん。漢人が満人を受け入れないなどと誰が言った。満人が漢人を受け入れないのではないか！」

陳廷敬は声を荒らげずに答えた。

「今上皇帝陛下は寛大かつ仁《じん》に篤《あつ》く、慈悲の心をお持ちです。天下の読書人《どくしょじん》を厚遇され、古《いにしえ》の賢王《けんおう》の治に倣《なら》い、少年英主《しょうねんえいしゅ》ともいうべきお方です」

それでも傅山は首を振り続けた。

「陳公子は高く遥《はる》かなる抱負を掲げ、社稷《しゃしょく》を正し、扶《たす》ける才略《さいりゃく》をお持ちだ。しかし国破《くにやぶ》れ家滅《いえほろ》び、生きていてももはや無益でしかない。『生《い》きず死《し》せずの間に如何《いか》が為《ため》に大志を抱かん』——。あなたは自ら郷試を受け、会試を経験したことで、危うく命まで送り出すところだった。清朝廷《しんちょうてい》の腐敗は、もはやわしが多くを語るまでもないだろう。何故《なにゆえ》に天下の義士《ぎし》と道《みち》を一にし、復明《ふくみん》の大計《たいけい》をともに謀《はか》り、明《あか》るき日《はる》と朗《かがや》く月《つき》を天下に還《かえ》さんのじゃ」

しかし陳廷敬は、譲らなかった。

「傅山先生、満人の悪事はもちろん、あるにはあります。しかし廷敬が見たところ、国法を乱しているのは、どちらかといえば漢人が多いのです。科挙の不正も多くは、前明《ぜんみん》の旧臣《きゅうしん》です。清濁《せいだく》は満漢《まんかん》を分けず。朝廷が腐敗をいかに取り締まるかにかかっているのではないでしょうか」

傅山は陳廷敬を見やるとまた首を振り、嘆息したかと思うと長い沈黙の後、ようやく口を開いた。

「どうやら陳公子は血迷い、悟《さと》らぬらしい。今日、傅山の口にしたことは一字一句が首《くび》を刎《は》ねられても当然の言葉ばかり。陳公子、もし手柄を立てたければ、速やかに官府に告発に行かれよ。太原陽曲城《たいげんようきょくじょう》の外に五峰観《ごほうかん》という道観《どうかん》(道教の寺院)がある。わしはそこにいる。断じて逃げはせぬ」

陳廷敬は手の拳を合わせて丁重な挨拶をした。

「先生は私をなんと心得《こころえ》ておられるのですか。先生に拙宅に数日ほどお泊りいただき、いろいろとご教示《きょうじ》いただきたいと思っていたところです」

「ご尊父が先ほど言われた通りだ。『道異《みちことな》れば、相与《たが》いに謀《はから》ず』。失礼する」

傅山はそう言い終わると起き上がり、身を翻《ひるがえ》して立ち去ろうとした。陳廷敬が傅山を呼び止めた。

「これから陽曲に行かれるなら、山高《やまたか》く路険《みちけわ》しくございます。傅山先生、私の馬をお使いください」

傅山は振り返らなかったが、短く言葉を返した。

「気遣いはご無用。礼は言うぞ」

陳廷敬が馬を牽《ひ》いて進み出た。

「傅山先生。道異《みちこと》なれども、君子が互いに敬《うやま》い合うことは可能です。遠慮はご無用です」

傅山はやや躊躇していたが、手を伸ばして馬の手綱を受け取った。

「わかった。傅山、情けを受けよう」

傅山はそれ以上多くを口にせず、馬に跨《また》がると、砂塵を立たせて去っていった。

家では陳老人が苛立ちを抑えることができず部屋の中をぐるぐると歩き回り続けながら、ぶつぶつ言っていた。

「まったく廷敬のやつは、なんという大馬鹿者じゃ！　これだけの騒ぎを潜《くぐ》り抜けて進士にも合格したことで少しは大人になったのかと思っていたら、この様《ざま》は何だ。傅山《ふさん》と会ったことでまた大きな面倒が降りかかることになるやもしれぬ。あやつをさっさと呼び戻してくるのじゃ」

そう下僕に言っているところへ陳廷敬が帰ってきた。

陳夫人が涙を拭きながら訴えた。

「廷敬。父さんがどれだけ心配していたかわかっているのかい」

陳老人は息子が帰ってきたのを見て少しは安心したが、いくらか小言を言わずにはいられなかった。

「廷敬。読書人なら皆、傅山先生の名節を尊敬申し上げている。しかし時節を識《し》る者こそ英俊豪傑だ。今日のことで禍を招くことは間違いない。ただその禍がいつその身に降りかかってくるかだ」

それでも陳廷敬は反駁した。

「君子相見《くんしあいまみ》えるは坦坦《おだやか》に蕩蕩《ゆたか》に、です。そんな恐ろしいものではありませんよ。傅山先生は学問の造詣《ぞうけい》深く、品性高潔《ひんせいこうけつ》、国朝はまさにこのような人材を必要としています。わざわざ私を説得しにわが家まで来られたのなら、私が先生を説得してはいけない道理はないでしょう」

陳老人は一層逆上した。

「何を寝ぼけたことを言っておる！　何たる稚拙さ！　傅山を説得して朝廷に帰順させたいのはおまえだけだとでも思っているのか。おまえよりずっと名声高き人物たちが、皇帝の承認を掲《かか》げて出仕するよう説得してきたが、一切受け付けられなかったというのに」

「傅山先生のような方が朝廷に帰順されれば、さらに多くの読書人が朝廷に心服するでしょう。天下の帰心《きしん》は、蒼民すべてにとっての福徳です」

陳老人はまさか息子がここまで強情だとは夢にも思わず、仕方なくこう言った。

「一つだけこの父の言うことを覚えておきなさい。傅山のような人物は、気節のために生きておる。名《な》を青史《せいし》にとどめんがために生きているのだ。百年後の書物がその軌跡《きせき》を記すかもしれぬが、今は朝廷がいつ彼を殺してもおかしくはない。そんな相手のために自分の前途を台無しにしてはならぬ」

陳夫人が父子の間に割って入った。

「さあさあ。父子《おやこ》二人での言い争いは、もうそれくらいにしてください。家にはお客様もいらっしゃるのですよ。廷敬、衙門《がもん》では吉報がつくやいなや知府大人様《ちふたいじんさま》、知県《ちけん》の老爺様《だんなさま》、それに親戚一同が皆祝いの挨拶に駆け付けてくださいましたよ。こちらからも日をあらためて返礼に回らなければなりませぬ。今は何も考えず、お連れしたお客様のお相手をして差し上げなさい」

陳廷敬は張汧を伴って、屋敷の中をあちこち案内して回った。道すがら仕事に勤《いそ》しむ家の者に頻繁に出くわしたが、皆が華やいだ顔をしている。二人は屋敷の西の端にある庭園までやって来た。築山《つきやま》に庭石《にわいし》が聳《そび》え立ち、池には穏やかな波が立ち草花や樹木が生き生きと生い茂っていた。

「ここは、実に学問に持ってこいですね」

張汧の言葉に、陳廷敬が笑って答えた。

「家父《かふ》は大変厳格《げんかく》な人でしたので、普段はここに入ることは認められず、書斎で壁に向かって苦学することしか許されませんでした。一方、大人《おとな》たちは商売に忙しく、このように立派な庭園があるのに、もう長年使用人らしか出入りしていないのです」

陳家の屋敷のある大きな敷地は、高く聳《そび》える城塞のような壁が周囲に巡《めぐ》らされている。その上に登ると屋敷全体を俯瞰《ふかん》することができたが、眼前に広がる大きな屋敷の中にはいくつもの家屋があり、中庭にまた別の中庭が連なる。張汧が遠くを眺めつつ、しきりに感嘆した。

「陳家の名声は遥か遠くまで届いていましたから、以前より噂には聞いていました。ただこれほどまでの威容《いよう》だとは思いもしませんでした。陳家のご先祖は、本当に尊敬に値します」

「俗に『小富《しょうふ》は倹約で、大富《だいふ》は運命で決まる』と言いますが、まったくそうとも言えません。わが先祖はその昔、赤貧洗《せきひんあら》うが如しであったと言います。当初は雇われて石炭を掘っていたそうです。やがて自ら炭鉱を開き、その後は製鉄を始め、鉄鍋《てつなべ》や犂鏵《すきのは》を作る商売を始めました。代々倹約を旨《むね》とし、散らばった砂を塔に積み上げるような努力を経てようやく今日《こんにち》があるのです。家業である鉄器《てっき》の商売は、今や遠くは日本や南洋《なんよう》にまで広がっています」

「張家には少ないながらもいくらかの財産があったのですが、祖父の手に引き継がれてから次第に没落の様相を呈《てい》するようになり、一年一年と悪くなっていきました。家父は私に先祖の偉業を復活させ、家を再興してほしいと期待をかけています」

陳廷敬が慌てて言った。

「張兄殿《ちょうけいどの》は、きっとおおいに名を上げ、必ずやお家再興に大きな道を開かれることでしょう」

そんな話をしているところ、雲に届かんばかりに高く聳《そび》える楼《ろう》が張汧の目にとまった。あまり見かけない建築様式である。

「あれが陳家のかの有名な河山楼《かざんろう》ですか。早くから噂を聞いていましたよ」

「ええ。その通りです。河山楼ですよ。明《みん》の崇禎《すうてい》五年の頃、秦の匪賊（陝西の盗賊、後の李自成軍）が南へ移動し、略奪に殺戮《さつりく》、焼き討ちをほしいままとし、残忍かつ凶暴この上ありませんでした。そこでわが陳家《ちんけ》では皆の命を守るため、七カ月をかけてこの河山楼を建てたのです。偶然にも楼の完成したその日、秦の匪賊どもが蜂《はち》飛び交い、蟻《あり》押し寄せるが如く城下まで迫ってきました。まさに間一髪でした。全村民《ぜんそんみん》八百余人が慌《あわただ》しく楼に登り、高所に拠《よ》って敵から身を守りました。楼の頂上から一望すると、眼下は赤き衣《ころも》が野を覆い雄叫びが天を震わせていたそうです。しかしどれだけ人数に恃《たの》んで迫ろうとも、秦の匪賊はただ遠くから楼を囲んで、怒号を上げる以外なく、そばに近づくこともできなかったとか。悪人どもは城楼を攻め落とすことができないので、囲んで攻めずに兵糧攻めにして楼の中の人間を渇《かわ》きに苦しませ、飢え死にさせようとしました。しかし建設時に楼の中に井戸を一つ掘っており、石碾《ひ》き（碾《ひ》き臼。皮をむくための粗い作業をする）、石磨《せきま》（石臼。穀物を粉にひく作業をする）、石碓《せきすい》（石の鉢と打ち棒。棒を垂直に上から打ち付けて穀物を砕く）を置き、食糧も十分に備えていたとは、まさか思わなかったのでしょうね。十日や半月の籠城《ろうじょう》程度ではびくともしませんでした。匪賊どもは楼を五日間包囲した後、総崩れとなって散り散りになったそうです」

「八百人あまりもの人命を救ったというのは、まさに大いなる徳《とく》、大いなる善《ぜん》ですね。陳家のかかる義挙《ぎきょ》を近隣数県の人間で知らないものはいないでしょう」

「父の話では、あの時の匪禍《ひか》で村民は誰一人として怪我することなく皆無事だったのですが、家財《かざい》は一つ残らず奪われ、多くの家屋が焼き討ちに遭ったということです。

仕方がないので、陳家では再び私財を投じて、この城壁を作りました」

　張汧が悲嘆して言った。

「わが家もちょうどあの数年の匪禍のために、壊滅的な打撃を蒙りました。乱世で苦しむのは常に庶民ですね」

「乱世の乱《らん》、禍害時《かがいとき》に有《あ》り。太平の乱《らん》、国寧《くにやす》かなる時なし」

　張汧はその言葉を聞くと、目が覚めたかのように感嘆した。

「何をもって『太平之乱《たいへいのらん》』と呼ぶのか、詳しく聞かせてください」

「旧明朝が滅びたのは、官界《かんかい》が汚職に塗《まみ》れ、宦官の群れが政《まつりごと》を乱《みだ》し、権臣《けんしん》が争闘《あらそ》い、華美の風潮が朝野《ちょうや》に満ちていたからです。それこそ『太平之乱《たいへいのらん》』ですよ」

　張汧は手の拳を合わせ、心服したように頭を下げた。

「廷敬殿の言うことには一理ある。『轍《てつ》を覆《ふ》みしが前《さき》、殷《いん》滅《ほろ》びし鑑《きょうくん》、遠《とお》からずや』」

「家父《かふ》と先生方には聖賢《せいけん》の書《しょ》を読み、浩然《こうぜん》の気を養うようにと教えられました。志《こころざし》ありて官界《かんかい》に身を投じるなら、好《よ》き官《かん》たれ、百姓《たみ》を思いやり、後世に名を残せと言い聞かせられました。あるいは在野に暮らし、よき師となれと。月媛《ユエユエン》の父もそう言います。ああ。月媛のことを思うと、両親にどう切り出すべきか、まだ考えあぐねていますよ。それに、淑賢《シューシエン》に申し訳ない」

　張汧は、これは縁というもの、きちんと説明すれば問題ないと慰めた。遠くの山の頂上で荘厳に輝く建物が見えたので、張汧が尋ねた。

「あれは何ですか」

「あれはうちの道観《どうかん》です。張兄殿はご存じないと思うのですが、陳家は道教を信奉しており、家で何か重要なことがあると、常に大道観で行事を執《と》り行《おこな》います。実はこれにも由縁《ゆえん》があります。その昔、ご先祖様が病に倒れて死にかけた道人《どうじん》に行き合い、その人を家に連れて帰りました。その頃はわが家も貧しかったのですが、その道士《どうし》様《さま》を二月《ふたつき》以上お世話したそうです。道士様は病が治ると、ここに家を建てるよう勧められました。当地は周囲百里《ひゃくり》以内でもなかなか見つからぬ形勝の地故《ゆえ》、きっと家が栄えるだろうと。その後、それが本当だったと証明され、ご先祖様があの道観を建てたのです。今回私が進士に合格したことを受け、家父は村民らのために半月間劇を上演しようと計画しているのですが、それもあそこで行われます。道観の中には舞台もあるのですよ」

そこまで聞くと、張汧はこらえきれずに尋ねた。

「お宅の入り口で詩を吟《ぎん》じていた人物。ちらりと姿を見かけましたが、道人《どうじん》のようでしたね。それになんと傅山《ふさん》の詩を吟じていた。廷敬兄《ていけいけい》殿、ああいう輩《やから》にはくれぐれもお気を付けあれ」

陳廷敬が慌てて言葉を遮った。

「管家《しつじ》の話では隣村の狂人とか。追い払ったそうですよ」

張汧はあらためて、陳家《ちんけ》は代々仁義に篤《あつ》く、慈善精神に富み、男は孝行で女は賢く、栄えぬわけがない、と讃《たた》えた。二人は互いに心をくだき合い、自然と社交辞令のやり取りとなった。

〈訳者注〉

1 論語『君子に三畏有り。天命を畏れ、大人を畏れ、聖人の言を畏る』の「三畏」を踏まえた言葉か。

2 僧侶、道人は弁髪を結わなくてもいいと清の朝廷が定めたため、満州族に帰順することを潔しとしない読書人の多くが、僧侶や道人となった。

3 秦は生産力の低い乾燥した土地しか領土にできず、領地が安定せずにあちこちさまようように移動を余儀なくされた弱小部族だった。

十二

張汧《ちょうけん》は陳家に一晩滞在し、翌日には早くから起き出して高平《こうへい》の実家に帰っていった。両親に吉報を知らせようと家路を急ぐ張汧を陳廷敬もそれ以上は引き止めなかった。

張汧を送り出すと、一家の人々はまた部屋の中に戻ってあれこれと話を始めた。そこで陳老人が切り出した。

「世間では皆、当初はおまえが状元《じょうげん》に選ばれていたのに、衛大人《えいたいじん》が陛下の前でおまえを悪く言って引き摺《ひず》り下ろした、それはおまえが衛大人に付け届けをしなかったことが原因だと噂しているが、それは本当なのか」

陳廷敬の心中でもまだ疑念は晴れてはいなかったが、両親の前ではこう言った。

「ああ。その話は伝わっていくうちに尾ひれがついて、まるで違う話になっていますね。貢院《こういん》で私は何かと試験の邪魔をされ、考巻《とうあん》を汚してしまいました。にもかかわらず失格になった挙人の遺巻《いかん》の中から、私の考巻《とうあん》を探し出してくれたのは、衛大人です。衛大人がいらっしゃらなければ、今日《こんにち》の私はありませぬ。これはと思う高官を師と仰ぎ、その門下《もんか》に身を投じて門生帖子《もんせいじょうし》（門下生の自薦口上書）を差し出し、付け届けを贈ることは、京師ではすでにしきたりになっており、とりたてて大騒ぎするようなことではありませぬ。しかし衛大人といえば、平素それさえも受け取らないお人として知られています。そんな大人が汚職官僚などとは、とんでもない」

それを聞いて、陳老人もほっとしたように応じた。

「ほお、そういうことだったのか。衛大人は、本当に好《よ》き官《かん》なのだな」

淑賢《シューシエン》のお腹はすでに傍目《はため》にもはっきりとわかるほど膨らんでおり、老夫人のそばに座りながら、こみ上げてくるつわりのために、たびたび口を押さえていた。それを見て陳夫人が声を掛けた。

「淑賢、もうここに控えていなくてもよいから、部屋に戻って横になっていなさい」

下女の翠屏《ツイピン》が慌てて駆け寄ると、淑賢の体を支えながら部屋へと介抱した。翠屏はまだ十二歳ながら、なかなか気のきく娘《むすめ》である。

淑賢《シューシエン》が奥の部屋に戻ると、陳夫人が皆に下がるようい い、応接間には陳廷敬と両親のみが残った。そこで老夫人がおもむろに口を開いた。

「敬児《ジンアル》。母はおまえが京師でまた嫁を娶《めと》ったと聞きましたが」

陳廷敬は、はっと顔を赤らめて尋ねた。

「母さん、どこから聞いたのですか」

「私は淑賢から聞きましたよ。大順《ターシュン》が翠屏《ツイピン》に、翠屏が淑賢に伝えたそうです」

「大順のやつめ！」

陳廷敬が叫んだ。陳老人はじっと黙っていたが、それを聞いて怒鳴った。

「己の為《な》したことで、大順を責めてどうする」

「父さんと母さんに隠していたわけではありません。ただ自分の口からお二人にお伝えしたかっただけです。前もって報告することができなかった、私の親不孝をお許しください。しかしこれには止むに止まれぬ事情があり、知らせを持って帰るには間に合わなかったのです」

陳廷敬は京師で危うく命まで落としかけたこと、李家《りけ》父娘《おやこ》のおかげで幸いにも救われたことを詳しく話して聞かせた。また衛大人《えいたいじん》が仲人《なこうど》となってくれたこと、自分としても命を助けてもらった恩に報いたくこの縁談に応じたことも話した。

陳夫人は事情を聞き終わると、息子の手を取ってまた泣き出した。

「母は思ってもみなかったよ。おまえが京師でそんなに苦労していたなんて！　李家父娘はまさにおまえの恩人だねえ」

「月媛妹妹《ユエユエンメイメイ》が助けてくれなければ、私はもうとっくに黄泉《よみ》の国に送られていましたよ」

陳夫人は振り返って陳老人の方を見やると言った。

「老爺様《だんなさま》。そういう話なら、この縁談は認めましょう。これも縁というものかもしれませぬ」

陳老人は返事をしない。子供の婚姻という大事はいかなる事情あれどもまずは親に報告してしかるべきであり、自分で勝手に決めるとは何事かと内心不満ではあった。しかし複雑な事情を息子本人から説明されたことで、陳老人の怒りも次第に解けていくのだった。それでも一言も言葉を発しようとしなかった。内心いかんにかかわらず、口では常に厳格に接する父であると、陳廷敬は父親の気性を心得ていた。

　陳廷敬がこの縁談に同意したのは、まことに止むに止まれぬところまで追い込まれてのことではあった。李老先生を敬愛し、感謝もしており、月媛はまだ幼いながらも聡明で愛らしい。ただ双方に対して申し訳ないことになったと感じていたのである。

「淑賢にも申し訳ないし、月媛にはつらい思いをさせていると思います。由緒正しき良家《りょうけ》の女性に、自らを貶《おとし》めて妾に甘んじるようなどと、どうして強いられましょう」

　陳夫人はしばらく考え込んでいたが、再び口を開いた。

「淑賢には母から話をしましょう。あの子は道理をわきまえた女性です。むやみに嫉妬するような子ではありませんよ。月媛が将来成長し、おまえが妻に迎えたとしても、淑賢の性格ならつらく当たるようなことはないでしょう。私たちは、道理さえきちんと説明してもらえれば、受け入れますよ。すでにあちらを義父とも呼び、婚約もしたというのなら、義理の息子として孝行を尽くすことです。岳父殿《がくふどの》はいまだ病《やまい》に伏せっておられるとのこと。親戚や友人のところへ挨拶回りを済ませ、ひと通りの用事が終わったら、早めに出発して京師に戻りなさい」

　ここで陳老人が初めて一言、口を挟んだ。

「母さんの言いつけをよく守ることだ」

　陳廷敬が四十日ほどかけて親戚や友人への挨拶回りを済ませると、陳夫人は早く京師に帰るように急かした。

「父さんも母さんも体はまだまだ丈夫です。家の諸用には皆、目を配る人間がいます。おまえは今や朝廷の人間なのだから、自分の勤めを最優先にしなさい」

　しかし陳廷敬は心が引き裂かれる思いだった。両親のそばで少しでも長く過ごしたいと思うと同時に、京師の岳父の体のことも気がかりだった。岳父がもしまだ病床に伏せったままであったらと、月媛妹妹《ユエユエンメイメイ》を不憫に思わずにはいられなかった。


　陳廷敬には弟がおり、もともとはやはり「統」の一文字だったが、今や陳家の兄弟は皆聖諭《せいゆ》に従って「廷《てい》」の字を「字輩《じはい》(同世代共通の文字)」とした。「廷統《ていとう》」は、大順と年回りはほぼ同じであったが、兄について京師に勉強をしに行きたいと両親に繰り返しねだっていた。この弟の気性を陳廷敬はよく心得ていた。やや浮わついたところがあり、京師に行けばますます放蕩を重ねるのではないかと憂慮し、これまでその願いに応じたことはなかった。廷統は泣いて騒いだ。

「父さんと母さんは依怙贔屓《えこひいき》だ。大哥《にいさん》が進士に合格した途端、大哥《にいさん》しか眼中にないんだ」

子は父親を恐れるものである。最後には陳老人が雷を落としたことで、廷統のわがままもようやく収まった。陳廷敬はこの弟を諭《さと》すように言い聞かせた。

「家でよく勉強しなさい。将来進士に及第して官職を得れば、自然と京師にいけることになるのだから」

そのまま陳廷敬に付き従うことになった大順《ターシュン》は、翠屏《ツイピン》に声を掛けた。

「老太爺様《おおだんなさま》のお申し付けで、おいらは大少爺様《おおわかだんなさま》に付き従って京師に行くことになったけど、おまえも行くか」

普段は大順を見かけた途端、ぽっと顔を赤らめる翠屏が、大順に聞き返した。

「出ていくあんたが、あたしに聞きに来てどうするのよ！」

「おまえも見に来いよ。京師の世間は広いぞ。今まで見たことがないものがいっぱいある。暇な時には毎日でも遊びに連れていってやるよ」

翠屏は首まで真っ赤にして言い返した。

「世間が見たいなら、勝手に見に行けばいいじゃない。あたしにまとわりつくのはやめてよ。若奥様が花園《おにわ》でお待ちなんだから！」

そう言い捨てると、翠屏は踵《きびす》を返して去っていった。大順は翠屏の剣幕に驚き不安を覚えたが、その後を追う勇気もなかった。翠屏は淑賢《シューシエン》に糸と針を届けるところであった。淑賢は自らの手で陳廷敬に何着か服を縫おうとしていたのである。淑賢が翠屏に話しかけた。

「大少爺様《おおわかだんなさま》が京師に行かれるのに、お世話をする人がいないわね。大順は遊びたい盛りで頼りにならないからまったく安心できないわ。翠屏、あなたが大少爺様《おおわかだんなさま》についていってくれないかしら」

母親のそばで遊んでいた息子の謙吉《チエンジー》が、翠屏の答えを待たずに大きな声を上げた。

「僕、父さんと一緒に京師に行く！」

淑賢が息子に尋ねた。

「おまえまで母さんを捨てるのかい」

それは息子をからかって言った言葉だったが、翠屏には自分に対する皮肉のようにも聞こえるのだった。

そんなやり取りを聞きながら、翠屏は頬を赤く染めて項垂《うなだ》れたまま答えた。

「どうかここに、若奥様のおそばにいさせてください」

淑賢は翠屏の方を見やったが、こらえきれず口を押さえて笑い出した。

「私の前で無理しなくてもいいのよ。大順が行ってしまうからって、あなたはこのところ毎日まるで魂が抜けたみたいだったじゃないの」

翠屏は思わぬことを指摘され、取り乱して泣き出した。

「若奥様、誤解です！」

ふと部屋から琴の音色が聞こえてきた。今度は淑賢の方が動揺し、うっかり針で指を刺してしまった。陳廷敬が部屋で弾いている琴の音であった。翠屏は慌てて、淑賢の傷ついた方の手を取った。

「若奥様こそ、気になるのなら老太太《おおおくさま》にお願いして、一緒に京師に行かれたらいいじゃないですか！」

淑賢は微笑んで、ため息をついた。

「お義父様もお義母様ももうお年なのよ。行けるわけがないじゃないの」

淑賢もそれ以上は言わなかった。陳廷敬のために服を縫いつつ、琴の音色に耳を傾けていた。しばらくすると琴の音がやんだので、淑賢はふと池の方を見やり、夢から覚めたような表情になった。池には蓮《はす》の花が咲き乱れ、その上を蜻蛉《とんぼ》が飛び交っている。謙吉が池の畔に蜻蛉《とんぼ》を追いかけに走っていったので淑賢は息子を諫《いさ》めた。

「むやみに走ってはいけませんよ。池に落ちたらどうするの」

ふと前方を見ると、陳廷敬がこちらへやって来ようとする姿があり、翠屏が慌てて立ち上がった。

「大少爺《おおわかだんな》様。こちらにお座りになってください。今、お茶をお淹れしますから」

翠屏が去っていくと、陳廷敬は淑賢に声を掛けた。

「淑賢。服はもう十分にあるから。少し休んだ方がいい」

淑賢はそれには答えず、まったく別のことを口にする。

「翠屏も一緒に京師に行かせようと思っています。お世話をする人がいれば安心ですもの」

陳廷敬の答えもまた脈略のないものであった。

「今、つらいのはわかっている。これは宿命なのだと思う」

淑賢《シューシエン》が項垂れて答えた。

「まあ。つらいなどということはありませんわ。私は心からあちらに感謝しているのですよ。お義父様もお義母様もあちらは陳家の恩人だと口をそろえて言っておられました。私だけが恩知らずな、義《ぎ》に背く人間になどなれるわけがございませんわ」

「やはり父さん母さんに話をするよ。一緒に京師に行こう」

しかし淑賢は首を振るだけである。

「月媛《ユエユエン》のことを内心不快に思っただけでも『不賢《ふけん》』ですのに、さらに京師について行き、年老いたお義父様とお義母様を放って顧《かえり》みないようなことがあれば、私にはさらに『不孝』の烙印まで加わってしまいますわ。ですから私は参りません（『婦女道《ふじょどう》』の「三従四徳《さんじゅうしとく》」の内容を踏まえての言葉）」

まだ年端のいかない謙吉《チエンジー》は、しきりと二人の間に割って入り、父さんと一緒に京師に行くと駄々をこねた。

翠屏《ツイピン》は大少爺様《おおわかだんな》と若奥様が内輪《うちわ》の話をしていることは心得ており、わざとたっぷり時間をかけて茶を運んできた。そして遥か遠くから花園《にわ》の樹木の枝《えだ》をカンカンと大きく鳴らしながら歩いてきた。陳廷敬と淑賢は口をつぐみ、互いに黙りこくって向き合い、腰を下ろした。淑賢の心は暗く沈んだままだったが、翠屏がようやく戻ってきたのを見て、思わず小言を口にした。

「お茶一杯注ぐのに、ずいぶんと悠長でしたね。外まで茶葉でも買いに行っていたのかしら、それとも井戸まで水を汲みに行っていたのかしら。心ここにあらずなのはわかっていますよ。明日、大順《ターシュン》と一緒に京師に行きなさい」

淑賢にそういわれ、翠屏は大豆《だいず》のように大粒の涙をぼろぼろと流した。そこに陳廷統《ちんていとう》が駆けてきて知らせた。

「哥《にいさん》。張汧先生のお宅から手紙が届いたそうだよ」

陳廷敬が手渡された手紙を読むと、張汧の母親が病に倒れ、しばらくは高平を離れられないとのことだった。すでに秋も深まっており、陳廷敬は張汧を待たずに京師に発つことにした。

京師への出立の日、まずは祖廟（宗族《しゅうぞく》の祭事《さいじ》を執り行う祠《ほこら》）で先祖へのお参りを済ませてから、車に乗ることになった。その前に陳廷敬は再び跪《ひざまず》き、地面に頭をつけて両親に拝礼《はいれい》の儀礼を尽くした。陳家《ちんけ》の人々数十人全員が見送りに顔をそろえたほかにも、さらには数百人にものぼる近隣の人々も辺りを取り囲んだ。別れの挨拶を、と声を掛ける者もあれば、ただの物見高い野次馬もいた。

陳老人は再三陳廷敬に言った。

「廷敬、官界に身を置くからには慎重に行動せよ。もうおまえに言うべきことはすべて言った。今後はどれだけ出世しても、上は聖恩《せいおん》に報《むく》い、下は黎民《れいみん》を慰撫《いぶ》することを忘れてはならぬ。聖賢の書《しょ》から学んだことを、決して無駄にしてはならんぞ」

「父上の教えと戒めを謹《つつし》んで肝に銘じます」

次に陳夫人が言った。

「敬児《ジンアル》。家には淑賢がいてくれますから、安心して行きなさい」

とはいえ、妻が臨月であるだけに、陳廷敬はやはり心配は尽きない。

「淑賢、父さんと母さんのことを頼んだぞ。おまえも体に気を付けなさい」

淑賢が頷いた。

「日一日と寒くなりますから、たくさんお召しになって、くれぐれもお気を付けくださいね。謙吉、母さんのところへいらっしゃい。父さんはもう行かなくてはなりませんから」

謙吉は父親である陳廷敬の足にしがみついて離れず、目いっぱいに涙を溜めていた。陳廷敬は身をかがめ、息子を抱き上げると、笑って語りかけた。

「謙吉。泣くな。父さんが今度、京師からおいしいものを持って帰ってきてやるから。家でがんばって勉強して、大きくなったら京師に来なさい」

下女がやって来て謙吉を抱き上げようとすると、謙吉は火が付いたように泣き出し、駄々をこねて父親を行かせまいとした。謙吉の泣き方を見て、陳家の大人《おとな》たちも目を潤ませた。

「廷敬は京師に行ってお役人になるのだから、めでたいではないの。皆何を泣いているの」

と陳夫人は言いつつも、自らもはらはらと涙を流した。

翠屏も京師まで付き従っていくことになった。内心は小躍りせんばかりに嬉しく、始終大順の方を盗み見ては、一人にこにことしていた。しかし皆が涙にくれる様子を目の当たりにするうちに、さすがにこらえきれなくなって目を潤ませた。

陳廷敬が京師に向かうに当たっては、陳廷敬と翠屏《ツイピン》が同じ車に乗り、その車を大順《ターシュン》が御《ぎょ》した。荷物専用のもう一台は黒子《ヘイズ》（親しみを込めて色黒の人を呼ぶ時に中国でよく使われる愛称）が御《ぎょ》し、大順の後ろに付き従った。大順が車上から何度も後ろを振り返り、そのたびに翠屏はぽっと顔を赤らめて正面からじっと見つめ返した。そんな子供たち二人の様子を陳廷敬はたいして気にもとめず、車中ではただ読書に没頭した。

省都である太原に着くと、陳廷敬は巡撫衙門《じゅんぶがもん》に出向き、撫台大人《ぶだいたいじん》の呉道一《ごどういつ》を表敬訪問した。陳廷敬はもはやかつてのお尋ね者ではなかったので、呉道一は甚《はなは》だ丁寧にもてなし、衙門内に宴席を設けて歓待、三百両の祝儀を包んで餞《はなむけ》とした。陳廷敬は太原に数日滞在し、旧友らを訪ねた。また傅山《ふさん》を心底敬服するが故に、誰にも告げずに一人で五峰観《ごほうかん》まで訪ねていった。しかし傅山はいずこへか行脚に出かけており、不在だという。陳廷敬は意気消沈して甚《はなは》だ残念に思いながら、五峰観を後にした。

十三

道中飛ぶように道を急ぎ、陳廷敬はわずか二十数日で京師に到着した。京師に入城しようとしたその時、突然辺りが騒がしくなった。車の簾《すだれ》を上げて外を見ると、前方に囚人車が数十台、連なって進んでいた。ちょうど秋決《しゅうけつ》（秋の死刑執行。死刑執行は一般的に秋冬に行われる習慣）の時期に当たり、囚人車につながれていたのはまさに李振鄴《りしんぎょう》、呉雲鵬《ごうんほう》らのあの時斬首刑に決まった囚人たちであった。十数人の死刑執行人が、赤い装束《しょうぞく》を身にまとい、鶏《にわとり》の血で顔を赤く塗って刀《かたな》を手に囚人たちの後を歩いていく。陳廷敬は心臓が締め付けられるような痛みを感じ、憂鬱になった。

「入城した途端、こんな縁起の悪いものを目にしてしまうとは」

驢馬車《ろばしゃ》はそのまま李家に直行した。門前に到着し、まだ車から降りないうちに、月媛《ユエユエン》と父親の話し声が外まで聞こえてきた。月媛が壁の角にある梅の老木の蕾《つぼみ》を指して言った。

「父さん、梅の花がまたもうすぐ咲くわ」

「梅の花が咲く頃になれば、廷敬が帰ってくるな。まったくあっという間だ」

と李老先生が答えると、田媽《でんばあや》が笑い出した。

「老爺《だんな》様。うちには時が経つのが遅過ぎて困っていた人がいますよ」

李老先生は月媛の方を見やってやさしく微笑んだ。月媛は顔を赤らめて田媽《でんばあや》を恨めしそうに見た。

「田媽《でんばあや》ったら、いつも私をからかうのよ。田媽《でんばあや》だって毎日、廷敬哥哥《ていけいにいさん》が帰ってくるのを指折り数えて待っているくせに！」

ちょうどそんな話をしている時、門を叩く音がした。田媽《でんばあや》が表へ走っていったかと思うと、喜びの声を上げた。

「老爺《だんな》様、お嬢様、早く来てください。誰が帰ってきたのか、ご自身でお確かめになってくださいな」

月媛は一瞬、頭の中が真っ白になり、慌てて下を向いて自分の身だしなみを確かめた。部屋に戻って鏡を確認しに行きたかったが、足はまるで釘《くぎ》に打ち付けられでもしたかのように、その場から動かなかった。

陳廷敬はすでに蕭壁《しょうへき》(目隠し壁)を回って、にこにこしながら入ってきていた。

「お義父さん、月媛妹妹《ユエユエンメイメイ》、ただいま帰りました」

田媽《でんばあや》が笑って言った。

「まったく菩薩様のご加護かしら。親子二人で廷敬廷敬としきりに口にしていたら、ご本人が帰ってきたじゃないの」

大桂《タークイ》も言った。

「読書人の言い方では、『曹操《そうそう》説《かた》れば、曹操《そうそう》到《いた》る』ですな！」

陳廷敬は田媽《でんばあや》と大桂に「ご苦労様」と声を掛けてから、大順、翠屏、黒子《ヘイズ》を呼び、李老先生に挨拶をさせた。大順と翠屏はこのまま京師に残るが、黒子《ヘイズ》は数日京師で過ごした後、山西に戻ることになっていた。大順と黒子《ヘイズ》は、そこに突っ立ったままへらへらと笑っているだけだったが、翠屏はさすが年頃の娘である。いくらか口達者で、恭《うやうや》しく丁寧な挨拶を行った後、口上を述べた。

「翠屏、老爺《だんな》様にお初にお目にかかります。幼く至《いた》らないこともあるかと思いますが、どうかよろしくご指導ください」

次にくるりと振り向いて月媛《ユエユエン》に話しかけた。

「こちらが月媛お嬢様ですね。大少爺様《おおわかだんな》が家でお嬢様のことをお話しくださいました」

月媛はぽっと顔を赤らめたかと思うと、何か言おうとしたが、口から言葉が出てこない。

陳廷敬は李老先生の顔色がよいのを見て、気遣いながら声を掛けた。

「お義父さん、お体が回復されて何よりです。実家でも気にかけておりました」

「月媛と田媽《でんばあや》のおかげだ」

次に陳廷敬が月媛に向かって声を掛けた。

「月媛妹妹《ユエユエンメイメイ》。少し痩せたね」

月媛はうつむいたまま答えた。

「あなたは黒くなったわ」

田媽《でんばあや》が笑い出した。

「一人は痩せて、一人は黒くなったのね。あたしにはどちらもわかりませんよ」

皆がどっと笑うと、田媽《でんばあや》が促した。

「さあさあ。皆さん嬉しいのはわかりますが、荷物を運び、部屋に入って旅の疲れを癒すことをお忘れではありませんか」

そこで大桂《タークイ》は大順《ターシュン》と黒子《ヘイズ》を連れて荷物の運び出しを始め、李老先生と陳廷敬には積もる話もあり、部屋に向かった。月媛と翠屏《ツイピン》は、まだ外で立ち話をしている。二人は年回りが似通っているせいか、主従の区別も薄いようである。田媽《でんばあや》は部屋に入って茶を淹れ、外で荷物の運び込みを手伝った。

李老先生は陳廷敬の実家の人々の安否を尋ね、道中無事であったか、立ち寄って面会した相手などについて尋ねた。陳廷敬はそうした質問に一つ一つ答えた。

「城中に入ってから、囚人の車十数台に出くわしましたよ。連行されていたのは、まさに李振鄴《りしんぎょう》らでした。縁起の悪いことです」

李老先生がそれを遮るように言った。

「そういうものを老夫《わし》は信じてはおらぬ。あなたも気にしない方がいい」

陳廷敬もかかる迷信を信じぬまでも斬首前の李振鄴らに出くわしたことで、自らが掻《か》い潜《くぐ》ってきた生死にも及ぶ数々の難を思い出し、暗い気持ちにならずにはいられなかった。

しばらく四方山話《よもやまばなし》をした後で、李老先生がふとため息をついた。

「廷敬、衛大人《えいたいじん》がどうやら面倒なことになりそうなのだよ」

これには陳廷敬もおおいに驚いた。

「一体、どうしたというのですか」

「どうやら、どなたかのご機嫌を損ねたようだね」

実は、斬首される者の中には和碩《ホショ》庄親王《しょうしんのう》博果鐸《ボゴド》[1]の息子、哈格図《ハゴトゥ》が入っていたため、ことは面倒になった。哈格図《ハゴトゥ》は兵部《ひょうぶ》に出仕、順治帝より貝勒《ベイレ》に封じられたばかりだった。庄親王《しょうしんのう》は、哈格図《ハゴトゥ》を溺愛していた。その哈格図《ハゴトゥ》が、春闈《しゅんい》の際に賄賂の仲介に奔走し、李振鄴と結託して巨額の蓄財を行っていたのである。順治帝は心を鬼にして皇族や王族だろうと三公九卿《さんこうきゅうけい》(功臣)だろうと、動かぬ罪証《ざいしょう》が出た者は皆、斬首すべきは斬首し、流刑に処すべきは流刑に処した。庄親王《しょうしんのう》はもともと建国功臣の末裔(ホンタイジの玄孫)である上、本人も若い頃より戦功がある。このため、周囲に対して傍若無人に振舞ってきた。索尼《ソニン》、鰲拝《オボイ》らの大臣たちは腹に据えかねており、その勢いをくじくためにまず息子から斬り込んだのであった。庄親王《しょうしんのう》はもちろん順治帝の前で不満を漏らすことはなく、索尼《ソニン》ら大臣と正面から対立する勇気もなかったが、やり場のない憤りのぶつけどころをどこかに求めていたのであった。最近になって庄親王《しょうしんのう》が「衛向書《えいこうしょ》の罪を断じて問うべし」と騒いでいるとの噂が流れてきたのである。

陳廷敬はひどく心配になった。

「お義父さん。それは、衛大人ご自身からお聞きになったのですか」

「衛大人は何度もうちに来られている。この件についても話してくれたよ。春闈《しゅんい》の後、衛大人は索尼、鰲拝殿らとともに李振鄴の事件を調べるよう陛下から命じられ、関わることになったのだね。偶然にも今年、山西からの合格者が多かったことで、衛大人がいい思いをしたのではないかという臆測が出てきたというわけだ」

「それなら、最後は陛下次第ということですね」

「官界《かんかい》の風雲《ふううん》は変幻自在《へんげんじざい》。結果のいかんは天のみぞ知る、ということだな」

陳廷敬は日々、翰林院《かんりんいん》に出仕していたが、衛大人は何事もなかったかのように過ごしている。陳廷敬に特に話しかけることもなく、話をするとしても内容は常に「学問」の二文字を離れることはなかった。

通常、進士になるとまずは全員残らず翰林院庶常館《かんりんいんしょじょうかん》に配属され、三年経って「散館《さんかん》」となってからようやく各部署に振り分けられた。順治帝に呼ばれない限り、衛大人《えいたいじん》も毎日、翰林院での仕事に勤しんだ。

日々は穏やかに過ぎていき、陳廷敬もようやく胸をなでおろした。ところが衛大人の危機はまだ去っていなかった。それどころか思いもかけないことに陳廷敬の首にもゆっくりと刀《かたな》が振り下ろされつつあった。実は、庄《しょう》親王《しんのう》は李振鄴《りしんぎょう》事件の顛末《てんまつ》をあちこちで聞きまわるうちに、真相を自白したのが陳廷敬だと聞き知ったのである。

本来は猪突猛進型の無骨な庄親王《しょうしんのう》が、今回はどうしたわけか安易に騒がず、半年も経ってから一気に感情を爆発させた。

ある日、庄親王《しょうしんのう》は轎《かご》に乗って索尼《ソニン》の家にやって来たかと思うと、老いた拳《こぶし》を振り上げてガンガンと門を激しく叩いた。門番はこの親王様を見知っていたので、主人に報告すると答えたが、次の瞬間拳骨《げんこつ》一発を食らって地面に転がされた。庄親王《しょうしんのう》は猛然と家の中に突進した。

「索尼、この狗《いぬ》ころ野郎めが。出てこい！」

とわめきたてながら奥へと進んでいった。

索額図《ソンゴトゥ》は何者かの怒鳴り声を聞きつけ部屋から飛び出したが、怒鳴り声の主が庄親王《しょうしんのう》だと知るとすぐに恭《うやうや》しく応じた。

「親王様、どうかお怒りをお鎮めください。何かお話があるのでしたら、さあさあ、まずは部屋にお入りくださ い」

庄親王《しょうしんのう》は聞く耳を持たず、怒鳴り散らした。

「話などあるものか！　おまえの阿瑪《アマ》（満州語で父の意）がうちの息子を殺したのだ。命《いのち》の償《つぐな》いは命《いのち》で払ってもらおう。さあ。自分の首をなでてみろ」

索尼もすでに迎えに出ており、手の拳を合わせて訴えた。

「親王様。ご子息を亡くされたこと、まことに心が痛みます」

庄親王《しょうしんのう》の老いた顔に涙があふれた。

「かつて老夫《わし》とともに出征した二人の息子は戦死してしもうた。老夫《わし》には息子はたった一人、哈格図《ハゴトゥ》しか残されておらんかったのだ。それをよくも殺してくれたな！」

「哈格図《ハゴトウ》が李振鄴とつうじて賄賂を取ったことを示す動かぬ証拠が山《やま》の如《ごと》くございました。陛下がご存じないうちならまだよかったのですが、陛下のお耳に届いたとあっては、私にももはやどうすることもできませんでした」

索尼が必死になだめたものの、庄親王《しょうしんのう》の激昂ぶりはもはや手がつけられない状態だった。庄親王《しょうしんのう》はますますでたらめな論理を展開した。

「陛下も、おまえら奸臣《かんしん》にいいように丸め込まれたのだ！」

するとそばにかしこまって控えていた索額図が、助け舟を出した。

「親王様。まずは中で少しお休みになってください。お体が大事ですから。うちの阿瑪《アマ》のことはご存じでしょう。軟豆腐《やわどうふ》ですから、陛下に鰲拝《オボイ》叔父さんや衛向書とともに調査を命じられて……。あのお二人の気性を、あなたもご存じないわけではないでしょう」

しかし庄親王《しょうしんのう》は索額図《ソンゴトゥ》には目もくれず、さらに言い募った。

「索尼。血《ち》の借りは血《ち》で償《つぐな》ってもらうぞ！　衛向書は自らを包公《ほうこう》（北宋の名臣包拯《ほうじょう》。裁判物の講談で正義の判決を下す象徴的存在）の再来と自惚《うぬぼ》れているらしいが、とんだ大馬鹿者じゃ。今年山西から八人もの挙人が及第した上、会試《かいし》、殿試《でんし》でもすべて陳廷敬が首位に指名されたではないか。それでも陛下が血迷っておられなかったのが幸いだったな。危うく状元《じょうげん》さえもあの山西人に取られるところだった。いいか索尼、よく聞け。老夫《おれさま》に尻尾を捕まれるなよ。尻尾を捕まえたが最後、おまえを真っ二つにしてやるからな。さもなけりゃ話を進められん」

穏やかな性格の索尼は、手の拳を合わせてお辞儀を繰り返した。

「どうか怒りをお鎮めになってください。さあさあ。中にお入りになってお茶でも」

庄親王《しょうしんのう》が声を荒らげた。

「茶など飲んでおられるか！　今すぐにここでおまえの血を飲ませろ！」

庄親王《しょうしんのう》は散々罵詈雑言の限りを尽くした後、袖《そで》を払ってぷいと去っていった。

索尼父子は怒りをぐっと腹の中に抑え込み、恭《うやうや》しく庄親王《しょうしんのう》を送り出した。庄親王《しょうしんのう》の轎《かご》が遥か遠くに去っても、その罵声がまだ聞こえてきた。部屋に戻ると、索額図は机を叩き、椅子を蹴って「あの老匹夫《ろうひっぷ》を殺してやりたい」と何度も繰り返した。しかし索尼《ソニン》はその息子を叱責して言った。

「おまえは能無しか、それでは大器《たいき》にはなれぬぞ」

索額図《ソンゴトゥ》が逆上して言い返した。

「あの老いぼれにいいようにやられていていいのですか」

「要するに息子が陛下に殺されたということだろう？　私が殺したわけではない。本気で私に罪をなすりつけることはできないのだよ。普段は愚鈍な博果鉾《ボゴド》が、今回は息子を殺されたというのに、なぜ長く沈黙していたのだと思う？　うちに押しかけてひとしきりわめき散らしたら、気が済んで帰っていったのも、またなぜだと思う？」

索額図はきょとんとしたままである。

「何事も頭を使え、と言っているのだ。博果鉾《ボゴド》が長く癇《かん》癪《しゃく》を我慢していたのは、背後で説得した人間がいるからに決まっている。つまり背後にかなりの勢力がいるということだ。しばらく罵っただけで引き揚げていったのは、意志表明に来たということだ。死刑は自ら下すと宣言しに来たわけだ」

「阿瑪《アマ》は、誰を殺そうとしているのだと思いますか」

「わからぬか。殺そうとしているのは衛向書と陳廷敬だ」

そう聞いてもなお、索額図には合点が行かない。

「たしかに、李振鄴事件で陳廷敬が真相をさらしたことはもう世間に知れ渡っています。博果鉾《ボゴド》が陳廷敬を殺したいのはまだわかりますが、衛向書の方はなぜですか」

「陳廷敬は吹けば飛ぶようなただの新人進士ではないか。そんなやつを一人殺したところで収まる怒りではない。やはり大臣の一人や二人殺さないと気が済まぬのよ。衛向書が会試総裁《かいしそうさい》になり、王公大臣《おうこうだいじん》らが李振鄴に頼み込んでいた件は、皆頓挫してしまった。その後、衛向書が私とともにこの科挙事件を調べることになっただけでなく、偶然にも今年は山西からの合格者が多かったことで口実もできたというわけだ」

「衛大人と陳廷敬の二人に非業の死を遂げさせるということですか？」

索尼は首を振った。

「非業もへったくれもない。人を殺すのに理由などいるか。庄親王《しょうしんのう》らはただ怒りの矛先を誰かにぶつけたいだけだ。おまえを殺すのも、私を殺すのも、ほかの誰かを殺すのもたいした違いはない。誰が殺しやすいかの違いだけだ」

「阿瑪《アマ》、なんとかしてくださいよ。座《ざ》して死を待つのですか。まずは陛下に訴えたらどうでしょう」

索尼は息子をじっと見つめていたが、長いため息をついた。

「索額図よ。阿瑪《アマ》は数十年主君に仕えて、一つの道理を悟った。それは、天下で陛下ほど頼りにならぬお人はおられぬということだ」

索額図はあまりの驚きに息をするのも忘れ、父親を見つめて茫然自失の体である。索尼は声をひそめて息子を諭《さと》した。

「時には陛下のお力をお借りするもよいが、最終的にはやはり自分しか頼りにならぬ、ということだ」

索額図は聞けば聞くほど困惑し、目を見開いて索尼の次の言葉を待った。

「陛下が一番頭を悩ませておられるのが、庄親王《しょうしんのう》のような老いぼれどもだ。陛下は、最終的にはその面子《メンツ》を立てざるを得ないのではないかと思う」

索額図が憤然《ふんぜん》と言う。

「面子《メンツ》？　面子《メンツ》のために人の首をよこせというのですか。阿瑪《アマ》、わが索家《ソけ》も代々の功臣――。何も恐れることなどないではありませんか。兄弟《なかま》が鎧を身に付けて馬に飛び乗り、腕を振り上げて一声掛ければ、たちまち数万人の兵くらいはすぐに集まりますよ」

索尼は叱りつけた。

「なんと無謀なことを！　この大馬鹿者！　まったく笑止千万！　何度も言っているだろう、頭を使え、と！　わが先祖は愛新覚羅家《アイシンギョロけ》とともに大事《だいじ》をなしたにもかかわらず、なぜあちらが皇家《こうけ》の正統《せいとう》になり、索家《ソけ》はその左右に付き従うだけの身分になったと思っているのだ？　それは、愛新覚羅家《アイシンギョロけ》が槍刀《やりかたな》を振り回すだけでなく、知能もあったからではないか！」

索額図はまだ納得がいかなかったが、それ以上反駁する勇気はなかった。索尼はしばらく考えていたが、さらに続けた。

「慌てるな。人を殺《あや》めるような仕事は鰲拝《オボイ》にやらせればよい。まずはおまえが鰲拝のところに行き、こう伝えなさい」

索尼は言うべきことを、こと細かに息子に言って聞かせた。

索額図《ソンゴトゥ》は鰲拝邸《オボイ》に出向いた。まずは鰲拝にご機嫌うかがいの挨拶をすると、庄親王《しょうしんのう》が家に押しかけ、悪態の限りを尽くして帰っていったことを尾ひれをつけて伝えた。

「庄親王《しょうしんのう》は、まずはわが家で怒鳴り散らして帰っていかれました。今度は日をあらためてお宅にもうかがうとも言っておられました」

鰲拝はかっとなって怒鳴った。

「あの老いぼれめ、いくらでも受けて立ってやるわい」

索額図は索尼《ソニン》の指示通りに、鰲拝を激昂させてからさらに続けた。

「鰲大人《オたいじん》。どうか落ち着いてください。庄親王《しょうしんのう》は、衛向書と陳廷敬を殺さねば怒りが収まらぬと仰るのです」

鰲拝は炕《かん》（オンドル）の沿《へり》を叩いて怒鳴った。

「何ぃ？　科挙の腐敗取り締まりは陛下のご旨意《しい》ではないか！　私とおまえの父上は、旨《みことのり》を奉じて事件を処理したのだぞ！」

「うちの阿瑪《アマ》はあの通りの軟豆腐《やわどうふ》ですから。性格も穏やかですし、すべて鰲大人に従う、と申しておりました」

鰲拝は行燈ほども大きく目を見開いた。

「親王の機嫌を損ねたからと、おまえの阿瑪《アマ》はその責任を全部この老夫《わし》になすりつけようというのか」

「いえいえ、うちの阿瑪《アマ》は、断じてそういう意味で言っているのではありません。すべては庄親王《しょうしんのう》が言ったことです。わが家に来てうちの阿瑪《アマ》には定見がない、すべては鰲大人の言いなりだ、穀つぶし、豚の脳みそと——。ありとあらゆる罵詈雑言を浴びせて帰っていかれました」

鰲拝は索額図に目を向けると、冷たく笑った。

「おまえの阿瑪《アマ》と老夫《わし》は長年、朝廷で同じ主君に仕えて身過ぎ世過ぎをしてきた身。あれが古狸だとこの老夫《わし》が知らぬとでも思っているのか」

「うちの阿瑪《アマ》は、胆っ玉が小さいのです。鰲大人、あなたのように聡明かつ果敢《かかん》で陛下の深い寵愛を受けておられるお方とは違うのですよ。鰲大人、私がわざわざお訪ねしたのは、本当にあなたのためを思ってのことなのです」

「老夫《わし》のため？　ぜひ聞かせてもらおうか。老夫《わし》のためになるというその話を」

索額図は父親に言われた通りに話を進めた。

「李振鄴《りしんぎょう》の背後には黒幕となる人々がいましたが、当人が殺されたことにより彼らの面子《メンツ》は丸つぶれです。そこで庄親王《しょうしんのう》に表へ出るようにとけしかけたのでしょう。庄《しょう》親王《しんのう》は息子を殺されていますから、その連中にまんまと担《かつ》がれて騒ぎを起こしたというわけです。衛大人と陳廷敬の二人を殺さねば、庄親王《しょうしんのう》らの気持ちは収まらず、今後面倒なことになるでしょう」

「賢甥《けんせい》よ。おまえも長年老夫《わし》に従ってともに陛下に仕えた身、老夫《わし》の気性は知っておるだろう。人の一人や二人を殺すことくらい老夫《わし》にとっては造作もないことだ。何か口実をでっち上げて陛下に頷《うなず》いてもらえれば、それで済む。しかし、あの者どもは無実ではないか」

「庄親王《しょうしんのう》らは、怒りの矛先をどこかに向けたいだけで、誰を殺そうとも実は同じなのですよ」

　索額図はそう言い終わると、わざと正面から鰲拝を直視した。鰲拝は索額図の言わんとすることを解するや否や雷を落とした。

「つまり、庄親王《しょうしんのう》らは老夫《わし》をも殺そうとしていると言いたいのか」

　索額図は恐れ入ったといわんばかりに項垂《うなだ》れた。

「私ごときがそんな大それたことを考えつきましょうか。――ただ庄親王《しょうしんのう》らの心の内を推し量ってみたまでのこと」

　鰲拝は索額図をにらみ付けた。力を入れ過ぎて頭皮《とうひ》がじりじりと痺《しび》れるようだったが、冷たい笑いを放った。

「李振鄴の逮捕は、陛下自ら下された諭示《ゆし》だ。世間では、陳廷敬が李振鄴を告発したと言っておるが、陳廷敬の釈明には二通りの噂がある。おまえが自白させたという人もいれば、明珠《ミンジュ》が聞き出したという人もいる。賢甥よ。庄親王《しょうしんのう》らにおまえが自白させたと説明すれば、連中はおまえを殺すだろうか。それとも明珠を殺すだろうか」

　索額図はそう聞いても怖気付くことはなかったが、恐れ入ったそぶりを見せて跪《ひざまず》いた。

「この索額図、無能が故に明珠にいっぱい食わされました。陛下より陳廷敬を順天府《じゅんてんふ》に連行するようにと命じられましたが、道中、陳廷敬の身柄を何者かに奪われてしまいました。それをどういうわけだか明珠が探し出し、陳廷敬から科挙事件の真相を聞き出していたのです」

　鰲拝が大声で怒鳴って言った。

「賢甥よ。おまえは老夫《わし》に明珠をも殺せというのか。帰ってにおまえの阿瑪《アマ》に伝えろ。人の一人や二人を殺すのは朝飯前だが、今日おまえの言ったことは、どれを取ってみても白日の下に晒《さら》せるものではない、と」

索額図《ソンゴトゥ》は鰲拝《オボイ》に向かって強く訴えた。

「お天道様《てんとさま》に顔向けのできぬことがあっても仕方のないことは、鰲大人《オたいじん》もご存じのはずです」

索額図は暇乞《いとまご》いの挨拶をして鰲拝邸を後にした。自宅に帰った索額図は、鰲拝の言葉を一言一句違わず索尼《ソニン》に伝え、「あの老匹夫《ろうひっぷ》め、一筋縄ではいかぬ」と愚痴《ぐち》をこぼした。それを聞いた索尼は首を振って笑った。

「馬鹿者。鰲拝がそんな簡単に人殺しを請合《うけあ》うわけがなかろう。話を相手に伝えさえすればいいのだ。やつがこれからいろいろ考えるだろうから」

索額図が立ち去ってすぐ、鰲拝は明珠《ミンジュ》を自宅に呼びつけた。明珠は索額図が鰲拝に自分を殺すよう示唆したと聞いて驚《おどろ》くやら憎《にく》らしいやら、憤然として言った。

「鰲拝大人。索尼一家には、心から朝廷への忠心のある人間は一人もおりませぬ！」

鰲拝も頷《うなず》いた。

「索尼のやつのことは、老夫《わし》もよくわかっておる。あれとともに旨《みことのり》を奉じて事件の調査に当たってきたが、誰かの心証《しんしょう》を損ねたからとその責任を老夫《わし》に転嫁するだけでは収まらず、表に立って殺せと言う。普段から老夫《わし》が能力をひけらかしていたのも悪いが、傍《はた》から見ると、現場にいただけで老夫《わし》が一人でやったような印象になるのだな。索尼は面倒が起ればすぐ他人に転嫁できるが、老夫《わし》には転嫁する相手などどこにもおらぬ。何らかの意志表示をせねば、この山場は乗り切れぬらしい」

明珠が反論した。

「大人が意志表示をなさるなら、それは庄親王《しょうしんのう》らに対してのものでしょうが、庄親王《しょうしんのう》らは、陛下へ何らかの合図を送っているものと思われます」

鰲拝は驚いたように明珠を見やった。

「明珠、老夫《わし》の目に狂いはなかった。おまえは思った通り切れるやつだ。さっき老夫《わし》が言った言葉は、本来自分の心の中にだけしまっておくものであって、口に出して言うことは憚《はばか》られるものだ」

「陛下は幼くして即位され、長年皇族の方々を頼らざるを得ず、それが続くうちに慣習となってしまいました。陛下が親政されるようになって、天下の人々は一代の英主になられることを期待していますが、それを快く思わない皇族の方々も中にはおられるのでしょう」

鰲拝がため息をついた。

「老夫《わし》もこれまであまたの戦いを潜り抜け、もはや恐れるものなど何もない。たかが貝勒《ベイレ》の一人を殺すことなど、どうということはない。しかし朝廷の安寧を慮《おもんぱか》らねばならぬ上、臣下として陛下のため、大局のためを考えねばならぬ。おまえの言う通り、索尼と索額図親子は誰かを殺して陛下にその存在感を誇示しようとしているのだ。そしてそれをこの老夫《わし》にやらせようとしている。殺すのは衛向書、陳廷敬、それにおまえだと指名した上で、だ」

明珠が装束《しょうぞく》を翻して跪《ひざまず》き、敢然として言った。

「鰲大人、お困りなら私から手にかけてください。陛下の御《おん》ため、朝廷の平和を守れるのなら、明珠は死をも辞《じ》しませぬ。ただ陳廷敬だけは見逃してくださいますよう重ねてお願い申し上げます」

鰲拝はおおいに訝《いぶか》しく思い、尋ねた。

「なぜそこまでして陳廷敬をかばう」

「陳廷敬は得がたき英才です。陛下からこの明珠に密命がありました」

明珠の言葉に構うことなく、鰲拝は言った。

「おまえを殺せば、自動的に陳廷敬も殺さねばならなくなる。庄親王《しょうしんのう》らは、陳廷敬の口から科挙事件の供述を取ったのがおまえだと知っているからな」

明珠は跪《ひざまず》いたまま、鰲拝の顔を真っすぐ見据えて訴えた。

「明珠の首は、この通りまだ体についてございます。今すぐにでも取っていただいて結構です。しかし鰲大人、陳廷敬だけは断じて殺してはなりませぬ」

鰲拝は、ははははと大笑いした。

「さあさあ、明珠。早く立ち上がれ。わかったぞ。おまえが命がけで陳廷敬を弁護するのは自分の首を守ることでもあるのだな。自らの首が陳廷敬の首とつながっていることをよく心得ておる。一つだけ方法がないわけでもない。衛向書と陳廷敬のみを片付けて、庄親王《しょうしんのう》らの前でおまえが善人になれると保証できるよい方法が」

明珠は怪訝《けげん》そうな顔をしたまま、鰲拝の次の言葉を待った。

「陳廷敬は山西に帰省した際、旧明朝の残党である傅山《ふさん》と派手に口論をしたらしい。それを取り上げればよい。陳廷敬が勝手に自分で科挙事件の真相を自白したのだと皆に思われるように。あの時、旨《みことのり》を奉じて陳廷敬の逮捕の命を受けたのが索額図《ソンゴトゥ》だということは、誰でも知っているからな」

明珠《ミンジュ》は合点した。

「今回、科挙事件の取り調べに一番の功を立てたのは索額図だと思わせればいいということですか」

鰲拝《オボイ》が頷いた。

「まあ。そういうことだ」

「しかし陳廷敬と傅山《ふさん》の交際は、科挙事件とはまったくの別件。前後関係がかみ合いませぬ」

鰲拝は得意げに笑った。

「それが目的なのだ。衛向書の罪ならまだしも、科挙事件を理由に陳廷敬の罪を問う勇気が、誰にある。実はここにある告発の奏文がすでに届いている。陛下に奏上しようと思っていたところだ」

翌日、鰲拝は乾清宮《けんせいきゅう》に出向き、順治帝に秘かに奏上した。

「密奏を受けて参上いたしました。陳廷敬が山西に帰省中、旧明朝の残党である傅山と甚《はなは》だ密《みつ》な行き来があったとのこと」

実は、順治帝はとうの昔に呉道一《ごどういつ》から密奏《みっそう》を受け取っていたのだが、何も知らなかったかのようにとぼけて尋ねた。

「ほお。朕《ちん》が知らぬとはどういうことだ。それが事実なら、呉道一が密奏してしかるべきだが」

順治帝は呉道一の奏文内容には半信半疑であった。去年の太原秋闈《たいげんしゅうい》事件以来、陳廷敬と山西巡撫衙門《さんせいじゅんぶがもん》との間にいまだに確執《かくしつ》があるのは間違いない。呉道一がこの事件のために、「載罪聴差《たいざいちょうさ》（有罪のままの出仕）」という身分であることを考えると、陳廷敬にわざと言いがかりをつけないとも限らぬと考えていたからである。

順治帝が事件をたいして気にするでもない様子が、鰲拝には意外だった。

「陳廷敬は生まれながらにして聡明。その才識《さいしき》の豊かさ、人の及ばぬところにして、陛下もおおいに評価されていることは私も心得ております。しかしこの人物、若いながらもその老成《ろうせい》ぶりには底知れぬものがございます。万一、旧明朝の残党との行き来が事実ならば、虎《とら》を養《やしな》うことにもなりかねず、禍を引き起こす恐れがございます」

しかし、順治帝は聞いているうちにますます疑念が深まり、尋ねた。

「鰲拝、朕《ちん》の最も信頼する股肱《ここう》の臣《しん》よ。回りくどいことはよい。はっきりと申せ。いかなる意図で述べておる。進士に及第したばかりの一介の書生に対して、そこまで意識する理由は何だ」

「主君を欺くことはできませぬ故、ただ事実通りに奏上したまででございます。私の手元に届いたもう一通の奏文を陛下に献上いたします。衛向書が会試総裁の身でありながら、公正を忘れて同郷の者に偏重し、山西一省から八人もの合格者を輩出させたと弾劾する内容です」

それを聞いて順治帝はようやく合点が行き、笑って答えた。

「鰲拝。それでも主君を欺《あざむ》けぬと申すのか。正直に申すがよい。科挙事件の調査が終わって、誰かに面倒を吹っかけられたな」

鰲拝は内心、順治帝の鋭さに舌を巻いた。ここまでずばりと核心を指摘されたからには、いっそのこと経緯をすべて打ち明けた方がいいと判断した。当初は庄親王《しょうしんのう》の望む通り、衛向書らを片付けて終わりにすれば、今後の自分の仕事にも都合がいいと考えていた。しかし順治帝自身が判断して庄親王らを始末してくれた方がむしろ都合がいいのではないかと思い直した。そこで鰲拝はわざとこんな言い方をした。

「甚だ恐れ多きことを申し上げますが、庄親王《しょうしんのう》らは、この鰲拝に難癖をつけてきたのではなく、陛下に難癖をつけてきたものと思われます」

順治帝は案の定、怒りをあらわにして声を荒らげた。

「まったく本末転倒ではないか」

鰲拝は慌てて跪き、自身の罪の許しを請うた。

「陛下のお気を煩《わずら》わせるようなことを申し上げるとは、わが罪の深きことよ」

しかし、と言葉を続けた。

「ことがここまでに及んだからには、事実通りに奏上申し上げるよりほかございませんでした」

順治帝はしばらく怒りが収まらぬ様子だったが、徐々に正気を取り戻した。

「さあ、申せ。あやつらは結局どうしたいと言うのだ」

「衛向書、明珠、陳廷敬を殺せと申しております」

「その名を上げたのは誰だ」

「索額図は、庄親王《しょうしんのう》らの意向だと申しておりました」

順治帝は冷たく笑った。

「ふん。おおかた索尼《ソニン》の入れ知恵だろう。索尼は首をいくつか持参して、庄親王《しょうしんのう》らに取り入ろうというのだ」

陛下はまったく勘が鋭い、その慧眼《けいがん》からは何一つ隠しおおせることはできぬと鰲拝《オボイ》は感服した。

「さすがは陛下、ご聖明《せいめい》であられます。私もそういうことではないか、と密《ひそ》かに推測していたところでございます」

「よし。この件はもうわかった。鰲拝、旧明朝の残党の不穏な動きを封じぬわけにはいかぬが、『風《かぜ》の声《おと》と鶴《つる》の唳《なきごえ》に色を失い[2]』、『弓《ゆみ》の影《かげ》を杯《さかずき》の蛇《へび》と見る[3]』必要もないではないか。もう下がってよい」

鰲拝は恩に謝《しゃ》して宮殿を出ると、あとは陛下のご決断を待つだけだと思いを巡らせた。順治帝の親政以来、皇族らは罪を得たかと思えばじきに名誉回復され、官位を奪われて皇族としての籍《せき》を没収されたかと思えばじきに追封《ついほう》され、爵位《しゃくい》を回復されたりするうちに、その威光もほとんど消え去っていた。摂政王《せっしょうおう》多爾袞《ドルゴン》の功績は世を覆い尽くすほど偉大なものであったが、それでも多爾袞《ドルゴン》の死後、順治帝はその罪を問うた。いわんや庄親王《しょうしんのう》をや、である。


〈訳者注〉

1 皇族の最高位が「和碩親王《ホショしんのう》」。史実の博果鉾《ボゴド》は、順治帝より十二歳年下。

2 前秦の皇帝苻堅と東晋の「淝水《ひすい》の戦い」で秦軍が風の音も鶴の鳴き声も晋軍の追っ手と勘違いして逃げたことを指す。

3 疑心暗鬼になることのたとえ。後漢末の書『風俗通義』より。壁の弓の影が杯の酒に映り、蛇に見えて鬱病で寝込む。真相を知るとたちまち病気は治った。

十四

その日の夜、明珠《ミンジュ》は乾清門《けんせいもん》の当直に当たっていたため、宮殿に召された。明珠が跪《ひざまず》いて謁見《えっけん》すると、順治帝は長く黙ってその姿を見つめていたが、やがて奏文を一通手渡し、そのまま一言も口をきかなかった。

明珠は奏文を両手で押し戴《いただ》いて目を通した。それは山西巡撫《さんせいじゅんぶ》の呉道一《ごどういつ》による密奏《みっそう》であった。

「陳廷敬の帰郷の日、傅山《ふさん》わざわざ陳家を密《ひそ》かに訪う。また陳廷敬は京に戻る途上で太原に立ち寄り、罪臣である私を訪う。ひるがえってすなわち陽曲《ようきょく》(太原の北郊外にある)は五峰観《ごほうかん》に傅山を訪う。傅山は行動が甚《はなは》だ密《おんみつ》、且《か》つその身辺はすべて同胞で固められ、詳細を知るすべなし。思うに、傅山は才《さい》を恃《たの》んで自ら傲《おご》り、故意に孤高に構え、密かに党社《とうしゃ》を結び、その反心は昭然《あきらか》なり。陳廷敬これと往来すること、その心中計り知れず、阻止せんがためなり。傅山の処置いかがすべきか、ご聖裁《せいさい》を恭請《おねがい》いたしたく。罪臣《ざいしん》、山西巡撫呉道一、密奏す」

明珠が奏文を読み終えてから、順治帝はようやく口を開いた。

「この通り、陳廷敬は山西に帰った際に傅山と行き来があったと書いてある。密かに気にとめておいてほしい。おまえは陳廷敬と直接面識もある。傅山は天下の読書人らの間で甚《はなは》だ名声高き人物故《ゆえ》、よほどのことがない限り手出しはならぬ。国朝《くに》の基盤を常《とこ》しえに盤石なものとするため、朕が最も必要とするのがまさに読書人たちである。重大な機密事項故《ゆえ》、他言はならぬぞ」

「心得ました」

明珠は奏文を読みながら、その落款《らっかん》の日付が気になっていた。それは半年も前に送られたものだったのである。順治帝は何故《なにゆえ》に今になってこの奏文を見せたのか――。

明珠はそんな疑問を抱えながら、順治帝が陳廷敬に対し、「投鼠之忌《てごころをくわえた》(『漢書』より。鼠を打ちたいが、その周辺の道具を壊したくないために思い切り打てないこと)」のではないだろうか、と推測した。

「旧明朝《きゅうみんちょう》の宗室《そうしつ》はすでに血脈が断たれているにもかかわらず、一部に時局を識《し》ろうとせず、天に逆らわんとする読書人らがいる。朕が憂《うれ》えるは謀反《むほん》ではない。謀反を起こす力があるとさえ思えぬからの。朕が憂《うれ》えるは帰順せぬことだ。これは、人心《じんしん》を得られるか否かの大局《たいきょく》に関わる」

「陛下の仁徳を広く施《ほどこ》し、潤いが天下を被《おお》い、年月さえ経てば、必ずや万民《ばんみん》の心はここに帰《き》するかと存じます。ごく一部の読書人のために、陛下がお心を煩わせられるのは無用のことかと」

しかし順治帝は首を振って言った。

「明珠《ミンジュ》よ。満人《まんじん》の中でおまえのような読書人は貴重だ。それでもまだ漢人《かんじん》の書《しょ》を読み尽くしたとは言えぬ。読書人が『天地之心（天地に従う自然なこころ、すなわち誠実であること）』を信念とすれば、民も『天地之心』を目指すだろう。読書人の数は全体から見れば多くはないが、一人たりとも軽視してはならぬ」

明珠は慌てて請罪《ゆるし》を乞うた。

「明珠が愚かでございました。陛下のお教えに感謝いたします」

順治帝はため息をついた。

「朕はその謀反《むほん》を恐れてはいない。話を戻すと、古代より『大風《おおいなるかぜ》は、青萍之末《うきくさのまつ》より起こる（水面の青萍《うきくさ》は波のわずかな空気にも揺れること。戦国時代の宋玉による『風賦』から）』という。やはり芽が小さいうちに摘み取ることが肝要だ。傅山《ふさん》らが結束したいというのなら、好きにさせておけばよい。むやみに驚かせることなく、こっそり見守っていればそれでよい。やつらが軽率に行動を起こし、いたずらに動くようなことがあれば、これを厳しく罰し、決して容赦はせぬ」

明珠が宮殿から下がると、外で衛向書が控えていた。順治帝が夜中に臣下を召見《しょうけん》することはめったにない。庄《しょう》親王《しんのう》の件だろう、鰲拝《オボイ》も奏上したに違いないと明珠は思った。さもなければ順治帝がかかる夜中に衛向書を召見することもないはずである。ただ順治帝がこの騒動をいかに処理するのか、まったく想像が及ばなかった。明珠は衛向書に恭《うやうや》しく挨拶をすると、独り乾清門《けんせいもん》に戻っていった。

衛向書が深々と一礼して宮殿の中に入ると、宦官が先に立って案内し、西暖閣《せいだんかく》（皇帝の生活空間）の中に入っていった。炕《かん》（オンドル）に折り目正しく座っている順治帝が、衛向書に微笑みかけた。衛向書が前に進み出て跪拝《きはい》すると、順治帝もわずかに頷《うなず》いて声を掛けた。

「座りなさい」

宦官が椅子《いす》を運び、衛向書のそばにおいた。

衛向書は恐れ多さにおおいに困惑し、順治帝の方に顔を向けつつもその場に跪《ひざまず》いたままだった。いわゆる皇帝から「座《ざ》を賜《たまわ》る」とは、実際に椅子に座ることを許されるのではなく、跪いたまま自分の足の上に座ることが許されることを言う。宦官が本当に椅子を持ってきても、衛向書が躊躇《ちゅうちょ》したのは当然のことであった。順治帝が笑って言った。

「衛向書。そなたは老臣《ろうしん》じゃ。礼節に拘《こだわ》る必要はない。起き上がって座るがよい」

衛向書は叩頭して恩に謝《しゃ》すと、地面から這い上がり、半分だけ椅子に腰かけた。順治帝は何度も温かい言葉をかけた後、庄親王《しょうしんのう》がでたらめに騒いでいることについてゆっくりと話して聞かせた。話しながら順治帝は怒ったり、ため息をついたりしていたが、衛向書は順治帝の言わんとすることを徐々に感じ取ると、椅子から降りて再び地面に跪《ひざまず》いた。

「陛下。何か罪名をもって臣《しん》の首を望んでおられるのなら、お安いご用でございます。『之《これ》に罪《つみ》を加《くわ》えんと欲せば、辞《りゅう》無《な》きを何《なに》をか患《うれ》えん（『左伝』より）』です。ただ臣《しん》が思いますに、この清朝は『清《せい》』の文字にふさわしい存在でなければなりませぬ」

順治帝は長いため息をついた。

「衛向書。そのようなことをそなた以外の者が言えば、間違いなくその首をもらうところだ。しかしそなたの言葉ならば、その忠心を愛《め》でよう。本心を言えば、跳梁跋扈するあの親王どもが心底憎いが、朕の宗親《しんせき》でもあり、戦場においては先皇《せんのう》に付き従ってともに百戦《ひゃくせん》を潜《くぐ》り抜けてきた功臣《こうしん》でもある。朕にはどうすることもできぬ。天下はなおも太平とは言えぬ。朕がなすべきことは複雑極まりなく無数にある。にもかかわらず、身内から騒ぎが出るなど断じてあってはならぬのだ」

衛向書は聖意《せいい》がすでに定《さだ》まっていることを悟ったが、このまま犬死《いぬじ》にするのはどうにも忍び難かった。しかし主君が臣下に対して死を求めれば、臣下が死なないわけにはいかぬと言うではないか。命乞《いのちご》いをするくらいなら、ここは慷慨《こうがい》すべしと心が決まった。

「陛下。天下太平のため、臣は百年の無実の罪をも受ける覚悟でございます」

地面に身を伏し、順治帝の次の言葉を待った。しかし順治帝はさらに言った。

「あやつらは陳廷敬と明珠《ミンジュ》も殺したいらしい」

衛向書はひれ伏したまま尋ねた。

「陳廷敬と明珠にいかなる由縁がありましょうか」

「そなたは知らぬのか。明珠が陳廷敬の口から手掛かりを聞き出したからこそ、李振鄴の悪事が露見したことを」

衛向書は目からうろこが落ちる思いだった。

「そういうことだったのですか。道理で試験の前、陳廷敬はあちこち隠れまわっていたわけですね。臣が索尼《ソニン》、鰲拝《オボイ》殿とともに事件の調査をしている時、陛下の鋭い洞察力で李振鄴の悪事を見破られたのだと思っておりました。また李振鄴もこれを認めて憚らなかったので、露見のきっかけについてはそれ以上詳しく考えてもみませんでした。陛下、臣が陳廷敬の状元《じょうげん》への指名に反対したのはその身の平安《ぶじ》を思ってのことでしたが、それでも劫難《さいなん》から逃れられぬとは、思いもよらぬことでした」

「あの時、天恩重過《てんおんおも》ぎれば陳廷敬によいことはない、と言っておったな。その仔細を朕に聞かせよ」

衛向書は応じた。

「蘇東坡《そとうば》兄弟の故事を思い出しておりました。宋の時代、蘇東坡兄弟がともに進士に及第した時、宋の仁宗皇太后《にんそうこうたいごう》はおおいに喜んだと言います。子孫のために宰相《さいしょう》の器《うつわ》を持った人材を二人も得ることができた、と。蘇東坡兄弟の文才は、早くから天下に広く知られておりましたが、皇太后のお言葉がかえって蘇東坡兄弟に禍をもたらしました。朝廷中の百官が宰相にならんと虎視眈々《こしたんたん》と狙っていたわけですから。東坡兄弟は衆矢之的《しゅうしのまと》となり、結局どちらも宰相になることはなく、東坡の方は生涯放逐《ほうちく》の身となりました」

聞き終わると、順治帝はため息をついた。

「まったく『福《ふく》と禍《わざわい》互《たが》いに倚《よりかか》り伏《かく》れ、世事料《はか》り難《がた》し』であるな」

「陛下、ほかの進士が今回の試験で試されたのは文章だけでしたが、陳廷敬は文章のみならず人品《じんぴん》、胆識《たんしき》、謀略《ぼうりゃく》、機転を試されました。陳廷敬はまことに非凡なる人物です」

「そう言われると、ますます陳廷敬のために惜しいことをした。やはり状元に指名しておくべきであった」

順治帝が言うので、衛向書は手の拳を合わせて首を振った。

「臣が思いますに、陳廷敬はまだ二十歳を過ぎた若者にすぎませぬ。今回その身を守ることができ、まことの器《うつわ》ならば、慌てずじっくりと登用《とうよう》なされればよいかと存じます」

順治帝はそれでも残念に思い心が痛んだが、衛向書を支えて立ち上がらせると、再び椅子に座るように言った。

「まったく、じっくり登用などとよくも言うわ。皆『光陰箭似《こういんやのごとし》、時不我待《ときわれをまたず》』と言うが、時間が早く過ぎてくれればよいと朕は本気で思うぞ」

その言葉から、歳月が早く過ぎて、老いぼれの親王らが早く根負けして死んでくれれば朝廷も静かになるだろうに、という言外の意味が聞き取れた。しかし君臣二人のいずれもそれを口に出していうことはなかった。

順治帝が衛向書のまわりを何度も逍遥した。

「そなたは朕が最も信頼する老臣だ。誰にも手出しはさせぬ。しばらく故郷に帰り、数年ほど京師を離れよ。ほとぼりが冷めたら、また呼び戻す故《ゆえ》」

衛向書は再び跪《ひざまず》いた。

「陛下のご恩に感謝いたします。実は早くから田園に暮らすことを切望しておりました。陛下が臣の帰郷願いをお聞き届けくださるなら、もう呼び戻していただく必要もございませぬ」

順治帝はその言葉に、衛向書の腹いせともいえる響きを感じ取ったが、それを責めることもなく、何かと慰めの言葉をかけた。

翌日、順治帝は鰲拝を宮中に召した。ちょうど明珠が御前に付き従っている時であった(満州族青年は侍衛として皇帝の最近辺を守るため)。鰲拝が覲見《きんけん》されると聞き、明珠は席をはずそうとしたが、順治帝はその必要はないと声を掛けた。鰲拝が叩頭すると、順治帝はただ短く命じた。

「索尼とともに、衛向書を弾劾せよ」

鰲拝は困惑して聞き返した。

「陛下、一体、何故《なにゆえ》に……」

「庄親王《しょうしんのう》らに衛向書の弾劾を許せば、言いなりになってしまうではないか。それに本当に命まで奪いかねぬ」

それを聞いて、鰲拝はようやく順治帝の深意を理解した。

「陛下の旨意《しい》、承知いたしました。ただ索尼《ソニン》は、肝心な時になると、頭を引っ込めた亀を決め込むのですよ」

「今回は頭を縮めようとしても、朕が許しはせぬ。朕の旨意《しい》を伝えに行くがよい。鰲拝《オボイ》、おまえは能力も高い。朕はおおいに評価しておる。一方で索尼は調停役だ。朕にはこれも必要だ。朝廷におまえがおらぬと回らぬことはもちろんだが、索尼のような仲裁ができる人間もおらぬと、これまた困るのだ」

鰲拝は手の拳を合わせて恩に謝した。

「聖明《せいめい》なるご判断でございます」

そう言いながらも、やや躊躇《ちゅうちょ》してから尋ねた。

「残りの二人はどういたしましょう……」

それが明珠《ミンジュ》と陳廷敬を指すことを順治帝は心得ており、きっぱりと言った。

「残りの二人は、おまえが弾劾する相手ではない」

明珠は密《ひそ》かにすべて承知していたが、何も知らぬ様子で控えていた。鰲拝が故意に聖意《せいい》を探っていることも分かっていた。鰲拝は順治帝のその言葉を取り付けたかったのだ。最後には衛向書が犠牲になった、まったく正義もへったくれもないと、心の中で明珠は思いを巡らせていた。この時、突如として順治帝の顔に悲哀の表情が浮かび、目には心なしか涙が浮かんでいるようにも見えた。

鰲拝も順治帝の心中のやるせなさを感じ取り、自らも手で顔を覆《おお》い、泣き出した。

「盤石な国朝を築くことの難しさ、陛下が意《い》を曲《ま》げ心を違《たが》え、お一人耐えてことを進めざるを得ぬ現実、己の無力さを痛感いたします。陛下の諭示《ゆし》さえあれば、この鰲拝は屍《しかばね》が砕かれ体が切り刻まれても本望でございます。いっそのこと、連中を片付けましょう」

順治帝もため息をついた。

「鰲拝。そのような言い草はよせ。親族同士が相争う様子は見るに忍びない。かつて粛親王豪格《しゅくしんのうホーゲ》が功を恃《たの》み道理に外れた行いによって爵位を廃され庶人《しょみん》に落とされたが、その後やや反省の色が見えた故、また復爵された。しかしかつての性癖は治らず再び罰するよりほかなく、豪格《ホーゲ》は最終的に獄死した。そのことを思うにつけ、朕は忍びない。また鄭親王済爾哈朗《ていしんのうジルガラン》は、傲慢で掟《おきて》を守らぬがために罰せられた。その後もなお寛大に扱われたが、悔《く》い改《あらた》めることはなかった。英王阿済格《えいおうアジゲ》も罰せられている。摂《せっ》政王多爾袞《しょうおうドルゴン》は国朝での功績は卓越していたが、死後はやはり先祖に対する反逆の罪を告発された。どうして朕に放っておくことができただろうか。そして今や庄親王《しょうしんのう》までもがこのようなことになってしまった。痛恨《つうこん》の極みだが、朕はこれ以上誰も罰したくはない。かと言って相手の言いなりになるわけにはいかぬ故、折衷案《せっちゅうあん》を取って裁決し、まずはその口を塞《ふさ》ぐことにしたということだ」

順治帝の言葉を聞き終わると、鰲拝はなおさら心が痛み、涙で顔中を濡らした。順治帝は悲嘆しながらも鰲拝を説得した。

「おまえは百戦を掻い潜ってきた虎将《もうしょう》だ。もう泣くな。さあ。起き上がりなさい」

「戦場で命を賭けて戦う方が、官界で小細工を弄するよりもずっとましでございます。戦場では刀と見れば血を伴うことは明快。この鰲拝、官界で清濁併せのみながらくるくるとうまく立ち回ることはできませぬ」

明珠もそばで聞きながら悲戚《ひあい》を感じていた。しかし鰲拝の涙は命がけでようやく絞り出したもののように思えてならなかった。

衛向書の弾劾が行われる朝、索尼は早々《はやばや》と起きていた。今日は朝廷で大事《だいじ》がある。身支度を済ませて父親の世話に向かった。索額図《ソンゴトゥ》もすでに起床しており、順治帝が索尼に鰲拝とともに衛向書の弾劾を命じたと知り、内心忸怩《じくじ》たる思いだった。

「阿瑪《アマ》。これでは、石を持ち上げて自分の脚に落としたようなものではないですか」

索尼が苦笑いして言った。

「おまえはわかっとらんのだ。まあ説明してもどうせわからんだろうが、われらの皇帝陛下はお若いながら、胸中に百万の雄兵《ゆうへい》を秘蔵しておられるようだ」

「明珠が陳廷敬を捕まえたことが科挙事件の解決につながったことは、火を見るよりも明らかです。それなのに私が聞き出したように言われているのはなぜでしょう」

索尼はまた苦笑いした。

「まったくだ。科挙事件解決の一番の功績はおまえになっている。誹謗《ひぼう》されたわけでなし、おかげで言いたいことも言えやしない」

「こんな功績のために、庄親王《しょうしんのう》らの憎しみの矛先《ほこさき》が私に向けられるなんて……」

索尼《ソニン》は身支度を整えると息子に言った。

「その点だけ見ても、鰲拝《オボイ》とともに衛向書を弾劾せねばならぬ。さもなければおまえが庄親王らと同じ側にいることにされてしまうではないか」

そういわれて索額図《ソンゴトゥ》はようやく合点が行った。まるで自分たち父子《おやこ》が鼻輪《はなわ》をつけられて他人に引っ張られているかのように思えて憤然《ふんぜん》と言った。

「阿瑪《アマ》。これははめられたのですよ」

索尼が笑った。

「陛下にはめられたのなら、もはやどうにもならぬ。もう言うな。さあ。出仕《しゅっし》するぞ」

索額図は馬に乗って父親の轎《かご》の後ろに従いながらあれこれ思いを巡らせていた。うちの阿瑪《アマ》は一番の仲裁役――耐えるべき時には糞が鼻梁に落ちても擦《ふ》きもせぬと陰で言われているが、内心は忸怩《じくじ》たる思いがあった。官界での生き方として、わが父親の姿を見習うべきかどうか、決めあぐねていたのだった。

父子二人が乾清門《けんせいもん》前に出向くと、王公大臣らがすでに整列していた。衛向書もおり、索尼は進み出て手の拳を合わせて挨拶した。索額図はそれを見て余計に違和感を覚えるのだった。父親は間もなく相手を弾劾するのに、しきりと手の拳を合わせてやむことなく、甚だ親しげに振る舞っている。次の瞬間には父親は鰲拝、衛向書と三人で輪になって立ち話をし始めた。まるで朋友と親交を結ぶかのように。

朝政《ちょうせい》の時間になると、臣工《しんこう》らは順番通りに並び、数珠つなぎに一列になって乾清門《けんせいもん》内に入っていった。宦官《かんがん》がすでに順治帝の用いる椅子と机の用意を整えており、近侍《きんじ》(皇帝のそば近くに仕える官僚の総称)が佩刀《わきさし》を順治帝の机の上に置いた。この佩刀《わきさし》は順治帝が常にその身から離さないものである。しばらくすると順治帝が現れ、一同声をそろえて万歳《ばんざい》を高らかに唱和した。

順治帝は、受け取る奏文が頗《すこぶ》る多いため、一つ一つ奏上するよう命じた。普段は部署ごとに順序立てて報告するのだが、この日は鰲拝が先を争うかのように一人前に進み出て跪いた。一同が驚き、訝《いぶか》しく思っているところで鰲拝が奏上を始めた。

「鰲拝は索尼とともに、左都御史《さとぎょし》である衛向書の四つの罪を弾劾いたします。

その一、道学《どうがく》（伝統的道徳哲学）を假称《にせがた》れども、実《じつ》は小人《しょうにん》なり。

その二、朋《とも》を呼《よ》び類《るい》を引《ひ》き、同《どう》と党《むす》んで異《い》を伐《き》る。

その三、清廉《せいれん》と自詡《うそぶき》、暗《かげ》で賄賂《わいろ》を収《と》る。

その四、外官《ちほうかん》と結交《しんみつ》、その居心《こころね》、叵測《はかりかね》る。


奏文がここにございます。どうかご覧ください」

群臣らは驚きのあまり静まり返った。宦官が奏文を受け取って順治帝に渡した。順治帝はすでにこの奏文を読んでいたので、さらりと目を通しただけで机の上に置いた。しばらくしてから跪《ひざまず》いて奏上する者があった。

「衛向書殿は清明《せいれん》かつ剛正《そっちょく》。陛下に忠誠を尽くしておられることは、皆の知るところでございます。鰲拜殿と索尼殿はこじつけにより良臣《りょうしん》を陥れようとしています。陛下の正しきご判断をお願い申し上げます」

順治帝は口を閉じ、陰鬱な表情のままだった。索尼はやや躊躇《ちゅうちょ》してから、前に進み出て跪《ひざまず》いた。

「このたび私、索尼は鰲拜、衛向書とともに旨《みことのり》を奉じて科挙事件の調査をして参りましたが、衛向書は何度も私に会いに来ていたずらに私利私欲を貪り、罪名《ざいめい》を捏造し、善人を陥れました。陛下が英明であらせられ、心眼が松《たい》明《まつ》の如く明るくあらせられたことが幸いでございます。さもなくば、必ずや冤罪を生んでいたことでしょう！」

次に庄親王《しょうしんのう》が前に進み出ると、跪《ひざまず》いて奏上した。

「衛向書は一見、誠実で老成《ろうせい》した人物のように見えますが、その実まことに狡猾でございます。今年の会試において山西省から八人もの合格者を出したこと、天下の読書人らは義憤に駆られております。新科進士の陳廷敬とは同郷の間柄にあり、両家には早くから行き来があったにもかかわらず、一切面識がない者同士のように振る舞っておりました。衛向書は会試総裁《かいしそうさい》に就任すると、何かと陰で陳廷敬を助けております。陳廷敬が郷試で解元《かいげん》に指名され、会試で会元《かいげん》に指名されたのは、すべて衛向書が裏で手心《てごころ》を加えたからでございます」

それを聞いた順治帝は庄親王《しょうしんのう》を一瞥《いちべつ》した。

「つまり、朕は文章の良しあしもわからぬ愚か者であるということか」

虚をつかれた庄親王《しょうしんのう》が答えに詰まっていると、索尼が慌てて横から付け加えた。

「俗に『文《ぶん》に第一《いちばん》なし、武《ぶ》に第二《にばん》なし』と言います。陳廷敬も草莽之臣《そうもうのしん》ではありませぬ故《ゆえ》、文章《ぶんしょう》政務に優れていることは当然です。しかし、果たして首位に値するか否かについては、衛向書のみぞ知る、と私は考えます。殿試《でんし》の後、陛下が状元《じょうげん》に指名なさらなかったことは、まことに聖明《せいめい》なるご判断でございました」

鰲拜《オボイ》と索尼《ソニン》の口上は、すべて公の場で発表するために事前に申し合わせたものであった。それを知らない庄《しょう》親王《しんのう》は、助け舟が現れたとばかりに続けた。

「私が思いますに、陳廷敬の功名《こうみょう》を剥奪《はくだつ》し、あらためて厳しく取り調べるべきかと存じます。かかる読書人を成敗せねば、天下の読書人たちに示しがつかぬというものです」

順治帝は衛向書の方を向いて話しかけた。

「衛向書。何か言い分はあるか」

大局がすでに定まったと悟った衛向書は、言おうが言うまいが、もはやどちらも無益であることを心得ていた。

「『清《きよ》き者《もの》は自《おのずか》ら清《きよ》く、濁《にご》る者《もの》は自《おのずか》ら濁《にご》る』。臣には何も言うべきことはございませぬ。ただ、今年の会試で山西から八人の合格者を出したことについて、手心を加えたこともなければ不正を働いた覚えもございません。まして や陰で賄賂《わいろ》を受け取った事実などは微塵もございませぬ。臣をどのように罰していただいても結構ですが、読書人らに無実の罪をかぶせることだけは、断じてならぬことと存じます」

庄親王《しょうしんのう》をけしかけた連中は、皆じっと黙り込んでいた。言いたいことがあってもここで発言するわけにはいかない。発言すれば、自らの関与を証明することになってしまう。胡散臭い、何か裏がありそうだ、衛向書を九卿会議に託し、早急に評決するべきではないとの主張も出たが、順治帝は同意しなかった。

「その必要はない。辺境での昨今の不穏な動きに加えて朝廷でもかかる事件が起きようとは。朕はもう心身ともに疲れ、煩わしさも我慢の限界じゃ。衛向書には早くから帰郷の思いも強く、隠居願いが出されていた故、故郷に帰るがよい」

庄親王《しょうしんのう》が理性を失って叫んだ。

「衛向書の悪事の数々、許しておけましょうか。安易に放免《ほうめん》することは断じてなりませぬ！」

順治帝はあたかも聞こえないようにふるまいながら、庄親王《しょうしんのう》を叱責するでもなく続けた。

「衛向書は長年朝廷に奉職し、総じて勤勉であった。惜しむらくは、その節操を最後まで貫きがたかったこと。長年、清班《せいはん》（文学的素養の求められる官職の総称）として仕え、建言《けんげん》もあった。功績もいくらかあったことを慮《おもんぱか》り、罰するには忍びない。原品《げんぴん》のままの退職を命じる。故郷に帰るがよい」

衛向書は地面に跪いて伏した。

「罪臣《ざいしん》、陛下の寛大なるご恩に感謝いたします」

庄親王はしつこくわめき続けた。

「陛下、衛向書は殺してしかるべきでございます！　陳廷敬、明珠《ミンジュ》も皆、殺してしかるべきです！」

ついに堪忍袋の緒が切れた順治帝は、机を叩いて一喝《いっかつ》した。

「博果鉾《ボゴド》！　衛向書にたとえ罪があったとしても、殺すほど深刻なものではない。陳廷敬は一介の書生に過ぎぬ。何か天の条理にでも反したというのか？　さらば皆の前で堂々と述べよ。明珠は長年、昼夜となく朕に従ってきた。殺さねばならぬ罪をこの朕が見ていないのはなぜだ。そなたの国朝への功に鑑《かんが》みて、今一度許してやる。そもそもこの朝堂《ちょうどう》で怒声を上げただけでも、死罪に値することをわかっておるのか！　自宅で休むよう庄親王《しょうしんのう》を送り届けよ」

そばにはすでに侍衛《じえい》が控えており、やって来るや否や、庄親王の体を半分持ち上げ、半分引きずるように羽交《はが》い絞《じ》めにして朝堂から連れ出した。大臣らは心中の鏡を見るが如く内情を心得《こころえ》てそれ以上発言する者はいなかった。

陳廷敬は衛向書が失脚して故郷に帰されると耳にしたものの、詳しい事情は知る由もなかった。一介の翰林《かんりん》院庶常館《いんしょじょうかん》の新米進士には、宮廷の奥深くで起こる出来事について、わずかに風の噂で漏れ聞くことしかできなかったのである。帰宅して義父と話をし、舅と婿の二人でおおかたの見当をつけるしかなかった。陳廷敬は衛向書宅を訪れたが、面会謝絶と門番から言われるのみだった。

ある日、衛大人が故郷へ出発するとの情報を得た陳廷敬は、特別に酒を用意し、大順《ターシュン》を連れて城外の亭《あずまや》で待ち構えた。間もなく馬車が二台やって来たので見にいくと、案の定、家族を連れて山西に帰る途上の衛向書であった。陳廷敬は恭しくお辞儀をした。

「衛大人、廷敬、お見送りに参りました」

衛向書が車から降りてきた。

「廷敬。罪臣《ざいしん》となった私を避けてしかるべきところをわざわざ見送りに来るとは、なんという人だ。人としてはまことに喜ばしいが、官としては愚かであるぞ」

陳廷敬は笑って答えた。

「前人《せんじん》の言葉を借りますと、『師の教え、山の如く高く水の如く長し』です。廷敬は衛大人のことを心より尊敬いたしております。他人がどう言おうと関係はありませぬ。衛大人、しばしお引きとめしてもよろしいでしょうか。濁酒一杯《にごりざけいっぱい》、私の少しばかりの気持ちをお受け取りください」

衛向書は家の者らに車の中で待つように伝えると、陳廷敬とともに亭に入った。二人は杯を挙げて酌み交わすと、一気に飲み干した。

「宮中の機密は、私程度の輩《やから》までは聞こえては参りませぬ。衛大人、我々のお仕えする皇帝陛下は英明なお方であられます。何故《なにゆえ》に讒言《ざんげん》を信じておしまいになったのでしょう」

衛向書は笑って答えた。

「本当なら、首を取られるところだったのだよ」

陳廷敬は驚いて聞き返した。

「え？　そ、それは庄親王《しょうしんのう》の息子と李振鄴が死刑になったからでしょうか。あれは当然の罪ではありませんか」

衛向書は首を振った。

「あなたはまだ何もわかっておられない。あなたと明珠《ミンジュ》の首も要求されていたのです。まあ一種の取り引きのようなものです。ただ親王らの言い値があまりにも高過ぎたので、陛下が値引きさせただけのこと。あなたと明珠を殺したくらいでは、庄親王《しょうしんのう》らの気持ちは収まらなかったでしょう。そこでいっそのこと二人を守って私に手をつけた方がいいと計算されたのです。とはいえ、陛下は庄親王《しょうしんのう》の言いなりにはならず、私を生かして故郷に返したというわけです」

「衛大人になんと不条理なことを」

衛向書はため息をついた。

「廷敬よ。陛下の御前での出仕に条理もへったくれもありませぬ。よかれと思ってしたことが手柄になるとは限らぬし、失敗してもそれが過失になるとも限らぬ。だからと言って政務の失敗は許されぬ。まったくもって難しいことです」

陳廷敬は合点したようなしないような、あたかも知識のない小僧が経文を聞いたように腑に落ちない気持ちだった。衛向書は陳廷敬の酒に返礼して言った。

「隠しておきたくないことが二つある。太原の府学で騒ぎを起こした際、あなたが悔罪《ざんげ》の一筆を断固拒否した時、陛下に申し開きのしようがなく、あなたに成り代わって私が悔罪書を書き、陛下のご機嫌を取りました。これが一つ。もう一つは殿試の時、試験官らはあなたを首位に選び、密封《みっぷう》を開いて陛下もあなたを状元に指名しようというご意向でした。それを私が陛下に奏上し、あなたの順位を後ろに移しました」

続けて衛向書は東坡兄弟《とうばきょうだい》の故事を陳廷敬に話して聞かせた。陳廷敬は初めて醍醐《だいご》の灌頂《かんちょう》(醍醐《バター》を頭からかけられること。仏教用語。智慧を授かるの意味)を受けたかのようにすべてを悟った。衛大人は知遇《ちぐう》の恩人であるだけでなく、命の恩人でもあったのである。昨年、太原でなぜ理由もなく牢獄から釈放されたのか合点が行かなかったが、衛大人が陰ながら自分を守ってくれたためと今になって初めて知ったのだった。悔罪書の代筆は、主君を欺《あざむ》く大罪の危険を冒したことになる。状元指名の件は、いくらか聞き及んでおり、半信半疑ながらも内心愉快ではなかった。それが実はすべて衛大人の配慮の結果だったとは。陳廷敬は無意識のうちにその場に跪《ひざまず》き、衛大人に長く手の拳を合わせ拝礼していた。

衛向書がそれを慌てて抱きかかえ、立ち上がらせた。

「廷敬、私はただ陛下のために人材を惜しんだのみ。あなたが気にすることはない。あなたの才能と人品をもってすれば、今後必ずや補弼《ほひつ》の良臣《りょうしん》となり、老いるまで官界に勤めることができるでしょう。世間では『宦海《かんかい》の浮沈は料《はか》り難《がた》し』といいます。あなたは年も若くして志《こころざし》を得た。宦海《かんかい》に涯《はて》はない。ゆっくり耐えてゆくしかないのだ。くれぐれも私の言うこの一文字を胸に刻んでほしい」

衛向書はそこまで言うと、少し間を置いて陳廷敬をじっと見つめた。陳廷敬が身を乗り出すようにして促した。

「衛大人、ご教示ください」

衛向書はその一文字を述べた。

「『等《まつ》』、だ」

そう言って陳廷敬の肩を軽く叩き、馬車に乗り込んだ。衛向書が出発しようとした矢先、ふと陳廷敬が振り返ると、張汧が山西の新進翰林《かんりん》らを連れて駆け付けていた。陳廷敬は慌てて衛大人に声を掛けた。実は張汧らも衛大人宅に行ったのだが、衛向書は若者たちに悪影響が及ぶこと恐れるだけでなく、両者の間に本当に何かつながりがあるように見られることを恐れ、一切会わなかったのである。陳廷敬はもともと張汧と親しく、ともに見送ろうかとも考えたが、この件にはそれぞれに思うこともあり、無理強いになってはかえって相手に悪いと思い直し、自分一人で出かけてきたのだった。

衛向書は再び車から降りた。山西の新進翰林八人全員がそろっているのを見て、思わず老いたその顔から涙が流れた。陳廷敬は大順《ターシュン》に言って亭《あずまや》に酒を取りに行かせたが、酒杯《さかずき》は二つしかなかった。陳廷敬はそのうちの一つに酒を酌《つ》いで衛大人に渡すと、八人の翰林は、順番に酒壺を捧《ささ》げ持ち、恭しく衛大人と杯を酌み交わして飲み干した。

季節はすでに初冬、城外では木々が物寂しく、鴉《からす》が乱れ飛んでいた。衛大人の馬車がゆっくりと遠ざかり、次第にその影が見えなくなってから、陳廷敬らは悄然として帰路についたのであった。

十五

陳廷敬たちは衛大人を送り出すと、ともに城内に帰った。新米翰林には日がな一日庶常館《しょじょうかん》で書物を読む以外に特に重要な仕事はない。ある日、陳廷敬は皆を自宅に誘ったが、また日をあらためてうかがいたい、唐突にお邪魔しては李老先生にご迷惑になる、と皆しきりに恐縮した。張汧だけは以前にも李家を訪ねたことがあったので、李老先生に会いたいという思いもあって、陳廷敬に従った。

門を開けたのは翠屏《ツイピン》、陳廷敬の顔を見るなり言った。

「大少爺様《おおわかだんなさま》。ご実家から手紙が届きました。使いの者が今、帰ったばかりです」

陳廷敬は喜び、翠屏に早く手紙を見せるように急かした。淑賢《シューシエン》のお腹の子供がいつ生まれるかと気がかりで頭から離れることはなかったのである。出産日を数えてはいよいよと見定めて数日前に手紙を送ったばかりだった。陳廷敬は張汧を連れて部屋に入り、李老先生と挨拶を交し、互いに気遣う言葉をかけた。さらに月媛《ユエユエン》を呼ぶと、張汧に挨拶させた。月媛は張汧に挨拶をすると、自室に戻っていった。陳廷敬は田媽《でんばあや》が茶を給仕し終わるのを待ち、ようやく手紙を開いた。

翠屏は陳廷敬の表情が喜びで明るくなったのを見て言った。

「若奥様が無事にご出産されたのですね？」

案の定、陳廷敬が手紙を李老先生に渡して言った。

「お義父さん。淑賢がうちに千金《せんきん》(娘)を生んでくれました。母娘《ははこ》ともに健康だそうです」

李老先生は手紙を読んでから、頷いて笑顔で言った。

「いや。これはめでたい、めでたい」

張汧も祝いの言葉を述べた。

「お義父さん。家父から娘に名前をつけるように言われました。私は喜びに動転しており、頭がまともに回りません。なんと名づけたらよいでしょう。私のかわりに考えてはいただけないでしょうか」

李老先生が笑って言った。

「翰林が二人もそろっているのですから。お二人で決めなされ」

陳廷敬が口を開くのを待たず、張汧が慌てて言った。

「命名などという大事、やはりご自分でお考えください」

陳廷敬は縁起をかついで李老先生につけてもらおうと思ったが、遠慮されてしまい、自分で決めざるを得ないようである。あれこれと考えあぐねた挙げ句に言った。

「淑賢《シューシエン》は家で舅と姑に仕え、気苦労の多い日々を送っています。そんな妻をねぎらうため、詩を書いたことがありました。その中に次のような句がありました。

人生誰百年　人生誰が百歳まで生きられようか
一愁一回老　憂うるたびに老いは深まるというもの
寄語金闈人　伝えたい　きらびやかな宮廷の人に
山中長瑶草　山中にこそ長生の仙草があることを

娘に『家瑶《ジャーヤオ》』という名はどうでしょう？」

李老先生が即座に言った。

「家瑶。よい名ではないか。瑶《よう》、すなわち仙草《せんそう》。瑶池《ようち》(崑崙山《こんろんさん》の伝説の池)に自生し、不老長寿の仙草。よいぞ。なかなかよい！」

張汧も言った。

「家瑶《ジャーヤオ》、家瑶――。将来はきっと福を授かるに違いないですね」

「お義父様の縁起よき言葉にあやかりたいものです」

陳廷敬は心中喜びをかみしめた。翠屏《ツイピン》が部屋に駆け込み、月媛《ユエユエン》にことの次第を報告すると、月媛も廷敬のために喜んだ。

ひとしきり世間話をした後、張汧が突然、切りだした。

「廷敬、李老先生もおられることですし、一つお願いがあります。もし承知していただければ、嬉しい限り」

陳廷敬が慌てて聞き返した。

「私とあなたは兄弟同然。遠慮はいりません。なんなりと言ってください」

「わが家に名を祖彦《そげん》という愚息がおります。数えで五歳になり、今年から師をつけて勉学を始めました。少し愚直なところはありますが、勉学はそれなりに奮起しております」

田媽《でんばあや》が笑って言った。

「わかりましたよ。翰林の旦那は、息子のために縁談をまとめたいのですね」

張汧が笑って答えた。

「ええ。そういうことです。どう切り出したものかと思いあぐねていたのを田媽《でんばあや》がかわりに言ってくれましたね」

陳廷敬が大笑いして言った。

「ご子息は聡明で向上心高く、将来はきっと大成されることでしょう。陳家にとってはかかる身に過ぎた高望みなど、とても……」

「廷敬。もし嫌ならこの件はなしにしよう」

と張汧が大真面目に続けたので、陳廷敬が慌てて言った。

「張汧兄さん、滅相もない。お義父さん、そうでしょう？」

李老先生に異存があるはずもなく、笑って答えた。

「素晴らしい。こんなめでたいことはない。廷敬がめでたくも千金を得、さらに金亀婿《きんこうせい》（条件のよい婿）が向こうからきてくれるとは二重の喜びというもの。田媽《でんばあや》。さあさあ。酒と料理を用意してくれるか。おおいに祝わねば」

陳廷敬は張汧とともに李老先生の酒のお供をし、四方山話に花を咲かせた。家族になったという思いから、礼儀の中にも自然とこれまで以上に親しみが増すようだった。話は再び衛向書大人に及び、互いに感慨が尽きぬ思いであった。

「衛大人は周到に気配りをなさるお方である故《ゆえ》」

と李老先生が言った。状元決定の経緯を知った今、あの日、言葉にしなかった思いを李老先生はおもむろに語り始めた。

「『年少《としわか》くして志《めいせい》を得《え》る』ことは、もちろんおおいに喜ばしいことながら、未知の懸念がなくなったわけではなく、常に警戒を怠ってはならぬものだ。注目を集めれば、嫉妬もそれだけ多く招き、かえって禍となる。官界では老練した立ち回り、振る舞いができなければ大成できないもの。『老練』とは何かといえば、つまり『経事見世《けいじけんせい》（事経て世を見る）』ということだ。ただ我慢せよという意味にも聞こえるが、そうではない。世間ではよく『労任《にな》い怨《えん》任《にな》い』ともいう。お二人も労苦を厭う人ではないだろうから『任労』は恐れないだろうが、肝心なのは『忍功』だよ」

陳廷敬が答えた。

「衛大人は私に『等《まつ》』の字を授けられました。まさにお義父さんの仰ることと同じ、じっくりと耐えろということですね。今日はさらにお義父さんから『忍』の字を教わりました。この二つの文字をしかと肝に銘じたいと思います。『等』、癇癪《かんしゃく》を抑えて待つ。『忍』、歯を食いしばって耐えるということですね」

李老先生の貴重な教えを聞いて視界が大きく開けた、と張汧もしきりに言った。それでも陳廷敬は状元になれなかったことがやはり無念だった。衛大人は杞憂が過ぎたのではないかと李老先生に心の内を吐露したが、李老先生は首を振って笑った。

「まったくそうは思わぬ。廷敬はまだ若過ぎる。張賢甥《けんせい》殿が状元になられたのであれば、それは大変喜ばしいことだ。そなたより十歳も年上じゃからの。散館後には瞬く間に昇級し、出世街道をまっしぐらだろう」

張汧は逆に顔を赤らめて言った。

「先生にそのように言われては愚甥《ぐせい》、まことにお恥ずかしい限りです。三度も落第し、ようやく進士に及第したのですから」

李老先生はまさか自分の言葉が、張汧の心の傷に触れることになるとは思いもよらず、こんなふうに言い足した。

「八股文章台閣体《はっこぶんしょうたいかくたい》（八股文は科挙の解答に用いられた特殊な文体、台閣体は平正典雅を尊ぶ宮廷文学の文風）などというものは、百代の英雄の気を削り落とすもの、大切なのはこれから功を立て、身を立てることだ」

庶常館《しょじょうかん》に勤務する三年間の新米翰林の暮らしは清貧の一言に尽きる。京師にとどまらず、勝手に故郷に帰って自習し、散館の時期になって都に戻って試験に合格すればいいと決め込む者もいた。散館（二年に及ぶ研修期間の終了）の際もやはり皇帝自らが試験官として臨み、陳廷敬が再び首位となり、内秘書院検討《ないひしょいんけんとう》の職を授かった。順治帝は翰林らの試験の順位だけを見て、最も優秀な者たちを翰林院の侍従《じじゅう》に残し、それに次ぐ者を各部院の聴差《ちょうさ》（配属）とし、残りは外地に知県として赴任させた。張汧は山東徳州の知県に決まり、非常に落胆していた。陳廷敬は何かと励ました。

「官は着実な実践から始めるがよいのですよ。わたしのような一介の京官（京師に勤務する官僚）は、上にこき使われ、毎日薄氷を踏むが如く戦々恐々として過ごさなければなりませんから」

すべては励ましの言葉であると張汧もわかっていた。もはやいかんともし難いことと覚悟を決め、吉日を選び、師や友に別れを告げて山東へ旅立っていった。

月媛も今や十五歳、立派な娘に成長していた。京師から山西まではあまりにも遠いため、双方の親は手紙のやり取りを通じて吉日を選び、二人は祝言を挙げた。月媛は教育も受け、ものの道理のわかる女性であった。舅姑《きゅうこ》に仕えることができず、親不孝を申し訳ないとの気持ちを込めて、山西の実家に許しを請う手紙を送っていた。陳老人（陳廷敬の父）は、その手紙を読んでおおいに喜び、老夫婦は口々に「廷敬はまったく果報者だ」と言い合った。

陳廷敬は毎日翰林院に通い、気楽な勤めを楽しんでいた。瞬く間に年の瀬がやって来た。欽天監《きんてんかん》（天文を司る機関）の選んだ仕事納めの日は、十二月二十一の吉日だった。当日、陳廷敬は夜明けに空が黄色くなるのを見て雪を予感した。多めに服を着込むと、いつものように馬に乗り、翰林院へ向かった。朝の早い時間なので街中には人影もない。陳廷敬は馬に鞭を当てて疾走していた。

その時だった。胡同《フートン》（横町）口から人が飛び出してきたのである。陳廷敬は慌てて手綱を引き、馬を止まらせた。

相手は驚きのために地面にひっくり返っていた。陳廷敬が慌てて馬から降りたところ、相手は慌ただしく起き上がるや否や、地面に跪いて言った。

「大人《たいじん》の馬を驚かせてしまいました。どうかお許しください」

陳廷敬は慌てて相手を支え起こすと言った。

「さあさあ。早く身をお起こしください。お怪我はありませんか。びっくりされたでしょう」

相手はそれでも縮み上がっている。

「こちらの不注意です。どうかお許しを」

陳廷敬は相手の顔についている血痕らしきものに気付いた。

「怪我をされているではありませんか」

相手は首を振って言った。

「この傷は大人とは無関係のものです。別の人に殴られたものですから」

「ここは天子のお膝元。白昼堂々、誰が理由もなく人を殴るというのでしょう」

「私は朱啓《しゅけい》と申す者です。一家五人で石磨児胡同《せきまじフートン》に住んでおります。先祖が残してくれた小さな四合院《しごういん》(北京の伝統建築。屋敷)があったのですが、俞子易《ゆしい》というやくざ者に占拠され、高姓の官僚に売られてしまいました。そこで毎日、高家《こうけ》に通って訴えているのですが、家は俞子易の手から買ったものだから自分には関係ない、の一点張りです。今朝また出向いたのですが、あちらの手勢に殴られてしまいました」

「自宅を他人に乗っ取られるなどということが、なぜ起こるのでしょうか」

朱啓は陳廷敬をしげしげと見つめて尋ねた。

「大人《たいじん》はどちらの衙門《がもん》の老爺《だんな》様であられますか。何か力になっていただけるならお話しいたしますが、そうでなければ無益です。それにご迷惑がかかりますよ」

それを聞いて陳廷敬は口ごもり、一言も返すことができなかった。朱啓はまたしきりに首を振って、ため息をついた。

「どうやらそういうお立場にはおられないようだから、お話しするのはやめておきましょう」

そう言い終わると、朱啓は去っていった。陳廷敬は自らの不甲斐なさを思い知った。一介の清寒なる翰林にしかすぎない身では、現実に何の力になることもできなかった。

再び馬に乗って進んでいると、突然帯刀した満州兵らが大勢の民を拘束して城から出てくるではないか。陳廷敬が訝《いぶか》しく思っているところへ誰かに名を呼ばれた。高士奇が馬に乗ってこちらに向かってきた。

「廷敬、早く帰れ。翰林院には行くな」

陳廷敬がその詳細を問いただす暇もなく、

「私についてこい、話はそれからだ」

とだけ言うと、高士奇は馬に鞭打って駆け出した。陳廷敬はわけのわからぬまま高士奇を追いかけた。

ある胡同《フートン》に着くと、高士奇が陳廷敬に馬を下りるよう声を掛けた。左右を見渡し、辺りに人がいないことを確認してから、高士奇はようやくひそひそ声で言った。

「宮廷では今、天然痘で大騒ぎになっている。陛下も三《さん》阿哥《アーコ》（満州語で兄、皇子、後の康熙帝）も皆、かかってしまわれた」

陳廷敬は気絶しそうなほど驚き、息せききって尋ねた。

「なぜそれを知っている」

「私も今さっき聞いたところだ。通りの人の波は皆、天然痘から逃れるために城内から避難する人たちだ」

「道理で冬至節の朝賀も変更され、二品以上は太和門外のみ、残りの官僚は皆、午門の外のみとされていたわけだ」

「宮廷の諸門は、もう何日も堅く閉ざされたままだ。なんでも天然痘にかかった人たちの上を吹いた風に当たるだけでも感染するそうだ。詹事府《せんじふ》の人影もまばらで、皆家に引きこもっている。あなたも翰林院には行かれぬよう」

陳廷敬はそれに反論した。

「しかし、今日は仕事納めの日です。拝礼もしなければなりませぬ。こんなに大勢の人が天然痘にかかるなどというおかしな話は、前代未聞ではありませぬか」

「宮廷で天然痘発症なんて聞いたことあるか。まったく前代未聞だ。早く家に帰ろう。命あっての物種。仕事納めもへったくれもない」

陳廷敬は茫然としたまま言った。

「陛下と三《さん》阿哥《アーコ》の一日も早いご回復をお祈りしたい。朝廷の安否に関わることですから」

「立ち話も何だ。ここはわが家にも近い、よければ少し寄らないか。石磨児《せきまじ》胡同《フートン》に小さな家を購入したのだ。むさ苦しいながらも、どうにか生活している」

それを聞いて陳廷敬は驚いた。

「石磨児胡同？」

「石磨児胡同に来たことがあるのか」

ついさっき聞いたあの朱啓のいう家が、まさに石磨児胡同ではなかったか。家を買った相手も高姓の官僚だと言っていた。まさかそんな偶然はないだろうと思いつつ、陳廷敬は答えた。

「いや。ただ石磨児胡同なんて面白い名前だと思ったもので。行ったことはありませんが。士奇殿、また日をあらためてうかがいますよ。ただでさえ皆、不安で浮足立っているというのに、客として招いていただくのも不謹慎ですから」

「ならばまたの機会としよう。その時は前もっていいお茶でも用意して、精一杯おもてなしさせていただこう。天然痘は恐ろしい病気だ。朝廷にもどうすることもできぬ。廷敬、あなたも外でうろうろせず、さっさと家に帰った方がいい」

二人は互いに手の拳を合わせて挨拶を交わし、それぞれ馬に乗って別れた。天然痘の猛威を思うと、今年の翰林院の仕事納めの儀式も恐らく中止だろうと思いつつ、陳廷敬は馬に鞭を当てて家路を急いだ。この数日、街がひどく静かだったことが気にかかっていたが、まさか順治帝が病に伏せっていたとは思いもよらぬことであった。

つい先刻家を出たばかりの陳廷敬がすぐに戻ってきたため、家の者たちは訝しんだ。どこか体調でも優れないのかと月媛が尋ねようとした時、陳廷敬が李老先生に声を掛けた。

「お義父さん、少し話があるのですが」

月媛は陳廷敬のひどく焦燥した表情を見て、何事かと案じた。李老先生は自身も緊張した面持ちとなり、陳廷敬とともに書斎に入った。陳廷敬は外で見聞きしたことをすべて洗いざらい話した。李老先生はしばらく呆然としていたが、こんなことを語り始めた。

「廷敬にまだ話していなかったことがある。数日前、旧友が訪ねてきて話をしていたのだが、傅山殿が入京し、明朝の旧臣と連絡を取っていると言っていた。まさか陛下の天然痘発症に関係があるのだろうか」

これには陳廷敬も驚いた。

「傅山先生が京師におられるのですか」

「その知らせに間違いはあるまい。傅山殿のことは私もおおいに尊敬しているが、時世が変わる中、いたずらに抱負を抱いておられる。廷敬、そなたは翰林院でただ自分のやるべき学問に勤しみ、間違っても時世について軽々しく論じたりしてはならぬぞ」

「廷敬、承知しております。ここしばらく外の空気は不浄。家の者にも外出は控えるように言いましょう。月媛には私から話しましょう。ただ外で天然痘が流行っている、とだけ伝えます。宮廷のことは家の老若男女には知らせないでおきましょう。むやみに話が漏れたら大変ですから」

夜、陳廷敬が書物を読んでいると、大桂が入ってきて言った。

「老爺様《だんなさま》。外に道士が訪ねてきていますが」

陳廷敬は昼間、傅山の話が出た後でもあり、本人だろうかと思いながら尋ねた。

「その道士殿は、道号を名乗ったか」

「お宅の老爺《だんな》に道士が訪ねてきたと言えばわかる、とだけ仰いました」

陳廷敬は傅山に間違いないと思い、さらに尋ねた。

「赤い服をお召しか」

「その通りです。へんな人だなと思っていたのですよ。赤い服を着た道士なんて、見たこともありませんからね」

陳廷敬は慌てて李老先生に話しに行った。

「傅山殿が訪ねて来られました。家の前におられます」

李老先生はまさか傅山が自宅まで訪ねてくるとは夢にも思わず、面倒なことになったと思った。陳廷敬は進士及第の年、傅山が山西の故郷の家に訪ねてきたこと、その後五峰観に傅山を訪ねたが会えなかったことを話した。李老先生はしばらく考え込んでいたが、こう言った。

「古い知り合いなら会わずに済ませるのは、ひどく失礼になる。ただくれぐれも発言には気を付けるように」

そこで陳廷敬は大桂とともに、入り口まで行き傅山を迎え入れた。応接間に案内し、互いに腰を降ろすと、傅山が言った。

「廷敬。四年前、五峰観に訪ねてきてくれたそうだが、この傅山、各地への行脚の途上にて会えなかった。今日はようやくその礼ができる。許せよ」

陳廷敬は内心、どこが返礼なのかと思いつつ、答えた。

「お気遣いなく」

傅山は冷たく笑って言った。

「清の朝廷は不義をあまた働き、天は怒り、人は恨み、ついに疫病が流行った。廷敬、おまえも見たろう」

陳廷敬は傅山のその言い方を聞くと、礼節も忘れて反駁した。

「傅山先生、不敬をお許しください。読書人か出家者に関わりなく、疫病の流行を喜ぶべきではないと存じます。苦しむのは、民なのですから」

「疫病を招いたのは清朝の皇帝。天然痘にかかったのも清朝の皇帝。民に慟哭させ城外へ避難させる羽目になったのも清朝の皇帝。すべての問題は清朝にある」

「先生のお言葉は、道家にあるまじきお言葉です。私はただ天の加護を乞い、早く疫病がなくなり、すべての命が苦海より救われるよう祈っています。人の世の帳尻は計算が難しいと言いますが」

「こちらが帳簿を計算しなければ、そろばんをパチパチと鳴らして計算する者がおる。官府がやくざ者と結託し、天然痘の見回りだと口実をつけて民家を違法に占拠した上、人の財産を勝手に奪っておる。すべては清朝の立派な行いじゃ。廷敬、京師の民の多くは、天然痘にかかったとありもしない言いがかりをつけられ、路頭に迷っておる」

陳廷敬は実際に朝早くから民が城外へ追われていくのをこの目で見ており、返答に窮したが、ただこう言った。

「傅山先生、高名な医者でもあられる先生に、疫病にかかった民をどうか救っていただきたい」

「言われずとも病人の家に行ってきたばかりじゃ。顔に水疱瘡がぽつぽつと出ただけだという子供が、洪水のように襲いかかってきた満人の兵士どもに天然痘の烙印を押され、一家全員が城から追い出されてしもうた。あの満人どもは、その屋敷がほしかったのよ」

傅山はそこまでいうとしきりにため息をついた。陳廷敬は何も言うことができなかった。

「清朝の犬どもが天下をうようよしておる中、傅山が死を賭して京師を歩き回っておるのは、なぜだかわかるか」

「傅山先生は、胸に大義を抱かれた方。もちろん死など恐れてはおられぬことでしょう」

「説得しにきた相手はおまえだけではない。京師のあまたの義士に会いに来たのだ。満人が金鑾殿《きんらんでん》(皇帝のいる正殿)に座り込んだからと言って、天下がやつらのものになったと思わぬことだ」

「廷敬の心は変わりませぬ。『天下とは天下人の天下』です。顧炎武《こえんぶ》先生は『国亡《くにほろび》るは小事《しょうじ》、天下亡《てんかほろび》るは大事《だいじ》なり』と仰いました。庶民から見れば、『朝廷』は『天下』と同義語です。天下が太平なら、民は平和を謳歌し、生業に勤しむことができ、その朝廷はよき朝廷であり、民からの支持も得られるでしょう。天下が乱れれば、民は路頭に迷い、その朝廷は悪しき朝廷であり、滅亡すべきです。天命、朝廷の正統性、民の支持は、朝廷が自分で唱えさえすればいいという問題ではありませぬ」

傅山は大きく首を振った。

「廷敬、血迷ったか。聖賢《せいけん》の書を無駄に読んだというもの。満人は古来より文明化の外にあり。聖賢を知らず、仁徳を語らず、天に逆らい、生き物を惨殺してきた」

傅山は話しているうちに興奮してきて顔を紅潮させていたが、陳廷敬は物静かに悠然と答えた。

「傅山先生のお言葉には、この廷敬、同意することはできませぬ。今上陛下は寛大かつ仁義に篤く、慈悲の心をお持ちです。上は先賢に則り、下は民を撫黎《ぶれい》し、みるみる天下はよくなっております」

「廷敬、よくもそんなことが言えたものだ。おまえを恥ずかしく思うぞ。天下の義士は南方に集まり、『反清復明《はんしんふくみん》』の勢いは火の如く広がり、真紅の花の如く熱を帯びてきておる。にもかかわらず清朝の徳を讃えるとは」

陳廷敬は傅山先生に茶を勧めてから答えた。

「私の聞いたところでは、反清義士《はんしんぎし》の顧炎武先生は、前明の余脈の継続が難しいことを見て取り、とうに南方を離脱し、江湖に遁迹《とんせき》されたとか」

傅山は手に持ったばかりの湯飲みを怒りのために放り出し、立ち上がった。

「顧先生は天下の読書人の手本である。そのご清名を侮辱することは許さぬ！」

陳廷敬が慌てて言った。

「どうかお怒りなきよう！」

傅山がもう一度腰かけるのを待って、さらに続けた。

「顧先生のことは、私も尊敬申し上げております。ですが名が清なるか否かについては、見方によるかと存じます。南宋の忠臣陸秀夫《りくしゅうふ》は、世の中すべての人から慕われております。元《げん》軍が国を破ると、陸秀夫は幼帝を背負って海に飛び込んで果て、まことに忠勇の極みでございました。しかし私に言わせると、幼く何もわからぬ皇帝がお気の毒でなりませぬ。まだ年端もいかぬ幼児ではありませんか。陸秀夫が死を望むのは勝手ですが、まだ自分の意志で判断のできない子供が死を望んだとは限りません。陸秀夫は不朽の英名を打ち立てたかもしれませんが、一人の幼児を犠牲にしました」

傅山は痛恨の極みといわんばかりに言った。

「陳廷敬、血迷ったな。まったくつける薬もないわ」

これには陳廷敬も声を荒らげた。

「傅山先生、これまでは先生の品格と教養をお慕い申し上げてきました。しかし陸秀夫のあのような行いは、古来よりおおいなる忠義と見られていますが、私にはそうは思えませぬ故《ゆえ》」

傅山は道着の裾を派手に鳴らし、立ち上がって言い放った。

「失礼する！」

この時、李老先生が突然、奥から出てきた。陳廷敬が慌てて紹介した。

「ご紹介いたします。廷敬の岳父にございます」

傅山が笑顔を見せた。

「李老先生は崇禎十五年の挙人。山西の読書人の間でご清望厚きお方。傅山、かねてよりお名前はうかがっております」

「お恥ずかしい限り。もう夜も遅いことですから、傅山先生、わが寒舎にお泊りいただき、明日にご出立されてはいかがですか」

傅山が首を振った。

「病の救済、急務なり。これにて失礼する。惜しむらくは、病は救えども世を救えぬこと」

陳廷敬が反論した。

「傅山先生の仰る『救世』とは、再び干戈《かんか》に訴え、万民が塗炭の苦しみを味わうことを意味します。反清復明《はんしんふくみん》は、順天安民《じゅんてんあんみん》ではありませぬ！」

傅山もそれ以上は反駁せず、立ち上がり身を翻して出ていった。陳廷敬は追いかけ、傅山を玄関まで送り出してから戻ってきた。部屋に戻ると、舅と婿は向かい合って茫然と座り込んだ。どれだけの時間が過ぎただろうか、陳廷敬が突然、長いため息をついて言った。

「つまるところ皆、帝王の家のために龍椅《りゅうい》(皇帝の椅子)を奪う手伝いをしているだけではないですか。そんな必要があるでしょうか。『天下を打ち、江山《こうざん》に座る』といいますが、その『天下江山』とは何なのでしょう。民ではないでしょうか。天下を打つとは、つまるところは民を打つということ。江山に座るとは、民の上に胡坐をかくことです。王朝がどれだけ入れ替わろうと、結局、民を打ち付ける棍棒と尻が取り替えられたことにすぎませぬ。そう考えると、まったく興ざめです」

李老先生もため息をついた。

「廷敬。その考え、外では一文字たりとも漏らしてはならぬぞ」

「心得ています」

陳廷敬はそう言うと、李老先生を気遣って自分は書斎へ下がった。月媛が早く休むよう促したが、陳廷敬は心がざわついて眠るどころではなかった。月媛に先に休むようにと言葉を返すだけだった。

一人で書斎に佇み、陳廷敬は今日一日の出来事を反芻した。傅山の無益な忠義を思い、陳廷敬は思わず涙で襟を濡らした。夜は次第に更けてゆき、部屋の中も少しずつ冷えてきた。どうやら外では雪が降り始めているようだった。陳廷敬は筆を取ると、無意識のうちに筆を走らせていた。

河之水湯湯
我欲済兮川無梁
豈繋無梁、我褰我裳

河之水幽幽
我欲済兮波無舟
豈繋無舟、我曳我裾

我裳我裾
不可以濡兮
吾将焉求

河の水はとうとうと流れ
渡ろうとするも川に橋は無い
わが袴《はかま》と裳《もすそ》で繋ぎ橋の代わりにできようか

河の水は深く
渡ろうとするも岸に船は無い
船の代わりにわが裾を曳かれようか

わが裳と裳を
濡らすことができようか
自分はこの先いったい何を求めようとするのか

十六

朱啓《しゅけい》の屋敷はやはり高士奇《こうしき》が買い取ったものであった。

高士奇とは銭塘（現在の浙江省杭州）の同郷同士である俞《ゆ》子易《しい》は、京師では有名なやくざ者だった。京師を長年渡り歩き、三度の貧乏のどん底と三度の富貴の頂点という「三窮三富《さんきゅうさんぷ》」をとうに経験し、上から下までありとあらゆる生活を味わってきた。突然あぶく銭を手に豪遊したかと思うと、裁判に訴えられては再び窮光蛋《いちもんなし》に逆戻り。手に入れた富を維持できないのは、庇護してくれる権力者がいないためと俞子易は看破していた。そこで、高士奇と知り合ってからは、生き仏に出会ったとばかりにしがみついて離さなかった。高士奇は、今はまだ手に一寸の権力もなき詹事府録事《せんじふろくじ》にすぎないが、押し出しに凄みがあり、俞子易はこれを親分と見込んで高士奇に賭けたのだった。

石磨児胡同《せきまじフートン》に移り住んでから、高士奇の傲慢な立居振る舞いに、さらに拍車がかかった。毎日自宅まで戻ると、まずは身を反らせてから門環《もんかん》を打ち付けた。門番が門を開き、腰をかがめて頭を低くして言う。

「老爺《だんな》様。お帰りなさいませ」

冬になってからは、門番が頭を下げて主人を迎え入れると、すかさず銅製の手炉《しゅろ》（懐炉）を手渡す者が現れる。高士奇は相手に一瞥もくれずに手炉を受け取ると、大仰に部屋の中に入って行く。手炉は早くから準備が整えられ、熱過ぎても冷た過ぎてもいけなかった。手炉は昔、まだ仕途の駆け出しだった頃に買ったものであり、縁起をかついで冬になるといつも手放さないでいた。応接間に入ると、春梅《チュンメイ》という下女が飛んできて、淹れ立ての茶を運んで来る。高士奇は茶の淹れ方にこだわりがあり、どこか気に入らないと途端に責めたてた。家の者たちが主人に仕える時には、高夫人も常に横からがみがみとやかましく言い、次から次へと難癖をつけるのだった。

最近、高士奇は詹事府にも行かず、外出して情報を収集しては、帰宅して家で過ごした。ある日、いい話を聞きつけた高士奇は、家に戻るとすぐに俞子易を呼びにやった。俞子易が来ている時には、誰も決して応接間に入ってはならないことを一家の老若男女は皆心得ていた。

高士奇はゆっくりと茶を飲んでいるだけで、一言も発しない。俞子易は高士奇から何の用で呼び出されたのか見当がつかないままいたが、しびれを切らせて自分から切り出した。

「高大人、かの朱啓は最近、こちらには来なくなったようですが、毎日順天府《じゅんてんふ》に張り込んでいます。私は裁判沙汰を抱える身になってしまいましたよ」

高士奇がむっとして答えた。

「それはどういう意味だ。わたしは別にここに住まずとも構わないのだぞ。陛下が家を下賜してくださるとも仰っているし」

俞子易が慌てて言った。

「高大人、どうか誤解なさいませぬよう。そんな意味で言ったのではありません」

「商売人なら、もう少し先まで見越してものを言え」

「心得ました。我々銭塘の同郷の者は皆、高大人がどこまでも高く飛び立たれるよう祈っています。私らのことも、ご贔屓に願いますよ」

「同郷の誼《よしみ》は大事にしておる。今日呼んだのもいい話があるからだ」

俞子易が身を乗り出して尋ねた。

「高大人、何かおいしい商売がありますかい」

「朝廷が、城内で天然痘を発症させた家と周囲の五戸以内の隣近所をすべて京師から追い出し、再び戻るべからずと命じている。その屋敷が皆、空になっている」

高士奇はその情報を自ら聞き出してきたのだが、今度はまるで皇帝が諭旨《ゆし》を下すような物言いをした。俞子易が喜び勇んで応じた。

「おお。それはそうですね。それはでっかい商売ですな」

「こういうことは、私が一々細かく指図をせずともよいだろう。くれぐれも面倒を起こさぬよう」

と高士奇は笑うと、俞子易はさっと高士奇に手の拳を合わせて拝んだ。

「高大人の助言、感謝いたします。衙門《がもん》に知り合いがいますので、今から早速行って参ります」

高士奇は座ったまま動かなかった。これまで俞子易を見送るのに、一度も立ち上がったことはない。俞子易が出ていくと、高夫人が奥から出てきて言った。

「老爺様《だんな》、いつも人に秘策を教えて儲けさせるだけだなんて。ご自分でも少しはそろばんをはじかなければいけませんことよ」

高夫人は奥で会話をずっと聞いていたのであった。

「おまえはわかっていないな。俞子易が儲けたら、私が儲けるのと同じことだろう?」

高士奇は笑って答えたが、高夫人は腑に落ちず、さらに夫に尋ねた。

「老爺《だんな》様、毎日家にいらしてばかりでこのままでよろしいのかと心配しております」

「毎日、外出しているではないか」

高士奇はそう言いつつも内心ひやりとした。実はこのところ宮廷の様子があまりわからなくなっていた。高士奇は茶を飲むと、突然立ち上がって家から出ていった。高夫人がどこに行くのかと尋ねたが、宮廷でのことをあれこれ聞くなと言うだけだった。

高士奇は索額図《ソンゴトゥ》邸に出向くことを思いついたのだった。索家《ソけ》の屋敷に着くと、軽く門を叩いたが、高士奇と知って門番は冷たく言い放った。

「これは高相公《しょうこう》(宰相の意。総じて尊称)! みずからのお越しですか。それともうちの主人のお呼び出しでしょうか」

門番のいう主人とは索額図である。索尼《ソニン》大人に高士奇はお目見えすることはできない。

「索大人《ソたいじん》に呼ばれました」

慌てて高士奇が答えると、門番は無表情に答えた。

「ではお入りください。主人は庭園で雪景色をご覧になっておいでですから、ご自分でお訪ねください」

高士奇は礼を言って入っていった。門番はさらに後ろから追いかぶせるように言った。

「主人は、今日はご機嫌です。主人の興を損ねるようなことを言ったら、損をするのはあなたです。私に八つ当たりしないでくださいよ」

高士奇は振り返って、承知しましたと門番に向かって答え、後ろ向きに数歩歩くと身を翻して入っていった。高士奇は、索邸《ソてい》の中のいくつかの踊り場を抜け、曲がりくねった回廊を渡って進んだ。途中で家の者に会うと挨拶をしつつ、索家《ソけ》の庭園に辿り着いた。庭の奇石珍木《きせきちんぼく》は皆白い雪で覆われ、まるで瑶池《ようち》の瓊宮《けいきゅう》に迷い込んだかのようだった。高士奇が挨拶をする間もなく、索額図はじろりと見やった。

「高士奇、外では肩で風を切って歩いているそうではないか」

高士奇は跪き、頭を雪の地面に打ち付けて鈍い音を響かせて言った。

「高士奇、ご主人様にご機嫌うかがいのご挨拶をいたします。そのようなことは断じてありません！」

「おまえが人前でどれだけ偉そうにしているかをとやかくは言わぬが、奴才《ヌーツァイ》（「奴隷」の意。明清時代、皇帝に上奏する時の臣下の自称として用いられた）としての自身の身分を忘れぬことだ」

高士奇は跪いたまま、さらに叩頭した。

「士奇は終生、索大人《ソたいじん》の奴才《ヌーツァイ》です」

索額図は、何かと高士奇を贔屓にしたが、あくまでも自らの奴才として扱った。

「老夫《わし》のいうことをよく聞いていれば、栄華と富貴を手に入れられるやもしれぬぞ。さもなければまた街頭の字売りに戻って路頭に迷うがよい」

「ご主人様の恩典、士奇、努々《ゆめゆめ》忘れることはございません」

「おまえは試験で功名《こうみょう》を得ることができなかった。老夫《わし》にも功名はない」

高士奇は索額図のその言葉を聞くと、さらにひっきりなしに叩頭した。

「ご主人様は代々、功労を立てられたお家柄。生まれもっての貴族でございます。士奇をご主人様と同じ次元で論じるとは、恐れ多いことでございます」

索額図は高士奇をじろりとにらみ付けて言った。

「控えろ！　誰がおまえと同じ次元で論じた。まだ話は終わっていない。老夫《わし》が言いたいのは、おまえのような功名なき者が官界で人並みに出世するためには、そもそもかの進士どもとは道が違うということだ」

高士奇は顔を上げることができず、視線を下に落としたまま言った。

「ご主人様について行き、ご主人様のために犬馬の労を取れれば、士奇は幸せにございます」

「まったく肝っ玉の小さいやつじゃ。もっとでかいことをさせようと思っておるのに」

索額図は悪態をついた。

「士奇、すべてご主人様の思し召しに従います！」

「おまえのために、遥か先を見越して計画を立てておる故《ゆえ》、徐々に陛下の身辺に近づくことができるだろう。おまえのあの書を、陛下は大層気にいっておられる」

高士奇は順治帝が自分の書に目をとめてくれたと聞き、内心小躍りしたいくらい嬉しかったが、口では目の前の索額図を立てて言った。

「士奇、どなたのおそばに行こうとも、心の中はあなた様が奴才のご主人様たること、決して忘れませぬ」

「少しは陳廷敬を見習え。小手先で何かやらかそうと、常に魂胆を巡らせてばかりいないことだ。陛下は以前、二品大臣であった衛向書を退けてでも、陳廷敬を擁護しようとされた。陛下が心中どれだけ重視されているかわかるというもの。しかし陳廷敬ときたら明珠《ミンジュ》の後ろにべったりくっついている。まったく気に食わぬわ」

索額図が明珠と相容れないことを高士奇はとうに見抜いていたが、どちらとも誼《よしみ》を通じておかねばならず、内心戦々恐々としていた。明珠は一見したところ、度量が底なしに大きく、誰に対しても笑顔で接する。これに対して索額図は人と見れば凄んで見せるので、ひどく恐ろしい相手である。索尼《ソニン》はすでに内務府総管になっており、明珠も最近、内務府郎中に任命された。明珠が鰲拝《オボイ》と関係が近いことは誰もが知っており、索尼と鰲拝は、表面上はにこやかに接しているが、実際には確執があることも周知の事実だった。

禁宮の外に身を置いたままながら、高士奇は宮中のことは陳廷敬よりもよく知っていた。今回、索額図を訪ねたのは宮廷内の様子を聞きに来たのであったが、索額図は一言も話してはくれず、自分から聞くのも憚られた。この時、索額図は庭一面の雪景色を眺めながら言った。

「もう起き上がれ。跪いたままでは穿き物が濡れる。これからまだ人に会うのだろう」

高士奇は立ち上がると、膝の雪を払ってにこやかに言った。

「なんのこれしき。穿き物が濡れても、外の綿袍子《めんほうし》(綿の入った長い上着)で覆い隠せますから」

横で聞いていた人々は、あてこすりにも平然と答える高士奇の言葉に笑いを必死でかみ殺した。

この時、使用人が飛んできて大声で報告した。

「ご主人様、主子から宮中の書簡が届きました。今すぐ宮中に参上してくださいとのことです」

索額図は口の中で「あっ」と叫んだかと思うと、さっと顔色を変え、外に飛び出していった。実は索尼は最近、昼も夜も宮中に詰めっきりでまったく帰宅していなかったのである。

高士奇はしばらく一人で庭園に呆然と佇んでいたが、やがてとぼとぼとそこを出た。索邸の家の人々は緊迫感を漲らせて走り回っており、高士奇が声を掛けてもそれに返事をする余裕は誰にもなかった。きっと宮中で何か起きたに違いなかった。

馬に乗って家に帰ると、高士奇の膝頭は冷え切ってじんじんと痛んだ。雪の上に長い間跪いていたため、穿き物はとうにぐっしょりと濡れていた。部屋に入った途端、高士奇は癇癪《かんしゃく》を爆発させ、春梅《チュンメイ》に替えの穿き物を持ってくるようにと怒鳴りつけた。履き替えを済ませ、炕《かん》(オンドル)の上に座っても、高士奇は心中の煮えたぎる鬱憤をなおも抑えることができなかった。高夫人が慌てて春梅をさらに怒鳴りつけた。

「まったく鈍い子だよ。老爺《だんな》様がお帰りになって、もうずいぶん経っていますよ。まだお茶もお入れしていないのかい」

春梅が茶を運んでくると、高士奇は軽く一口すすってすぐにぺっと吐き出し、怒鳴りつけた。

「せっかくの茶が、おまえのせいで台無しだ。こんな淹れ方をしやがって!」

春梅は恐ろしさのあまりに盆を持ったまま、その場にかたんと跪き、全身をがたがた震わせている。高士奇がさらに怒鳴った。

「立て。寄ると触るとやたらに跪くな。穿き物が擦り切れたら、よそ様にうちが貧乏と思われるではないか!」

春梅は慌てて立ち上がり、項垂れたまま数歩下がると、そばに立って控えた。高夫人は、夫が外でひどい目に遭って帰ってきたに違いないと察したものの、詳細を聞くことは憚《はばか》られた。

十七

陳廷敬がしばらく家で過ごしているうちに、あっという間に年越しの時期になった。年越しと言えば友人同士の挨拶回りなどがあり、雑談の中で順治帝のご病気は本当らしいと知れたが、それが天然痘なのかどうかまではわからなかった。この話題はごく親しい信頼できる仲間の間で門を閉ざしてひそひそと話し合われ、外では一言も漏らす者はなかった。翰林院への出仕を催促する使いが訪れることもなく、衙門《がもん》にはもう勤め人がいくらも残っていないことが知れた。

旧暦の一月八日、陳廷敬は挨拶回りのため、朝早くから身支度を整えて朝食を取り、馬に乗って出立した。長安街の入り口まで来ると、通りが満州兵で埋め尽くされ、皆帯刀して仁王立ちになっているではないか。そこで、馬をつなぐ場所を探し徒歩で様子を見に行くことにした。大勢の人々が東の方へ向かっているので、陳廷敬もそれに続いた。

遥か向こうを見やると、天安門東側の龍亭を大勢の人々が取り囲み、さらなる人の波がそこに向かっていた。陳廷敬は胸騒ぎがし、不吉な予感が胸をよぎった。龍亭に近づくと突然、死者を悼む哀号の声が聞こえた。陳廷敬には十中八九見当がついてはいたが、まだ信じられなかった。さらに進んでいくと、ようやく順治帝の崩御が知れた。龍亭の中に順治帝の遺詔（天子の遺言）が掲げられていたのだ。陳廷敬の両足はがたがた震え、目の前がかすんできた。懸命に目を凝らし、順治帝の遺詔の文字をようやく判別することができた。それは順治帝直筆の「罪責十四款《ざいせきじゅうよんかん》」だった。自らを省みて悔い、恨みを述べてその語調は凄切を極めた。詔書《しょうしょ》の末尾を見ると、三阿哥《さんアーコ》の玄燁が皇帝に即位したことが知れた。内大臣の索尼《ソニン》、蘇克薩哈《スクサハ》、遏必隆《エビルン》、鰲拝《オボイ》が補臣に命じられ、若き皇帝を助けて政務を補佐するよう示されていた。

心の震えがとまらない陳廷敬の肩を叩く者があった。飛び上がらんばかりに驚いて振り返ると、そこには平服に身を包んだ明珠《ミンジュ》が立っていた。悲痛な表情を浮かべ、心なしか目は少し赤く充血していた。互いに形式のみ手の拳を合わせて挨拶をするのみで、それ以上の社交辞令を交す余裕はなかった。先皇の恩遇を思うと、陳廷敬は不覚にも涙があふれた。明珠が小声で話した。

「廷敬、少し付き合ってほしい。話がある」

明珠は陳廷敬を物陰へ誘った。

「廷敬、互いに知り合ってからもう長いが、これまでの私をどう思う」

陳廷敬は明珠が何か重要な話をしようとしていることを感じつつ、答えた。

「あなたは私の恩人です。廷敬、片時も忘れたことはありませぬ」

明珠は相手をじっと見つめたまま無言でいたが、ようやく口を開いた。

「あの道人とは二度と行き来なさるな」

陳廷敬は衝撃で血の気が引くのを感じた。

「傅山との行き来などありませぬ」

明珠は視線を別のところに泳がせながら、口ではさらりと言った。

「進士及第の年、山西に帰った時、傅山はあなたを訪ねて陳家の実家に来た。あなたも山西から京師に帰る時、陽曲の傅山に会いに行った。またつい最近、その傅山があなたを自宅に訪ねている」

陳廷敬は驚きのあまり冷や汗が吹き出すのを感じた。

「明珠大人。ずっと私を監視されていたのですか」

「先帝から密命を受けていた。あなたを見張るように、と」

「廷敬には解しかねます。なぜ私を見張るのですか」

「先帝の密命について、あなたが詳しく知る必要はありませぬ。ただ傅山との行き来を手に取るように把握されながら、先帝がなぜ罪に問わなかったのか、ということだけを考えるよう」

「明珠大人、ご明示ください」

「先帝は衛大人の言葉を信じ、あなたの才能と品格を重んじ、背信の心をもつ人間ではないと判断されていた。しかし今や情勢は不透明。前明の残党が活発な動きを見せている。そんな中、今回のことが問題視されれば、大変なことになる」

陳廷敬は明珠に感謝しつつ、はぐらかそうとした。

「傅山先生は各地を行脚する道士です。医術で世を救う名医でもあり、四方を歩き回られるのは特に不思議なことではありませぬ。京師に来られて私を訪ねられたのは、一つには同郷の誼《よしみ》があること、二つには読書人同士として四方山話に花を咲かせようということです。謀逆の心を傅山先生から見つけることはできませんでした。ただ仕官されぬだけのお方にすぎませぬ。仕官を望まない読書人は、天下に傅山お一人というわけでもないではありませぬか？」

「廷敬、そんなに簡単なものではないだろう？　傅山は謀反を企てた嫌疑でかつて投獄されているのだぞ。証拠不十分で釈放されはしたが、相手がどういう人物か、互いにわかり過ぎているほどわかっているはずだ」

陳廷敬はなおも反論した。

「証拠が不十分だからこそ、罪名の烙印を押してはならぬのです。ましてや会っただけで罪になるようなことがあってはならぬと申し上げているのです。わが王朝には法度がございます」

明珠は頭を振って言った。

「廷敬、あなたと私の間で法度いかんを論じても意味はない。傅山がどういう人物か、先皇はご存じでおられたし、太皇太后もまたご存じである。朝廷の大臣らも、天下の読書人らも皆わかっている。廷敬、あなたは話をはぐらかそうとしている」

「互いにわかっていると仰るのなら、廷敬の本心を率直に申し上げさせてください。朝廷は、傅山のような読書人を警戒して避けるよりは、説得して用いるべしと思います。傅山のような人物が何人も清朝に従うようになれば、天下の読書人らも皆、これに呼応するでしょう。清朝に従わないと意地を張っている読書人らは、皆高い教養の持ち主なのですから」

明珠はため息をついた。

「廷敬、明珠もいくらかは教育を受けた者として、『馬上で天下を取り、馬から下りて天下を治める』際、知識人らの手を借りなければならない道理は心得ているつもりだ。先皇もまさにそのようにしてこられた。しかし、満臣の中には漢人を警戒する者も多い。先ほどの先帝の遺詔を見たであろう。先帝が自らの罪をわざわざ列挙されたのは、教養の高い漢臣を重用するためだ。先帝がああ言わなければ、満臣を心服させ難いからだ」

「廷敬、明珠大人の見識に敬服いたします。人は満漢を分けず、地は南北を分けず、皆、清朝です」

「その道理を先皇及び太祖、太宗が皆仰せだった。しかし朝政の大事には、時機、情勢、人材を考えねばならぬ。

あまり石頭にならぬことだ。廷敬、この時期、今この瞬間、傅山に近づいてはならぬ」

陳廷敬が尋ねた。

「朝廷は傅山をどう処するつもりなのでしょう?」

「傅山はすでに京師から逃げ去った。この件については、もう聞くな」

陳廷敬は傅山の身を案じた。明珠のように官服を着ていない満人が、清朝に帰順しない漢人の読書人を京師でどれほど捕まえたのかは天のみぞ知る、である。そこに思いが及び、陳廷敬の心は千々に乱れた。明珠がさらに言った。

「鰲拝《オボイ》大人はそなたの恩人であるぞ。それを覚えておくように」

陳廷敬はその件について薄々と聞き及んでいたが、詳細は知らなかった。

「索額図親子があなたと私の首を斬るよう、庄親王に働きかけた。その時、鰲大人《おたいじん》が巧妙に陛下を説得してくれたからこそ、われら二人の命はまだここにあるのだ」

それを聞いて、陳廷敬は慌てて答えた。

「その件について、ずっと鰲拝大人にお礼を申し上げる機会がありませんでした」

庄親王が大暴れした事件が明るみに出て、『皇族が宮廷で大暴れ』という荒唐無稽な戯曲の演目のような騒ぎになった、ということは陳廷敬も早くから聞き及んでいた。真偽を確かめる術はなかったが、すんでのところで不当にも殺されるところだったのは、紛れもない事実だったのだ。明珠はさらに言った。

「索尼《ソニン》が内務府総管、首補大臣でもあることを思えば、われら二人とも注意しなければならぬ。先帝は都太監《とたいかん》(宦官の高官)の呉良補《ごりょうほ》を最も信頼しておられたというのに、あっという間に殺されてしまったのだ」

そのことに陳廷敬は衝撃を受けた。

「宦官の政《まつりごと》への干渉が国に禍し、民を苦しめることは前史に鑑みることができます。呉良補が悪事を多く働いてきたとも聞き及んでおりますので、殺されたのにはそれなりの理由があったかと存じます。この非常時、この機会に便乗して誰かを葬りたければ、確かに容易かもしれませぬ」

「索尼親子は、呉良補の誅殺を機に乾清宮《けんせいきゅう》の侍衛と宦官を勝手にすべて入れ替えた。これは明らかに幼帝と鰲大人を故意に離間させるための策である。今や幼帝の身の周りは、すべて索尼の息のかかった者どもで固められている」

明珠は陳廷敬をじっと見つめた後で言った。

「廷敬、そなたが頼りだ」

陳廷敬は雷に打たれたように尋ねた。

「そ、そのお言葉はどのような意味なのでしょう」

「此《こ》れすなわち天機《てんき》なり。しばらくは誰にも漏らしてはならぬが、先帝が崩御される前に遺旨《いし》があった。衛向書大人を呼び戻して帝師とするように、と。衛大人はすでに京に戻られる道中ではないだろうか」

衛大人が帰還すると聞いて、陳廷敬は喜んだ。

「衛大人は信頼できる翰林を二人招き、その二人とともに幼帝の教育にお仕えしたいと仰った。鰲拝大人はそなたを推薦しようとされている。そなたは衛大人が最も評価した人物故《ゆえ》、自ずとそうなった」

自分が幼帝の教育に仕えることになると聞き、陳廷敬は喜びと同時に恐れも感じずにはいられなかった。その昔、会試を受けた時の気性なら、恐ろしいと思わなかっただろう。太原で郷試を受けた時の気性でもやはり恐れは感じなかったはずだ。しかし京師で数年過ごすうちに、次第に臆病になりつつある自分を感じていた。

「幼帝のおそばに上がったら、随時私に情報を伝えなさい。起こったすべてのことを鰲拝大人は知らなければならぬ」

陳廷敬が家に戻った時には、家の者たちも順治帝の崩御を知っており、李老先生が陳廷敬に言った。

「傅山殿の京入りは、陛下の天然痘の発病に関係があるに違いないと思っていたが、やはりそうだったか。廷敬、かの義士らはこれを機会に何かを起こそうとしているに違いない。くれぐれも気を付けねばならぬぞ」

「傅山先生はすでに京師を離れられたそうです。朝廷は今、密令を出し、追捕しているのではないでしょうか。私も先生の安否が気がかりです。誰かが先生にこの知らせを伝えてくれるとよいのですが」

「廷敬、くれぐれもこの件には関わってはならぬ」

李老先生はそう言った後、しばらく考えこんでからさらに言い足した。

「私に留意する人は誰もいない。なんとかこのことが広まるよう方策を考えよう。そうすれば自然と本人のお耳にも入るだろう。天地は広大だ。身を隠す場所がないはずはない。きっとご無事でいられよう」

幼帝の教育に仕えることは他言してはならぬと明珠には言われたが、岳父とはすべてを包み隠さず口にする間柄である。そっと打ち明けると、李老先生もやはり憂慮を隠せなかった。

「凶吉いかんは測り難し。幼帝はわずか八歳。もし万が一、親政を待たずに廃されることがあれば、すべての近臣に命の危険が及ぶだろう。帝師となれば間違いなく一番に命に危険がおよぶことになる。そういう例は、古来より枚挙に暇がない」

「お義父さんのご憂慮の通りです。ですが、衛大人はご自分の生死をも顧みず引き受けられた。それなのに私が生に執着し、死を恐れることができましょうか。断じて男子のすることではありませぬ」

李老先生はため息をついた。

「あるいは天命かもしれぬ。廷敬、覚悟を決めるしかない」

「一代の明君を補佐することができるのであれば、生涯悔いはありませぬ」

「本当にそうなれば、蒼生の福というもの。今ほど読書人の立場が難しい時代はない。先皇には天下の読書人を味方につけ、古賢王を手本にせんとするご意向があられたが、満人は、我々漢人とはどうしても腹の皮一枚の隔たりがあり、完全に一つになることはできぬ。今や天下の明倫堂（官営学校）前の臥碑《がひ》（横にされた石碑）にも禁令が刻まれ、『生員（国子監の入試に合格、郷試の受験資格を得たもの）、発言するべからず、立盟結社《りつめいけっしゃ》するべからず、文章を刊行、印刷するべからず』と明記されている。かかることは前代未聞。親子二人が門を閉めきって話をしなければならぬとは。朝廷の諸々の問題はここにある」

「かつて蒙古人の元朝は馬を西域まで駆け、中原を鞭打ち、その祖先を祭る太鼓の音が四海の果てまで響いたものでした。しかし蒙古人は漢人を蔑視し、凶暴剽悍《きょうぼうひょうかん》なる習性を改めず、王道を敷かなかったため、あっという間に灰飛び煙消えるが如く、滅びました」

李老先生は頷いた。

「今後、幼帝のご教育において肝心なことは、いかに聖明の君主にお育てするか、天下の蒼生のためをお考えになられるようお教えするかということだ。古来より聖皇明君《せいこうめいくん》は皆、天下を包容する大きな懐をお持ちであった。民族に固執した偏狭なる私心に囚われては、必ずや暴政が始まる。誰が皇帝になろうとも、民はただ天下太平のみを望むもの。私は明朝からの遺老とはいえ、『反清復明』の四文字を耳にすると、煩わしく思う」

李老先生のこの言葉に、陳廷敬は深く心服した。

「槍刀を蔵にしまい、馬を南山に放ち、天下を帰心させ、河清らかに安らかなること。それこそが民の願いなのです。しかし巷ではいまだ危機がそこかしこに埋伏し、国家はなおも不穏が状況が続いています」


気持ちの晴れない陳廷敬であったが、ある日、明珠から鰲拝《オボイ》を訪問するので同行するよう言われた。鰲拝はしばらく順治帝の凶礼《きょうれい》(葬儀)に奔走し、ようやく自宅に戻ったところであった。陳廷敬は鰲拝に会うと、手の拳を合わせて挨拶した。

「陳廷敬、補臣大人にお目にかかります!」

鰲拝の方は社交辞令もなく、単刀直入に言った。

「廷敬、陛下はまだ年幼く、ご勉学が大事じゃ。わしの方からもうすでに太皇太后に奏上し、内々の勅許を得てある。衛向書の帰京を待ち、直ちに陛下の即位を行い、そなたは衛向書とともに師を勤めてもらうことになる」

陳廷敬は即座に答えた。

「臣、太皇太后の聖恩《せいおん》に感謝いたします!」

明珠が笑って言った。

「廷敬。ご恩に感謝するなら、跪かねばならぬぞ」

陳廷敬は少し躊躇したが、仕方なく鰲拝の前で跪いて口上を述べた。

「補臣大人のお引き立てのご恩に感謝いたします」

鰲拝が笑って言った。

「廷敬。身を起こしなさい。これからはせいぜい勤めに励むがよい」

そう言い終わると、今度は明珠に視線を移して言った。

「明珠、索尼は先皇の御前で、その息子の索額図のために二等侍衛の地位をもらい、四品の官職を授かった。おまえたち二人は功業、才能のどれを取っても互いに引けを取らぬ。おまえは今、内務府で郎中の身。五品の官職にすぎぬとはいえ、今後の出世にはよい出発じゃ」

明珠も慌てて跪いて言った。

「明珠、補臣大人《ほしんたいじん》のお引き立てに感謝いたします! ただ、今は索尼大人の下で仕事をしていることが、釈然としませぬ」

鰲拝《オボイ》が言った。

「明珠。老夫《わし》の苦心をわかれ。索尼大人はもうお年じゃ。ちょうどおまえのような若者の補佐を必要としている。『長江の後波は前波を推す』じゃ」

明珠はその意味を悟り、言った。

「明珠、鰲《オ》大人《たいじん》の心、心得ました！」

鰲拝は明珠に起き上がるように言うと、再び陳廷敬に視線を移して言った。

「わしは先皇のご遺命を受けて朝政を補佐することとなり、これからは諸事忙しく手が回らぬことも出てくる。陛下のご勉学のことは、そなたと衛大人が、よくよく勤めてくれ」

「廷敬、全力を尽くして勤めて参ります」

鰲拝が再び宮中に入りして国葬を采配せねばならぬため、明珠は陳廷敬を連れて暇乞いをした。先刻、名目上は太皇太后への感謝ながら、実質的には鰲拝の膝元に跪いたことに陳廷敬は考えを巡らせていた。また朝廷での人事や大事を鰲拝一人がすべて采配していることにも思い至り、なんともいえない気持ちになった。

十八

清朝第三代皇帝、順治帝は二十三歳の若さで崩御した。

衛向書は、身に麻布《あさぬの》をまとい、頭に白い孝帽《こうぼう》をかぶった喪服姿で飛ぶように京師に戻ってきた。帰京して幼帝の勉学に仕えよという先皇の遺命を思うと、残される幼いわが子を藁にもすがる思いで衛向書に託す亡き順治帝の心が感じられ、一路感激に涙をこぼさずにはいられなかった。京師にたどり着いた頃には、すでに正月の末になっており、玄燁（康熙帝の幼名）の、子としての服喪期間二十七日はすでに過ぎ、先皇の遺詔を遵奉《じゅんぽう》して康熙と改元されていた。

幼帝はもともと、諸阿哥《アーコ》らとともに上書房《じょうしょぼう》で勉学していたが、今後は毎日、弘徳殿《こうとくでん》で勉学することとなった。師傅《しふ》は衛向書のほかに満州語、モンゴル語、弓馬を専門に教える諳達《アンダー》（満州語の師匠の意）がついた。ともに陛下に仕えるための若者二人を太皇太后がすでに人選されていることを衛向書は入京して初めて知った。それが翰《かん》林《りん》の陳廷敬と監生《かんせい》の高士奇だった。陳廷敬は鰲拜が太皇太后に推挙し、高士奇は索尼による推挙であったが、太皇太后はともにそれを許可したのだった。陳廷敬こそは衛向書が極めて高く評価する人物であったが、高士奇のことはほとんど知らなかった。しかし、太皇太后の懿旨《いし》（太后の命令）であるからには、衛向書がとやかくいうべくもなかった。

康熙帝はまだ年幼いながら努力を惜しまぬ子供だったが、一人で勉学する時間が長くなるにつれ、次第に退屈を覚えていた。これまでは阿哥《アーコ》らとともに勉学に励み、ともに遊び、競い合い、自然と愉しい日々を過ごしてきた。ところが今や師傅や諳達《アンダー》が、うじゃうじゃと自分一人を取り囲んで立ち働くようになり、次第に学業が面白くなくなっていたのである。

ある日、衛向書が欧陽修《おうようしゅう》の著作『朋党論《ほうとうろん》』の講義をし、陛下に後に続いて朗読するように言った。

「夫前世之主、能使人人異心不為朋、莫如紂。能禁絶善人為朋、莫如漢献帝。能誅戮清流之朋、莫如唐昭宗之世。然皆乱亡其国。

そもそも過去の君主で、人に謀反の心を抱かせつつ党派を組ませなかったのは、殷の紂王に勝る者はいない。善人が党派を組むのを厳禁したのは、後漢の献帝に勝る者はいない。清廉な人士を誅戮したのは、唐の昭宗の世に勝ることはない。しかしいずれもその国を乱し亡ぼした。」

康熙帝は後に続いてしばらく朗読したが、本を置くと、尋ねた。

「『能誅戮清流之朋、莫如唐昭宗之世。然皆乱亡其国』。師傅、朕には意味がわからぬ」

衛向書が説明した。

「古人はよいことを言っています。書を読むこと百遍、その義、自ら見えると。陛下。老臣とともに朗読ください。まずはよく読んで親しんいただいてから、説明いたしましょう」

しかし、康熙帝はつむじを曲げて言った。

「朕は、今日はもう勉強がいやになった」

衛向書が慌てて答えた。

「陛下。陛下がご勉学なさってくださらぬことには、老臣めが困ったことになります」

「朕は弓馬を習いたくなった。明日また勉強する。太皇太后は、聖賢の書も大事だが、弓馬もうまくならねばならぬと言われたぞ」

衛向書はそれでもしきりに言った。

「弓馬はもちろん諳達《アンダー》がお教えなさいますが、今日はお勉強の時間でございます」

しかし康熙帝はもはや聞く耳を持たず、教科書を放り出して外に駆けていってしまった。陳廷敬と高士奇はそばに控えていたものの、康熙帝が駄々をこねている姿を見守るだけで、衛師傅《えいしふ》を助けたくてもどうすることもできなかった。

康熙帝は外に出ていくと、侍衛《じえい》の倭赫《ウォホ》を呼びつけて言った。

「朕は馬に乗りに行くぞ」

倭赫《ウォホ》は「少しお待ちくだされ」と言って、直ちに馬を牽いてきた。太皇太后からは厳命されていた。

「陛下はまだ幼くておられるから、馬に乗りたいと仰っても、乾清門の中でしか乗ってはなりませぬ。決して乾清門の外に出てはなりませせぬ」

何か起きては大変とばかりに周如海《しゅうじょかい》ら宦官数人も慌てて康熙帝の後について外に出た。衛向書も陳廷敬、高士奇とともに、弘徳殿を出て康熙帝の後ろをついて行くしかなかった。

倭赫《ウォホ》が康熙帝を抱き上げて馬の上に乗せてやった。康熙帝はまだ一人で馬を御すことができないため、倭赫《ウォホ》が抱えて一緒に乗った。周如海はご主人様お気を付けて、と何度も声を掛けたが、康熙帝は駆け方が遅過ぎるとばかりに、倭赫《ウォホ》の手にある鞭を奪い、思い切り打ち付けた。馬は乾清門の中をぐるぐる回るのみだったが、倭赫《ウォホ》は速く駆け過ぎて皇帝に怪我をさせては大事と恐れ、何度も手綱を後ろに引っ張らなければならなかった。

康熙帝はじきに飽き、馬を降りて今度は弓の練習をすると言い出した。倭赫《ウォホ》は馬の手綱を目一杯引いて止まらせた。周如海が馬の横で康熙帝を抱きとめようとしたが、康熙帝はある少年宦官に向かって叫んだ。

「張善徳《ちょうぜんとく》、おまえが受けとめてくれ」

張善徳という名の少年宦官が慌てて駆け寄ってきて、馬上から降りる康熙帝を抱きとめた。張善徳はまだ若干十三歳、力もない。それに引き換えて馬の背は高く、すんでのところで康熙帝を落馬させるところだった。周如海はこの罰当たり者めが、と張善徳を叱責したが、康熙帝は張善徳をかばって逆に周如海を叱るのだった。

倭赫《ウオホ》はご用弓矢《ゆみや》を手に取り、満月のように一杯まで張り上げると、ぼんっ、と音を立てて前方の木の杭に当てた。康熙帝は倭赫《ウオホ》の手中の弓と矢を受け取ると、顔が真っ赤になるまで思い切り弓を引いたが、どうしても弓を張ることができない。ぶんっ、と音がして矢は飛び出したが、五十歩にも満たぬところで地面に落ちた。康熙帝はぷりぷりと怒って弓と矢を地面に叩きつけると叫んだ。

「もう弓はいい。戻って勉強をする！」

「陛下。勉強はできぬから弓馬をすると仰ったかと思えば、弓を射ながらまた勉強すると仰る……。しかしどうしてどうして、まだ幼くてあられるのに、こんなに遠く飛ばせるのは、たいしたものですぞ」

倭赫《ウオホ》が言ったが、康熙帝はぷりぷり怒ったまま言った。

「もう弓はやらないと言ったら、やらないんだ！」

この時、そばに控えていただけの高士奇が前に進み出て言った。

「陛下、私から陛下に献上いたしたきものがございます。腕力を鍛えることもでき、遊ぶにも楽しいものでございますよ」

「なんだ？」

高士奇は懐の中から鉄製の道具を取り出した。造りが非常に精巧にできており、本体は鉄で打ち、柄には黄楊《つげ》木《き》が嵌め込まれていた。

「陛下にお答えいたします。これは『弾弓《だんきゅう》（パチンコ）』と申します。田舎で子供たちがよく遊ぶものです」

康熙帝は弾弓を手に取ると、目を輝かせて言った。

「宮中にはなぜこういうものがない」

「元来、田舎の子供たちが遊ぶものですから。ただ本来はこのような立派な造作になってはおりませぬ。陛下に使い方をお教えいたしましょう」

高士奇は笑って言い、弾弓を手に取って木の上の鳥に狙いを定めた。びゅんっ、と音がしたかと思うと、玉が当たって鳥が落ちてきた。康熙帝は大喜びで手を叩き、これは面白いとしきりに言った。

「陛下にお仕えしてしばらくになりますが、まだ腕力が弱く、弓を引くのはどうしてもまだご無理と拝察いたしました。幼い頃に遊んだ弾弓を思い出し、職人に頼んで特別にこれを作らせてお贈りしようと思った次第でございます」

康熙帝が笑顔で答えた。

「高士奇、朕は嬉しいぞ。太皇太后に言って褒美を取らせよう」

高士奇は頭を低くして言った。

「臣、陛下のご勉学にお仕えできるだけでも、身にあまる光栄でございます。士奇、それ以上は望みませぬ」

ある時、衛師傅の加減が突然悪くなった。そこで休みを取りたい故、陳廷敬に数日間かわりに講義をさせるよう太皇太后に奏上し、太皇太后がこれを許可した。康熙帝は陳廷敬が講義すると知り、さらに勉強を嫌がって言った。

「もういい、もういい。衛師傅が病気なら勉強はよい、ちょうど遊びたかったんだ。さあ。馬に乗りに行くぞ」

「陛下。それはなりませぬ。お勉強の日と弓馬のお稽古の日は師傅《しふ》、諳達《アンダー》の予定が決められており、変えることはできませぬ」

陳廷敬は慌てて言ったが、康熙帝はぷいっと怒って言った。

「勉強、勉強って、いつまで続ければいいのだ」

「陛下にお答え申し上げます。俗に『老いるまで活き、老いるまで学べど、なお三分学ばず』と申します。学ぶことに終わりはございませぬ」

康熙帝はまだ子供である。

「何が、終わりがない、だ。おまえたちが勉強しているのを見たことがないぞ」

「臣、進士に及第した今もなお、翰林院で勉学を続けております。臣は陛下のお勉強にお仕えするほかにも、自分でも勉強を続けております。士奇も同じです。陛下のご勉学にお仕えしながら、詹事府でのお勤めでは、やはり勉強を続けなければなりませぬ」

「衛師傅の講義には、飽き飽きした。文章を変えて勉強できないかな」

と康熙帝が言うので、陳廷敬が答えた。

「経史子集《けいしししゅう》（教養一般の古典）を陛下はすべて学ばれなければなりません。一つ一つ読んで参りましょう」

これに対して高士奇が口を挟んだ。

「陛下。ならば仰ってください。どんな文章が一番お好きでいらっしゃいますか？」

「最近、詩を読んでまことに気に入っているものがある」

高樹多悲風　　高い木には悲風多く
海水揚其波　　海はその波を揚げる
利剣不在掌　　鋭い剣が掌中になければ
結友何須多　　多くの友と交わるべきではない
不見籬間雀　　見えないだろうか　籬間《まがき》の雀が
見鷂自投羅　　鷂《はしたか》を見て自ら羅《あみ》に投《と》び込むのを

　陳廷敬は康熙帝が曹植の『野田黄雀行（父である曹操の後に同母兄の曹丕が即位、曹植の側近達が次々に誅されたことを哀しんで作ったと言われる）』を読んでいると聞いて、顔色を失い慌てて言った。

「陛下はまことにご聡明であられます。ですが今はまだ師傅の勉学の導きが必要です。ご自分でむやみに書物を探すことはなりませぬ」

　康熙帝は腹を立てて、机を強く叩いて言った。

「控えろ！　朕が何の書物を読むか、おまえの指図を受けなければならないというのか。悔しかったら、この詩を朕に講釈してみろ」

　すると、高士奇が口を挟んで答えた。

「陛下にお答えいたします。これは曹植の『野田黄雀行』でございますね」

『野田黄雀行』の話題をこれ以上続けてはならないことを陳廷敬は認識しており（康熙帝は三男。即位の時点で福全という兄が一人いた）、鋭い声で「士奇！」と制した。

　ところが高士奇は自らの知識をひけらかそうと、さらに続けた。

「各時代の詩文には、それぞれに異なる背景がございます。曹植は三国時代の人です。この時代の詩詞は慷慨《こうがい》多く、悲嘆が強く、気迫荘厳でございます。古来より『漢魏の風骨《ふうこつ》』と申します」

　康熙帝は嬉しそうに身を乗り出した。

「高士奇、おまえは学問があるのだろう。この詩の意味を教えてくれ」

　陳廷敬はそれでも説得を試みた。

「陛下。やはり衛師傅のご講義の内容に沿って進めて参りましょう」

　しかし、康熙帝は陳廷敬を叱責した。

「おまえは口を挟むな！」

　高士奇はさらに続けた。

「これは曹植の憂憤《ゆうふん》の作でございます。曹植の兄である曹丕《そうひ》は、皇帝になると血のつながった兄弟を何人も殺し、曹植のことも冷遇しました。曹植は危機にさらされた兄弟を救う力が自分にないことを悲嘆し、この詩を詠んだのでございます」

　康熙帝はさらに尋ねた。

　本是同根生
　相煎何太急[1]

　もともと同じ根から生まれながら（同じ親もとから生まれ）
　相手を煮るのにどうしてそう急ぐのか（なぜに激しく争うのか）

「これも曹植の書いたものか」

　高士奇は慌てて手の拳を合わせて言った。

「陛下はまだお若いのに、なんと博学であられましょう」

　ところが予想外にも康熙帝がこんなことを言い出した。

「曹丕はなぜ自分の兄弟を殺したのだ？　もし朕の兄上が皇帝になったら、やはり朕を殺すのだろうか？　幸いにも朕は自分が皇帝になったが[2]」

　これには高士奇も言葉が継げず黙り込んでしまった。宦官らも肝を冷やし、周如海が慌てて言った。

「陛下。そのようなことを口にされてはなりませぬ。奴才《ヌーツァイ》ら、まだ首をつなげてご飯も食べねばなりませぬ故《ゆえ》」

　陳廷敬もおおいに狼狽し、慌てて言い添えた。

「陛下。世の中にはさまざまな道理がありますが、大きくなれば自然とおわかりになることです。今は勉強にご専念ください」

「大きくならぬうちに兄上に殺されるのなら、大きくなんてならぬ方がよい！」

　と康熙帝が言い、陳廷敬の額には冷や汗がじっとりと浮かんだ。

「陛下。曹丕は仁政《じんせい》を敷かず、一族で武器を交えたために、曹魏《そうぎ》の王朝はあっという間に滅んでしまいました。そのことはもはや前車之鑑《ぜんしゃのかがみ》（前人の失敗は後人の戒めとなる）とされ、歴代の帝王はそこから教訓を得ております。陛下がご心配なさることはございませぬ。ご勉学に励まれることだけをお考えください」

康熙帝は、鼻を鳴らして言った。

「勉強、勉強って、おまえは勉強しろとしか言えないのか。おまえの学問は、高士奇ほどではないな」

「読書人が書物を知ること、農民が作物を知ることと同じでございます。何も珍しいことではございませぬ」

と陳廷敬は答えたが、康熙帝はせせら笑って言った。

「ふん。高士奇よりも学問がないといわれて、悔しいか」

「高士奇はもちろん、大変な学問があります。ですが陛下も勉学にお励みになられることで、我々の年齢にならずとも詩文にさっと目を通しただけで、その詩文の年代、作者がわかるようにおなりでしょう。草木や野菜、果物と同じです。さまざまな種類を見ているうちに見覚え、その種類、名前がわかり、どの季節に実るのか、春の花か、秋の実か、それとも年中枯れないのかがわかるようになるのと同じでございます」

「朕はそんな話を聞きたくないぞ。太皇太后に言いに行くのだ。朕はもう皇帝はやりたくない、と。それに兄上たちにも皇帝になってほしくない、と。兄弟で殺し合うなんてまっぴらだ」

周如海がかたん、とその場に跪き、陳廷敬、高士奇、すべての侍衛、宦官らも皆、その場に跪いた。陳廷敬が地面に叩頭して言った。

「陛下。そのようなお言葉を決してお口になさいませぬよう。さもなくば、ここにいるすべての者の首が飛びます」

帰宅してからも、陳廷敬の脳裏には恐怖が駆け巡っていた。昼間の経緯が外に漏れでもしたら、と恐ろしかった。高士奇が起こした禍とはいえ、衛大人は講義の勤めを自分に託したのであって、追及されれば罪の咎《とが》から逃れることは難しい。その悩みをどこにも訴えることはできず、菩薩の加護を祈ることしかできなかった。

「太皇太后にはこの件を告げられませぬよう、でなければ奴才《ヌーツァイ》らの首が飛びまする」

そう言って周如海が康熙帝に頼んだものの、八歳の幼帝の口を塞ぐことなどできるだろうか。

夜、陳廷敬は一人で書斎にこもり、延々と琴をかき鳴らした。李老先生は琴の音色から何かあったに違いないと案じつつも、邪魔をすることもできなかった。とはいえ、やはり心配は募るばかりである。琴の音がやんで静かになった頃合いを見計らって、李老先生が書斎に様子を見に行った。陳廷敬は詩を作っているところだった。

陳廷敬は李老先生がやって来たのを見て、慌てて言った。

「お義父さん、まだお休みではありませんでしたか」

「少し顔を見たら、休むことにするよ。おや。これはまた名作の誕生かな」

「気ままな落書きです。お恥ずかしい」

李老先生が中身を覗いた。陳廷敬が書いていたのは、史実を詩に詠んだ詠史詩《えいしし》であり、劉邦が王朝を建国した際の天下英雄の勇壮なる気概を表現したものだった。末尾の二句は、次のようなものであった。

儒冠固可溺
齷齪多凡庸

儒者の冠を被った謹厳な者でも世俗に溺れることがあり
心のせまいものは多くは凡庸である

それを見て李老先生はその苦悩を感じ取り、自分の憂慮が当たっていたことを知った。しかし陳廷敬が自ら何も言わぬ以上、李老先生もあえて問いただすことはしなかった。

翌日、陳廷敬は普段通りに弘徳殿に出仕したが、衛大人はなおも病気で欠席していた。宮中の雰囲気は極めて穏やかで異変は感じられなかった。そこで陳廷敬はようやくほっと胸をなでおろした。どうやら康熙帝が昨日のことを太皇太后に告げることはなかったようである。

ところが実は周如海は鰲拝《オボイ》の耳目であり、昨夜のうちに弘徳殿での出来事をそっくりそのまま鰲拝に報告していた。鰲拝はことの次第を聞き、すべての原因は高士奇にあることを知ったが、もしこの件を表沙汰にすれば、誰もが無事ではいられないことを慮り、太皇太后に隠し通すことにした。しかしこの件をこのまま終わらせるわけにはいかないと思った鰲拝は、索尼にこの話をした。索尼は話を聞くと、怒りが収まらず夜中に高士奇を呼び出し、罵詈雑言を浴びせた。高士奇は陳廷敬が密告したに違いないとひたすら思い詰め、これ以後、陳廷敬を憎むようになった。

前日のことがあったせいか、この日の康熙帝は勉強をしたくないと駄々をこねることもなかった。陳廷敬が一句読み上げると、康熙帝がその後に続いて一句読み上げる。一時辰《じしん》（二時間）も経たぬうちに康熙帝が突然黙ってしまった。陳廷敬が頭を上げて康熙帝の方を見やると、康熙帝は弾弓を取り上げ、殿の隅に向かって玉を飛ばしている。その直後に、何かが割れる音が響いたかと思うと、殿の西端に立てられていた巨大な花瓶が崩壊した。これには康熙帝自身も驚いて絶句していたが、それを見た宦官らは、衣擦れの音を立てて一斉に跪いた。

ちょうどこの時、鰲拝が大股で門を跨《また》いでやって来た。

「陛下に叩見いたします！　先ほどの音は何だ。誰が陛下を驚かせたのだ？」

誰も声を上げる者はなく、皆が項垂《うなだ》れたままだった。康熙帝も項垂れ、手を組んで背中に回している。鰲拝は殿内をぐるりとにらみ付けると、割れた花瓶を見つけて尋ねた。

「誰が割ったのだ？　ただでは済まぬぞ！」

周如海が慌てて鰲拝を見上げ、そっと康熙帝の方向に口をとがらせた。それを見て鰲拝は即座に事情を悟り、自分が大逆無道《たいぎゃくむどう》の言葉を吐いたことを知ったが、とぼけたままさらに尋ねた。

「陛下のお手には、何をお隠しでございましょう」

康熙帝は弾弓を取り出し、いやいやながらそれを差しだした。周如海が駆け寄ってきて弾弓を受け取ると、鰲拝に渡した。鰲拝はそれをしげしげと見まわしてから尋ねた。

「これはどこから持ってきたものか」

「私が陛下に差し上げたものでございます。普段、腕力を鍛えるのにお役に立てばよいかと思った次第です。『弾弓』というもので、民間では子供がよく遊びます」

高士奇が慌てて跪いたが、鰲拝は火の如く怒鳴った。

「控えよ。誰がこんなものを造れと申した？」

高士奇は叩頭《こうとう》して言った。

「陛下が弓を弾くには腕力の足りないご様子を見て、特別に弾弓をお造りしました。これで陛下が普段、練習をなさることができると思った次第でございます」

鰲拝は高士奇に罵声を浴びせ、さらに陳廷敬を見やって言った。

「山西は古来より名相を多く輩出している。藺相如《りんそうじょ》、狄《てき》仁傑《じんけつ》、司馬光《しばこう》、元好問《げんこうもん》は皆、山西人ではないか。衛師傅とそなたも山西人。陛下のご勉学に尽力してくれねば困るではないか」

「廷敬、才少なく、学識浅くも、先賢に倣い、忠君愛国に全力を尽したく存じます」

と陳廷敬が答えた。鰲拝《オボイ》はこちらを叱責してはあちらを説教した後、ようやく振り返って康熙帝に叩頭して言った。

「皆が陛下のご勉学に滞りなくお仕え申し上げているかを確認するために参りました。これにて失礼いたします」

康熙帝は先刻から鰲拝が皆を叱責する怒鳴り声を耳にして縮み上がっていたが、ここにきて気丈にも言った。

「弾弓を返せ」

鰲拝は少し躊躇したが、それでも言われた通りに弾弓を返した。

「陛下。ご勉学の時はご勉学だけでございます。これで遊ぶのは弓馬のお稽古の時になさってください」

康熙帝はそれには答えず、ただ地面を見つめるだけだった。鰲拝はさらに朝殿内の宦官らをも再三叱りつけてから、康熙帝に叩頭して立ち去っていった。

「廷敬、山西は本当に人材の宝庫ですな。山西には傅山というお方が名高いと聞いておりますが」

と高士奇が突然言い出した。陳廷敬は高士奇がよからぬたくらみでそう言うのを感じていた。自分と傅山が知り合いであるとどうに聞き知っていた違いない。

「傅山殿は人品、学問ともに素晴らしい方ですが、ただ性格が少し奇怪な方でもあります」

高士奇が笑って言った。

「傅山の叛意《はんい》は天下にあまねく知られ、読書人で知らぬ者はおりませぬ。それをただやや性格が奇怪にすぎぬと申されるのは、表現としては軽過ぎはしませぬか」

「士奇、ここは傅山のことを話し合うべき場所ではありませぬ。陛下のご勉学にお仕えしましょう」

ところがそれを耳にした康熙帝が放っておかなかった。

「傅山とは誰のことだ？」

「大変学問のある方です」

と陳廷敬が答えると、康熙帝が尋ねた。

「先帝は、天下で最も学問のある人は皆進士を受けにくると言っていたけれど、その傅山は合格したのか？」

「陛下。読書人にもいろいろございます。進士を受けたい人もいれば、世間を流浪することを好む人もいます。陛下。今はご勉学に励まれますよう。傅山のことは、またいつかどのような人物であるのか、おわかりになる日が参りますから」

「朕には、おまえたち二人の表情がおかしいのがわかったぞ。まさかその傅山のことは、話してはいけないとでもいうのか。それならその者は、学問のある読書人なのか、それとも大盗賊なのか、いったどっちなのだ。先帝はこのように言われた。

人心如原草　人の心は野原の草のようなもので
良莠倶生　よい草も悪い草も倶に生ずる
去莠存良　悪い草を取り去ればよい草がのこるように
人皆可為堯舜　人は皆古の聖王の堯舜となることができる
良滅莠生　よい草が滅び悪い草が生ずれば
人即為禽獣　人はすなわち禽獣となる

聖賢の道理を悟った人なら皆いい人になる、と朕は信じている」

この幼さで、康熙帝が先帝の言葉を原文そのままに正確に暗誦したことに陳廷敬は驚き、感嘆して言った。

「陛下が先帝の遺言を暗誦されていらっしゃるとは、素晴らしいことです。ご勉学に励まれれば、かかる道理は皆、書物の中にあることがおわかりになられるでしょう」

しかし勉強に話が及ぶと、康熙帝はたちまち不機嫌になるのだった。

陳廷敬はこの日鰲拝が弘徳殿内で大臣の体《てい》をおおいに失し、実に不敬だったことに思いを馳せていた。皇帝の勉学の場で大臣が罵声を上げるとは。

家に戻ると、舅と婿は差し向かいで夜遅くまで話し込んだ。李老先生が言った。

「聞いたところでは、鰲拝殿はやはり少し傲慢が過ぎるようだな」

「幼主補佐の臣が有能であることは間違いありませぬ。しかし下手をすれば、能臣は功の高さで主を覆い、自身に禍が降りかかります。古来より幼主を補佐した大臣は皆、ろくな末路をたどっておりませぬ。さらに時代を遡れば、秦の呂不韋は始皇帝を補佐して最後にはどうなりましたか？　遺恨を千古に残したではありませんか！」

李老先生がうなずいた。

「まさにその通り。叡親王《えいしんのう》多爾袞《ドルゴン》が先皇を補佐し、骨も砕けんばかりに命が尽きるまで尽くした挙げ句、死後には爵籍を没収され、牌位さえも宗廟《そうびょう》からはずされてしまった。天下の人々は皆、多爾袞《ドルゴン》への扱いがあまりにひどいと思っているが、誰も口にできぬだけだ。地位簒奪《さんだつ》の野心あらば、なおひどい末路が待っていることだろう」

「鰲拝《オボイ》大人は何かと目をかけてくださるが、私はあまり近づきたくはありませぬ。四人の補政大臣の中で鰲《オ》大人《たいじん》の名前は最後尾ですが、何でも前に出たがるそのご性格のため、回りが敵だらけなのも何ら不思議ではありませぬ。四人の補政大臣の中で、今後最もひどい末路をたどるのは、恐らく鰲拝大人でしょう」

李老先生が言う。

「鰲拝殿の家系は先祖代々輝かしい功績を残され、ご自身も百戦錬磨、勇猛果敢、あまたの戦功を立てておられる。それだけに周囲の誰のこともまったく顧みないが、性格が横暴なために何度も弾劾されるという目にもあっておられる。さもなければ、本来あれほどの家柄であれば、もうとうにほかの補臣の上を行っていたでしょう」

「私が憂慮しているのは、最後には陛下のことすらも歯牙にもかけなくなるのではないか、という点です」

月日はまたたく間に過ぎ、今や康熙帝も十歳になった。幼い康熙帝にとって、弘徳殿で師傅《しふ》に囲まれて学問をさせられる日々は退屈で耐えられないものであったが、今ではかなりの分別もつき、もう昔のように師傅《しふ》らに駄々をこねることもなかった。

この日、鰲拝は乾清宮にやって来ると、そのまま西端の弘徳殿に直行した。少年宦官だった張善徳はすでに十五、六歳。背も大人と同じ高さまでに成長していた。鰲拝の姿を認めると、慌てて言った。

「少しお待ちいただけますか。奴才《ヌーツァイ》めがすぐに陛下にご報告して参りますから」

じろりと鰲拝に横目でにらみ付けられて張善徳は縮み上がり、慌てて退いた。宦官らは恐れおののき、頭を低くして道を開けた。殿門前に立つ倭赫《ウォホ》がそれを見て、前に進み出て鰲拝を阻んで言った。

「補臣大人《ほしんたいじん》、お待ちください！」

鰲拝は倭赫《ウォホ》に張り手を食らわせて一喝した。

「老夫《わし》が陛下にお会いしたいと言っているのだ。貴様らの許可が必要とでもいうのか」

倭赫《ウォホ》は打たれた衝撃で頭がくらくらしたが、手でこするのも憚られ、項垂《うなだ》れて言った。

「大人《たいじん》は補臣大臣かつ領侍衛内大臣《りょうじえいないだいじん》でもあられます。

奴才《ヌーツァイ》が存じ上げるこの決まりは皆、あなた様から教わったものでございます」

これに、鰲拝はさらに怒声を上げた。

「老夫《わし》はおまえらに教えたが、老夫《わし》に教えた者は誰もおらぬ！」

索額図《ソンゴトゥ》が猛然と弘徳殿の中から飛び出してきて、怒鳴りつけた。

「外でごちゃごちゃ騒いでおるのは誰だ？」

しかし相手が鰲拝と知ると、慌てて手の拳を合わせて言った。

「あやや。補臣大人であられたか！　貴様ら、失礼もいい加減にしろ！　補臣大人の前で無礼とは何事か！　早く陛下にご報告申し上げろ。補臣鰲拝大人拝謁と！」

この時、周如海が慌てて飛んできて叫んだ。

「補政大臣鰲拝、拝謁！」

鰲拝は宮殿に入ると、地面に跪いて拝した。

「鰲拝、陛下にご挨拶申し上げます！」

康熙帝は鰲拝が外で騒いでいたことは知っていたが、聞こえなかったふりをして言った。

「鰲拝、礼儀はよい。起き上がりなさい。おまえは朕の老臣。今後跪拝《きはい》は免じる」

「陛下の恩典に感謝いたします。私には長年の征戦のため古傷が多く、年を取ってからは跪くのがつらくなっておりました」

衛向書、陳廷敬、高士奇も鰲拝に礼節で臨み、補臣大人にお目見えしますと口々に口上を述べた。鰲拝は左右を見渡し、侍衛らがまだ自分に挨拶をしていないのを見て、内心おおいに気分を害していた。康熙帝が言った。

「終日国事に奔走してご苦労である。朕も毎日勉強で苦しいが、皆が奔走している苦労を思うと、力が湧く」

「特に用事があったわけでありませぬが、しばらく陛下にお会いしていないので、ご機嫌うかがいに参った次第です。鰲拝、陛下のご関心に感謝いたします。外では鰲拝が陛下を尊重していない、もう何日もご機嫌うかがいに行っていないなどという輩もおりますが。本日陛下に拝謁いたしましたところ、衛師傅と陳廷敬、高士奇の目には入ったようですが、この鰲拝の姿はここに立ち並ぶ餓鬼どもの目にはどうやら映っていないようでございます」

それを聞いた索額図は、大慌てで左右に指図した。

「貴様らは礼儀がなっておらぬ。早く補臣大人にご挨拶をせよ！」

　そこで侍衛らはようやく手の拳を合わせ、挨拶し口上を述べた。まだ年端が行かない康熙帝は、鰲拝《オボイ》の様子を見て、内心恐ろしさと息苦しさを感じていた。

「衛師傅、陛下はまだ年幼く、ご勉学は大変なことと思われる。少し手加減をして差し上げよ。陛下が退屈されたら、陛下のお供をして遊んで差し上げるがよい」

　と鰲拝が言うと、衛向書が答えた。

「陛下は懸命に勉学されております。弓馬のお稽古にも手を抜かれませぬ」

「それを聞いて安心いたした。陛下が一日も早くご成長されることが鰲拝の一心の願い。その時には故郷に戻り、馬や羊でも飼ってのんびり過ごすことができよう」

　鰲拝が笑って言うと、康熙帝が口を開いた。

「鰲拝、それはいけない。皇祖母が仰っていた。四人の補政大臣は皆、愛新覚羅《アイシンギョロ》家《け》の至親骨肉《ししんこつにく》だ、この家にはいつも皆の助けが必要だと」

「陛下と老祖宗《ろうそしゅう》（康熙帝の祖母、孝庄皇太后）のかかる信頼、この鰲拝、感激の念に堪えません。陛下、どうかご勉学にお励みください。それでは失礼いたします」

　鰲拝が叩頭して言うと、康熙帝が大声で命じた。

「索額図、補臣大人をお送りするように」

　索額図が鰲拝を送って弘徳殿を出ていく時、侍衛と宦官らは少し頭を下げただけだった。鰲拝が立ち止まり、じろりと横眼で左右をにらみ付ける様子を見て、索額図が慌てて叱った。

「貴様ら無礼にも程があるぞ！　補臣大人を奉送いたせ！」

　侍衛と宦官らは仕方なく、声をそろえて大声で叫んだ。

「補臣大人を奉送いたします」

　それを聞いて鰲拝はようやく満足したのか、鼻息を鳴らして大股で去っていった。索額図が振り返ると、張善徳がぴたりと後ろからついてきていたので、こっそりと何か耳打ちした。張善徳は、はっと驚いた表情になり、しきりに首を振った。

　衛向書は康熙帝が恐怖で萎縮しているのを見て言った。

「陛下。本日の講義はここまでにいたしましょうか。諳達《アンダー》や侍候《じこう》たちに乗馬に連れていってもらってはいかがですか」

しかし康熙帝は反論した。

「補臣大人は朕の勉学が大変だと気遣ってくれたが、国事の采配はもっと大変なのだ。衛師傅、講義を続けよ」

索額図が張善徳に目で合図をしたが、張善徳は見えなかった振りをして飄々と立っていた。索額図がさらに目を見開いてにらみ付けると、張善徳は仕方なく前に進み出て言った。

「陛下。鰲拝様は陛下にお目通りに来られたと仰いましたが、ここで大声を上げて騒ぎ、天子の威厳を傷つけました」

すぐに索額図がこれを叱責した。

「犬奴才《ヌーツァイ》めが。陛下と補政大臣の間を故意に離間するようなことを言うとは！」

張善徳の台詞は、実は索額図に指示されたものだったが、逆に叱責される羽目となった。張善徳は縮み上がると、慌てて跪いて言った。

「奴才《ヌーツァイ》め、死に値します！　ですが陛下が怖がっていらっしゃるのを見るに忍び難かったものですから」

「そんなに簡単には脅されないぞ。おまえたちもあまり余計なことを考えるな。補臣大人も皆、朕のためを思って言ってくれているのだ。陳廷敬、そなたは鰲拝に推挙されてきたと聞いたが、朕は乗馬すべきか、それとも勉強を続けるべきか」

康熙帝が笑顔で応じると、陳廷敬が答えた。

「陛下にお答え申し上げます。勉学も弓馬もどちらとも大変重要です。もし今、勉学を続けられたいのなら、そのままお続けになられるのがよいかと存じます」

「衛師傅、朕は師傅に任せる。今日はもう新しい書物はやめよう。かといって乗馬もしなくない。ただ歴史の故事を聞きたいな。陳廷敬に話してもらおう」

衛向書が頷いて言った。

「陛下の仰せに従いましょう。史書は国を治めるために極めて重要でございます」

そこで陳廷敬が続けた。

「遵旨《じゅんし》いたしました。臣が思いついたことをお話ししましょうか。それとも陛下がお知りになりたいことが何かございますか」

「王莽《おうもう》のことが知りたいな」

と康熙帝が言ったので、衛向書は内心ひやりとした。

「陛下。その歴史の経緯は極めて複雑ですから、もう何年か経ってからお話しても遅くはありませぬ」

「歴代王朝の皇帝、大臣は山のようにいるが、朕が興味を覚える人はあまり多くはない。詳しく知りたいと思う君臣になると、さらに少ない。朕は昔、王莽のことは聞いたことがある。陳廷敬、王莽のことを詳しく聞きたい」

「陛下。その歴史の経緯はもう何年か経ってから話しましょう。今日は何か別の話をしましょう」

と衛向書が言った。高士奇は前回ひどい失敗をしでかしたこともあり、その場につっ立ったまま一言も口をきかなかった。

「へんだなあ。王莽の話を聞きたいのに、どうも皆、それを避けているように見えるのは、なぜだ。まさか朕のそばにも王莽がいるというのだろうか？　陳廷敬、何か言ってくれ」

陳廷敬はおおいに困窮し、助けを求めるように衛向書に目を向けると、衛向書は諦めたように言った。

「陳廷敬、陛下が聞きたいと仰っている。お話しして差し上げなさい」

陳廷敬はしばらく黙っていたが、やがて話し始めた。

「前漢の末年、天下の梟雄《きょうゆう》（猛々しく、野心を持った者）たちが頭角を現し、朝廷では派閥争いに明け暮れて外戚が権力を奪い、王朝は存亡の危機に瀕しておりました。そこに登場した王莽は雄臣《ゆうしん》（優れた臣下）でした。腐った果実のように朽ち落ちて今にも滅亡しそうな国を漢室に代わって収拾し、平帝劉衎を補佐しておりました。ところが王莽は雄臣というよりは、奸雄《かんゆう》といった方がふさわしく、隙を見て平帝劉衎を暗殺すると、若干二歳の赤子を皇帝として即位させ、背後で朝廷を操り始めました。摂政すること三年足らず、今度はその子供を皇位から引きずりおろし、自分が即位したのです」

「その漢の平帝劉衎《へいていりゅうかん》が殺された時、何歳だったのだ？」

「十四歳でした」

思いがけぬことに、康熙帝はさらに尋ねたのだった。

「朕は今年十歳になったが、十四歳まであと何年ある？」

康熙帝のその問いに、前方に立っていた者たちが、音を立てて一斉に地面に跪いた。衛向書は何度も叩頭して言った。

「陛下。今日の話が外に伝わりますと、首を飛ばされる人間が出て参ります。まず一番に責任が回ってくるのが老臣でございます。老臣の命は塵芥《じんかい》の如く、死んでも惜しむには足りませぬが、今日の話を奸人に利用されますと、君臣の和やかなる関係に危機を及ぼし、大きな災いを招くとも限りませぬ」

「衛師傅は朕が十四歳にならぬうちに殺されると恐れているのか？」

とさらに康熙帝が聞くので、索額図が声を荒らげて言った。

「陳廷敬！　まったくなんということをしてくれた。死んでも当然じゃ！」

陳廷敬は恐れおののきつつも、ここまできたのなら最後まで話を続けなければ、さらに罪が深くなるだけだと判断して続けた。

「陛下。先ほどの史実ですが、陛下からお尋ねを受けた以上、死を賭して自身の見方を述べたく存じます」

「廷敬、もうそれ以上言うな」

衛向書が気色ばんで制したが、陳廷敬はさらに続けた。

「廷敬一人のいたすところ、責任は一人で取ります。衛師傅とは、微塵も関係はありませぬ。王莽が不忠なのは周知の通りですが、そこまで大胆不敵に漢朝を簒奪《さんだつ》することができた原因は、すべて漢の平帝が惰弱《だじゃく》かつ無能だったことにあります。歴史には恐ろしい繰り返しがございますが、光武帝劉秀《こうぶていりゅうしゅう》が漢室を復活させてから二百年足らずで再び曹操が登場しました。曹操も人々からは奸雄との誹りを受けましたが、もし漢の献帝劉協《けんていりゅうきょう》が弱くもなく、つけ入ることもできなければ、曹操が倫理に背き道理に反することはできなかったでしょう」

この時になって高士奇が口を挟んだ。

「王莽、曹操は万世まで唾棄される大奸大悪。廷敬、その物言いは彼らを擁護するものではないか。もうそれ以上は申されるな」

陳廷敬は誰の制止も聞かず、ただ康熙帝のみに向き合った。

「臣の話は、まだ終わっておりませぬ」

「廷敬、老夫の願いだ。もうそれ以上一言も言うでない」

衛向書が鋭い声で叫んだが、康熙帝はさらにその先を聞きたがった。

「陳廷敬、相手にするな。続けよ」

「陛下は、類まれなる聡明さを備え、勤勉で向上心も強く、必ずや一代の聖明の君になられるでしょう。陛下が若干十歳という若さで王莽の故事をお尋ねになった点だけを見ても、どれだけ高く遠大な見識をお持ちであるかがよく分かります。史書は目の前にあり、警鐘には耳を傾けるべきでございます。陛下はそれをさらなる精進とお考えになり、努力を怠らず、油断されてはなりませぬ」

「陳廷敬、おまえは陛下を脅かしておるのか」

索額図が凄んだ。陳廷敬はようやく話をやめた。

「陛下。臣の話はここまででございます。陛下のお気に障ることを申しましたなら、罪にお問いくださいませ」

「陛下。陳廷敬は妖言《ようげん》で陛下を惑わせているのです。断じてお聞きになりませぬよう」

索額図が跪いて申し出たが、康熙帝は笑い出した。

「いや。陳廷敬の話、朕はその一言一句すべてに聞き入っておったぞ。そなたの見識はほかの者とはまったく違う。褒美を取らせようぞ!」

陳廷敬が慌てて言った。

「陛下のご寛容に感謝いたします」

康熙帝は立ち上がると、陳廷敬の肩をぽんぽんと叩いて言った。

「そなたに罪はない。今日は素晴らしい功を立ててくれた。話は相わかった。これからはもっと努力を続ける。陳廷敬、歴代の王朝の王莽、曹操のような簒奪《さんだつ》の話は、一つや二つではない。その故事を一つ一つ詳しく聞かせるよう命じる」

衛向書は何か嫌な予感がしてひたすら訴え続けた。

「陛下。今大事なるはご勉学でございます。歴史的な故事はそれからゆっくりお学びになられても遅くありませぬ」

「死んだ書物を読むくらいなら、歴代王朝の興亡の教訓を知る方がずっとよい。朕は劉衎《りゅうかん》にはなりたくないからな!」

「陛下がその道理をおわかりになり、大変嬉しく存じます。しかし、衛師傅の仰る通りです。陛下、今はご勉学が肝要でございます」

陳廷敬が言うと、康熙帝が答えた。

「勉強も続けるが、興亡の故事も聞きたい。陳廷敬、太皇太后に重々褒美を取らせるように言っておく」

衛向書が慌てて跪いて言った。

「陛下。本日の弘徳殿でのやり取りは、一言も他言なさらぬがよろしいかと存じます。陳廷敬の申す通り、事実が捻じ曲げられて噂となり、事件が起きることが何より恐ろしいのです。ですから太皇太后にもご内密になさってください」

康熙帝はしばらく考えてから言った。

「衛師傅の言葉を許す。皆、聞くがよい。今日の事を外に漏らせば、その者は朕が殺す」


午後に講義が終わると、周如海は暇をみつけてこっそりと鰲拝《オボイ》に報告に行った。索額図ももちろんこのことを自分の阿瑪《アマ》に伝えた。衛向書も最終的に隠しおおせられるものではないと覚悟を決めた。それならばいっそ自発的に報告した方がいいと思い、講義が終わると太皇太后に会いに行った。

鰲拝は周如海から弘徳殿での出来事を聞くと怒り心頭に達し、直ちに明珠に会いに行った。

「明珠、老夫《わし》に陳廷敬を引き合わせたのはおまえだ。忠義者で信用できると言ったな。それが陛下に王莽の漢簒《さん》奪《だつ》の話をするとは何事だ。老夫《わし》が王莽になると揶揄しているも同然。陳廷敬の心は一体どこにある」

明珠は問い返した。

「では、陳廷敬に詳しく問いただしましょうか」

「何を聞くというのだ。陳廷敬は今日の講義にとどまらず、これからも講義を続けるというのだろう。陳廷敬め。老夫《わし》から離心離徳したな。幸いにも周如海のおかげで一人つんぼ桟敷にならずに済んだわ」

「補臣大人。この件どう処理されるおつもりですか」

「陳廷敬が永遠に三阿哥《さんアーコ》に会えぬようにしてやろう」

「もう皇帝であられますよ」

鰲拝はひるまずに続けた。

「皇帝になったことなどわかっておるわい。遅かれ早かれ、陳廷敬はその皇帝にろくでもないことを吹き込むことになろう。まずは陳廷敬を陛下のもとから引き離し、何か口実をつけて殺してしまえ。かかる恩知らず、義を忘れた輩を残しておいて、何の役に立つ！」

「この件は、もう少し慎重にした方がよろしいかと存じます」

「一旦決めたことは猶予せん。即断即決じゃ。衛師傅も取り替えてやるわ」

明珠が言った。

「先帝、太皇太后ともに衛師傅を大変に信頼されております。恐らく簡単にはいかぬかと」

「おまえは手出しをするな。陛下随従《ずいじゅう》の者たちをすべて入れ替えるのだ。周如海、気を付けて観察を続け、尻尾を掴むのだ」

「乾清宮の宦官、侍衛らが、すでに尻尾を掴んでおります」

周如海が頷きながら言うので、鰲拝《オボイ》は身を乗り出して尋ねた。

「お？　言ってみろ」

「侍衛倭赫《ウォホ》ら、陛下の馬に勝手に乗り、陛下の弓箭《きゅうせん》を勝手に使って鹿を殺したとすれば、どのような罪に当たりますでしょうか」

鰲拝が驚いて言った。

「本当にそんなことがあったのか？　死罪だ！」

周如海がさらに言った。

「張善徳などの宦官は、陛下の夜壺（尿瓶）を痰壺《たんつぼ》替わりに使って痰を吐いていました」

明珠は聞きながらこらえきれず、危うくぷっと吹き出しそうになったが、鰲拝の大声でその衝動が掻き消された。

「大逆無道！　殺すべし！　陳廷敬も殺すべきだ。何か罪名を着せろ。『居心不良《きょしんふりょう》（よからぬ企みをする）、妖言蠱《こ》惑《わく》、君臣離間《くんしんりかん》』と言え！」

「そのような理由で陳廷敬を殺すのは、少し無理があるかと」

明珠が慌てて言ったが、鰲拝は激昂して明珠を叱った。

「無理でも何でも構うものか。まずは陛下のそばから引き離してから考えるぞ。衛向書は陳廷敬を擁護したから、これも容赦はしない。もういい。これで決まりだ」


その日、康熙帝はいつも通りに弘徳殿で勉強を続けていたが、突然外が騒がしくなった。ちょうど仕えていた索額図が、慌てて駆け出ていった。すると鰲拝が大勢の侍衛を率いて入ってくるので、慌てて尋ねた。

「補臣大人。これは一体……」

鰲拝はそれには答えず、ただ手勢を引き連れて中に入った。索額図は何か不穏な空気を感じ取ると、鋭い声で叫んだ。

「補臣大人。弑逆《しいぎゃく》のお試みか？」

鰲拝はそれに逆上して怒鳴った。

「索額図。声がでかい！　聖駕《せいが》を驚かせるとは、控えよ！」

弘徳殿の侍衛が音を立てて抜刀したが、鰲拝の手勢が旋風のような素早さでそれをぐるりと取り囲んだ。康熙帝が出てきて一喝した。

「鰲拝、何をする？」

鰲拝が叩頭して言った。

「陛下。本日はおそばを粛清したいと存じます！」

鰲拝が連れてきた侍衛が、直ちに文告を宣読した。

「乾清宮侍衛《けんせいきゅうじえい》倭赫《ウォホ》、西住《シーチュ》、折克図《ジャクト》、覚羅塞爾弼《ギョロサルビ》ら、御馬をほしいままに騎《き》し、陛下の弓箭で鹿を殺し、大逆無道である。汝《なんじ》ら御前侍衛、補政大臣の面前で制《おきて》に依《よ》る礼を加えず、言行軽慢《げんこうきょうまん》、国体をおおいに失す。内監《ないかん》張善徳ら、君主へ仕えること不敬、玉体《ぎょくたい》を冒涜し、その罪、言表にも恥ずべし。陳廷敬、居心《きょしん》よからず、陛下を蠱惑《こわく》し、君臣を離間する、十悪赦《ゆる》すべからず。衛向書、陳廷敬を容《ゆる》した罪、恕《ゆる》すべからず」

康熙帝は鰲拝《オボイ》をじっとにらみつけていたが、大声で叫んだ。

「でたらめをいうな！」

鰲拝は情勢が自分の手の中に納まりつつあるのを見ると、跪いて言った。

「臣は陛下が毎日、狼狐《ろうこ》の輩《やから》どもとお付き合いなさるのを見てはいられないのです」

鰲拝の手下の侍衛は、すでに刀を陳廷敬の首に当てていた。どうせ今日死ぬのならと陳廷敬は大声で叫んだ。

「補臣大人。私は陛下がお聞きになりたいと仰るので、歴代王朝の興亡の故事をお話しして差し上げたまでのこと。それに何の間違いがありましょうか。陛下は若干十歳で史を鑑《かがみ》とすることを知り、聖皇明君の兆《きざ》しあり、まことに神の如しと嘆息せざるを得ません。臣下としてこれほど嬉しいことはございませぬ。十歳の陛下が一念発起され、劉衍の後塵を拝しまいと努力なさっている横で、王莽の真似をしたいという方がおられるとでも言うのでしょうか。補臣大人《ほしんたいじん》は先皇の遺命を受け、朝政を補佐され、日々勤めに励んでおられます。このように聡明な陛下を戴《いただ》かれ、喜ぶべきでこそあれ、武力に訴えるべきではないと存じます」

康熙帝が尋ねた。

「鰲拝、教えてくれ。王莽になりたいのは誰だ？」

鰲拝は立ち上がると、陳廷敬に向かって声を張り上げた。

「陳廷敬、死に際にまで陛下を惑わすつもりか。この場で一気に斬ってくれるわ」

陳廷敬の首に当てた刀が振り上げられたこの時、衛向書が大声で叫んだ。

「なりませぬ！」

そう言って体当たりで陳廷敬を突き飛ばし、刀はその反動で宙に舞い上がった。鰲拝《オボイ》が怒りをたたえた目を衛向書に向けた。

「衛向書、老夫《わし》がおまえを殺せないなどと思わぬことだ」

「私は殺されても、惜しむに足ることはございませぬ。少しはご自身のことをお考えなされ」

と衛向書が答えたが、鰲拝はそれを聞いて高らかに笑った。

「考えることなど何もないわ。老夫《わし》は補臣として、今日は天子の随従者らを天に代わって成敗しておるだけじゃ！」

「今日のことを十歳の陛下にどのように説明されるのか、と心配しているのです。陛下は帝王の家にお生まれにならなければ、まだ両親の前で駄々をこねているお年ですよ。その眼前で首の数々が地面に落ちるのを見せようとされるのですか！」

と衛向書が訴えたが、鰲拝はうそぶいた。

「皇帝とは、生まれつき人を殺さねばならぬもの。それを首が地面に落ちるのを見るのが怖い、だと？　書生之見《しょせいの》《けん》、婦人之仁《ふじんのじん》に呆れるわ！」

康熙帝は大声で「衛師傅」と叫ぶと、頭からその懐に飛び込んでいき、その胸の中でわんわんと泣き出した。衛向書も老体に涙をはらはらとこぼし、康熙帝を抱きとめた。康熙帝は突然泣き止むと、振り返って言った。

「朕は首が落ちるのを見るのは怖くはない。鰲拝、皇祖母に言いつけてやる。おまえの頭を地に落とす！」

「補臣大人、陛下が怖がっておられます。太皇太后にどう説明なさるのですか！」

と索額図が叫んだが、康熙帝は気丈にも叫んだ。

「索額図、朕はそんな簡単には怖がらぬぞ。朕の護衛をおまえに申し付ける！」

索額図が大声で
「龍駕《りゅうが》を持て！」

と叫んだが、乾清宮の侍衛はとうに鰲拝の手下らに入れ替えられており、倭赫《ウオホ》等《など》の御前侍衛《ごぜんじえい》らはもはや動きが取れなくなっていた。鰲拝は手下の侍衛らに命じた。

「陛下の護衛に数人残し、後は全員連行しろ！」

鰲拝は康熙帝がどれだけ泣いて叫ぼうが、お構いなしに衛向書、陳廷敬、倭赫《ウオホ》、張善徳らの数十人全員を連行していった。

鰲拝に匹夫《ひっぷ》の勇《ゆう》があるとはいえ、事件の後処理にはやはり道理を通す必要があった。さもなければ太皇太后《たいこうたいごう》を始め、文武百官に申し開きができない。索尼《ソニン》らの大臣が、慌てて太皇太后の出座を請うた。各側が何度か口論の応酬をした結果、倭赫《ウオホ》、西住《シーチュ》、折克図《ジャクト》、覚羅塞爾弼《ギョロサルビ》らの侍衛、宦官十三人が斬刑に決まった。衛向書はそのまま帝師を勤め、陳廷敬は康熙帝のそばに仕えることは許されないが、そのまま翰林院《かんりんいん》に戻ることとなった。張善徳は本来なら斬刑になるところだったが、康熙帝が泣いてかばったので、そのまま弘徳殿に戻り、遣用されることとなった。

〈訳者注〉

1　三国時代に華北を支配した魏の曹植《そうち》の有名な「七歩の詩」の第三と四句。もとは同じ根から出た豆の実と殻が、煮て煮られる必要がどこにある。曹丕が実の兄弟を次々に殺すことを嘆く内容。

2　康熙帝は父順治帝の長男でも嫡男でもない。前述の天然痘にかかった三阿哥《さんアーコ》が、この康熙帝である。天然痘に一度かかり、免疫があるために将来早死にする可能性が少ないこと、母親が漢人の佟氏であることから漢人との融和を重視し、祖母の孝庄皇太后が康熙帝を皇帝に選んだといわれる。

十九

衛向書大人《えいこうしょたいじん》に陳廷敬《ちんていけい》は「等《まつ》」の字の功を教わり、義父の李老先生には「忍」の字の功を授かった。その「等《まつ》」の字一つ、「忍」の字一つで十数年が過ぎていった。陳廷敬はその頃にはすでに翰林院掌院学士《かんりんいんしょういんがくし》、教習庶吉士《きょうしゅうしょきっし》、礼部侍郎《れいぶじろう》、「清太祖実録」の総裁となっていた。月媛《ユエユエン》もすでに二人の息子に恵まれ、長男は豫朋《よほう》、次男は壮履《そうり》と名付けられた。

弟の陳廷統《ちんていとう》は早くに挙人に及第したが、進士に及第することはかなわず、それ以上の向上心も萎えて受験をやめてしまった。陳廷敬にもそれをどうすることもできず、京師の中で何か働き口を見つけてやるべく、工部《こうぶ》（六部の一つ。公共建築を司る機関。建設省）で筆帖式《ビテシ》（満州語で記録係の意）の職を得てやった。陳廷統は兄とはまったく性格が異なり、功名《こうみょう》も得ないまま、自分は運がついていない、自分を引き上げてくれる人に出会うことができないと嘆いてばかりで、暇を見つけてはここの権勢家、あそこの権勢家と足繁く出入りを繰り返すのであった。

ある夏の夜、陳廷統は明珠《ミンジュ》の屋敷を訪ねた。明珠はこの時にはすでに武英殿大学士《ぶえいでんだいがくし》、太子太師《たいしたいし》、吏部尚書となっていた。陳廷統が明珠の屋敷の外で行きつ戻りつを繰り返していたところへ突然轎《かご》が近づいてきたので、慌てて物陰に隠れた。轎から降りてきたのは、なんと高士奇《こうしき》であった。高士奇は今もただの内閣中書《ないかくちゅうしょ》ながら、南書房《なんしょぼう》（奏文の整理、政務全体の処理を行う国事の核心にあたる機関）に出仕していた。誰かが慌てて物陰に隠れたのを見て、高士奇は訝《いぶか》しんだ。その日は月が煌々《こうこう》と辺りを照らして白昼のように明るかったこともあって、陳廷統であると気付いた高士奇は声を掛けた。

「廷統ではないか？　そこで何をしている？」

陳廷統はバツの悪そうな表情で出てくると、言った。

「明大人《ミンたいじん》にお目にかかりたいのですが、七品小吏《ななひんしょうり》の私めでは明大人《ミンたいじん》のお宅の門をくぐる勇気がないもので」

高士奇は、大笑いして言った。

「おやおや。明大人が広く人材を愛されていることは、天下に広く知られていること。さあ、私についてきなさい」

陳廷統はそれでも躊躇し、小声で言った。

「しかし、手ぶらのままではとても……」

高士奇が首を振って遮った。

「そんなことは構わない。門番への心付けは私が出すまでのこと。とにかくついてきなさい」

高士奇はそう言って門を叩いた。門番は高士奇と知ると、笑って言った。

「これはこれは、高大人。今、主人のところには大勢の友人らが詰めかけて賑やかですよ。さあ、どうぞ、中へ！」

高士奇が包封《ほうふう》（心付けを入れる小さな袋）を取り出し、門番に差し出した。門番は笑ってそれを受け取りつつも、口では言う。

「高大人、そんなお気遣いは無用ですのに。毎回、ご配慮いただいて」

高士奇も、このごうつくばりの鬼どもめ、心付けなしでは「明大人はただいまご都合が悪いのです」と言うに決まっていると内心悪態をつきつつも笑顔を向けた。その昔、貧乏でお金を包むことができなかった頃、この明珠邸で門番にどれだけひどい目に遭わされてきたことか。

高士奇が中に入ると、迎え出たのは管家《しつじ》の安図《アントゥ》であった。

「高大人、いらっしゃいませ」

安図が笑顔で挨拶をした。管家《しつじ》にも心付けは必要である。高士奇は包封を渡した。

「安大管家《アンだいしつじ》。ご無沙汰しておりました」

安図はお金を受け取ると、言った。

「高大人は近頃どうしておられるのかと思っていたところでしたよ。おや、こちらはどなたでしょう」

安図は陳廷統を見やったが、その視線は直ちに冷ややかなものにかわった。高士奇が笑って言った。

「私が連れてきた。陳廷統、陳廷敬大人の弟殿だ。工部に勤めておられる」

すると、安図は慌てて手の拳を合わせて言った。

「なんと陳大人の弟殿でしたか。これは失礼いたしました」

陳廷統も挨拶を返すと、言った。

「どうかよろしくお引き立てのほどを」

安図は高士奇と陳廷統を連れて明邸《ミンてい》の広間に向かったが、遥か遠くから誰かの大声が聞こえてきた。

「神のようだ。まったくどうやって当てたのか！」

高士奇は、京師の名占い師である祖沢深ではないかと見当をつけた。最近、祖沢深の名声はますます高くなり、皇族、阿哥《アーコ》らさえも相を見てもらおうと邸宅に招くのだという。

安図は、高士奇と陳廷統に門の外で少し待つようにいうと、自分だけ中に入って行った。しばらくすると、安図が出てきた。

「明大人がお呼びですよ！」

高士奇が頭を下げながら入ると、明珠が朗らかに笑いかけた。

「士奇、来たか！　さあさあ。早く上座に座れ！」

高士奇は慌てて明珠の前に進み出て、気負って挨拶をした。

「士奇、明大人に拝見いたします！」

「堅苦しい挨拶はもうよい。毎日顔を付き合わせているのに、そんな他人行儀はよせ。おや。そちらはどなたかな」

高士奇は慌てて振り返ると陳廷統をそばに呼び、引き合わせた。

「陳廷敬の弟殿、陳廷統です。工部で筆帖式《ビテシ》をしており、明大人にお目にかかりたいというので、連れてきました」

それを聞いて明珠はさっと立ち上がり、陳廷統の手を取ると、自分のそばに座らせた。

「おやおや。なんと廷統でしたか。昔から噂は聞いている。兄上からも話は聞いたことがあるぞ。さあさあ。早く座りなさい」

陳廷統は耳まで真っ赤に染めて言った。

「廷統、一介の筆帖式《ビテシ》の身で明大人に覚えていただけたとは、身にあまる光栄です！」

明珠は首を振った。

「そういう言い方はよくないな。今日ここにいる皆の中にも、筆帖式《ビテシ》から身を起こした人たちが何人もいるのだ。こちらは薩穆哈大人《サムハたいじん》、今は戸部尚書《こぶしょうしょ》（大蔵大臣。戸部は六部の一つで、国家財政を管轄）をされているが、順治のおやじ様の頃は筆帖式《ビテシ》だったのだよ！」

陳廷統は慌てて立ち上がると、挨拶をした。

「廷統、薩穆哈大人《サムハたいじん》にお目にかかります！」

薩穆哈《サムハ》は手に持った煙管《きせる》をもくもくと吸っていたところだったが、大きな声で笑うと咳払いをして言った。

「我々満人は、学問ではおまえたち漢人にはかなわぬが、腹の中には一物がない。言いたいことはそのまま口にする！」

半分は責めるように、半分は冗談めかして明珠が言った。

「薩穆哈《サムハ》、今や尚書《しょうしょ》にまで出世した身。いいかげんその軽はずみな性格をどうにかかしたらどうだ！」

高士奇も笑って言った。

「薩穆哈大人《サムハたいじん》は、本当にすがすがしくておられる。腹の中を探る必要はありませんからね」

部屋一杯に客が座っていることはわかったが、最初はまったく様子がわからなかった。話の間にも、高士奇はその場に在席する各大人らに向かって次々に会釈し、挨拶を繰り返していた。明珠への挨拶も終えて、ようやくそれぞれの人たちのことを観察する余裕が出てきた。思った通り祖沢深もその場におり、そのほかはいつもの親しい面々であったので、互いに会釈をして敬意を表したりしていた。間もなく下女が二人、頭を低くして入ってきて、高士奇と陳廷統に扇子《せんす》でゆらゆらと風を送った。そこで初めて、陳廷統は各大人の後ろにぞれぞれ扇子で風を送る下女がついていることに気が付いた。


明珠がある客人を指して紹介した。

「廷統。筆帖式《ビテシ》といえば、今日在席する連中には、筆帖《ビテ》式《シ》から大官《たいかん》になった人が少なからずいる。こちらの科爾《コル》昆大人《クンたいじん》はもともと、うちの吏部《りぶ》（六部の一つ。官僚の人事を司る機関）の七品筆帖式《ななひんビテシ》だったのが、今や戸部清吏司《こぶせいりし》（戸部の中間管理職）だぞ」

陳廷統はあらためてご機嫌うかがいの挨拶をした。

「科爾昆《コルクン》大人、お初にお目にかかります」

明珠はまた手元の団扇《うちわ》をゆらゆらと揺らしている者を指し、口を開いて紹介しようとしたが、その途端、祖沢深がそれを遮った。

「明大人。ご紹介は少し後からにしていただいてもいいでしょうか。私が相《そう》を見終わってからに」

「ああ。忘れておった。祖先生《そせんせい》が相を見ておられたのだった！　廷統。こちらは京師で評判の名占い師、祖沢深殿《そたくしんどの》だ。骨相見《こっそうみ》には、生辰八字《せいしんはちじ》（四柱推命占い《しちゅうすいめいうらない》）を教えずとも、年月日と生まれた時間から占う中国の伝統占い）を教えずとも、何か適当な物を指《ゆび》さすと、言い当てることができる。『鉄口直断《てっこうちょくだん》（物言いに迷いがなく、断言してなおかつ当たる）』と号しておる」

明珠《ミンジュ》が笑った。祖沢深は陳廷統に会釈をして敬意を表した。

「この祖沢深。兄上の陳大人とは、面識がございます」

陳廷統が座ると、手元で団扇を揺らしていた人物が、机の上にある端渓《たんけい》の硯《すずり》を指して言った。

「この硯の相をどう思われる」

祖沢深は端渓の硯をしげしげと見つめ、次に団扇を揺らしていた人物をじっと覗き込むと、言った。

「この硯は、石質が厚重、形は八角。すなわち『八座之象《はちざのしょう》（八種類の高級官僚の俗称。清代は六部の尚書を指した）』です。世間では六部を『八座《はちざ》』と申しますから、大人《たいじん》の官位が極めて尊《とうと》いことがわかります」

皆、ため息をついて心服し、しきりに褒めそやした。

硯を指した人物は得意げな表情を浮かべ、団扇を揺らすことでさらに風雅な体を醸し出した。

さらに祖沢深は目を転じて明珠を見やると、言った。

「明相《ミンしょう》（明珠相国の略。宰相の意）、相《そう》を占うからには、この祖沢深、直言してもよろしいかな？」

明珠は硯の人物を見やると、言った。

「もちろん直言していただかねば。そうだろう？」

硯の人物は祖沢深の含みの口調を感じ取ってさっと顔色を変えたが、やせ我慢をするように、毅然と言った。

「どうぞ。ご遠慮なく」

祖沢深が頷いて言った。

「率直な物言いでご気分を害されることがあれば、どうかお許しください。硯は読書人の宝とはいえ、あくまでも文房内の物、封疆《ほうきょう》（総督、巡撫などの地方大官。汚職でひと財産築くことができるといわれる。世の人にとって憧れの職）の物ではありませぬ。大人《たいじん》は総督《そうとく》、巡撫《じゅんぶ》にと望まれても、恐れながらその可能性はないかと存じます。」

その言葉にさっと場が凍りつき、硯の人と誰も視線を合わせようとはしなかった。硯の人は顔に悩まし気な、恥じ入る表情を浮かべたが、それ以上気色《けしき》ばむわけにもいかないところへ、明珠が突然大声で笑い出し、皆もそれを合図に大笑いした。

「祖先生。今、占われたお相手は内閣学士《ないかくがくし》、工部侍郎《こうぶじろう》（副大臣）、教習庶吉士《きょうしゅうしょきつし》、『古文淵覧《こぶんえんらん》（国の編纂書籍、歴代散文全集）』総裁《そうさい》の徐乾学大人《じょけんがくたいじん》です。祖先生の占いは、よく言い当てられましたね。徐大人《じょたいじん》はまさに文房内の物、陛下の御前の文学侍従《じじゅう》ですよ。官位は極めて尊《とうと》い」

硯の人物、徐乾学が自嘲して言った。

「あくまでも封疆《ほうきょう》の器《うつわ》ではないのですからね」

祖沢深は慌てて手の拳を合わせ、謝罪した。

「徐大人。お許しを」

高士奇は皆が少しバツの悪そうなのを見て、その場の雰囲気を和らげようと、話題を振り向けた。

「祖先生、二十年前、小生が白雲観の前で文字を売り、糊口を凌いでいた時、一目で私の将来を言い当てられた。今日、もう一度お見立てしてはくださらぬか」

「高大人、私たちはもう古い知り合いですから、内情を知った仲では人相見も当てにはなりませんよ」

と祖沢深は首を振ったが、明珠が興味をそそられて言った。

「遊びだと思って、見てくだされ」

高士奇はちょうど手巾《しゅきん》（ハンカチ）を出して顔を拭いていたので、言った。

「では、この手巾で見てください」

祖沢深はしきりに頷いていたが、やがて言った。

「この手巾についていうなら、絹は無地で清白、もちろん玉堂高品（最高級品）ですね。俗に翰林院を『玉堂《ぎょくどう》』と言いますから、陛下のご恩を得て監生として翰林に入るとは、高大人は甚だ栄耀ですな」

高士奇は慌てて手の拳を合わせ、北を向いて言った。

「士奇、陛下のご恩を賜り、感激しております」

祖沢深は笑って言った。

「また直言させていただきますよ。無地の絹の反物《たんもの》は風雅富貴《ふうがふうき》の人の用いるものなれど、何しろ幅が狭過ぎます」

「つまり祖先生は、士奇は大きなことには使えぬと仰るのでしょうか？」

明珠が笑いを含みつつ聞くと、祖沢深もさすがにばつが悪くなり、言い足した。

「あくまでも物で直断する由、当たるとも限りませぬ。いやはや聞き流していただきたい」

しかし高士奇はたいして衝撃を受けるでもなく言った。

「いえいえ。お気遣いなく。士奇、陛下の御前でお仕えするのは、ただ物を書き写したり、書いたり、極めて細かい雑用です。臣下としていかに大用《たいよう》するかにかかわらず、すべては一介の微臣《びしん》。陛下だけが経天緯地《けいてんいち》（偉大な存在）なのですから」

しかし明珠は反論した。

「士奇は小用ではありませんな。今や南書房でのお勤めで毎日聖諭を陛下の御前で拝聴しているのですから」

この時、薩穆哈《サムハ》が手中の煙管《きせる》を鳴らして言った。

「祖先生。この煙管《きせる》で私の相《そう》を見てくだされ」

祖沢深は煙管を見やると、しばらく凝視していたが、笑って言った。

「薩穆哈《サムハ》大人《たいじん》の手の中の煙管は、三箇所を嵌め込むことによりできています。大人《たいじん》の官僚人生も三起三落でしょう。――当たっているかどうかわかりませぬが」

明珠が手を打って、大笑いした。

「祖先生、あなたというお方は、まったく素晴らしい」

薩穆哈《サムハ》が急き込んで話に割って入った。

「入朝してお仕えすること三十年あまりになりますが、確かに三起三落でした」

徐乾学のそばに座っていた満人が、辛抱たまらんとばかりに立ち上がった。

「私もこの煙管で相を見ていただきたい。いかがでしょうか」

祖沢深はもはや煙管を見ることなく、この満人に対して直接ただこう言った。

「大人、おめでとうございます。じきに地方の外官に学《がく》政《せい》(官名。省の学務、教育を監督)として就任されますね」

その満人は、目を剥いて明珠の方を見たが、再び振り返って祖沢深に尋ねた。

「どういう意味でしょうか？」

「煙ではお腹は一杯になりませぬ。学政のお勤めと同じように、大儲けできる官職ではありませぬ。しかも煙管はひたすら人のかわりに呼吸しているもの。学政が年中、寒苦なる読書人のために激励を続けるのと同じように。学政に行かずしてどうなるというのでしょう」

と祖沢深が笑って答えたので、明珠が驚いて尋ねた。

「まったく摩訶不思議。こちらの阿山《アサン》大人《たいじん》は、礼部侍郎《れいぶじろう》です。陛下はこの度、学政の職に数人をご指名なさいましたが、阿山大人はまさにその中のお一人です。満州人官僚で学政になる人は、ごく僅《わず》かしかおりませぬ。[1] そんな中で阿山殿は、陛下から深く信頼されておられます。しかしこのことはまだ外には発表されてはいないはずですが……」

「まさに祖先生の仰る通り、学政は何しろまったく旨みのない官職です。薩穆哈《サムハ》大人は三起三落とはいえ、巡撫《じゅんぶ》、総督《そうとく》（数省の軍事中心の長官）をすべて経験され、今や戸部尚書もされているのとは、まったく違いますよ」

と阿山が言ったが、祖沢深がさらに付け加えた。

「お急ぎになる必要はありませぬ。阿山大人は最終的には巡撫、総督にもおなりになるでしょう」

「それはまたどういうことでしょうか。」

「煙管というのは、吸えば吸うほど燃えるものではありませんか。あなたの前途はこれからますます揚々ですよ！」

それを聞いて科爾昆《コルクン》も興味をそそられたように尋ねた。

「お二人がともに煙管で相を見られて当たっていたからには、私も煙管で見ていただきたい」

祖沢深はじっと科爾昆《コルクン》の顔を見つめてから、慌てて手の拳を合わせると、言った。

「大人、おめでとうございます。すぐに大儲けのできる官職におつきになりますね」

「まったく不思議なことです。阿山大人の煙管で占うと、清貧の官と出、なぜ私のものなら大儲けができるのでしょうか」

と科爾昆《コルクン》が尋ねた。祖沢深は笑って答えた。

「この煙管は、もともと古い根で造られていますが、それを白銀で嵌め合せています。根から木を取り去り、金を加えると『銀』の字になります。きっと科爾昆大人《コルクンたいじん》は銭法の管理をされるのでしょう」

科爾昆《コルクン》は明珠を見やり、さらに薩穆哈《サムハ》の方を向き、口をぽかりと開けたまま、閉じることができなかった。明珠は早くもにこにこしていた。

「まことに摩訶不思議！　薩穆哈大人《サムハたいじん》は科爾昆《コルクン》を宝泉局郎中《きょくろうじゅう》（造幣局の長官）として、監督《かんとく》に推薦され、すでに陛下が許可されている！」

薩穆哈《サムハ》が慌てて言った。

「すべては明相国のお引き立てのおかげでございます！」

科爾昆《コルクン》は大人二人にしきりに手の拳を合わせて言った。

「明相国と薩穆哈《サムハ》大人の御両人には、感激至極です」

「そんなに正確に当たるのなら、私のこともこの煙管で占っていただきたい」

そう言ったのは、吏部侍郎《りぶじろう》の富倫《フリン》であった。

祖沢深がまだ口を開かないうちから、明珠の方が先に笑い出してしまった。

「今日は煙管《きせる》が煙火《えんか》を食い尽くした感がありますな。あらゆる人間になるとは」

祖沢深はじっと富倫《フリン》に見入っていたが、おもむろに言った。

「大人《たいじん》、おめでとうございます。もうすぐ巡撫《じゅんぶ》に就任されますね」

これには明珠《ミンジュ》の方が先に驚いて尋ねた。

「それはどういうことですか」

祖沢深が言った。

「富倫大人《フリンたいじん》がどちらに巡撫に異動になるのかも、占ってみましたよ。山東《さんとう》ですね」

富倫は祖沢深に向かって長いこと手の拳を合わせて拝してから言った。

「まったく驚いた。それはどういうことですか」

「煙管《きせる》とは、言ってみれば孔管《こうかん》（穴の開いた管）ですね。山東といえば、孔子様の郷《さと》。山東に行かず、どこに行くというのでしょう」

この時、陳廷統がそっと高士奇の袖を引っ張った。高士奇はその意味を察して言った。

「祖先生、廷統のことも見てやってくれますか」

祖沢深は陳廷統をじっと上から下まで凝視してから、言った。

「いや。見ないでおきましょう」

「祖先生、お願いですから見てください。廷統にもこの職を勤める自信を持たせてください。私もこの煙管《きせる》で占ってください」

「どうしてもと仰るのなら、遠慮なく言わせてもらいますよ。煙管といえば、最も無常なものです。使いたい時には全身が火のように熱くなり、必要がない時には、すぐに一瞬で氷のように冷たくなります。煙管はそういうもの。また反対にしても構わない。どちらにしても同じ煙管です。人がもしそのようであれば、それは大変なことです」

とたんに陳廷統は穴があったら入りたいほど恥ずかしくなり、全身から汗が噴き出た。そこで明珠が慌てて場の雰囲気を取り持とうとして尋ねた。

「祖先生、なぜ同じ煙管で相を見るのに、このようにさまざまな結果が出るのでしょうか」

祖沢深は謎めいた微笑みを浮かべて言った。

「それにはもちろん理由があり、一言や二言で語り尽くせるものではございませぬ。明相国《ミンしょうこく》、面白いことをお教えいたしましょう。索額図《ソンゴトゥ》殿が事件を起こす前、相《そう》を見てほしいと私のところに来られたことがありました。相《そう》にはいろいろな見方がありますが、索額図殿は腰に下げた刀を出して、これで見よと仰いました。私は直ちにその場に跪《ひざまず》きましたよ。殺されるのかと思って」

明珠も緊迫した表情になって尋ねた。

「なぜですか」

「占いはとてもできませぬと申し上げました。占った結果を口にすれば殺されるに決まっている、と。すると索額図殿は率直に言ってくれて構わぬ、自分の運命がどうあろうともあなたのせいではないと言います。命を保証してくれないと、とても言えませぬと伝えると、索額図殿は殺さぬよう約束すると請け合われました。それでようやく話を始めたのですが、『刀起索断《とうきさくだん》（刀起《かたなお》きれば、索《なわ》断《き》れる）』、大人《たいじん》のお名前の中には『索《なわ》』の字があるので、近いうちに命の危険があります、と申し上げました」

聞いているうちに、明珠の目がみるみる大きく見開かれた。

「それにやつはなんと答えた？」

「索額図殿はその場で真っ青になって、茫然自失の態《てい》でした。しかしすぐに次の瞬間、大笑いなさり、自分は領《りょう》侍衛内大臣《じえいないだいじん》（皇帝の身辺警備を司る官職）かつ一等伯《いっとうはく》の身分だ、陛下の覚えも麗しい老夫《わし》になぜ命の危険があるとお尋ねになりました。そこで天が大人をお守りくだされば、それは福があったというもの、しかし私の占ったところでは、災いが降りかかりますから用心されるに越したことはありませぬと申し上げました。索額図殿はまったくお信じになりませんでした。その結果、どういうことになりましたか？　皆さんが見ての通りです」

索額図は長年にわたって明珠と権力争いを繰り広げた結果、ついに破れて今は失脚し、自宅に蟄居《ちっきょ》を命じられていた。明珠がため息をついて言った。

「索額図の罪は本来、死罪に値するものを、私が陛下の前でお庇《かば》い申し上げた」

皆は口々に相国《しょうこく》の懐の広さといったら、まったく「宰相の腹は広くて船を進められるほどである（度量が大きいの意）」との古い喩《たと》えの通りだと言い合った。明珠は突然、陳廷統がなおもきまり悪そうにしているのを見て、皆に手の拳を合わせて言った。

「皆さん、あまりお気になさらず。うちでは衙門《がもん》の中とは違い、自由に何でも言ってください。廷統よ。兄上とは陛下の前でよく言い争いになることはあるが、個人的にはよき友人だ。兄上は学問の素養が高く、人柄も忠直、私はおおいに尊敬している」

「明大人《ミンたいじん》、兄は少し性格が頑固ですが、どうか大目に見てください」

高士奇が陳廷統の手を叩いて言った。

「明相《ミンしょう》は、心が海のように広いお方だからな」

科爾昆《コルクン》は明珠の機嫌を取りつつ、同時に高士奇も持ち上げたかったのだが、少し間の抜けた性格のため、話し出すとまったくとんちんかんなのであった。

「明相はまったく度量が大きいと皆仰るが、高大人が索額図《ソンゴトゥ》門下の出身なのは周知の事実、また明大人と索額図が水と油のような関係だということも天下の誰もが知っています。それでも高大人はまったく問題なしに明邸《ミンてい》の席に客としてもてなされているではありませんか」

満座の人々は皆、笑いをかみ殺して高士奇を見た。しかし、高士奇は気にすることなく笑みを浮かべたまま言った。

「そう言われると、まったくお恥ずかしい限りです」

明珠が手を振って言った。

「とんでもない。私明珠の交友は、『海《うみ》、百川《ひゃくせん》を納《おさ》める（海があらゆる川を受け入れるように懐が深い）』です。皆さんが私を認めてくださるなら、いつでもうちは歓迎なのです」

科爾昆《コルクン》が陳廷統に尋ねた。

「廷統、兄上は毎日衙門を出てから家に引き籠《こも》って何をしておられるのか。ついぞ外出されたのを見たことがないが」

「陳大人は、学問のある方ですよ。陛下もしょっちゅう進講に召されているではないか」

と明珠が言ったが、科爾昆《コルクン》はそれでは納得しなかった。

「朝廷では陳大人一人が陛下に進講されているのではない。ここにご在席の明相国《ミンしょうこく》、徐大人《じょたいじん》、高大人《こうたいじん》も皆、進講をされているではないか」

「科爾昆《コルクン》、もうそれ以上、陳大人のことをいうのは許さんぞ。私と廷敬は二十年以上の古い友人だ」

と明珠が手を振って言うと、高士奇は感慨深く言った。

「明相国はまことにお心が情け深く寛大であられる。古大臣の風ありですね」

科爾昆《コルクン》はそれでもその話題に固執した。

「しかし陳廷敬は、何かと明相国につっかかっているではないか」

これには明珠も本気で怒ったようだった。

「科爾昆《コルクン》。おまえは我々満人の中でも読書人といわれる立場。物事の道理をわきまえているはずだ。そのような物言いは断じてならぬ。私と廷敬が、陛下の御前で毎回議論を戦わせるのは、ただ物事に対する見方に違いがあるだけで、その動機は同じ。すべては陛下への忠誠のためだ」

陳廷統はまるで針のむしろに座らされているかのようだった。

「明大人がそのように寛大でおられること、兄も心中よく心得ていると思います」

「あいつに何がわかっているというのだ！」

と薩穆哈《サムハ》が即刻声を荒らげたので、陳廷統は顔を赤らめて項垂れた。明珠は、皆が面子を保ったままその場が収まるよう、座をとりなした。談笑しつつ、明珠が湯飲みを持ち上げて茶を飲むと、陳廷統は体を強張らせたまま皆を見渡し、皆が茶を飲む様子を眺めた。明珠が目敏くそれを見つけて慌てて言った。

「廷統、官界では茶が運ばれてきたら客人を送り出すという決まりがあるが、うちでは私が茶を飲んだからと言って、早く帰れという意味ではないぞ。皆それを知っている。もし休みたくなったら、私は遠慮せずに、もう帰ってくれと直接言うから、安心しなさい」

陳廷統は頷いて礼を言うと、同じように湯飲みを手に取り、ゆっくりと茶を飲んだ。再び四方山話《よもやまばなし》に花が咲き、雑談が続いた。突然、自鳴鐘《じめいしょう》が時を告げた。高士奇が手の拳を合わせて言った。

「明相国、もうこんな時間になってしまいました。これで失礼いたします。どうかごゆっくりお休みください」

皆が慌てて立ち上がり、手の拳を合わせて別れの挨拶をした。明珠も立ち上がり、手の拳を合わせて返礼した。明珠は特に陳廷統の手を取って言った。

「廷統、また頻繁に遊びに来なさい。兄上によろしく伝えてくれ」

陳廷統はふんわりと心が温まるのを感じ、口ごもりながら挨拶するのだった。手の拳を合わせて別れを告げる時、何気なく明珠《ミンジュ》の頭上にあった勅額《ちょくがく》が目に入った。そこには大きく『節制謹度』と書かれていた。この勅額の来歴は朝廷中、上から下まで皆が知っていた。明珠と索額図《ソンゴトゥ》は長年、政治の中枢にあって権力を握り、それぞれに派閥を形成してきた。互いに権勢《けんせい》を振るい相争ったために、康熙帝がこの四文字を書いて二人に授け、戒めとしたものである。索額図邸にも同じ勅額がかかっており、二つの勅額は対《つい》を成すものであった。

〈訳者注〉

1 漢語が母国語ではない満州族にとって、学問に関する官職の職務の遂行に支障があるためと思われる。

二十

張善徳《ちょうぜんとく》は、南書房《なんしょぼう》にやって来て簾《すだれ》を高く上げたかと思うと、中に向かってそっと口をとがらせてみせた。大臣らは直ちに筆を置いて立ち上がり、頭を低くして外に出ると、階檐《かいたん》（階段状に木の組まれた屋根の軒下）外の広場の両端に整列した。北側には明珠、陳廷敬が立ち、張英《ちょうえい》と高士奇《こうしき》は南側に立った。

季節はちょうど夏真っ盛り。強烈な直射日光が地面の金磚《きんせん》（金属のように固く焼き締められたレンガ）を火花が散らんばかりに熱していた。陳廷敬は高士奇が北側の乾清宮《けんせいきゅう》をちらりと見た後、さらに頭を低くするのを見て、康熙帝がすでに出てこられたことを知った。御前侍衛の傻子《シャーズ》（阿呆の意味ではあるが、口下手で忠誠心の人一倍強い、口先だけの男より信頼できる、という思いの込められた呼び名）が、つむじ風を起こすように歩き、あっという間に南書房に入ってきた。さらに二人の宦官が、小股で走ってきたかと思うと、やはり南書房の階檐外に直立不動で控えた。

　大臣四人が跪いたかと思うと、康熙帝の華蓋《かかい》（飾りつきの大きな傘）の影が眼前を悠然と通り過ぎた。下を向いたまま、かすかな物音を立てて通り過ぎていく履物を見やると、康熙帝に侍衛と宦官数人が付き従っていることが知れた。地面をじっと見つめていると、ちょうど蟻たちが忙しく立ち働いていていた。それがあたかも千軍万馬を彷彿とさせ、陳廷敬にはひどく賑やかなものに感じられた。康熙帝が一言も発しないため、辺りは暗黒世界の如く、しんと静まり返っていた。陳廷敬はまるで蟻たちの喧噪が聞こえるような錯覚にとらわれていた。

　南書房を取りまとめるのは、翰林院侍講学士《かんりんいんじこうがくし》の張英である。高士奇は見事な書の腕前を買われて南書房で文書の清書、書き写しを専門に担当していた。皆が順番に南書房での当直に入り、明珠と陳廷敬は通常まずは乾清門で朝政（朝の政務報告）に出席した後、部院に戻って諸用をこなし、それから再び南書房に出向いて奏文に目を通した。全土から送られてくる奏文は、すべて通政使司《つうせいしし》を経由してまずは南書房に送られてくる。南書房が毎日こなすべき業務は、奏文に目を通し、皇帝に提案する奏文への票擬《ひょうぎ》（回答提案）を起草することである。南書房の票擬のほとんどを康熙帝はそのまま許可する。康熙帝の許可が出ると、その票擬が皇帝の旨意《しい》となるのである。

　康熙帝は南書房に入ると、張善徳が大臣らに向かって口をとがらせて合図を送り、四人の大臣らが一斉に立ち上がった。皆すでに全身汗でぐっしょりと濡れており、袖で顔を拭った。しばらくすると張善徳から伝旨があり、外で控えずともよい、物陰に入って待つようにと康熙帝からのお言葉を賜ったことを告げた。

　大臣らは恩に謝してから、階檐下の物陰の涼しい場所まで移動した。門前の東西方向にはそれぞれ三人の御前侍衛が控えていたが、侍衛らが数歩後ろに下がり、大臣らのために場所をあけた。大臣らは、侍衛らに向かって会釈で謝意を表し、やはり下を向いて直立していたが、心中それぞれに思い思いのことを考えていた。

　明珠は誰に対しても微笑みを絶やさないが、陳廷敬は常に警戒されていると感じていた。明珠は領侍衛内大臣《りょうじえいないだいじん》の索額図と長年権力争いを続け、友人を引き入れ、同類を取り込み、派閥を組んで互いに張り合っていた。明珠側の人間は「明党《ミンとう》」と、索額図側の人間は「索党《ソとう》」と世間から呼ばれていた。王公大臣のほとんどが、明党か索党のどちらかに属しており、明珠と索額図はともに陳廷敬を自分側に取り込もうとした。しかし陳廷敬自身は、いかなる派閥への従属も潔しとせず、誰とも手の拳を合わせず、誘いを婉曲にかわしていた。その結果どちらの心証も悪くし、明珠は陳廷敬を索党と思いこみ、索額図は逆に明党として扱っていた。それでも陳廷敬は知らぬ振りで通し、何事もなかったかのように振る舞っていた。

衛大人と岳父から授かった二つの文字が「等《まつ》」と「忍《たえる》」である。この十数年の京師での勤めの中で、陳廷敬は自ら悟った文字があった。それは「穏《おん》」の字である。この「穏」の字を守る限り、たとえ一時は損をしても大凶事に見舞われることはないと信じていた。明珠は恩人ではあったが、十数年の歳月が過ぎるうちに、二人の関係はもはや恩怨の区別がつきにくいものになっていた。それならいっそのこと、尻を自分の椅子に座らせたまま動かさず、他人の派閥の乗り換えなど一切気にしない方がよいと考えたのである。陳廷敬はこの「等」、「忍」、「穏」の三文字に関する考えを書き綴ったこともあったが、それは金庫の中にしまい込むにとどめ、他人には一切秘密にしていた。

索額図が失脚しそうになった時、朝廷の人々は上も下もこぞってその弱みに付け込み、索党からも多くの人が寝返った。その中にあって陳廷敬は相手を一切、褒めも貶《おとし》めもしなかった。明珠はそれを見て、陳廷敬の胸中をますます測りかねていたのだった。

一方、高士奇は普段、明珠が目の前にいると下にも置かぬ歓待ぶりを示したが、彼が索額図側の人間だということは、朝廷中が皆知っていた。高士奇はその後、監生（国子監の学生）の身分を得て翰林院に入ったが、進士らからはやはり一段下に見られていた。高士奇は心中の劣等感を拭い去ることができず、陳廷敬のような進士出身の人間に頭が上がらなかった。陳廷敬と高士奇は若い頃、弘徳殿で康熙帝のご勉学に仕えている時に確執が生じて以来、その後も互いにけん制することが少なからずあった。しかし各々がすべてを腹の中にしまい込み、よほどのことがない限り、陳廷敬も高士奇と正面から対立することはなかった。陳廷敬が正直者と評価していたのは張英だけであったが、互いに腹を割って話をしたことは一度もなかった。

突然、入り口の簾《すだれ》がしゃらしゃらと鳴る音が聞こえたかと思うと、張善徳がしずしずと出てきて言った。

「陛下が大臣の皆様にお入りくださいと仰せです」

大臣らは頷くと、体を折り曲げながら入っていった。康熙帝はちょうど炕《かん》（オンドル）の上の黄色い卓のそばに座って奏文に目を通しているところであり、傻子《シャーズ》が刀を手に御前に控えていた。黄色い卓は、康熙帝が訪れた時にのみ特別に置かれ、聖駕が去ると、撤収しなければならないものである。大臣らは跪いて挨拶をした。康熙帝は顔を上げて皆を見やると、立ち上がって話をするよう命じた。明珠らは恩に感謝して、やや頭を低くしたまま立ち上がり、康熙帝の諭示《ゆし》を待った。

黄色い卓上にある康熙帝の佩刀《はいとう》は小さいながら切れ味鋭く、普段は傻子《シャーズ》が片時も離さず身に着け、康熙帝がどこへ行くにもぴたりと後ろから離れず、影のように寄り添って付き従った。傻子《シャーズ》は名を達哈塔《ダハダ》といい、浅黒い巨漢でウドの大木のようだった。その癖、切れるような敏捷な動きで立ち回るので、康熙帝にひどく気に入られていた。ある日、康熙帝は興が乗り、皆の前で、「達哈塔《ダハダ》は傻子《シャーズ》（阿呆）に見えるが、なんの、その反応の鋭いこと、武術の腕前は宮中一だ」と言った。この時以来、皆が傻子《シャーズ》、傻子《シャーズ》と呼ぶようになり、本名を誰も思い出すことができないほどだった。傻子《シャーズ》の名は、陛下から直々に賜ったもののため、本人ももちろん満足していた。

康熙帝は手に持った中の奏文を置くと、長いため息をついて言った。

「朕が即位して瞬く間に十七年が経った。まったく光陰矢の如しであるな。これまでのことを思うと、容易ならざる足取りだった。寝ている時でさえ半分目を開けたままのような緊迫した日々が続いた。鰲拝《オボイ》の専横、三藩の乱、近隣勢力との争いも絶えなかった。今、大局がようやく安定し、国の基盤が固まってきた。ただ呉三桂《ごさんけい》の残党だけがまだ雲南にいるが、息の根を止めるのも時間の問題だろう」

康熙帝は今朝一人で思索に耽り、過去を振り返って感無量だったことを話して聞かせた。四人の大臣らは、熱心にその話に耳を傾け、時には頷きながらも目は伏せたままで控えていた。康熙帝は話をしながら、視線を陳廷敬に向けた。

「陳廷敬。鰲拝粛清の際は、そなたの功が筆頭であったな」

陳廷敬は慌てて手の拳を合わせ、恩に謝して言った。

「臣は一介の書生にすぎず、手には鶏を縛る力量さえなく、まことにお恥ずかしい限りでございます。すべては陛下のご英明と智慧のおかげ。索額図殿の鉄の腕が補佐されました。功の筆頭は、索額図殿と思われます」

その場の空気が途端に緊迫した。まさか陳廷敬が索額図の名を出すとは誰も予想しなかったのである。高士奇がちらりと明珠の方を見やったが、明珠は下を向いたまま、無言でいた。高士奇が跪いて奏上した。

「陛下に申し上げます。索額図は派閥を組んで飽くことなく汚職を繰り返し、さらに粗暴なふるまいが多かったために、陛下に処分されたばかりでございます。それにもかかわらず、陳廷敬殿の言葉はいかなる料簡でしょうか」

陳廷敬も明珠にちらりと目線を向けたが、明珠はなおも項垂《うなだ》れたまま、何も聞こえぬかのように泰然と構えていた。高士奇は皆の前で自分と索額図との関係に一線を画したかったのだろう。高士奇の意図が陳廷敬には手に取るようにわかったが、大臣としての体裁を考え、何か言いたいことがあれば陛下に直接言うしかなかった。陳廷敬は跪いて奏上した。

「陛下。人と物事の評価は、功と過ちをはっきりさせるべきかと存じます」

高士奇は、康熙帝が一言も反応しないのを見てさらに言った。

「陛下に申し上げます。索額図はすでに排斥されましたが、残党もまだおります。索額図は長年権力を手中に納めていたため、これに追従する者は極めて多く、公然とその後を付き従う者もいれば、こっそりと従う者もいました。悪は徹底的にこれを取り除き、根源を断つべきと臣は考えます」

高士奇は、陳廷敬が密かに索額図の配下である可能性が高いと暗示するかのような言い方をした。しかし康熙帝はなおも無言のままである。外では蝉の鳴き声が誰の耳にも賑やかに響き渡っていた。部屋の中はうだるように暑かったが、康熙帝が扇子を開かない以上、皆堪《こら》えるしかなく、顔を滴り落ちる汗さえ誰も拭おうとしなかった。

高士奇は康熙帝の顔色をうかがいたかったが、顔を上げることは憚られた。それでも堪えきれなくなり、視線をやや上げて辺りの様子をうかがっていたが、康熙帝の膝が目に入ると再び慌てて目線を落とした。ここまで言ったからには、途中でやめるわけにはいかず、さらに言い募った。

「朝廷での人脈は複雑ですが、詳しく追及しさえすれば清濁は自ずと見え、忠奸も自ずと判別できることでしょう」

康熙帝が突然、口を開いた。

「陳廷敬、そなたはどう思う」

陳廷敬は跪いたまま体をやや前方に傾けて、頭を低くしたまま答えた。

「索額図殿が権力を握っていた時、朝廷中の大臣らは皆、その威厳を恐れるか、保身に走るか、とりあえず付和雷同する振りをするか、あるいは従うよう追い込まれるか、のいずれかでした。陛下は心広く慈悲深くあられます由《よし》、鰲拝《オボイ》のような罪深く大悪極めたる臣下に対しても、生きとし生ける物への慈悲の徳をもってその死罪を赦されました。ましてやそれ以外の者に対しては、さらにご慈悲をおかけになられました。ですから索額図殿の事件はこれで終結させ、白黒をはっきりさせんといたずらにこれ以上の追及はしないことが得策かと存じます。わが国に今最も必要なのは、上から下まで皆で力を合わせ、国を治めるために尽力することではないでしょうか」

康熙帝は頷いて笑った。

「よくぞ言った！　陳廷敬の言葉、深く朕の意を得たり、である。索額図の事件はここまでとする。世間の人々の目には、鰲拝成敗の功の筆頭は索額図に映るかもしれぬが、朕はやはり、そなた陳廷敬であると思っておる。朕が十歳だった時、王莽の簒奪《さんだつ》の故事を話して聞かせてくれた。朕はおおいに刺激を受け、それ以来日夜奮闘を続けて片時も怠けることなく、密かに自らに誓った。十四歳になったら必ず親政する、と。廷敬、士奇、二人とも立ちなさい」

陳廷敬が言った。

「陛下はすなわち天から降りたる神人《しんじん》（神のように気高い人）、まことに国の福であり、万民の福でございます」

康熙帝は陳廷敬を見やってしきりに頷いた。やさしいまなざしになって、さらに言った。

「陳廷敬はこれまで『清世祖実録』、『清太祖聖訓』、『清太宗聖訓』の編纂に関わってきたが、すべて治国《ちこく》の宝典である。今日ここに、さらに『清太宗実録』『皇輿表』『明史』総裁官に命じる。才高き能力突出したる読書人を数人選び、典籍を編纂せよ」

陳廷敬は急いで立ち上がって跪いた。

「遵旨いたします！」

康熙帝は感慨無量の様子で言った。

「陳廷敬が長年、朝夕に進講し、朕の心を奮い立たせたその功は限りなく大きい。学びに終わりなしという道理は誰もが知っているが、幼い頃に廷敬に言われた時には朕は煩わしく思ったものだ。しかし今では大事に遭遇するたび、いよいよ勉学の重要さを身に染みて感じる。惜しむらくは、衛師傅が逝去したことだ。廷敬、政務の余暇に弘徳殿に当直し、召せばいつでも進講してほしい」

陳廷敬は恩に謝して領旨し、感激して涙を流した。康熙帝がここまで陳廷敬を褒めたことはこれまで一度もなく、明珠はいたたまれなくなった。康熙帝はそれを察知し、笑って言った。

「明珠、ご苦労であった。すべての票擬《ひょうぎ》は、おまえが目を通してくれているのだな」

明珠が急いで答えた。

「私めのお勤めでございます。ただ十分に果たせているかどうか」

「ここにある票擬は皆目を通した故、すべて許可する。しかし山東巡撫《さんとうじゅんぶ》富倫《フリン》の奏文にだけなぜ票擬がないのだ？」

「ちょうど討議の最中に聖駕が到着いたしたものですから。山東は今年豊作となり、数年前の朝廷の災害救助の恩に報いるため、民が自主的に収穫の十分の一を朝廷に寄付したいと申している、と富倫殿が奏上しております」

明珠の報告を聞き、康熙帝は喜んだ。

「ほう、そんなことが？　富倫はなかなか有能だな。明珠、以前おまえが富倫を山東巡撫の空きに推挙した時、朕は躊躇したものだが、どうやらおまえの見立てに間違いはなかったようだな」

明珠が手の拳を合わせて言った。

「すべては陛下の慧眼識才《けいがんしきさい》のなせる技でございます。では、富倫殿の奏請《そうせい》を許可してもよろしいでしょうか」

康熙帝はやや考え込んでから言った。

「さすがは孔子様の里だな、山東は。民の気質が素朴で情に厚い。朝廷に恩があれば感謝することを知り、豊作になれば国に報いようと言うのだからな。よし。富倫の奏請を許可し、民が自主的に寄付を申し出た食糧を現地で『義倉《ぎそう》（飢饉に備えて食糧を蓄える倉庫）』に入れ、災害の時の備蓄とせよ」

康熙帝が喜びに心躍らせている時、陳廷敬が前に進み出て跪いた。

「陛下に申し上げます。この件はなお検討の必要があるかと存じます」

康熙帝は一瞬首をかしげ、疑わしげに陳廷敬を見やった。

「陳廷敬。何か不都合なことでもあると思うのか」

陳廷敬が口を開こうとした時、明珠が高士奇に目配せした。高士奇が合点し、会話に割り込んだ。

「陛下。陳廷敬殿は、富倫殿に対し、日ごろから腹に一物がおありの様子」

陳廷敬は跪いたまま言った。

「陛下。この廷敬、個人的な感情で物を判断することはいたしませぬ」

康熙帝は不愉快そうな表情をした。

「朕は訝《いぶか》しく思うぞ。陳廷敬、高士奇、そなたらはなぜいつも対立する」

高士奇も前に進み出て跪き、おおいに恐れ入った様子で言った。

「陛下にお答えいたします。陳廷敬殿は従二品の重臣。臣は六品の小吏にすぎませぬ。対立など滅相もございませぬ。ただ陛下への忠心あるのみ。廷敬殿にたてつくなど、とんでもないことでございます」

陳廷敬は高士奇の売り言葉を相手にしたくはなかったので、ただこう言うにとどめた。

「陛下。引き続き本題を論じたく存じますが、山東の地は広範囲に渡ります。同じ管轄内でも南北があり、山には東西があり、各地の農作物の取れ高は一定ではないかと存じます。全省すべてが豊作などということが可能でしょうか。たとえ豊作だったとしても、すべての民が一人残らず、自主的に十分の一の穀物の寄付をしたがっているとは、どうしても信じることができませぬ。一万歩譲って、たとえ民が自ら望んで穀物を寄付したいとしても、その愛国の心はもちろん素晴らしいのですが、朝廷も適性価格で買い取ってしかるべきではないでしょうか。陛下。民が自ら望んでいるという現地からの奏上は、常に疑わしいと思われます」

これに対して、高士奇はなおも食らいついて離さなかった。

「陛下。陳廷敬殿は、陛下の聖明《せいめい》の治《ち》をけがしています。陛下が『聖諭十六条』を天下に公布されて以来、各地の官僚は毎月、郷紳《きょうしん》(農村の地主。地域での名望家として力を持つ)や民を集めて宣講《せんこう》(民衆教化の講義)をしているそうです。陛下の民を慈しみ愛する心は、あたかも慈雨が遍く降り注ぐように効果を上げております。民の気質は日益しに純朴となり、地方は安定し平和となっております。山東の前任の巡撫郭永剛《かくえいごう》殿が災害救助に不備があった件は、すでに朝廷が取り調べ、山東の民は拍手喝采しております。このたび富倫殿は、重任に違《たが》うことなく、赴任してから一年で山東の全貌を一新させました。陛下。国でこのような能臣を必要としています」

甚だ穏やかな語気ながら、陳廷敬は有無を言わせぬ強さで言った。

「陛下。山東が今年大豊作だということを信じたいものです。しかし、たとえそうであっても、それは富倫殿の運がよかったからにすぎませぬ。赴任して一年にも満たないうちに、全省の全貌を一新させるなどとは、天人でもない限りは無理なことです」

康熙帝は冷たく言い放った。

「陳廷敬、三十年以上も学問を積み、地方に一日も勤めたことのないそなたが、朕をどう説得する」

陳廷敬が答えた。

「陛下にお答え申し上げます。公心をもち、人と物事を見れば目が狂うことはございませぬ。恐るるべきは私心です」

高士奇が直ちに答えた。

「陛下。臣も富倫殿も皆、朝廷に仕える大臣です。論ずべき私心などございませぬ」

康熙帝は高士奇を一瞥した後、再び陳廷敬に向かって言った。

「朕は陳廷敬を普段から老成した誠実な人柄と思っていたが、今日は一体どうした。士奇と二十年近くもともに仕事をしているのだ。互いに思いやってしかるべきではないか」

「人と上下を争いたくはございませんが、真偽を判別する必要はございます。万が一、富倫殿の奏上した内容が事実に反していた場合、朝廷が民を強奪することになり、民の怨嗟の声が天に響き渡ることでしょう。一揆まで起きかねません。陛下。これはでたらめに脅しているわけではございませぬ」

と陳廷敬が答えた。康熙帝は明珠の方を見やった。

「明珠、おまえはどう思う?」

「聖裁に従います」

次に康熙帝は張英に尋ねた。

「そなたはどう思う?」

張英は康熙帝から聞かれない限り、決して自分から余計な口を挟むことはなかった。しかし聞かれたからには発言しないわけにはいかない。あまりにも露骨な言い方は慎んで答えた。

「この件、確かに慎重に考慮するべきかと存じます」

康熙帝は立ち上がると、数歩歩いてから言った。

「では陳廷敬。山東の実情視察をそなたに命じる!」

陳廷敬は内心驚きつつも、ただ叩頭して言うしかなかった。

「臣、遵旨いたします」

康熙帝もそれ以上は何も言わず、立ち上がると乾清宮へ帰っていった。やや不機嫌になったらしく、足取りが少し速くなっていた。康熙帝を送り出すと、高士奇はにこにこしながら陳廷敬を見やって言った。

「陳大人、士奇のことはよくご存じのはず。腹の中にはこれっぽっちも、私心はありませぬ。同じく国事を補佐するため、皆公事のためですよ」

陳廷敬は笑いながら適当に愛想を言った。明珠がそばで言った。

「士奇。皆朝廷のためなのだから、わざわざ弁明する必要などない。そうでしょう? 張大人?」

張英もただ頷いて笑うだけで、特に何も言わなかった。時間も遅くなったため、各自身の回りを片付けて帰宅した。今晩の当直である張英だけが一人残った。陳廷敬は乾清門を出てとぼとぼと歩いていたが、宮中を出てからの道が普段より遥かに長く感じられた。保和殿の庇《ひさし》の下を通ると、夕日が高い宮壁の外に遮られている。ただ前方の太和殿の飛檐《ひえん》(高く反り上がった軒)にある琉璃瓦だけが光を受けて輝いている。陳廷敬はやや後悔していた。張英のように、余計なことは言わぬ方がよかったのかとも考えずにはいられなかった。

陳廷敬が午門から出ると、大順《ターシュン》と付き人の劉景《りゅうけい》、馬明《ばめい》が控えていた。大順は主人が出てくるのを遥か遠くから目ざとく見つけ、近くに控えていた轎夫《きょうふ》らに声を掛けた。四人担ぎの緑のラシャ織りがけの大轎《おおかご》が直ちに到着し、担ぎ棒を下《お》ろした。陳廷敬が轎に乗ると、大順が大声で「出発」と声を掛け、轎が持ち上がって動いた。劉景、馬明はむやみに談笑したりせず黙々とその後ろに付き従った。

陳廷敬は轎に乗りながら、目を閉じていた。重い疲労を感じるとともに、心は千々に乱れていた。官界に身を置けば、意に染まぬ思いを何度も経験するものと実感していた。しかも大臣は最も立場が難しく、皇帝の下で少しでも油断すると、罪を得ることになる。

この日は当初、康熙帝から称賛の言葉を賜っていたのにもかかわらず、なんとその直後に山東巡撫富倫の奏文のために康熙帝の不興を買うことになるとは、思いもよらぬことであった。康熙帝から直々に山東に行くよう任命されたが、これは非常に厄介な任務になるだろう。富倫の母親は康熙帝の乳母であった。康熙帝と富倫は乳兄弟としてともに育った関係にある。そういう事情を踏まえた上で、山東での任務をいかに遂行しろというのか。それだけではない。富倫は明珠とも極めて近い関係にある。陳廷敬は姻戚の張汧を羨ましく思った。その昔、散館と同時に山東の外任を命じられ、知県から知府になり、今はちょうど徳州に赴任している。自分よりはずっと自由に違いないと思ったのである。陳廷敬と張汧が昔、子供たちのために親同士で縁談の約束を交わし、張汧の息子である祖彦《そげん》と家瑤《ジャーヤオ》は祝言を交して今や夫婦になっていた。

陳廷敬が家についた時にはすでに辺りも暗くなっていた。門の外で轎から降りると、壮履《そうり》が大きな声で詩を朗読しているのが聞こえた。

牡丹後春開　　牡丹は春に遅れて開き
梅花先春坼　　梅の花は春に先立ちて開く
要使物皆春　　もしそれらを春にそろえれば
須教春恨釈　　春の愁いから解き放たれよう

続けて月媛の声が聞こえてきた。

「この詩はお父様が九歳の時に書いた五言絶句です。先生からは神童と感嘆されたそうです。二人とも一生懸命勉強するのよ。遊んでばかりではだめよ。おまえたちの年頃には、山西のお家の近隣でお父様の名を知らない人はいなかったのですから」

陳廷敬は家人の言葉を聞いてやや心が和んだ。大順は主人の気持ちを汲み、しばらく門を叩かずにいた。すると、さらに李老先生の声が聞こえた。

「老夫《わし》は、おまえたちが『藍より出でて藍より勝る』よう、願っているぞ」

豫朋《よほう》が言った。

「僕も二十一歳で進士に及第するんだ！　お父様のように」

壮履の声もした。

「僕は来年、進士に及第するぞ！」

それを聞いて李老先生が大笑いしていた。陳廷敬もこらえきれずに吹き出した。そこで大順はようやく門を押し開けた。暑いので、一家全員が中庭で涼みながら陳廷敬の帰りを待っていたのだった。月媛が豫朋、壮履と数人の家人を連れてすでに蕭壁《しょうへき》を回り、入り口まで迎えに出てきた。


陳廷敬は部屋に入ると、恭しく李老先生に挨拶をした。月がのぼり始め、ちょうど正門の壁のそばにある梅の古木の上で輝いていた。陳廷敬が壮履の頭をなでで言った。

「来年、進士に及第するのか。なかなか負けん気があっていいぞ」

召使いが灯を持ち、一家の老若男女が談笑しつつ、大広間を抜けて二つ目の中庭にやって来た。ここには珍しい花や不思議な造形の石があり、手前の中庭よりさらに清雅だった。月媛はその日の夕食を屋外で取ることにすると指示していた。部屋の中はまるで蒸籠《せいろ》で蒸したように暑かったのである。大順の妻である翠屏《ツイピン》は幼い頃から陳家に仕え、京師にまで従ってやってきたが、月媛からも可愛がられていた。翠屏はすでに部屋着を持ってきており、主人の朝服《ちょうふく》(朝廷に出勤するための服)の着替えを手伝った。

翠屏と二人の下女のみを給仕に残し、大順と劉景、馬明、さらには轎夫ら数十人の家人には皆、食事に行くよう申しつけて下がらせた。月媛は、陳廷敬のために料理を椀に取り分けながら言った。

「廷統さんがいらっしゃいましたよ。あなたをしばらく待っていましたが、もう帰られました」

「何か言っていたか」

「あなたの帰りを待つつもりだったみたいですけど、いつまでも戻らないので、諦めて帰られましたわ」

陳廷敬もそれ以上は尋ねようとはせず、下を向いたまま食事を続けた。実のところ、陳廷敬はこの弟をもてあましていた。廷統は工部で万年筆帖式《ビテシ》のままで、いつになったら出世できるのかといつでも恨み言ばかりを並べるのだった。陳廷敬も弟の言わんとするところはわかっていた。よりよい職への口ききを頼みたいのである。陳廷敬とて誰も推薦したことがないわけではなかった。しかし、実の弟のこととなると、誰かに頼むことはどうしてもできなかった。

二十一

高士奇はこの数日、ひどく不安にかられていたが、ようやく暇を見つけて索額図《ソンゴトゥ》邸を訪ねた。南書房での発言が索額図に露見せぬかと恐れていたのである。宮廷内では、誰の息が誰にかかっているのか、まったく見当もつかないからだ。

高士奇は、索額図邸では旧知の関係のため、もはや訪ねるのに心付けは必要なかった。しかし門番はあまり丁寧に扱ってはくれないばかりか、昔のまま「高相公《こうしょうこう》」と呼んだ。この呼び名にはある経緯があった。

去年の冬、康熙帝が南書房を設立した際、高士奇は一期目で入房し、破格の待遇で六品中書に抜擢された。それを知った索邸《ソてい》の門番が、訪ねてきた高士奇を慌てて笑顔で迎えて「高大人《こうたいじん》」と呼び換え、中に呼び声を掛ける時にも「高大人のお越し」と叫んだ。ところがそれを聞きつけた索額図が、門番を一喝して言った。

「うちのどこに高大人なんぞいる?」

案内されて庭に入ってきた高士奇を一目見たその瞬間、索額図は罵声を浴びせかけたのである。

「この犬奴才《ヌーツァイ》め。陛下に南書房に入れてもらったからと、老夫《わし》にひけらかしに来たのか。大人《たいじん》などと言われて何をいい気になっている」

高士奇は慌てて跪き、ひっきりなしに叩頭を続けた。

「索相国《ソしょうこく》、お許しください。奴才《ヌーツァイ》に断じてそのようなつもりはございません。門番が勝手に呼んだだけでございます」

それでも索額図の怒りは一向に静まる気配はなく、たっぷりと半時辰(一時間)も説教が続いた。それ以来、屋敷では誰もが「高相公」としか呼ばなくなったのである。

索額図は上半身裸になって中庭の長椅子で夕涼みをしており、高士奇がやって来たと聞いても部屋に入って着替えることもしなかった。高士奇は頭を下げたまま、前に進み出て跪き、叩頭して言った。

「奴才《ヌーツァイ》高士奇、ご主人様にお目にかかります」

索額図は鼻息荒く言った。

「陛下が老夫《わし》を遠ざけた故《ゆえ》、この犬奴才《ヌーツァイ》めも老夫《わし》に会いに来るのが怖くなったか」

高士奇はさらに叩頭して言った。

「索大人は永遠に奴才のご主人様です。ただ最近は南書房の当直が続き、どうしても抜けられなかったのです」

索額図は座りなおすと言った。

「頭を上げろ。老夫《わし》にじっくりと顔を見せろ」

高士奇はゆっくりと頭を上げ、戦々恐々としながら索額図を見上げ、再び慌てて目線を落とした。索額図は肉に埋もれそうな顔に目を充血させ、恐ろしい形相をしていた。まさか南書房のことをもう知っているのだろうか。高士奇はそう思いながら、心臓が口から飛び出しそうなほど緊張していた。高士奇は索額図を康熙帝よりもずっと恐れていた。この粗雑な男には道理がまったく通じないからだ。

索額図はじっと高士奇をにらみ付けていたが、冷たく言った。

「えらく出世したものだな」

高士奇はさらに叩頭した。

「奴才《ヌーツァイ》の今あるは、すべて索大人の与えてくださった身分でございます」

索額図はなおも寝そべったまま、視線はあさっての方向に泳がせながら尋ねた。

「明珠、陳廷敬の二人は最近どうしている」

「陛下が陳廷敬に出張を命じられ、山東に向かいます。そういえば、陳廷敬は索大人を庇う発言をしていましたよ」

南書房での高士奇の発言を知っているかどうかを確認し、必要とあらば自らの無実を主張するため、高士奇はそう言って再び索額図の顔色をうかがった。万一、索額図が聞きつけていても、誰かが出まかせを言って、自分を陥れようとしていると言い張るつもりだった。

どうやら索額図は何も知らないようだったが、さりとて陳廷敬の善意も買わなかった。

「あやつに言われるまでもないわ」

高士奇はようやくほっとして、額の汗を拭いつつ答えた。

「そ、それはもちろんです。陳廷敬は索大人が功臣の末裔、姻戚でもあらせられるから、いつか陛下の御機嫌が直ったら、復職されることでも想定しているのでしょうかね」

索額図は冷ややかな目で、じろりと高士奇を一瞥した。

「老夫《わし》のところへ訪ねるのを忘れないおまえも、それを期待してのことか」

高士奇は再びひれ伏した。

「索大人の知遇の恩、奴才《ヌーツァイ》は一生忘れませぬ。何度も申しましたが、奴才《ヌーツァイ》は永遠にご主人様のものです。それはそうと索大人、陳廷敬が明珠とまた対立しましたよ」

これには索額図も少し興味を覚えたようで尋ねた。

「なぜだ」

高士奇は山東巡撫富倫の奏文について説明したものの、自分と陳廷敬の論争を、明珠に置き換えて話した。索額図は頷きながら言った。

「陳廷敬め。普段は口数少なく、面倒も起こさぬと思っていたが、油断できぬ男だな。肝心な時には、大胆に踏み込んでくる」

「索大人、それは陳廷敬に一目置いておられるということでしょうか？」

索額図は、冷ややかに笑って言った。

「笑わせるな。これまで老夫《わし》が誰を認めたことがある」

高士奇は慌てて話を合わせた。

「も、もちろんです。索大人の実力は、当朝では右に出る者はおりませぬ。奸賊に陥れられ、しばらく不遇にあられるのはまことに残念なことです」

索額図はその言葉を聞いて怒りに火がついた。天を指し地を指し、所構わず喚き散らすのだった。高士奇は地面にぴたりとひれ伏して、息を吐くこともできないくらい縮み上がった。使用人らも項垂れて腰をかがめ、恐怖におののいていた。ただ棒にとまった鸚鵡《おうむ》だけが何も知らず、能天気に索額図の口真似をして「明珠のくそったれ。明珠のくそったれ」と繰り返している。それを聞いて使用人たちはますます肝を冷やして生きた心地がせず、慌てて鸚鵡《おうむ》を止まり木ごと別の場所に連れていった。

怒りのやまない索額図だったが、突然こう尋ねた。

「そういえば、明珠邸はひどく賑やかだと聞いたが」

高士奇は、すべて嘘をつくのはまずいと思い、半分は嘘を、半分は事実を述べた。

「そういえば明珠はよく奴才《ヌーツァイ》も誘いますが、奴才《ヌーツァイ》にそんな時間はありませんから」

索額図はまた怒り出した。

「犬奴才《ヌーツァイ》め。とぼけるのもいい加減にしろ。どこの屋敷に行くのも別に干渉はせん。明珠のところには、なおさらどこを差し置いても行かねばならぬ。おまえの八方美人ぶりを老夫《わし》が知らんとでも思うのか。老夫《わし》がおまえを一番評価しているのもその点だ」

高士奇は密かにほっとため息をついて言った。

「官界での付き合いは、止むに止まれぬものが多いものでして。索大人がそのようにご理解くださり、奴才も心強いです」

索額図は話に嫌気がさしてきて、一喝した。

「もう下がれ。老夫《わし》は眠くなったぞ。ひと眠りする」

それを聞いて、ようやく高士奇は、地面から這い上がった。あまりにも長い時間跪いていたため、起き上がる時には両足がしびれ、尋常ならざる疲れを感じた。ひょこひょこと小刻みに飛びつつ、後ろに下がり、曲がり角まで行き、ようやく後ろを向いて去った。曲がりくねった回廊や、大小さまざまな部屋を通り過ぎていくと、行き当たった使用人たちはその姿を無視するか、「高相公」と声を掛けるにとどめた。高士奇は微笑みで会釈を返しつつも、内心は恨みのために血も滴るほどだった。

高士奇が地面に跪いたまま索額図に好き勝手に罵声を

浴びせられている間、まさかその姿を祖沢深に見られていようとは夢にも思っていなかった。かの祖沢深は、来る日も来る日も他人のために占いをしていたが、天の意志には勝てず、数日前に自宅が大火事に遭い、ものの見事にきれいさっぱり焼けてしまった。そこで索額図を頼って訪ねて来たのだった。権力争いから脱落したとはいえ、索額図も人一人分の食い扶持を世話してやるくらいできぬことはない。祖沢深が訪ねてきた時は索額図がちょうど高士奇を犬奴才め、と面罵している真っ最中であった。そこで慌ててその場を離れたが、高士奇が地面に跪きながら、どうもこちらをちらりと一瞥したような気がしないでもない。祖沢深は索邸から出るとしばらく考え込んでいたが、その足で明珠に会いに行った。索額図に宮廷で何か職を世話してもらおうと思っていたが、高士奇のかかる様子を目撃してしまった以上、高士奇は隙あらば死ぬまでこちらを追い詰めにかかるだろうと思った。実のところ、高士奇は祖沢深の姿を見たわけではなかった。祖沢深が心にやましい思いを抱えていたために、そう思えただけなのであった。こうなったらいっそのこと明珠に世話を頼み、外地の衙門に飯の種を見いだそうと祖沢深は考え直した。

高士奇は家に帰ると、早速自宅の門番に八つ当たりを始めた。人と見れば誰でも彼でも見境なく犬奴才めと罵り、毒づきながら応接間まで入ってきた。高士奇は茶を飲んではしばらく鬱憤を爆発させ、使用人らを全員叱りつけて退散させると、索額図の屋敷で受けた扱いについて夫人に話した。夫人は聞きながら涙を流して言った。

「老爺《だんな》様。今やもう六品中書の身。どちらの機嫌を損ねたというのですか。今はあちらも失脚しているのでしょう。あなたは陛下のご寵愛も厚いというのに、一体何を恐れておられるのですか」

高士奇はため息をついた。

「朝廷でのことは、女子《おなご》にはわからぬだろうな。俗に『手を翻せば雲、さらに手を覆せば雨』という。陛下のお心は誰にもわからない。今は索額図が失脚して明珠が寵愛を受けているが、明日には明珠が失脚して索額図がまた権勢を得るかもしれぬ。索額図は先祖代々の功労があり、今上皇后陛下の実の叔父でもある。たとえ死に体の虎一匹になったとしても、恐ろしい存在には変わりない」

夫人は涙を拭いて言った。

「まさか一生、この粗雑な方の下で命乞いをしながら生きていくしかないのでしょうか」

高士奇は首を振ってため息をつき、涙をぽろりと落とした。

管家《しつじ》の高大満《こうだいまん》が報告に入ろうとしたが、使用人たちが皆部屋の外に控えているのを見て、どうしたのだと小声で尋ねた。高士奇は部屋の中でその声を聞きつけて大きな声で言った。

「大満。入りなさい」

高大満は身をかがめて部屋に入ったが、何やら取り込み中のような空気を察してさらに声を低めた。

「老爺様《だんなさま》、門番からの伝言で兪子易《ゆしい》が表に来ているそうですが」

「兪子易《ゆしい》？　中に通しなさい」

高大満は頷くと、出ていった。高士奇は夫人に声を掛けた。

「奥に入りなさい、目をそんなに赤くして、人に見られてはよろしくない」

京師の巷で今や兪子易の名を知らぬ者はなかった。どういう風の吹き回しなのか、宣武門外の屋敷と店舗の多くが、その所有になっていた。兪子易が高士奇のかわりに商売をしていることを他人は知る由もなかった。商売で得たその利益を二人がどのように分けているのかも、人は一切知らない。高家の人々さえ高大満が大体のところを聞きかじるだけで、詳しくは知らなかった。

兪子易を案内して連れて入ってくると、高大満は退出した。高士奇が気遣いの言葉をかけるまでもなく、兪子易は自分から座り、手の拳を合わせてご機嫌うかがいの挨拶をした。

「高大人、しばらくご無沙汰しておりました」

「余計なことは考えず、商売の面倒だけ見ていればいい。うちにそう頻繁に来る必要はない。老夫《わし》は陛下からますます重用されるようになっているのだ。度々出入りされては、かえってよくない」

「それは高大人、おめでとうございます。物事はわきまえているつもりですから、今後来るのは夜中だけにいたします」

高士奇はかすかに微笑をにじませて言った。

「子易は頭がよい故、官界の事情も心得ておるな。それでなんだ。何か用か」

「酸棗児胡同《さんそうじフートン》で去年買い入れた例の屋敷ですが、買い手が見つかり、値段も悪くありません。手放してはどうでしょうか」

高士奇はにこにこしながら兪子易を見やって言った。

「子易、老夫《わし》はおまえを信じている」

兪子易は高士奇の笑った目をしばらく見つめていたが、心中びくびくせずにはいられなかった。高士奇が「信じている」と口で言う時、実はあまり信じていないらしいことを薄々感じていたからであり、慌てて言った。

「高大人の信頼に感謝いたします。私には一片たりとも私心はありません」

高士奇は頷いて言った。

「今、言ったではないか。おまえを信じていると。商売のことは、おまえが自分でいいようにしろ」

高士奇はそれ以上商売の話はせず、朝廷のある北に向かって手を掲げ、恭しく康熙帝について話し始めた。朝廷でのすべてのことが、兪子易には天上での出来事のように聞こえ、口をあんぐりと蛙のように丸く開けたまま聞き入った。目の前にいるのはなんとすごい人物なのかと感じ入り、高大人こそが皇帝のような存在に思えるのだった。高士奇が康熙帝の明察秋毫《めいさつしゅうごう》（あらゆる細かいことまで観察が及ぶ）についていろいろ話をしたが、それを聞いて兪子易が感じていたのは、今上の聡明さではなく別のことであった。それは秘密は必ずいつかは漏れるものという道理であり、決して高大人を裏切ってはならぬ、さもないととんでもないことになる、とあらためて心に誓うのだった。

二十二

　陳廷敬は従二品官の皇帝の勅使としての欽差儀衛《ぎえい》（皇帝直属の隊列）を率いて出立し、八人担ぎの大轎に乗った。廷敬ほどの身分の官僚にもなると、京師の城内では四人担ぎの轎が許される。また京を出れば八人担ぎの大轎に乗るよう決められていた。さらには手に山吹色の棍棒を持つ従者二人、杏黄《あんず》色の傘を持つ従者一人、青扇を持つ従者二人、旗をもつ従者六人の、総勢少なくとも二十数人の儀衛を整えることになっており、その行列は威風堂々たるものだった。

　陳廷敬は外出する際、いつでも大順《ターシュン》、劉景《りゅうけい》、馬明《ばめい》の三人を連れ、常に前、左右から離れさせなかった。三人は皆、陳廷敬が山西の実家から連れてきた家来であり、ほかの誰よりも信頼していた。大順は細かい気配りができ、行動の敏捷さは言うまでもなかった。劉景、馬明の二人は小さい頃から武術を学び、腕前は相当のものだった。最近は京師で朝晩にただ主人の送り迎えをするのみの生活が続き、拳や足を動かす機会もないので、二人はうずうずしていた。今回の山東行きを聞いて、小躍りして喜んでいた。

　大順が仲尼琴《ちゅうじきん》を背負い、馬に乗って轎のそばに付き従った。この仲尼琴は陳廷敬が肌身離さずそばに置くものであり、折に触れて爪弾いた。夜、琴の音色が聞こえると、一家の老若男女は皆、主人が読書を終え、もうすぐ就寝する時間なのだと知った。琴の音が聞こえてこない日は、主人が家に帰っても、まだ持ち帰った衙門の仕事に忙しいことを知るのだった。

　大順も「外で見聞を広げられる」と山東行きを喜んでおり、うきうきして言った。

「老爺《だんな》様。長年お仕えしていますが、こんな威風堂々とされているのは初めて見ますよ」

　陳廷敬が轎の中から声を掛けた。

「すべて朝廷の決まりにすぎぬ。何が威風堂々だ」

「偉い人のお忍び訪問というのは、まさかお芝居の中にしかあり得ないということもないでしょう」

　大順が聞くので、陳廷敬が笑って答えた。

「昔はそういう皇帝もいたようだが。それでもほとんどは芝居の中の話だよ。真似する輩もいるが、それはただの詐欺だ」

官駅があるたびに馬を替え、河に当たれば舟に乗り、一カ月あまりも進んで山東徳州府の管轄地内に入った。するとと前方の曲がり角に人々が群れ集まっているのが見えたので、陳廷敬は訝《いぶか》しんで尋ねた。

「あの人たちは、あそこで何をやっているのだろうか」

大順が鞭を打って馬を走らせ、前方の様子を見に行った。よく見ると、人々は皆、竹籠に卵、果物、菓子などのさまざまな食べ物を入れている。大順は尋ねた。

「皆さん、これは何をしているのですか」

誰かが答えた。

「巡撫《じゅんぶ》の富倫大人《フリンたいじん》をお待ちしているのです」

大順が首をかしげていると、詳しいことを聞く暇もなく、民が皆跪いた。陳廷敬の轎がやって来たからだ。人々が大声で叫んだ。

「巡撫大人、ありがとうございます。巡撫大人、ご苦労様でございます」

陳廷敬は轎を下り、声を掛けた。

「皆さん、これはどういうことですか。どうか立ち上がってください」

人々は互いに顔を見合わせ、ゆっくりと立ち上がった。ある色黒の屈強な男が言った。

「巡撫大人の采配のおかげで救済が功を奏し、今年はこんなに豊作になりました。巡撫大人が今日ここを通ると聞き、早くからお待ちしておりました」

もう一人の色白な男も言った。

「我々は、巡撫大人を一目見たい、巡撫大人に水を一口飲んでいただきたい、我々の心意を伝えたい、ただその一心なのです」

「私が巡撫大人だとなぜわかるのですか？」

陳廷敬が笑って聞くと、色黒の男が答えた。

「巡撫大人が民に親しみ、よくあちこちを巡訪されることは、山東の民なら皆知っています。しかし徳州に来られるのは初めてですね。この壮観な陣容、巡撫大人御一行に間違いないでしょう」

陳廷敬が笑って言った。

「私は、巡撫ではありません。京師から来た者です」

それを聞いて、色黒の男は再び跪いた。

「それでは欽差大臣であられますね。それならわれらはなおのこと拝さねばなりませぬ。朝廷が富倫大人のような好《よ》き官を派遣してくださらなければ、我々民の平穏な日々はあり得ませんでした。皆、そうだろう」

その言葉に皆が頷き一斉に跪いた。陳廷敬は人々に何度も手の拳を合わせた。

「ありがとう。皆さんの気持ちはいただきます」

しかし、人々はなおも跪いたまま立ち上がろうとしない。色黒の男が言った。

「大人、水の一口も飲んでくださらないようでは、われわれは立ち上がりません」

陳廷敬は何度も説得したが、それでも誰も立ち上がろうとする者はいなかった。

「富倫大人がこんなにも皆さんに待ち望まれ、慕われているとは本官、万感の思いです」

さらに頭をかがめ、色黒の男と色白の男を見やって言った。

「お二人のものはいただきましょう。それから少しお付き合いくださいませんか。ほかの皆さんは、どうぞお帰りください」

陳廷敬はそう言い終わると、色黒の男と色白の男を引き上げて立たせた。二人はどう振る舞うべきかわからず、言葉に詰まっていた。陳廷敬はただ優しく言った。

「少しお時間を取らせますよ。一緒に来てください」

陳廷敬は轎に乗り、人々に手を振った。黒白の男二人はその言葉に逆らう勇気はなく、項垂れたまま轎の後ろをついて行った。陳廷敬が轎の簾《すだれ》を下げようとした瞬間、突然馬に乗った少年の姿が目に飛び込んできた。腰には剣を下げて遥か遠くに立ち、氷のように冷たい表情をしている。思わずその少年をじっと見つめると、少年は馬に鞭を当てて走り去って行ってしまった。

辺りが次第に暗くなり夕闇が迫っていたが、次の官駅に着くことはできなかった。ちょうど道沿いに白龍寺という寺があったので、大順が早馬で先を急ぎ、寺に話をつけに行った。寺の中からは外の物音を聞き、すでに年老いた僧が迎えに出ていた。

「和尚様。京師から来た者ですが、貴殿のお寺で斎飯《さいはん》(精進料理)を一口いただけないでしょうか。辺りも暗くなってしまったので、一晩のお宿をお借りできたらありがたいのですが」

大順が頼んだ。僧は外を見やり、やって来たのが官府の人たちと知ると、断ることなどできようもなかった。

慌てて両手を合わせて言った。

「この老僧は今朝、寺の西北に祥雲《しょううん》が渦巻いているのを見ましたが、賓客の来臨を暗示していたのですね。皆様、どうか中にお入りください」

陳廷敬が轎を下りると、老僧が迎えに出てしきりに念仏を唱えるのだった。陳廷敬は老僧に挨拶をし、美しい伽藍の様子に辺りを見渡した。すると先刻のあの馬に乗った少年がまた、遠くで馬上からこちらの様子をうかがっているではないか。大順も気付き、馬を走らせて様子を見に行こうとしたが、陳廷敬が止めた。

「大順、構うな。きっと物見高い田舎の子供だろう。もう辺りも暗くなったことだ」

大順はそれでも安心できない。

「なんかへんなやつだな。ずっと俺たちの後をつけてくるとは」

斎飯をいただいた後、陳廷敬は寺の宿坊に戻った。大順が後ろからついてきて尋ねた。

「老爺《だんな》様、先ほどの地元の若者二人を一体どうするおつもりですか」

「ちょうどそれを言おうと思っていたところだ。ここに呼んできてくれないか」

大順は狐につままれたような顔をしたが、陳廷敬は謎めいた微笑みを浮かべるだけで、多くを語らなかった。

しばらくすると、二人の若者が大順に連れられてやって来た。陳廷敬は礼儀正しく言った。

「お二方、どうぞお座りください。少しお願いしたいことがある」

「欽差大人、なんなりと」

と色黒の男が答えた。陳廷敬は話を急がず、まずは名を尋ねた。

「お二方、お名前はなんと仰いますか」

「あっしの姓は向、名は大龍と言います。こっちは周三」

と色黒の男が答えると、陳廷敬は頷いた。

「実は部下に山東人が二人おり、勤めで長年故郷を離れていたものですから、この機会にと一時故郷に帰省させました」

大順はそれを聞いて訝《いぶか》しく思った。主人の企みは皆目見当がつかなかった。向大龍が尋ねた。

「あっしら二人に何かお手伝いできることがありますか」

「二人が帰ってしまい、うちは人手が足りません。見ていると、お二方は行動も敏捷、人柄も誠実な様子。しばらく雇われてはくれませんか」

それを聞いて大順が、こらえきれずに叫んだ。

「老爺様《だんな》。そ、それは……」

陳廷敬は手を振り、大順に目線で合図を送った。周三はしり込みするように慌てて言った。

「そ、それはいけません、欽差大人。家で諸用があり、手が空きません」

「報酬はお支払いします」

と陳廷敬が言ったが、向大龍も慌てて言った。

「欽差大人。私ら二人とも体が空きません。誰かほかの人をかわりにお連れするのでは」

すると陳廷敬は微笑みを引っ込めて言った。

「官府の仕事は、誰でもやれるわけではない。これで決まりだ」

周三はそれでも気乗りしないように言った。

「欽差大人、そ、それは……」

周三が言い終わるのを待たず、大順が目を見開いて一喝した。

「黙れ！　うちの老爺様《だんな》は物腰が柔らかいから、逆らえるとでも思ったのか？　欽差大臣の決めたことに、逆らうというのか」

陳廷敬はそれをたしなめて言った。

「大順、お二方を脅かすものではない」

向大龍は周三を見やると、項垂《うなだ》れて言った。

「わかりました。では、残ります」

陳廷敬はゆったりと頷いた。

「それはよかった」

「言っておくが、それなりの決まりを守ってもらう。身辺警備には、警戒を怠らず、むやみにしゃべったり、動いたりしてはならぬ」

大順が言い、二人は了解の返事をしてから下がっていった。

「老爺様《だんな》。これは一体、何をなされようとしているのでしょう」

大順が聞くと、陳廷敬が笑って答えた。

「少し考えていることがあってな。あの二人がどこかへ行ったりせぬように、とにかく私の言う通りにしっかりと見張っててくれ。それから劉景と馬明を呼んできなさい」

劉景と馬明が大順に連れられて入ってきた。

「老爺《だんな》。何でございましょう」

「おまえたち二人は、明朝一番に徳州府（府の役所）へ行き、知府（府知事）の張汧大人《ちょうけんたいじん》を訪ねてくれ。他人には官府から来たことを知られぬように。ここに手紙を書いたから、張汧大人に渡してくれ。私は徳州府には行かず、このまま済南へ行こうと思う」

二人が命を受けて下がろうとした時、陳廷敬がさらに呼びかけた。

「現地で災害や飢饉が起きていたら、詳しく調べるまでもなく、最初に目に入るのは、何だと思う」

「それは、流民でしょう」

劉景が答えると、馬明も答えた。

「それから炊き出しの粥の配布所。官府が粥を施さなくても、善徳を積みたい素封家が粥を施すでしょうから」

「一路、流民も粥の炊き出しも見ませんでしたね。巡撫大人を出迎える民しかいなかった。もしかして山東は本当に豊作だったのでしょうか」

大順が言うと、陳廷敬が答えた。

「山東が本当に大豊作なら、これほどめでたいことはない」

「老爺《だんな》様。道中で巡撫大人を迎えに出ていた人々は、まさか張汧大人が手配したものということはないでしょうか。姻戚ですから公私のどちらの意味でも、迎え出るべきですからね」

大順が聞き、陳廷敬はしばらく無言でいたが、こう答えた。

「余計なことはいい。もう少し様子を見よう」

翌朝、陳廷敬は老僧に別れを告げると轎に乗り込んで出発した。そこにまたあの馬に乗った少年が遥か遠くから後をつけてきているのが見えた。陳廷敬が大順を呼んで言った。

「ちょっと行って尋ねてきなさい」

少年は大順が馬を駆けてやって来る様子を見ると、馬首の向きを変えると反対方向に駆けていった。大順は刺客であることを恐れ、さらに速度を上げて追った。しばらく追いかけたところでようやく追いつき、大順は少年の行く手を遮って尋ねた。

「欽差の後をつけるとは、何事だ」

「欽差など知らぬ。天下の大道を別々に行っているだけだ。そちらが通れる道を、私が通ってはならないとでも言うのか」

　少年が答えたので、大順は重ねて尋ねた。

「それならなぜいつも我々の後をつける？」

「おまえたちはなぜいつも私の前を邪魔する？」

　大順はかっとなった。

「こっちは真面目に聞いているんだ。しらを切るのもいい加減にしろ」

　少年はその勢いに怯むこともない。

「しらを切るも何もない。どちらも同じ方向に進んでいるだけのこと。そちらの老爺《だんな》が大官様のようだから追い越すのもまずいかと思って、仕方なく後ろをついていっているだけだ。それが何だ」

　大順は少年の言うことにも一理あるような気がした。

「その通りなら、なかなかわきまえているではないか」

　大順は少年にいくらか説教くさいことを言った後、陳廷敬の轎まで戻ってきて言った。

「老爺《だんな》様、ただのいたずら小僧です。ふざけたことを言うのですよ。ちょうど方向が一緒なだけだと」

　陳廷敬は、それ以上は深く考えずに言った。

「それなら放っておこう。さあ。行くぞ」

　しかし大順はまだ油断できないと思って言った。

「老爺《だんな》様。それでも少し気を付けた方がいいと思います。万一、刺客なら面倒なことになりますから」

　陳廷敬は笑って言った。

「白昼堂々と、どこから刺客など来るのだ」

　大順が振り返って見ると、馬に乗ったかの少年は、やはり遥か遠くから後ろをついてきている。そのことを告げれば主人にまた余計な心配をかけると思い、声には出さず、ただ時々振り返って様子を確認した。少年は常につかず離れず、後ろをついてくるだけだった。

二十三

劉景、馬明の二人は庶民の装束に身を固めて徳州知府衙門《がもん》にやって来た。門番に心付けを渡して口上を述べたが、門番は心付けを受け取ってから言った。

「残念でしたね。知府大人には会えませんよ」

「我々は、知府大人の親戚です。わざわざ遠く山西からやって来ました。お手数ですが、お知らせいただけないでしょうか」

劉景がそう言っても、門番はただ首を振るだけだった。

馬明は、門番が心付けの額に不満なのかと思い、また懐を探り出したが、門番は手を振って言った。

「そういう意味ではありません。お二人は老爺《だんな》様の親戚と仰いましたが、我々も皆、老爺《だんな》様について山西から連れて来られた人間です。率直に言いますと、本当にうちの老爺《だんな》様には会えないのですよ」

「そのわけを教えてくれませんか」

と劉景が尋ねると、門番は顔を上げて衙門の中をきょろきょろ覗いてから、小声で言った。

「うちの老爺《だんな》様は、すでに二巡撫《にじゅんぶ》（副巡撫）に呼ばれて済南に行っているのです。欽差大臣が来るというので」

「二巡撫？　その二巡撫というのは、何ですか？」

馬明が尋ねた。門番はただ首を振るだけで、それ以上は一言たりとも余計なことを口にしなかった。二人は仕方なくそれで引き下がることにしたが、途方に暮れた。

「そういうことなら、早く済南に行って老爺《だんな》に報告しないと」

と馬明が言うと、劉景はしばらく考え込んでいたが、やがて言った。

「いや。まさか本当に親戚付き合いの訪問に来たと思っているのか。老爺《だんな》はこっちの状況を探ってほしいと仰ったのだ。張大人が済南へ行ってしまったのなら、俺たちで少し民の様子を探るぞ」

馬明が言う。

「老爺《だんな》の指示がないのに、俺たち二人で勝手に動いてもいいのかよ」

「何の収穫もなしに手ぶらで帰るなど、何の意味がある。少し周辺の農村の様子を見に行くぞ」

城内から出ると、二人は南北の方向感覚もないまま当てずっぽうに進んだ。村が見えてきたので足を踏み入れた。近くの家の門を叩いたが、誰の返事もなかった。門を押し開けて入ると、家の中はもぬけの殻である。しばらくそんなことを繰り返して、ようやくある家の門前に老人がしゃがみこんでいるのを見つけ、劉景と馬明は急いで話しかけた。

「ご老人。我々は商人なのですが、この辺りでとうもろこしは採れますか。とうもろこしを買い付けたいのですが」

と劉景が聞くと、老人は二人を見やって答えた。

「周りを見なされ。どこかにとうもろこしの半かけでもあるように見えますかい。この辺りは数年凶作が続いていて、村人はほとんど、逃亡してしまったよ」

馬明が尋ねた。

「我々は商売人ですから、耳は早い方だと思いますが、山東は今年大豊作だったから、民が朝廷の数年前の災害救助に感謝し、収穫の一割を自主的に寄付したいと申し出たと聞いてきたのですが」

「それは、官府が朝廷を騙しているだけのこと」

老人が長いため息をついて言うので、劉景が尋ねた。

「なぜ朝廷を騙すのですか。食糧を供出しなければ、朝廷に申し開きができないでしょう」

「そんなことは決まっているではないか。民から無理やり搾り取るのよ」

そうこうしている間に人々が数人集まってきたが、そろいもそろって老人か、体に障害を持った人たちばかりだった。ある老婦人が口を挟んで言った。

「官府の人たちは、何を食べて大きくなったのかと思うくらいだよ。世間のことを何も知らないのだから。食糧を出せないなら、現金を払えなどと言う」

老人が相槌を打った。

「まったくだ。世にもおかしな笑い話もあったものだ。畑に収穫がないのに、民のどこに現金があるというのか？」

中年の男性が言った。

「今の巡撫は、確かに本人は清廉で汚職もしないとよそで聞いたことはあるが、あまりにも苛酷だ。小さい頃から宮廷の中で育ったために、民の気持ちがわからないという。自分にも厳しいが、同じように民に対しても厳しい。ああ。それでもまだ汚職をされるよりはましか」

老人が首を振ってため息をついた。

「まったくだな。恨むらくはお天道様が無慈悲にも毎年のように凶作を起こされることだ。この巡撫のことを、民は恨むこともできない」

馬明が尋ねた。

「自分で食べるものもないのに、さらに進んで上に食糧を寄付するのですか。皆さんが申し開きできなければ、官府も申し開きできないでしょうに」

「そうとも限らん。土地をたくさん持っている大地主もいるのだから。そういうところは土地も肥えているし、食糧もあるはず」

老人が言うので、劉景が尋ねた。

「おじさん。どの家が一番の大地主か教えてくれますか。見に行ってみたいので」

老人は首を振って言った。

「そんなこと老夫《わし》のような老いぼれが言うまでもない。あの豪邸を見なさい。大地主に決まっているよ。でも行くのはよした方がいい。よその人だろう。事情もわからないでむやみに行くと、ひどい目に遭うぞ」

馬明が言った。

「お気遣いなく。我々はただ商いをしに来ただけですから。取引が成立しなくても仁義はあるでしょう」

二人は土地の人たちに別れを告げると、さらに進んだ。するると、確かに豪邸が目の前に現れた。そびえ立つような高い壁に朱色の門がまえの荘厳な造りだった。玄関の門環を叩くと、中から人の声がして誰何《すいか》するので、劉景が答えた。

「商いをしている者です」

大門の横の勝手門が開き、人が出てきて尋ねた。

「商い？　何の用だ」

農村のこのような素封家を訪ねる時に、門番にも心付けを渡さなければならないことを、馬明は知らない。

「ご主人にお会いしたい」

門番は上から下まで値踏みするように二人を見まわして言った。

「うちの主人に会いたいだと？　言っておいてやろう、たとえ徳州知府張大人だろうと、うちの老爺《だんな》よりは簡単に会えるわい」

劉景は門番の無礼な態度にむっとした。

「お宅は素封家で仁徳のある家かと思ったが、何だ、その無礼な態度は。家の主人に知られたら、尻を叩かれるぞ」

門番は目を見開き一喝した。

「先におまえの尻を叩いてやる」

門番が殴りかかろうとしたので、その瞬間、劉景はさっと身をかわし、反撃の一発を食らわせると、門番はあっけなく地面に倒れた。

「おまえら。こんなことをしてただで済むと思っているのか。朱家の門前まで来て人を殴るとは。おい、誰か！強盗だ！」

すると、入り口からあっという間に屈強な男四人が飛び出してきた。皆そろいもそろって牛のように巨大な体躯を奮わせ、話をする隙も与えずにいきなり拳を振り上げ、劉景と馬明に襲いかかった。しかし二人の武術の前では、屈強な男四人も敵ではなかった。突然、正門が大きく開き、四人は戦いながらじりじりと後退していった。劉景と馬明がそれを追って門の中に入ると、大門がぎいと音を立てて閉まり、数十人のさらなる壮漢が、どっと湧いて出て二人を取り囲んだのである。

この時、一喝する声がした。

「どこのどいつだ。いい根性してるじゃないか」

男たちが壁のように立ちはだかる中、皆が道を譲ったところに中年の男性の姿があり、一目でこの家の主人と知れた。門番がうつむいて報告した。

「朱の旦那様。この二人が暴れるので、見てください。こんな怪我をさせられました！」

朱の旦那と呼ばれた男は、門番を見やって言った。

「ほら、やり返せ」

門番は劉景と馬明のいる方向に向かって数歩進んだが、それ以上進む勇気は出なかった。それを見て朱の旦那は、かっとなって怒りだした。

「まったく役立たずどもめが。後ろに人数そろえて援護してやっているのに、そのざまは何だ。他人にかわりにやり返してくれとでも言うのか」

劉景が朱の旦那に手の拳を合わせて言った。

「こちらの旦那、このお宅のご主人とお見受けいたしますが。我々は商人でして、商談に参りました。それをお宅の門番にひどい口のきき方をされたと思ったら、さらに手まで出してこられたので、やむなくこちらも反撃をしたまでのことです」

朱の旦那は鼻を鳴らして言った。

「朱家の門を訪ねてきたと思ったら手の平返す輩など、見たこともないわ」

馬明は、この朱という男もまた横柄この上ないことを見て言った。

「お宅の門柱の上の対聯《ついれん》には、よいことが書いてあるのに、まことに残念ですね。『詩書、千秋に伝わり、仁徳、万福を養う』――。詩書仁徳の家が、なんということでしょう」

朱の旦那は冷ややかに一笑して言った。

「口答えとは上等だな。この老夫《わし》が一声掛けさえすれば、この町の人間が皆出てきて一口ずつ唾を吐いて、おまえらを溺れ死にさせてやることだってできるんだぞ」

「おやおや。まさかお宅は唾吐きで生計を立てておられるわけでもないでしょうに。少しは腹の足しになるようなこともされているのでしょう。我々は商売をしようとうかがっただけです。何故こんな面倒に巻き込まれるのやら」

劉景が答えたところで奥から声が聞こえた。

「何を騒いでおる」

朱の旦那と呼ばれた男が、急に腰を曲げてかしこまった。学者風な佇まいの中年の男がやって来た。堂々たる様子で非凡なる風格を醸し出している。実はこちらが本当の朱家の主人であり、名を朱仁《しゅじん》と言った。先ほどの朱の旦那と呼ばれていたのは、ただの朱家の管家《しつじ》にしかすぎない朱福《しゅふく》であった。

「老爺様《だんなさま》。野蛮なよそ者が二人やって来たもので」

朱福が報告すると、朱仁が和やかに尋ねた。

「お二人は、どういう方々か」

「山西から来た商人です。こちらに商談をしにうかがいましたが、思いもかけずお宅の門番に罵倒され手を出されたものですから、少し衝突が起きてしまいました」

劉景が答えると、朱仁は振り返って家人らを見やって言った。

「まったくけしからん。訪ねてきた方々は誰もが客人だと言ったであろう。それを客人に無礼を働くとは何たることか」

朱福が慌てて謝った。

「老爺様《だんなさま》。すべては私の監督不行き届きのいたすところ」

朱仁が手の拳を合わせて挨拶をした。

「私の姓は朱、名は仁の字一文字です。いくらか教育も受け科挙も受けましたが合格しなかったので、あきらめて先祖の残してくれた稼業を守って過ごす日々でございます。家人が失礼を働き、お詫び申し上げます。どうぞ中に入ってお座りください」

劉景と馬明は、それぞれに名を名乗り、朱仁は客人二人を奥に通すと、礼節通りにお茶が出された。朱仁が尋ねた。

「当家でも山西の商家とはいくらか行き来がありますが、お二人はどちらの商号(商店)の方ですか。またいかなる商いをされておられますか」

劉景はあまり深く考えずに答えた。

「太原《たいげん》の恒泰記《こうたいき》です。主に鉄器を作っていますが、ほかの商いもしています」

「恒泰記ですか。ご主人は王姓でしたね。お噂はかねがね耳にしておりました。失敬失敬。ただわが朱家は鉄器の商いはしたことがなく、『行《こう》(業種)の隔たりは山を隔たるが如し』とも言います。この朱家といかなる商いをなさりたいとお考えですか」

「今年、山西は干ばつのためにあまり作物が取れませんでした。貴地では今年豊作だと聞きましたので、とうもろこしを少々買い入れ、一つには民を救済し、二つには少し利益も出したいと考えておりました」

と馬明が言うのを聞いて、朱仁はさっと警戒の色を浮かべた。

「この辺りが豊作だと、なぜご存じか」

劉景が笑って答えた。

「あちこちでそりゃあ評判になっていますよ。皆、今年の山東は大豊作だと言っています。うちには済南《さいなん》にも分号(支店)があるのですが、民が収穫の一割の余剰食糧を朝廷に寄付すると聞きました」

「そうですよ。山東の別の地方では麦を買い入れ、徳州ではとうもろこしを買い入れようと思っています」

馬明が言うと、朱仁が笑った。

「なんとお耳の早いことでしょう。ですがご存じありませんでしたか。巡撫衙門からお達しがあり、山東の食糧を一粒たりとも外省に売ることまかりならぬ、と」

劉景は首をかしげて尋ねた。

「余剰食糧があるのに、民に売らせないとは一体どういうことでしょうか?」

朱仁が謎めいた笑いを浮かべて言った。

「実を言えば……。あなた方のようによその人になら言っても差し支えないでしょう。本当は山東には余剰食糧などないのですよ。先ほどの家人の無礼も実はそのためなのです。ここ最近は凶作が続いており、民の多くが徒党を組んで野盗と化しています。門番が強盗だと叫び、用心棒らがそれを聞きつけて飛び出していったというわけです」

馬明は目を真ん丸に見開いて劉景の方を見てから尋ねた。

「余剰食糧がないですって。ではどこから食糧を出すつもりなのでしょう」

「つまり、うちのような地主層にしか余剰食糧がないということです。それ以外の人は自分の食い扶持さえなく、余剰分などあるはずもございませぬ」

それを聞いて馬明はわざと怒ってみせた。

「まったく。でたらめなことを言ったのは誰だ。おかげで散々しんどい思いをして遠くまで出かけてきてしまった。兄さん。もうこれ以上朱の旦那を煩わせるのはやめよう。もう帰ろう」

劉景は馬明にまあ焦るなとなだめ、振り返って朱仁に言った。

「朱の旦那。こいつは少し気が早い性質《たち》でしてね。朱の旦那のお宅に余剰食糧がおありと言うなら、少し取引は可能でしょうか」

朱仁はおおいに困った顔をした。

「先ほども申しましたように、巡撫衙門から通告があり、食糧を外地に売ってはならないことになっているのです」

「朱の旦那。我々商いをする者は、すべて衙門とも誼《よしみ》があるものです。衙門には、どこか必ず便宜を図る方法があるかと思うのですが……」

劉景が言うと、朱仁は得意げな表情を浮かべて答えた。

「率直に申しますとね。よそ様が山東の衙門とどう通じようとしても、私ほどの伝手《つて》はないでしょう。価格さえ折り合えば、衙門は問題ではありません」

それを聞いて劉景も豪快に言った。

「朱の旦那。値段さえ折り合えば、いただけるだけすべての食糧をお分けいただきたい」

すると、朱仁も少し興味をそそられたように身を乗り出した。

「それは本当ですか」

あれこれと交渉するうちに、取引がまとまった。劉景はおおいに喜んで言った。

「朱の旦那はまったく豪快な方だ。では倉庫に連れていっていただけますか」

二人が立ち上がろうとすると、朱仁は手を振って言った。

「うちの食糧取引は、すべて済南で行っています。あちらにはよい港があるものですから。とうもろこしは皆、済南のわが食糧倉庫に保管されています」

「現物をこの目で見ることができなければ、それは……」

劉景が難色を示すと、朱仁は、大笑いして言った。

「お二人ともご安心ください。大丈夫です。今日はもう暗くなり遅いですから、むさ苦しいところながら拙宅にお泊りいただき、万事明日にでも続きを話し合いましょう」

劉景、馬明はいくらか遠慮する振りをした後、結局朱家に泊まることとなった。二人は夜中にこっそり話し合った。話をすればするほど、朱仁というこの家の主人は、尋常ならざる人物であると感じ、明日、いっそのこと騙して済南に連れていこうかと言い合った。

翌朝、朝食を済ませると、朱福がすでに売買契約書の下書きを作成しており、主人に見せるために持ってきた。朱仁はそれを受け取って見ると、そのまま劉景に手渡した。劉景は見終わると、首をかしげて尋ねた。

「朱の旦那。受け渡しの場所がなぜ義倉《ぎそう》になっているのですか？　お宅朱家の倉庫ではないのですか？」

朱仁はあまり詳しくは説明せず、繰り返すだけである。

「ご安心ください。お二人の署名さえあれば、義倉でもどこでも荷物の受け取り場所にはお構いなきよう。食糧をお引渡しできればよいのでしょう」

「もちろん安心はしていますが、恥ずかしながら少しお願いがございまして」

朱仁が手の拳を合わせて応じた。

「なんなりと」

「大金の取引になりますから、この契約書はやはりうちの主人に署名してもらわなければならないかと思います。しかし、それでは行ったり来たりで時間がかかり、そちらの商いのご迷惑にもなりましょうから、朱の旦那ご自身に済南までご足労願い、うちの主人と直接会っていただくわけには参りませんでしょうか」

朱福が横から口を挟んだ。

「お偉いさんお二方、うちの旦那は読書人でして、終日机に向かい詩を詠む日々でございます。商売に関することとは、手前が担当し、旦那が直接表に出るようなことはこれまで一度たりともございませんでした」

「うちの主人も読書人です。話もしやすい人ですから、朱の旦那とも気が合うのではないでしょうか」

劉景が言うと、朱仁が笑って答えた。

「そうですか？　そういうことなら、お宅のご主人にもお会いしてみたいもの。わかりました。では済南に行きましょう。あちらには古い友人も多くいますから、この機会に会ってきましょう」

劉景が振り返って馬明に言った。

「それなら申し分ございません。馬明、おまえは早馬を飛ばして済南に帰り、先に老爺《だんな》に知らせてくれ。私は朱の旦那をお連れして、後からすぐに行くから」

朱仁が笑って言った。

「劉兄《りゅうけい》は、なかなかせっかちとお見受けしましたぞ」


「うちの主人がよく言っております。『商いの場は戦場の如し、兵は神速が貴《とうと》し』と」

劉景がそう答えると、朱仁は手を叩いて笑った。

「それは言い得て妙ですな。道理で恒泰記の商いは大きくなるはずです」

馬明は朱家を出て直接官駅に向かい、兵部から発行された勘合証書を示して駿馬を求めると、そのまま済南へと駆けていった。一方、劉景は朱仁らと馬車に乗り、のんびりと済南に向かって出発したのだった。

二十四

山東巡撫《さんとうじゅんぶ》の富倫《フリン》は、簽押房《せんおうぼう》（役所の執務室）の執務机そばに座って食事中だった。肉入りのおかずが一皿、野菜だけのものが一皿。それにいくつかの大きな饅頭《マントウ》である。

食べ物を口の中に入れながら、公文書に目を通す。饅頭のくずが机の上にこぼれると、富倫はすぐにそれを拾い、口の中に押し込んだ。そばに控えている衙役らは、もう見慣れたために驚くことはなかったが、それでもやはり、食べ物をこれっぽっちも粗末にしない姿勢に感嘆せずにはいられなかった。

この時、幕僚《ばくりょう》（私設秘書、顧問）の孔尚達《こうしょうたつ》が報告にやって来た。

「巡撫大人《じゅんぶたいじん》、何宏遠《かこうえん》と名乗る商人が、面会に来ております。」

富倫《フリン》はそれを聞いた途端、怒りで顔を真っ赤に染めて言った。

「商人？　この富倫、商人などと付き合った試しが一度としてないことは、おまえがよく知っておるだろう」

「巡撫大人はまことに忙しく、食事さえ簽押房《せんおうぼう》の中で取っているほどだ、あなたに遭っている時間などないと私も申したのですが、非常に重要なこと故、巡撫大人にどうしてもお時間を作っていただきたいと言って聞かないのです」

孔尚達が答えた。それでも富倫は情け容赦なく言った。

「たかが商人のことだ。どうせ金儲けのことだろう。それ以外にどんな大事があるというのだ？」

「お会いになってはいかがでしょう。その上で追い返せばよいだけのことと思います」

富倫はため息をついた。

「ああ。手元の仕事でさえも時間が足りないのに、欽差大臣が来るとなれば、少しは準備も必要だろう。それをどこの商人に会えというのだ。まあ、とにかくわかった。応接間で待たせろ」

富倫はそう言って茶碗を置いたが、孔尚達が声を掛けた。

「巡撫大人、お食事の後でもよいかと思いますが」

するとと富倫は手を振った。

「会ってから食事の続きをする」

孔尚達がしきりに首を振って言った。

「巡撫大人は、まったく古《いにしえ》の周公のようですな。周公は人材に会うため、食べている最中のものを吐き出して食事を中断してまで対応したため、人心を得ることができたと言いますが、まさにその故事のようなお方ですよ」

しかし富倫は、そう言われることがあまり好きではないようだった。

「鳥肌の立つようなことを言うでない。民の役に立つ、堅実なことをやるまでだ」

富倫が応接間に行くと、何宏遠《かこうえん》は慌てて迎え出て拝した。

「大人にお目にかかります」

富倫は座れとも声を掛けず、自分も立ったまま尋ねた。

「それで。どのような用事だ」

「巡撫大人。外地から食糧を買い入れたいのですが、どうかご許可ください」

富倫はさっと顔色を変えた。

「今年山東は大豊作なのだ。食糧の販売など必要なはずはなかろう？　巡撫衙門からとうにお達しが出ているはずだ。勝手に食糧を売買することまかりならぬ、と。まさかそれを知らぬとでも言うのか」

「知っているからこそ特別に巡撫大人にご許可をいただきに参ったのでございます」

富倫は冷たい目で何宏遠をにらみ付けた。

「知っているのに、敢えて巡撫衙門に逆らうとは、どういう料簡だ？」

何宏遠が一枚の銀票（小切手。清の時代には、銀行的業務の発展によって信用証券も一層普及しており、通常、票と呼ばれた。銀票もその一つ）を捧げ持った。

「巡撫大人、どうかお受け取りください」

それを見て、富倫はかっとなって怒りだした。

「この不届き者！　白昼堂々と、天下の衙門の中で公然と老夫《わし》に賄賂を渡そうとは！　誰か、こいつを叩き出せ！」

すると、すぐに二人の衙役が飛んできて何宏遠を外に担ぎ出した。何宏遠は自ら禍を招いてしまったことを知り、大声で命乞いの叫び声を上げた。

富倫はそれには構わず、孔尚達に言い捨てた。

「だから言ったではないか。商人には一切会わぬと。それ見たことか。やはり賄賂を渡そうという輩だったではないか！」

孔尚達は恥らいの表情を浮かべて言った。

「撫台《ぶだい》（巡撫の別称）大人の清廉さを知らぬ民はおりませぬ。朝廷へのご忠心も知らぬ民はおりませぬ。しかし、お上がそれを知っているとは限りませぬ。豊作だと報告をなされたら、陛下は欽差を派遣されてこられました。陳廷敬という人物、一は一、二は二という融通の利かない人だという話でございます」

富倫が冷ややかに笑って言った。

「陳廷敬が一は一、二は二で、私はそうではないと言いたいのか」

「ですが撫台大人。地方の政事は繁雑でございます。民情はそれぞれに違いがあり、どんなに細心の注意を払って臨んでも落ち度が出てくることを避けることはできぬもの。陳廷敬が揚げ足を取ろうとしないとも限りませぬ」

「行い穏やかに、座りは正しく。私は重箱の隅をつつかれようが何されようが怖くはない。陳廷敬にとくと山東を見せて心服させ、陛下に報告させてみせようぞ」

「陳廷敬と張汧は、姻戚同士です。通常ならまずは徳州府に寄るのが人情というものですが、真っすぐ済南に向かっています。どうも世間の情理に合いませぬ」

「それはあちらのお家事情というもの。干渉はせぬ。あちらも情理通りにことを進めぬが、私も情理通りには接していない。到着の知らせの使いを派遣してこぬ以上、こちらも出迎えには行かぬ。青天《せいてん》（宋代の包拯《ほうじょう》のこと。正義を貫《つらぬ》いたことで名高い）の風を吹かすなら、こちらはそれ以上に清廉公正なり！　山東をとくと見てもらおうではないか」

一方、陳廷敬一行は済南の郊外に到着したが、遥か遠くでは、群衆が銅鑼を鳴らしつつ車を押しつつの大騒ぎである。陳廷敬が命じた。

「大順、馬を駆けて前方の様子を見てきてくれ」

大順は早馬で駆けていき、しばらくして戻ってきて報告した。

「老爺《だんな》様。民が義倉に食糧を送り届けに行っているようです。この数年は災害がひどかったが、朝廷の救済がなければとうに餓死していた、今年は豊作だから進んで食糧を寄付したい、と言っています」

大順の話を聞いているうちに、陳廷敬の轎も食糧を運ぶ民らに近づきつつあった。すると突然、先頭で太鼓を叩いていた人が大きな声で叫んだ。

「巡撫大人にお目にかかります」

銅鑼の音が一瞬鳴りやみ、民らが一斉に跪いて叫んだ。

「巡撫大人にお目にかかります」

陳廷敬は、この道中ですでに二回も巡撫大人に間違われた、と内心おかしく感じていた。轎から降りると、人々に話しかけた。

「皆さん、立ち上がってください」

すると人々は次々と立ち上がり、その場に直立した。陳廷敬が先刻太鼓を叩いていた者を呼ぶと、その人物はきょろきょろと辺りを見渡すばかりだった。大順が指をさして言った。

「欽差大人が呼んでいるぞ」

その人物は慌てて跪いた。

「なんと欽差大人であられましたか。驚かせましたことをどうかお許しください」

「立ち上がってください。あなたのせいではありませんよ。朝廷の困難を思って自主的に余糧を寄付してくださるとは、本官おおいに感動しています。少し話をしたいのですが、お名前はなんと仰いますか」

「朱七《しゅしち》と申します。そ……その。これからまだ食糧を送り届けねばなりませんから」

「太鼓を叩く人が一人いなくなるだけでしょう。支障はないはずだ。大順。こちらの朱七の面倒を頼むぞ。皆さん、どうぞお進みください」

朱七は観念したように、仕方なく太鼓とばちを人に預けて自分だけ残った。辺りは賑やかこの上なく、馬に乗ったあの少年が、遥か遠くから見つめていることを気にする者はいなかった。

済南城に入ると、大順がまずは巡撫衙門に到着を報告に行った。しばらくして大順が帰ってきて、富倫大人が衙門の中で待っていることを陳廷敬に伝えた。巡撫衙門まであと一息というところまで迫ると、富倫がすでに衙門の表の門外まで出迎えている様子が見えた。陳廷敬が轎から降りると、富倫が迎えた。

まず富倫が手の拳を合わせ、天に向かって口を開いた。

「山東巡撫富倫、陛下の聖安をお祈り申し上げます」

次に陳廷敬に手の拳を合わせて拝した。

「欽差大人にお目にかかります」

陳廷敬もまずは手の拳を合わせて天に向かい、返礼して言った。

「陛下に幸いあれ。欽差翰林院掌院学士、教習庶吉士、礼部侍郎陳廷敬、撫台大人にお目にかかります」

「この富倫、遠くからのお越しにお迎えもせずの非礼、どうぞお許しください。さあ。こちらへ」

かの謎めいた少年は、馬に乗って遠くに佇んでおり、陳廷敬が富倫について衙門に入るのを見届けると、馬の方向を変えて去っていった。

巡撫衙門の応接間に入るとすでに果物、茶菓子、茶が用意されていた。陳廷敬は座ると、笑顔で言った。

「山東の民が朝廷の数年前の救災の恩に感謝し、自主的な食糧寄付を申し出ているとの巡撫大人から奏上をいただきました。陛下はそれを聞き、大変にお悦《よろこ》びになられました。しかし同時に山東が連年災害続きであることを憂慮され、民が朝廷への感謝のみに囚われ、自らを顧みていないのではないかと案じられ、この廷敬に収穫量を視察するようお命じになられた次第でございます」

富倫は微笑みを浮かべながら答えた。

「陳大人とはもう長い付き合いです。先ほど互いに朝廷流の礼儀は尽くしましたね。そこで単刀直入にお聞きしますが、私に言いがかりをつけに来られたのですか」

陳廷敬は大笑いして答えた。

「巡撫大人は、噂に違わぬ豪放磊落《ごうほうらいらく》なお方だ。両足が徳州の領内に入った途端、たちまち民が道中迎えに出てきて、巡撫大人と間違えられました。次に済南に到着すると、さらに義倉に食糧を送り届ける民に遭遇し、また巡撫大人と間違えられました。富倫大人、山東でのご人望がこのように高くていらっしゃるところへ、どんな言いがかりをつけろと仰るのでしょう」

「陳大人、それは皮肉ですか」

と富倫が笑って聞くので、陳廷敬は誠意を込めて答えた。

「富倫大人、滅相もない物言い。私は京官として長年勤め、地方では一日も過ごしたことがありませぬ。ですが当地に来て初めて、民が一人の巡撫をこのように慕う様子を目の当たりにしておおいに慰められました。それは朝廷への感謝の印でもあるのですから」

富倫は長いため息をつかずにはいられなかった。

「陳大人が本当にそのように理解してくださるなら、私も少しは慰められます。地方官というのは、実に難しい立場ですよ。言い方は悪いですが、朝廷の京官の中には、やれ封疆大吏《ほうきょうだいり》(地方大官)が現地ではいかに威張っているか、好き勝手にやっているかと揶揄する連中がいますが、それなら自分がなってみればよいのです。実際になってみると、その難しさがわかりますよ」

陳廷敬は茶を一口飲んでから言った。

「私は富倫大人の能力に敬服しております。着任されてわずか一年の間に山東をここまで改革されたのですから。前任の巡撫郭永剛殿は数年間一体何をやっていたのでしょう」

富倫が首を振った。

「前任者の話はもうやめましょう。これからどのようなご予定ですか。こちらもご指示にいつでも従えるよう体制を整えるためにも、どうかお聞かせください」

「俗に『耳で聴いたことは虚《きょ》なり、目で見たことは実《じつ》なり』といいます。明日義倉を視察し、それから民の食糧寄付の帳簿を確認いたします。それでおしまいです」

「それはよかった。ただ陛下からまだお許しをいただいていないので、正式には寄付の受け取りを始めてはおりませぬ。どうしても拒みきれないものだけ受け取っていますが、義倉はまだいっぱいになっているわけではありませぬ。各地の食糧寄付の数字の報告は上がってきていますが」

陳廷敬が頷いた。

「それは私も存じております。全省合計二十五万石《ごく》(一石《いっこく》は二百五十市斤《しきん》。清代の一市斤は五九六・八二グラム)あまりでしたね」

この時、外が騒がしくなったため、富倫が左右に命じた。

「何の騒ぎか、早く様子を見てきなさい」

さらに外で欽差がどうのと言う声がしたので、陳廷敬が言った。

「どうやら私に用があるようですね。ちょっと見に行って参りましょう」

富倫が慌てて制止した。

「陳大人、現地の民情は複雑ですから、安易に顔を出してはなりませぬ」

陳廷敬は大丈夫です、と答えて富倫とともに出ていった。

外には嘆願の群衆が詰めかけており、一人が訴えた。

「欽差大人にお目にかかりたい。山東の民にようやく清廉潔白な巡撫を迎えられたのに、朝廷はそれを信頼せず、欽差まで派遣して調査するなんてあんまりです。天下に公理はあるでしょうか」

富倫が出てきたのを見て、また別のある民が叫んだ。

「巡撫大人、どうかご安心ください。我々山東の民が皆、証人になりますから」

しかし富倫はきっとにらみを利かせて言った。

「まったく皆、天も法も忘れたのか。欽差とはどういう人だかわかっているのか。陛下が派遣されてきたからそう呼ぶのだ。いたずらに騒ぐとは何事だ。私を助けているつもりかもしれないが、逆効果だ」

陳廷敬が民らに手の拳を合わせた。

「本官、皆さんのことは責めませんよ。何か言いたいことがあるのなら、うかがいましょう」

すると数日前、巡撫衙門で殴られた何宏遠が大きな声で叫んだ。

「欽差大人、私のこの頭の傷を見てください。この傷は、巡撫大人が手下に命じて殴らせたものです。巡撫大人は清官ですよ」

突然このように前後の脈略のかみ合わぬことを言う人物が飛び出してきて、皆がどっと笑った。陳廷敬も聞いて訝《いぶか》しく思い、尋ねた。

「それは世にも珍しいものを聞きました。どういうことでしょう」

「数日前、巡撫衙門に付け届けを送ったら、巡撫大人に追い出されて棍棒で殴られました」

富倫が何宏遠をにらみ付けて言った。

「まったく恥知らずな。あんな破廉恥《はれんち》なことをしておいて、公衆の前でいけしゃあしゃあとよくも口にできるものだ」

「確かに面目ありませんが、あなたのような清官を自分の目で確かめることができたのです。少しくらいひどい目に遭っても甘んじて受け入れましょう」

陳廷敬はしきりに頷いた。

「巡撫大人、山東の民はなんと純粋なのでしょう」

富倫は急いで手の拳を合わせ、天に向かって言った。

「これは私富倫の功労ではありません。我々各級の官僚は毎月、陛下の『聖諭十六条』を宣講しています。春風が雨と化し、万象に沐浴す、というものです」

陳廷敬が富倫とともに民風を礼賛しようとすると、叫ぶ者があった。

「欽差大人、我々山東は孔子様孟子様の故郷であるだけでなく、宋江《そうこう》(『水滸伝』の主人公の一人)の故郷でもあります。欽差大人、わざと巡撫大人を困らせるようなことをすれば、京師に帰ることができなくなっても知りませんよ」

富倫は地団太踏《じだんだ》んで怒り、大声で命じた。

「この不届き者！　本気で欽差大人に逆らう気か。こいつを捕まえろ」

衙役が大勢で一挙に襲いかかって張本人を捕まえたが、陳廷敬が慌てて口添えした。

「巡撫大人、釈放してやってください。少し口は悪いですが、言っていることに間違いはありませぬ」

しかし、富倫は納得せずに言った。

「欽差大人、巡撫衙門の前でこのような不届きなことを言う輩は、法に照らして重罰に処します。どうか私の処置にお任せください。連れていけ。皆さん、この富倫からのお願いだ。ここで騒ぎを起こさぬよう。私を助けようとしてよかれと思っているのでしょうが、これでは逆効果だ。さあさあ。もう帰りなさい」

富倫はそう言いつつ、突然跪いた。

「民はわが衣食の親も同然。今日ここでお願いする。皆が本業に励み、真面目に日々を過ごしてくれたら感激に堪えない」

民らも皆跪き、泣き出す者たちもいた。

「巡撫大人、皆言う通りにします。もう帰りますから」

皆が跪き、陳廷敬とその左右数人の付き人の者だけが立っていた。目を上げて遠くを見ると、またあの馬に乗った少年が、顔に嘲笑を浮かべて佇んでいたかと思うと、馬とともに去っていった。陳廷敬が小声で大順に命じた。

「見たか、あの馬に乗った少年から目を離さぬように。徳州から済南までついてきたらしい」

翌日、富倫は陳廷敬の供をして義倉を視察した。糧房の書吏(記録係)が食糧倉庫の一つを開けると中には麦が山積みになっていた。引き続きまた別の糧倉を開けると、そこはとうもろこしが満杯であった。

「陛下のお許しがまだ出ていないので、正式に受け取りを始めたわけではありませぬ。さもなければ倉庫には入りきれないくらいになっていたでしょう」

「食糧があり過ぎて倉庫に入りきらぬとは、贅沢なことです」

陳廷敬が笑顔で応じると、富倫は笑いながら、振り返って書吏に言った。

「義倉では必ず四防を怠らないよう。盗難、防火、防雨、防鼠。最も防止が難しいのが、ネズミ対策だ。ネズミを小さいと侮ってはいけない。その被害は甚大です。倉庫にはすべて猫の抜け道を残し、猫が自由に出入りできるようにしなさい。誰にでも天敵はいるものだ。——ネズミは猫を恐れ、汚職官僚は清官《せいかん》を恐れると言うではないか」

書吏が頭を低くして答えた。

「巡撫大人は小《しょう》をもって大《だい》を見《み》るお人。高所から水を落とすような力強さをお持ちの方。巡撫大人の訓戒をしかと心に刻みます」

富倫がにたりと笑って言った。

「一介《いっかい》の倉庫番の小吏《しょうり》のくせに、一端《いっぱし》の官吏のような官界の決まり文句なぞうそぶくな。自分の領分の仕事を一つ一つこなしていくことだ。私が一番聞きたくないのが、官界の決まり文句だ。陳大人よ。このような官界の風紀《ふうき》、弊害《へいがい》を取り除き、革新すべき時が来ていると思いませぬか」

陳廷敬が答えるのを待たず、後ろから随行する孔尚達《こうしょうたつ》が、調子を合わせて言った。

「巡撫大人は先見の明があられますから、安穏《あんのん》に甘んじず、危機に思いを馳《は》せられ、まことに敬服いたします」

富倫は陳廷敬に向かって、困ったものだというふうに笑いつつ言った。

「陳大人、聞きましたか。倉庫番の小吏に説教し終わったかと思えば、今度はこの人までも陳腐な官界の決まり文句を並べ立てる。孔尚達殿。私があなたを幕僚《ばくりょう》に招いているのは、読書人の柔軟な発想が必要だからですよ。言葉面《ことばづら》の華やかさばかりを追求しないで、いろいろよい考えを出してください。山東でよい政策が実践できれば、年々民の暮らしはよくなる。それでこそ私とともに仕事をした意義が生まれるというもの」

孔尚達はさっと顔を赤らめて言った。

「巡撫大人の訓戒をしかと胸に刻みます」

そこに突然、飛び矢が一本、びゅんっと陳廷敬めがけて飛んできた。大順は目も鋭く、手も早い。大順がとっさに陳廷敬を押しのけたと同時に、矢は食糧倉庫の門框《もんがまち》に刺さった。「刺客を捕まえろ」と辺りは大騒ぎになったが、刺客はみつからなかった。このような事件が起きたことを富倫は慌てて謝罪した。陳廷敬は淡然として笑顔のままで、何もいわなかった。

しばらくしてようやく刺客が捕らえられ、連行されて地面に跪かされた。なんと馬に乗っていたあの少年ではないか。大順が手に少年の剣を提げており、振り返って言った。

「老爺《だんな》様。ずっと後をつけていた輩です」

富倫は少年を指さして一喝した。

「不届き者。欽差大臣の謀殺を企てるとは！　殺せ！」

それを陳廷敬が手を上げて止めた。

「しばしお待ちを！」

陳廷敬は項垂れたままの少年に尋ねた。

「なぜ本官を暗殺しようとした？」

少年は憎々し気に陳廷敬を一瞥すると、再び下を向いて押し黙った。奇妙な少年だと訝《いぶか》しんで、陳廷敬がその帽子を取って顔を見ようとした。すると少年は両手を振りほどき、頭を押さえて抵抗した。衙役らが力任せに少年の帽子を取った途端、皆があっと驚いた。なんとそこには端正な顔立ちのうら若き娘が現れたのである。

陳廷敬も少なからず驚いて尋ねた。

「なんと若い娘さんとは。一体どちら様か。なぜ男装し、本官を討とうとしたのか」

娘はそれでも押し黙ったままなので、富倫が怒鳴った。

「欽差の暗殺は死罪だぞ！　言え！」

娘はそれでも口をきかず、頭を低く埋もれさせるのみだった。陳廷敬が周りに言い含めた。

「犯人を本官の行轅《こうえん》（高級官僚のための宿泊施設）に連れていきなさい。うら若き娘では、拷問の苦には耐えられぬだろう。皆、手荒い真似をしてはならん」

「欽差大人。犯人はやはり衙門の監獄に連行しましょう。万一、失態が起きては困りますから」

と富倫が言ったが、陳廷敬は笑って答えた。

「か弱き娘一人、別に問題はないでしょう。世にも珍しいことですから、私が自分で尋問しましょう」

これにはさすがの富倫も従うしかなかった。

「欽差大人の命に従います。欽差大人。驚かせて申し訳ありませぬ」

陳廷敬は満面春風の様子で答えた。

「いえいえ。とんでもありませぬ。山東が本当に大豊作だと知ることができ、おおいに慰められました」

衙役が娘を連行していき、大順がその後ろからついて行った。

富倫は陳廷敬の接待を終えて衙門に帰ると、心中おおいに愉快だった。

「陳廷敬は寛大で穏健、老成した人物だと陛下が仰っていたが、その通りだったな。何か難癖をつけそうな人物には見えない」

しかし孔尚達は言った。

「巡撫大人。私には少し気がかりがございます」

「何が心配なのだ」

「陳大人があんなに鷹揚で親しみやすいと、逆に不安ではございませんか」

富倫は声を上げて大笑いした。

「何を不安がっておる。京官というのは、地方の現場で仕事をしたことがないから、地方に行くと、簡単に目が眩《くら》むものだ。現地の言うことをそのまま鵜《う》呑《の》みにし、現地で大芝居を打てば、それを額面通りに受け取る……。ましてやわが山東の現状は、こんなに素晴らしいのだ。何を怖がることがあるものか」

孔尚達はしばらく沈黙していたが、やがて言った。

「何か嫌な予感がします。今日のあの女刺客、大人のことを陥れるかもしれませぬ」

「何を怖がっている。相手は陳廷敬を刺殺しようとしたのであって、私に向かってきたわけではない」

「あの刺客が陳大人を殺したかったのか、それとも巡撫大人、あなたを殺したかったのか、と考えていました。陳大人を殺そうとしたなら、なおさら深刻なことです。考えてもみてください。もし陳廷敬の仇であれば、京師からつけてきたでしょうから、道中手を下す機会はたくさんあったはずです。なぜ敢えて済南で初めて手を下したのでしょう」

富倫は首をかしげた。

「つまりあの娘は、山東人ではないかと疑っているのか」

孔尚達は眉頭をきっときつく寄せた。

「もし山東人なら、なおさら合点が行きませぬ。山東になぜ陳廷敬の仇がいるのか、ということです」

「つまりあの娘は、私の仇かもしれないということか。それならなぜさっさと私に手を下さず、わざわざ欽差が来た時に手を下したのだ？」

孔尚達がじっと富倫を見つめて言った。

「私にもそれはわかりませんが、いっそあの女刺客を殺してしまえば、何の心配もなくなります」

富倫はしばらく考え込んでいたが、頷いた。

「そうだな。あいつは欽差を刺殺しようとしたのだから、いずれにせよ死罪だ。そなたに任せよう」


陳廷敬は行轅《こうえん》に戻ってからも、どうも納得がいかなかった。うら若き娘が徳州から一路、後をつけた挙げ句に済南まで来て自分を暗殺しようとした……。なぜわざわざ済南までやって来たのか。あれこれ考えても答えが出ずにいるところへ突然、外が騒がしくなった。何事かと思っていると、大順が駆けこんできて、娘が衙役の刀を奪って自殺をはかろうとして止められたのだと伝えた。

陳廷敬はさらに首をかしげた。

「なに。自殺をしようとした？　怪我はなかったか」

「それはなかったようですが」

「本人は何か言っていたか？」

「捕らえられて以来、一言も口を開かず、食事も拒み、水の一口も飲んでいません」

陳廷敬は少し考えてから大順に指示した。

「まったく妙だな。とにかくここに連れてきなさい」

大順が入り口まで行って伝言すると、しばらくして衙役が娘を連れて入ってきた。娘は抵抗し、どうしても跪こうとしなかった。衙役二人で渾身の力を込めて押さえつけ、ようやく跪かせた。陳廷敬が穏やかな口調で話しかけた。

「娘さん。まったく不可解なことをする。うら若き娘が理由もなく、欽差を謀殺しようとし、それに失敗したからと自殺を図るとは。言いなさい。これは一体、どういうことなのか」

娘は項垂れたまま一言もしゃべらない。陳廷敬が笑って続けた。

「世の中に、暇を持てあまして殺人を犯す人間もいないだろう。なぜ私を狙ったのかな」

娘は冷たく陳廷敬を一瞥してまた視線を下に落とし、黙り込んだ。大順がたまらずに叫んだ。

「欽差大人がお聞きになっているんだぞ。聞こえないのか、それとも口がきけないのか」

陳廷敬は大順に手を振って制止し、さらに娘に尋ねた。

「私はここに来たのは初めてだから、山東で恨まれるようなことをした覚えは一切ない。あなたはどこから湧いて出てきたのだろう。見たところ、庶民の出というよりは、裕福なお宅のお嬢さんのように見えるが」

娘はそれでも何も答えなかった。

「老爺様《だんな》、どうやら拷問にかけねば、口を割ることはないと思われます」

大順が言ったが、陳廷敬は首を振った。

「私を殺そうとしたことには、何か事情があるのだろう。ただその事情を聴きたいだけだ。拷問にかける必要がどこにある」

あれこれと話しかけてみたが、娘はそれでも何も言わなかった。陳廷敬は忍耐強く尋ねた。

「殺人の罪が命をもって代償を払わねばならぬことは、あなたにもわかっているはずだ。欽差を殺せばなおさらのこと。私があなたに罪の償いをさせようと思っているのなら、審問なしで直接殺すこともできる。しかし無実の罪で殺すのは忍びないので、こうしてなんとか真相をはっきりさせようとしているのだよ」

この時、馬明が突然、扉を押し開けて入ってきた。陳廷敬はまた後で尋問するから、と言って娘を連れていくよう指示した。大順が飲み物を持ってきたが、馬明はそれを飲もうともせず、徳州で見聞したことをありのままに一気に話して聞かせた。

陳廷敬は少し考えていたが筆を取り、手紙をしたためた。

「馬明、ご苦労だが、このまますぐに恒泰記《こうたいき》に向かってくれ。同郷の誼《よしみ》でこっそり話を合わせてくれるようにお願いしてある」

馬明は陳廷敬の手紙を持って慌ただしく出ていった。大順が尋ねた。

「老爺様《だんな》、もう一度、あの女刺客を連れてきますか?」

陳廷敬は首を振った。

「いや。今はいい。まずは向大龍と周三を呼んできなさい」

大順が向大龍と周三を連れて中に入ってくると、陳廷敬は厳しい目を向けてにらみ付け、軽く言った。

「正直に言いなさい」

二人の顔から血の気が引き、互いに顔を見合わせた。向大龍が勇気を振り絞って尋ねた。

「欽差大人、その……、何を話せと仰るのでしょうか」

「それは、おまえたちが一番よくわかっているだろう」

陳廷敬が冷ややかに言うと、向大龍が小声で言った。

「欽差大人、あなたは我々民が慕う欽差大臣ではありませんか。民が慕うのに、何か間違いがありますか」

「おまえたち二人とも、私についてもう何日も経つ。一言も事情を聞かれないわけは、まさか天下の大馬鹿者に出くわしたからだとでも思っていたのか」

向大龍はそれでもまだ合点が行かない様子である。

「欽差大人。何のことを仰っているのか、まったくわかりません」

陳廷敬が、かっと怒鳴りつけた。

「とぼけるのもいい加減にしなさい。私が欽差だということを始めから知っていながら演技をし続けるとは、首が飛ばずに済むと思わぬよう」

すると、二人は途端に地面に跪き、すべてを白状した。実は二人は徳州府の衙役であり、道中のあの演出は、すべて巡撫衙門の参謀である孔尚達が人を派遣し、手配したものだと言う。徳州では連年災害が続いていたが、富倫は朝廷にその報告をすることを許さず、面子に拘った。徳州の民は凶作のために散り散りに四散し、盗賊も横行した。富倫は張汧と陳廷敬が姻戚であると知っていたため、とりあえず彼を済南に呼びつけておいたのだという。

陳廷敬はすべてを聞き終わると、憤懣やる方ないとばかりの面持ちで言った。

「おまえたちが衙門の人間だということは最初からわかっていた。自分たちのやったことをよくよく考えてもみるがいい。金を出してわざわざ物を買い入れ、民を雇って演技をさせたのだ。民は陰でどう言うであろうか？民の前でその正体を暴かなかっただけでもありがたいと思うことだ。おまえたちの面子、それに朝廷の面子、同時に私自身の面子も考えたからではないか。おまえたちが恥知らずでも、私は恥を知っている」

向、周の二人の尋問が終わると、陳廷敬はさらに食糧の運搬で太鼓を叩いていた朱七を連れて来させた。朱七は世間を知らず、少しの脅し文句で、あたかも大豆の袋を逆さにしたかのように、すべてをきれいに白状した。義倉の中の食糧は、官府のものもあれば朱仁の家のものもあると言う。かの朱仁と「二巡撫《にじゅんぶ》」と呼ばれている孔尚達とは義兄弟の仲であり、すべて巡撫衙門の指示に従っていたのであった。

真相がすべて白日の下に晒され、陳廷敬は朱七に厳しく言った。

「朱七、よく聞け。他人に指示されたとはいえ、欽差を騙しただけでもすでに大罪だ。これ以上騒ぎを起こしたら、打ち首になる。ここでおとなしく待っているように。逃げ出して事情を知らせに行ったりなどしたら、どうなるかは言わなくてもわかっているだろう」

朱七は石臼に振り下ろすにんにくつぶしの棒のように、何度も何度も叩頭を繰り返した。

「わかりました。それは打ち首ですね」

大順が横で凄みを利かせた。

「おとなしくしていろよ、欽差大人の尚方宝剣《しょうほうほうけん》（皇帝と同等の権力を持つことの象徴）を見損なうな」

朱七が連れていかれると、大順が陳廷敬のために茶をついで言った。

「老爺様《だんな》が尋問されるのを初めて見ましたが、神業ですね。偽の民だとなぜわかったのですか」

陳廷敬が笑って言った。

「神技も何もない。偽物だとわかるだろう。人に言われたのでなければ、集団で自分から官僚を出迎えに走り出てくるわけがないだろう。民が太鼓や銅鑼を叩いて、自分から食糧を差し出すなんてあり得るかい。地元の連中がお上を馬鹿者扱いし、お上も馬鹿のふりをしたくなければ、こんなことは起きるわけがない。講談に出てくるような、やれ清官《せいかん》（清廉な役人）が異動になると、民が押すな押すなの大騒ぎで見送りにやって来て、清官に万民《ばんみん》傘《かさ》（傘状に人々からの感謝の短冊《たんざく》を鈴なりにぶら下げたもの。官僚が離任する際に地元の人々から感謝の意を表して贈られた）を贈るといって聞かないとか、そんなのはほとんど仕組まれた芝居だ」

「では、小さい頃から講談で聞いてきた、『万民傘を清官に送り、皇帝がそれを知ってその清官をますます重用するようになった』などということは、すべて真っ赤な嘘ということですか」

「歴代王朝には、この手の偽芝居を信じる皇帝もいるがね」

「では老爺《だんな》様。そういう皇帝というのは本当に馬鹿なのか、それとも馬鹿の振りをしているだけなのか、どちらですか」

大順《ターシュン》は首をかしげると、陳廷敬が笑って続けた。

「大順。皇帝はもちろん聡明に決まっているではないか。この話は、もうそれ以上は口にしてはいけないよ。それから大順、私が陛下の尚方宝剣を持っているとか、まったくのでたらめを言うな。そんなものを見たことがあるのか。それも芝居の台詞だ」

大順はへへへと笑うと、主人のために寝床を整えてから、下がっていった。

陳廷敬が寝台に上がり、就寝しようとした時、突然、外で刺客を捕まえろと騒ぐ声がした。陳廷敬は慌てて上着を羽織ると、身辺にある佩剣《はいけん》を手に取り、真っすぐ出入り口に向かったが、大順に止められた。外は何も判別できないほどの真っ暗闇で、ただ雄叫び、罵倒の声などが錯綜するだけだった。

しばらくすると、人の声が次第にまばらになってきた。馬明が駆けこんできて報告した。

「老爺《だんな》、今外から戻ってきたばかりなのですが、ちょうど闇に紛れて近づこうとする一団に出くわしました。どうやらあの娘を殺そうとしていたようです」

馬明は恒泰記と口裏を合わせる手筈を整え、ちょうど行轅《こうえん》に戻ってきたばかりだったのである。陳廷敬が尋ねた。

「犯人は捕まえたか」

「四、五人もおり、辺りが真っ暗だったので、取り逃がしました」

陳廷敬は服を整えると言った。

「娘の様子を見にいこう」

大順が長椅子を一つ持ってくると、陳廷敬がそれに座って尋ねた。

「娘さん。誰があなたを殺しにきたのかわかりますか」

娘は冷たい目を陳廷敬に向けたが、沈黙したままだった。陳廷敬が続けた。

「娘さん。あなたのことを心配しているのだ。本当のことを言ってくれないと、一度は救えたかもしれないが、二度目も救えるとは保証できないよ」

娘が石のように押し黙ったままなので、大順がたまらず言った。

「まったくいい気なもんだよ。欽差大人は暗殺を企てた理由も聞かず、逆におまえの命の心配までしてくれているというのに、まだ何も言わないつもりか」

娘は冷ややかに一笑すると、ついに口を開いた。

「ということは、こちらの大人は好き官《よかん》とでも言うつもり？　笑わせるわ」

大順が言った。

「うちの欽差大人は、青天《せいてん》様のように清廉公正だぞ」

「富倫のような輩とつるむのが、青天様なわけがあるかしら？」

陳廷敬が頷いた。

「なるほど。娘さんは、天に替わって正義を貫く侠女《きょうじょ》(任侠《にんきょう》の世界で生きる男勝りの女性)なのだね」

娘はきっ、と陳廷敬をにらみ付けて言った。

「馬鹿にしないでよ。侠女だったら、何が悪いのよ」

「では娘さんは、汚職官僚を射たのだね」

「あんたは貪官《どんかん》(収賄などで私利を貪る不正な役人)なだけじゃない。昏官《こんかん》(鈍い役人)、庸官《ようかん》(凡庸な役人)だわ」

大順が一喝した。

「控えろ！　うちの欽差大人は、全身清らかだ。『両袖……』なんて言うんだっけ？」

「『両袖に清風』だろ」

馬明が笑って答えた。陳廷敬は大順と馬明に向かって手を振ると、娘に言った。

「それは聞きたいな。私のどこが『昏《こん》』でどこが『庸《よう》』であるのか」

「山東に入った時、あの連中が官府の金で雇われたことは、どんな馬鹿でも見ればわかるのに、大喜びして感謝の言葉まで言っちゃって、馬鹿にも程があるわ」

陳廷敬が笑い出した。

「ははは。それはその通りだ。娘さんの仰る通り。あの場面では確かに馬鹿に見えたな。それから？」

娘はさらに続けた。

「民に送り届けるだけの食糧が本当にあるなら、車に乗せてただ運べばいいだけのこと。それを銅鑼や太鼓を鳴らすわけがないでしょう。大芝居の上演じゃあるまいし。それをあんたは、なんて素晴らしい民なんだって言っちやって」

陳廷敬はさらに頷いた。

「それはそうだ。それも馬鹿に見えるな。もっと馬鹿なのは、義倉の中の食糧を褒め讃えたこと、そうだろう?」

「あんたが一番馬鹿に見えたのは、富倫と民が互いに跪き合っているのを見て、馬鹿みたいに感動していたことよ。あの時は自分を恥じていたでしょう。好き官《かん》を疑《よ》いの目で見るべきではなかった、とでも思ってたんじゃないの?」

「確かに山東の民が、富倫大人は好き官だ、清官だという言葉を聞きましたよ」

娘は火の如く怒りだした。

「ふん、あんたは『貧《どん》』、『昏《こん》』、『庸《よう》』だけじゃないわ。目も見えないのね」

陳廷敬がさらに尋ねた。

「娘さん。私を、『昏』、『庸』、それに盲目だと仰るのは、まあ認めるとして、『貧』というのは、どこから出てきたのだろう。私が金か銀でも受け取るのを見たのかな?」

「富倫があんたを買収したのでなければ、あんな愚かなお芝居に付き合うはずがないでしょう」

陳廷敬が笑って言った。

「なるほど。娘さんの言う通り、『貧』も認めましょう」

娘は軽蔑の目で陳廷敬を一瞥すると、吐き捨てるように言った。

「なんて図々しいやつなの!」

陳廷敬は怒りもせず、言った。

「娘さん。あなたの侠肝《きょうかん》義胆《ぎたん》(義侠心に富み人情に厚い)には感服したが、うら若き娘にどうしたらそんな勇気があるのか、どうにもわからぬ。外を遊侠《ゆうきょう》(強きをくじき、弱きを助けて世を渡る)するなど、ご家族は心配されないのだろうか」

陳廷敬がそう言った途端、思わぬことに娘は目にみるみるうちに涙をためて、わっと泣き出した。

「娘さん、何か悲しいことでもあったのか」

陳廷敬にそう聞かれ、娘ははっと我に返り、あふれた涙を気丈に拭うと、それ以上は涙をこぼさなかった。馬明が言った。

「娘さん。誤解ですよ。うちの老爺《だんな》はまさに民の自主的な寄付について調べに山東に来たのですよ」

娘は冷ややかに言った。

「それは知っているわ。欽差大人の視察はもう済んだでしょう。民が銅鑼や太鼓を鳴らして進んで食糧を寄付する場面、義倉の中に食糧が山のように積まれているのを見て、大喜びしていたじゃない。さっさと帰って皇帝様にご報告したらいいのよ。済南で一日でも余計に滞在すれば、余計に三度の食事を食べるでしょう。その食費だって、民が払うことになるんですからね」

「娘さん、この陳廷敬、あなたを責めはしない。無罪放免だ。でも今日はとりあえずまだここにいてもらうよ。明日になったら、ちゃんと説明しよう」

大順は聞いていて、内心納得できかねたので、慌てて尋ねた。

「老爺《だんな》様。どうしてです？　こいつに説明の必要などありますか」

娘はまた冷たく笑った。

「欽差大人、あたしを持ち上げる必要なんてないじゃない。さっさと帰って皇帝様にご報告なさいよ」

しかし陳廷敬は大真面目な顔をして言った。

「いや。娘さんは良民。私は朝廷の命を受けて調査に来た役人だ。役人が何をしているのか、民に説明が必要だろう」

娘は鼻を鳴らして言った。

「へぇ、口だけは立派ねえ。そういう言葉、あんたたち役人は皆、口を開けば言うけどね」

陳廷敬はそれ以上のことは言わず、立ち上がって出ていった。娘はまた小部屋に連れていかれ、扉の外には見張りが置かれた。しばらくすると、優雅な琴の音が聞こえてきた。それは陳廷敬が琴を爪弾く音だった。娘は琴の音色に長く聞き入っていたが、突然立ち上がると扉を叩いた。扉が開くと、娘は外にいた看守に尋ねた。

「お兄さん。あんたたちの欽差大人というのは、本当に清廉潔白なの？」

看守が言った。

「言葉を控えろ。うちの欽差大人を陛下が山東の視察に派遣されたのは、清廉だからだぞ！」

「でも、あたしから見ると、なんだかやることが抜けているんだけど」

「巡撫大人と談笑している以外は、事件の調査をしているようには見えないと言っているのか」

「行轅《こうえん》にいる以外は、富倫に付き合って飲み食いしているか、あちこちに物見遊山に行くだけで、事件の調査なんて何にもしてないじゃない」

看守が笑い出した。

「おまえは大馬鹿者だな。欽差大人の事件調査が皆、おまえごときに見破られるようなら、天下の人々にばれてしまうじゃないか」

娘は項垂れたまましばらく考えていたが、ふと言った。

「お兄さん。欽差大人に会わせてちょうだい」

「もうすぐ夜が明けるぞ。うちの老爺《だんな》はこの数日、ほとんど眠れていないのだ」

娘がどうしてもと哀願するので、看守は陳廷敬がまだ琴を弾いているのを確認してから、仕方なく承知した。まず陳廷敬に知らせに行って戻ってくると、あらためて娘を連れていった。思いもかけないことに、娘は陳廷敬の前に出たとたん跪き、泣いてすがったのである。

「欽差大人、どうか父さんを助けてください」

陳廷敬はおおいに驚いて尋ねた。

「娘さん。起き上がりなさい。話があるなら、落ち着いて話しなさい。お父さんがどうした」

娘は跪いたまま、詳しく事情を話し始めた。

娘の姓は楊、幼名を珍児《チェンア》といい、徳州陵県《りょうけん》の楊家庄《ようかしょう》村の出身で、地元では有名な資産家だという。陵県ではこの数年災害が続き、食べるものすらない民が多くいた。ところが県の衙門は人頭換算で寄付食糧を徴収するという。珍児の父親は、慈善事業には熱心で粥の炊き出し所を開き、近隣の人々を救っていたが、寄付の食糧を差し出すことには納得がいかなかった。県衙門の銭糧師爺《せんりょうしゃ》（税金徴収担当の役人、幕僚）が、数人を連れて楊家庄にやって来ると、珍児の家に寄付の食糧を出せと迫った。珍児の父は、自分が救済に提供した分をもって寄付のかわりとする、と言い、差し出すことを拒んだのである。するとその父を師爺は情け容赦なく連行するという。村人は皆、楊家の恩を受けているため、一声で百人以上が集まり、役人らを取り囲んで師爺に抵抗した。そうなると、さあ大変。まるで天に穴を開けたかのように後戻りできない事態となった。県衙門に戻った師爺は楊家庄村で盗賊が出たと言い立てて、翌日、百人以上の手勢を従えて槍や刀を振り回し、楊家庄村になだれ込んできたである。

珍児が泣いて訴えた。

「衙門の人が、うちの家財道具をすべて持ち去り、父を盗賊の頭目として捕まえて斬刑に処すと言うの。数日前、朝廷が欽差大臣を派遣したと聞いたから、男装して轎を遮り、直訴しようと思っていたのだけれど、下の連中にまんまと騙されているのを見て、それもあきらめたわ。ずっと後をつけてきたのは、欽差大臣のやることってのを最後まで見届けたかったからよ。でも見ているうちにだんだん腹が立ってきて。陛下から派遣された欽差大臣がこのざまでは、民にはもう生きる道など残されていないって思ったの。それでこんな小娘の分際で馬鹿な行動に出てしまいました。欽差大人、どうか私の罪をお裁きください！」

「まったく、天も法もあったものではないな！」

陳廷敬は憤慨して言った。珍児は驚いて陳廷敬を見上げた。大順が慌てて言った。

「娘さん。うちの老爺《だんな》はあなたのことを言っているのではないよ」

陳廷敬は娘が勘違いしたことを知り、言った。

「珍児さん、あなたのことを怒っているのではない。衙門の人間のことを言っているのだ。安心しなさい。お父さんは大丈夫です。そうだ。さっきのことだが、あなたを殺そうとしたのは一体誰か、心当たりはありますか」

「さあ。私にもわかりません」

これには陳廷敬も戸惑った。

「おかしな話だな。この衙門に知り合いはいますか」

「それはあり得ません」

「とにかく、気を付けることだ。事件が解決するまで、うちの連中と一緒にいなさい」

珍児は叩頭を繰り返し、感謝の言葉を述べた。陳廷敬は人を呼ぶと、珍児をほかの部屋へ連れていってよく世話をするよう命じると、大順と馬明とともにさらに相談を続けた。

二十五

翌日、陳廷敬は富倫と待ち合わせて「天下第一泉」と名高い趵突泉《しゃくとつせん》に遊んだ。二人とも平服に身を包み、大順、孔尚達と陳廷敬の数人の付き人がその後に従った。

「欽差大人。あなたがお越しにならなければ、こんな優雅な時間を過ごすことはできませんでしたよ」

富倫が言うと、陳廷敬は頷いた。

「官界の人間が、のんびり過ごせるかどうかは、頭に官帽をかぶっているかどうかの違いですね。仰る通り、もし今日我々二人が官服のまま遊びに出てきていたら、たとえ趵突泉の行楽客をすべて追い出したとしても、のんびりと過ごすことなどできなかったでしょう」

富倫はしきりに頷いた。

「欽差大人、さすがですね！　私は山東でのんびりしたことは一日もありませんでした。つまり官服を脱いだことがないのですよ」

「朝廷では、あなたのような勤勉な好き官《よかん》を必要としていますよ」

陳廷敬が笑いかけると、富倫はおおいに感慨深げに言った。

「山東に赴任する前、陛下は私に特に訓戒を授けられましたが、それを一刻たりとも忘れたことはありませぬ」

「巡撫大人、それほどまでにお忙しい中でお付き合いいただき、この陳廷敬、まったく申し訳ない限りです」

小さな亭《あずまや》にたどり着くと、二人は腰を下ろした。陳廷敬が言った。

「趵突泉は、まったく神秘の産物ですね」

富倫が微笑して言った。

「まったくです。趵突泉は、三つの源泉が同時に湧き出て絶え間なく波立ち、波は雪や霧のように白く泡立っています。夏でも冬でも季節に関係なく、水温も一定です」

しばらくすると、使用人が酒と料理を運んできた。二人は向かい合って飲み交わした。陳廷敬が杯を上げて言った。

「美景美酒、まさにこの世の極楽ですな。巡撫大人、貴地の美酒にあやかり、恭敬の乾杯をさせてください」

富倫が大笑いした。

「いやいや。とんでもない。私の方から敬意を表するべきでしょう。では、同時に飲みましょう」

二人は杯を響かせて互いに一気に飲み干した。陳廷敬が言った。

「山東の素晴らしい統治を見れば、陛下がもしここにおられたら、やはり褒美の一杯を賜われたことでしょう」

「そこはやはり、欽差大人が帰京された後、陛下の前で少しでもよく言っていただけるよう、お願いしたいものです」

陳廷敬は頷いた。

「もちろんこの目で見たこと、この耳で聞いたことを事実通りに陛下に奏上いたしますよ」

この時、大順がやって来て陳廷敬に何かを耳打ちした。富倫は緊張せずにはいられなかったが、表面上は何事もなかったかのように涼しい顔を保った。孔尚達もやや焦燥の色を見せつつ富倫を見やった。昨夜、派遣した刺客が珍児《チェンア》を殺せなかったことで馬脚をあらわすのではないか、と内心びくびくしていたのである。

陳廷敬は大順に何か小声で答え、振り返って富倫に言った。

「巡撫大人、私の命を狙ったあの娘がついに口を割りましてね。手下がもうすぐ連れてきますから」

富倫が怒りをあらわにして言った。

「かかる不届き者、審問せずに殺してしまってもよいではありませんか」

「どうやら少しややこしいことになっているように思います。そうだ。巡撫大人にご報告するのを忘れていましたが、昨晩あの娘が刺客に襲われましてね。幸いうちの者が武術に長けていたおかげで無事でしたが」

富倫はおおいに驚いてみせた。

「なんと。そんなことがあったのですか」

そんな話をしているうちに、珍児が連れてこられた。

陳廷敬は冷ややかに言った。

「白状しなさい」

珍児が下を向いたまま言った。

「欽差大人だけに個人的にお答えしたいと思います」

陳廷敬はとぼけて尋ねた。

「自供したいというのなら、ほかの者が聞いていてどんな不都合があるというのか」

珍児もまるで本心でもあるかのように言った。

「もし聞き入れてもらえないなら、死んでも言いません。殺してください」

陳廷敬は仕方ないというふうに、富倫に向かって言った。

「巡撫大人、どうしましょう。今から帰って尋問するとなると、この美しい風景を置いていかなくてはならない。それはあまりにも名残惜しい」

大順がそばで口添えした。

「老爺様《だんな》、あそこに小屋があります。いっそのこと犯人をあそこで尋問されたらいかがでしょう」

陳廷敬は富倫に向かって手の拳を合わせた。

「巡撫大人。申し訳ない。少し席をはずしてもよろしいでしょうか。もし巡撫大人さえよろしければ、大順にお供をさせます。大順はわが家の者ですから。私は一旦《いったん》これで失礼します」

すると富倫は痛快に承諾した。

「わかりました。大順。どうぞ座ってください」

大順が慌てて言った。

「いえいえ。それは恐れ多い。立ったまま、巡撫大人のお酒にお付き合いいたします」

陳廷敬は珍児を小屋の中に連れていき、慌ただしく言った。

「珍児さん、ここにいてほしい。何も怖がることはない。外で見張っているのは、皆私の身内だ。少し大事な用事があるので、後ろの扉から出ていく」

実は、陳廷敬はすでに馬明に命じ、張汧の居場所を探させていた。さらに、これから恒泰記《こうたいき》の王家の主人に扮し、朱仁《しゅじん》に会いに行くことになっていた。勝手口から趵突泉を出ると、外にはすでに早馬が用意してあった。

劉景は、恒泰記の丁稚らと事前に口裏を合わせ、朱仁と一緒に茶を飲んでいるところだった。陳廷敬がちっとも来ないので、朱仁が疑わないかと劉景は気を揉んだ。

「朱の旦那。お茶をお飲みください。申し訳ない。こんなにお待たせしてしまうとは」

朱仁は、相手が巡撫に呼ばれて物見遊山に行っていると知ると、怒ることもできず、慌てて言った。

「いやいや。お気になさらずに。お宅の旦那は、巡撫大人と尋常ならざるお付き合いがあるようですね」

「それはもちろん。巡撫大人がまだ京官であられた時、うちの老爺《だんな》とは兄弟のように親しい間柄でしたから」

「私は巡撫大人と面識はありませんが、孔尚達先生とはよき友人です。巡撫大人は普段一切商人とは付き合いがない、済南の商人の多くが巡撫大人に近づきたいと思っているが巡撫大人の方が相手にしないと、孔先生が言っていました。孔先生は巡撫大人の下で仕事をしていますが、私との付き合いも自然と用心されるようになりました。民には独自の評価基準というものがあるものですが、皆、巡撫大人の政治手腕は厳しいが、汚職だけはないと言っていますよ」

劉景は笑って言った。

「朱の旦那。こうして意気投合した仲ではありませぬか、私にだけは正直なところを教えてくださいよ。巡撫大人は本当に汚職をしていないのですか。それともやはりちょっとくらいは……」

「『汚職』というのは、少し聞こえが悪いですね。言い方をかえましょう。『人は財のために死に、鳥は食のために亡《ぼう》する』。これは古人の教訓ですが、人である以上、誰もが財を愛するものでしょう」

劉景は頷いた。

「確かにその通りですね。我々商売をする者も、あれこれいくら言葉で飾ったところで、結局のところ、『財』の一文字ですから」

すると朱仁は突然、さっと警戒した。

「劉景兄、私はただ人情の条理を言っているだけです。巡撫大人のことなど、一言も言ってはおりませぬ。さもなければこのような言葉は口にはできませぬ」

二人がそんな話をしているところに陳廷敬が到着した。劉景はさっと立ち上がって叫んだ。

「老爺《だんな》、到着されましたか。こちらは朱家商号、朱の旦那でございます」

朱仁は慌てて立ち上がり、二人は手の拳を合わせて礼節を交わした。陳廷敬が笑って言った。

「朱の旦那。どうぞよろしく、よろしく」

挨拶が済むと、両者は本題に入っていった。陳廷敬は契約書を受け取って目を通すと、驚いて言った。

「義倉の食糧を受け取る勇気は、どうも……」

「義倉の食糧は、わが朱家の食糧ですからご心配なく」

朱仁が笑って言うので、陳廷敬はとぼけて尋ねた。

「朱の旦那のそのお言葉……。解しかねるのですが」

「親しくなったからには、もう隠すこともないでしょう。王の旦那が私と商いをなさるということは、つまりは巡撫大人と商いをされることと同じなのですよ」

朱仁が笑って言った。陳廷敬は尋ねた。

「それはどういう意味でしょうか」

「山東は凶作で食糧がひっ迫しています。そこで巡撫大人は山東の食糧を外に出さないように命じ、外部との取引はすべてわが朱家が取り仕切っているのです」

「道理でお値段がこんなに高いわけですね。儲けも大きいでしょう」

「それはこの商売の慣例と市場の変化に沿っているわけですから。今年の山西の飢饉はもっとひどいでしょう。あなたの儲けも決して少なくないのではないですか」

すると、陳廷敬は心配そうな表情になった。

「万一、朝廷が義倉の食糧の行先を追及してきたら、どう申し開きをしたらよいのでしょう。巡撫大人とは長年の友人なので、その私が友人を窮地に陥れるわけにはいきませんからね」

朱仁は何度も頭を振って言った。

「王の旦那。それはご安心ください。朝廷から来た人など、適当にあしらえば、ほとんどがなんとかなるものですよ」

陳廷敬は大笑いして言った。

「なるほど。それならこれで決まりですね。筆を持ってきなさい」

陳廷敬は筆を持つと、不注意で「陳」の字を半分書きかけてはっと気付き、誤魔化して「陋巷散人《ろうこうさんじん》（狭くむさくるしい裏路地の無用の人）」の四文字を書き、さらに後ろに「王昌吉《おうしょうきつ》」と署名した。朱仁はそれを見て笑って言った。

「『箪《めしびつ》の飯《めし》を一口食べ、瓢《ひさご》の水を一口飲む、陋巷路《ろじうら》にて（孔子の高弟である顔回《がんかい》の脱俗《だつぞく》の瀟洒《しょうしゃ》を表現）』。王の旦那、まさに顔回の如しですね！」

陳廷敬は謙遜の返事をした後、続けた。

「朱の旦那。このまますぐに趵突泉に戻らねばなりませぬ。巡撫大人がまだあちらでお待ちなものですから。よろしければ、巡撫大人にご紹介しましょう」

朱仁はもちろん内心大喜びだったが、口では反対のことを言った。

「ですが巡撫大人は一切、商人には会わないお方だと孔先生から聞いていています」

「私も商売人ではありませんか。つまりは、人によるということですよ」

陳廷敬が笑うと、朱仁が手の拳を合わせた。

「王の旦那のご厚意に感激至極です！」

ちょうどそこから出ていこうとしているところに、突然、張汧が馬明とともにやって来た。朱仁は張汧のことを見知っていたので心中で驚いていると、陳廷敬が手の拳を合わせて挨拶した。

「王昌吉、知府大人にお目にかかります」

馬明が苦労して済南中を探し回った挙げ句、ようやく大明湖《だいめいこ》の小島で張汧を見つけ出して連れきたのだったが、事前に口裏を合わせてあった。富倫は張汧を軟禁しておいて、陳廷敬が去ってから弾劾しようと思っていたのであった。

朱仁の胸は疑心暗鬼でいっぱいになったが、表面上は張汧に恭しく拝するしかなかった。

「朱仁、知府大人にお目にかかります。お二人、これは……」

すると、馬明が話に割って入って言った。

「うちの旦那はとにかく顔が広いのですよ」

陳廷敬は気遣わしげに言った。

「朱の旦那。少し知府大人と中で話をしてもよいでしょうか」

朱仁がお辞儀をして言った。

「知府大人がここにおられるのに、この私に何の異存がありましょうか」

隅の方にある静かな部屋に行き、張汧は礼節通りに拝して小声で言った。

「徳州知府張汧、欽差大人にお目にかかります」

陳廷敬が急いで言った。

「ここは私室だから礼儀はもういい。張兄、大変でしたね」

「廷敬、富倫の山東での評判は極めてよい。官僚も商人も庶民も皆、立派な官僚だ、ただ少し厳しいだけだ、と言っている。それなのになぜ私にこのようなことをしたのか、まだ合点が行かないのだ」

「合点が行くかどうかはさておき、教えてください。何か富倫との間でわだかまりでもあるのですか。時間がないので、かいつまんで言ってほしい」

「個人的には極めて友好的だった。ただ最近、民の食糧寄付の件で私は賛成できなかったため、従っていないだけです」

「山東の収穫高は今年、一体どうなっているのでしょう」

張汧がため息をついた。

「各地で収穫に差が大きい。徳州は大凶作だ。全省で総合しても豊作とはいえないでしょう」

「しかし富倫は陛下に、山東は大豊作だから民が自ら朝廷に食糧の一割を寄付したがっている、と奏上しています」

「巡撫大人が故意に陛下を騙しているとは、いまだに信じられない。もしかしたら部下の言うことを安易に信じてしまったのかもしれない。それから、救済銭糧の配布策についても私と巡撫大人では意見に食い違いがある」

陳廷敬は頷いた。

「まずは大体の事情がわかればいいでしょう。富倫はまだ趵突泉で私を待っていますので」

その頃、当の富倫は大順を酒に付き合わせながら、どうやら酩酊するほど飲んだのか、舌が回っていなかった。

「欽差大人、こんなに審問に長くかかるとは。なぜ……、なぜまだ出てこぬ」

孔尚達は何やらぴんときたようだったが、ことを荒立てるわけにもいかない。

「私が見て参りましょうか」

大順が慌てて言った。

「外に見張りがいますから。何か用事があれば、欽差大人が命じられます」

富倫の話は、もはや前後がかみ合わなかった。

「あの娘は、なかなか別嬪《べっぴん》だったぞ。よしよし。欽差大人は、ゆっくり審問するといい。さあ。大順。酒を飲むぞ！」

富倫は蟒蛇《うわばみ》のように酒が強い。まったく酔ってなどおらず、ただ酔った振りをしているだけだった。珍児について詳しいことはわからなかったが、昨夜送り込んだ刺客は何も尻尾を掴まれてはいないはずであった。

またしばらくたって、大順に耳打ちをしにくる者がいた。大順は頷くと言った。

「巡撫大人、欽差大人が、孔先生とともにお入りくださるようにとのことです」

富倫はいつしか顔を酒で真っ赤に照からせ、油汗をたっぷりとかきながら、にやりと笑って言った。

「私？　私を呼んでいるのか？　よし。私もあの娘を尋問しに行くぞ」

富倫はふらふらと足元もおぼつかず、孔尚達に支えられながら小屋の方に向かって歩いていった。富倫が孔尚達とともに入り口までできたところで、さっと扉が開いた。二人が入った途端、すぐに大順がばたん、と扉を閉じた。

陳廷敬と張汧、朱仁がすでに小屋の中にいた。孔尚達はどうも様子がおかしいとすでに気付いていてはいたが、酔いでかすむ目を瞬かせながら、富倫は笑って言った。

「欽差大人、なんだかお好きにやっておられますな」

朱仁は呆然となってつぶやいた。

「欽差？」

そこへあっという間に人が躍りかかり、朱仁と孔尚達を押し倒した。咄嗟《とっさ》のことに富倫は事態をつかめずにいたが、酒の勢いを借りてまくしたてた。

「陳廷敬、この糞ったれが。ここは老夫《わし》の縄張りだぞ」

陳廷敬は静かに言った。

「巡撫大人、お酒もお強いようですね」

富倫は不敵な表情を浮かべて言った。

「陳廷敬、何がしたい。おまえに私は倒せんぞ」

陳廷敬は怒るふうでもなく、静かに言った。

「巡撫大人、そのお言葉はいかなる意味でしょうか。私はあなたを倒しに来たわけではありませぬ」

富倫が叫んだ。

「陛下をお育てしたのはわが母である。陛下は小さい頃、この私を兄さんと呼んでいたのだぞ」

孔尚達は地面に跪いたまま、慌てていた。富倫の言葉が、一語一句すべて死罪に値すると心得ていたので、どうにか救おうとして言った。

「巡撫大人。少しお酒が過ぎたようです。でたらめを仰ることのなきよう」

陳廷敬はきっ、と孔尚達を一瞥して言った。

「どうやらおまえは意識が明瞭らしいな」

孔尚達は地面に跪いたまま、拝した。

「弟子、孔尚達、罪をお許しくださいますよう、欽差大人にお願い申し上げます！」

陳廷敬はそれを聞いて、首をかしげた。

「はて、どこからこんな弟子が出てきたのか」

「以前会試を受けたことがありますが、残念ながら落第してしまいました。欽差大人は、まさにその時の試験官であられました（科挙時の採点官と受験生は自動的に生涯の師弟関係となる）」

それを聞いて、陳廷敬は孔尚達を怒鳴りつけた。

「おまえは挙人なのか。読書人として、しかも孔子の末裔（孔姓はすべて孔子の末裔）でありながら何たることだ。巡撫大人の邪《よこしま》なひらめきはおまえの悪知恵によるものだな。まったく孔子様に恥ずかしくないのか！」

孔尚達は地面に伏せて言った。

「私の罪でございます」

陳廷敬の声はさらに厳しさを増し、孔尚達を指さして叱責し続けた。

「孔尚達。証人、供述がすべてここにある。おまえの詐欺行為、さらに巡撫大人に秘密で勝手に進めた企みのせいで山東の民は塗炭の苦しみを味わっている。おまえには少なくとも七つの罪がある。巡撫大人にこの責任を転嫁しようなどと企てるのは、あきらめることだ。

一、公儀を欺き、功を騙し取ろうとした罪。

二、良民を騙し、塗炭の苦しみを味わわせた罪。

三、災害備蓄食糧を転売し、私腹を肥やした罪。

四、勝手に官職を任命し、官吏を迫害した罪。

五、地元のあくどい豪族と結託し、民衆を搾取した罪。

六、詐欺行為を働き、欽差大臣を騙した罪。

七、政策に展望なく、対策に効果のない罪」

大順、馬明、劉景、珍児らは互いに顔を見合わせた。罪がすべて富倫にあるのは、火を見るより明らかではないか。陳廷敬の言葉がどこから来たのか、皆目見当がつかなかった。富倫も一瞬きょとんとしていたが、そこはもちろん、用意された梯子に沿って降りるまでのことだった。頭を大きく振ると、あたかもようやく酔いから醒めたように言った。

「ふう。ひどい酔いだったぞ」

富倫はそう言いつつ、憎々しげに孔尚達を一瞥すると、憤懣やる方なしと言わんばかりににらんだ。孔尚達は最初、茫然自失の体であったが、富倫の目を見てようやく自分に求められる立場を合点したように、慌てて地面に這いつくばった。

「こ、こ、これはすべて私一人がやったこと。巡撫大人とは、一切関係ありませぬ！」

陳廷敬は富倫に視線を移して言った。

「巡撫大人。酔いも醒めたようですね。孔尚達があなたの知らないところで、こんなに悪事を働いていたことを、あなたは知らずにいたのですよ」

陳廷敬はそう言い終わると、馬明に命じて孔尚達を連行し、一時的に行轅《こうえん》に監禁することにした。富倫は悲痛な表情で言った。

「欽差大人、この富倫、まったく……まったくお恥ずかしい。先ほどは酒が過ぎました。孔尚達のことは、この富倫にお任せください」

陳廷敬は富倫に従い、孔尚達を連れ帰らせた。富倫は、葛藤と羞恥で胸が一杯だったが、それをおくびにも出さずに言った。

「欽差大人。先に失礼することをお許しください。また日をあらためて行轅《こうえん》に出向き、謝罪いたします」

さらには振り返って、張汧をやさしい言葉でねぎらった。

「張大人、孔尚達が私に秘密であなたを軟禁していたとは。まさに天も法もありません。私がよくよく処置いたしますから」

両者とも実情を内心ではよくわきまえていたが、どちらも指摘することなく胸にしまっていた。富倫は言い終わると、手の拳を合わせて挨拶をしてうつむいたまま慌ただしく去っていった。

陳廷敬は張汧に朱仁を拘束するよう命じるとともに、珍児の父親を直ちに釈放し、没収した楊家の家財一切をすべて元通りに返還するよう陵県の県衙門に命じた。

珍児が跪いて叩頭した。

「欽差大人、珍児、この私と父を救ってくださったことに感謝いたします。一族全員であなた様に叩頭いたします」

陳廷敬は珍児に立ち上がるように言ったが、珍児は跪いたまま動かず、さらに尋ねた。

「なぜ富倫をかばったのですか？」

陳廷敬が笑って言った。

「珍児さん。あなたに言ってもわからないかもしれませんが、巡撫大人は朝廷に任命された官僚です。私はまず陛下に事情を説明しなければなりませんから」

珍児はそれでも起き上がろうとしなかった。

「富倫が罪を負わなくていいよう、あなたがご配慮されているのを感じましたが」

陳廷敬はどう答えていいかわからず、張汧の方を見た。

張汧が口添えした。

「珍児さん。もうこれ以上、欽差大人を困らせないように。話があるのなら、後でゆっくりと話しましょう」

皆の説得を受けて珍児はようやく立ち上がった。


夜、陳廷敬と張汧は、行轅《こうえん》で積もる話をした。

「会わなくなってから、あっという間に十数年も経ってしまいましたね」

陳廷敬が言った。張汧も長いため息をついた。

「家瑶《ジャーヤオ》がうちの息子に嫁いでくれてからもう何年にもなります。私はとうに孫まで持つ身にもなりましたが、いまだに嫁の顔を一度も見たことがないとは。まったく申し訳ない」

「『国をうまく治めることができたからと言って、家をうまく治めることができるとは限らない』と言われる通りですね。私の方は三年前、老母が病に倒れて故郷に帰った時に婿殿と甥に会いましたよ。家瑶は張家に嫁ぐことができて、まったくの果報者です」

「愚息が不甲斐ないもので、科挙は何度か受けているのですが、どうも結果が出ません。家瑶にはつらい思いをさせています」

張汧が慌てて言ったが、陳廷敬が答えた。

「そういう言い方はいけません。二人がつつましやかに幸せな生活を送っていれば、功名が必ず必要ということでもありませぬ」

張汧は再び首を振ってため息をついた。

「ふう。功名と聞くと、まったく怖くなる。富倫大人があんな人だったなんて、どうしても信じられない。散館後に知県に配属された際、私は若くて思慮が足りない上、官界のしきたりを知らず、手持ちの金もなかった。その時、京官らに心付けを贈らなかったために、心証を悪くしてしまいました。それ以来、県官の職からまったく出世できないままだったのですが、富倫大人が来られて私の堅実な仕事を見て、知府に推薦してくださった。その知遇の恩にずっと感謝してきましたが、まさか悪徳商人と結託して義糧を転売していたなどとは、夢にも思わなかった」

張汧はさらに言った。

「前任の巡撫郭永剛《かくえいごう》大人が、朝廷に罪を問われたのは、実を言えば冤罪です」

地方で災害が起きた場合、その現状を調査するには約三カ月の時間がかかる。省から朝廷に報告が行くのにさらに約三カ月、朝廷の審査にも約四カ月を要する。朝廷が各地に再検査を命じた後、さらに三カ月の時間がかかる。ようやく朝廷から銭糧が下ってきて被災者の手に届くまでには、さらに約五カ月の時間が必要となる。結局、民が朝廷の救済銭糧を受け取るまでには少なくとも一年半、時には二年かかることもあるという。救災は火消しの如し。一年半、二年もかかっていては、当事者はもうとうに餓死してしまっている。被災者が朝廷の助けを望めないのなら、逃亡するしかなく、極端な場合には、徒党を組んで強盗を働く。徳州で盗賊が横行したのは、まさにそういう事情からであった。

陳廷敬は話を聞き終わると、尋ねた。

「その根源は、どこにあると思う」

「根源は京師のお偉いさん方たちだろう。戸部《こぶ》の仕事はあまりにも遅く、心付けを催促してくる官僚さえいる。郭大人は、救災に不手際があったと弾劾されましたが、本当に責任を取るべきは戸部です」

陳廷敬がさらに尋ねた。

「富倫殿はどう対応しましたか」

「富倫殿はただ保守的なだけなのだと以前は思っていましたが、今から思い返すと本人が禍の根源になっているのかもしれない。表面上は立派なことを言い、『救済の要《かなめ》はまず土地にあり。地に出る所あれば、民に食する所あり。地に出る所なくば、民にいくら金を積もうと糊口に糊なし』などと言ってはいますがね」

「そこで富倫は、一畝（土地の単位。一畝は六六六・六六七平方メートル）を単位として救災銭糧を給付したのですね」

「まさにその通り。山東はこの数年、大災害が続き、食べ物もない貧乏人が多く出て、土地を二束三文で売り払っています。徳州の悪徳豪族である朱仁は、たった十斤（重さの単位。一斤は約六百グラム）のとうもろこしで一畝の土地を手に入れ、金持ちの家には良田が数万頃《けい》（土地の単位、一頃は六～七ヘクタール）も集中しました。朝廷の救済銭糧は、面積により配布されるため、ほとんどの現金と食糧が金持ちの手に渡り、貧乏人の手にはほとんど渡りませんでした。珍児の父親の楊の旦那のような心ある金持ちがいても、逆に衙門から圧迫される始末です」

陳廷敬ははっと気が付いた。

「金持ちが皆、巡撫大人を支持するはずだ。金持ちの機嫌しかとらない督撫《とくぶ》（総督と巡撫の総称）もいる。金持ちの声によって督撫らの官僚としての名声が左右されるということですね」

「まさにそういう道理です。民の声は朝廷には届かない。督撫は民の生死などまったく意にかけずともよいのです。例えば富倫のやり方を見ても、税金の負担では制度を真逆にする。『天下で皇恩をともに受ける身であれば、税金は均一に負担するのが当然』といい、税金は逆に人頭単位で均等に負担させる。そうなると、また金持ちが得をし、貧乏人が損をする。奏文を書くので陛下にお渡しください。絶対に富倫を弾劾して失脚させるのだ」

陳廷敬は首を振って言った。

「張汧兄、われら二人で弾劾しても、富倫を失脚させることなどできません」

張汧は納得できないというふうに言った。

「その罪は極悪ですよ。こんな官を弾劾もせずに、天の道理があると言えるでしょうか」

陳廷敬が声をひそめて言った。

「富倫が酒に酔った時に口にした戯れ言を覚えていますか。あれは単なる戯れ言ではない。富倫が酒に強いのは有名な話だ。一日中、朝から晩まで休みなしに飲み続けることができ、京師では『三日飲み続けても酔わぬ強者』と呼ばれていたのですよ」

張汧が驚いて尋ねた。

「富倫の母親は、本当に陛下の乳母なのですか」

陳廷敬な謎めいた様子で首を振ると、言った。

「それはもう聞かないでください。それに、富倫のことは明珠が庇っています」

張汧はため息をつき、心が塞いだ。二人は長く沈黙してそれぞれに別々のことを思い悩んでいるようだった。

張汧が突然、また口を開いた。

「富倫を弾劾しないで、どう陛下に申し開きをするのですか」

「私は人の処理ではなく、ことを処理にきたのです。張汧兄、官界を渡り歩くには、迂回することも学ばなければならないようです」

陳廷敬がこのように世故に長けていようとは、張汧は思ってもみなかった。しかし姻戚としての誼《よしみ》もあり、それを口にすることはなかった。陳廷敬は張汧の思いを汲み取ったようだったが、弁解する余裕もなかった。それどころか「富倫を弾劾しないだけでなく、手助けしようとも思っている」と陳廷敬が言うのを聞いて、張汧はさらに驚いた。

「弾劾しないのは仕方ないとしても、助けるとはどういうことですか」

陳廷敬は首を振って言った。

「また今度、詳しく話しますよ」

翌日、張汧は陳廷敬に別れを告げて徳州に帰っていった。張汧は内心、言いたいことが山ほどあったが、それをぐっと心の中にしまい込んだ。陳廷敬の立場をできるだけ慮り、見守ろうと思っていた。珍児も陵県に帰ることになり、張汧とちょうど方向が同じであるため、馬にまたがり轎の後ろをついて行くことになった。

陳廷敬は張汧と珍児を送り出すと、富倫の誘いに応じて城外の千佛山《せんぶつざん》を見物に訪れた。二人が轎に乗って山に上ると、清風が顔をかすめ、眼前いっぱいに緑が広がった。山の中腹まで来ると、七色の牌坊(中国の伝統的建築様式の門の一つ)が現れ、「斉煙九点」の四文字が目に入った。陳廷敬は感嘆の声を上げずにはいられなかった。富倫は陳廷敬がしきりに声を上げるのを見て、轎夫に命じて休憩を取ることにした。大順、劉景、馬明らと富倫の付き人らは遠く離れてついてきていた。振り返ると眼下には、村々、官道、田畑が広がり、碁盤の目の中に小さく納まっているようだった。

陳廷敬は遠くを見つめながら、朗々とした声で詩を吟じた。

「斉の国(周、春秋戦国時代にわたって山東省を中心に存在した国)を見渡すと、全世界が煙の点のようである。あたかも怒涛の海水を杯の中に流すかのように」

「陳大人、さすがに素晴らしい教養をお持ちだ。口に出すものすべてが名文ですな」

富倫が手の拳を合わせて言い、陳廷敬が慌てて手を振った。

「巡撫大人、お恥ずかしい。李賀の名句です。眼下の景色を詠んだものです」

富倫はさっと顔を赤らめて言った。

「富倫、いくらか勉強はしたものの、陳大人の前では赤子のようなもの。存じませんでした。ここは太古、龍が潜んでいた地と聞いています。舜帝がまだ平民だった時、千佛山の下で身をかがめて耕作をしていたということです。私がまだ山東に来たばかりの頃、わざわざ山に登って舜帝を祭拝し、民が農耕を重視するよう奨励したものです」

「巡撫大人の激励のおかげで山東の民は、国朝の根本である農業を忘れずに励んでいるのですね」

そう言って陳廷敬は頷いたが、突然話の矛先を変えた。

「今日はお互いに官帽を戴いてはいないことですし官衙《かんが》(役所)にいるわけではないので、古い友人同士として、本音を語り合いましょう」

富倫は不自然な笑いを浮かべ、内心のきまり悪さを隠そうとした。

「趵突泉も官衙ではありませんよ。欽差大人、今日私の方から誘っていなければ、この千佛山にも玄機(玄妙な道理。孔尚達の企みがすべて暴露されたことを指す)が隠されているのかと疑うところでしたよ」


陳廷敬は大笑いして言った。

「巡撫大人、ご冗談がお上手ですね。あなたが部下に騙されていたことは、陛下に事実通りに奏上いたします」

富倫は手の拳を合わせて謝意を表した後、さらに言った。

「陳大人は千里眼であられる。私の目は節穴でした。今年、山東は一部では大豊作ではありましたが、災害が重かった地方もあったというのに、なぜ小人物の言うことを鵜《う》呑《の》みにしてしまったのか。税の徴収を人頭割で課し、土地の大きさを基準にして救済銭糧を配布したことは、確かに少し不適切でした」

陳廷敬が笑って言った。

「巡撫大人、奏文はやはりご自分でお書きになられてはいかがでしょうか。私の方から陛下にお渡しいたしますから。よろしければ、まずは義糧の寄付の件を陛下に謝罪され、それから陛下に二つの議を申請されてはどうでしょうか。一つは今後、税は面積を基準に平均的に負担し、二つ目には救災銭糧は被災者の人頭を基準に配布すると」

自分のまいた失敗の後始末は自分でしろと陳廷敬が言

っていることは、富倫もよくわかっていた。言われた通りにする以外、どうしようもなかった。

「なるほど、なるほど。陛下にどのように奏文を書くべきか、考えがまとまりました」

陳廷敬が頷いた。

「全国各地に税の不均衡、救済銭糧の不適切な配布の弊害はあるかと思いますが、陛下があなたの奏上通りにお許しになった後、全国でそれを手本に実施すれば、あなたが大功を立てることになります。一つの過ちを自ら認めるだけで二つの功を立てることができるのです。陛下はきっと褒美をくださるに違いありませぬ」

二人は一緒に笑いつつも、それ以上、一言も公務のことには触れなかった。ただ景色を愛でて、興が尽きると城内に戻った。城内に帰り着いた時には、もうすでに灯りを点す時刻となっており、富倫は陳廷敬を恭しく行轅《こうえん》まで送り届けてから、自分も慌ただしく衙門へ帰っていった。

巡撫衙門に帰り着くと、富倫は一服もせず、付き人一人のみを連れ、慌ただしく牢獄へ向かった。獄卒と部下に離れたところで待つよう命じ、孔尚達の獄舎に一人で入っていった。

孔尚達は富倫を凝視し、両目を爛々と輝かせて富倫の足元に跪き、哀願した。

「巡撫大人。お仕えして久しい私ですが、私の忠誠心はわかっていただけていると存じます。必ずやここからお救いください」

富倫はしばらくすすり泣いていたが、ため息をついて言った。

「尚達よ。われら二人の前にあるのは、二つの道しかないのだ。両方とも死ぬか、そなた一人の首が飛ぶかだ」

それを聞いた孔尚達の顔色が、さっと変わった。

「ええ？　あなたには二つの選択があり、私には選択肢がないということですか」

孔尚達は号泣しながら富倫に罵声を浴びせ続けた。富倫の恩知らず、人の弱みにつけ込んでやり方が汚い、としきりに繰り返した。それを聞いて富倫は怒るわけでもなく、ただ彼が泣きわめき、罵倒するのを黙って聞いていた。孔尚達が疲れて声に力がなくなってきてから、富倫はようやく話を続けた。

「救いたくないわけではなく、私にはどうしようもない

「ということだ。われら二人とも死んでしまったら、二人の妻子や家族はどうなる。せめて私だけでも生きていれば、そなたの妻子、家族を見殺しにはせぬ」

孔尚達は悲痛な声を上げて言った。

「自分が死ぬというのに、妻子や家族のことなど考えられぬわ。一人では死なぬ。私に死ねと言うなら、貴様も道連れにしてやる」

ついに富倫が、脚で大きな音を立てて凄んだ。

「この大ばけが。長年仕えてくれた誼《よしみ》でどうにか面倒を見てやろうとしているのがわからんのか。今、ここで即刻殺すことだってできるのだぞ」

富倫はそう言いながら、孔尚達に近づき小声でささやいた。

「私の言う通りにしなければ、明日には獄卒が、おまえは牢の中で自害したと報告に来るだろう」

孔尚達は富倫をにらみ付けていたが、やがてゆっくりと項垂れて言った。

「家には八十の老母がおります。まったく私は親不孝者です」

富倫は語気を和らげて言った。

「尚達、任せておけ。あなたの老母は、私の老母だ。必ず手厚く面倒を見る」

孔尚達もそれ以上は多くを語らず、ただ項垂れて涙を流した。富倫がさらに言った。

「尚達、そう落ち込むな。男だろう。陳廷敬はなかなかやるぞ。私に陛下の前で一つの過ちを認め、二つの功を立てるようにと言った。功をもって過ちを相殺するのだと。しかしよくよく考えてみると、その三点はすべて私に過ちを認めさせることと同じなのだ。私はただ泣き寝入りするしかない。しかも、あちらの手配に感謝までせねばならぬ」

孔尚達が突然頭を上げて言った。

「巡撫大人、考えたことがおありですか。もし陛下が、その功も過ちの相殺にはならないと仰ったら、どうなるのか」

「軽くて官職御免。重ければ死罪だ」

孔尚達は目をきらりと残忍に光らせて言った。

「いっそのこと、陳廷敬の命を先に頂戴するのがよろしいかと」

富倫は首を振って言った。

「いやいや。欽差を暗殺するなど、断じてそんなことはできぬ」

「巡撫大人自身に手を下せなどと、誰が申しました？」

「何か妙計でもあるのか？」

「どうせ死ぬのです。輪廻で来世に生まれ変わることがかなわずとももはや怖くはありませぬ。最後に巡撫大人に一計を献じましょう」

「陳廷敬が本当に京師に帰りつくことができなければ、おまえを無罪放免にできるかもしれぬ。よし、話してみろ」

孔尚達は謎めいた表情を浮かべて言った。

「徳州では、盗賊が横行しているのでしょう」

「盗賊に陳廷敬を殺させろと言いたいのか？」

孔尚達は頷き、富倫に耳を貸すようにいい、細かい説明をはじめた。

二十六

陳廷敬が巡撫衙門に別れの挨拶に行くと、富倫が衙門《がもん》の前まで迎えに出てきた。二人は手を携えて歩き、互いに譲り合いながら応接間に入り、話をした。衙役が茶を持ってくると、陳廷敬が言った。

「巡撫大人、長らくお世話になりました」

富倫は恭しく言った。

「欽差大人は双肩に皇帝陛下勅令の任務を負い、公事《くじ》を遂行されたわけですから、お世話も何もありませぬ。ああ。陳大人の真心の助けがなければ、この富倫、今回は命がなかったと思いますよ」

陳廷敬はもちろん社交辞令で、とんでもない、と答えた。しばらく雑談した後、陳廷敬は言った。

「公事が済んだからには、これ以上お手間は取らせますまい。明日、出立して京に戻ります」

富倫が引き止めた。

「欽差大人、そんなにお急ぎにならなくともよろしいでしょうに。もう数日ほど滞在なさってはいかがですか。山東をご案内いたしますよ」

陳廷敬はため息をついた。

「残念ながら、その幸せに浴することはできそうにありませぬ。杜甫の詩に『海右（山東）此れ亭《あずまや》古く、済南名士多し』という句があります。その亭《あずまや》は、確か大明湖の畔にありますね。今回は見ることが叶わず、名残惜しいことです」

富倫はきまり悪そうな表情を浮かべた。

「その亭《あずまや》というのは、まさに孔尚達があなたのご姻戚であられる張汧殿を軟禁したところでもあります。しかし、欽差大人が急いで京に戻り、復命をお急ぎなら、私もお引き止めするわけには参りませぬな」

富倫は「足代に銀二千両を贈る」と言ってどうしても聞かなかった。これはもはや慣例になっており、陳廷敬は少し遠慮した後、大順に受け取るように言った。今度は衙役が大きな箱二つを担ぎ出してきたので、陳廷敬は驚き怪しんで尋ねた。

「巡撫大人、これはまたどうしたことでしょうか」

富倫が大笑いして言った。

「欽差大人、私からの賄賂を恐れておいでですか。この富倫、そんな太い神経は持ち合わせておりませぬ。あなたが苦労して山東にお越しにならなければ、遅かれ早かれこの富倫は罪人として裁かれていたことでしょう。謝意を込めて欽差大人に石を二つお送りします。これなら許されるでしょう。中を開けて欽差大人にお見せしろ。欽差大人、さあご覧ください」

衙役が用心深く箱を開けると、大きな赤い緞子《どんす》に何か覆われている。緞子《どんす》を開けると、奇石が二つ入っていた。富倫が言う。

「山東産の泰山石《たいざんせき》です。『天下第一の奇石』との誉《ほまれ》があります」

陳廷敬はその石をなでて褒めちぎった。

「まったく絶品ですな！　巡撫大人、あまりにも貴重なもので廷敬、これはとてもお受けできませぬ」

「欽差大人、とんでもない。ただの二つの石ころではありませぬか」

陳廷敬が頷いた。

「わかりました。では、巡撫大人のご厚意、廷敬、謹んでお受けいたします」

翌朝早く、陳廷敬は京師に向けて出立した。富倫は当初、城外まで見送りに行こうとしていたが、陳廷敬が再三辞退し、衙門の外で別れることとなった。富倫に別れの挨拶をしてから陳廷敬は馬車に乗り、城を出た。道中は鈴なりの見物人が押すな押すなの大騒ぎである。「今回来た欽差は青天様のようだ」という人もいれば、「いつも通りの官僚同士のかばい合いだったではないか」、「あの驢馬の背中に乗せられた上の大きな箱には、金銀財宝がぎっしり詰まっているに違いない」と好き勝手なことを言う人もいたが、陳廷敬らの耳には一切入らなかった。

進むこと十数日、再び徳州の領内に帰ってきた。大順が笑って言った。

「老爺《だんな》様。往路で徳州にやって来た時には、ちょうどここで民が跪いて迎えに来ていましたっけ」

陳廷敬も笑い出した。

「そんなに皆、耳が早いのなら、また見送りに来てくれていなくてはならぬところだな」

そんな話をしていると突然、耳をつんざくような雄叫びが響き渡った。山の上から百人以上の屈強な男たちが、手に青竜刀や棍棒を持って襲いかかってきたのである。劉景、馬明らは危険を察知してさっと刀を抜き、手に棍棒を構えて陳廷敬の馬車を守った。大順がつぶやいた。

「おやおや。これは、見送りのようには見えないが」

と劉景が一喝すると、その中の誰かが答えた。

「おまえら。何者だ!」

劉景が怒って言った。

「汚職官僚を殺すのさ。天に替わって成敗してくれる!」

「不届き者。車中におられるのが欽差と知ってのことか」

同じ人物がさらに叫んだ。

「その欽差を殺しにきたのさ。兄弟ども、かかれ!」

なんと、陳廷敬が馬車から降りてきた。大順が止めようにも、押しとどめることはできなかった。先ほど答えた人物が叫んだ。

「兄弟ども。あの汚職官僚を殺せ!」

まさにこの時、遠くからまたさらに一群が現れ、雄叫びを上げた。大順が泡を食って言った。

「老爺《だんな》様、どうしましょう。また別の集団がやって来ました。もう終わりだ」

「皆さん、本官の言うことを聞いてください」

陳廷敬が叫んだが、聞く耳を持つ者人などいるはずもなく、どっと襲いかかってきた。うろたえていた大順だったが、突然、その目がきらりと光った。

「老爺様《だんなさま》、あれを見てください。珍児です」

珍児が馬を飛ばしてやって来て、叫んだ。

「李疤子《リーバーズ》（あばたの李）、やめなさい。頭でもおかしくなったの」

汚職官僚を殺すと叫んだ大男は、あだ名を李疤子といい、やはり楊家庄村《ようかしょうむら》の者、もちろん珍児のことを見知っていた。

「あ、珍児お嬢様」

この時、珍児の父も下僕らと楊家庄の民を連れて駆け付けた。珍児の父親が跪いて拝した。

「欽差大人、わが楊家をお救いくださり感謝いたします！」

陳廷敬は珍児の父を抱き起こした。

「ご老人、他人行儀は無用です。素晴らしいお嬢さんをお持ちですね」

珍児の父親は立ち上がると、首を振った。

「うちの娘は、幼い頃から女の子の好きなものには興味がなく、何かと言えば槍や棍棒を振り回そうとして、ちっとも娘らしくない。まったくお恥ずかしい限りです」

「そうとも限りませぬ。女侠《じょきょう》は昔からいるではありませぬか」

陳廷敬が笑って言った。珍児は馬から飛び降りると、李疤子をにらみ付けた。

「あんたたち、本当に気でも狂ったの。欽差大人は、あんたたちにとっても命の恩人なのよ！」

李疤子は叫んだ。

「何が命の恩人だ？　おまえら楊家を救ったかもしれないが、俺たちのことを救ってくれたわけじゃない。この人が済南へ行って帰った後ももとの巡撫はそのまま巡撫だし、本人は財宝二箱を抱えて帰ってきたじゃないか！」

珍児の父は李疤子を見やって言った。

「李家の兄弟達よ。欽差大人に乱暴をしてはいけない。同郷の身として、老夫《わし》の言うことを聞いてくれ」

「楊の旦那。あなたはいい人だから皆、尊敬している。しかし目の前にいるのは悪いお役人だ」

李疤子は言った。陳廷敬が微笑した。

「皆さんはつまり、今日は財を奪い、人を殺めるために来られたのですね」

「汚職官僚を殺し、おまえの不義の財を奪いに来た」

「お若いの。まずは財宝を奪ってから私を殺しても遅くはないでしょう」

陳廷敬がそう言うと、李疤子は一瞬絶句したものの、深く考えるのも面倒だったので、こう叫んだ。

「おい。箱をこっちに持ってこい」

珍児が刀を抜いてそれを遮った。

「それ以上、動いたら承知しないわよ」

「楊のお嬢様。同郷の者に刀を抜くなんてやめてくだせえ。お宅の楊家は村のために尽くしてくれるから尊敬しているが、汚職官僚を殺す邪魔はさせねぇ」

「陳大人は汚職官僚じゃないわ」

「珍児さん。構いませぬ。こちらから開けてお見せしましょう。大順、打箱を開けなさい」

陳廷敬がそう言うと、大順が李疤子に向かってにやりと笑って箱を開けた。李疤子が覗き込んで赤い緞子《どんす》をめくると、中にあったのはただの石ころである。李疤子は茫然としたかと思うと、叫んだ。

「おい。騙されたぞ」

その言葉を聞いて珍児は事情の見当がついて、尋ねた。

「李疤子、誰かに聞いたのね」

「そうだ。済南から人が来て言うのさ。欽差が大量の財宝をがっぽりと稼いで帰京するってね。だからここでずっと待ち伏せしていたのさ」

この時、張汧も手下を連れて馬で駆け付けた。張汧は馬から降りると、陳廷敬に向かって手の拳を合わせて拝した。

「徳州知府張汧、欽差大人にお目にかかります！」

「張大人、挨拶はいいから」

陳廷敬が慌てて言った。張汧はすでに様子がおかしいことを見て取っていた。

「お見送りしようと思って駆け付けましたが、まさかこのような事態になっていようとは」

陳廷敬は張汧にひそひそと何か耳打ちした後、振り返ると皆に向かって言った。

「皆さんを責めはいたしませぬ。ほとんどの方々が生きるため、止むに止まれずやっていることでしょうから。今後は、義糧を提供しなくてよくなり、税は面積を単位に負担することになりました。また救済銭糧は額面通りに被災者の手元に届きます」

「それは本当だろうな」

と李疤子が尋ねた。珍児がじろりと李疤子を一瞥した。

「欽差大人の仰ることよ、もちろん本当に決まっているじゃない」

陳廷敬は、一つ咳払いして大きな声で言った。

「徳州知府張汧！」

張汧が手の拳を合わせて命を受けた。

「卑職、ここに！」

陳廷敬が李疤子らを指して言った。

「この者たちをそれぞれ家に帰らせよ。追及は無用」

男たちは茫然とその場に立ち尽した。陳廷敬はさらに李疤子を指さして言った。

「張大人。この若者だけを連れていけば済むこと。あまり困らせることなく、事情を問いただすだけで寛容に処置してくださるよう」

李疤子は手下の兄弟らが皆、塩をかけられた菜っ葉のようにしぼんでいるのを見ると、それ以上強く出ようにもその勇気もなくなり、おとなしく両手を差し出して連行されるしかなかった。

陳廷敬は張汧らに別れの挨拶をすると、馬車に乗り込んであらためて先を急いだ。しばらくして大順が何気なく振り返ると、珍児が早馬で追いかけてくるではないか。

「老爺《だんな》様、珍児さんがまた追いかけてきました」

慌てて陳廷敬に報告し、陳廷敬が馬車をとめるように命じた。

「珍児さん。これは、どうかしましたか」

「欽差大人、楊家はあなたに救われ、私も今日、あなたをお救いしました。これで貸し借りはなしです」

その言葉の真意を測りかね、大順が尋ねた。

「珍児さん、何をそうかっかと怒っているのですか。またうちの老爺《だんな》を見送りに来たのかと思ったら」

「さっき欽差大人の命を狙っていた連中は、あきらかに富倫の思惑に耳を傾けた人たちです。それなのに欽差大人は死んでもこの汚職官僚を庇おうとするのですね。なぜですか」

陳廷敬は珍児にその事情を説明しようがなく、ただ言うだけであった。

「珍児さん、もうお戻りなさい」

珍児は恨めしげににらみ付けた。

「先ほど皆に言った三箇条は、最終的にはやはり巡撫衙門の布告に書かれることになるのでしょう。そうしたら富倫は今後、本当に清く正しいよいお役人として認識されるということなの」

　陳廷敬はそれ以上、どうしても口にすることができなかった。

「珍児さん。あなたは真っすぐな目を持った人だ。すべてを見透かすことができる。今後の展開も、このまま続けてしっかり見ていてほしい。さあ、もう帰りなさい」

　珍児は突然、はらはらと涙をこぼして馬に飛び乗り、風のように去っていった。陳廷敬は次第に見えなくなる珍児の背中を後ろから見守り、遠くの山の麓を曲がっていくのを見届けてからようやく馬車に乗った。

　その日、陳廷敬の一行は官駅に一泊し、翌朝、朝食を取って出発しようとした。すると、一人の少年が馬に乗り、外で控えているではないか。陳廷敬は茫然とそれを見つめた。珍児だった。

　陳廷敬は急いで駆け寄ったが、言葉に窮した。

「珍児さん。こ、これは……」

　珍児は馬から飛び降りると言った。

「陳大人、京師までお供します」

　陳廷敬はあまりの驚きに、さらに言葉を失った。

「京師に行く？　そ、それは……」

　珍児は両目に涙を溜めて言った。

「珍児は陳大人を尊敬いたしております。生きるも死ぬもお供します」

　陳廷敬は顔から血の気が引き、大きく首を振った。

「珍児、それはなりませぬ！」

「珍児は本を読んだり字を書いたりすることはできません。でもお茶を運んだり、お湯を入れたりするくらいなら、役には立つでしょう」

　陳廷敬は手の拳を合わせ、菩薩を拝むように言った。

「珍児、断じてそれはならぬ。さあ。もう早く帰りなさい。家の人たちが心配しているよ」

　珍児は梃子《てこ》でも動かない様子で言った。

「陳大人、それ以上言わないでください。たとえ嫌われても、私は帰りませんから。田舎に生まれた女の宿命なんて、適当に縁談を決められて、今後どんな日々が待っているのかわかったものじゃないわ」

大順が横で笑い出した。

「あちゃあ。これは面白くなってきたぞ」

劉景と馬明の二人も、口をおさえて笑いをかみ殺している。珍児は口をとがらせて言った。

「私を笑い物にしているのは、わかっているわよ。でも、とにかく帰らないんだから」

陳廷敬はため息をついて言った。

「珍児、仁義に厚く義を重んじるあなたを、この陳廷敬は尊敬している。しかしこうやってあなたを連れて帰ったら、人はどう見ると思う」

珍児はその言葉を聞いて、顔に苦笑を浮かべつつ、涙をはらはらと流し続けて言った。

「私があなたの名誉を傷つけることを恐れていたのね。もうそういうことなら珍児には何も言うことはないわ。もう行って」

陳廷敬は「あなたも気を付けて」と声を掛けると、車に乗って進み始めた。大順が時々振り返って見ると、珍児はまだ馬に乗ったままその場に立ち尽し、離れようとしなかった。大順はため息をつきながらも、陳廷敬に報告することはできなかった。

二十七

康熙帝は乾清宮西暖閣《けんせいきゅうせいだんかく》で朝食を取っている。張善徳《ちょうぜんとく》が数人の宦官を率い、康熙帝が何を口に入れたか、用心深くすべて数えていた。康熙帝はこの日、おおいに食が進むようで豚の肘を酒で煮込んだ料理だけでも三杯も食していた。張善徳はそれを見てやや懸念もあったが、こっそりと目で合図を送ると、少年宦官が膳牌盤子《ぜんはいばんし》（食事の時に見せる、その日謁見する相手の牌を入れた盆）を掲げてやって来た。張善徳は膳牌盤子を受け取ると、恭しく康熙帝の手元に置いた。すると康熙帝はそれ以上食事を進めようとはせず、朝見を求める官僚の膳牌をパラパラとめくって眺めていた。陳廷敬の膳牌が見えたので、康熙帝は何気なく尋ねた。

「陳廷敬は帰京したのか？」

康熙帝は張善徳が答えるのを待たず、陳廷敬の膳牌を再び盤子の中に戻した。張善徳は康熙帝の心を計りかねた。なぜ陳廷敬に会おうとしないのか。康熙帝は膳牌を見終わると、召見したい相手の膳牌を残すのが習わしである。

張善徳が選ばれなかった膳牌を持ち去ろうとしたその矢先、康熙帝はまた手を上げて言った。

「陳廷敬の膳牌を残しておけ」

張善徳が陳廷敬の膳牌を取り上げると、康熙帝がさらに言った。

「南書房で謁見する」

張善徳は頷いて承諾し、内心狐につままれたような気分だった。陳廷敬は遥か遠く山東まで出張に行って戻ってきたのだ。本来なら西暖閣で単独で召見するのが筋というものである。

康熙帝は朝食を終えるといつも通り慈寧宮《じねいきゅう》に行き、太皇太后に挨拶をした後、乾清門に帰って聴政《ちょうせい》を執り行った。朝のお勤めを終えると西暖閣に戻り、しばらく茶を飲んでいた後、さらに一人一人臣工を召見した。臣工の召見が終わると、時刻はすでに正午近くになっていた。燕の巣とハスの実の汁物を持ってくるように命じ、これを食してから、南書房に出向いた。明珠《ミンジュ》、張英《ちょうえい》、高士奇《こうしき》はとうに到着していたが、この頃には皆、そろって外へ退いていた。傻子《シャーズ》と張善徳がなおも御前に仕えるほか、残りの人々は皆、南書房の軒下に白鳥のように首を伸ばして直立した。外はうだるような暑さで、康熙帝は汗で背中をぐっしょり濡らしながらも、涼しい表情のままだった。張善徳の顔からも汗が滝のように流れたが、手を上げて拭き取ることは憚られた。

突然、康熙帝が重く炕《かん》（オンドル）の上の机を叩くと、小刀が地面に落ち、心臓の縮み上がるような音を立てた。傻子がさっと御前に駆け付け、腰をかがめて小刀を拾い上げると、康熙帝の手元に置いた。張善徳は呼吸することさえも憚りつつ、ただ膝を曲げ、項垂れて立っていた。康熙帝はいくらか呼吸を整えると命じた。

「皆に入るように言いいなさい」

張善徳が小声で返事をし、退がった。

康熙帝は慌ただしく汗を拭き、臣工らの入室の音を耳で聞きつつも、頭を上げることもなく、その目はどこかあらぬ方向を見つめていた。

「陳廷敬本人はまだ京に戻ったばかりだが、これを告発する訴状の方が先に着いている」

「陛下に申し上げます。陳廷敬に会って詳しく問いただすべきかと存じます。陛下がお気を煩わせることはないかと」

明珠が意見を言うと、康熙帝が尋ねた。

「皆の意見を聞きたい。陳廷敬は山東でひと財産築いて帰ってきたということはないだろうか」

「陳廷敬殿に限って、そのようなことはないかと存じます」

張英が答えたが、康熙帝はそれには一言も返さず、高士奇を一瞥した。高士奇が早速言った。

「陳廷敬殿は老成した人柄、行動も慎重であられますから、たとえ汚職の疑いがあろうと、容易に人に察知されることはないかと存じます。この訴状の信憑性もわかりませぬ」

「つまり陳廷敬に汚職の可能性はあるということか」

康熙帝が尋ねると、張善徳が手の拳を合わせて言った。

「陛下はもう陳廷敬殿の膳牌をお残しになりました。南書房で会うと指示をされておられます」

康熙帝は容赦なく言った。

「朕もそれはわかっておる」

張善徳はやや戸惑いながら、遠慮気味にさらに付け加えた。

「陳廷敬殿は、夜が明ける前から午門外でお待ちです。今頃は乾清門外で待機されていることかと存じます」

康熙帝は冷たく言い放った。

「入るように伝えよ」

張善徳が少年宦官に口をとがらせて合図をした。しばらくして、陳廷敬が少年宦官の後ろについて南書房に入ってきた。下を向いたまま康熙帝の前に進み出て、三跪九拝の大礼を施した。

「臣陳廷敬、陛下に拝謁いたします」

康熙帝はわずかに頷いて言った。

「身を起こしなさい。山東への勤め、ご苦労であった」

「苦労などと思ってはおりませぬ。山東巡撫富倫殿の奏文がすでに南書房へ送られていることと存じます」

康熙帝はいつまでも返事をしない。陳廷敬は内心驚いていた。膳牌は昨日出したのだったが、今朝の朝政の後にようやく召見されたのである。卯正(午前六時)から巳時二刻(十時半)まで待ってからようやく声がかかり、乾清門外で待機するように言われた。乾清門外には皇帝の謁見を待つ大臣が何人もおり、一人また一人と中に呼ばれ、一人また一人と謁見を終えて出てきた。大臣が一人出てくるたびに陳廷敬は、次は自分の番かと思ったが、宦官からの声はなかなかかからなかった。先刻ようやく宦官が出てきて、南書房での謁見を知らされたのである。南書房は機密性のある場所とはいえ、康熙帝の臣工召見は通常、乾清宮西暖閣で行われる。康熙帝が何か自分に対して不満を抱いているであろうことを、陳廷敬は薄々感じていた。

康熙帝は押し黙ったままだったが、突然尋ねた。

「陳廷敬、そなたが山東でむやみに財宝をかき集めたと訴える者があるが、それは本当か」

陳廷敬は落ち着いて答えた。

「臣の山東への旅、臣及び従者、轎夫、臣の家人を入れて合計二十九人。帰りは一頭の驢馬と二つの大箱が増えました。この増えた驢馬と大箱二つは富倫大人から贈られたものです。今日は箱二つを持って参りました。陛下にお一つ献上し、一つは自分に残しておきたいと考えております」

康熙帝は奇妙に思って尋ねた。

「そうか？　どんな宝だ？」

明珠らも互いに顔を見合わせ、陳廷敬が瓢箪《ひょうたん》からいかなる駒を取りだすのかと訝《いぶか》しんだ。陳廷敬が頷くと、直ちに張善徳がその意を汲んで出ていった。康熙帝が頷くと、しばらくして四人の宦官が箱二つを担いで入ってきた。中を開けると、ただの石の塊が二つあるだけであった。高士奇が言った。

「陛下。陳廷敬殿はこのような何の価値もない泰山石を持って宮廷に上がろうとは、あまりにも主君を軽侮してはおりませぬか」

康熙帝は声を上げず、陳廷敬の反応を待った。陳廷敬は山東への出張、富倫の奏文、そして帰り道で強盗に襲われたことをかいつまんで奏上した後、言った。

「陛下。この二つの石の塊は、危うく臣の命を奪うところでした」

陳廷敬が九死に一生を得たと話しても康熙帝は眉一つ動かすことなく、疑惑を抱きながら言うのみであった。

「そなたを告発する訴状には、済南の名士ら数名の名が並んでいるが、官僚の名は一つもない。本来ならかかる訴状は、朕の手元に届くはずのないものだ」

陳廷敬が言った。

「平民が官僚を告発する訴状は、朝廷に伝手《つて》でもない限り天聴させることは不可能です。また民が連名で京官を訴えるというのも、誰かが先頭に立って組織しなければ、実現できるものではございませぬ」

康熙帝が尋ねた。

「つまり上下で手を組み、そなたを陥れようとした連中がいるということか。徳州で強盗に遭ったのも、そうなるように密かに情報を流したやつがいるというのだな」

「結果的には臣にまったく被害はなかったので、この件についてはもう何も申しませぬ。大事なのは山東での任務が終わり、民がやや安心して暮らせるようになったことかと存じます」

と陳廷敬が答えた。康熙帝が冷ややかに笑った。

「まったく見事な腕前だな。民が自主的に願い出た奏文の内容の半数以上は嘘だとそなたは言ったが、まったくその通りだったというわけだ」

陳廷敬は康熙帝の笑い声の中に皮肉がこもっているように感じられたので、慌ててひれ伏して言った。

「これも、すべては陛下のご英明のおかげでございます。富倫殿の嘆願を安易にお信じにならなかったからにほかなりません」

康熙帝は少しうつろな目をしたまま、威厳を正した。目の前に跪くこの翰林院掌院学士は、寵愛することもできなければ、憎みもできない相手だった。

一昨年の盛夏の折、酷暑がどうにも耐えられなかった際に、城外に山水清涼なる地を選び、行宮《あんぐう》を立てるよう奏請した大臣がいたが、この陳廷敬は、やれ三藩がまだ平定されていない、やれ国事がなおも困難な中で浪費をするべきではない、と主張した。読書人は口を開けば、道徳心を振りかざす。康熙帝は口を塞がれた形でそれに従うしかなかった。しかし康熙帝は内心おおいに不満だった。朝廷にいかに金がなくとも、この程度の金が出せぬほど貧乏ではなかろう、と。今年の夏はさらに熱で焼け死にそうなくらいに暑く、宮中はとても人間の生きる場所ではなかった。暑さでどんなに苦しくとも、天子たるもの臣工らの前では、龍虎《りゅうこ》の威《い》を構えなければならず、汗を拭うこともできない。陳廷敬の今回の山東出張は、見事に勤めを果たしてくれはした。康熙帝は陳廷敬に功がありこそすれ、過ちなどないことを誰よりもよくわかっていながら、心の底では面白くなかったのである。陳廷敬がもし本当に富倫を弾劾して失脚させれば、康熙帝の面子に傷がつくというものである。康熙帝は幼い頃から富倫と遊んで大きくなり、どうしても庇う気持ちがある。陳廷敬が富倫を弾劾しなかったのは、康熙帝の気持ちを汲んだ証拠だった。しかし、康熙帝はこの気持ちを陳廷敬に見破られたくはなかった。そして、心の中に形容し難いしこりが残った。

陳廷敬はなおも地面に跪いたままで、豆粒の如く大きな汗の玉が額から地面にぼたぼたと落ちている。康熙帝は、陳廷敬の体の前の金磚《きんせん》が一面、濡れてそぼって色が変わっているのを見ると、内心快感を覚えた。気の遠くなるような長い沈黙が続いた後、康熙帝は言った。

「持ってきて、朕に見せてくれ」

張善徳は困惑して目を大きく見開いたまま立ちすくんでいたが、康熙帝が石を見たいと言っているのだと合点し、直ちに少年宦官に命じ、石二つを炕《かん》（オンドル）上に担いでくるように命じた。康熙帝は立ち上がって、泰山石を詳しく眺めて回った。陳廷敬はかすかに頭を起こしたが、奇妙な思いに襲われた。最初に済南でこの石二つを見た時は、奇跡の品かとため息をついたものだが。今こうして宮中に持ち込んでみると、ひどい代物のように思えてきたのである。偉そうに康熙帝に献上するなどと言わなければよかった、と後悔していた。

ところが、康熙帝は突然、驚いた様子で言った。

「これは宮中のどこかの木に似ているぞ！　さあ。皆ここに来てみるがいい」

泰山石の一つが全体に古い玉のように淡い黄色をしていた。そこに黛青《たいせい》の木のような図案が浮き出ており、その木の様子には枯淡の趣がある。明珠らは集まってくると頷いて「奇なり」と言いあった。張善徳がついに康熙帝の意図を感じ取り、跪いて長揖《ちょうゆう》（頭を下げ両手を頭上で組み合わせて行う丁重な敬礼）して言った。

「陛下。おめでとうございます。この石は、まさに天から降ってきた祥瑞《しょうずい》ですね」

「どういうことだ」

康熙帝が振り返って見た。張善徳が言った。

「陛下にお答え申し上げます。この石にある木は、御花園《ぎょかえん》（紫禁城の最も奥の後宮の中にある庭園）の古い楸《ひさぎ》（トウキササゲ）の木と同じ姿をしております」

康熙帝は喜び、頭をかがめてさらに詳細に見入ったが、手を上げてしきりにさすった。

「なるほど。道理で朕はどこかで見たことがあると思ったわけだ。似ている。確かに似ている。ほら見よ。木の下に積んである土までも似ているぞ」

陳廷敬は御花園の古い楸の木を見たことはなかった。そこは後宮の中の庭園であり、臣工らが入れる場所ではなかった。ただ御花園には皇家が崇める「神木」だという古い楸の木があり、毎年奉天から「神土」を運んできて木の下に入れる必要があると聞いたことがあった。明珠らももちろんその神木を見たことはなく、その場にいる人々の中では、皇帝のおそば近くに仕える宦官の張善徳しか目にする機会はなかった。

大臣らは康熙帝に祝いの言葉を述べたが、高士奇が最も饒舌であり、それは天が現した祥瑞に違いありませぬ、陛下万歳、といった類の言葉をしきりにまくしたてた。

康熙帝が笑って言った。

「高士奇、さっきは陳廷敬が主君を軽侮していると言っていたではないか」

高士奇は、薄ら笑いを浮かべながらたいして悪びれる様子もなかった。康熙帝は振り返り、陳廷敬を見やって言った。

「陳廷敬、この石、確かにもらっておく。まったく祥瑞だ。よくよく収蔵し、常に教訓とさせよう。さあ。立ち上がりなさい」

陳廷敬は恩に謝して立ち上がると、密かにほっと安堵の息を漏らした。

康熙帝は嬉しくなると、陳廷敬のよい点を思い出した。陳廷敬は昔、翰林に入って日も浅い頃、衛師傅について康熙帝の勉学に仕えたが、すんでのところで鰲拝《オボイ》に命を奪われるところであった。しかし親政後、陳廷敬は昔と変わらず朝夕に進講し、長年にわたって勤め続けている。

康熙帝が再び、南書房の炕《かん》の上に腰を下ろすことはなかった。

「富倫の奏文を朕は見たぞ。物わかりよく自らの過ちを認識しておった。どうやら今回の奏文の内容は本当のようだな」

そう言い残して出立し、乾清宮に帰っていった。

康熙帝が宮殿に戻られるのを恭送《きょうそう》した後、明珠らはようやく陳廷敬と挨拶を交わした。明珠は陳廷敬に手の拳を合わせながら言った。

「富倫殿には、陳大人がおられて幸いだった。さもなければ、自分で自分の首を絞めているのもわからぬところ。あなたも私も富倫とは、古い友人です。あなたには感謝の言葉しかありません」

陳廷敬が礼節を返す暇もなく、高士奇が横から割って入った。

「まったくです。陳大人は、知らず知らずのうちに富倫大人をお救いになったのですね」

陳廷敬が笑って言った。

「士奇殿、何か含みのある言葉ですね。故意か知らずにかなどと言えたものではないが、事実をはっきりさせたことで、富倫大人もどうすればよいのかおわかりになったのです。なんと言っても、陛下が勅令により指名された巡撫ですから」

高士奇も笑って言った。

「含みなどありませぬ。陳大人、富倫大人を故意に救ったのではないと天に向かって誓うことなどできますか?」

張英がその場を取り繕って言った。

「士奇殿は思ったことを口にする性格ですが陳大人といえはお心が広いですから」

陳廷敬は最初から高士奇をまともに相手にするつもりもなかったので、張英がそう言ったのを潮時に、笑みを浮かべてやり過ごした。

この時、張善徳が宦官数人を率いて石を取りに戻ってきた。張善徳が陳廷敬を見て、笑って言った。

「陳大人、我々を気遣っていただき、まったくありがたいことですよ。宮中には貴重なものがあまたありますが、何の足しにもならないこのような石ころを進呈されると、一体どこに置いたものやら」

高士奇が笑って言った。

「張総管、そう仰らずに。この石は何しろ陛下がもらうと仰ったもの。あなたもさっきは、天から降ってきた祥瑞と仰ったではないですか。それ以上言うと、御意に背くことになりましょう」

張善徳は別に恐れなどはなかったが、さっと顔を青ざめさせてみせた。

「高大人、そんなご冗談は努々《ゆめゆめ》仰ってはなりませぬ。まだ首を残して陛下にお仕えしなければなりませんからね」

そう言う間にも、二人の少年宦官が箱の一つを担ぎ出していった。張善徳は皆に向かって手の拳を合わせ、南書房から出ていった。

それ以上は、もう誰も石のことを話題にせず、皆が座って富倫の奏文を見た。皆が石の話題を避けているようであり、箱に目をやることを恐れているかのようであった。陳廷敬は不意に箱の存在に違和感を覚え、人を呼んで運び出させた。箱を運び出すよう小声で指示した時、南書房の人々は誰もまるで何も聞こえなかったかのように振る舞った。徳州で強盗に襲われたことは、富倫の指図に違いない、と皆すでに見当がついている気がした。康熙帝もそこには思い至ったはずであり、ただ口に出して言わないだけであろうと南書房の人々も推測した。それは富倫を弾劾して失脚させることはあり得ない、という陳廷敬の推測を裏付けるものであった。

午後、陳廷敬は南書房を出て翰林院に帰ってきた。長期外出の後だけに翰林院でも自然とさまざまなことが山積みになっていた。報告に上がる人々がひっきりなしに訪れ、陳廷敬が無事に帰ってこられたことに個人的に労いの言葉をかける者もあった。陳廷敬は執務室に腰を下ろした。誰もが何の悩みもなさそうに見えた。翰林の仕事というのは、書物の編纂、修史以外にはない。誰もが清貧の暮らしを送っていた。しかしこの逸材の宝庫から、いつ何時、誰がとんとん拍子に出世を果たすかわからなかった。翰林を軽視し、歯牙にもかけない連中もいたが、陳廷敬は翰林らをまとめる役を担い、一貫して大切に思ってきた。

日が西に傾くまで忙殺されていた陳廷敬も、ようやく翰林院の門を出た。午門から出て、轎に乗ってしばらくすると、大順が轎の簾《すだれ》のそばに近寄り話しかけてきた。

「老爺《だんな》様、今から言うことに驚かないでくださいよ」

陳廷敬は日中、ただでさえ宮中で命の縮む思いの連続だったというのに、今度は何を聞かされるのかと思いながら、耳を傾けた。

「なんだ。脅かすようなことを言わないでくれよ」

「珍児さんが、本当に後を追ってきて京師に入っています」

陳廷敬はぎょっとして、周囲をきょろきょろと見渡して言った。

「え?! どこに?」

大順が指す方向を見ると、珍児が例の男装でつかず離れず後ろからついてきているではないか。珍児は陳廷敬が轎の中から首を出したのを見て、さっと身を翻すと走り去った。陳廷敬は劉景に追いかけるよう命じた。若い娘が一人で外地をさまよい、無事に過ごせるわけがない。

劉景は珍児に追いつくと、轎の前まで連れ戻した。陳廷敬がいかにやさしく聞いてもかき口説いても、珍児はただ項垂《うなだ》れるだけで何も答えなかった。万策が尽き、仕方なく陳廷敬も諦めた。

「まずはどこか場所を見つけて、ゆっくり話をしましょう」

大順は近くに宿屋が一軒あることを知っていたので、皆を連れていった。客室に入ると、陳廷敬は言った。

「珍児。私はどうしたらいいのだ」

「私だって、手も脚も五体満足についているわ。自分の食い扶持くらい自分で考えるから、あなたに迷惑はかけない」

陳廷敬は困惑にただ手をこまねいた。大順が笑って言った。

「老爺様《だんな》、珍児さんを家に連れて帰ったらいいのですよ。命がけで一緒になろうというお方ですよ。金も地位もある男で、三妻四妾《さんさいししょう》を持たない人なんていませんよ」

劉景と馬明は珍児が気を悪くするのではないかと、大順に目で合図を送った。陳廷敬は大順をじろりとにらみつけた。

「この状況で冗談を言っている場合か」

ところが珍児は、逆に陳廷敬がそう大順を叱ったことに傷ついたようで、項垂れて涙を流した。陳廷敬が慌てて言った。

「珍児。とりあえずはここに泊まりなさい。これからのことは、また後で話し合おう」

陳廷敬は家に帰っても、心は晴れず、常に眉間に皺《しわ》を寄せたまま思い悩んでいるようだった。月媛《ユエユエン》はすでに大順から山東の事情を聴いていた。汚職官僚である富倫を、夫は弾劾する勇気がないだけでなく、あらゆる方策で庇おうとしている――。そのことで夫が悩んでいると思い込み、慰めの言葉をかけるのも憚られ、ただ慎重に振舞うのだった。軽く食事を済ませた陳廷敬は書斎の中に一人こもっていた。大順らは主人の悩みを知っていたが、何も役に立つことはできず、ただただ気を揉むだけだった。

ある日の早朝、康熙帝は普段通りに乾清門で聴政を執り行った。陳廷敬は富倫のために例の奏文を提出した。

康熙帝はすでに経緯を心得ており、ただ通例通りに処理していった。陳廷敬の奏上を聞き終えると、康熙帝は諭旨を下した。

「山東巡撫富倫、過ち知って即改めた故、朕はこれを追及せぬ。富倫の嘆願は二つあり、実施すべしと朕は命じる。富倫の嘆願では、山東の民を疲労させた原因に、まずは租税の不均一があるという。裕福な者や豪族のもとには田が幾百幾千と連なるが、自ら租税を払うことなく、生活に四苦八苦する農民や小作人に負担させているとのこと。富倫の奏上通り、山東の税を『攤丁入畝（土地の広さを基準にした田賦の中に人頭税を組み入れる税法）』とし、面積を基準に税を負担することを、ここに許可する。この条項、各省ですべて参照にすべし。また今後、山東で災害が起こり、民を救済する場合、面積を基準に銭糧は配布せず、民の生存を重視すべしと富倫は奏請している。これは無論、絶対原則であるにもかかわらず、現地で歪曲解釈され、さらにはもっともらしい立派な理由までつけられ、守られてこなかった。この条項も各省で重々肝に銘じるよう、朕は強調する」

陳廷敬は直ちに恩に謝した後、そのまま立ち上がらず、引き続き言った。

「臣が山東で見ましたところ、災害の見立て、報告、再調査、再報告、さらには救済銭糧の配布まで、遅い時には一年半から二年もかかるとのことでございました。手続きにこんなに時間がかかっていては、朝廷の銭糧が到着した頃には、人々はもうとうに餓死しております」

事前にその話を聞いていなかった康熙帝は、陳廷敬に尋ねた。

「廷敬。その根源はどこにあると思う？」

「手続きが煩雑に過ぎるということです。加えて、戸部の官僚の中には、心付けを渡さないと故意に先延ばしにする者もいるとのこと」

薩穆哈《サムハ》がそれを聞いて気色ばんだ。

「陳廷敬。でたらめを言うな。我々戸部は……」

康熙帝が一喝した。

「薩穆哈《サムハ》、控えよ。陳廷敬、続けなさい」

「災害が起きた時には、朝廷が各省で迅速に被害を見立てて報告し、戸部では予審一回のみで迅速に救済銭糧を配布するよう厳命すべきと存じます。地方の虚偽の報告、騙し受領を防ぐため、救済銭糧の配布後、追って再調査を行い、もし事実と異なることがあれば、虚偽の報告をした者を厳しく罰するべきかと」

薩穆哈《サムハ》が前に進み出て跪いて奏上した。

「陛下に申し上げます。陳廷敬の言うことは書生の所見、まったく陳腐に過ぎます。事前に厳しく精査しなければ、末端では嘘の報告と受領が横行し、どれだけ銭糧を多く配布しようとも、民の手元には届かず、すべて汚職官吏の懐の中に入ってしまうのではないかと存じます」

陳廷敬が言った。

「陛下に申し上げます。薩穆哈《サムハ》殿の憂慮には確かに一理ございます。悪巧みをする輩を根絶することは、確かに不可能です。しかし汚職官僚が私腹を肥やすその一方で、もう一方には民の命がございます。利害が対立した時には、民の命の方がより重要でございます。銭糧を配布した後、厳しく再調査し、民を苦しめて財を集める輩を厳しく罰することです。決まりが厳しくなれば、汚職官吏がそこまで跋扈するとは限りませぬ」

康熙帝が言った。

「朕は陳廷敬の言うことに理があると思う。薩穆哈《サムハ》、早急に災害救済の法を打ち出し、悪弊を取り除くことに尽力せよ。戸部の部下を厳しく管理せよ。横領や賄賂の督促をする者あれば、おまえにすべてを問う」

薩穆哈《サムハ》は叩頭してしきりに謝罪し、立ち上がって退いた。陳廷敬も恩に謝して立ち上がり持ち場に退いた。薩穆哈《サムハ》は腸《はらわた》が煮えくり返る思いで、陳廷敬を冷ややかな目でにらみ付けた。

康熙帝は怒りで真っ赤になった薩穆哈《サムハ》の顔を一瞥したが、その軽率さを知りながらも知らぬ振りをするしかなく、さらに言った。

「山東の前任の巡撫郭永剛《かくえいごう》の処分が公正を欠いていた責任は、朕にある。陳廷敬、明珠の奏上通り、郭永剛をもとの官品に復活させ、四川巡撫に着任させることを許可する。また山東徳州知府張汧の、民情をよく汲み取り、着実な仕事ぶりはまことに賞賛に値する。張汧を帰京させて聴用《ちょうよう》(異動待ち)とする」

朝政が終わって康熙帝が禁中に戻るのを待ち、臣工らはようやく乾清門から一列に数珠つなぎになって出ていった。明珠が陳廷敬に話しかけてきた。

「廷敬、あなたの不在中に陛下の許可を仰ぎ、弟御の廷統殿に戸部主事の職が授与されました」

陳廷敬はそれを聞いた瞬間、明珠が廷統を使って自分に仕掛けた取り引きだと悟り、なんとも暗い気持ちになった。それでも、手の拳を合わせてこう言うしかなかった。

「明珠大人に感謝いたします。廷統はまだまだ修行が足りませぬ。今の仕事を着実にこなしてくれることだけを願っております」

明珠はしきりに感嘆して言った。

「廷敬、あなたはあまりに正直過ぎる。実の弟御のことも口に出して言えないとは。お安いご用ですよ。私明珠、人を見る目は、自信がありますから」

夜、陳廷統がやって来た。兄弟二人、書斎で茶を飲んでいたが、じきに口論となった。

「明珠と付き合うなと言ったのに、なぜ私の言うことを聞かぬ！」

陳廷敬が咎《とが》めると、陳廷統は猛然と食ってかかった。

「明珠大人のどこがいけないのですか。銀票の一枚も渡したことがないのに推薦してくれたのです。兄さんに頼っていては、俺は永遠に七品小吏でしかない」

陳廷敬は内心腸《はらわた》が煮えくり返る思いだったが、それでもできるだけ語気を和らげて言った。

「おまえの能力を買ってそうしたとでも思っているのか。私に取り引きを仕掛けているのだ。私が富倫を弾劾しなかったから、おまえに六品主事を授けた。おまえのこの六品主事がいつ手に入ったのかを知っているのか。私が戻って陛下に報告した翌日だぞ」

陳廷統は冷ややかに言った。

「つまり、私の官が六品に上がったのは、やはり兄さんの七光りに変わりはないということなのですね」

陳廷敬は大きく首を振って言った。

「今、それをおおいに恥じいっているところだ」

陳廷統は声を荒らげて言った。

「何を恥じることがある。兄さんだって包拯《ほうじょう》（北宋時代の政治家）でもなければ、海瑞《かいずい》（明代中期の政治家）でもなし、ただの立ち回りがうまい人間じゃないか（いずれも清廉潔白で公正な官僚の代名詞）。もしそんなに忠肝義胆《ちゅうかんぎたん》なら、富倫の罪行をすべて明るみに出すべきだろう。その勇気もないくせに。兄さんだって自分の紅頂子《こうちょうし》（官僚のかぶる帽子）を守りたいだけじゃないか！」

陳廷敬はあまりの怒りのために、わなわな震えながら弟を指さして言った。

「廷統、ここまで言っているのに。それでも言うことを聞かないというのなら、遅かれ早かれひどい目に遭うぞ。おまえはまだ官界の入り口にすらたどり着いてもいないというのに」

陳廷統がおもむろに立ち上がって言った。

「わかりましたよ。兄さんは勝手に自分の思う通りの官僚をやっていればいいでしょう」

そう捨て台詞を吐くと、陳廷統は扉を乱暴に開けて出ていった。

月媛《ユエユエン》は廷統を見送ってから、急いで部屋の中に入ってきて言った。

「老爺《だんな》様、会うたびに兄弟二人、なぜ口喧嘩をなさるのですか。兄弟の間のことを私が説得もできませんが、板挟みになって辛うございます」

「構わなくていい。好きにさせておきなさい」

月媛はため息をついて言った。

「老爺《だんな》様、私にも納得がいきません。富倫は殺されて当然だと大順も申しておりました。なぜ事実を言って弾劾しないのですか」

「月媛、朝廷のことは聞かないでくれ。心配してくれているのはわかるが、子供を立派に教育し、ご老人のお世話を頼む。朝廷のことを多く知り過ぎたところで、鬱々と気持ちが落ち込むだけだ」

月媛は茶をつぎ足すと、陳廷敬がそれ以上話す気のないことを見て取り、ため息をついて出ていった。陳廷敬は一人でぽつねんと立ち尽くしていたが、廷統がわざわざ家まで訪ねてきた挙げ句、兄弟で激しい口論となり帰っていったことを思い、気持ちがひどく塞いだ。居ても立ってもいられず、岳父に会いに行った。

李老先生は書斎で書物を読んでいるところだった。兄弟二人のやり取りは何も聞こえなかった振りをした。陳廷敬は岳父に挨拶をしてから話し出した。

「お義父さん。わが弟ときたら……まったく」

李老先生は笑って言った。

「廷敬、実の弟なのだから、助けられるならできるだけ助けてやるのも、人の常なのではないのかな」

陳廷敬は首を振った。

「助けたくないわけではありませんが、弟にはまったく甲斐性がないのです。常に伝手を頼って出世しようとするなど……。官界の風雲変幻と言ったら、今日は東風が西風を圧倒していても、明日には西風が東風を押し倒すかもしれません。伝手で出世などしようとしたところで、無事でいられるはずがありませぬ」

「まったくその通りだ。賭博のように、負け組に賭けたらすっからかんに負けてしまう」

舅と婿がそんな話をしていると、陳廷敬は自ら悟った「穏《おん》」の字を思い出した。人との付き合いは「穏」、ことの処理も「穏」。風向きを見る時は、特に「穏」でなければならない。官界で最も予測の難しいのが風向きであり、少し風が吹いたからと言って慌てて派閥を乗り換えることだけは、決してしてはならない。官界ではそれぞれの派閥形成は避けられないが、身を投じた派閥の福禍を予測することは難しい。陳廷敬がどの派閥にも身を投じないのも、「穏」中の秘訣なのである。

この時、月媛が翠屏《ツイピン》を連れて煎じ薬を持って入ってきた。陳廷敬と李老先生は、しばらく顔を見合わせていたが、ともに無言だった。月援が声を掛けた。

「父さん。お薬を飲んでください」

「わかった。ここに置いておきなさい」

月媛はしばらくそこに立っていたが、舅と婿の二人の間には、自分の前で話したくない話題があるのだと察し、部屋を出ていった。

陳廷敬は月媛が出ていくのを見やっていたが、振り返って言った。

「お義父さん。月媛は詳しい話をしてくれないと私を責めるのですが、官界のことをあまり深く知らせたくはないのです。あれこれと悩んだところで、どうなるものでもありませぬ故《ゆえ》」

「あの子なりによかれと思っているのだよ。少しは悩みを分かち合って、気持ちを軽くしてあげたいとね。しかし、確かに婦人の身で聞くべきではないこともあるな。言わずにおけばよい」

陳廷敬が言った。

「月媛はなぜ富倫を弾劾しないのかと聞くのですが、説明のしようがないのです」

「朝廷での大事は私にもよくわからぬが、あなたにはあなたの信念があると私は信じているよ」

陳廷敬は首を振り、ため息をついた。

「お義父さん。私には自分の力の及ぶ限りのことしかできません。力の及ばないことを無理強いすれば、何もできなくなってしまうでしょう」

「富倫の立場は、それほどまでに強固なものなのか」

陳廷敬は声を抑えて言った。

「富倫を弾劾するのは明珠、陛下を弾劾するのと同じことです。さらばどう弾劾しろというのでしょう」

李老先生はさっと顔色を変えたが、ひとしきり頷いていたかと思うと、今度は首を振った。陳廷敬はさらに言った。

「仮に私が思い切って富倫を弾劾したとしても、恐らくたらい回しとなり、せいぜい先延ばしにされて判決が出ぬままとなるでしょう。その一方で、実務の方はと言えば、天下に遍く実情が暴露された挙げ句、山東で本来やるべきことは何一つ実行できないという結果にならぬとも限りません。お義父さん、最終的にひどい目に遭うのは、庶民なのです！」

二十八

張汧は命を奉じて京師に戻ると、再び山西会館に一時身を寄せた。陳廷敬はこの日、久しぶりに時間が空いたので、張汧と約束して骨董品街を見て回った。二人は通りを当てもなく歩いた後、「五墨斎《ごぼくさい》」という店に入った。番頭は客が来たのを見て、いそいそと声を掛けた。

「おや。お二人さん。気軽に見ていってくださいよ。うちのものは皆、本物、上等ですよ！」

陳廷敬が笑って言った。

「お宅の物はなかなかよいと、早くからその評判を聞いていてね。今日はわざわざ訪ねてきたのだ」

番頭は陳廷敬と張汧の出で立ちを値踏みした上で言った。

「お二人、玄人とお見受けしました。うちには唐末五代の山水画家、荊浩《けいこう》の『匡盧図《ぎょうろず》』がありますよ」

陳廷敬は、はっと驚いて尋ねた。

「荊浩の画？　もしそれが本物なら、貴重な逸品ですね」

番頭が戸棚の中からその画を取り出し、そばの机におき、慎重に開いた。

「あまりに貴重なので、外においで置くのもどうかと思いましてね」

陳廷敬は黙って近づくと、詳しく鑑賞した。張汧も見たが、首を振った。

「廷敬。あなたの眼力が頼みだ。私は素人だから」

「私も少し聞きかじった程度ですよ」

番頭は陳廷敬の目の表情を覗き込んだ後、また画に目を移し、用心深く言った。

「専門家の方々に皆見ていただきましたが、ため息をつかれるばかりでしたよ」

陳廷敬はしばらく見ていたが、頷いて言った。

「画風はまさに荊浩《けいこう》の風格ですね。この『瀑流飛下三千尺』という句は、廬山の五老峰を表現しています。元代の詩人柯九思《かきゅうし》の題詩ですね。この上に題されている『荊浩真蹟神品』の数文字は、宋代の人が題写(後から絵を収蔵した人が、絵の感想を書き込んだ文字)したものでしょう。この画には画家の落款がなく、いわゆる『匡廬図』というのは、後世の人が勝手に名付けてそのうち定着した名前でしょう」

張汧が尋ねた。

「なぜそう思う」

番頭もそのわけを知りたくて、口を開けたまま陳廷敬を見た。

「荊浩は乱世に生まれ、晩年は太行山に隠遁していました。彼の手になる山水画は皆、北方の風物であり、石が多く土が少なく、高峻勇壮《こうしゅんゆうそう》にて奇です。張汧兄、私たちはともに太行山の出身ですが、よくこの画を見てください。まさにわれらの故郷に見えませんか?」

張汧の答えを待たず、番頭が手を打って賞賛した。

「いやいや。本当に専門家でいらっしゃる」

「番頭さん。お世辞はなしですよ。この画のお値段をお聞かせください」

陳廷敬が首を振って聞くと、番頭は二本の指を立てた。

「かけ値なしで銀二千両です」

陳廷敬は首を振って笑い、口をつぐんで無言となった。

番頭は陳廷敬の様子を見て、言った。

「誓って吹っかけてはおりませぬ。玄人のあなたなら、これでも高くないことはおわかりでしょう」

陳廷敬はそれでも微笑して首を振り、目は戸棚の別のものを追いかけ始めた。番頭が気色ばんだ。

「それなら、あなたが値段を出してください。こんなにもよいものですよ。どうしたってわかる人の手に渡るべきでしょう。さもなければ、せっかくの逸品が台無しです」

陳廷敬はそれでも首を振った。番頭はますます納得しなかった。

「旦那。口くらいきいてくださいよ。取り引きは成立しなくても、仁義はあってしかるべきでしょう」

陳廷敬は笑って言った。

「いやいや。何も言わぬ方がいいでしょう。口を開くと怒らせてしまうかもしれませぬ」

番頭はどんと胸を叩き、豪快に言った。

「旦那。なんてことを仰るのですか。遠慮せず値段をつけてください」

陳廷敬も二本の指を出した。

「銀二両」

番頭は気色ばんだ。

「ご冗談にも程が」

陳廷敬はそれでも笑ったままで言った。

「だから、怒らせてしまう、と言ったでしょう」

番頭はどうやら突然、この来客はただ者ではないのかもしれぬと感じ取り、すぐに愛想笑いを浮かべて言った。

「いえいえ。そんなことはございませんよ。ただ二両というのは、あまりにも現実離れしている、と言っただけです」

「銀二両の価値しかないことは、あなたが一番よくご存じのはず」

番頭は目を丸くして言った。

「こちらの旦那。そんなふうに仰られると、困惑いたしますよ」

陳廷敬は声を上げて大笑いをした。

「困惑ですか。よくわかっておられるでしょう」

張汧が用心深く尋ねた。

「廷敬兄、まさか贋作ですか」

「番頭さんに聞くといい」

番頭は弱り切った顔をした。

「本当に贋作なら、私は大損ですよ。本物だと思って買い入れたのですから」

「番頭さん。また煙に巻くおつもりか」

陳廷敬が笑うと、張汧は番頭を見て言った。

「廷敬兄、本当のことを言ったら、番頭が黙ってしまうと思ったのだね」

「私はあまり詳しい方ではありませぬ。本当によくわかっているのは高士奇。いろいろなものを扱っているし、彼こそは専門家です」

番頭は高士奇と聞くと、慌てて手の拳を合わせて言った。

「それは宮中の高大人のことですか？」

陳廷敬は笑ってそれには答えず、ただ一言だけ尋ねた。

「お知り合いですか」

番頭は慌てて跪き、叩頭した。

「手前、大人お二人を騙すことなどできませぬ！」

陳廷敬は慌てて番頭を助け起こすと、笑って言った。

「二人とも朝服は身につけていないし、顔に官、という字が書いてあるわけでもないでしょう」

番頭は立ち上がると膝頭の埃を払い、恭しく言った。

「お二人が高大人とお知り合いだというからには、きっと朝廷にお仕えされる官僚の方に間違いありません。高大人は手前を認めてくださるので、ここに真作、逸品が入ると、すべてはまず高大人にお見せしています。この『匡廬図』の本物はまさに真品、高大人の手の中にあります。本物の『匡廬図』なら、銀二千両では収まりませんが、高大人にお売りした際、二千両しかいただきませんでした。高大人はそのほかにもまったく同じ贋作を一枚買われました。そちらは確かに銀二両しかしません」

張汧が尋ねた。

「高大人は贋作を買ってどうするのでしょう」

「高大人の習慣です。真作を外に飾っておけば、痛んで台無しにしてしまう。世間で真贋がわかる人もどうせ多くないのだから、と。本当の目利きにでくわした時のみ、初めて本物を見せるということです」

陳廷敬と張汧は、互いに目を合わせて笑った。二人は五墨斎を出ると、小料理屋を見つけて入り、酒を酌み交わしつつ、四方山話に話を咲かせ、日が暮れてからようやく帰途についた。

数日後、南書房内では、明珠が上奏文に目を通しながら雑談を始めた。皆に廉吏《れんり》（心の清く正しい役人）の推挙と博学鴻詞《はくがくこうし》（科挙の試験に合格せずとも、推薦により優れた人材を登用する、康熙帝時代に新設された制度）について尋ねた。康熙帝は、四品以上の大官に廉吏を予備選抜に推挙し、教養高い人材を博学鴻詞に推挙する許可を出したのであった。高士奇は官位が四品に満たないが、康熙帝の文学侍従でもあり、命を受けて人材を推挙することとなったのである。しかし高士奇はこう言った。

「士奇は、まだ検討中で答えが出ておりませぬ」

そこで明珠は陳廷敬に尋ねた。

「あなたはどうですか」

「廷敬は、嘉定知県の陸隴其《りくろうき》、青苑知県の邵嗣尭《しょうしぎょう》、呉江知県の劉相年《りゅうそうねん》は清廉潔白で民を愛する官吏かと思います。教養の高さで言えば、廷敬はまず一番に傅山を推薦いたします」

陳廷敬のこの言葉を聞き、皆一時手を止めて互いの顔を見合わせた。明珠が言った。

「廷敬よ。陸、邵、劉の三人の清廉潔白は遠くまで知れ渡っているとはいえ、能力としてはごく平凡だ。私は吏部を長年率いているから、誰よりもそれをよくわかっている。傅山についていては問題外だ。虎視眈々と反清復明を狙っていることを天下で知らぬ者はない」

「誰が反清復明を狙っているのだ？」

突然、康熙帝が入ってきたので、臣工らは皆椅子から転がり落ちるように、音を立てて一斉に地面に伏せた。康熙帝が炕《かん》（オンドル）の上に座って言った。

「今日は張善徳に事前に知らせることなく、自分で入ってきた。明珠、先ほどは何の話をしていた？」

高士奇が話を奪うように答えた。

「陛下にお答え申し上げます。陳廷敬殿が傅山を『博学鴻詞』に入れるよう推薦すると仰ったので、明珠殿がそれはふさわしくない、天下の人は誰もが、傅山が我々清朝とは同じ心ではないことを知っている、と仰ったところでございました」

康熙帝はため息をつくと、ゆっくりと言った。

「朕も幼い頃から傅山のことは聞き及んでいる。その反体制詩は大変有名だな。当時は読書人の間で広く伝わっただけではなく、市井の子供でさえ暗誦したものだ。誰かまだ覚えている者はあるか」

一瞬、場はしんと静まり返り、誰も声を上げなかった。しばらくして陳廷敬が答えた。

「臣、覚えております。

一灯続日月　　一つの燈火が昼と夜をつなぎ
不寐照煩悩　　眠れぬまま煩悩を照らす
不生不死間　　生きもせず死にもせぬようなこの世で
如何為懐抱　　いったい何を心のうちに抱けようか

この詩は、誰が見ても、確かに反体制詩でございます」

康熙帝は微笑して言った。

「皆、まったく如才ないな。誰も覚えていないなどと朕は信じぬぞ。当時、朕はまだ洟垂れ小僧だったが覚えている。数十年たった今でも、忘れられぬ。廷敬だけが自分は覚えていると告白した。その襟懐坦白《きんかいたんぱく》(正直で裏表がない)がわかるというもの」

陳廷敬は手の拳を合わせ、奏文冊子を差し出した。

「臣は陸隴其、邵嗣尭、劉相年の三人の清廉知県を推挙したく存じます。『博学鴻詞』科については、まずは一番に山西の名儒者である傅山を推挙いたします。奏文冊子を書き上げましたので、どうか陛下ご覧ください」

張善徳が奏文を受け取ると、康熙帝の手元においた。

「この奏文は、通常通りにまずは皆で討議せよ。朕はまだごく幼い頃に廷敬から傅山の話を聞き、名節を重視する読書人だと知った。頭を剃って辮髪を結わぬがために、髪を束ねて道士となり、清朝に帰順しないのだったな」

高士奇は康熙帝がそのように言うのを聞くと、直ちに申し入れた。

「傅山は顧炎武《こえんぶ》と結託し、醜く延命しようとしている南明朝廷に忠誠を誓ったことがございました」

「陛下に申し上げます。高士奇殿の仰ることは、確かに事実でございます。しかし時が過ぎ、環境が変遷した今、その固定概念を捨てるべきかと存じます。傅山のことであれば、臣は高士奇殿よりずっとよく知っております」

陳廷敬が言うと、高士奇が続けた。

「確かにその通りですね。陳廷敬殿は、傅山とは長年の古い友人ですから」

陳廷敬は高士奇の言葉に含みがあるのを感じ取り、言った。

「陛下。臣は傅山とは何度か面識があり、志の方向が異なるとはいえ、互いに認め合っております。友人という言い方には同意いたしかねますが。傅山は私が進士に及第したその日から、朝廷を脱離するよう働きかけて参りました。反対に、私は知り合ったその日から、朝廷に帰順するよう説得を続けて参りました」

康熙帝はしきりに頷いていたが、言った。

「廷敬。傅山の推挙を許そう。傅山はいくつになる」

陳廷敬は急いで叩頭し、恩に謝して答えた。

「七十歳前後かと思われます」

康熙帝は頗《すこぶ》る感慨深げに言った。

「もうご老人ではないか。傅山に京入りを説得するよう陽曲知県に命じる。この気骨ある老人を見てみたいものだ。よし。皆もご苦労であった。今日は少し手元の仕事を置いて、ほかの話をしよう」

高士奇が間、髪を容れず言った。

「陛下に申し上げます。五代時代の絵師、荊浩《けいこう》の『匡廬図』を収蔵いたしました故《ゆえ》、陛下に献上いたしたく存じます」

それを聞いた康熙帝の顔が、ぱっと華やいだ。

「なんと？　荊浩の？　早く見せよ」

高士奇が『匡廬図』を取り出し、少しずつ広げた。康熙帝は詳細に鑑賞しながら、しきりに頷いて言った。

「まったく稀世の珍宝だな！　陳廷敬、そなたも詳しいだろう。どう思う？」

陳廷敬は前に進み出て詳細に観察したが、それが贋作であることに気が付き、思わず「あ」と一言、漏らした。即座に、どうした、と康熙帝が尋ねた。陳廷敬は取り繕って言った。

「荊浩の絵は、もうこの世に多くは残っておりませぬ。実に得がたきかな。思わず驚きの嘆息が出た次第でございます」

康熙帝はおおいに喜んで言った。

「士奇は、何しろいろいろなことを知っておるからな。雑学の王と言ってもよい。その書を先皇が褒めていたが、骨董も相当の目利きだ。昔、朕に弾弓を作ってくれたことがあったな。あれは今でもとってあるぞ」

高士奇は慌てて跪き、謙遜して言った。

「臣は才薄く、学浅く、陛下にささやかな楽しみを提供することで、忠義を尽くすことしかできませぬ」

康熙帝が笑って言った。

「そういう言い方はよくないな。朕の勉学のことを言えば、まさに士奇が入門の手ほどきをしてくれたようなものだ。朕が幼ない頃、勉学の時にどんな詩文を出してきても、士奇はその年代、作者を言うことができた。その後、朕も研鑽を積み、自分でもわかるようになってきた」

高士奇が手の拳を合わせて言った。

「陛下は天資聡潁《てんしそうえい》（才知に優れて賢明）であられる真の神人です」

陳廷敬は康熙帝が高士奇を褒めるのを聞きながら、心の中で諦観のため息をつくしかなかった。

昔、高士奇は懐に常に豆粒状の純金の粒をいくつか隠し持っており、暇を見つけては乾清宮の宦官に康熙帝がこの数日どんな本を読み、どこまで読んだのかを尋ねたものだった。話を聞いた後で、その金の豆粒を一粒差し出すのであった。高士奇は後からその本を読み、康熙帝が読んでいる部分を精通するまで調べ上げた。そのため、康熙帝が尋ねることすべてに高士奇は、すらすらと答えることができたのである。康熙帝はまだ幼かったため、高士奇は素晴らしい教養の持ち主だと思い込んだ。ましてや乾清宮の宦官らが、陰ではこっそり高士奇を「高金豆《こうきんまめ》」というあだ名で呼んでいるなどとは知る由もなかった。「高金豆」はまたたく間に宦官らの福の神となり、康熙帝が今読んでいる本について、聞かれもしないのに自分から馳せ参じて教えにゆく宦官さえいた。その当時、張善徳はまだ若く、年上の宦官によるいじめから逃れられなかった。それを見かねた陳廷敬は機会を見ては彼を庇ったものだった。それ以来、張善徳は陳廷敬に恩義を感じ、知っていることはすべて陳廷敬に話していた。

この日、康熙帝は頗《すこぶ》る機嫌がよく、南書房に長く逗留してから、興が尽きてようやく帰っていった。聖駕を見送ると明珠が尋ねた。

「士奇、どこからこのような逸品を探してくるのだ。次々に陛下に献上するとは」

高士奇が笑って言った。

「その心さえあれば、いつも陛下のお喜びになるものを探し出すことができるのです」

明珠は笑いながら、振り返ると、陳廷敬を部屋の隅の方に引っ張って言った。

「陳大人。陛下に直接面と向かって奏上されたからには、もうこれ以上は言いませぬが、あなたのために心配しております」

「明大人、何を心配してくださるのです」

「陸、邵、劉の三人は、官僚としての品格は申し分はないが、あまりにも融通の利かない性格で下手をすると面倒を起こしかねませぬ。その時には、あなたも巻き込まれることになりますよ」

「本当に好き官《よかん》かつ清官であれば、巻き込まれても何の差支えがありましょうか」

明珠はもともと、ほかの人たちに聞こえないように避けて言っていたのだが、高士奇は耳ざとく聞きつけて口を挟んだ。

「明大人、陳大人のためにご心配なさる必要などありましょうか。忠誠心の一心で仰っているのですから。張大人、そうでしょう?」

張英は突然話を振られて一瞬きょとんとしていたが、顔を上げて困惑気味に聞き返した。

「今、なんと?」

明珠が含みを持った笑いで言った。

「張大人こそ、本当に聡明なお方」

陳廷敬も張英の方を見やって笑ったが、何も口には出さなかった。張英のぶれない姿勢には尊敬の念を抱いていた。張英は、一日中まったく口をきかないまま頭を書類の中に埋没させて物を書いたり、写したりすることができた。何かの瞬間に思い出さない限り、南書房に張英という人間がいることすらほとんどの人たちが忘れてしまうほどだった。


張汧は異動先がいつまでも通知されず、気の晴れない日々が続いていた。夜、陳廷敬を訪ねた。張汧は陳廷敬の書斎に座り込むと、ため息をついて言った。

「吏部に何度か言ったが、明珠大人はいつももう少し待つように、正四品の補欠に入ることは言うまでもないし、破格に正三品に充てられる可能性もあるが、最終的には陛下のご意向による、と言うのだ。廷敬兄が陛下の前で推挙してくれたおかげで『回京聴用(京師に帰って配属待ち)』になり、おおいに感謝している。廷敬兄、いっそのこと最後まで面倒を見て、陛下の前で少し話をしてくれないだろうか」

陳廷敬はひどく困った顔をした。

「張汧兄。陛下の前で言い出すのは、憚られる。賢人の推挙では身内の推薦も禁忌ではないとはいえ、私たちはなんといっても姻戚。陰でなんと言われるかわかりませぬ。推挙すると、かえってあなたに不利にならないかと心配です」

「廷敬兄は明珠を心配しているのか」

陳廷敬は首を振った。

「明珠は老練故《ゆえ》、露骨に攻撃はしないでしょう」

「それなら、ほかに誰が」

「高士奇です」

張汧が訝《いぶか》しんで尋ねた。

「高士奇とは、あなたも私も古い付き合いではないか。なぜあなたを攻撃するのだ」

陳廷敬は長いため息をついた。

「張汧兄はしばらく京師におられなかったから、宦海(官界)の風雲、世間の動向を耳にされていないと思うので少しお話するが、高士奇は索額図《ソンゴトゥ》の門下である。索額図と明珠は敵同士。しかし索額図は、ずっと私を明珠派だと思っている。二人の間での対立は続いており、どちらも私を引っ張り込もうとする……。ひどい話だ」

張汧は言葉に窮してただため息をついた。陳廷敬がさらに言った。

「人にわざわざ言い訳するわけにもいかぬ。かと言って、まさか自分は索額図派でも明珠派でもないと宣言するわけにもいかぬ。派閥も組まず、徒党も組まず、誰の圏内にも入りたくないというのに」

「高士奇は、たかが六品の俸禄を食む内閣中書でしかない。その仕事といえば、ただ物を写したり、書いたりすることにすぎぬ。その気炎はどこからくるのだろうか」

「高士奇が最も陛下を喜ばせることができるのを御存じありませぬか。高士奇がどれだけ大胆なことか。なんと贋作の『匡廬図』を陛下に献上したのですよ」

張汧はさっと顔色を変え、長い間口をきくことができなかった。陳廷敬は言った。

「堂々たる主君を欺《あざむ》く大罪。それでも私は黙って見過ごすしかない」

「なぜだ」

陳廷敬はため息をついた。

「それを口にしてしまったら、陛下を馬鹿だと言っているようなものではないですか」

張汧はおおいに怒って言った。

「高士奇は、まったく大胆不敵にも程がある。たかが六品小吏の分際で！」

陳廷敬が手を振って言った。

「ああ。幸い一枚の偽画にすぎない。皇帝を誤らせ、国を誤らせるものではない故《ゆえ》、見ざる聞かざるを決め込むしかない」

張汧はそれでも納得いかない様子で尋ねた。

「廷敬兄、索額図はもはや権勢を失っている。高士奇の人柄を考えると、もうとっくに乗り換えていても不思議ではないだろうに」

「高士奇が恐れているのは、陛下ではなく索額図ですよ。索額図は皇戚。いつまた復権するか誰にもわからない。陛下が高士奇を殺すことはないが、索額図は少し機嫌が悪くなれば、殺さぬとも限りませんからね」

張汧は陳家を出ると、一人で通りを徘徊していた。しばらく躊躇していたが、思い切って高士奇の家を訪ねた。高士奇は小人ながら、頼みごとをするにはもしかして役に立つかもしれぬと思ったのである。高家の門番は張汧を相手にせず、誰であろうと無理だ、こんな遅い時間、高大人はもうとっくに休んでおられる、と言うだけだった。張汧は焦っていた。自分と高士奇は、長年の古い知り合いだから、とあくまでも固執した。門番は、実を言えば張汧が心付けをくれないために、ろくな返事をしなかったのである。張汧はそのしきたりを知らず、押し問答しているうちに声も荒くなった。

真夜中の玄関での騒ぎが中にも伝わった。高士奇は普段ならとうに寝付いている時間だったが、その夜は例の『匡廬図』を眺めて楽しんでおり、眠気に襲われることもなかった。玄関の騒ぎを聞きつけ、下僕に様子を見にいかせた。しばらくして、下僕が門番からの報告として「張汧と名乗る人が、どうしても旦那様に会いたいと言っている」と言ってきた。高士奇は張汧と聞くと、言った。

「早く中に入ってもらいなさい」

そこでようやく門番は、何かに怯えたような顔になり、恭しく張汧を自宅の中に案内したのであった。

高士奇は張汧を見ると、両手を取って書斎へ導き入れた。使用人らは、主人が真っすぐ張汧を書斎に招き入れたのを見て、普通の仲ではないことを知り、あたふたと最高級の茶を淹れて給仕した。高士奇は少し怒った様子を見せて言った。

「張汧兄、廷敬に頼んであなたをうちにお招きしたいと思っていたところでしたよ。お互い古い仲ですからね。

あなたが帰京されてから、もう結構な時間が経つのに、私のところにはなぜ一歩もお立ち寄りくださらなかったのやら」

「高大人はお忙しい方なので、お邪魔しては悪いと思いまして」

高士奇が笑って言った。

「廷敬は、あなたを京師に呼んでおいて、それきり何も面倒を見ていないなどということはないでしょうね」

張汧はため息をついた。

「それは私からはなんとも言えませぬ。高大人。なんとか助けていただけませんか」

高士奇は首を振って言った。

「張汧兄、私は陛下に日々お仕えはしているが、一介の内閣中書、六品小吏でしかない。申し訳ないが、私ではお力になれませぬ」

「高大人、あなたにはいろいろ方法があるのではありませんか」

張汧が笑いかけたが、高士奇は長いため息をついた。

「それでも難しいのですよ……」

「高大人。何か道を示してくれるのでもいいのです」

「明珠大人を訪ねられましたか？」

張汧は高士奇の質問の意図がわからず、安易に答えられなかった。そこでまずは何度か茶をすすり、頭の中で整理してからようやく話した。

「吏部に何度か会いに行ったのですが、明大人は、四品の仕事も手配できる、破格で三品になることも可能だろうが、最終的には陛下のお許しがいる、と仰るのみで」

高士奇も湯飲みを持ち上げ、何回か口に含んで笑って言った。

「張汧兄。互いに古い友人ですから、率直にいいますよ。夜に外出しなければならないということです。昼間ではうまく進まないこともあります」

張汧が慌てて答えた。

「高大人、迷路のお導きに感謝いたします。高大人。長年の友人として、失礼を承知で夜分にお尋ねいたしました。明珠大人は毎回、にこにこ笑顔で迎えてくださるのですが、どうにもその真意を測りかねていました」

高士奇が笑って言った。

「張大人が私を知己として見てくださるとは、まったく恐れ多いことです」

張汧は、とんでもないとしきりに言った。一通りお互いに謙遜し合ってから、高士奇が尋ねた。

「徳州の赴任で富倫と気まずいことがあり、明珠大人が助けてくれないと心配しているのなら、ご心配には及びませぬ。明珠大人は、海のようにお心が広いですから」

しかし、張汧は困ったような顔をした。

「高大人の率直なご忠告に感謝いたします。ですが、懐がまことにお恥ずかしい状況で」

「廷敬殿の家は、山西で百年の大資産家。お願いしてみてはどうか」

「親戚の身として、どうしても口にできぬのです」

高士奇が頷いた。

「確かにそうですね。廷敬殿はまた特に融通の利かない人ですからね。いいでしょう。友情を重んじて、私が何か方策を考えましょう。銭塘《せんとう》の同郷で俞子易という友人がいます。商売も繁盛しており、義理人情に篤い人物です。銀四、五千両も貸すよう、話をしてみましょう」

張汧は手の拳を合わせて、長く丁寧な礼をした。

「高大人。張汧、感激至極です」

「張汧兄、ここは家の中ですから、高大人と繰り返すのはおやめください。お互いを兄弟と呼びましょう」

「わかりました。士奇兄のお心に感謝いたします。張汧は知恩を忘れず、報いることのできる人間です」

高士奇は身を近づけると、張汧の手を叩いて言った。

「張汧兄よ。私は功名のない人間ですから。いくらも出世できるものではありませぬ。それに比べてあなたは進士、さらに地方で官職についていたこともあり、今回本当に三品に異動となって、いくらもしないうちに再び地方に赴任となれば、封疆大吏《ほうきょうだいりだいり》ですよ！」

張汧は手の拳を合わせて言った。

「士奇兄の吉言に感謝です。本当にそんな日が来れば、またしてもあなたのご恩のおかげです」

高士奇は手を振って言った。

「いえいえ。その時にはこちらがお世話になりますよ」

夜ももうとうに更けていた。高士奇が熱心に引き止めるので、張汧は高家に一晩泊まった。

それから数日も経たないうちに張汧に辞令が下った。その日、南書房で明珠が、通政使（中央、地方の官僚による奏文を扱う官職）に欠員が出ているからと、張汧の抜擢を康熙帝に推挙した。陛下はそれに違和感を覚えて言った。

「張汧は、もとは従四品。破格に正三品に抜擢するとは、皆にどう説明すればよい」

「通政使司は、各省の奏文を掌握、管理するため、文官で翰林出身者というだけではふさわしくありませぬ。張汧は地方で十数年の勤務経験があり、民情に詳しく、臣は適切かと考えます」

と明珠が答えた。康熙帝が振り返って陳廷敬に尋ねた。

「廷敬はどう思う？」

「臣は張汧と親戚の関係にありますため、私の意見はふさわしくないかと」

「『古来より必要あらば、人材の推挙には身内も避けぬ』というではないか。しかし陳廷敬に憚りありというのならそれもよかろう。皆も意見を言いなさい。張汧の官品をどう思う」

康熙帝が尋ねると、明珠が答えた。

「張汧は実務を熟知しており、民を思いやり、清正廉潔です。順治十六年に山東に派遣されて以来、十数年一日の如く、『両袖に清風、塵一つにも染まらず』と言っていいでしょう」

康熙帝は笑いながら言った。

「明珠、言葉もあまり過ぎるのはどうか。地方での勤め、清廉なる者はもちろんいるが、完璧な清廉とまで言われると、朕はあまり信じられぬぞ」

ここにきて陳廷敬は、ようやく発言した。

「張汧は官について十数年、何の財産もありません。『回京聴用』となっても、住む家もなく、山西会館に寄居しております」

これには、康熙帝も頷かざるを得なかった。

「ということは、張汧は十数年の官について、当時京に試験を受けにきた貧乏学生の頃と、たいして変りないということか」

「臣が見るに、確かにそのようです」

陳廷敬が答え、高士奇も言った。

「臣も証明できます」

康熙帝はとうとう許可した。

「相わかった。張汧を通政使の職に充てよ」

明珠が急いで手の拳を合わせて言った。

「御意、すぐさま処理いたします」

康熙帝は笑うに笑えないような表情を浮かべて言った。

「明珠、恭しく振る舞っていると見えて、ほかの一計があるのかもしれぬな。もしかしたら、皆でとうに申し合わせて罠を仕掛け、朕がその中に潜り込んでくるのを待つだけだったのか」

明珠は、途端に地面にひれ伏して跪いた。

「私は誠心誠意、皇帝陛下の意を汲み、御意に従いことを進めることとしか考えておりませぬ。一片たりとも個人の利益を考えたことなどございませぬ」

陳廷敬、高士奇、張英らも皆、地面にひれ伏した。康熙帝が笑って言った。

「わかったわかった。ただ注意を促しただけだ。少し口にしただけで、このような反応はやめよ。さて、張英、そなたはなぜいつも無言なのだ」

「陛下にお答え申し上げます。臣は己が知ることのみを話し、自分の身の程のことのみをいたします」

張英が答えた。康熙帝はしきりに頷いた。

「よきかな。張英は分をわきまえている」

その日の夜、張汧はまず明珠邸に感謝の挨拶に出向いた。さらには高士奇の家をも訪ねたところ、俞子易がちょうど同席していた。高士奇が言った。

「張汧兄、私にばかり感謝している場合ではないぞ。子易がおおいに助けてくれたのだ」

張汧は俞子易に対して拳を合わせて言った。

「俞兄、感謝いたします。張汧、もちろんご恩に報いますから」

俞子易は腰低く言った。

「高大人のご指示とあらば、応じるまででございますよ。張大人のお礼には及びませぬ」

しばらく雑談してから、高士奇は突然、思い出したような様子で言った。

「張汧兄、この話ははっきり言っておかなければなりませぬ。子易は商売で生業を立てております故《ゆえ》、お金を借りたら、利息はお支払いくださいますよう」

張汧が慌てて頷いて言った。

「借金で利子を支払うのは、当然のことです」

「恐れ入ります」

俞子易が頷いた。時間が遅くなったので、張汧は別れの挨拶をした。張汧を送り出すと、俞子易が振り返って高士奇に言った。

「高大人、数日前に買った何軒かの店ですが、次の買い手を見つけましたので、売ってしまってはいかがでしょう」

「値段がよければ、手放せ。子易、私の替わりに商売をしているのだ。一番大切なのは、口をしっかりと結んでおくことだ」

俞子易が小声で言った。

「高大人。ご安心を。私の商いがあなたのものだと知る者は誰もおりませぬ」

「子易。おまえのところのあの番頭は、信用できるのか」

「大丈夫です。一途な男ですから」

高士奇は頷き、しばらく考え込んでいたが、口を開くと言った。

「おまえについて何回かうちに来ているようだが、一度も会ったことがない。それほど忠実な人間なら、連れてきて会わせなさい」

「下々の者に高大人の前で失礼があっては、と心配で」

しかし、高士奇は言った。

「それは心配に及ばぬ。呼んで来なさい。ええと……名はなんと言った？」

「鄺小毛《こうしょうもう》です」

しばらくすると、その鄺小毛が身をかがめて入ってきて、頭を深く下げて挨拶をした。

「高大人にお初にお目にかかります。高大人におかれましてはあっしにお目をかけていただき、ありがとうございます。あっしは大人のためなら、牛にも馬にもなります！」

高士奇が言った。

「鄺小毛、寄ると触ると『あっし』と言うのはやめなさい。おまえの忠心は得難いな。老夫《わし》は好きだ。これからは子易とともにここに来たら、もうそのような大仰な挨拶はせずともよい。入ってきてそのまま座るように」

鄺小毛はただひたすら叩頭を続けた。

「高大人に忠誠の一心でございます」

「もういい。やたらに叩頭するでない。顔を上げて老夫《わし》によくよく顔を見せよ」

鄺小毛は恐る恐る顔を上げ、高士奇の顔にさっと一瞬だけ視線を走らせたかと思うと、慌ててまたかしこまった。高士奇は親しみやすい態度で接したが、高士奇が豪快に笑うほどに、鄺小毛は頭をさらに低く埋没させ、たちまちまた地面にひれ伏した。

二十九

ある日、陳廷敬が午門を出て轎に乗って家に帰る途中、轎を遮る老人の直訴に出くわした。劉景が前に進み出て尋ねた。

「ご老人。皇城の内、天子のお膝元で冤罪を晴らしたいのなら、順天府にお行きなさい。なぜ道の真ん中で轎を遮る？」

「私は家を強制占拠され、順天府に訴えたのですが、そのために十九年投獄され、数日前にようやく釈放されました。順天府にもう一度訴えに行くなど、とんでもありません」

陳廷敬は轎の簾《すだれ》を開け、老人を見やった。

「お宅が強制占拠され、順天府に訴えて逆に投獄されるなど、そんな不可解なことがあるのか」

「うちはもともと、石磨児胡同《せきまじフートン》にあり、家が兪子易というやくざ者に強制占拠され、朝廷の大官の高士奇に売られてしまいました。順天府に訴えに行くたびに、毎回、衙役に殴られました。どうにも我慢ができないので、いっそのこと順天府衙門の外で寝起きすることにしました。すると拘束されてしまい、投獄されること十九年にも及んだのです」

陳廷敬は内心、なんという偶然かと叫んだ。あれはまだ順治十八年の冬、京師でまさに天然痘の流行騒ぎがあった頃のことだ。ある朝早く、馬に乗って衙門に出向く途上、突然、胡同の角から人が飛び出してきた。馬がそれに驚き、陳廷敬自身も地面にひっくり返ったが、相手は顔中が血だらけだった。陳廷敬は自分が怪我をさせてしまったのかとひどく驚いた。ところがその人物は跪いて馬を驚かせてしまったと許しを乞い、己の傷は他人に殴られたものだと言い、家を強制占拠されたこと、高という姓の官僚に売られたことなどを話したのである。陳廷敬はそういったことを思い出し、もう一度その顔をよくよく見ると、確かに二十年あまり前に出くわしたあの人物ではないか。ただ目の前にいるのは、同じ顔でももはやよぼよぼになった老人であった。

陳廷敬がそんな往時のことに思いを馳せていると、通りに野次馬が集まり、取り囲まれてしまった。そこできまりが悪くなって尋ねた。

「ご老人、訴状はありますか」

馬明が声を押し殺して言った。

「老爺《だんな》、高大人に関わることですから面倒なことになりますよ」

陳廷敬も声をひそめて言った。

「大勢の市民に見られる中、見て見ぬ振りはできぬであろう」

老人は、訴状を押し頂いて言った。

「草民、青天様に感謝いたします！」

家に帰ってからも、陳廷敬はため息を抑えることができなかった。月媛《ユエユエン》が何か困ったことがありましたかと聞いたので、陳廷敬は言った。

「月媛、順治皇帝が崩御されたあの年の冬、私が言っていたことを覚えているかい。ある人の家が強制占拠され、高士奇に売られてしまったという話を」

「ええ。覚えていますよ。それがどうしました？」

「ああ。あの老人とは、まったく縁があるのだなあ。朱啓という名で、告訴したために順天府に十九年も投獄されて数日前にようやく釈放されたばかりだそうだ。それがさっき家に帰る途中、またもやこの朱啓に轎の前にひれ伏されてしまったのだよ」

「お助けになるのですか」

「本来なら私が関わる問題ではないのだが、朱啓が私の轎の前に跪き、群衆に取り囲まれて見守られる中、無視するわけにもいかなかった。しかし、まったく難しい問題だ」

「火を見るより明らかな事件ではありませんか。何の謎もなし。助けてあげるべきですわ」

陳廷敬はため息をついた。

「事件そのものはごく単純な経緯だが、関わる人間があまりにも多過ぎる。高士奇だけではなく、順天府の何代もの府尹《ふいん》(府の長官、府知事)にも責任が及ぶだろう。十数年前の順天府尹の向秉道《こうへいどう》は、今やもう文華殿大学士、刑部尚書になっている」

陳廷敬がそう言うのを聞くと、月媛も不安そうに言った。

「まあ。どうしたらいいのかしら」

「恐らく陛下も、ただの一介の老人のために何人もの大臣を取り調べたくはないだろう」

月媛も何もよい方策は浮かばず、言った。

「私は所詮女ですから、あなたがご判断ください。ただ火を見るより明らかな道理を前に悪人にのさばらせるなんて、あなたも官僚として役立たずだわ」

陳廷敬は何度も長いため息をつき、恥じ入った。あの天然痘の騒ぎがあった時、満州人が無理やり多くの庶民の家を占拠したことも、そのけじめはもはやつけようがないこともわかっていた。

数日後、陳廷敬はまず翰林院に行ってから、昼時に南書房にやって来た。張英と高士奇がすでに到着しており、互いに礼儀正しく挨拶を交した。陳廷敬はこの日、高士奇を見ると無性に腹が立ち、その鼻もその目も、何を見ても気に入らなかった。ところが高士奇はそんな陳廷敬の気持ちも知らず、いそいそと寄ってくると、ひそひそ声で耳元にささやいた。

「陳大人。少し話したいことがあるのですが」

陳廷敬は訝《いぶか》しく思いながら尋ねた。

「何か大事なことかな」

陳廷敬が高士奇について屏風の後ろに行くと、高士奇が低い声で言った。

「陳大人、弟御の廷統殿が昨晩、銀千両を送り届けてきたのですが、どうしましょう」

高士奇はそう言い終わると、銀票を一枚、懐から出した。陳廷敬はさっと表情を凍りつかせると、穴があったら入りたいほどの恥ずかしさを覚えた。

「廷統のやつめ！」

高士奇が声をひそめて言った。

「陳大人、そんなにお怒りになるほどのこともありませぬ。廷統殿は官界の悪習のために血迷ってしまったのでしょう。官というのは、お金を受け取るものだと思われたのですね。廷統殿が六品に抜擢される際、確かに明大人の前で少し口添えはしましたし、陛下の前でも口添えはしました。ですが私は能力を基準に推挙したのであって、私心があるわけではありませぬ。はっきり言えば、すべては陛下のご恩典ですから」

「士奇、廷統の朝廷命官に対する贈賄は、大罪だ」

高士奇が笑って言った。

「陛下がお知りになれば、廷統殿の前途はもう一巻の終わりでしょう。ここはこの銀票をお引き取りいただき、ご本人にお返しください」

陳廷敬は、高士奇の目的が本当に金銭でないのなら、一旦受け取っておいてからこんなふうに自分に言う必要はないのに、と訝《いぶか》しんでその真意を測りかねた。

「廷統がもし悪党なら、その前途が開けていればいるほど、今後朝廷への危害は、大きくなるでしょう」

高士奇はとても心配げな様子を見せて言った。

「そういうことではないでしょう。廷統殿はまだ若いから、帰ってよく話をしてあげたら、それでいいでしょう。銀票はお持ち帰りください」

陳廷敬は銀票の由縁がまったくつかめず、ただ手を振って言った。

「この銀票は、断じて受け取ることはできませぬ。士奇殿、規定通りに処理してくださるよう」

高士奇は苦言を呈するかのように言った。

「廷敬殿。そんな融通の利かないことを言ってはいけない。朝廷の人脈は複雑かつ変化も多いもの。そんな中を私とあなただけがこれまでずっと古い友人のまま、ここまできたのではありませぬか。何事も互いに庇い合ってこそですよ。廷統殿のことは実の弟のように接していますから、この件を陛下にそのまま報告することなどできませぬ」

陳廷敬はそれでもその銀票を受け取ることを潔しとせず、ただ同じことを繰り返すのみであった。

「士奇殿、この陳廷敬、二代の皇帝のご恩を受け、朝廷へのご恩に報いるには、断じて一片の私念もありませぬ。廷統のことは、事実の通り陛下にご報告ください」

高士奇は、お手上げだと言わんばかりにため息をついた。

「どうしても、と仰るなら、そのまま陛下にご報告申し上げますが、陳大人、どうか恨まないでくださいよ」

陳廷敬は長いため息をついて言った。

「愚弟に甲斐性がないだけのことです。何も恨みなどしませぬ」

陳廷敬はその日、南書房にいながらも、心ここにあらずという状態だった。世の中には、こんなに偶然が重なることがあるのだろうか。朱啓の訴状を受け取り、それが高士奇に関わることだった。すると今日、廷統が高士奇に銀票を贈ったという事件が飛び出してきた。廷統の懐事情はあまり豊かではないはずなのに、どこからこんな大金を工面して人に贈ったのだろうか。

夜になり、陳廷敬は弟を呼びつけた。問いただすと、なんと本当に高士奇にお金を贈ったという。陳廷敬はかっとなって、大声で叱責した。

「おまえの俸禄で、どこからこんな大金を工面して人に贈ったりしたのだ。実家の金を人に贈ったのであれば、あまりにも親不孝というものではないか。父はもう六十歳近い老人なのに、まだ商いのために気を揉んでいる。父のお金は血と汗でできたお金であるのに」

陳廷統は憎々しげに鼻を鳴らした。

「家のお金などびた一文もらっていませんよ」

それを聞いて、陳廷敬は余計に驚いた。

「それは驚きだな。まさか汚職で得たのか。それなら罪の上にさらに罪だ」

「汚職もしていませんよ」

陳廷敬はさらに不安になって尋ねた。

「では、天から落ちてきたとでも言うのか。早く言いなさい。どういうことだ」

それに陳廷統は答えずに言った。

「兄さんは自分だけが高みを歩いて、兄弟の情など一度として顧みたことがないくせに。自分のやり方で官界を泳いで渡って、何が悪いのです」

陳廷敬はあまりの怒りに血が噴き出すかと思われた。陳廷統をじりじりとにらみ付け、言葉も出てこなかった。乱れた呼吸を整えてから語気を緩めて言った。

「おまえはそこまで馬鹿なのか。高士奇がなぜ銀票を返そうとしたと思う。おまえが渡した時に受け取らなければそれで済んだものを。おまえを陥れるだけでなく、私をも陥れようとしているということが、本当に分からないのか」

陳廷統は冷ややかに一笑して言った。

「高大人は兄さんに恩を売ろうとしたのに、兄さんがそれを相手にしなかっただけでしょう」

陳廷敬はそれを聞いて、困惑した。

「私に一体どんな恩を売りたいというのだ」

「僕も今日聞いたばかりだけれど、高大人に関わる事件を引き受けたのでしょう。僕がまんまとはめられたのは認めるけど、それもこれも、もとはと言えば兄さんのせいではありませんか」

陳廷敬は、あまりのことに耳鳴りを覚え、ふらふらと椅子の中に倒れ込んだ。やはり南書房で予測した通りだった。それにしても街中で受けとった訴状のことを高士奇はなぜ知っているのだろう。陳廷敬はこの数日忙しくて、まだこの件について調べる暇もなかったというのに。

陳廷敬は項垂《うなだ》れたまましばらく考え込んでいたが、尋ねた。

「廷統。言いなさい。あのお金はどこから手に入れた」

「高士奇に、銭塘の同郷の人がいて……」

陳廷統が最後まで言うのを待たずに、陳廷敬にはそれが誰なのかわかった。

「俞子易か？」

「そう。俞子易。その人が訪ねてきて、この前、僕が六品に昇格したのは、高大人が口添えをしてくれたからで、その恩に報いるべきだと言うんだ。そういう決まりのことはよくわからない、と答えると、俞子易は単刀直入に銀一千両を贈れと言う。お金がないと言うと、俞子易も人情に厚く、お金を貸してくれたのさ」

陳廷敬は天を仰ぎ見て長い間無言だったが、やがて口を開いた。

「廷統。愚かにも程がある。俞子易は高士奇が育てた一匹の犬だ。二人で結託しておまえを陥れたのに、それに感謝するとは」

「高大人は、兄さんの言うような人ではありません」

「どこまで騙されたら気が済むのだ。ようやくわかった。高士奇は罠を仕掛けて、私と取り引きをしようという魂胆だったんだな。自宅の来歴を調べられたくないからだ」

陳廷敬は弟に高士奇の屋敷の由縁を詳しく話して聞かせた。ただ、朱啓の訴状の件がなぜこんなに速く耳に届いたのかは謎だった。陳廷統もそれを聞くと、さすがに後悔し、怖くもなった。

「もしどうしても僕を追い詰めるというのなら、高士奇が揺すったと訴えてやる！」

陳廷敬は首を振って言った。

「高士奇がおまえの告訴など恐れるわけがないだろう。ただでさえ陛下のご信任厚い上、お金も供出したのだから、訴える理由などなくなる。廷統。今ここで焦っても何もならぬ。普段通り静かに着実にお勤めをこなすのだ」

そう言われても、陳廷統が安心できるはずもなかった。

「高士奇が本当にこのことを陛下にばらせば、僕は一巻の終わりじゃないか。兄さん。この事件からはもう手を引いてくれよ」

陳廷敬は無情に言った。

「後悔してももう遅い」

陳廷統はぐうの音も出ず、呆然と座り込み、しょげ返った。陳廷敬も迷っていた。この事件からは手を引きたい、これ以上関わりたくないと思った。さもなければ、廷統の身に本当に禍が降りかかるのは明らかだ、と。しかし、高士奇のあまりのあくどさを思うと、今回ここで萎縮すれば、これからもどれだけ人に危害を加え続けるか、もはや歯止めがきかなくなるだろう。陳廷敬は散々悩んだ挙げ句、ついにこの事件を最後まで引き受けることを心に決めたのであった。


翌日、陳廷敬は劉景と馬明に、銭塘《せんとう》商人である俞子易を調べ、どのように他人の屋敷を強制占拠したのかを明らかにするよう命じた。数日で二人は一通り調べ上げ、報告に戻ってきた。もともと朱啓の家は、明代には資産家で何カ所も屋敷を抱える家柄だった。ところが子孫に甲斐性がなく、早くも崇禎《すうてい》年間(明朝末代)には没落の兆が見え始めた。朱啓にはもともと朱達福という名の息子がおり、働きもせずに道楽に耽り、俞子易というやくざ者とも付き合うようになった。やくざ者は、朱達福にあの手この手でお金を使いこませ、先祖が残してくれた数ヶ所の屋敷をきれいさっぱり処分させると、石磨児胡同の屋敷を残すのみとなった。俞子易はさらに罠を仕掛け、高利で朱達福に金を借りさせた。順治十八年、朱達福が突然、行方不明になったので、俞子易は朱啓を訪ね、銀六千両の借金証書を取り出してみせた。朱啓はそれを支払うことができなかったため、俞子易に屋敷から追い出されてしまったのである。それが転売され、朱家の屋敷は高士奇のものとなった。朱達福の行方はもはや誰にもわからず、巷では皆、きっと俞子易に殺されたのだろう、と噂し合っていた。

俞子易の商売は、まったくあくどいものであった。順治十八年、京師で天然痘が流行すると、俞子易は役所と結託して立場の弱い相手を選んでいじめ抜き、屋敷を強制的に占拠した。これらの屋敷は最初国庫に入れられたが、俞子易が衙門の伝手を手繰って安く買い受けた。巷では、俞子易がこんなに大胆不敵なことができるのも、宮廷内に黒幕がいるからに違いない、と噂していた。陳廷敬はそれを聞いて、巷で言うその宮廷内の黒幕とは、高士奇以外の何者でもないことを悟った。

ある夜、高士奇は俞子易と酈小毛を家に呼びつけ、対応策を話し合った。実はあの日、朱啓が路上で陳廷敬の轎を遮った時、俞子易と酈小毛がたまたまそばで見ていたのだった。まったくの偶然だった。普段、俞子易と酈小毛が午門外に高士奇を迎えにくることはなかったが、この日に限って商売で急な報告があり、二人で慌ただしく午門に向かっていた。俞子易はもちろん朱啓を知っており、陳廷敬の轎夫も見知っていたので、高士奇が午門から出てくると、真っ先にこの件を報告したのだった。高士奇は朱啓の告訴など最初から怖くもなんともなかったが、陳廷敬が訴状を受け取ったという点だけは、どうにもまずいことになった、と心配になった。そこで罠を仕掛け、陳廷統にお金を借りさせて礼をするように仕向けたのである。しかし、弟と違って陳廷敬がそう簡単に罠にかかるはずもない。

高士奇は俞子易に尋ねた。

「子易、おまえの名義下の住宅、店舗などをすべて酈小毛の名義に移せと申しつけたが?」

俞子易は不安を拭いきれない。高士奇に別の企みがあるのではないかという憂慮があり、尋ねた。

「帳簿上は皆、移しました。しかし高大人、これでいいのでしょうか」

高士奇は、俞子易の懸念を一笑に付した。

「老夫《わし》がおまえの金を取り上げてしまうのではないか、と心配しているのだろう」

俞子易は慌てて、頭を低くして言った。

「とんでもありません。商いを大きくしてこられたのも、すべては高大人のおかげですから」

「言ったはずだ。金はおまえのものだ、最終的にはおまえのものになる、逃げることはない、と。裁判になった時には、高飛びしろ。あの朱のおやじには好きに告訴させればいい。銭塘の故郷に帰りつきさえすれば、万事うまくいく。役所は契約書しか認めないからな。適当に応対すれば、それでうやむやになる」

俞子易を説得し終わると、高士奇はさらに酈小毛に言った。

「その時には、おまえが主人になる」

鄺小毛はしきりに頷いた。

「すべて高大人のご指示に従います」

高士奇は鄺小毛を一瞥すると言った。

「よし。おまえは先に出なさい。子易に話がある」

鄺小毛は素早く立ち上がって出ていった。しかし高士奇はすぐに話を始めることなく、ゆっくりと茶を飲んだ。俞子易は高士奇がどんな大事なことを言い出すのかと内心どきどきしていた。気の遠くなるほどの時間が経ってから、高士奇は用心深く外に目を向けた後、ようやく小声で言った。

「子易、陳廷敬がいつか本当に真相を究明し出したら、以前おまえが言っていた通りのことを実行に移すのだ」

「わかりました。朱啓をやっちまうんですね。それなら、いっそのこと今やっちまえばいい」

高士奇は首を振って言った。

「いやいや。われらの目的はあくまでも金儲けだ。しなくて済むのなら、殺人はできるだけしないほうがよい。覚えておけ。どうにもならなくなった時以外は、血で手を汚すではない」

「俞子易、肝に銘じました」

高士奇は俞子易に耳を寄せるように言うと、ささやいた。

「覚えておけ。朱啓を殺す時は、鄺小毛にやらせるのだ」

俞子易はしきりに頷き、何度も感謝の意を述べ続けた。このような罪深い仕事を、自分に振らなかった高士奇に感謝した。

この時、外から高大満が声を掛けた。

「老爺《だんな》様、陳大人がお越しになりました」

高士奇は、はっと驚いた。

「こんなに遅くに、どういうことだ」

急いで俞子易に隠れるように命じると、自分は慌てて玄関に駆け付けて出迎えた。

陳廷敬はすでに轎から降りて門の外で待っており、高士奇は門番をいくらか叱責した後で言った。

「おやおや。陳大人、わが寒舎にご足労願うことは。一声お声掛けいただいたら、私から出向きましたものを」

陳廷敬は笑って言った。

「社交辞令はよい。ちょうどいつか一度、お宅にお邪魔したいものだと思っていたところだ」

高士奇は陳廷敬を恭しく応接間に迎えて茶でもてなし、

劉景と馬明の二人は応接間の外に控えた。陳廷敬が茶を一口飲んだところで、高士奇が声を掛けた。

「陳大人、拙宅までお越しいただけるとは、どのようなご指導をいただけるのか」

陳廷敬が笑って言った。

「指導など、とんでもない。以前から士奇殿のもとには貴重な骨董書画が多いと聞いていたので、少し拝見したいと思っていたのです」

高士奇が首を振った。

「陳大人、お笑いになりませぬよう。貴重なものなど何もありはしませぬが。わかりました。書斎の方にお越しください」

書斎の博古架《はっこだな》（骨董品用の飾り棚）には、さまざまな骨董がところ狭しと飾られており、机の上にある鈞甕瓶《きんおうびん》の中にも書画の巻物が挿してあった。高士奇は木箱を一つ開け、巻き軸を一本取り出すと、少しずつそれを開いた。なんとそれは唐代の閻立本《えんりっぽん》『歴代帝王図』だった。

陳廷敬は行燈《あんどん》を持ち上げて詳細に観察し、賞賛することしきりだった。

「士奇殿。貴重品がないなど、とんでもない……。こんな逸品は宮廷内にもないでしょう」

高士奇が慌てて言った。

「そのようなことは断じて。一番よいものはすべて陛下に献上していますから、自分の手元に残しているのは皆、たいした価値のないものばかりです」

陳廷敬は高士奇を見やると突然切り出した。

「荊浩の『匡廬図』を拝見したい」

高士奇は一瞬ぎくりとしたが、すぐに平静な様子に戻り、笑って言った。

「廷敬殿、お忘れですかな。『匡廬図』は陛下に献上しました。あなたもその場にいたではないか。陛下があなたにも見るように言ったでしょう」

陳廷敬は首を振ってから、笑って高士奇を見やったが、黙ったままである。高士奇の顔色が次第に変わり、探るように尋ねた。

「まさかあの『匡廬図』を贋作とでも言うのか」

陳廷敬もそれ以上は言わず、一言だけ言った。

「あなたの方が私よりよくわかっているでしょう」

高士奇はそれでもとぼけて言った。

「もし本当に贋作なら、私の面子は丸つぶれですよ。世間の人は皆、私を目利きと思っていますからね。まさか騙されたとは」

陳廷敬は笑って、低い声で言った。

「この分野であなたを騙せる人はいないが、あなたが陛下を騙すことはできる」

高士奇はさっと顔色を変えて言った。

「陳大人、そのような言葉、ご冗談でも言ってもらっては困ります。欺君《ぎくん》の大罪は、死刑ですからね」

陳廷敬は冷ややかに笑った。

「士奇殿でも怖いと思うことがあるのだね」

高士奇はうっと黙り込み、用心深く尋ねた。

「陳大人、はっきり言ってください。一体何が目的なのですか」

陳廷敬は高士奇の質問には答えずに、きっぱりと言った。

「陛下に献上した『匡廬図』は、銀二両の価値しかない。これに対してあなたの手元にある真作は、二千両で買ったものですね」

高士奇は心の中で悪態をついたが、表面上は何事もなかったかのような涼しい顔をして、笑いながら言った。

「陳大人、陰でずっと私を見張っているのですか」

陳廷敬も笑いながら言った。

「見張ってなどおりませぬ。そういう縁です。縁が常に私たち二人を遭遇させるのでしょう」

高士奇は大笑いして言った。

「まったくですね。縁！　縁とはうまいことを仰る！　陳大人、すべてをわかっておられるのなら、申し上げてもさしつかえないでしょう。陛下に多くの宝を献上してきましたが、真贋ともにあります。あまりにも価値の高いものは、惜しくて手放せませぬ。高士奇、幼い頃より貧しく、貧困の恐怖が記憶にあるので、手に入れたお金を簡単に手放すことができぬのです。たとえその相手が陛下であっても」

陳廷敬は、高士奇と同じ朝廷で二十年あまりもともに仕事をしてきて、心根が怪しいことはすでにわかっていたが、まさかここまでひどい道徳観念の持ち主であるとは、またここまで大胆であるとは、想像もしていなかった。

「士奇殿、今日はまったく率直だね」

「廷敬兄、率直なのではなく、勝算があるだけです。率直に言えば、あなたがこの件を陛下に知らせる気はないことは、わかっていますから」

陳廷敬の目は高士奇の顔から離れ、笑いながら尋ねた。

「それはどういうことかな」

高士奇は慌てず急がず、陳廷敬に茶を進めてからようやく、順序立てて話を始めた。

「われらが陛下は神人。文武両道、あらゆることに通じ、森羅万象をご存じでいらっしゃる。陛下が贋作も見破られぬとなれば、もはや神でも何でもなくなります。廷敬兄、陛下が神人ではないと告げるおつもりはないでしょう」

陳廷敬はゆっくりと茶をすすってから、ため息をついた。

「世間の人々は今上陛下を千年に一人の逸材と言うが、私はあなたを三千年に一人のさらなる逸材と見ています」

高士奇は手の拳を合わせた。

「かかる賛辞、恐縮至極です」

陳廷敬は湯飲みを置き、にこやかに高士奇を見やって言った。

「その見立てが万一に間違っていて、陛下に告げられるのは怖くはないのか」

高士奇はしきりに首を振って言った。

「いやいや。それはないでしょう。陳大人は何事にも老成された方。小事のために大事を失うことはなされない。それが一つ。陛下はいかなる者にも自らの無能な部分を見破られることを許されないお方だ。陳大人は身を賭してまでそんな危険を冒されぬはず。それが第二の理由です」

陳廷敬は笑い声を上げた後、万感胸に迫るといった風情で言った。

「まったくあなたにはかなわぬ。私の心の中すらも読み取り、万事ゆるぎなしというわけか。しかし言っておく。陛下にお告げしないのは怖いからではなく、それだけの価値がないからだ」

「それは、どういう意味ですか？」

陳廷敬は長いため息をついた。

「たかが数枚の贋作、偽《にせ》の花瓶数本のこと。国の政治にも関りなく、主君の進退にも影響もなきこと。このような些細なことに目くじらを立て、君臣の和を乱す意味などないということだ」

高士奇はまた大きな笑い声を天まで響かせて、言った。

「陳大人、忠君愛国、まことに恐れ入りました。どちらにしても同じことです。あなたが陛下に申されぬことはわかっていましたよ」

陳廷敬は笑ってさらに言った。

「今口にせぬからと言って、それは永遠に口にしないという意味ではない。世事は虚ろいやすく、予測不可能であるのだから」

「陳大人は普段はいつもはっきり物を言われるお方。今日はなぜ謎がけが多いのでしょう。まさか、ほかにも何かありましたか」

陳廷敬が言った。

「士奇、あなたを助けたい」

「陳大人が普段から目をかけてくださっていること、士奇、心より感謝いたします。しかし何の問題もない私に、助けなど必要があるようには思えませぬが」

「助けは必要ない、と言うのですね」

高士奇はやや不安になって言った。

「陳大人、話は率直にお願いします」

「銭塘の同郷の俞子易は、いつかあなたの身を滅ぼすでしょう」

高士奇はわざととぼけて言った。

「俞子易？　高士奇、そのような人物の存在は知っていますが」

陳廷敬は笑って言った。

「士奇よ。もう隠すのはおよしなさい。お互いにもう腹の底まで知っているのだ。廷統があなたに贈賄したと俞子易は公然と触れて回っていますよ。あなたに危害が及んでいます」

高士奇はとうにすべてを見透かしていると知りながらも、口ではそれを認めようとしなかった。

「なんと、俞子易が陰で悪さをしていたのですね」

「もしことが明るみに出たら、高士奇の収賄が先、拒絶はその後。清廉を装い、忠良なる者を陥れたことになる」

高士奇はいかにも恥じ入った様子で言った。

「陳大人、少しお言葉が重くはありませぬか。私も騙されていたのですよ。もしそういうことなら、銀票はお持ち帰りになってください。ああ。もっと早くに銀票を持ち帰ってもらえればよかったのです」

陳廷敬は笑って言った。

「いえ。銀票はやはり手元にお持ちください。どちらにしても、ご自分の銀票でしょう。回りくどい作業は不要というもの。廷統が書いた借用書を返してくれればそれでいい。廷統には俸禄があり、わが陳家にも少ないながらいくらかの財産はあり、お金には困っておりませぬ。他人への借金は無用」

高士奇が言った。

「なるほど。陳大人が『匡廬図』のことを仰ったのは、私を脅して廷統の贈賄の件を陛下に告げさせないためだったのですね。それは無用なご心配というもの。私は最初からことを大きくしたくないと言っていたでしょう」

「いや。順番を間違ってもらっては困る。廷統にはもとから贈賄の意図などなく、それを強制した人物がいるというだけだ」

高士奇は慌てて頷いた。

「わかりました、わかりました。俞子易に借用書を返させましょう。そしてこの銀票を俞子易に返せばいいのでしょう」

陳廷敬が笑って言った。

「借用書さえ返してもらえば、銀票はご自分でとっておくも俞子易に返すも、私にはもはや関係なきこと」

陳廷敬はそう言い終わると別れの挨拶をし、高士奇は礼節通りに玄関まで送り出した。二人はしばらく談笑していたが、手の拳を合わせて別れた。まるでかけがえのない大親友のように。高士奇は陳廷敬の轎が闇の中に消えるまで見送ると、次第に憤怒の表情に変わっていった。

応接間に帰ると、高夫人が迎えに出てきていた。

「老爺《だんな》様。隣の部屋で聞いていたのですが、陳大人というのは、なかなか手強い方ですのね」

「ふんっ。私の方がもっと手強いわい。陳廷敬は、学問は私よりはできるし、名文家としての名声も私より高く、官職も私より高いが、それがどうした。私の方が先に南書房に入った。勝てぬはずがない」

高夫人がなだめた。

「老爺《だんな》様。あまりお怒りになりませぬよう。まずはゆっくり整理しましょう。聞いたところ、陳大人は俞子易のあら捜しをしていたようですが、その矛先があなたに向かったら大変ですわ」

「私が馬鹿だと思っているのか。陳廷敬は二言目には俞子易がどうのとしか口にしなかったが、実際には私をつぶしたいのだ。調べればいい。こっちだって調べてやる」

高士奇が突然、大声で叫んだ。

「誰か」

高大満が入ってきて、尋ねた。

「老爺《だんな》様。何でございましょう」

「俞子易を呼んできてくれ」

しばらくすると、俞子易と鄺小毛《こうしょうもう》が入ってきた。高士奇は目を閉じて言った。

「子易。今晩中に陳廷統の借用書を返してこい。それからやるべきことをやれ」

俞子易は頷いて承知し、鄺小毛を伴って出ていった。

高士奇は書斎に戻ると、再び骨董書画を手に取って愉しんだ。主人がまだ休む様子がないのを見ても、高夫人は休むよう声を掛けることも憚られ、そっと下がった。

真夜中、高大満があくびをしながら書斎にやって来て、鄺小毛が訪ねてきたという。高士奇はおおいに迷惑そうな様子で言った。

「もう夜も明ける時分に、一体何をしに来たのだ」

高大満が言った。

「鄺小毛は、老爺《だんな》様が今晩中に結果を知らせるように仰ったと言っています」

「いつ何を知らせろと言った？　あの犬奴才めが。とにかく呼んできなさい」

鄺小毛は高大満に連れられてやって来ると、地面に跪いて伏した。

「高大人にご報告申し上げます。すべて滞りなく済みました」

高士奇は奇妙に思いながら、尋ねた。

「何を滞りなく済ませたのだ」

「高大人のお言いつけ通りに、朱啓を殺しました」

高士奇はぎょっとして、怒鳴りつけた。

「ええ！　天も恐れぬ不届き者め。私がいつ人を殺せと言った。誰か。殺人凶犯の鄺小毛を差し押さえて、ご公儀に差し出せ！」

高大満が駆け付けて大きな声を上げると、すぐに数人の下僕が飛び出してきて、あっという間に鄺小毛を縛り上げた。鄺小毛はあまりの恐怖に顔が土色になったが、

「高大人！」と狂ったように叫び続けた。

「俞子易が、あなたのお言い付けだと言いました」

高士奇は、怒髪天を衝いたように怒鳴りつけた。

「大胆不届き！　おまえが殺しておきながら、その血を人に向かって吐き出し、私に罪をなすりつけるのか！」

酈小毛は地面に跪いて、必死に哀願した。

「高大人、あなたには忠心の一心しかございません。どうかお許しください」

高士奇は一瞥もくれずに言った。

「人を殺しておいて、私にどう許せというのだ」

「すべては俞子易に騙されました。あなたのお言い付けと言われなければ、豹《ひょう》の胆《きも》を飲まされても、人を殺す勇気など湧くわけがございません」

高士奇がこちらに向いて言った。

「本当に俞子易がやれと言ったのか」

酈小毛は滂沱の涙を流しながら頷いた。

「すべては高大人、あなたのお言い付けだと言われました」

高士奇は左右の者どもに命じた。

「ひとまず放してやりなさい。おまえたちはもう下がっていい。私が事実を聞き出すから」

高大満が下僕とともに出ていくと、高士奇はうろうろと部屋の中をしきりに歩き回っていたが、立ち止まると言った。

「まったく私の目は節穴だった。まさか俞子易がおまえに殺人をそそのかし、その責任を私になすりつけるとは」

酈小毛はまだ縛られたままのため、自分で涙を拭くこともできず、壮絶な形相で涙を流しながら訴えた。

「高大人、私は俞子易の奸計にかかったのです。どうかお助けください」

高士奇は天を仰いで嘆息した。

「人の運命は天が決める。私にどう救えと言うのだ。まさか事件を隠して、知らせるなと言うのか。私は朝廷から命を受けた官僚だぞ」

酈小毛は力任せに叩頭し、支える手がないので、数回で地面にごろりと転がる羽目になった。

「高大人、どうか一命をお助けください。この一生、死ぬまであなたの牛となり、馬となり働きますから」

高士奇は身をかがめて酈小毛を起こしてやると、憐憫の情を浮かべ涙まで流して言った。

「小毛よ。普段からどう警告していた？　余計なことは考えず、ただ真面目に商売だけをしろと言っていたはずだ。それを、なぜ人を殺した？」

「俞子易は、高大人が朱啓家の屋敷に住んでいるので、陳廷敬がそれを調べようとしている。朱啓を殺しさえすれば、すべては解決すると言いました」

「朱啓の告訴が私と何の関係がある？　この屋敷は俞子易の手から買い取ったのだ。訴えるなら相手は俞子易のみ。小毛よ。おまえは本当に大馬鹿者だ。俞子易にまんまと乗せられて。命をあいつに握られて、一生その掌の中で生きることになるぞ」

鄺小毛が哀願した。

「高大人、気の迷いでした。どうかどうか助けてくださ い」

高士奇はしきりにため息をついた。

「おまえもなぜよく考えぬ。読書人の私、朝廷から命を受けた官僚であるこの私、毎日陛下にお仕えしている私が、どうして殺人などをするというのか、と」

鄺小毛は後悔しきりに言った。

「私がまったくの大馬鹿者でした」

「聞くが、俞子易の手中の商売は、いくらになる」

「少なくとも三十万両です」

「あいつの商売を助けたことがある。巷では私がそこから利ざやをもらっていると根も葉もない噂をする輩もいるが、私があいつとどうやって利益を分けているのか、聞いたことはあるか」

「聞いたこともございません」

高士奇が冷たく笑って言った。

「おまえは管家《しつじ》なのに、一言も聞いたことはないのか」

「何も」

「私が直接聞いているのに、答えられないのか」

鄺小毛は頭を低くして言った。

「言えません。高大人は俞子易の商売とは関係ない、ということしかわかりません」

高士奇は頷いて言った。

「よし。小毛、私が助けてやる。立ちなさい」

高士奇は自ら鄺小毛の縄をほどいて、助け起こしてやった。鄺小毛は、あらためて跪くと、何度も叩頭を繰り返して言った。

「高大人がもう一度くださった命の恩に、感謝いたします」

「俞子易からいくらもらっていた」

「月々、銀五両でした」

「俞子易の銀三十万両の財産は、もうおまえのものだ」

鄺小毛は慌てて手の拳を合わせ、低頭した。

「恐れ多いことでございます。俞子易は財産を私の名義下に移しましたが、私のものではありません」

高士奇は、鄺小毛をにらみ付けて言った。

「おまえは本当に死にたいのか」

鄺小毛はもう一度跪いた。

「あまりのことに頭がもう、何がなんだかわからなくなってきました。高大人の仰る意味がわかりません」

高士奇は声を押し殺して言った。

「俞子易の財産はおまえのものだ。朱啓は俞子易が殺したのだ」

鄺小毛は、思わず「あ」と一声上げずにはいられなかった。にんにくつぶしの石臼に振り下ろす棒のように、何度も何度も叩頭を続けると言った。

「高大人、これから先、この首は高大人、あなたのものでございます」

「これからこの三十万両のお金は、私が八で、おまえが二だ」

鄺小毛は一瞬、目をきらりと光らせた。

「はい！　高大人。あなたは私の親分です。わかりました。俞子易がどんなに言い訳をしようとも、官府がどんなに尻を叩こうとも、すべては高大人の言い付けに従います」

高士奇はまた涙を流し始めた。

「ああ！　俞子易よ。長い付き合いであったのに。朝廷から命を受けた官僚である私が、あいつの出自を嫌うことなく、自分の手足のようにかわいがってきたのに。まさか自分の商いを守るため、おまえに殺人をそそのかして私を陥れようとは思ってもみなかった。まったく心が痛い」

鄺小毛も泣き出した。

「高大人は、菩薩のようなお心の方でございます」

三十

康熙帝は太和門での政事を終えると聖駕に乗って乾清宮西暖閣に帰り、陳廷敬と高士奇を召見した。康熙帝は奏文を手にしたまま、尋ねた。

「陳廷敬。これは本来、順天府が管轄すべき案件だ。なぜ直接朕のもとに届いておるのだ？」

陳廷敬は康熙帝の語気から、朱啓の案件を康熙帝に報告すべきではなかったとあらためて思い知らされた。しかしことがここまで大きくなってしまった以上、ぐっとこらえて前に進めるしかない。高士奇の面子もつぶした今となっては、もはや躊躇してはいられない状況となっていた。

「高士奇殿が、訳をご存じかと……」

高士奇は縮こまって控えている。康熙帝が自分と陳廷敬を同時に召見するのは、胡同の家の件であることはすでに見当が付いていた。しかしよくよく考えてみれば、康熙帝には高士奇をかばう気持ちがあるからこそ、自分の前で陳廷敬に聞くのだと推察された。だが予想外にも陳廷敬がのっけから核心に切り込んできたため、高士奇は肝を冷やし、みるみるうちに顔色が変わった。康熙帝が高士奇に尋ねた。

「どういうことだ。話して聞かせよ」

高士奇は地面に這いつくばったまま釈明を始めた。

「臣の罪でございます。若き頃、貧寒の日々を過ごし、京師で落魄し、私塾の講師や文の代筆で糊口を凌いでおりました。後には陛下のご加護に浴して内廷に出仕するようになり、陛下のご勉学に侍《はべ》ることができました。しかし位《くらい》卑しく、薄き俸禄では、宅を構える余地はなく、住むところを得ずにおりました。ある時、偶然にも京師で商いを営む銭塘の同郷である俞子易《ゆしい》と知り合い、その家を借りるようになりました。その後、俞子易が他人のある邸宅を購入したので同郷の誼《よしみ》で儲けなしで売ってくれる、と言いました。臣はそのささやかな利に乗ってしまったのでございます」

康熙帝はさらに尋ねた。

「どれくらいの大きさの邸宅だ」

「なかなかの広さではございました。四つの中庭を囲んで部屋があり、部屋の間は合計五十間ほどです。ただすでに古く、痛みがひどい状態で……」

「そなたの今の身分なら、その大きさの邸宅でも特におかしくもなかろう。いくらであった」

康熙帝がその値を尋ねた。

「銀にしますと、三千両」

「高くもないな」

「高くはないのですが、それでも臣はそれだけの銀をそろえることができませんでした。そこで半借半購で住み、一昨年ようやく俞子易への借金を返し終えたところでございました」

康熙帝は訝《いぶか》しげに首をかしげた。

「そういうことなら、何も身にやましいところなどないではないか。なぜ自分に罪があると言う」

高士奇は突然、満面を涙で濡らして訴えた。

「先帝より朝廷の官僚は、商人と交流を持ってはならぬと厳しく命じられておりました。金持ちや豪商から千両の銀を借りた者は収賄罪に論じて斬刑と成す、と。陛下、臣のこの首は、三度切られても当然でございます。陛下、臣はご恩を裏切りました。罪は万死に値いたします」

高士奇は、頭を地面に打ち付けて派手に音を響かせ、涙を流し続けた。康熙帝は長いため息をつき、やや同情のこもった声で言った。

「国朝の官たるや、苦しきものよ。士奇よ。罪は罪だが、朕はその罪を裁くに忍びない。そなたは寒門の出で苦しい思いをしながらも、不屈の精神で立ち向かい、卑屈にならず驕りもせず、顔回《がんかい》もそうであったろう。それこそが、朕がそなたを重んじる由縁だ」

高士奇は恐れ入って言った。

「顔回すなわち聖人の門下、士奇には恐れ多きことでございます」

康熙帝はさらに感慨深げに言った。

「国朝の官僚の俸禄は、確かに高いとは言えぬ。しかし国朝の官僚は皆、聖人賢人の書を読み、民の親となるべき官であり、財を成すためになるものではない。財を成したくば、俞子易らの如く商いをすればよいのだ。官になった限りは財を成すことは許さぬ」

高士奇は、さらに叩頭して言った。

「臣、陛下のお教えを決して忘れませぬ」

康熙帝は、憐憫のまなざしで地面に這いつくばる高士奇を見た。

「しかしかかる清苦を見ると、朕は罰するに忍びぬ。赦して無罪にしよう」

高士奇は手の拳を合わせて感謝の意を表した。

「臣、陛下のご恩に感謝いたします」

陳廷敬は、まさか康熙帝が数言の問答のみで高士奇の罪を許すとは夢にも思わず、口を挟まずにはいられなかった。

「陛下に申し上げます。国朝の官僚の俸禄は確かに高くはありませぬが、万金を有するほど富裕なる官僚もおります」

康熙帝は、陳廷敬の言葉にやや不快感を滲ませながら、尋ねた。

「陳廷敬、そなたの邸宅はどれくらいの大きさだ」

「お答え申し上げます。臣は京師に邸宅を持っておりませぬ。岳父の宅に寄宿しております」

康熙帝はため息をついた。

「陳廷敬。朕は即位して以来、人に寛容に接することを心がけてきた。皆にもそのように振る舞ってほしいと願ってておる。これまでそなたは寛大かつ老成した人となりであると思ってきたが、士奇に対してはいつも苛烈過ぎるように思う」

高士奇が、慌てて言いかぶせる。

「陛下。陳廷敬殿は、臣には少し厳しいところもありますが、それは臣を思ってのことでございます。何も恨んではおりませぬ」

康熙帝は高士奇を見やると、おおいに満足したように言う。

「士奇は、生真面目だ」

陳廷敬は言った。

「陛下に申し上げます。臣には高士奇殿との間に個人的な恩も恨みもございませぬ。ただ物事をあるべきように処理しようとしているだけでございます」

「俞子易と朱啓の裁判は、本来は順天府の管轄のはずだ。それをどうしろというのだ。まさか朕に刑部で処理するように命じろとでも言いたいのか？」

「陛下。朱啓は告訴したという理由で、順天府に十数年も投獄されました。今回は順天府に保証書を書かされ、もう二度と上告しないと約束してようやく釈放されています。ですからこの案件をもう一度、順天府で処理することは適切ではないと臣は考えております」

それを聞いた康熙帝の顔色が変わった。

「陳廷敬。歴任の順天府尹《じゅんてんふいん》（順天府の長官）が、すべて昏官《こんかん》（無能な官僚）だと言いたいのか。向秉道《こうへいどう》から現任の袁用才に至るまで四人の府尹が勤めているが、そのうちの三人は、朕が自ら点をつけて決めた者たちである。朕の起用がすべて間違いだったと言うのか」

ここまでくると、どう答えようともすべては禍《わざわい》のもとになるだろう。しかしもう後戻りはできない。理に訴えて話を進めていくしかないと陳廷敬は覚悟を決めた。

「臣はただ事実を述べただけでございます。断じてそのようなつもりはございませぬ」

高士奇はこういう時、したり顔がうまい。

「申し上げます。臣は安さに惹かれて兪子易の家を買いましたが、その邸宅が由来のはっきりせぬものとはまったく知らぬことでございました。陳廷敬殿が刑部に審議を委ねるべきというのは、公心からの提案だと思います。順天府でこの案件を再審することは、臣も望ましくないと考えます」

康熙帝はこれに対して、冷ややかに答えた。

「二人とも忘れておるが、現任の刑部尚書の向秉道は、その当時の順天府尹だったのだぞ」

高士奇はますます天真爛漫を装って提案した。

「本件は陳廷敬殿が受け取られたものということですから、陳廷敬殿が向秉道殿とともに共同で審理することが、より公正なのではないかと臣は考えます」

康熙帝はこれにうなずいた。

「そういうことなら、高士奇も参与せよ。陳廷敬、向秉道とともにこの案件を共同で審議するように」

陳廷敬は、康熙帝が高士奇にも案件の審議に携わるように命じたのを聞き、ますますこの裁判に関わるべきではなかったと考えずにはいられなかった。一方の高士奇は、手の拳を合わせて答えた。

「陛下に申し上げます。臣はやはり自粛した方がよろしいかと存じます。兪子易とは同郷でもありますし、個人的な付き合いもございます。しかもこの邸宅は、私が彼の手から買ったもの」

康熙帝はこれに同意して言った。

「それもそうだ。それなら参加はやめよ。高士奇の公心は、よく相わかった」

召見が終わり、陳廷敬と高士奇はともに乾清宮から出てきた。高士奇は再三、手の拳を合わせ、法に則って公正に処理するよう乞うた。

「俞子易が本当に他人の家を不法に占拠したのなら、俞子易に代金の返金を求めて、別の場所に家を探して移り住みますから」

と強調した。陳廷敬は高士奇にしてやられたことはよく分かっていたが、その苦々しい思いを吐露するわけにもいかず、ただうなずくしかなかった。


辺りが暗くなるとすぐ、二人の人物を訪ねるために高士奇は外出した。一人は刑部尚書の向秉道である。慣例通りにまずは門番部屋を訪ねて中に知らせてもらった後に、ようやく通された。向秉道は迎えに出てはこず、広間で待っていた。高士奇は相手の姿を見た途端、挨拶もそこそこに陳廷敬が朱啓の案件を引き受けたことを話した。

「向大人、陛下はもともと、この案件を順天府に任せるおつもりだったのですが、陳廷敬がどうしてもと刑部にねじ込みました。どういうつもりなのかはわかりませぬが」

「陳大人が公正で廉直なことは、周知の事実。あの方の私心など見当もつきませぬが」

高士奇は頭を大きく揺らして言った。

「向大人はご存じないのです。陳廷敬は口を開けば、順天府がこの案件を再審するのは望ましからざること、刑部で審議すべきと繰り返すばかり。一見、刑部を信頼しているように聞こえますが、実を言えば大人を困らせようとしているのですよ」

「それは、どういうことだ」

向秉道は困惑した。高士奇は、わざと声をひそめた。

「この案件、まさに大人が順天府尹だった時に処理したものなのですよ」

これには向秉道もぎょっとして、しばらくは口もきけなかった。高士奇が笑った。

「向大人。少し大胆なことを口にするのをお許しください。朱啓家の案件は冤罪の可能性が高く、当時大人は部下の方々から報告を受けていなかったのかもしれぬ、と下官《げかん》は見ております」

向秉道はもはや座っていられず、身を乗り出した。

「たとえ本官の監督不行き届きでも、後任の何代かの府尹も皆、問いただしたであろうに、誰にも見えなかったとでも言うのかね」

「向大人。大人は出世街道をまっしぐら。今や刑部尚書、内閣大学士ですから、大人の扱われた案件を覆《くつがえ》す勇気のある者などおりませぬ」

向秉道は深く椅子に座り込んでため息をついた。

「過ちがあれば正す、それこそが私の信念なのだ。その私が他人を威圧していたとでも言うのか……」

「向大人の人品を世間で尊敬せぬ人はおりませぬ。そこに異議を唱える人はいないでしょう。ですが朱啓家の案件を今になって再審するとなれば、大人に不利なだけでなく、後任の何代かの府尹の方々にもお咎《とが》めが及ぶことは、避けられませぬ。陛下も恥をかくことになるとも存じます」

向秉道は久しく項垂《うなだ》れていたが、顔をもたげるとおもむろにこう尋ねた。

「士奇、何かよい考えがあるのか」

高士奇は長いため息をついた。

「すでに陛下の手に渡ってしまった今、よい考えと言われましても……。容疑者の俞子易は、同郷で昔の誼《よしみ》があるとはいえ、わずかたりとも庇おうなどという気持ちはありませぬ。ただ陳廷敬のやり方が少し陰険だと思うだけです。国朝の大臣が皆汚職をしていて凡庸で、陳廷敬だけが『生き包拯《ほうじょう》』『海瑞《かいずい》』だとでも言いたいのでしょうか」

向秉道は首を振り、何も言わなかった。高士奇は向秉道に同調してため息をひとしきりついた後、暇乞いをした。

高士奇は向秉道の邸を出て轎に乗り込むと、家に帰るよう命じた。供の者が尋ねた。

「老爺《だんな》様、順天府にも行かれるのではなかったのですか」

高士奇は笑った。

「やめた。考えてみたら、順天府尹の袁用才はあちらから訪ねてくるだろう。それを待つことにする」

高士奇が石磨児胡同に帰ると、門をくぐる前に高大満が迎えに出てきて言った。

「老爺《だんな》様。順天府尹の袁用才様が訪ねてこられました。もうかなりの時間お待ちですよ」

高士奇はうなずくと、家来を振り返って見た。家来もうなずいて笑い、高士奇の見通しに秘かに舌を巻いた。

高士奇は広間に入ると、慌てて袁用才に手の拳を合わせて挨拶し、口からすらすらと出まかせを言った。

「陛下から夜、宮殿に呼び出されていたものですから。袁大人がわざわざお越しとも知らず、これは失礼をいたしました」

袁用才は社交辞令を述べる余裕もなく、せき込んで尋ねた。

「高大人、あなたの同郷のご友人である俞子易が事件を起こしましたが、ご存じですか？」

高士奇はわざと驚いてみせた。

「え？　一体どのような事件を？」

袁用才は、俞子易が鄺小毛《こうしょうもう》に殺人の告発を受けたことを話した。高士奇は驚きのあまり何も言えない様子である。袁用才は続ける。

「俞子易は、高大人が証明してくれると繰り返すものですから、お宅にお邪魔するほかなかったのです」

高士奇は甚だしく心を痛めた様子を見せた。

「私、高士奇は陛下のご加護を受けております。朝廷へのご恩返しも心得ているつもりです。微塵たりとも私心はございませぬ。俞子易は同郷であり友人ですが、王法を犯したからには袁大人、一切遠慮はご無用。友人と言わず、私の家族や私自身が法を犯したとしても、ご遠慮などなさいませぬよう。どうか法に則り処理してください」

袁用才は言いにくそうにしていたが、こう切り出した。

「私が尋問しましたところ、どうやら俞子易の殺人事件は、高大人が今お住まいのこの邸宅と少し関係があるようです」

「私も最近、この家は俞子易が民から強制的に占拠したものを私に売り付けたのだということを知りました。袁大人、それについてはご安心ください。たとえ私自身に関わることであっても、何も遠慮されることはありませぬ。俞子易の殺人事件については袁大人、厳しく審査し、処理してください」

袁用才はその言葉を聞き、ようやく肩の荷が下りたようにほっとした。

「高大人の高きお志、頭が下がります。わかりました。では、失礼いたします」

翌日、袁用才は出勤して尋問を始めた。棍棒でめった打ちにされた俞子易は罪を認めるしかなかった。とにかく高士奇が守ってくれるだろうから、まずはできるだけ棍棒でよけいに殴られないようにするのが先決というわけだ。ところが供述書に指紋を押したところで、「朱啓の息子の朱達福も俞子易が殺した」と鄺小毛が法廷で主張するという思ってもみない展開になったのである。これには俞子易も頭が真っ白になり、自分の命ももはや長くはないことを悟った。

向秉道は、俞子易がとうの昔に順天府に逮捕されているとは知らず、朝早くから部下に当人を探すよう命じていた。同時に陳廷敬を招き、事件の背景について相談しようとした。向秉道はこれまでは陳廷敬に一目置いていたが、昨夜高士奇の話を聞いた後では、いくらか不愉快な気持ちにもなっていた。

「陳大人、たとえ私が部下たちに騙されていたとしても、ほかの者たちにも目は付いているでしょう。朝廷すべての官僚が、ただの酒樽か飯櫃《めしびつ》のような能無しだと疑われるのは、いかがなものでございましょう」

陳廷敬は慌てて手の拳を合わせて詫びた。

「向大人、どうかご理解ください。まずは事件の背景について互いの情報を確認し、それから開廷して審議しませぬか」

向秉道は首を振った。

「私は元来、何でも電光石火に進める流儀でしてね。もう伝えてありますから。すぐに開廷できますよ」

この時、刑部主事が慌ててやって来た。表情がやや緊張している。

「向大人、陳大人、俞子易は殺人の大罪を犯し、すでに順天府に逮捕されています。案件はもう審議が終わったそうです」

主事はそう言うと、順天府での公文書を向秉道に渡した。向秉道はそれを受け取ると慌てて目を通した。陳廷敬が横から尋ねた。

「殺されたのでは、誰ですか？」

向秉道は公文書を陳廷敬に見せて言った。

「まさに俞子易を告訴した朱啓本人ですよ！」

陳廷敬は、驚きの声を上げ、顔からは血の気が引いた。朱啓の死は俞子易に関わりがあるに違いない、高士奇にもつながるかもしれないと直感したが、何の根拠も証拠もないままでは、いたずらに口に出していうことはできない。ただため息を繰り返し、首を振りながら天に向かって叫んだ。

「なんてことだ。朱啓を害してしまった！　私が訴状を受け取らなければ、まさか殺されるまでの禍が降りかかることはなかったであろうに」

向秉道も首を振った。

「俞子易が財を貪り、殺人まで犯すほどの悪人だったとは！　陳大人、まことに私の監督不行き届きです。この案件はもうあなたや私が再審する必要もありませぬ。すぐに陛下に上奏しましょう」

陳廷敬は心中の思いを口に出すわけにもいかず、康熙帝への上奏に同意するしかなかった。

康熙帝は当日の午後、向秉道と陳廷敬を召見した。袁用才と高士奇も呼ばれていた。向秉道、袁用才、高士奇の三人が、盛んに罪を詫び、陳廷敬は頭《こうべ》を垂れて無言であった。康熙帝は一人一人を寛容に慰め、誰を責めることもなかった。高士奇はそれでも罪を詫び続けた。俞子易のあの邸宅の由来を知らなかった、安さのために買ってしまった、この上は公に寄付したい、と言った。これに対して袁用才が言った。

「申し上げます。俞子易が朱啓親子を次々と殺したことは事実です。しかし朱達福が俞子易に六千両の銀を返していなかったことも事実でございます。俞子易の殺人は命で相殺され、朱家の借金は家で相殺された……。これは法から見ても、事情から見ても、そういう道理なのではないでしょうか。ですから高士奇殿が俞子易の手から家を買ったことは、いずれの罪も犯してはおりませぬ」

康熙帝はこれを聞き、袁用才の言うことにも一理あると思った。

このまま事件がうやむやにされると思うと、陳廷敬にはどうしても納得がいかなかった。そこで気力を振り絞って主張した。

「申し上げます。俞子易の殺人事件にはまだ疑惑があります故《ゆえ》、再審議するべきです」

それに袁用才が素早く跪いて奏上した。

「俞子易の供述に漏れはなく、人証、物証ともにそろっており、原告もすでに殺されております。陳廷敬殿の仰ることは、いらぬ問題を起こすことになりかねませぬ」

康熙帝は顔を強張らせた。

「陳廷敬。さっきから聞いていると、各臣工たちが罪を悔いる様子を見せているのに、そなただけはきれいなままということか。自分だけが聖人だとでも言うのか。向秉道、袁用才、高士奇、それに歴代の順天府尹すべてに罪を着せねば、気が済まぬか」

陳廷敬は叩頭、謝罪した。

「陛下、とんでもございませぬ。断じてそのような意味では」

「朕は常に言っておる。官たるもの、落ち着きが要だと。『揉め事を調停できれば、天下は太平』だと言っておるではないか。何か事件が起きるたびに、いちいち大騒ぎするでない！」

大臣らは皆項垂れたまま息もできぬほどだった。康熙帝は高士奇を見て慈しむように言った。

「そなたの邸宅はそのままにおく。この件はもう申すな。しかしその邸宅はどうも不吉ではないかと朕も不安じゃ。普段急に呼び出すこともあるから不便もあろう。西安門内に宅が一つあるから、そこに越すがよい」

康熙帝が高士奇に邸宅を下賜すると聞き、大臣らは密かに驚いた。高士奇は自らの耳を信じることができず茫然としていたが、慌てて跪いて拝した。

「陛下。大臣が禁城に居を下賜されるのは、古来より先例もありますが、士奇には一寸の功もなく、かかるご寵愛を受けるわけには参りませぬ。どうかお考え直しください」

康熙帝は首を振って言う。

「士奇。そなたが内廷に長年仕え、勤勉に働いてくれたことを朕はよく心得ておる。固辞する必要はない。俗に『家、三度移れば窮す』というから、さらに表裏緞子《どんす》を十四（織物二反で一匹）、銀五百両を転居のために賜う。早々に移ってくるがよい」

高士奇は、涙も鼻水も一緒に流して感激した。

「肝と脳を地面に散らそうとも、牛になり馬になり、陛下のご恩にお応えいたします！」

康熙帝はさらに言った。

「昨日、『平安』の二文字を書いたぞ。今日はこの二文字を賜う」

たちまち張善徳が康熙帝の墨宝《ぼくほう》（尊い真筆）を捧げ持ってきた。高士奇は跪いてこれを受け、繰り返し感謝の意を表した。

引見が終わり、大臣らが乾清宮から退出すると、皆が高士奇に祝いの言葉をかけた。袁用才が手の拳を合わせて言った。

「高大人。陛下が大臣宅を禁城の中に下賜されるとは、千古の初の例を開けましたぞ。おめでとうございます！」

高士奇は笑った。

「陛下は賢くておられるから、初めての先例を開かれたことは、このほかにもたくさんおありですぞ。十四歳で親政を始められ、四海を震撼させたのも、古来より初めて。十六歳で鰲拝《オボイ》を失脚させ、天下の心を取り戻されたのも先例がありませぬ。三藩の乱を平定され、天下を安定されたのも古来より先例がありませぬ。『聖諭十六条』で民を教化され、民風が日に日に豊かになったことも先例がありませぬ」

この時、張善徳が追いかけてきて、そっと声を掛けた。

「陳大人、陛下が、お話があると仰っています」

陳廷敬はぎくりとせずにはいられなかった。今日、康熙帝は自分への不快感を隠そうとしなかった。この段になってまた何事であろうか。陳廷敬は、張善徳についてもと来た道を戻りながら、用心深く尋ねた。

「総管《そうかん》、陛下は私を召して何のご用でしょうか？」

「私《わたくし》ごときに何がわかりましょうか。陛下のため息は何度も聞こえて参りましたが」

陳廷敬は、これ以上多くを聞かぬことにし、項垂《うなだ》れたまま、乾清宮に入った。康熙帝は西暖閣で、手を後ろで組んで行ったり来たりしていた。陳廷敬が御前に上がって跪き、叩頭して謝意を述べる一通りの挨拶が終わるのを待たず、康熙帝は陳廷敬に立ち上がるよう声を掛けた。陳廷敬は謝して身を起こし、両手を垂れて立っていた。

康熙帝は仁王立ちになり、陳廷敬をじっと見つめていたかと思うと、ようやく口を開いた。

「そなたが納得していないことは、朕もわかっておる。人命に関わることは大事だからのう。しかし原告はすでに死んでいる。凶犯は殺すまでのことだ。まさかこの件であまたの大臣らを、処罰させぬと気が済まぬとでも言うわけではあるまい」

「臣はかねてより人と相和《あいわ》することを善として参りました。これを口実に他人を失脚させようなどとは思っておりませぬ」

康熙帝は座って言った。

「高士奇は六品の中書に過ぎぬ。そなたは従二品。『大人《たいじん》、小人《しょうじん》の過ちを許らず』という。高士奇は寒苦の出身じゃ。人となりも正直な故、朕は確かに目をかけておるし、あれは仕事も真面目に尽力しておる。あまり目くじらをたてるな」

「決してそのようなことは」

康熙帝は感慨を込めて長いため息をついた。

「古来より官界は、『宦海《かんかい》』ともいう。『海』はすなわち、風なくとも三尺の波立つということだ。それでも朕は国を治むるに安寧、平和が要と思っておる。官界を風高く波急な場所とすべきではない。人を用いること器の如く、長きを揚げて短きを避く。そなたにはそなたの長所もあれば、高士奇にもその長所がある。人は聖人賢人に非《あら》ず、過ちのないことがあろうか。完璧を求めて責めるなら、使える人材など残らぬぞ」

康熙帝の言うことはもっともだった。しかし目の前のこの案件は、白と黒があべこべになったままである。陳廷敬は言いたいことが山ほどあったが、それ以上は何も言えず、ただ手の拳を合わせてこう答えた。

「陛下の用人の寛容、吏《り》を察する明、心より感服いたします」

高士奇は炕《かん》(オンドル)の上にあぐらをかき、水煙草を吸った。夫人が嬉々として康熙帝から下賜された緞子《どんす》を触っている。

「老爺《だんな》様。皇后様と嬪妃《ひんひ》の方々もこの生地をお使いなのでしょうか」

高士奇は水煙草をぶくぶくと鳴らしながら答えた。

「これからは皇后様のお使いになる生地をおまえも使えるようになる。皆、江寧官製《こうねいかんせい》(皇家専用の織物製造所)だ。大内に供する専用のものだぞ」

夫人は大変に喜んで言った。

「老爺《だんな》様。陛下はまるで生き菩薩でございますね。これからは毎日お線香を上げて、陛下に万歳、万歳、万万歳とお祈り申し上げないと」

高士奇は鼻を鳴らした。

「陳廷敬にしてやられるのではないか、と心配しておったのだろう？　これでわかっただろう。陳廷敬は面と向かって老夫《わし》にあてこすりのように言っておったぞ。老夫《わし》が三千年に一度の逸材だと。まさにその通りだな」

夫人は夫の高士奇を一層、宝物のように見つめて言った。

「すぐに何着か服を作りませんと。明日から紫禁城の中に住むのに、人様に貧相と見られて笑われたりしたら大変ですわ」

そこに高大満が入ってきて、鄺小毛の来訪を告げた。高士奇の表情がさっと強張り、書斎で待たせるようにとだけ告げた。高士奇はことさらにのんびりと煙草を吸い、茶を飲み、かなり時間が経ってからようやく書斎に向かった。

鄺小毛は高士奇を見ると、慌てて跪いた。

「高大人、命を助けてくださりありがとうございます。高大人、まことにおめでとうございます」

高士奇はわざともったいぶって、淡々と言った。

「何のめでたいことがあるというのだ。早く起き上がって話をせよ」

鄺小毛は立ち上がると言った。

「高大人が陛下のご寵愛を受け、紫禁城内に邸宅を下賜されたと聞きました。めでたきことでございます」

高士奇はまるで気にかけていないかのように言った。

「陛下のおそばでもう二十年以上もお仕えしているのだ。これしきのことはよくあるもの。他人から見ると、珍しいものかな」

鄺小毛は頭を低くして言った。

「命を助けていただいたご恩に報いるため、この小毛、これからも高大人の牛にも馬にもなります」

「小毛、忠誠心はわかった。私は義理を尊び、友人に足る人物だ。もともとこの三十万両の金は私が八、おまえに二と思っていたが、よく考えてみると、おまえを一気に成金にさせるわけにはいかぬ。俞子易がその教訓だ」

鄺小毛はきょとんとした。

「そ、それはどういう意味で？」

高士奇は笑った。

「富は徐々にゆっくりと得るべきもの、ということだ。でなければ、おまえも耐えられぬだろう。俞子易のように命を落とすことになる。この三十万両はもとはと言えば私のもの。俞子易はかわりに管理してくれていたにすぎぬ。俞子易がもともと、月給銀五両を出していたというのを私は十両に値上げしよう」

鄺小毛は高士奇が前言を翻すとは思いもよらず、心の中で悪態をついていたが、もう一度跪くしかなかった。

「高大人、なんという厚遇でしょう。今後、私めに二心がございましたら、天に誅され、地に滅ぼされ、九族が死に絶えるでしょう！」

高士奇は笑って言った。

「小毛、そこまで激しい誓いをたてずともよい。おまえの忠誠は心得ておる」

この時、下女の春梅が入ってきて言った。

「老爺《だんな》様、奥様が、明日早いのでお早目にお休みになってください、と仰っています」

鄺小毛はそれを聞くと、急いで立ち上がり、暇乞いをした。高士奇は寝室に入ると、大きなあくびをし、夫人に言った。

「外では皆、官僚の威光や旨味だけにしか目が行かぬが、夜討ち朝駆けの宮仕えの苦を知る者はない。明日宮内に引っ越したら、もうそんなに早起きをしなくてもよくなるぞ」

三十一

陳廷敬は胸いっぱいの悩み、そして恨みと憤りの持って行き場所がなかった。衙門では一日中、黙々と仕事に没頭して誰とも語ることなく、家に帰れば一人書斎で過ごした。普段は心にわだかまりがあると、夜遅くに琴を爪弾いて慰めとして飽くことなかったが、この日は両眼を見開いたまま天井を見つめ、茫然としていた。高士奇と自分とは、はっきりと決別したにもかかわらず、高士奇はまるで何事もなかったかのように、皆の前で「陳大人、陳大人」と呼んで憚らない。これには逆に陳廷敬の方が参っていた。まるで自分の方が、料簡が狭いように思われるではないか。今回の案件では、明らかな血の海の冤罪と知りながら、朱啓に助けの手を差し伸べることができず、まったくの犬死にをさせてしまったと思うと、朱啓の案件を引き受けたことをなおさら後悔せずにはいられなかった。また以前、旗人たちに家を占拠されて京師を追い出された民衆に思いを馳せると、憤り、恨みを感じると同時に、恥ずかしくもあった。世の中にはあまりにも多くの苦難と矛盾があり、それを自分はどうすることもできない。康熙帝は騙されているが、真実を知らせることもできない。これ以上余計なことを言えば逆鱗に触れるだろう。康熙帝は普段、鋭い観察眼の持ち主であるのに、なぜ今回は真実に気付いてくれなかったか。

問題は、時として重なるものである。珍児《チェンア》のことが、この数日の間に、家庭でも事件が持ち上がっていた。珍児のことが、ついに月媛《ユエユエン》に知れてしまったのである。珍児はどうしても陳廷敬と一緒になると心に固く決めて譲らないため、仕方なく別宅を用意して住まわせていた。公務があまりに忙しく、特に面倒を見る暇もなく、たまに訪ねていくだけで珍児と男女の間柄になったわけではなかった。しかし大順は秘密にしておくことができず、妻の翠屏《ツイピン》に漏らしてしまったのである。翠屏は月媛の下女でもあるため、話が伝わらないわけがない。月媛は一言も口には出さず、ただ一人で涙し、水も食べ物も喉を通らなくなってしまった。陳廷敬は慌てて詳しく事情を説明し、止むに止まれぬ状況であったことを何度も訴えた。月媛はそれでも言葉を発することはなく、ただ涙を流すばかりだった。

次に大順が月媛の前で、自分は奥様にこのことを隠しておくべきではなかったと詫びた上で、主人のためにしきりに弁明をした。月媛はそれでも黙ったまま、まるで大順が目の前にいないかのように振舞った。陳廷敬は大順を責めることもなかった。騒ぎになった以上は、皆に早めに知ってもらう方がよいと思ったのである。ただ月媛はそれ以来、誰とも口をきかなくなってしまった。最終的には李老先生が間に立って、珍児が資産家の娘でもあり、廷敬の命の恩人でもあることから、正式に家に迎え、ともに過ごせばよいと説得した。父親のこの言葉を受け、月媛もそれ以上強情を張り続けることもできず、その通りに進めることになった。吉日を選び、陳廷敬は花轎《はなかご》をやり、珍児を家に迎えたのであった。

月媛はもともと賢明な女性である。珍児が上下の身分をわきまえていることを見て、少しずつ怒りも消えていった。逆に陳廷敬の方が負い目を感じるのであった。珍児が地元では名家の出であることを思うとさらに申し訳なく思ったものの、自分は時間がなくて行けないため、大順に数人の供をつけ、結納金を包んで山東の徳州の珍児の実家に向かわせ、礼を尽くした。珍児の父親は、陳廷敬が京の官僚であり、折り目正しき知識人であることを受け止めた。地主の娘を中央高官の妾にやること、大々的な婚礼で送り出してやれないことに対するわだかまりは感じつつも、いつしかそれも消えていくのだった。

季節は瞬く間に冬となった。明珠《ミンジュ》は病気のために家で静養しているということで、南書房の諸事はすべて陳廷敬が取り仕切っていた。この日、張英がある奏文を受け取り、陳廷敬に相談にやって来た。

「陳大人、山西巡撫から送られてきた奏文ですが、陽曲知県が二つのことを報告しています。一つは、傅山が拒んで京に来たがらぬこと。二つ目は、陽曲の民が自主的に寄付を集めて龍亭を建て、『聖諭十六条』を石碑に刻して子子孫孫まで教化したいと願い出ていることです。これに対する票擬《ひょうぎ》は、どう書くべきでしょう」

陳廷敬はしばらく考えてから言った。

「陽曲知県には、必ず京に入るよう、傅山の説得を続けるよう指示してください。民衆が寄付を集めて龍亭を建て、『聖諭十六条』を石碑に刻する、というのは本来ならよいことですが、よいことの裏には悪事がつきものです。この件、慎重にするのがよろしいかと」

高士奇はこれを聞きつけて言った。

「陳大人、傅山はあなたが陛下に推薦なさった方ですよ。ご本人が拒んで京に入らぬとは、申し開きができぬではありませぬか。それに民衆が寄付を集めて龍亭を建てるなんて、卑職はよいことだと思いますが……。陳大人のお耳に入ると、なぜよいことが悪いことになってしまうのでしょう。この件は、やはり明珠大人にお尋ねすべきかと思います」

「明珠大人はご自宅で静養中です。陛下からはすでに指示されております。明珠大人にはゆっくり静養してもらうように、と。わざわざお心を乱す必要はありませぬ。南書房のことは当分、陳大人が仕切ることになっておりますから」

張英が言うと、高士奇が笑った。

「もちろんです、もちろんです。皆、陳大人の指示に従いますよ」

翌日、明珠が突然、南書房にやって来た。高士奇は慌てて手の拳を合わせた。

「明珠大人、お体の具合はいかがですか。十分にご静養なさってください」

明珠は笑って答えた。

「体は問題ない。皆が毎日、ご苦労なことは知っているからのう。自分だけ家でじっとしてもおられぬ」

「明珠大人のお体が回復されたのでしたら、私は肩の荷が下りましたよ」

陳廷敬が言うと、明珠は大笑いした。

「廷敬、こっちに荷を下ろそうとしてもそうはいかぬぞ」

昨日、高士奇が書簡を明珠邸にしたため、南書房での出来事を詳しく伝えたのである。そこに尾ひれをつけることは避けられず、陳廷敬にいくらか非を転嫁した。これはまずいことになったと思った明珠は、南書房に来ないではいられなかったのである。

陳廷敬はこの日、新たに届いた奏文を明珠に見せた。明珠はにこにこ微笑み、皆を呼んで座らせた。彼は手を伸ばして奏文を受け取り、突然、最近陛下が承認された奏文を見たい、と言い出した。陳廷敬は密かに驚き、陛下がすでに承認した奏文をどうしてまだ見たいのかと訝《いぶか》しんだが、口に出すことはできなかった。張英も訝く思ったが、仕方がないので古い奏文を運んできて明珠の前に置いた。明珠は数冊をめくったが、わずかに眉間にしわを寄せて言った。

「廷敬よ。奏文を見るのは、読書とは違うぞ。それぞれに決まりがあるものだ」

「明珠大人、廷敬はどの奏文を間違えたのでしょうか。ここにあるのは皆、陛下が批准されたものです」

明珠は生き生きとした顔をして言った。

「大臣たちが適切だと判断し、陛下が批准したこととはいえ、陛下のご意向ではないものもある。ご聖意をくみ取ることが非常に重要なのだ」

「明珠大人、すべての奏文に廷敬は再三目を通し、張英殿、士奇殿らと相談しております。どこかご聖意にそぐわない部分がありましたか」

明珠は笑顔を絶やさず、にこやかなまま言った。

「廷敬、陛下は英明であり寛容であられるから、大臣らの票擬があまりにも荒唐無稽でない限り、とりあえずは承認なさいます。だからこそ我々としては少し余計に頭を働かせねば、大変なことになるのです」

「明珠大人、廷敬のどの奏文に過ちがあったのか、ご指摘ください。今後のお手本とさせていただきたく存じます」

「廷敬にそう言われても、私からこれ以上申すことはできぬ。しかし陛下への忠誠心として、申さぬわけにはいかぬ。ここにあるのはすべて陛下が承認なさった、すでに聖旨となっているものなので、もうそれ以上は申さぬ。例えばこの陽曲県の民が寄付を集めて龍亭を建てたいという議一つを取っても、不適切と判断されたそうだが、私から見ると、陛下がそうお考えになるとは限らぬと思いますぞ」

「明珠大人、その理由をご指導願います」

明珠は終始、笑顔を浮かべながら言った。

「票擬の理由はあなたの理であり、陛下の理であるとは限りませぬ。この奏文は書き直しましょう。士奇、私が口で言いますから書き写してください」

陳廷敬がそれ以上判断する必要はなく、明珠が票擬の草稿をもう一度、起こした。

翌日、康熙帝の御門聴政《ぎょもんちょうせい》（乾清門で皇帝と大臣らの日常政務行事）において明珠は、山西陽曲の民が寄付を集めて龍亭を建てたい議について快く許可するべきである、この嘆願を各省に配布し、今後の参考とするよう提案した。

康熙帝は満足げな表情を浮かべて言った。

「朕の『聖諭十六条』は、民を教化するためのものではあるが、地方官僚が民を統治するための法でもあり、極めて重要である。文字数はあまり多くはなく、全部合わせてもたった十六句、百十二文字だ。各地の官僚がこれに沿い、民を治め、民もそれに従ったなら、天下太平とならぬわけはない」

大臣らはしきりとうなずいていたが、それでも陳廷敬だけは、地方で龍亭を寄付で建てることは望ましくないと奏上した。皆はこれに驚き、陳廷敬は自ら大きな禍《わざわい》を招くことになる、と密かに思った。

康熙帝は案の定、顔色をさっと変えて陳廷敬をにらみ付けた。

「陳廷敬、南書房に当直するわが臣下として、そなたはこの票擬の草稿に加わっているはずだ。何か言いたいことがあるなら、なぜ南書房で言わず、わざわざ朕の御門聴政の時に言い出す？」

陳廷敬は地面に跪き、頭を低くして言った。

「南書房でも申しました」

「それならそなたに尋ねるが、民が寄付を集めて龍亭を建てたいというのが、なぜいけない」

「地方官僚が龍亭の寄付による建設を口実に、民を搾取することになりはしないか、と恐れております。万一そうなれば、民は朝廷を非難するでしょう」

康熙帝はあからさまに不快感をあらわにして言った。

「民が、朕のことを暗君だと非難するとはっきり言ったらどうだ？」

陳廷敬はしきりに叩頭を繰り返した。

「臣の罪は万死に値しますとも、これを申し上げぬわけには参りませぬ。古来より聖明なる皇帝は少なからず、皆、聖諭を公布されています。もし歴代皇帝の聖諭をすべて石碑に刻すれば、天下には龍亭が乱立し、御碑《ぎょひ》だらけになっているはずでございます」

康熙帝は陳廷敬を横目でにらんだ。

「そなたの回りくどい話はもう聞きたくない。国朝が定まり、早三十年あまりが過ぎた。人心がようやく落ち着いたとはいえ、危機はまだ存在する。朕が求めているのは人心。民が寄付を集めて龍亭を建てたいと希望するのは、人心鼓舞の挙であり、奨励すべきではないのか！」

「謹んで申し上げます。これまで朝廷に二十年あまり仕えた経験から申しますと、自発的に民が申し出ていると地方官僚が主張するほとんどのことは、疑わしいことが多いもの。山東で以前、民が自発的に義糧を寄付したいと言ったという事件が、その動かぬ証拠でございます」

「陳廷敬、どうしても朕に逆らいたいと言うのか」

康熙帝は声を荒らげ、陳廷敬は恐れ入りつつも答えた。

「断じてそのようなことはございませぬ」

康熙帝が机を強く叩いた。

「朕の一言にそなたは二言逆らう。今、天下の大事は、人心の安定だということが、どうしてわからぬのか！」

陳廷敬はそれでもあきらめずに食い下がった。

「今日、天下で最大の大事は、雲南の乱平定かと存じます。雲南平定に最も重要なことは、軍餉《ぐんしょう》(軍糧と軍人の給与)を十分に整えて武器を磨き、馬を肥やすことかと存じます。一文《いちもん》でも多くの銀があれば、一本でも多くの鏃《やじり》が用意できます。一両でも多くの銀があれば、一本でも多くの大刀《だいとう》を用意することができます。もし民に寄付するお金があるならばそれを必要なところに使い、軍餉に充《あ》てるべきでございます。龍亭を建てるのではなく！」

この時、高士奇が進み出て、跪いて奏上した。

「謹んで陛下に申し上げます。陳廷敬殿の言うことにも多少は理があると臣は考えます。龍亭建設の議は臣にもよくわかりませぬが、ただ陳廷敬殿が持論に固執されるには、まったく道理がないわけでもございません。以前、陳廷敬殿の詩を拝見したことがございましたが、『臣下の諫言に耳を傾けることは貴く、耳の痛い言葉を聞き入れることは、古来より難しい』という二句がございました。つまり陳廷敬殿は普段から万事、別の見解があるも心中のみにとどめ、口に出して言わぬのかと存じます」

康熙帝はこれを聞いて怒り狂った。

「『臣下の諫言に耳を傾けることは貴く、耳の痛い言葉を聞き入れることは、古来より難しい』か！　よき詩である。まったくよき詩である！　陳廷敬、朕を、忠言の聞き入れられぬ暗君と思うのか？」

陳廷敬は、辺りに音が響きわたるほどに頭を地面に打ち付けて叫んだ。

「臣の罪、万死に値します！　確かにこの二句の詩を書きましたが、古の詩文に感嘆したのであって、陛下を貶《おとし》めようなどという意図は毛頭ございませぬ！」

康熙帝は冷たく笑い、言った。

「陳廷敬。そなたは朕がこれまで厚く信頼してきた道学の名臣じゃ。学問を治めてこれを究め、実用として空虚なる議論に反対してきた。そなたの筆下には、抽象的な言葉などなく、すべてが明快に示されておる」

陳廷敬はもはや弁明できず、ただ罪の許しを乞い、恩に謝して立ち上がり、班列に加わって茫然と立ちすくんだ。今しがたの激しい叩頭のせいで、陳廷敬の額は赤く腫れ上がっていた。張善徳は見かねて、そっと陳廷敬に視線を送った。康熙帝が諭示《ゆし》を下した。

「山西での龍亭建設の嘆願を各省の参照に配布する。各地で建てる龍亭の規格、寸法はすべて統一規定に従い、断じて疎漏《そろう》あってはならぬ」

朝政が終わると、張善徳はそっと陳廷敬のそばに来て慰労の言葉をかけた。

「陳大人、私ごときが申すことではありませぬが、あなたはまったく生真面目過ぎます。あんなに強く叩頭する必要がございますか。あれでは頭がやられてしまいます。申し上げておきましょう。この殿上の金磚《きんせん》で派手に音が響く場所、これっぽっちも音がしない場所を、われら宦官はよく知っております。今度叩頭される時は、私の目を見てその視線を落とした先に跪いてください。ほんの少し、軽く叩頭しただけで、それはもうばんばんと見事な音が響きわたりますから。陛下がその音を聞かれましたら、大人《たいじん》の忠誠のお心を分っていただけますとも！」

陳廷敬は張善徳に感謝し、翰林院に戻った。宮中の宦官たちの利を漁る手練手管が多岐にわたることは昔から噂には聞いていたが、金鑾殿《きんらんでん》の金磚《きんせん》までもがその金儲けのための秘訣の材料になっていたとは、驚かされるばかりだった。外地への赴任となり、皇帝に挨拶に向かう大臣の中には、叩頭で大きな音を響かせたいと思う人もいる。すると、宦官がこっそり賄賂をねだり、どこで叩頭すべきかをそっと教えるのである。今日の張善徳の言葉を思うと、どうやら本当らしく思えるのだった。但し、張善徳自身は誠実な人柄で、陳廷敬は張善徳が他人に嫌なことをするのを見たことがなかった。

数日後、陳廷敬は康熙帝に罪を定められた。その詩が「砂に含み影を射すように揶揄し、いたずらに朝政を誣《そし》り、不敬なること甚だし」と。本来は重罪に当たるが、平素の誠実忠実さを考慮し、軽罪に済ませる、現職を免職し、四品に降格、戴罪留任（罪を抱えたまま留任）、このまま南書房での行走《こうそう》（非専任官職）とし、一年無給とする、とされた。陳廷敬は自分の「忍」の字がまだ足りていなかったと反省した。今回、もし堪《こら》えてこのようないらぬおせっかいを焼かなければ、ここまでの事態にはならなかったであろうと思うのだった。

高士奇はすでに西安門内に移り住んでおり、康熙帝から賜った「平安」の二文字を楠《なん》（タブノキ、高級木材）でできた扁額《へんがく》に仕上げ、正堂の門楣《もんび》の上方にかけ、自分でさらに「平安第」の三文字を書いて高々と邸宅の入り口に掲げた。ある日、康熙帝が高士奇宅の横を通り、「平安第」の三文字を見て尋ねた。

「世間では『状元第』、『進士第』と言った扁額なら目にするが、『平安第』はどういう由来か」

「臣には功名（科挙及第の実績や軍功）がございませぬ。陛下から賜った『平安』の二文字だけが臣の功名でございます。大官や資産家になることは望みませぬ。ただ陛下に慎重にお仕えし、終生の平安を得たいと望むのみです」

と高士奇が答えたので、康熙帝はひどく感心した。

「高士奇は真面目で分をわきまえておる」

高士奇は宮中に移り住んで以来、めったに外に出ることがなくなった。そのため久しく索額図《ソンゴトゥ》を訪ねておらず、落ち着かない気持ちになっていた。この日の夜、この時間はもう皇帝から呼び出されることもないだろうという頃合いを見計らい、索額図の屋敷を訪ねた。索額図の前に立つと、自然と地面に跪いて伏し、機嫌をうかがってから報告した。

「索大人、今度という今度は、陳廷敬もだめでしょう。四品に降格になりましたよ！」

「明珠とおまえが手を組んでやり込めたと聞いたが、明珠と陳廷敬はもともと、同じ穴の貉《むじな》ではないか。なぜ失脚させた」

「陳廷敬が自分で拒み、どの穴にも入りたがらぬからですよ！」

索額図は高士奇を一瞥した。

「おまえもあまり浮かれるな。そしてむやみやたらと人を陥れるな。陥れるのは保身のためではなく、寵愛を得るためだろう。陳廷敬は四品に降格されたが、それでも官職はおまえより上だ。老夫《わし》がいつか再び日の目を見た時に、おまえがまだ六品中書のままだったら、どの面下げて老夫《わし》に会いにくる」

高士奇は頭を低くしたまま言った。

「索大人。陛下は士奇に『博学鴻詞《はくがくこうし》』への応試を許してくださいました。いずれ必ずや出世する日が来るでしょう」

「明珠は今、飛ぶ鳥を落とす勢いだ。やつにぴたりとくっ付いて、機嫌をとれ」

高士奇は顔を上げて索額図を一目見ると、また頭を下げていった。

「この士奇めの心にはあなた様しかおりませぬ！」

索額図は笑って言った。

「別に怖がらずともよい。真面目な話をしておるのだ。一人の大臣に対する陛下の寵愛が永遠ではないことを知っておかねばならぬぞ。明珠によく仕え、やつのやったことをすべて詳しく記憶しておけ。いつか陛下がやつに飽きた時、ばっさりと斬り込むぞ」

索額図の笑い声を聞き、高士奇はぞっとした。頭を上げる勇気もなく、ただ一言答えるのが精一杯だった。

「承知しました」

「陳廷敬にも手を緩めるな。敵になったからには、悪人を徹底的に演じきらねばの。最後まで追い詰めろ。覚えておけ。官界ではそれが生き残る道だ」

夜中、宮中の門はとうに閉まっており、高士奇は家に帰ることができず、索額図邸に泊まることになった。ところが、まさかこの夜の外出に限って、大きな禍を招くことになろうとは高士奇もさすがに思いもしなかった。この夜、雲南から八百里の急を駆け、夜を徹して康熙帝の手に届けられた知らせがあった。康熙帝は夜中に各部院の大臣と南書房の当直臣工らを宮中に召集して議論したが、高士奇には連絡がつかなかったのである。

一番に乾清宮に駆け付けたのは張英だった。康熙帝は雲南からの急な知らせをまず張英に見せた。張英が奏文を見ている間、康熙帝が何か独り言を言っている。

「呉三桂が兵三十万を集めて虎視眈々と決起の時期を狙っている。本来なら来年の春以降にまた兵を起こして討伐せんと思っていたが、まさか先手を打たれるとは……」

張英が奏文を読み終わらないうちに安易に相槌を打つこともできずにいると、康熙帝がさらに言った。

「高士奇は一番近くに住んでおるのに、なぜまだ来ない?」

張善徳が言いにくそうに答えた。

「陛下に申し上げます。高士奇は家におりませんでした」

康熙帝が気色ばんだ。

「何？　家にいないだと？　そんな道理がどこにある！朕が禁城に邸宅を下賜したのは、いつでも呼び出せるようにするため。それを、そこにいないとは！」

張英が突然、奏上した。

「陛下に謹んで申し上げます。陳廷敬殿を有罪にすべきではないと臣は考えます。」

康熙帝はこれを聞いて訝《いぶか》しんだ。

「張英、何をあべこべなことを言っておる。雲南からの八百里の急を見ろ、大敵が目前に迫っている時に、何を突然、陳廷敬などと言い出すのだ！」

「大敵が目前に迫っておりますればこそ、陳廷敬殿を寛容にお許しくださいと申し上げているのでございます」

張英が言うのを聞いて、康熙帝が尋ねた。

「言いたいことがあるのなら、あの日、なぜ乾清門で言わなんだ」

「恐れながら、陛下は御門聴政の時、頭に血が上っておられました。火に油を注ぐようなことはとてもできませぬ」

康熙帝は長いため息をついた。

「つまりは、そなたも朕が頭に血が上り過ぎだと思うか?」

「陳廷敬殿は直言が過ぎるとは思いますが、発言には一理あると臣は考えます。民から金銭を巻き上げるため、名目がなければ、地方官僚は何が何でも名目を考え出すものでございます。朝廷からその名目を与えられたので、今後ますます大胆になっていく恐れがございます」

「つまりは、張英も陳廷敬と同じ考えだということか?」

康熙帝はいやな顔をした。張英が自分の考えを述べた。

「もし民が本当に進んで龍亭を建てたいというのなら、それは確かに素晴らしいことです。しかし地方官僚に利用されないかが気がかりでございます。重要なこと故《ゆえ》、専任で監督する大臣が必要かと考えます」

誰に管理させるのがふさわしいかと康熙帝が尋ねると、張英が陳廷敬の名を挙げた。康熙帝は、反対した張本人を監督に派遣するとはどういうことかと不可解に思った。

張英は康熙帝の沈黙を見て、その心中を推し量り、言葉を続けた。

「陳廷敬殿が龍亭建設に反対したからこそ、本人に管理させるのです。一つに陳廷敬殿は慎重に物事を進めますから、問題が起きることはないでしょう。二つ目には、その目で民の情熱を実際に目の当たりにさせ、心服させるにもよいでしょう」

康熙帝が答えるのを待たずに、明珠ら大臣が次々と到着した。張英はそれ以上陳廷敬の話は続けず、康熙帝は雲南からの奏文を明珠に渡すよう張英に言った。張英はあちこちを見渡し、陳廷敬が来ていないのはなぜかと訝《いぶか》しんだ。陳廷敬はまだ南書房の当直を命じられており、今夜もいるはずだが、と考えていた。しかし康熙帝が議論を始めるように指示し、誰も陳廷敬のことを言い出す者がいなかったため、何か理由があるに違いないと察し、それ以上尋ねることを控えた。

翌朝、陳廷敬が乾清門に出勤すると、すでに人々が集まっているのを見て、訝しく思った。この時にはすでに議論は終わっており、康熙帝は中に入って小休憩を取り、臣工らは立ち話をしつつ、朝政の開始を待っていた。

張英は陳廷敬の姿に気付くと、急いで端に引き寄せて話をした。陳廷敬は昨夜のことを聞き、康熙帝が自分を遠ざけていたことを知って気持ちが暗くなったが、顔には出さず、淡々と張英の話を聞いていた。しかし張英が龍亭の件を告げると、慌てて言った。

「それはいくらなんでも無茶です。私は龍亭の建設に反対したのです。その本人がその管理に行くだなんて」

張英がそれを説得する。

「陳大人、私の言うことを一度だけ騙されたと思って聞いてください。責任者となるだけでなく、進んで重責を負うようお願いするのです」

陳廷敬は首を振るだけでしきりにため息をついた。張英が気色ばんだ。

「陳大人、陛下も人間でいらっしゃいます。少しは陛下の面子をお考えください。それにご自分で管理すれば、下が混乱することもないでしょう」

話をしているところにちょうど高士奇がやって来た。高士奇は皆の自分に対する異様な視線を感じ取った。はっきりと口にする者は誰もいなかったが、昨夜不在であったことが問題になっていることを悟った。事情がわからぬまま、知らぬ顔で人々の中に入り、手の拳を合わせて挨拶の言葉を交わすうち、雲南方面の件を聞き、ことの次第を悟った。頭から血の気が引き、大変なことになったと冷や汗が噴き出した。両耳に地鳴りのような音が鳴り響き始め、背中が焼け付くように熱くなった。たちまち木綿の服の中が、汗でびっしょりと濡れた。

何もよい策を思いつかないうちに、康熙帝がやって来た。大臣らは急いで跪き、礼節に従って挨拶をした。康熙帝は臣工らに立ち上がるように言った。

「呉三桂の烏合の衆三十万が、北上せんとしている。昨夜、各部院の大臣らを招集して緊急に相談した結果、五十万を出兵し、逆賊を壊滅させて雲南を奪還することを決定した。各臣工、それぞれの意見を述べよ」

明珠が反乱平定策の宣言を高々と読み上げると、大臣らが意見を発表する段となったが、皆、口をそろえて康熙帝の英断を讃えた。朝廷で一番野太い声の持ち主である戸部尚書の薩穆哈《サムハ》が叫んだ。

「朝廷の勇壮なる軍隊五十万、陛下の号令一つで雲南を席巻し、呉三桂の古巣を一突きにしてやりますさ！」

この日の聴政《ちょうせい》の時間は長引き、陳廷敬の発言の番が回ってきた時には、すでに空が白々と明けていた。陳廷敬はこの大事な時に核心を突いた話をするべきかどうか、躊躇していた。反乱の平定策は、康熙帝が大臣らを率いて夜を徹して起草したもの、つまりは康熙帝の意志そのものである。臣工らが康熙帝の英明を大合唱するのも、まさにそれ故である。しかし呉三桂をそんなに簡単に殲滅できるものだろうか。陳廷敬は散々考えた挙げ句、ここまで降格もされれば、これ以上事実を述べたところで、まさか首までは飛ばされないだろうと開き直り、かの「等（待つ）」、「忍（耐える）」、「穏（落ち着く）」の三文字を横に追いやり、覚悟を決めて発言した。

「謹んで陛下に申し上げます。もし一挙に勝利して逆賊を殲滅できるのなら、それに越したことはございませぬ。しかし朝廷の呉三桂討伐は長年続いているにもかかわらず、まだ禍害を根絶できておりませぬ。このため次の手を考える必要があるかと存じます」

薩穆哈《サムハ》はこれを聞いて気色ばんだ。

「陛下に申し上げます。陳廷敬は逆賊の意気を揚げ、こちらの威風を滅しております！」

「謹んで陛下に申し上げます。大きなことを叫んでも、逆賊を殲滅できるものではございませぬ。実際の刀と銃で戦うものでございます」

陳廷敬が反論すると、康熙帝はうなずいた。

「陳廷敬、そなたの考えを述べよ」

「朝廷は常に民のことを考えなければなりませぬが、呉三桂の方にはその必要はありませぬ。呉三桂は戦いで何も忌避する必要はないのに対し、朝廷は民を戦火に巻き込まぬようにしなければなりませぬ。また呉三桂は雲南の民から最後の油の一滴まで絞り上げて軍餉に充てることができますが、朝廷は民を休ませることを考えなければならず、やはり軍餉が一番の要となります。先ほどの反乱平定策を詳しく拝聴いたしましたが、本来なら何度かに分けて進めるべきものを、無理に一度にまとめた戦略と感じました」

「朝廷は、呉三桂とすでに長年戦いを続けておる。今回朕が望むのは、まさに無理をしてでも一気に片付けてしまうことだ。呉三桂の賊どもに雲南の割拠を許すわけにはいかぬ」

これに対し、陳廷敬がさらに答えた。

「謹んで申し上げます。さらに多くの軍馬、刀槍、食糧、馬糧を用意し、持久戦に備えるべきかと存じます。呉三桂の平定には、短くても二、三年、長ければ三、四年はかかりましょう。朝廷としては、軍餉対策を計画すべきかと存じます」

それを聞いた瞬間、康熙帝は激怒して言った。

「もう三、四年？　まったく縁起の悪いことを申すな！　陳廷敬、呉三桂の乱平定についてそなたはもう何も言うな。明珠、薩穆哈《サムハ》、この反乱平定策に従って兵を募り、馬を買い、わが勇敢な武将らを一気に雲南に投入せよ！」

雲南の件について、それ以上審議されることはなかった。別の大臣が別件を奏上し、康熙帝はいつものようにこれを批准した。聴政が終了すると、康熙帝は普段通りに西暖閣に引き揚げたが、休憩することもなく、そのまま南書房に向かった。高士奇の心臓は飛び出しそうなほどに高鳴り、戦々恐々として康熙帝の後ろに従った。

康熙帝は案の定、雷を落とした。

「高士奇、夜、家におらずにどこへ行っていた」

高士奇にはこの時すでに言い訳の用意ができており、慌てて地面に跪くと体を震わせて言った。

「謹んで陛下に申し上げます。昨晩、緊急の軍務があるとは知らず、骨董の掘り出し物を探しに行っておりました」

康熙帝は叱責した。

「雲南の戦火が天まで届かんばかりである時に、骨董を漁る余裕があるのか」

「禁城に移り住んで以来一度も外に出たことはございませんが、昨晩に限って、王蒙の山水画があると聞き知りましたため、陛下がお喜びになるかと思い、城外に見に行った次第でございます。帰ってきた時にはすでに宮門が閉まっており、やむなく外で一泊いたしました」

高士奇がそういうのを聞いて、康熙帝の怒気も少しばかりは収まった。

「画はどうした？」

「偽物でございました」

康熙帝はひどく失望したが、雷霆《らいてい》の怒りはもう冷めていた。

「今後、夜間の外出はまかりならぬぞ！　身を起こせ」

高士奇は感謝の言葉を繰り返し、再三叩頭してからようやく這い上がった。陳廷敬は、そんな偶然があるだろうかと思ったが、高士奇の話を康熙帝が信じたのだから、それまでである。もはやため息をつくしかなかった。

康熙帝が奏文に目を通し始めると、陳廷敬が前に進み出て跪いた。

「陛下。龍亭の寄付による建設ですが、非常に重要なことと故、お任せいただければと存じます」

康熙帝は思わず張英の方を見やり、心の中では万事了解の上ではあったが、とぼけて言った。

「ふん。陳廷敬、突然またどういう風の吹き回しだ」

「陛下からの任務に尽力したいと願うばかりでございます」

陳廷敬は反乱平定策に余計な口を挟んだことを後悔していた。康熙帝の考えがすでに揺るぎないと知りながら、なぜあんなことを言ったのだろうか、と。それでも、どうしても言わずにはいられなかったのである。

康熙帝はしばらくじっと黙っていたが、口を開いた。

「相わかった。朕は圧力で服従させるのではなく、寛容をもって進めたいと思うておる。地方の龍亭の寄付建設の監督を陳廷敬に命ず。陽曲の傅山は、そなたが推薦した『博学鴻詞』だ。龍亭の話もちょうど陽曲。直ちに陽曲に向かうように。一つには、傅山の京入りを促すこと、二つには、龍亭の寄付建設を現地で監督すること」

陳廷敬は叩頭して答えた。

「臣、聖旨に遵《したが》います。陛下、さらなる奏上をお許しください」

康熙帝は返事をせず、ただうなずいた。

「お願いがございます。臣が陽曲から帰るまで、山西の龍亭建設の嘆願を各省に発行する由、どうか一時保留をお願いいたします」

康熙帝は黙っていたが、うなずくことでそれを認めた。

陳廷敬の遠方出張の知らせを受け、家では大慌てで数日かけて準備が整えられた。出発の日、月媛が言った。

「老爺《だんな》様、珍児は身のこなしが軽く、武芸も心得ておりますす。お連れなさいまし」

陳廷敬は言った。

「公務で出かけるのだ。婦女を身辺に連れていくのは、都合が悪い」

「都合が悪いものですか。連れていくのは自分の妻ですよ」

陳廷敬に口を挟ませる暇を与えず、月媛はさらに笑って付け加えた。

「また侠女《きょうじょ》を連れて帰られては困りますからね」

三十二

陽曲知県の戴孟雄《たいもうゆう》は、五峰観《ごほうかん》（道教寺院）の山門の外で轎を降り、吹き荒れる雪を見上げるると、手に息を吹きかけて力一杯こすり合わせた。銭糧担当の幕僚楊乃文《ようだいぶん》と現場の衙役《がえき》たちがぴたりとその後ろに従いながら、皆寒さのために首をすぼめていた。

「老爺《だんな》。もう九度も五峰観にお越しなのに。よりによってこんなに寒い日に……。傅山はもはや傲慢が過ぎやしませぬか」

と楊乃文が言ったが、戴孟雄が声をひそめた。

「めったなことを言うでない。陛下の旨意《しい》をどうすることができる」

戴孟雄は無駄口をきかぬよう皆に言い含めると、恭しく三清殿《さんせいでん》に入っていった。道童《どうどう》（道教寺院の小僧）が出てきたかと思うと、再び慌てて中に入り、伝言した。傅山は寮房《りょうぼう》（宿坊）内で筆を取って書をしたためていたが、道童の知らせを聞くと、こう言った。

「いつもの通り、私は病気だと伝えなさい」

「戴の旦那様、道士様師匠はずっと病に臥せております」

道童は三清殿に戻るとそう伝えた。戴孟雄が道童に笑いかけた。

「そうではないかとは思ってはおりました。道士様はきっとまだご病気なのだと。ですから、ぜひお見舞いしたいのです」

「戴の旦那様。道士様からこう言われました。独りで静養したく、見舞いは無用と」

「道士様はあまりに傲慢が過ぎるのではないか」

楊乃文が耐えかねて詰め寄ったが、戴孟雄は振り返ると、楊乃文を責めた。

「おい。なんという口をきく？　傅山先生の名は海内《かいだい》に轟き、陛下も日々思いをおかけの方だ。さあ。傅山先生にお目に掛かるのだ」

戴孟雄はそう言い、さっさと歩き始め、道童が止めようにも止められなかった。傅山の寮房までやって来ると、傅山が背を向けて隅に臥せているのが見えた。戴孟雄は床前に進み出て座り、話しかけた。

「傅山先生、お体の方、少しはよくなられましたか」

戴孟雄が何を言っても、傅山はまるで寝ているかのように一言も答えない。戴孟雄は胸に激しくこみ上げてくる怒りをぐっと抑えて、さらに語りかけた。

「お恥ずかしながら、わが監生の巧名は寄付で得たもの。傅山先生が歯牙にもかけられぬのはよくわかっております。それでも懸命に県の政《まつりごと》に尽力しており、傅山先生もその評判は耳にされたことはあるかと存じます。この度、民衆が進んで寄付を集めて龍亭を建て、『聖諭十六条』を石碑に刻して子々孫々までの教化に役立てようとしておりますが、民が自ら申し出るなど、前代未聞の素晴らしい快挙ではありませぬか。私は知識人とは言えませぬが、われら山西の同郷の陳廷敬大人は知識人です。ご存じの通り、その陳廷敬大人が、陛下の前で先生を推薦されたのです。陛下も賢人を求めること、渇きを癒すが如くでございます」

傅山は微動だにせず、眠っているかのようであり、風が吹いて窓の障子がパタパタと音を立てている。この時、衙役が一人慌てて入ってきて報告した。

「戴の旦那様。外に八人かつぎの大轎がやって来ました。数十人の陣容です。皆が欽差大臣（皇帝の特命を帯びた大臣）だと言っていますよ！」

戴孟雄はおおいに驚き、すぐに身を起こして山門に出迎えにいった。実は陳廷敬は陽曲に到着するや否や、そのまま真っすぐ五峰観に上ってきたのであった。珍児《チェンア》、劉景、馬明らの供の者、そのほかにも轎夫、衙役などが随行していた。珍児は男装し、さながら風流公子（優雅な貴公子）といった出で立ちだった。

陳廷敬が轎の簾《すだれ》を開けると、戴孟雄が地面に跪いて拝していた。

「陽曲知県の戴孟雄、欽差大人にお目にかかります」

「おや。これは奇遇ですね。お立ちください。あなたが陽曲知県の戴孟雄殿か」

と陳廷敬が聞き、戴孟雄が答えた。

「卑職がこれに」

「傅山先生と単独でお話をしたい。皆、外で待っているように」

陳廷敬は一人で傅山の寮房に入り、手の拳を合わせて拝し、挨拶の口上を述べた。

「陳廷敬、傅山先生にお目にかかります」

傅山はゆっくりと身を起こして座り、にらみつけた。

「陳廷敬、よくもこんなことをしてくれたな。わが一世の清名を汚してくれよって」

陳廷敬は笑った。

「陛下が『博学鴻詞』を募集されるというので、特に先生に京入りいただきたく推薦いたしました。あれからもう二十年近くになりますね。これまで朝廷がやってきたことを、ご覧になっていただけましたでしょうか」

傅山は冷たく笑った。

「おお。見たとも。顧炎武《こえんぶ》が投獄され、黄宗羲《こうそうぎ》は懸賞金をかけられて捕らえられ、私自身も官府に監禁された。すべてこの目で見たわ」

「それはその時、あれはあの時です。今、朝廷は顧炎武先生、黄宗羲先生のことも『博学鴻詞』に招こうとしています」

傅山は語気が以前よりも穏やかになっていたが、その鋭い論鋒は相変わらずで、剣《つるぎ》で切りつけるかのようである。

「清朝廷の胸算用は見え透いておるわ。山海関を超えたばかりの頃は、知識人を利用し、かの銭謙益《せんけんえき》らの破廉恥な連中が宗廟《そうびょう》に背き、二臣（異なる二つの朝廷に仕えること。「忠臣は二君に仕えず」と言ってこれを潔しとしなかった）に甘んじた。それを順治が親政を始め、天下が安定して定まったと自惚れると、知識人らを迫害し始めた。銭謙益らは最終的にはろくでもない末路であったが、自業自得である。今や清の朝廷は四十年近く経つが、皇帝もようやく一番やっかいなのが知識人だということを悟り、懐柔策で『博学鴻詞』とかいう試験を開くだと。清の朝廷がわんわんはやしたてる銅鑼の音を、顧炎武、黄宗羲らが真に受けるとはとても思えぬわ」

「傅山先生、廷敬は先生が顧炎武先生と深いご交流がおありと存じております。顧炎武先生のある言葉に私も賛同いたします。『亡国は江山の改姓易主《かいせいえきしゅ》（王朝の姓の変更、主人の交替）にすぎぬ。知識人はそれにあまり目くじらを立てる必要はない。もし天下が滅びれば、道徳が崩壊し、人が畜生の如く相成り、人が人を食らうことになる。その方が恐ろしい』と」

「その言葉は、もちろん私も記憶しておる。二十年前、おまえはその言葉で説得に来た」

「陳廷敬、初心は貫徹します。再びこの言葉で先生を説得に参りました。帝王の家が人材を取り込まんとするを理解できるところもおありでしょう。『文武ともに学成れば、帝王に貢献すべし』ともいうではありませんか。知識人が出仕すること、自らの力を生かして天下の万物に福をもたらしたいと思うのは、自然なことではないでしょうか」

「陳廷敬の目には、陽曲知県の戴孟雄は、知識人に映るか。金で監生の地位を買い、さらにまた金で知県の地位を買った。騒がしく銅鑼を叩いて龍亭とやらを建て、上に太平の言葉で事実を粉飾し、その実、民から搾り取っている」

「今回、私が山西に戻って参りましたのは、まさに二つのことのためです。一つは傅山先生の京入り、『博学鴻詞』への応試にお迎えに上がること、もう一つが龍亭の建設を調べることとです」

傅山は笑った。

「皇帝はまったく鷹揚よのお。老夫《わし》のような病持ちの老人に二品大官を派遣してくるとは！　恐れ入った！」

「傅山先生、私は龍亭の建設に反対したために、すでに四品官に降格されています」

どうやらその言葉は傅山の琴線に触れるところがあったようで、表面上は顔色一つ変えぬままであったが、冷ややかに陳廷敬の官服を眺めた。こうして見ると、確かに四品である。陳廷敬の官僚としての評判について傅山は早くから聞き及んでおり、心密かに敬服していた。ただ京入りは、自身の名節に関わる問題であり、断じて応じるわけにはいかなかった。

五峰観の外では辺りが暗くなってきたのを見て、戴孟雄は焦燥にかられていた。珍児が観から出てくるのを見て、戴孟雄が駆け寄ってきて話しかけた。

「もし、こちらの旦那。もうすぐ辺りも暗くなります。欽差大人には下山して休んでいただいた方がよろしいのでは？」

「戴の旦那様、先にお帰りください。欽差大人からの伝言です。五峰観を行轅《こうえん》にする、ほかの場所に泊まることは考えていない、と」

これには戴孟雄も困惑したが、無理に引っ張っていくわけにもいかず、仕方なく先に下山していった。

その日の夜、陳廷敬は傅山と打ち解けて語り合い、二人の対話は夜が明ける頃にようやくお開きとなった。

翌日、陳廷敬は朝食を終えると、下山する準備を始めた。傅山は陳廷敬を山門の外まで見送って言った。

「陳大人、約束したぞ。もし本当に事実の通り龍亭建設の由縁を調べることができれば、おまえについて京師に行こう」

陳廷敬は笑った。

「先生を京師にお迎えするのは、陛下のご旨意です。龍亭建設の調査は、私の任務です。それとこれとは別のこと」

「しかし老夫《わし》が京師に行くか否かは、龍亭の建設の調査にかかっておる」

「承知いたしました。男に二言はなしですよ！」

傅山は、手の拳を合わせて請け合った。

「断じて二言はない」


下山した陳廷敬は県衙《けんが》（県の役所）に出向き、戴孟雄の龍亭視察に付き添いたいと申し出た。街を出ると、陳廷敬は轎の簾《すだれ》を開けてみたが、外には一人の人影も見えず、おおいに訝《いぶか》しんだ。

楊乃文が陳廷敬の轎の横にぴたりとつけ、常に劉景に笑いかける。なんとか取り入ろうという様子があからさまに感じられた。劉景はそれを見て少し疎ましく思って尋ねた。

「楊師爺《しや》（幕僚への尊称）、知県の旦那の後ろにお付きになるべきところを、ずっと我々なんかを構ってていいんですかい」

楊乃文は笑って答えた。

「皆様が道に迷うといけないと思いまして」

馬明も耐えかねて言った。

「後ろへお退《さが》りを。先頭には案内人がいる故、余計なことは無用です」

楊乃文は興を削がれ、仕方なく後ろに下がっていった。

そこで劉景はようやく轎の簾《すだれ》の中に向かって、ひそひそと陳廷敬に話しかけた。

「老爺《だんな》。いつか山東に行った時、道中、民の土下座の出迎えを受けましたが、今回はまた人っ子一人見かけませんね」

陳廷敬は轎の簾《すだれ》を開けて外を見たが、無言でうなずいた。珍児が言う。

「あの時、うちの老爺《だんな》様が、民の土下座して出迎えるのを見て大喜びしてたから、本当に馬鹿代官かと思ったものよ」

「悪運が強くなければ、とっくにおまえ様に殺されていたところだな」

陳廷敬は笑い出した。珍児も笑った。

「一生言われることは覚悟していますよ。死んでも離れないと食らいついたのは贖罪《しょくざい》のため」

これを聞いて陳廷敬も大笑いした。

どれだけ進んでもやはり誰もいなかった。陳廷敬はますます怪しく思い、指示を出した。

「銅鑼《どら》を鳴らしなさい」

一同は怪訝な顔をした。主人は銅鑼を鳴らして何をしようというのか。劉景が言った。

「老爺《だんな》、一人っ子一人いないのに、露払いの銅鑼を鳴らしてどうするのですか。それに大仰なことはお嫌いではなかったのですか」

「いいから。銅鑼を鳴らして道を開けさせなさい」

劉景と馬明は、互いに顔を見合わせてしばらくきょとんとしていたが、仕方なく主人の命令に従った。じきに銅鑼の大音声が原野に鳴り響き、驚いたアヒルや雀があちこち飛び回る騒ぎとなったが、そのためにかえって天地の静けさが際立った。近くの村の家々にまったく人の気配はせず、何事かと出てきて見る人間さえ一人もいなかった。

楊乃文が声をひそめて戴孟雄に尋ねた。

「戴の旦那。欽差大人は、何のおふざけですかね」

戴孟雄は銅鑼の音を聞くと、胸の鼓動が高鳴ったが、それを表には出さずに言った。

「欽差大臣の行列で銅鑼を鳴らしての露払いは、当然ではないか」

陳廷敬は簾《すだれ》を下ろし、もはや外を見ようともせず、ただ銅鑼の鳴り響く音だけに聞き入っていた。沿路数十里、銅鑼をひっきりなしに鳴らし続けたが、たまに驚いた犬が吠えるばかりで、やはり物見高い村人が出てきて見物に来ることはなかった。陳廷敬にはわかっていた。戴孟雄がとうに使いを回し、手配をしているであろうことを。

到着を知らせる声を聞き、轎がとまった。陳廷敬は轎の簾を上げ、劉景に銅鑼を止めるように命じた。陳廷敬が身なりを整えて轎から出ると、寒村が眼前に広がっている。

戴孟雄が急いで轎から降りると、若い轎夫が手で支えながら声を掛けた。

「父さん、お気を付けて」

それを耳にした陳廷敬は、訝《いぶか》しんで尋ねた。

「なぜ父さんと？」

「この轎夫、愚息の戴坤《たいこん》でございます」

陳廷敬が戴坤を見やると、年の頃は二十歳前後、眉と目の辺りが確かに父親に似ている。

「本来なら勉学に励む時期に、なぜ轎を担いでいる？」

それに戴孟雄が恭しく答えた。

「欽差大人にお答え申し上げます。卑職の家は金銭の余裕がなく、先生をお招きすることができませぬ。それに県衙の予算にも限りがあり、愚息に轎を担がせれば、人件費の節約にもなりますから」

「国朝にはあなたのような清官が必要です」

陳廷敬が深くうなずくと、戴孟雄が笑顔で答えた。

「欽差大人、官として清廉であることは、最低限の節度でしょう。それほどまでお褒めいただくようなことではありませぬ」

陳廷敬は戴坤を慈しみの目で見つめながら言った。

「それでも勉強は大事です。ご子息の前途をつぶしてはなりませぬ」

「今後の様子を見ましょう。数年たって陽曲の民の暮らし向きがよくなれば、また倅《せがれ》にも勉強をさせますよ」

戴孟雄が言ったので、陳廷敬はうなずき、それ以上は何も言わなかった。戴孟雄は陳廷敬を村の中に案内しつつ言った。

「朝廷の欽差大臣が巡訪に来ると知っていれば、村人たちもきっと道に跪いて迎えたでしょう。民は皆、朝廷を慕っていますから。しかし民を煩わせるのはお嫌だろうと思いまして、事前に村人に知らせたりはしませんでした」

陳廷敬は笑ってうなずいたが内心、道中銅鑼が割れるくらい叩き通したのに、幽霊の一匹にも出くわさなかった、まさか陽曲の民は皆耳が聞こえないとでもいうのか、と思いを巡らせていた。しかし陳廷敬は本音をぐっと腹に納め、ただ目だけを動かした。

「欽差大人、これが最初の龍亭を建てた李家庄村です」

戴孟雄が歩きながら紹介した。陳廷敬はその村がうらぶれ、あまり裕福ではなさそうなことをすでに見抜いていた。

「どのような経緯があったのですか？　まず誰が言い出したのでしょうか」

「村に富裕な家があり、主人の名を李家声《りかせい》といいます。李家声が自分でお金を出し、龍亭を建てました」

　戴孟雄はそう言い終わると、「早く村に入って、李家声に欽差大人を出迎えるように言え」と衙役に命じた。

「ほう。なるほど」

　陳廷敬はそれを聞いても特に何も言わず、とりあえず様子を見ることにした。

　戴孟雄は陳廷敬を案内して村の小道に入った。突然、大きな豪邸が目の前に現れた。どうやらそれが李家らしかった。案の定、中年の男性が走り出てきて地面に跪いて伏し、叩頭していった。

「李家声。欽差大人と県官の旦那様にお目にかかります」

「李家声、礼は免じる」

　陳廷敬が言い、辺りを見まわしたが、やはり一人も村人が見物に出てきていない。

　李家声は起き上がると、頭を下げて言った。

「欽差陳大人、戴の旦那様。拙宅で少しお休みください」

「李家声。なぜ本官が陳姓だと知っている」

　と陳廷敬が怪しんだ。戴孟雄が出てきてさり気なく説明した。

「今や欽差大人は山西から朝廷で最も位の高い官となったお方です。あなた様が山西に足を踏み入れられた途端、民でそのことを知らぬ者はおりませぬ」

「先ほど村人に私が来るのを知らせてはいないと言いませんでしたか」

「卑職、普段より外出で民衆を煩わせないよう、心がけております。それもすべて欽差大人、あなたを見習ってのことです」

　戴孟雄は辻褄の合わぬことを答え、楊乃文が慌ててこれに同調した。

「うちの戴の旦那は普段、民間をお忍びで訪ねる時は、布衣に素食。民心をおおいに得ております」

　陳廷敬は曖昧にうなずき、李家の豪邸に入った。劉景が何気なく振り返ると、遠くである家の扉が開き、子供が飛び出してきて、不思議そうに外を眺めた。すると女性が慌てて飛び出し、子供を抱きかかえて振り向きもせず必死に中に駆け込んだ。

李家の正門を入り、蕭壁《しょうへき》に沿って歩いていくと、築山に池がある。青々とした木々が生い茂り、その中に邸宅が広がり、なかなかの迫力である。池の水は凍っており、わずかに折れた蓮の茎がのぞいていた。夏から秋にかけて李家の庭園は、きっと江南の風景に勝るとも劣らぬ絶景に違いない。しかし李家声はしきりに恐縮する。

「むさ苦しいところで、欽差大人にご不便をおかけし、恐れ入ります」

陳廷敬はこれには答えず、李家声について奥に進んでいった。大きな庭園を通り抜けると、ようやく李家の広間にたどりついた。この家はどうにも奇妙だ、金持ちの家というのは普通、庭園を一番奥に隠すものだが、ここは入り口から入るといきなり庭園がある、と陳廷敬は密かに考えていた。

広間に入ると、李家声は恭しく客人を上座に案内した。召使いが頭を低くして茶を運んでくると、すぐに退出した。陳廷敬は一口茶を飲んでから言った。

「李家声、こちらの戴の旦那から聞いたところ、お宅がお金を出して龍亭を建て、陛下の『聖諭十六条』を龍碑に刻したそうですね。本官はそれを聞いて、大変嬉しく思いましたよ」

李家声は手の拳を合わせて言った。

「私が心安らかに生き、村人たちが家族で仲睦まじく暮らしてゆけるのも、すべては『聖諭十六条』のおかげです。堯舜《ぎょうしゅん》の法と並び、必ずや千年の先まで称えられるでしょう」

「欽差大人に申し上げます。この村の人々は十六歳以上、七十歳以下は男女を問わず、すべて『聖諭十六条』を暗誦できます」

戴孟雄が言うので、陳廷敬は少し興味を引かれて言った。

「そうですか。では李家声、暗誦して聞かせてください」

李家声は少し顔を赤くして言った。

「では、暗誦いたします」

一、人倫重視のため、親孝行し、目上の人を尊重すべし
二、隣近所との平和な関係のため、宗族を篤くすべし
三、争議をなくすため、同郷の人々との和を重んじるべし
四、衣食を満たすため、農業と養蚕を重視すべし
五、財を有効に使うため、倹約すべし

六、知識人の言動を秩序立てるため、学校を興すべし
七、正しき教えを崇めるため、異端を排除すべし
八、愚昧を戒めるため、法律を講じるべし
九、よき習俗を養うため、礼節を重んじるべし
十、民の志を定めるため、本業に勤しむべし
十一、非行を禁じるため、子弟を訓戒すべし
十二、善良を全うするよう、誣告《ぶこく》を根絶すべし
十三、連座をなくすため、逃亡を戒めるべし
十四、税金催促がなきよう、税の現金と穀物を完納すべし
十五、盗賊を根絶するため、隣組制度を整備すべし
十六、命を大切にするため、憎しみを解くべし

李家声は首を大きく揺らして暗誦を終えると、どうだと言わんばかりに陳廷敬に微笑みかけた。陳廷敬は言葉をかけた。

「聖諭では『税金催促がなきよう、税の現金と穀物を完納すべし』と言っていますが、村の銭糧《せんりょう》（税金として納めるべき現金と穀物）は、完納していますか」

「欽差大人にお答え申し上げます。当村の銭糧は、年々完納です。少しも不足はありませぬ」

李家声が言った。陳廷敬が振り返って戴孟雄を見やると、戴孟雄が慌ててつけ加えた。

「欽差大人。卑職がたった今、ご報告しようと思っていたところでした。この村では、全村の銭糧を、すべて李家声がかわりに支払っています。このため年々官府から催促の人を派遣する必要がないのです」

「私の銭糧師爺としての役目も上がったり、です。他県のように毎日衙役を連れて家々を回り、阿鼻叫喚の地獄絵図にする必要もありませぬ故《ゆえ》」

楊乃文が分もわきまえず、さらに横から口を挟んだ。

陳廷敬は急に興味を覚えた。

「それは確かによい方法ですね。朝廷の雲南平定に焦眉の急は軍餉の調達です。もし各地でその方法に沿って進めることができたら、税金の滞納は起こらないでしょう」

戴孟雄は言った。

「欽差大人にお答え申し上げます。陽曲県ではすでに三分の二の村でこの方法を採用しています。今後、全県の各村でこの方法を進めていこうと思っております。卑職が陽曲に就任して以来、銭糧は毎年、すべて期限通りに上納しています」

「戴知県、当地の銭糧完納の方法は龍亭建設より素晴らしいものです。朝廷が今、最も関心を寄せているのが、銭糧の完納です。戦にはお金がかかりますからね」

「卑職はこの銭糧完納の法を『大戸統籌《とうちゅう》（有力者や大地主による税金の統括）』と呼んでいます。当初は来年から全県で実施し、朝廷に報告しようと思っていました。一方の龍亭建設は煩雑さがなく、簡単に実施できるため、すでに全県で進めています」

陳廷敬は聞いた瞬間、驚いた。

「なんですと？　すでに全県で進めている？　嘆願には、民衆が自発的に希望しているから、朝廷に許可を求めたと書いていませんでしたか」

戴孟雄は慌てて頭を下げて言った。

「民衆の情熱は高く、卑職が冷水を浴びせることはできませんでした」

陳廷敬は不愉快になった。

「後でこの件については、もう一度じっくり話し合いましょう。まずは龍亭を見に参りましょう」

陳廷敬らは、李家声について李家の祠堂《しどう》へ向かった。

戴孟雄は陳廷敬が不機嫌なのを見て、心穏やかでなかった。朝廷の許可なしに勝手に龍亭を建てたことが追及されれば、罪になることを自覚していた。

祠堂《しどう》の正面には空地があり、一本の槐《えんじゅ》の古木とその横に龍亭があった。八角形の亭《あずまや》の梁には彫刻が施され、棟《むね》には絵が描かれ、優雅に反り上がった飛檐《ひえん》はまるで鳥の広げた翼のようだった。亭の中に龍を彫った石碑があり、「聖諭十六条」が刻されている。陳廷敬は龍亭の回りを何周か歩いてから、詳しく碑の刻を見て言った。

「なかなかよくできていますね。李家声、この龍亭にはいくらかかりましたか」

「銀二百両あまりです」

陳廷敬はさらに尋ねた。

「村全体で人口何人、何世帯ありますか」

「全村で老若男女二百三十二人、四十六戸です」

戴孟雄が横から付け加えた。

「欽差大人、李家声が銭糧完納を立て替えているのは、この村だけではなく、周囲十六村、千八戸の銭糧をすべてかわりに納付しているのですよ」

陳廷敬は黙ってうなずいたが、心の中ではそろばんをはじいていた。ちょうどその時、突然大順がやって来た。

陳廷敬は山西に帰ってきたというのに、陽城の故郷の両親のもとに帰る余裕がなかったため、大順を遣って自分のかわりに帰省させていた。大順は陽城から戻り、まずは陽曲の県衙を訪ねた結果、主人が李家庄に来ていることを知り、道を尋ね尋ねやって来たのだった。大順が主人に挨拶をした後に報告した。

「老爺《だんな》様。大少爺《おおわかだんな》様、大奥様、奥様は、いずれの皆様も達者でいらっしゃいました。大奥様からはお仕事に専念するように、こちらのことは心配するなと伝えなさい、と特に言われて参りました」

大順はそう言い終わると、陳老人の書簡を取り出し、陳廷敬に手渡した。陳廷敬は家族からの手紙を読み、思わず涙をこぼした。珍児もたまらずもらい泣きをした。劉景と馬明も皆、両親は故郷におり、ともにしんみりせずにはいられなかった。

「欽差大人、ご実家の前を通りながら家の中にも入らぬとは、さながら禹《う》帝のふうですね。卑職、敬服いたしました」

戴孟雄が言った。陳廷敬は家族からの手紙をたたむと、ため息をついた。

「陛下からの任務である以上、いたし方ない。さあ。この話はもうよしましょう。戴知県、李家庄の龍亭は、なかなか威厳がありますね。素晴らしい」

陳廷敬が笑顔になったのを見て、戴孟雄はようやくほっとため息をつき、慌てて言った。

「欽差大人のお褒めのお言葉、痛み入ります」

ところが、陳廷敬は突然、冷たく言った。

「そのほかの地方の龍亭は、しばらく建設を停止するように」

戴孟雄が慌てて尋ねた。

「欽差大人、それはなぜですか」

「朝廷の許可なしに龍亭建設を勝手に進めて、罪に問われぬとでも思っているのですか」

「欽差大人、朝廷への忠心のためでございました」

李家声は慌てて跪いた。陳廷敬は言った。

「李家声、立ち上がってください。戴知県だけに話があります。あなたのことは今のところ追及はしませぬ。戴知県、帰りましょう」

李家声は必死に引き止めたが聞き入れられず、陳廷敬らを李家庄村で見送るしかなかった。陳廷敬は轎に乗ると、戴孟雄に尋ねた。

「お宅で食事のごちそうになりたいが、いかがかな」

戴孟雄は真っ青になって口ごもった。陳廷敬は笑った。

「どうしたのですか。戴知県、一杯のお米も惜しいですか」

「卑職めは家の者がそばにおらず、県衙で衙役らとともに食事をしております。県衙の厨房では、ろくなものは作れません」

それで構わないと陳廷敬は即答した。あなたが三度の飯に食べているものを私が食べられぬわけがない、と。

戴孟雄は、楊乃文を先に大急ぎで下山させ、厨房に連絡して何皿かつくらせるように命じた。陳廷敬はそれには及ばぬ、陽曲は焼売《しゅうまい》が有名だから、少し焼売を用意してくれたらそれでいい、と言うのだった。


県衙に帰った頃にはもう日がとっぷりと暮れていた。食事はまだ用意できていなかったため、戴孟雄は陳廷敬を自室に招き、茶を出した。部屋には寝台が二つ、机一つに背もたれのない椅子が二つあるだけで、ほかに家具は何もなかった。陳廷敬は尋ねた。

「親子二人で、この一部屋で暮らしておられるのか」

「役場の衙役らは皆、二人一部屋ですから、我々親子も二人一部屋です。私は体の調子があまりよくないので、倅《せがれ》を同居させて面倒を見てもらっています」

楊乃文が横から言った。

「県衙では、もう一部屋空けようと思えばできないことはないのですが、戴の旦那が承知しないのです。私でさえ一人部屋をもらっているのに、申し訳ないことです」

陳廷敬は、戴孟雄の息子が轎を背負っていた時から疑惑を抱き続けていたが、戴孟雄がこのような貧しいところに住んでいるのを見て、この知県が一体どういう人物なのか、測りかねていた。

「戴知県はまことに清廉なお方だ」

「卑職は幼い時から家が貧しかったので慣れております。結局は官の体面。民は私がどんなところに住んでいるのか知りませぬ故《ゆえ》、官の体面を傷つけることにはなりませぬ」

話をしていると、食事の準備が整ったことを知らせに衙役が入ってきた。陳廷敬はゆっくり話がしたいからと厨房係に食事を運んでこさせた。部屋の中で二人で簡単に食事を済ませると、戴孟雄が言う。

「実は愚妻の自家製の米酒を故郷から持ってきています。欽差大人、お飲みになりますか？」

「あまり酒は強くないのですが、ご夫人お手製の米酒なら少しいただきましょうか」

戴孟雄はまず陳廷敬の盃に酒を注ぎ、次いで自分の分も満たした。二人で杯を突き合わせ、社交辞令もそこそこに同時に飲み干した。陳廷敬は焼売《しゅうまい》を一つ口に入れて言った。

「陽曲の焼売は絶品と聞いていましたが、まさに名声にたがわぬ味ですな」

「この数年で陽曲の民は、食べることには困らなくなってきましたが、誰もが焼売を食べることができるほどにはまだ至っておりませぬ。民が誰でも焼売を食べることができれば、小康《しょうこう》と言えるのですが」

陳廷敬はあまり酒が強くはないため、米酒を数口飲むともうぼんやりしてきた。そこでそれ以上飲むのは止め、頭がまだはっきりしているうちに尋ねた。

「戴知県、県の『大戸統籌《とうちゅう》』について話してください」

「毎年の作物の取れ高には差があり、民によっても貧富の差がありますが、朝廷の銭糧は毎年、納めなければなりませぬ。凶作の年には裕福な家は銭糧を完納することができても、貧しい家ではできません。そこで金持ちの家から借りることになります。裕福な家には、人情に篤い家もあれば、苛烈な家もあります。人情に篤い家であればまだいいのですが、苛烈な家の場合はこれに乗じて民を搾取します」

「それをあなたはどうしているのですか」

戴孟雄が言う。

「県衙では毎月、地主や民を集めて『聖諭十六条』を読み上げ、民風を教化しています。裕福な家の多くは朝廷の恩恵に感謝し、進んで村人たちのかわりに銭糧を納め、村人たちの食糧に余裕ができてから返済してもらっています」

陳廷敬は深く考えこんでいたが、うなずいて言った。

「確かにそれはいい方法ですね。戴知県、『大戸統籌』の方法について、詳しくお書きください。それを朝廷に上奏しますから」

戴孟雄は喜色を浮かべ、しきりにうなずいた。

「楊師爺《ようしや》のところにすでに詳細案の原稿がありますから、

後で欽差大人にお渡しします」

夕食を終えると、陳廷敬は夜の闇に紛れて五峰観に帰った。傅山は龍亭の建設が一旦止められたと聞き、心の中では感心していた。しかしそれを表には出さずこう言った。

「『大戸統籌』の法、老夫《わし》は詳しくはわからぬ故むやみに評価できんが、戴孟雄の連中は恐らくろくなことをせぬ」

陳廷敬も確信があるわけではなく、「もう少し様子を見ましょう」と言うしかなかった。傅山はもう休むと言って寝所に戻っていった。陳廷敬はまったく眠気を感じなかったので、皆の世間話に付き合った。四方山話のうちに、話がまた陽曲の「大戸統籌」に戻った。陳廷敬は内心、気になっていたのである。朝廷の雲南平定に焦眉の急は、まさに軍餉調達だった。ここ数年、各地からの銭糧納付が滞りがちだったが、官府があまりに苛烈に取り立てると一揆勃発の恐れがあり、何かよい方法はないかと考えあぐねていた。戴孟雄の方法は一見、実に素晴らしく思えた。しかし陳廷敬が道中で見たのは、陽曲の民は弓を恐れる鳥のように、人っ子一人姿を見せないという光景である。欽差大人が来たのに、出迎える民もなければ、道に立ちふさがり、冤罪を抱えて直訴する人さえおらず、通行人すらいなかった。一年で最も寒い時期の今、民の多くが家の中で縮こまっている季節とはいえ、外に誰もいないというのは、いかにも解せない。

「当初は疑っていたが、戴孟雄の住まいを見、実の息子に轎夫をさせているのを見ると、どうしても悪官には見えぬが」

と陳廷敬が言うと、馬明が続けた。

「老爺《だんな》が道中、突然銅鑼を鳴らすように命じられましたが、恐らく民は知県が村に銭や食糧を取り立てにきたと思って、家に引きこもって誰も出てこなかったのではないですか」

「官界のことはよくわからないけれど、よく考えてみると、戴の旦那がどんなに清廉でも、自分の息子に轎を担がせる必要はないでしょう。それがよほど実入りのいい仕事でない限り」

と大順が言うと、劉景も言った。

「戴知県が言ったでしょう。報酬さえ出していない、と。実入りどころか」

「本当のように見えることこそ、真っ赤な嘘ということもあるわ。あの李家声が十六村、千戸以上の人のために銭糧を立て替えるなんて、とても信じられないわ」

と珍児が続けた。

「しかしあの村々が長年、国への銭糧を滞納していないことは事実だ」

「手前味噌で恐縮だけど、うちも地元では素封家です。父は人情に篤いけど、それでも自分だけで損を背負えないわ。自分の家が落ちぶれてしまったら、できることもできなくなるじゃない。李家声に銭糧の立て替えで何か利がない限り、そんな馬鹿なことをするかしら。それとも李家声は仏様？」

皆が侃々諤々と議論している時、陳廷敬が突然言い出した。

「決めた。早急に陽曲の『大戸統籌』の法を朝廷に上奏する」

皆、度肝を抜かれたが、珍児は気色ばんだ。

「老爺《だんな》様。なぜ皆の意見を聞いてくれないの」

「皆の言うことはもっともだが、朝廷は即刻、銭糧徴収の良策を必要としている。軍事に関わることであり、時間も無駄にできぬ。陽曲での効果いかん、戴孟雄の清廉いかん、汚職いかんを不問にしても良策だ」

馬明も言う。

「確かに方法だけ見ると、何も不都合はありませんね」

「劉景、馬明、明日の朝一番で官駅（宿駅）に早馬を出すように言ってくれ。それから明日、おまえたち二人は朝一番で下山し、陽曲県城を見に行くように。私はここで戴知県を待つ」

珍児は、陳廷敬が「大戸統籌」法を朝廷に上奏すると聞き、どうしても腹の虫が治まらず、ぷりぷり怒って詰め寄った。

「では、私は明日、何をしたらいいのかしら」

陳廷敬は笑って言った。

「おまえ様は、この五峰観に残って、その口を閉じていてくれればそれでよい」

三十三

　翌日、戴孟雄は楊乃文を連れて早くから五峰観にやって来た。陳廷敬は珍児に茶を出すように言ったが、珍児は相変わらず腹の虫が収まらないままで聞こえない振りをした。大順が慌てて茶を入れ、運んできた。

「すでに使いを出し、陽曲の『大戸統籌《とうちゅう》』の法を早馬で朝廷に上奏しました。もしこの方法により朝廷の軍餉《ぐんしょう》調達の急を解決できれば、戴知県の功は絶大でしょう」

　陳廷敬が言ったのを聞いて戴孟雄は喜びの念を禁じ得なかった。

「卑職、欽差大人のお引き立てに深く感謝いたします」

「李家庄の龍亭で実際いくら使ったのか、戴知県はご存じですか」

「李家声が進んで建てたもので、県役所からは人を派遣して監督したのみですので、詳しいことは知りませぬ。銀二百両もかけて作ったと本人が言っているのですから、よいものに間違いはないでしょう」

「陽曲全県の人口は何人ですか」

「全県で男女の働き盛りの人数が、一万八千四百五十人です」

「全県で毎年、現金と穀物の納付は、それぞれいくらですか」

「毎年銀が二万四千七百二十三両、穀物が六千二百七十三石です」

　陳廷敬はおおいに満足げにうなずいた。

「戴知県は有能ですね。帳簿を鮮やかに計算しておられる」

　楊乃文がすかさず付和雷同した。

「人呼んで『鉄のそろばん』です。帳簿を計算する頭は、銭糧師爺《せんりょうしゃ》の私よりも上です」

　戴孟雄はかえって謙遜した。

「欽差大人にお答え申し上げます。卑職は朝廷の俸禄を食む身であることを心に刻み付けております」

　陳廷敬は戴孟雄を見て微笑していたが、はっきりと言った。

「戴知県、来年から陽曲の銀、穀物の納付を倍増させるように朝廷に上奏しますから」

戴孟雄は陳廷敬の突然の言葉に一瞬茫然とし、次に自分の耳を疑った。口をあんぐりと開けて陳廷敬をぽかんと見つめていたが、やっとのことで口を開いた。

「き、欽差大人、それは断じてなりませぬ。陽曲の民のどこにそんな財力があるでしょうか。欽差大人。それはあまりにも民への搾取が過ぎます」

「私が民に苛烈なのではなく、あなたがすでに絞るだけ搾り取っているでしょう」

陳廷敬がきっぱりと言った。戴孟雄は頭を下げて尋ねた。

「欽差大人、それはどういうことでしょうか」

「李家庄の人口は二百三十二人、龍亭の建設に銀二百両あまりをかけたということは、大体一人当たり銀一両です」

楊乃文はこれを聞いて気色ばみ、急き込んで口を挟んだ。

「欽差大人、李家庄に建てた龍亭の銀は進んで寄付されたもの。村人に負担をかけるものではありません」

「すべての村に皆、『李家声』がいるわけではない。この費用は最終的にはやはり民が負担することになる。ましてや各村が張り合えば、龍亭を建てるほどにますます威厳を競うようになり、費用はますますかさむでしょう」

戴孟雄はかたりと膝を落とし、跪いて哀願した。

「私、戴孟雄、陽曲の民にかわって欽差大人に跪きます。陽曲の民は忠実に毎年期限通りに指定額を違えず、朝廷に現金と穀物を納めてきました。これ以上の税金を取ることは過酷です」

陳廷敬は戴孟雄を一瞥した。

「朝廷は今まさに挙兵して雲南を平定中、軍餉調達が焦眉の急です。陽曲の民に財力だけでなく忠誠心もあるというのなら、朝廷にもっと貢献すべきでしょう」

戴孟雄はしきりに叩頭を繰り返した。

「欽差大人。そ、それだけはお許しを」

珍児と大順も狐につままれたように茫然と陳廷敬を見やった。陳廷敬はさらに詰め寄った。

「戴知県。陽曲で『大戸統籌』の法の立案は功に値するが、勝手に進めた龍亭建設は罪である。功であれ罪であれ、すべて朝廷に報告し、陛下の聖裁を待ちましょう」

戴孟雄は首を振った。

「卑職は功を貪《むさぼ》りはいたしませぬ。罪のみを受け止めたくございます！」

『道は道に帰し、橋は橋に帰す（それはそれ、これはこれ）』。まずは全県の龍亭建設寄付の帳簿を見たい」

「陽曲は大きくも小さくもありませぬが、それでも周辺数百里はあります。帳簿はいっぺんには上がってきませぬ故《ゆえ》、どうか欽差大人様。数日のご猶予を！」

「いいでしょう。三日待ちましょう」

戴孟雄は慌ててひれ伏し、うなずいた。

「わかりました。卑職、これにて失礼いたします」

戴孟雄を送り出すと、珍児が笑いだした。

「老爺《だんな》様、さすがだわ。本当に民の生死も見捨てるのかと思っちゃった」

大順が言った。

「最後にやっとわかりましたよ。老爺《だんな》様は戴知県に威厳を見せようとしているのだ、と」

朝早くから官駅に向かった劉景、馬明の二人は、奏文を京に送るように託した後、陽曲県城にやって来た。道には厚く雪が積もり、人影もまばらである。劉景が馬明に話しかけた。

「馬明、どう思う」

「冷え冷えとしているな」

「冷え冷えとしているだけではないぞ。道中、一人も乞食がいなかった。普通、県城には乞食が結構いるものなのに、この陽曲県城に限ってまったくいないとは、やはり何かがおかしくないか」

「とっくに違和感があったよ。老爺《だんな》が李家庄村に行った時も、道中人っ子一人見かけなかったからな」

と馬明も同意すると、劉景が笑った。

「うちの老爺《だんな》は、そう簡単にあしらえないぞ。心中、よくわかっておられるからな」

この時、突然銅鑼《どら》を鳴らす大音声が響き渡り、道端にわずかしかいなかった通行人が慌てて端の方に身を寄せた。劉景、馬明も飯屋に駆け入り、避難した。店主が声を掛ける。

「お客さん、何を召し上がりますか」

劉景が適当に答えた。

「麺を二杯ください」

ところが思いがけないことに店主は驚いた様子で言葉をのみ込んだ。馬明が聞く。

「店主、どうされた」

「お二方、早くお帰りを。商売はなしです」

劉景も奇妙に思い、尋ねた。

「どういうことですか。何を食べるかと聞くから、たいして食べたくもないのに礼儀を返して麺でも食べるか、という気になっただけだったが」

外の銅鑼の音がますます近くなるのを聞くと、店主は真っ青になり、二人を急かした。

「お客さん、早くお帰り下さい」

馬明が尋ねた。

「店主、できる商売をなぜしない」

「それは言えません。さあ。早く」

「店主。我々は全国いろいろなところを回りましたが、こんな奇妙な人にお目にかかったことはない。わけを話してもらわないと、出ていきませんよ」

と劉景が言うと、店主は観念したようにようやく本当のことを話し始めた。

「欽差に差し障りがあってはいけないのです」

劉景がとぼけて尋ねた。

「何の欽差ですか？」

「とにかく県衙からそう言われているんですよ。地元の訛りでない客は、一切接待しないように、欽差を驚かせてはいけないから、と」

劉景も馬明ももとは山西人ながら、京師で十年以上も過ごしてきたために少し話し言葉が変わっていたのだ。

馬明が笑って言う。

「我々も山西人ですよ。店主、商売にどう関係あるのですか」

この時、銅鑼の音がさらに近づいてきたので、劉景、馬明の二人は入り口まで行ってそっと簾《すだれ》を上げて隙間を作った。すると戴孟雄の轎が通り過ぎ、後ろからは楊乃文と数人の衙役が通るのが見えた。

銅鑼の音が次第に遠のいたので、劉景、馬明の二人は飯屋から出た。

「馬明。町の人たちは、なぜ戴知県を見て虎に出くわしたような反応をするのかな」

「楊乃文は、戴知県が普段、お忍びで街を歩くと言っていたよな」

「どうやら陽曲には問題がありそうだな。馬明、少し考えがある」

「劉兄貴、聞かせろよ」

劉景が笑った。

「二人でもう一度、李家庄村に行って様子を見てこよう。それから県城で物乞いをしてみよう」

馬明がきょとんとした。

「物乞い？」

「乞食に化けるのさ」

馬明はぶるぶると首を振った。

「やるなら兄貴がやってくれ。俺はいやだ」

「真面目に言ってるんだ。じゃんけんして決めよう。恨みっこなしだぞ」

馬明は少し考えたが、仕方なく劉景とじゃんけんをした。三回挑戦して馬明が負け、乞食に化けることになった。馬明はひどく不満だったが、いやいやながら承知した。

戴孟雄は県衙に戻り、簽押房《せんおうぼう》(長官の部屋)の椅子に座ると、次第にいつもの調子に戻ってきた。楊乃文も口汚くひとしきり悪態をついてみせた。

「あの陳廷敬め、いけしゃあしゃあと豹変しやがって。戴の旦那。龍亭建設の資金については、事実通り報告しますか、どうしましょう」

戴孟雄は鼻を鳴らして言った。

「ふん、どうするって、報告などできるはずがない」

「しかし相手は欽差ですよ」

「欽差がどうした。老夫《わし》が欽差を軽んじているのではない。龍亭建設は民が自発的に行ったこと。いくら出そうと別に県衙に報告する必要もない。三日以内に帳簿を報告しろと言われてもできるわけがないだろう。陽曲は広大なのだ。木枯らしが吹き、大地は凍っているのに、すべて回れるわけがない」

「では、どういたしましょう」

戴孟雄がゆっくりと言った。

「引き延ばす」

楊乃文はそれを聞いてぎょっとした。

「いいんですか」

「いいのだ。陳廷敬は傅山を京に連れていくのに焦っている。何日も待てるはずがない」

楊乃文がさらに尋ねた。

「では、龍亭もまだ建てますか」

「建てる。建てぬわけがない。下では民衆が自発的に建て、上への奏文は巡撫大人が転送したもの。陛下がそれを非難したって老夫《わし》の罪にはならぬ。陳廷敬が罪に問うというなら勝手にすればよい。民一人一人に問いたくば問えばよい」

楊乃文が笑った。

「戴の旦那、やはり思慮がお深い」

「陛下は下々の龍亭建設をお気に召すかもしれない。陛下とて人間だ。いいか、京師から来た官僚どもに対応するには、恭しく振る舞い、耳障りのいいことをひたすら言っておけばなんとかうやむやにできるものよ。こちらのやることはこれまで通り進める」

楊乃文はしきりにうなずいた。

「まさにその通りですね。この楊乃文、旦那が五峰観でしきりに叩頭されるのを見て、本当に恐れ入ったのかと思っていましたよ」

戴孟雄が、大声を上げて笑った。

「恐れ入る？　長年見てきて、これまで私が誰かに恐れ入ったのを見たことがあるか。上から来るあの官僚どもにはとにかく余計に頭を下げておきさえすれば、地元ではやりたい放題だ。昔、中央で官僚やっている連中が言っていたのを聞いたことがあるぞ。あいつらも皇帝のおやじのところで、ばんばんと音を鳴らして頭を地面に打ち付けているとな。頭突きの音が大きく響くほど、皇帝のおやじは喜ぶそうだ」

楊乃文が手を叩いて笑い転げた。

「いやいや。勉強になりますな」

この時、突然外が騒がしくなった。衙役が入ってきて報告するには、乞食が県衙に入れろと言って聞かないという。戴孟雄が悪態をついた。

「何？　乞食？　陽曲の民は暮らしに満足しているのだ。なぜ乞食など存在する？　そいつは、どこからか湧いて出てきた嫌がらせに決まっている！」

楊乃文は知県を落ち着かせ、様子を見に外に出た。すると、確かにボロボロの服にドロドロに汚れた顔の乞食が、なんとすでに何人かの衙役を押し倒し、真っすぐ大広間に向かって突進してきていた。楊乃文は怒号を上げた。

「身の程知らずの乞食め。県衙で騒ぎを起こすとは、大胆不敵にも程がある。すぐにつまみ出せ！」

地面から這い上がった衙役らが、棍棒を振り回して追いかけて殴りかかった。乞食は身のこなしが敏捷でそれをひょいひょいとかわしつつ、一気に楊乃文の目の前まで迫った。乞食はまさに面前。馬明が化けているのだが、楊乃文は気付かない。馬明がへらへらと笑って尋ねた。

「もしもしお聞きしますが、こちらが知県の大旦那ですかい?」

楊乃文は両手を腰に当てて仁王立ちになり、怒鳴りつけた。

「おとなしく殴られろ」

「知県の旦那。人を殴るには道理を説明していただかないと」

「おまえに誰が道理を説く? かかれ!」

衙役の棍棒が風を切って振り下ろされる中、どうしても馬明に当たらない。馬明は衙役の数がますます増えていくのを見て、とっさに楊乃文の腕をつかみ人質に取って叫んだ。

「動くな。知県の旦那が怪我しても俺の知ったこっちゃないぜ」

楊乃文が口汚く罵った。

「くされ乞食め、身の程を知れ。放しやがれ」

「一つ聞きたかった。もう十数年も乞食をしているが、陽曲のように物乞い禁止なんてのは見たことがない。俺は飢え死に寸前で、仕方なく県衙まで食べ物をいただきに来ただけなんだ」

楊乃文は馬明にきりきりと締め上げられて息もできないので、仕方なく衙役らに下がるように命じた。馬明が手を放すと、楊乃文に向かってへらへらと笑いかけた。

「ふん。腹が減って死にそうな割には、俺様を締め上げて骨までバラバラにしてくれそうな力があるじゃねえか」

「老爺《だんな》、幸い空腹だったから命拾いですぜ。でなければ、本当に骨がバラバラよ」

楊乃文は衙役らに目配せをした。

「おい。何か食わせてやれ」

衙役らは承知し、馬明を衙門の左の敷地に連れていった。楊乃文は簽押房《せんおうぼう》に戻り、知県にことの次第を報告した。戴孟雄はこのチンピラめが、と吐き捨てるように言うと、部屋に帰って休んだ。安心してお休みください、衙門内でのことは、自分がかわりにやっておきますから、と楊乃文が声を掛けた。

馬明は前方に牢屋が見えたので、おびえた真似をして見せた。

「なぜこんなところに連れてくる」

そこに看守らが一気に四方八方から襲いかかり、押しくらまんじゅうの勢いであっという間に馬明を牢屋に押し込めた。牢屋の鍵が、がちゃりと音を立てて閉められた。馬明が看守らに向かって大声で叫んだ。

「俺が何の法を犯した。陽曲で物乞いをしたら投獄されるのか？」

看守らが振り返りもせず去っていくと、後ろからどっと笑うたくさんの声が聞こえた。年老いた乞食が笑っている。

「俺たちは皆、乞食だ」

馬明が目を凝らすと、牢屋の中に閉じ込められている人々のほとんどが襤褸《ぼろ》をまとい、青白い顔色をしている。

「皆さん、物乞いですかい。物乞いをして牢屋に入れられているのになぜ笑うのさ」

年老いた乞食がまた笑った。

「おまえさんは馬鹿だねぇ。中にいれば飲み食いに困らず、寝る場所もある。何が不満じゃ。欽差に感謝せんと！」

「俺の物乞いと欽差に何の関係がある？」

「陽曲に欽差が来るから、知県の旦那が俺ら乞食を皆、監禁したのさ。もっともこちとらも望むところよ。飲み食いに住まいまで保証されて。欽差にはあまり早く京師に戻ってほしくないくらいさ。この凍える季節に外は寒いからな」

「やはりわからん。物乞いがなぜ欽差の邪魔になる。天子のお膝元にだって乞食はいる」

「戴知県は朝廷から命を受けたお役人。陽曲の民は満たされ、物乞いなどいるはずがない、というわけよ。それに老夫《わし》らは村々を回り、見聞が広いからな。知県の旦那は、俺たちに余計なことをしゃべられるのが怖いのさ」

馬明は壁の角に身だしなみの整った、襟を正して整然と座っている無表情な罪人が一人いるのに気が付いた。馬明は声を掛けたが、まったく取り合わない。馬明が訝《いぶか》しんで年老いた乞食に尋ねた。

「あれはどういう人ですか。深刻な顔をして」

「県官の旦那だよ」

おかしなこともあるものだ、こんなところに県官の旦那まで飛び出してくるとは、と思って、馬明はとぼけて尋ねた。

「知県の旦那ですかい？　知県の旦那がなぜ自分で自分を監禁するんですかい」

乞食らがどっと沸いて大笑いし、「こいつは面白いのが入ってきたぜ」と口々に言い合った。壁の角に座っている県官は聞こえない振りをし、ただピンと背筋を伸ばして座っている。年老いた乞食が言う。

「陽曲の県丞《けんじょう》（県の副官）、向《こう》様よ。知県の戴の旦那のご機嫌を損ねなさったんだ」

馬明はそばに行き、声を掛けたが、向県丞はそれを無視した。そこで馬明は激しく絡んだ。

「県丞には見えないぞ。県丞がどうして俺たち乞食と一緒に閉じ込められているんだ」

すると別の声がかかった。

「俺たち乞食と一緒に監禁されたのがまだ幸い。でなければ、看守どもに殴り殺されていただろうよ。お役人は皆に憎まれているからな」

年老いた乞食が馬明をからかって言った。

「おまえも身分をわきまえろ。県丞様が乞食の相手をするわけがないだろう」

馬明が笑った。

「自分が誰だかよくわかっていないんじゃないか。もしまだ県丞なら、我々民衆の声に耳を傾けるべきだし、もし罪人なら囚人仲間と話をするべきだろう」

向県丞がついにぎろりと馬明を一瞥して言った。

「話があるのならさっさと申せ。さっきから聞いていたら、くだらぬことしか言えぬのか」

馬明が言った。

「戴知県は有名な青天様だろう。なぜ逆らったのさ。乞食の俺でも、戴の旦那が龍亭を建てる、皇帝様も知っている、と聞いたことがあるぞ。それに戴の旦那が、金持ちに田賦（田畑への税金）、税糧（穀物で徴収する税）を管理させて年々指定通りに税を納めていると聞いたぞ」

向県丞は訝しげに馬明を凝視して尋ねた。

「ただの乞食がなぜそんなことまで知っている」

「乞食だからこそ、村々を回り、道中で見聞きし、見聞が広いのさ」

年老いた乞食が言った。

「おかしいな。老夫《わし》らも乞食だが、聞いたことがないぞ。どこぞで人殺しがあった、お上がまだ犯人を捕まえていないとか、どこぞの嫁が男と通じて旦那に切り殺されたとか、そんなことしか知らんぞ」

牢屋はどっと笑い声で沸き立ち、皆の耳が震えるほどだった。連れてこられたばかりのこの乞食はどうもおかしなやつだ、と皆が思っていた。

三十四

劉景が再び李家庄村に到着した時は、すでにもう昼になっていた。村ではやはり人っ子一人見かけなかった。崩れかけた壁や生け垣の上に雪が降り積もり、所々雪の中から除く枯れ草が、ざわざわと寒風の中でたなびくのみだった。劉景は深く考えず、ある家の前まで来て、どんどんと何度も扉を叩いた。すると中から弱々しい声で、「誰か」と問う。劉景は「外からの旅人だ、寒くて凍えそうだから、風よけに入れてもらいたい」と言った。すると、入るように言う声がしたので、劉景は扉を押して中に入った。中はじめじめとして薄暗く、しばらくじっと目を凝らし、やっとのことで炕《かん》の上に目の不自由な老人が一人座っているのを見つけた。

「外からの旅人とな。さあ炕《かん》に座りなされ」

劉景は座ったが、炕《かん》は冷え冷えとしていた。

「お爺さん、お一人ですか」

「家族は皆、聖諭の暗誦に祠堂《しどう》に行った」

「何の聖諭の暗誦ですか？　耳馴れませんな」

老人は長いため息をついた。

「まったくあの欽差のせいじゃ！」

「何の欽差ですか？」

「外から来たからご存じないだろう。この数日、京師から欽差が来て、昨日はうちの李家庄村にも来られた。県衙では老夫《わし》ら村人が欽差大臣様を驚かせてはいけないので、家から一歩も外に出ぬよう言われたのじゃ」

「実は私も京師から商売にやって来たのですが、皇帝様のご行幸も見たことがありますよ。しかし皇帝様が外出される時でさえ、民衆に家から出るななどとは言いませんよ」

老人は首を振って言った。

「あなたはご存じないのじゃ。陽曲は、知県の鶴の一声、李家庄村は李家声の鶴の一声じゃよ。老夫《わし》は今年九十五歳、二つの王朝を見てきたが、皇帝が民に聖諭を暗誦させるなど聞いたこともないわ」

「お爺さん。私は京師から来たばかりですが、朝廷が民に聖諭を暗誦しろなどという話は聞いたこともありませんよ。きっとその李家声が勝手にやらかしたことでしょう」

「それは私の口からは言えぬ」

劉景にはおおかたの見当がついた。李家声はとんでもなく悪辣な地方豪族である可能性が高くなってきた。そこでなんとかして老人から話を引き出そうとした。老人は長い間悲嘆しながら何やら考えていたが、よその土地の人になら言っても構わないと思ったのか、ゆっくりと話し始めた。

「李家声は人の面の皮をかぶった畜生じゃよ。何かと村人たちのためと繰り返しては、賦銀（現金で払う税）と税糧を立て替えるが、毎年こっそりと水増し、村人たちを搾取しているんじゃ」

劉景はわざと言った。

「それなら、自分で払えばいいではないですか」

「話せば長くなるが、数年前ここらでは飢饉が起きて、貧しい家庭ではどこも銭糧を納めることができなかった。その時、李家声が皆のかわりに納めて以来、どの家庭でも李家声という閻魔大王の負債を背負うようになったんじゃ。借金は雪だるま式に膨らんで、李家声に抵当で田畑を取られる家が続出した。土地が李家声のものになり、借金を年々重ねていくうちに、土地がなくなれば、もはや体までもが李家声のものとなり、ずっとただ働きなのじゃ」

「それはまったくひどい話ですね。衙門に訴えるわけにはいかないんですか」

「訴えるなどとんでもない。李家声は、県衙の戴の旦那とは義兄弟の仲。戴の旦那が擁護するに決まっている。李家声は数十人の銃を持った用心棒を雇っているし誰も手出しできない」

「村にはこんなに大勢の人がいるのに、一人として立ち上がって訴えようという人はいないのですか」

「一つの村どころか。周囲十数村の土地は、ほとんど李家声一人のものになりつつある。老若男女数千人、誰も声を上げる勇気などあろうはずがない。今日も李家声に命じられ、皆聖諭を暗誦するために連れていかれたんじゃ。暗誦できなければ、三十斤の小麦粉を罰として払うように言われておる」

「京師から沿路、数千里を歩いてきましたが、民に聖諭を暗誦させて罰に小麦粉を差し出せなどという話は聞いたこともありませんよ。本当に、訴えた方がいいですよ！」

そう言っているうちに突然、外から泣き声が聞こえてきた。老人が耳をそばだてて聞いていたが、泣き声が次第に老人の家に近づいてきた。扉が突然乱暴に押し開けられ、色黒の痩せた少年が飛び込んできた。老人の孫だった。老人の孫は泣きじゃくりながら叫んだ。

「爺ちゃん。母ちゃんが首を吊って死んじゃったよ」

老人は信じられない、とばかりに体をわなわなと震わせて言った。

「なんということだ。黒柱《ヘイチュー》、おまえの母さんがどうしたと？」

黒柱が泣いて訴えた。

「母ちゃんが聖諭を暗誦しようとして三回繰り返してもできなかったから、李家声が罰に百斤の小麦粉を払えと言ったんだ。母ちゃんは納得がいかないと言って、祠堂《しどう》の後ろの古い楡《にれ》の木のところまで駆けていって、首を吊って死んじゃったんだよ！」

劉景が扉の外に出てみると、黒柱の母親の遺体が、真っすぐ硬直して木の板の上に乗せられていた。中年の男性がその横で慟哭していた。黒柱の父親である。劉景は村人たちの慰めの言葉を聞いているうちに、黒柱の父親が大栓という名であることを知った。

突然、黒柱が出刃包丁を握りしめて家から飛び出してきた。数人の女性が追いかけ、必死に黒柱を抱きとめ、説得する。

「黒柱、馬鹿なことをしなさんな。死にたいのかい！」

黒柱が叫んだ。

「李家声を殺してやる！」

老人が扉を掴んで大声で叫んだ。

「皆、黒柱の包丁を取り上げてくれ。死にに行かせるようなことがあってはならん」

中年の女性が黒柱を止めて説得した。

「あの家には猛犬がたくさんいる。殺すことなんてできるわけないでしょう」

劉景が叫んだ。

「殺せますよ」

その声に驚き、皆ようやくよそ者がいることに気が付き、ぎくりとして振り返った。劉景が言った。

「李家声の数々の悪事。切り刻まれても当然だ」

ある男性が恐る恐る尋ねた。

「もしやこちらの方は、どちらから来られたよきお方か」

「俺のことはいい。李家声が口実を設けて聖諭を暗誦させ、民を搾取し、人の命まで追い詰めているとは。その罪、死に値する！」

先刻の男性がさらに尋ねた。

「そのお役人口調、まさか衙門の方ではないでしょうね」

劉景が言った。

「私が誰であろうとこの際それはいいから、と言っているのです。李家声は衙門に引き渡して罪を問うべきだ。皆さん、くれぐれも手加減してはいけません」

すると大栓が、涙を拭きながら言った。

「聞いていると、ますます衙門から来た人のように聞こえる。李家声は県衙の戴の旦那とはぐるなのに、誰が有罪にしてくれるというんだ」

劉景はただこう言った。

「私が皆さんと一緒に李家声を捕らえ、衙門に送り込みましょう」

皆は狐につままれたように顔を見合わせ、半信半疑だったが、ある人が言った。

「よきお人よ。まさか二郎神（楊戩《ようせん》、道教の神様）のご降臨ではないでしょうね。李家声は数十人の用心棒を雇っているのですよ」

「とにかく私についてきてください。彼を捕らえる」

劉景はそう言い終わると、外に向かって歩いていった。黒柱《ヘイチュー》父子は皆を率い、ぴたりとその後ろをついて行く。そばで数人の男性がひそひそと耳打ちし合っていたが、やはりついてきた。女性たちが各家庭を飛び回り、知らせて回った。いくらもしないうちに村中の男たちが皆、出てきた。皆、鋤や鍬、出刃包丁を手に持ち、劉景について李家声の家に向かった。

祠堂《しどう》で起こった事件を李家声はたいして気にもとめていなかった。さっさと家に戻り、炕《かん》に寝ころび、水煙草を吸っていた。すると、召使たちが騒ぎを聞きつけ、慌てて知らせに来た。李家声は事情を聞くと、目を剥《む》いて怒鳴った。

「大栓のやつめ、上等だ。皆を呼んでこい！」

召使がさらに言う。

「老爺様《だんなさま》、どうもやつらの中に昨日欽差大人のお供をされていた方がいるようです」

李家声がぎょっとして尋ねた。

「そ、それは間違いないのか」

「はい。間違いありません」

李家声はしばらく考え込んでいたが、膝を打って笑った。

「よし。めった打ちにして殺してやれ」

李家は正門をきつく閉ざし、数十人の用心棒らが静かに中で待っていた。村人たちがしきりに門を叩くので、李家声が叫んだ。

「中に入れてやれ。門を壊されたら困るからな。何をしでかすのか、とくと見させてもらおうか」

村人たちはどっと中になだれ込み、李家声に罵声を浴びせた。李家声は両手を腰に当てて仁王立ちになり、大声で叫んだ。

「何をする。私は欽差大人の指示に従ったまでだ」

劉景が呼びつけた。

「李家声！」

劉景が口を開こうとすると、李家声が彼を指さして大声で叫んだ。

「皆の者、こいつは欽差大人の部下だ。こいつに聞いて見ろ」

劉景は怒りを込めて言った。

「李家声、よくも！」

黒柱は混乱したまま、劉景に大きく怒りの目を向けた。

「さては欽差の差し金だな。おまえたちが母ちゃんを殺したんだ。まずはおまえから殺してやる」

黒柱が刀を振り上げ、奇声を上げて劉景に躍りかかってきた。劉景はさっと身をかわしてこれを避けると、返す手で黒柱の刀を奪った。村人たちは劉景に騙されたとばかりに、逆に棍棒を劉景に向けて打ちかかり始めた。劉景は口を開く間もなく、まずは数人を相手にし、だんごになった攻撃の輪から飛び出すと、大声で怒鳴った。

「皆、俺の言うことを聞いてくれ」

しかし大栓は目を真っ赤にして叫んだ。

「官府の連中の話は一切信じないぞ。まずはおまえを殺してからだ」

大栓がそういうと飛びかかってきたが、劉景は一撃でこれを退け、振り返って李家声を怒鳴りつけた。

「欽差の旨意だ、という嘘でもうおまえは死罪だ。この上、民を搾取して死に追いやるとは、千度万度切り刻まれても足りぬわ」

村人たちは判断に困って手に持った棍棒を下ろし、その場に茫然と立ち尽した。李家声はさらに村人たちをけしかけ、劉景を殴り殺すのだと叫んだ。

「欽差大人が龍亭建設のために陽曲にわざわざやって来て、村人たちに聖諭の暗誦を指示したのだ。そういうことでもないと、この李家声にそんな大胆なことができるわけがないだろう」

劉景が言った。

「大胆不敵にも程があるぞ、李家声。村人たちに聖諭の暗誦を強制し、死に追いやったのはおまえだ。さらには税を請け負い、勝手に水増しして民を搾取するとは、あまりの大胆さに天もあきられるわ」

李家声がからからと大笑いした。

「税の請け負い？　戴知県はそれを『大戸統籌』と呼んでいる。欽差大人は私のこの方法を朝廷に上奏したわい！」

「これ以上村人たちを扇動しようとしても無駄だ。欽差大人の前までしょっ引いてやる！」

李家声が笑って言った。

「老夫《わし》をしょっぴくだと？　『強龍《きょうりゅう》も地元の蛇頭《じゃとう》を圧《あっ》し難《がた》し（地元の勢力には、外の権威でもかなわない）』だ。こっちがおまえを捕まえてやる！　まずはおまえを殺すまでだ」

用心棒らがだんごになって踊りかかってきたが、劉景は右に左にこれをかわして応戦した。が、さすがの劉景も次第に劣勢になってきた。村人たちはどちらに味方したらいいのかわからなくなり、手をこまねいていた。

その時、黒柱《ヘイチュー》が声を上げた。

「父ちゃん、どうも欽差はいい人だという気がする」

「どうやらそうらしいな。俺たちも加勢するぞ」

大栓父子は、そういい終えると前に飛び出し、劉景に加勢した。それを見た村人たちも雄叫びを上げて用心棒たちにかかっていった。李家声は村人らの人数が多く、形勢が不利になってきたのを見ると恐ろしくなって部屋に退散しようとした。劉景はその前に飛び込んで立ちはだかり、李家声の行く手を阻むと、用心棒らに向かって叫んだ。

「動くな。こいつをぶった切るぞ」

用心棒らは形勢が逆転したのを見て、皆手をとめた。

辺りが次第に暗くなる中、劉景と大栓、黒柱、それに屈強な青年ら数人で夜を徹して李家声を県衙まで連行していった。戴孟雄はもう寝ていたが、知らせを聞いて慌てて大広間へ飛び出してきた。ことの経緯を聞きだすと、李家声の鼻先を指して罵倒し、李家声をすぐさま牢屋に入れるよう衙役に命じた。李家声は無実を主張したが、戴孟雄は恐ろしい形相でにらみ付けてまったく耳を傾けず、その姿はさながら「鉄包公（包拯《ほうじょう》のこと。中華圏ではあらゆる世代に知られた人物で、包公、包青天とも呼ばれた）」のようだった。

馬明は李家声が牢屋に入れられてきたのを見て、劉景が李家庄から戻ったことを知った。向県丞にはすでにそっと詳細を伝えていた。向県丞は名を向啓といい、戴孟雄弾劾を私的に漏らしたため、数日前に誰かに密告されたという。ちょうど欽差が到着する時機にも当たり、戴孟雄はとりあえず向啓を監禁し、後で何か口実をつけて向啓を始末しようと考えていた。

あとがき

中国のベストセラー書籍について、『朝日新聞グローブ』で年に四回ほどの紹介を、二〇〇九年から続けている。ジャンルは特に小説に限らず、ノンフィクションや実用書、ときには児童書なども紹介するが、個人的な興味からやはり小説に目が向く。小説がベストセラーになる時に描かれているのは、フィクションの世界だが、どこか現実の世界に結びついている。現実の社会の出来事や政策のあからさまな批判、論証が困難な中国で、作家たちは多くをフィクションに託し、中国社会に問いかけ、読者もまたその思いを受け止める。

中国で人気のジャンルに「官場小説」がある。「官場」とは官界、すなわち官吏、役人の世界のことで、今年六月下旬『中国経済週刊』に掲載されたデータによれば、二〇一五年末時点での中国の「国家公務員」の数は七一六万七千人に上るという。中国における公務員の定義は日本とは異なる部分もあるが、公立の学校の教師や病院の医師、職員も含めた広義では数千万人に上る。大学生の就職先として依然として人気があり、自分自身、あるいは家族や友人がそうであるというように、公務員、役人は中国人のほとんどの人にとって身近な存在である。しかし、わたしたち日本人にその実態はよくわからない。

「官場小説が人気」といわれても、しばらくは食指が動くことはなかったが、ある時、古風な表紙とタイトルにひかれて手に取ったのが、王躍文の『蒼黄』であった。中国がちょうど建国六十周年の祝賀ムードで盛り上がっていた時期で、断固たる態度で汚職や腐敗を追及し、経済改革を進め、「鉄血宰相」「経済皇帝」の異名をとった朱鎔基《しゅようき》元首相の『朱鎔基答記者問』と共に紹介した『朝日新聞グローブ』二〇〇九年十月五日号から、ここに一部、引用したい。

いかに厳しく取り締まろうと、汚職・腐敗を根絶するのは不可能に近い。朱鎔基時代然《しか》り。『蒼黄』は「官界小説」の第一人者といわれる王躍文の最新作。外国人には把握しにくい中国の地方政府の役人の肩書や地位、微妙な上下関係、権力範囲がわかる小説だ。タイトルは、エピグラフに引かれている「蒼に染むれば則《すなわ》ち蒼となり、黄に染むれば則ち黄となる。ゆえに入る者変ずれば、其《そ》の色も亦《ま》た変ず」(『墨子・所染』)に由来する。

……中略……

地方政府の複雑な権力の渦の中で、憂い苦しむ李済運。政治の世界で清廉潔白であることは、かくも生きにくいものなのか。

わたしにとって王躍文作品との出会いはこの『蒼黄』が最初であった。湖南省政府、懐化市政府の職員だったという王躍文の経歴から、登場人物のモデルや実際の事件を連想せずにはいられないリアリティのある小説に興奮した。十年以上北京に暮らしていても曖昧模糊としていた中国の公務員社会というものが、漠然とではあるものの、ふっとその輪郭をとらえることができた気がした作品との出会いであった。この時点ですでに官界小説の第一人者として知られていた王躍文は、以後、ずっと気になってやまない作家であった。書店やメディアでその名も作品もたびたび目にしても、忙しさを言い訳になかなか他の作品をじっくり読む機会がなかったが、時を経て二〇一四年、再び出会ったのが本書の原作『大清相国』である。こちらも再び当時の『朝日新聞グローブ』の記事（二〇一四年三月十四日号）を一部、引用したい。

今からちょうど二年前（二〇一二年）、三月半ばの全国人民代表大会（全人代）閉幕後に、中国の政界を大きく揺さぶる解任劇が明るみに出た。当時の重慶市トップで最高指導部入りも目されていた薄熙来《はくきらい》の失脚である。それ以上の大捕物として今注目されているのが、前政治局常務委員の周永康《しゅうえいこう》だ。元秘書ら関係者が次々に拘束され、二月末現在、本人は汚職容疑で軟禁状態にあるという。そんな中央政府高官の汚職を容赦なく取り締まる中央規律検査委員会のトップが王岐山《おうきざん》。昨年もこの欄で「アレクシス・ド・トクヴィルの『旧体制と大革命』を人々に薦めている」と触れたように、本当に読書家で、しかも読んだ本を人に薦めずにはいられない性分らしい。

歴史小説『大清相国』も王の愛読書であり、部下らに薦めていることが雑誌で紹介され、話題を呼んだ、物語は、清の順治年間に科挙に合格し、次の康熙帝に約五十年仕えた陳廷敬の生涯をたどる。

……中略……

著者の王躍文は元公務員で、「官界小説」の名手。いつの時代にもはびこる役人の汚職、力の複雑な渦の中でもがき苦しむ主人公たちの姿に、読者は現実社会の絶望と希望を見るのだろう。汚職取り締まりに大ナタを振るう王岐山が公務員に本書を薦めるのは、陳廷敬に倣えというメッセージか。あるいは同じ山西省に出自を持ち、最後まで政界を生き抜いた「不倒翁」、陳廷敬に自身を重ねているのか。

文中で触れた中国共産党中央の人事はこの数年で大きく動き、薄熙来に続いて結局は周永康も失脚した。浮き沈みの激しい中国の官界の頂点、中国共産党中央で、王岐山は江沢民主席時代の朱鎔基首相に手腕を認められ、胡錦濤《こきんとう》、習近平《しゅうきんぺい》とトップが代わっても揺るぎない信念のもと、習近平政権の汚職撲滅のキーパーソンとして、いまだその手を緩める気配はないようである。その王岐山の愛読書であり、部下に、公務員に読ませたいという本書には、時代は異なれど、清廉であることの大切さ、中国の官界の闇、そしてその闇にのまれることなくいかに生き抜くかというヒントに満ちている。宰相としての陳廷敬の生き方、そしてトップたる康熙帝の判断や苦悩がありありと描かれ、中国人には読まずにいられない必読の書となっている。実際、数百年を経て、王朝も制度も異なるというのに、官界で起こっていることは変わらないからだ。「爆買い」はひと段落したようだが、中国人観光客の姿も日本全国各地で日常的な風景となった。本書に描かれている時代を超えた真理が、政治、経済、あらゆる分野でますます向き合わずにはいられない中国、中国人を知る上で、一つのきっかけになれば嬉しい。

本書はなにより、『朝日新聞グローブ』の拙稿を読んで「この本をぜひ日本で出版したい」とわたしの講演会場に会いに来てくれた担当編集者である森山文恵さんの情熱に始まり、最後まで彼女の想像を絶する忍耐と尽力に支えられて完成したことをここに強調したい。著者との契約、翻訳を進める上でのただでさえ長い道筋を、わたしの怠惰でさらに長く険しいものにしてしまった。共訳者である東紫苑さんは本書の大部分を驚異的なスピードで翻訳し、地道に歴史研究を続けてきたその知識と蓄積で明快な訳を導き出してくれた。まだまだ未熟とはいえ翻訳者としてそれなりの歳月と訳書を積み重ねてはきたが、このお二人がいなければ、本書のような歴史物の翻訳への挑戦には踏み出せなかったと思う。とはいえ、わたしの役割は『朝日新聞グローブ』で本書を紹介した時点でほぼ終わり、あとは実にこのお二人の功績でしかない。また、作品中の漢詩についてお世話になった恩師やその関係者、編集部、デザイン、校閲を担当してくれた石田恵子さんなど、関係者の皆様にもこの場を借りてお礼を申し上げたい。どうもありがとうございました。最後に、この作品を世に送り出してくださった、予定より大幅に遅れた日本語訳の刊行を静かに待っていてくださった著者の王躍文さんに心より敬意を表したい。

二〇一六年八月三日
泉　京鹿

紫禁城の月　大清相国 清の宰相 陳廷敬 上巻

2016年 9月4日 第1版 第1刷発行

著　者　　王 躍文
訳　者　　東 紫苑／泉 京鹿
発行人　　江幡 等
発行所　　株式会社メディア総合研究所
〒151-0051 東京都渋谷区千駄ヶ谷4-14-4
SKビル千駄ヶ谷4F
電話番号 03-5414-6210（代表）
03-5414-6532（直通）
振替 00100-7-108593
ブックデザイン　中川朋樹（デザイン室 門）
編集　森山文恵（メディア総合研究所）
印刷・製本　図書印刷株式会社

ISBN 978-4-944124-74-9